DANIELLE STEEL
COLLECTION

Vertrauter Fremder

Die schöne Raphaella führt ein Leben wie eine Märchenprinzessin. Nach einer unbeschwerten Jugend in ihrem vornehmen Elternhaus heiratet sie den vierzig Jahre älteren Finanzmakler John Henry. Mit ihm zusammen verlebt sie einige erfüllte, glückliche Jahre in San Francisco, bis ein Herzinfarkt den einst dynamischen Mann in einen bettlägerigen Greis verwandelt. Raphaelle fügt sich aus Liebe und Verantwortungsgefühl ihrem Schicksal. Aber eines Tages trifft sie auf den jungen, gutaussehenden Alex Hale, der so viel Lebenslust und Wärme ausstrahlt ...

Nachricht aus der Ferne

Die junge Paxton Andrews, angehende Journalistin, hat ihre erste große Liebe, den Jurastudenten Peter, im Vietnamkrieg verloren. In ihrem bedingungslosen Engagement gegen die Sinnlosigkeit des Krieges wird sie bald zu einer der renommiertesten Reporterinnen des Landes. Doch trotz aller Gefahren hält ihr Beruf auch eine neue Lebenschance für sie bereit: Sie begegnet Tony, der ihr den Mut schenkt, wieder an die Liebe zu glauben, und ihr den sehnlichsten Wunsch erfüllt – den Wunsch nach einem gemeinsamen Kind.

Autorin

Danielle Steel wurde als Tochter eines deutschstämmigen Vaters in New York geboren. Sie studierte französische und italienische Literatur an der Universität von New York und schrieb danach zahlreiche Romane, die sie in wenigen Jahren zu einer der bekanntesten Autorinnen Amerikas gemacht haben.

J. WOLF

Danielle Steel

Vertrauter Fremder

Nachricht aus der Ferne

Zwei Romane in einem Band

Goldmann Verlag

Umwelthinweis:
Alle bedruckten Materialien dieses Buches
sind chlorfrei und umweltschonend.

Der Goldmann Verlag
ist ein Unternehmen der Verlagsgruppe Bertelsmann

Neuausgabe August 97
Vertrauter Fremder
Titel der Originalausgabe: A Perfect Stranger
Originalverlag: Delacorte Press, New York

Nachricht aus der Ferne
Titel der Originalausgabe: Message from Nam
Originalverlag: Delacorte Press, New York

Umschlaggestaltung: Design Team München
Satz: IBV Satz- und Datentechnik GmbH, Berlin
Druck: Graphischer Großbetrieb Pößneck
Verlagsnummer: 41622
AA · Herstellung: Sebastian Strohmaier
Made in Germany
ISBN 3-442-41622-1

1 3 5 7 9 10 8 6 4 2

Vertrauter Fremder

Aus dem Amerikanischen
von Hermann Völkel

Für Nicholas

Mögest du im Leben das finden, wonach du suchst,
es erkennen, wenn du es siehst,
und das große Glück haben,
es zu bekommen –
und zu bewahren!!!

In Liebe,
D. S.

I

Langsam öffnete sich das Garagentor – ein gähnender Schlund, wie eine große schwarze Kröte, die gierig auf eine ahnungslose Fliege lauert. Ein kleiner Junge auf der anderen Straßenseite schaute fasziniert zu. Er sah es gern, wenn sich das Tor auf diese Weise öffnete. Er wußte, im nächsten Augenblick würde der wunderschöne Sportwagen um die Ecke biegen. Er wartete und zählte ... fünf ... sechs ... sieben ... Ohne den Mann zu kennen, der auf die Fernbedienung an seinem Armaturenbrett gedrückt hatte, beobachtete der kleine Junge ihn jeden Abend bei der Heimkehr. Es gehörte zu seinem Lieblingsritual, und er war enttäuscht, wenn sich der Mann im schwarzen Porsche verspätete oder gar nicht nach Hause kam. Der Junge stand im Häuserschatten und zählte ... elf ... zwölf ... dann sah er ihn: ein glatter, schwarzer Schatten, pfeilschnell um die Kurve zischend und in einem sanften Manöver in die Garage gleitend. Das Kind warf noch einen letzten Blick auf den schönen schwarzen Wagen und ging zurück ins Haus.

In der Garage stellte Alexander Hale den Motor ab, blieb noch einen Augenblick sitzen und starrte in die Finsternis. Zum hundertsten Mal an diesem Tag versuchte er den Gedanken an sie aus seinem Gedächtnis zu verdrängen. Er stieß einen leisen Seufzer aus, ergriff seine Aktentasche und stieg aus. Einen Augenblick später würde die elektronische Vorrichtung automatisch das Garagentor schließen. Er betrat das Haus durch den Hintereingang im Garten. Dann stand er in der Diele des hübschen, kleinen viktorianischen Hauses und blickte in die leblose, einstmals gemütliche Küche. Kupferne Töpfe hingen an einem schmiedeeisernen Gestänge über dem Herd, aber die Putzfrau hatte sie seit Jahren nicht poliert, und es gab niemanden, der sich einen Deut darum scherte. Die Pflanzen, die dicht vor den Fenstern hingen, sahen welk und trocken aus. Alexander kehrte in die Diele zurück, warf nur einen flüchtigen Blick in das kleine, holzgetäfelte Eßzimmer und ging langsam nach oben.

Wenn er jetzt nach Hause kam, benutzte er immer den Eingang vom Garten. Es war weniger deprimierend, als durch den Vordereingang hereinzukommen. Wann immer er ihn benutzte, hatte er stets noch das Gefühl, sie hier anzutreffen. Er glaubte, sie vor sich zu sehen, mit der dichten Fülle ihres schweren blonden Haares, das auf ihrem Kopf zusammengehalten war, ihren strengen Kostümen, die sie bei Gericht trug. Rachel ... blendende Anwältin ... noble Freundin ... intrigantes Weibchen ... bis sie ihn verletzte ... bis sie ihn verließ ... bis zu ihrer Scheidung vor zwei Jahren, genau auf den heutigen Tag.

Auf dem Weg von der Kanzlei hierher hatte er sich gefragt, ob er sich wohl immer so genau an diesen Tag erinnern und den Schmerz jenes Oktobermorgens nachempfinden würde. Blieb diese Erinnerung für immer und ewig haften? Allerdings war es ein seltsames Zusammentreffen, daß ihre Jahrestage auf das gleiche Datum fielen, der Tag ihrer Hochzeit und der Tag ihrer Scheidung. Reiner Zufall, stellte Rachel nüchtern fest. Sie hatte es ironisch gemeint. Wie schrecklich! hatte seine Mutter ausgerufen, als sie am Abend, nachdem die Scheidungsurkunde gekommen war, mit ihm telefonierte und ihn völlig betrunken in den Hörer lachen hörte, weil er nicht weinen wollte.

Rachel – der Gedanke an sie beunruhigte ihn noch immer. Er wußte, er sollte es nicht, nicht mehr nach zwei Jahren, doch er tat es ... Die goldenen Haare, die Augen von der Farbe des Atlantiks kurz vor Ausbruch eines Sturms, dunkelgrau, gemischt mit Blau und Grün. Als er sie das erste Mal sah, trat sie in einem Fall, der gerichtlich ausgetragen wurde, als Anwältin für die Gegenpartei auf. Freilich war es eine dramatische Schlacht, und Johanna von Orleans hätte sich kaum mit größerem Enthusiasmus und Spürsinn einsetzen können. Alexander hatte sie während der Verhandlungen beobachtet, fasziniert und gleichsam amüsiert und mehr als je zuvor in seinem Leben von einer Frau bezaubert. Er lud sie an jenem Abend zum Essen ein, und sie hatte darauf bestanden, die Hälfte der Rechnung zu begleichen. Sie pflege ›Geschäftsbeziehungen nicht zu verderben‹, hatte sie ihm mit einem kleinen durchtriebenen Lächeln erklärt und in ihm den Wunsch entfacht, sie entweder zu schlagen oder ihr die Kleider vom Leib zu reißen. Sie war so gottverdammt schön gewesen und so gottverdammt gerissen.

Die Erinnerung an sie ließ ihn die Stirne krausen, während er durch das leere Wohnzimmer ging. Sie hatte alle Wohnzimmermöbel nach New York mitgenommen. Den Rest des Mobiliars überließ sie Alex. Das Empfangszimmer im Hochparterre des hübschen, kleinen viktorianischen Hauses, dessen Einrichtung sie gemeinsam eingekauft hatten, war total ausgeräumt. Manchmal fragte er sich, ob er wohl so oft an sie denken, ihr so grollen würde, wenn sie die neuen Möbel nicht gekauft hätten und er nicht jedesmal durch leere Räume müßte, wenn er zur Haustür wollte. Doch als er jetzt nach oben stieg, spürte er die Leere ringsumher nicht. Seine Gedanken waren meilenweit entfernt. Er dachte an die Tage, bevor sie ihn verließ, dachte an das, was sie miteinander gemeinsam hatten und was nicht. Sie hatten Hoffnung und Witz und Gelächter und ihre Berufe geteilt, ihr Bett und ihr Haus und sehr wenig mehr.

Alexander hatte sich Kinder gewünscht, die die Schlafräume im oberen Stockwerk mit Lärm und Gelächter beleben sollten. Rachel wollte entweder in die Politik oder einen Job in einer angesehenen New Yorker Anwaltskanzlei. Die Politik hatte sie bei ihrem Kennenlernen beiläufig erwähnt. Ihr Vater, ein mächtiger Mann in Washington, war vormals Gouverneur in ihrem Heimatstaat: noch etwas, das sie mit Alexander gemein hatte, dessen Schwester in New York Kongreßabgeordnete war. Rachel hatte sie immer sehr bewundert. Sie und Alexanders Schwester Kay waren rasch Freundinnen geworden. Aber es war nicht die Politik, die Rachel von Alex entfernte. Es war die andere Hälfte ihres Traums: die Anwaltsfirma in New York. Am Ende hatte sie zwei Jahre gebraucht, um ihre Zelte abzubrechen und ihn zu verlassen. Im Geiste fuhr er mit dem Finger über die Wunde. Es schmerzte nicht mehr so sehr wie einst, doch war er noch nie in seinem Leben so verletzt worden.

Sie war schön, brillant, erfolgreich, dynamisch, amüsant …

doch es gab stets etwas, das er an ihr vermißte: etwas Zartes, Sanftes, Gütiges. Diese Worte wählte man nicht, wenn man Rachel beschreiben wollte. Sie hatte immer mehr vom Leben verlangt, als nur Alexander zu lieben oder Anwältin in San Francisco und irgendeines Mannes Frau zu sein. Sie war genau neunundzwanzig, als sie einander begegneten, und sie war vorher noch nie verheiratet gewesen. Dazu sei sie zu beschäftigt, hatte sie ihm erklärt, zu sehr darauf konzentriert, ihren Lebenszielen nachzujagen. Als sie die juristische Fakultät verließ, hatte sie sich selbst das Versprechen gegeben, mit dreißig jemand zu sein, der es ›geschafft‹ hatte. Was heißt das? hatte er sie gefragt. Hunderttausend im Jahr, antwortete sie ohne Wimpernzucken. Er wollte sie auslachen, doch da bemerkte er ihren Blick. Sie meinte, was sie sagte. Und sie würde es bekommen. Ihr ganzes Leben war auf diese Art von Erfolg ausgerichtet. Erfolg, an diesem Maßstab gemessen, bedeutete harte Dollars und wichtige Fälle, einerlei, wer bei diesem Unternehmen auf der Strecke blieb. Bevor sie nach New York ging, hatte sie halb San Francisco übers Ohr gehauen, und selbst Alex mußte am Schluß erkennen, wer sie war. Sie war kalt, skrupellos und ehrgeizig, und sie machte vor keiner Hürde halt, wenn es galt, ihre Ziele zu erreichen.

Vier Monate nach ihrer Hochzeit wurde ein Posten in einer der renommiertesten Anwaltskanzleien der Stadt vakant. Anfangs war Alex beeindruckt, daß man sie überhaupt in Erwägung zog. Immerhin war sie eine ziemlich junge Frau und eine sehr junge Anwältin. Er stellte jedoch bald fest, daß sie bereit war, jedes häßliche Manöver anzuwenden, um diesen Job zu bekommen. Sie tat's und erhielt ihn. Zwei Jahre hatte Alex versucht, zu vergessen, was sie alles unternommen hatte, um sich durchzusetzen. Immer wieder sagte er sich, daß sie nur die Praktiken angewandt hatte, wie sie im Geschäftsleben üblich sind. Und endlich kam der letzte Paukenschlag. Man erklärte sie zur vollberechtigten Teilhaberin und trug ihr die Leitung der New Yorker Geschäftsstelle an. Das war mehr als ein Hunderttausenddollar-Jahresjob, und Rachel Hale war erst einunddreißig Jahre alt. Zwischen Abscheu und Faszination schwankend beobachtete Alexander, wie sie um ihre Entscheidung rang. Die Entscheidung war einfach:

New York oder San Francisco – Alexander oder nicht. Zuletzt erklärte sie ihm freundlich, es sei eine zu gute Gelegenheit, um sie sich entgehen zu lassen. »Doch deshalb braucht sich an unserer Beziehung nichts zu ändern.« Sie könne beinahe jedes Wochenende nach San Francisco fliegen oder, natürlich nur, wenn Alex es wolle ... er könnte seine eigene Anwaltsfirma aufgeben und mit ihr in den Osten gehen.

»Und was tun? Deine Plädoyers vorbereiten?« Wütend und verletzt hatte er vor ihr gestanden. »Oder was bleibt für mich übrig, Rachel?« Er starrte sie fragend an, nachdem sie ihm ihren Entschluß, nach New York zu gehen, verkündet hatte. Er hatte sich etwas anderes gewünscht. Er hatte gehofft, von ihr zu hören, daß sie den Posten nicht übernehmen würde, daß er ihr mehr bedeute. Das aber wäre nicht Rachels Stil gewesen, ebensowenig, wie es der seiner Schwester war. Einmal entschlossen, der Wahrheit ins Gesicht zu sehen, stellte er fest, daß er vor Rachel schon einmal eine Frau gekannt hatte, die so war wie sie. Seine Schwester Kay hatte immer durchgesetzt, was sie wollte, jedes Hindernis im Sturm nehmend und bereit, alles, was sich ihr in den Weg stellte, zu verschlingen oder zu vernichten. Der einzige Unterschied bestand darin, daß Kay sich in der Politik und Rachel sich in der Juristerei auslebte.

Einfacher war es, eine Frau wie seine Mutter zu verstehen und zu respektieren. Charlotte Brandon hatte es irgendwie erfolgreich gemeistert, Kinder und Karriere unter einen Hut zu bringen. Immer war sie für Alex und seine Schwester dagewesen, hatte sie geliebt und ihnen alles gegeben, was sie besaß. Alex war noch ein Baby, als sein Vater starb. Die Mutter übernahm einen Teilzeitjob und stellte Recherchen für eine Zeitungskolumne an. Schließlich schrieb sie die Kolumne selber als Ghostwriter. In der knappen Freizeit, die ihr blieb, arbeitete sie bis in die frühen Morgenstunden hinein an ihrem ersten Buch. Den Rest konnte man ihrem Lebenslauf entnehmen, der auf den Schutzumschlägen ihrer Bücher stand. Neunzehn hatte sie geschrieben, im Laufe der Jahre in Millionenauflage verkauft. Ihre Karriere war ein Zufall, geboren aus der Not. Doch was immer die Gründe dafür waren, sie hatte es fertiggebracht, ihren Erfolg als besonderes Geschenk anzunehmen; als etwas, das sie mit ihren Kindern teilen und genießen konnte, und nicht als etwas, das ihr das Wichtigste im Leben wurde. Charlotte Brandon war in der Tat eine bemerkenswerte Frau, doch ihre Tochter war völlig anders. Bösartig, neidisch, karrierebesessen, strahlte sie nichts von der Liebenswürdigkeit, Herzensgüte und den geistigen Anlagen ihrer Mutter aus. Und im Lauf der Zeit hatte Alex die Erfahrung machen müssen, daß es seiner Frau ebenfalls an diesen Eigenschaften mangelte.

Bei ihrem Umzug nach New York hatte Rachel darauf beharrt, nicht von ihm geschieden zu werden. Eine Zeitlang hatte sie sogar gependelt. Jedoch durch ihre unterschiedlichen Arbeitsbelastungen an entgegengesetzten Enden des Landes wurden ihre gemeinsamen Wochenenden seltener und seltener. Es war hoffnungslos, wie sie Alex schließlich zugeben mußte. An zwei langen Wochenenden hatte er sich ernsthaft überlegt, seine eigene lukrative Praxis aufzugeben und nach New York zu gehen. Teufel auch, was war die Kanzlei ihm schon wert? Sicher war es unsinnig, an ihr zu hängen, wenn es bedeutete, gleichzeitig seine Frau zu verlieren. Um vier Uhr früh hatte er seine Entscheidung getroffen. Erschöpft, doch hoffnungsfroh gestimmt, griff er nach dem Telefon, um sie anzurufen. In New York war es jetzt sieben Uhr morgens. Ein Mann meldete sich mit tiefer, honigweicher Stimme. »Mrs. Hale?« Es klang verblüfft. »Oh, Miss Patterson.« Rachel Patterson. Alex hatte nicht bedacht, daß sie ihr neues Leben in New York unter ihrem alten Namen begonnen hatte. Er hatte auch nicht bedacht, daß sie samt ihrem neuen Job eine neue Lebensrichtung eingeschlagen hatte. Es war sehr wenig, was sie ihm an jenem Morgen hatte sagen können. Er hörte ihr mit Tränen in den Augen zu. Etwas später rief sie ihn aus ihrer Anwaltspraxis an.

»Was soll ich sagen, Alex? Es tut mir leid ...« Leid? Ihn verlassen zu haben? Oder eine Affäre zu haben? Um was tat es ihr leid? Oder tat nur er ihr leid? Armseliger, bedauernswerter Trottel, der er war, allein gelassen in San Francisco hockend!

»Hat es irgendeinen Sinn, zu versuchen, die Sache wieder ins Lot zu bringen?« Er war bereit, es zu versuchen, doch wenigstens dieses eine Mal war sie aufrichtig.

»Nein, Alex, ich fürchte, nein.« Sie hatten einige Minuten miteinander geredet und schließlich die Hörer aufgelegt. Es gab nichts mehr zu besprechen, außer mit ihren eigenen Anwälten. Alles wurde friedlich geregelt. »Vollkommen zivilisiert«, nach Rachels Worten. Es hatte überhaupt keine Probleme gegeben. Und dennoch hatte es Alex bis in die tiefsten Wurzeln seines Wesens erschüttert.

Ein ganzes Jahr lang hatte er sich gefühlt, wie wenn ihm ein sehr teurer, nahestehender Angehöriger gestorben wäre.

Möglicherweise war er es selbst, den er betrauerte. Es war, als sei ein Teil von ihm, in Kisten und Kasten verpackt, beiseite gestellt worden. So wie die Wohnzimmermöbel, die nach New York abtransportiert worden waren. Er funktionierte völlig normal: Er aß, er schlief, er ging zu Verabredungen; er spielte Tennis, Rackett, Squash; er ging auf Partys, er reiste; und seine Anwaltspraxis blühte. Aber einige wesentliche Teile von ihm fehlten. Er wußte es, auch wenn es sonst keiner merkte. Länger als zwei Jahre hatte er einer Frau außer seinem Körper nichts zu bieten gehabt.

Auf dem Weg zu seinem Arbeitszimmer bekam die Stille des Hauses auf einmal etwas Unerträgliches. Ihn überfiel der Wunsch nach Bewegung. In letzter Zeit spürte er oft diesen Drang, ins Freie zu flüchten, fort aus der Leere und Stille. Erst jetzt, nach zwei Jahren des Alleinseins, begann die Betäubung von ihm zu weichen, so, als würden die Bandagen endlich abgestreift, und was blieb, war nur noch eine empfindliche Stelle.

Alex tauschte seine seriöse Kleidung gegen Jeans, Segeltuchschuhe und einen alten Parka. Er sprang die Stufen hinunter, schlug die Tür hinter sich zu und bog nach rechts zum Divisadero ab. Dort begann er langsam den steilen Hügel zum Broadway hinaufzulaufen. Oben angekommen, wandte er sich um, um die atemberaubende Aussicht in sich aufzunehmen. Unter ihm schimmerte die Bucht in der Dämmerung wie Seide. Die Hügel waren vom Nebel verschleiert, und die Hafenlichter funkelten wie Diamanten, Rubine und Smaragde über dem Wasser.

Nachdem er die prachtvollen Gebäude am Broadway erreicht hatte, schwenkte er nach rechts und ging auf den Presidio zu, abwechselnd auf die riesigen, imposanten Häuser und die stille Schönheit der Bucht schauend. In diesem vornehmen Teil San Franciscos konnte man zwei oder drei der teuersten hochherrschaftlichen Wohnblocks der Stadt bestaunen, stolze Backsteinhäuser und Tudor-Herrenhäuser, bemerkenswerte Gärten, atemberaubende Aussichten und turmhohe Bäume. Man sah keine Menschenseele unterwegs und vernahm keinen Laut. Dennoch konnte man sich unschwer den Klang des Kristalls, das Klingen feinen Silbers, livrierte Bediente, Herren und Damen in Abendroben aus Samt und Seide vorstellen. Bei den Bildern, die seine Phantasie ihm vorgaukelte, mußte Alexander lächeln.

Weniger einsam fühlte er sich, als er durch kleinere Straßen kam und an einfacheren Häusern entlanglief. Hier glaubte er im Geiste Männer zu sehen, die ihre Arme um ihre Frauen legten, lachende Kinder und junge Hunde, die in der Küche spielten oder vor einem wärmenden knisternden Kaminfeuer ausgestreckt lagen. In den großen Häusern gab es nichts, nach dem er sich sehnte. Das war eine Welt, nach der ihn nicht verlangte, obgleich er sie gut kannte. Was Alex für sich erstrebte, war etwas völlig anderes, etwas, das er und Rachel nie erfahren hatten.

Er konnte sich kaum vorstellen, wie es war, wieder jemanden zu lieben, zu umsorgen, ihm in die Augen zu schauen und vor Glück zu zerspringen. Für Alex hatte es dies alles schon so lange nicht mehr gegeben, daß er das Gefühl dafür fast vergessen hatte. Manchmal war er sich nicht sicher, ob er es überhaupt noch mal erleben wollte. Er war die geschäftigen Karrierefrauen leid; Frauen, die mehr an ihren Gehältern und raschen Aufstiegschancen interessiert waren, als verheiratet zu sein und Kinder zu haben. Er wünschte sich eine altmodische Frau, ein Wunder, eine Rarität, einen Edelstein. Und da gab es nichts. Seit fast zwei Jahren hatte es für Alex nur kostspielige Fälschungen gegeben. Er aber wünschte sich ein echtes Wertstück, einen vollkommenen, makellosen, ungewöhnlichen Solitär. Er bezweifelte sehr ernsthaft, ob es ihn irgendwo gab. Eines aber wußte er, und zwar felsenfest: Er würde sich mit nichts Geringerem als seinem Traum zufriedengeben. Und: Er wollte keine Frau wie Rachel. Das wußte er ebenso sicher.

Er strich sie erneut aus seinen Gedanken und blieb am Ausblick der Baker-Street-Treppe stehen. Die Stufen waren in den steilen Hang gemeißelt, der am Fuß den Broadway mit der Vallejo Street verband. Alex genoß den Blick und die kühle Brise und ließ sich auf der obersten Steinstufe nieder. Vielleicht fand er nie die richtige Frau. Vielleicht würde er niemals wieder heiraten. Was tat's? Er hatte ein gutes Leben, ein hübsches Heim, eine Anwaltspraxis, die ebenso erfreulich wie erfolgreich war. Vielleicht besaß er kein Recht, noch mehr zu verlangen.

Sein Blick glitt über die pastellfarbenen Häuser am Hafen, die kleinen viktorianischen Pfefferkuchenhäuser in Cow Hollow und die stolze griechische Pracht des Palastes der Schönen Künste. Und dann, nachdem seine Augen über die Kuppel, die Maybeck ein halbes Jahrhundert zuvor geschaffen hatte, und weiter unten über die Dachgiebel gewandert waren, entdeckte er sie plötzlich. Eine Frau, am Fuß der Treppe hingekauert, als sei sie dort eingemeißelt worden – einer Statue aus dem Palast der Schönen Künste gleichend. Nur daß diese hier noch feiner war, mit dem edlen Profil, das sich silhouettenhaft von den Straßenlichtern abhob. Er entdeckte, daß er plötzlich sehr still dasaß und hinunterstarrte, als sei sie eine Skulptur, eine Statue, irgend etwas, das jemand dort zurückgelassen hatte – ein edles Marmorbild in Form einer Frau, dabei so geschickt gestaltet, daß man sie fast für lebendig halten konnte.

Sie bewegte sich nicht, und er beobachtete sie fast fünf Minuten lang. Er sah, wie sie sich aufrichtete, mit einem langen, tiefen Atemzug die frische Nachtluft einsog und langsam wieder ausatmete, so, als habe sie einen sehr harten Tag gehabt. Es war etwas Ungewöhnliches um sie. Alex saß wie gebannt und war unfähig fortzuschauen. Es war das seltsamste Gefühl, das er je erlebt hatte, dazusitzen, auf die Gestalt, die im trüben Licht der Straßenlaternen saß, hinabzustarren und sich zu ihr hingezogen zu fühlen. Wer war sie? Was tat sie dort unten? Ihre Gegenwart schien an den tiefsten Kern seines Wesens zu rühren.

Ihre Haut wirkte sehr weiß in der Dunkelheit. Ihr Haar, dunkel und glänzend, war im Nacken zu einem sanften Knoten geschlungen. Es wurde von höchstens ein oder zwei Nadeln zusammengehalten. Für einen Moment überfiel Alex der verrückte Wunsch, die Stufen hinunterzurennen, sie zu berühren, sie in die Arme zu nehmen und ihr das dunkle Haar zu lösen. Als ob sie fühlte, was er dachte, schreckte sie plötzlich aus ihren Träumereien, so, als sei sie aus großer Entfernung von einer festen Hand zurückgeholt worden. Sie drehte sich zu ihm um und hob den Kopf. Sie schaute zu der Stelle, an der er saß. Und was er sah, als er zu ihr hinunterblickte, war das schönste Gesicht, das er je gesehen hatte. Ein Gesicht mit den vollendeten Proportionen eines Kunstwerks: reine, edle Züge, ein makelloses Antlitz mit riesigen dunklen Augen und einem sanft geschwungenen Mund. Es waren vor allem die Augen, die ihn fesselten, als sie ihn ansah – geheimnisvolle Augen, die das ganze Gesicht zu beherrschen schienen, Augen, erfüllt von einem unermeßlichen Schmerz. Er konnte im Laternenlicht erkennen, wie zwei schimmernde Tränenflüsse über die marmorweißen Wangen rannen. Für einen endlosen Moment begegneten sich ihre Augen, und Alex spürte, wie sich jede Faser seines Körpers zu der unbekannten Schönen mit den großen Augen und dem dunklen Haar hingezogen fühlte. Sie sah so verletzlich, so verloren aus, wie sie dort unten saß. Verwirrt senkte sie den Kopf. Alex fühlte das starke Bedürfnis, zu ihr hinunterzugehen. Er beobachtete sie und kämpfte mit seinem Entschluß. Plötzlich stand sie auf. Sie war in Pelz gehüllt, in ein Luchsfell, das sie wie eine Wolke umschwebte. Erneut flogen ihre Augen zu Alex hinauf, doch diesmal nur für den Bruchteil einer Sekunde. Und dann, als habe es sich nur um eine Erscheinung gehandelt, ging sie auf eine Hecke zu und war jäh verschwunden.

Einen langen Augenblick starrte Alex auf den Fleck, auf dem sie gesessen hatte. Unvermittelt stand er auf und lief die Stufen hinunter, um die Stelle aus der Nähe zu betrachten. Unten entdeckte er einen schmalen Pfad, der zu einer schweren Tür führte. Er konnte nur vermuten, daß sich dahinter ein Garten befand. Es gab keine Möglichkeit, festzustellen, wem dieses Grundstück gehörte. Hier endete also das Mysterium. Vielleicht saß sie in einem verborgenen Garten hinter der versperrten Tür. Er spürte einen Anflug ohnmächtiger Verzweiflung, wohl wissend, daß er sie niemals wiedersehen würde. Langsam kehrte er um und stieg die Stufen wieder hinauf.

2

Selbst als Alex den Schlüssel aus der Tasche zog, um die Haustür aufzuschließen, verfolgte ihn noch das Gesicht der weinenden Frau. Wer war sie? Warum weinte sie? Aus welchem Haus war sie gekommen? Er setzte sich auf den Absatz der schmalen Wendeltreppe in der Eingangshalle und starrte in das leere Wohnzimmer, die Reflexe des Mondlichts auf dem nackten Holzfußboden verfolgend. Nie zuvor hatte er eine anmutigere Frau gesehen. Es war ein Gesicht, das einen leicht ein Leben lang verzaubern konnte. Oder wenn schon nicht ein Leben lang, so würde er sich ganz bestimmt noch eine lange Zeit an sie erinnern. Er überhörte sogar das Telefon, als es fünf Minuten später läutete – so abwesend war er, so erfüllt von der Erscheinung, die er gerade erlebt hatte. Als er das Läuten endlich bemerkte, sprang er auf, hastete mit wenigen Sätzen nach oben und stürmte in seine Höhle. Er kam gerade noch rechtzeitig, um den Hörer aus einem Wust von Papieren, die auf seinem Schreibtisch lagen, herauszuklauben.

»Hallo, Alex.« Sofort entstand ein Augenblick gespannten Schweigens. Es war seine Schwester Kay.

»Was ist los?« Das hieß soviel wie: Was willst du? Kay rief niemals jemanden an, ohne etwas zu wollen oder zu brauchen.

»Nichts Besonderes. Wo warst du? Ich rufe seit einer halben Stunde an. Das Mädchen, das noch in deiner Praxis arbeitete, sagte mir, du seist direkt nach Haus gefahren.« So war sie stets. Wenn sie etwas wollte, wollte sie es sofort, ob es einem paßte oder nicht.

»Ich habe einen Spaziergang gemacht.«

»Um diese Zeit?« Ihre Stimme klang argwöhnisch. »Weshalb? Irgendwas nicht in Ordnung?« Er seufzte. Schon seit Jahren ging ihm seine Schwester auf die Nerven. Es war so wenig Entgegenkommendes, so wenig Sanftes an ihr. Sie war voller Kanten –

kalt und hart und scharf. Manchmal erinnerte sie ihn an ein sehr hartes kristallenes Objekt, das man auf einen Schreibtisch stellt. Hübsch anzusehen, doch keiner würde wagen, es anzufassen oder mitzunehmen. Und seit Jahren lag es offen zutage, daß ihr Ehemann sie ebenso empfand.

»Nein, alles in Ordnung, Kay.« Allerdings mußte er einräumen, daß sie für eine Frau, die den Gefühlen anderer Leute so gleichgültig gegenüberstand, ein untrügliches Gespür dafür hatte, wann er niedergeschlagen oder unpäßlich war.

»Ich brauchte nur ein wenig frische Luft. Ich hatte einen langen Tag.« Mit dem Versuch, die Unterhaltung in ruhiges Fahrwasser zu leiten und von sich selber abzulenken, fragte er: »Machst du niemals einen Spaziergang, Kay?«

»Hier in New York? Bist du bescheuert? Hier kannst du schon vom Luftholen tot umfallen.«

»Ganz zu schweigen von Raubüberfall und Entführung.« Er lächelte in den Hörer und spürte sie gleichfalls lächeln. Kay Willard war keine Frau, die häufig lächelte. Dazu war sie zu intensiv, zu hektisch, zu betriebsam und viel zu selten erheitert. »Welchem Umstand verdanke ich die Ehre deines Telefonanrufs?« Er lehnte sich im Stuhl zurück, blickte durch das Fenster auf die Aussicht und harrte geduldig der Antwort.

Kay würde jetzt eine ganze Zeitlang über Rachel reden. Kay war mit ihrer Ex-Schwägerin aus einleuchtenden Gründen in Verbindung geblieben. Der frühere Gouverneur war jemand, den sie in ihrem Schlepptau halten wollte. Wenn sie Alex überreden könnte, zu Rachel zurückzukehren, wäre der alte Mann entzückt gewesen. Vorausgesetzt natürlich, sie konnte Rachel davon überzeugen, wie verzweifelt unglücklich Alex ohne sie war und wieviel es ihm bedeuten würde, wenn sie ihm noch einmal eine Chance gäbe. Kay ließ es bei solchen Bemühungen niemals bewenden. Sie hatte schon mehrfach versucht, eine Begegnung herbeizuführen, wenn er in New York war. Aber selbst wenn Rachel bereit gewesen wäre, wovon Kay nie ganz überzeugt war, hatte sich über die Jahre hinweg ganz klar herausgestellt, daß Alex es nicht war. »Nun, Kongreßabgeordnete Willard?«

»Nichts von Bedeutung. Ich wollte nur wissen, wann du wieder nach New York kommst.«

»Warum?«

»Sei nicht so stur, Herrgott. Ich dachte daran, für ein paar Leute ein Essen zu geben.«

»Was für Leute?« Alex sah, wie sie sich in Positur setzte, und grinste. Sie war schon erstaunlich, seine Schwester, die Dampfwalze. Man brauchte nur einen Ton zu sagen, und sie hörte nicht mehr auf.

»Also, Alex, nun flüchte dich nicht in die Verteidigung.«

»Wer verteidigt sich? Ich wollte lediglich wissen, wen du mit mir zusammen zum Essen einladen willst. Was ist daran verkehrt? Es sei denn, es sollte sich erweisen, daß jemand auf deiner Gästeliste steht, der uns allen etwas Unbehagen bereitet. Soll ich die Anfangsbuchstaben raten, Kay? Würde das die Sache erleichtern?«

Wider Willen mußte sie lachen. »Schon gut, schon gut, ich habe die Botschaft vernommen. Aber, Menschenskind, Alex, ich wäre neulich fast über sie gestolpert, als ich mit der Maschine vom Ministerium kam. Sie sah phantastisch aus.«

»Sollte sie auch. Bei ihren Einkünften sähest du auch so aus.«

»Vielen Dank, Lieber.«

»Gern geschehen.«

»Wußtest du schon, daß sie als Abgeordnete für das Stadtparlament kandidieren soll?«

»Nein.« Es entstand ein längeres Schweigen. »Doch es überrascht mich nicht sonderlich. Dich etwa?«

»Nein.« Seine Schwester seufzte hörbar. »Manchmal frage ich mich, ob dir klar ist, was du aufgegeben hast.«

»Völlig klar. Und ich bin dem Schöpfer jeden Tag meines Lebens dafür dankbar. Ich möchte mit keiner Politikerin verheiratet sein. Das ist eine Ehre, die Männern wie George vorbehalten bleiben sollte.«

»Was, zum Donner, soll das heißen?«

»Er hat so viel mit seiner Arztpraxis zu tun. Ich wette, es fiele ihm nicht einmal auf, wenn du drei Wochen in Washington bliebest. Mir würde es auffallen.« Daß es ihrer Tochter gleichfalls auffallen würde, behielt er für sich. Er wußte es, weil er sich jedesmal, wenn er in New York war, ausführlich mit Amanda unterhielt. Er führte sie zum Mittag- oder Abendessen aus oder machte lange Spaziergänge mit ihr. Er kannte seine Nichte besser als die eigenen Eltern. Manchmal dachte er, es kümmerte Kay herzlich wenig. »Apropos, wie geht es Amanda?«

»Gut, nehme ich an.«

»Was heißt: ›du nimmst an‹?« Die Kritik war deutlich aus seinen Worten herauszuhören. »Hast du sie nicht gesehen?«

»Herrgott, ich bin gerade mit dem verdammten Flugzeug vom Ministerium zurück. Was willst du eigentlich von mir, Alex?«

»Nicht viel. Was du tust, geht mich nichts an. Was du ihr antust, ist eine andere Sache.«

»Das geht dich nichts an.«

»Nein? Und wen geht es etwas an, Kay? Etwa George? Ist ihm aufgefallen, daß du am Tag keine zehn Minuten mit deiner Tochter verbringst? Bestimmt nicht.«

»Sie ist sechzehn Jahre alt, mein Gott. Sie braucht keinen Babysitter mehr, Alex.«

»Nein, aber sie braucht verzweifelt eine Mutter und einen Vater – so wie jedes junge Mädchen.«

»Ich kann's nicht ändern. Ich bin in der Politik, und du weißt, wie man da gefordert wird.«

»Ja, ja.« Er schüttelte langsam den Kopf. Und genau das gleiche wünschte sie ihm ebenfalls: ein Leben mit Rachel ›Patterson‹, ein Leben, das ihn zum Prinzgemahl degradierte. »Sonst noch was?« Er hatte keine Lust, noch länger mit ihr zu reden. Die fünf Minuten, die er ihr zugehört hatte, hatten ihm gereicht.

»Ich kandidiere nächstes Jahr für den Senat.«

»Gratuliere.« Seine Stimme klang matt.

»Sei nicht zu überschäumend.«

»Bin ich nicht. Ich habe an Mandy gedacht. Was bedeutet das für sie?«

»Was das für sie bedeutet? Wenn ich siege, ist sie die Tochter einer Senatorin. Das bedeutet es.« Kays Stimme klang auf einmal giftig.

»Glaubst du, daß sie sich viel daraus macht?«

»Vermutlich nein. Das Kind trägt den Kopf so hoch in den Wolken, daß sie vermutlich keinen Sechser darum gäbe, selbst wenn ich für die Präsidentschaft kandidierte.« Ihre Stimme klang für einen Augenblick traurig, und Alex schüttelte den Kopf.

»Das ist nicht das, was zählt, Kay. Wir sind alle stolz auf dich, wir lieben dich, aber es gibt doch noch etwas anderes als ...« Wie sollte er es ihr sagen? Wie es ihr erklären? Sie interessierte sich ausschließlich für ihre Karriere, ihre Arbeit.

»Ich glaube, niemand von euch kann ermessen, was es für mich bedeutet, wie hart ich geschuftet habe, um es so weit zu bringen. Es war mörderisch, aber ich habe es geschafft. Und alles, was dir einfällt, ist, darüber zu meckern, was für eine Sorte von Mutter ich bin. Und unsere liebe Mutter ist noch schlimmer als du. Und George ist zu sehr damit beschäftigt, andere Leute aufzuschneiden, um sich zu erinnern, ob ich Kongreßabgeordnete oder Bürgermeister bin. Das ist, gelinde gesagt, ein bißchen entmutigend.«

»Sicher ist es das. Aber manchmal nehmen Leute Schaden an Karrieren wie der deinen.«

»Das muß man in Kauf nehmen.«

»Tatsächlich? Ist das alles, was dabei herauskommt?«

»Schon möglich.« Sie hörte sich müde an. »Ich habe nicht alle Antworten parat. Ich wünschte, ich hätte sie. Und wie sieht's bei dir aus? Was machst du so die ganze Zeit?«

»Nicht viel. Ich arbeite.«

»Bist du glücklich?«

»Manchmal.«

»Du solltest zu Rachel zurückkehren.«

»Wenigstens kommst du gleich zum Punkt. Ich will es nicht, Kay. Übrigens, wie kommst du darauf, daß sie mich will?«

»Sie sagte, sie würde dich gern sehen.«

»O Jesus.« Er stöhnte in den Hörer. »Du gibst wohl niemals auf, wie? Warum heiratest du nicht ihren Vater und läßt mich in Frieden? Das würde dich doch zu dem gleichen Endergebnis führen, oder nicht?«

Diesmal lachte Kay. »Schon möglich.«

»Erwartest du wirklich, daß ich mein Liebesleben nach den Erfordernissen deiner Karriere ausrichte?« Die Idee belustigte ihn, aber er wußte, daß sich hinter dem abscheulichen Gedanken ein Körnchen Wahrheit verbarg. »Was ich am meisten an dir liebe, große Schwester, ist deine grenzenlose Dreistigkeit.«

»Sie führt mich stets ans Ziel, kleiner Bruder.«

»Davon bin ich überzeugt, aber diesmal irrst du, Liebe.«

»Kein kleines Abendessen mit Rachel?«

»Nein, aber wenn du sie wiedersiehst, bestell ihr meine besten Grüße.« Einen leichten Druck im Magen spürte er bei der Erwähnung ihres Namens. Er liebte sie nicht mehr, aber dann und wann, wenn er etwas über sie hörte, tat es noch weh.

»Das will ich tun. Und denk darüber nach. Ich kann jederzeit etwas für dich improvisieren, wenn du in New York bist.«

»Mit ein bißchen Glück wirst du nach Washington gehen und viel zu beschäftigt sein, um mich zu sehen.«

»Kann sein. Wann kommst du in den Osten?«

»Vermutlich in einigen Wochen. Ich muß einen Mandanten in New York aufsuchen. Ich bin sein Co-Verteidiger in einer ziemlich großen Sache hier draußen.«

»Ich bin beeindruckt.«

»Bist du das?« Seine Augen verengten sich, als er flüchtig durchs Fenster blickte. »Warum? Paßt es gut in dein Wahlkampfmaterial? Ich denke, Mutters Leser brächten dir mehr Stimmen ein, als ich es vermag. Bist du nicht auch dieser Meinung?« In seiner Stimme lag ein Ton von Ironie. »Es sei denn, natürlich, ich besäße den guten Geschmack, Rachel wieder zu heiraten.«

»Gib nur acht, daß du nicht in irgendwelche Schwierigkeiten gerätst.«

»War ich das je?« Es klang amüsiert.

»Nein, aber wenn ich für den Senat kandidiere, so wird es ein knappes Rennen. Ich trete gegen diesen Moralapostel an, und wenn ein auch nur entfernt mit mir Verwandter irgend etwas Unappetitliches anstellt, bin ich weg vom Fenster.«

»Sicher wirst du Mutter entsprechend instruieren.« Er hatte es scherzhaft gemeint, doch sie reagierte prompt sehr ernst.

»Das habe ich bereits getan.«

»Machst du Witze?« Er lachte auf bei dem Gedanken, seine elegante, modebewußte weißhaarige Mutter könnte etwas Unschickliches anstellen, was Kays Kandidatur für einen Sitz im Senat gefährdete.

»Ich spaße nicht, ich meine es so. Ich kann mir jetzt keine Probleme leisten, keinen Blödsinn, keinen Skandal.«

»O Schande!«

»Was meinst du?«

»Nun ja ... ich war eben im Begriff, ein Verhältnis mit dieser Ex-Nutte anzufangen, die gerade aus dem Gefängnis gekommen ist.«

»Sehr witzig. Mir ist es todernst.«

»Leider, wie ich sehe. Du kannst mir ja meine Instruktionsliste geben, wenn ich nach New York komme. Bis dahin werde ich versuchen, mich anständig zu betragen.«

»Tu das. Und laß es mich wissen, wenn du rüberkommst.«

»Warum? Damit du ein heimliches Rendezvous mit Rachel arrangieren kannst? Tut mir leid, Kongreßabgeordnete Willard, sogar im Interesse deiner Karriere bin ich dafür nicht zu haben.«

»Du bist ein Idiot.«

»Mag sein.« Doch das dachte er keineswegs. Er dachte es ganz und gar nicht. Nachdem das Telefonat mit Kay beendet war, ertappte sich Alex dabei, wie er, aus dem Fenster starrend, nicht an Rachel dachte, sondern an jene andere Frau, die er vorhin auf den Treppenstufen gesehen hatte. Schloß er die Augen, konnte er sie vor sich sehen: das vollkommen geformte Antlitz, die riesigen Augen, der empfindsame Mund. Nie zuvor hatte er eine Frau erlebt, die so schön und dabei so geheimnisvoll war. Mit geschlossenen Augen saß er an seinem Schreibtisch und dachte an sie. Er seufzte, schüttelte den Kopf, öffnete die Augen und stand auf. Es war lächerlich, von einer völlig fremden Frau zu träumen. Er kam sich albern vor, lachte auf und vertrieb sie aus seinen Gedanken.

3

Sonnenlicht flutete ins Zimmer, schimmerte auf der beigefarbenen Tagesdecke und den gleichfarbigen Polstersesseln. Es war ein großer, schöner Raum mit langen französischen Fenstern, die zur Bucht hinaus lagen. Vom Boudoir, das mit dem Schlafzimmer verbunden war, konnte man die Golden-Gate-Brücke sehen. In jedem Zimmer befand sich ein Marmorkamin. Sorgfältig ausgesuchte französische Gemälde hingen an den Wänden. In einer Ecke stand eine unschätzbar wertvolle chinesische Vase in einer Louis-Quinze-Vitrine aus Intarsien. Vor den Fenstern ein Louis-Quinze-Schreibtisch, der jeden anderen Raum erdrückt hätte. Er war pompös, bombastisch, steril und kalt. Neben dem Boudoir war noch ein kleiner, holzgetäfelter Raum, angefüllt mit englischen, spanischen und französischen Büchern.

Es war neun Uhr morgens. Raphaella trug ein perfekt geschneidertes Maßkostüm, das ihre vollendete Erscheinung ungemein stilvoll zur Geltung brachte. Das Kostüm war eigens für sie in Paris angefertigt worden, wie die meisten ihrer Modellkleider, ausgenommen jene, die sie in Spanien gekauft hatte. In San Francisco kaufte sie selten Garderobe ein. Sie ging fast niemals aus. In San Francisco war sie eine unsichtbare Person, ein Name, den die Leute selten erwähnten, jemand, den sie niemals sahen. Für die meisten von ihnen wäre es schwierig gewesen, den Namen der Mrs. John Henry Phillips mit ihrem Gesicht in Verbindung zu bringen. Es wäre ihnen schwergefallen, diese vollendete schneeweiße Schönheit zu beschreiben. Als sie John Henry heiratete, hatte ein Reporter sie mit einer Märchenprinzessin verglichen und hinzugefügt, daß sie dies in vielerlei Hinsicht auch sei. Aber die Augen, die an diesem Oktobermorgen über die weite Bucht schauten, waren nicht die einer Märchenprinzessin. Es waren die Augen einer sehr einsamen jungen Frau, eingeschlossen in einer sehr einsamen Welt.

»Ihr Frühstück steht bereit, Mrs. Phillips.« Im Eingang stand ein Dienstmädchen in blütenweißer Uniform. Ihre Meldung hört sich an wie ein Befehl, mußte Raphaella denken, doch dieses Gefühl hatte sie stets, wenn sie an John Henrys Dienstboten dachte. Dasselbe hatte sie im Hause ihres Vaters in Paris empfunden und auch im Hause ihres Großvaters in Spanien. Es war ihr stets so vorgekommen, als seien es die Dienstboten, die die Befehle gaben, wann sie aufzustehen, sich anzukleiden, zu frühstücken und wann sie das Abendessen einzunehmen hatte. »Madame, es ist serviert«, bedeutete im Hause ihres Vaters in Paris, daß das Essen auf dem Tisch stand. Und wenn Madame nicht wünschte, daß serviert werde? Wenn Madame lediglich ein Sandwich wünschte, um es, auf dem Fußboden vor dem Kaminfeuer hockend, zu verzehren? Oder anstelle des Frühstücks mit Toast und verlorenen Eiern eine Portion Eiscreme? Der Gedanke ließ sie leicht lächeln, als sie in ihr Schlafzimmer zurückkehrte und sich umsah. Alles stand bereit. Ihre Koffer standen korrekt aufgereiht in einer Ecke – alle in schokoladenfarbenem weichem Wildleder gehalten –, und daneben lag die große Tragetasche, in welcher Raphaella einige Geschenke für ihre Mutter, Tante und Cousinen, ihren Schmuck und etwas Lesestoff für den Flug untergebracht hatte. Als sie auf das Gepäck sah, empfand sie keine Freude auf die bevorstehende Reise. Sie freute sich eigentlich nie auf irgend etwas. Ihr Leben war wie das endlose Band einer Landstraße, die zu einem nie gesehenen, unbekannten Ziel führte. Ein Ziel, das ihr gleichgültig war, denn sie wußte, jeder Tag würde wie der vorherige sein. Sie würde jeden Tag das gleiche tun, was sie seit annähernd sieben Jahren getan hatte – mit Ausnahme der vier Wochen im Sommer, wenn sie nach Spanien flog, und der paar Tage zuvor, wenn sie nach Paris flog, um ihren Vater zu sehen. Zusätzlich gab es noch gelegentliche Abstecher, um ihre Verwandten in New York zu treffen. Jahre schienen vergangen, seit sie zuletzt dort gewesen, seit sie Europa verlassen, seit sie John Henrys Frau geworden war. Es war alles so anders gekommen, als es zu Beginn ausgesehen hatte.

Angefangen hatte alles wie ein Märchen. Oder eine Fusionierung. Ein bißchen von beidem gab es in dieser Geschichte. Die Verbindung des Bankhauses Malle von Paris, Mailand, Madrid und Barcelona mit der Phillips Bank von Kalifornien und New

York. Beide Imperien bestanden aus Investmentbanken bedeutender internationaler Größenordnungen. Der erste gigantische Geschäftsabschluß ihres Vaters mit John Henry hatte dies zuwege gebracht, verbunden mit einer Schlagzeile der ›Times‹. Es war auch der Beginn der häufigen Begegnungen ihres Vaters mit John Henry. Als ihre gemeinschaftlichen Transaktionen zu florieren begannen, hatte sich John Henry mit Antoines einzigem Kind vermählt.

Raphaella war niemals einem Menschen wie John Henry begegnet. Er war hochgewachsen, gutaussehend, interessant, einflußreich und dabei freundlich, gütig, stets mit sanfter Stimme sprechend. In seinen Augen lag ein Ausdruck, als ob sie ständig lächelten. Dies führte anfangs zu Mißverständnissen, bis Raphaella im Laufe der Zeit herausfand, wie gerne er neckte und spielte. Er war ein Mann von außerordentlicher Phantasie und Ideenreichtum, ein Mann mit Geist und großer Überzeugungskraft, ein Mann mit Stil.

Das einzige, woran es John Henry Phillips mangelte, war Jugend. Selbst dies war anfangs schwer zu glauben, wenn man in das schmale, noble Antlitz blickte oder seine kräftigen Arme beim Tennisspielen oder Schwimmen sah. Er hatte einen großen, prachtvoll modellierten Körper, um den Männer, die halb so alt waren wie er, ihn beneidet haben würden.

Es war sein Alter, das ihn zunächst davon abhielt, Raphaella zu umwerben. Aber als die Zeit verstrich und die Häufigkeit seiner Besuche in Paris zunahm, fand er sie bei jeder Begegnung charmanter, zutraulicher und reizender. Und trotz der strengen Vorstellungen über die Zukunft seiner Tochter konnte Antoine de Mornay-Malle der Aussicht, seinen alten Freund mit seinem einzigen Kind verheiratet zu sehen, nicht widerstehen. Er war sich der Schönheit seiner Tochter, ihrer Liebenswürdigkeit, Offenheit und ihres unschuldigen Charmes sehr wohl bewußt. Er war sich aber auch bewußt, welch ein seltener Fang John Henry Phillips für jede Frau bedeutete, ungeachtet des großen Altersunterschieds. Er war auch nicht blind gegenüber der Tatsache, was es für seine Bank bedeutete. Eine Überlegung, die er schon einmal in seinem Leben mit in Erwägung gezogen hatte. Seine eigene Heirat basierte sowohl auf Zuneigung als auch auf einem ebenso guten Geschäftssinn.

Der Vater seiner Frau, der alte Marquis de Quadral, war das regierende Finanzgenie von Madrid gewesen. Seine Söhne hatten jedoch seine Leidenschaft für die Welt der Finanzen nicht geerbt und sich größtenteils in andere Interessensphären begehen. Jahrelang hatte der alternde Marquis nach jemandem Ausschau gehalten, der seine Nachfolgerschaft bei den Banken, die er vor Jahren gegründet hatte, antreten könnte. Eines Tages begegnete ihm Antoine. Dieser hatte, nach einer Menge fleißiger Beinarbeit, einen Zusammenschluß des Bankhauses Malle mit dem Bankhaus Quadral zustande gebracht und in Kooperation zahlreiche gute Abschlüsse erzielt. Die Union vervierfachte Antoines Reichtum, entzückte den alten Marquis und brachte Antoine die Tochter des Marquis, die Marquise de Santos y Quadral, ein. Bei der ersten Begegnung mit der flachsblonden, blauäugigen Schönheit war Antoine sofort in Liebe entbrannt. Er hatte zu jenem Zeitpunkt schon mehrfach daran gedacht, sich zu verheiraten und einen Erben zu zeugen. Alejandra war die perfekte Lösung des Problems, und eine sehr hübsche noch dazu. Als Neunzehnjährige war sie eine hinreißende Schönheit mit dem erlesensten Gesicht, das Antoine je gesehen hatte. Er dagegen sah an ihrer Seite wie ein echter Spanier aus, mit dem schwarzen Haar und den schwarzen Augen. Zusammen bildeten sie ein außergewöhnliches Paar.

Sieben Monate nach der ersten Begegnung war ihre Hochzeit das Hauptereignis der Gesellschaftssaison. Ihre Flitterwochen verbrachten sie in Südfrankreich. Gleich darauf erschienen sie pflichtgemäß in Santa Eugenia an der Küste Spaniens, wo der Marquis einen Landsitz in einer Grafschaft besaß. Erst hier begann Antoine zu begreifen, was eine Heirat mit Alejandra bedeutete. Er war jetzt ein Familienmitglied, ja, ein weiterer Sohn des ältlichen Marquis. Man erwartete sein häufiges Erscheinen in Santa Eugenia und möglichst zahlreiche Aufenthalte in Madrid. Es war klar erkennbar, was Alejandra im Sinn hatte. Als die Zeit der Rückkehr nach Paris gekommen war, flehte sie ihren Gatten an, sie noch für einige Wochen in Santa Eugenia zu lassen. Und als sie schließlich nach Paris zurückkehrte, sechs Wochen später als versprochen, wußte er, was das für die Zukunft hieß. Alejandra würde die meiste Zeit ihres Lebens in ihrer Heimat verbringen, umgeben von ihrer Familie. Die ganzen Kriegsjahre über hatte sie dort zurückgezogen gelebt. Jetzt, nachdem der Krieg vorbei und sie inzwischen verheiratet war, wünschte sie das Leben in der vertrauten Umgebung fortzusetzen.

Wie vorauszusehen, brachte Alejandra ein Jahr nach ihrer Hochzeit ihr erstes Kind zur Welt, einen Sohn namens Julian. Antoine war selig. Nun besaß er einen Erben für sein eigenes Imperium. Stundenlang schlenderten er und der Marquis über die Gründe von Santa Eugenia und schmiedeten Zukunftspläne für die Bank und Antoines inzwischen einen Monat altes Söhnchen. Antoine besaß die volle Unterschriftsvollmacht seines Schwiegervaters. In dem Jahr seit seiner Heirat mit Alejandra hatten beide, das Bankhaus Malle und das Bankhaus Quadral, stark an Wachstum gewonnen.

Alejandra verbrachte den Sommer in Santa Eugenia mit ihren Brüdern, Schwestern, deren Cousinen, Nichten und Freunden. Als Antoine nach Paris zurückkehrte, war sie erneut in anderen Umständen. Diesmal erlitt sie eine Fehlgeburt, und das Mal darauf kamen bei einer Frühgeburt tote Zwillinge zur Welt. Danach gab es eine kurze Pause, als sie sechs Monate zur Erholung in Madrid bei ihrer Familie weilte. Nach Paris zum Gatten zurückgekehrt, wurde sie erneut schwanger. Raphaella wurde geboren, zwei Jahre jünger als ihr Bruder Julian. Nach zwei weiteren Fehlgeburten und einer Totgeburt verkündete die hinreißend schöne Alejandra, daß ihr das Pariser Klima nicht bekomme, und ihre Geschwister meinten, sie würde sich in Spanien gesünder fühlen. Antoine fügte sich in das Unabänderliche.

Von da an war er zufrieden, wenn er sie in Santa Eugenia oder Madrid sehen konnte, umgeben von ihren Cousinen, Schwestern und Anstandsdamen, vollkommen glücklich, ständig in Gesellschaft ihrer Verwandten sowie einer Anzahl Freundinnen und einer Handvoll unverheirateter Brüder zu sein, die sie zu Konzerten, in die Oper oder in das Theater begleiteten. Alejandra zählte noch immer zu den größten Schönheiten Spaniens. Sie führte das unübertrefflich angenehme Leben von Trägheit und Reichtum, das sie so über alle Maßen schätzte. Es war zwar kein großes Problem für Antoine, zwischen Paris und Spanien zu pendeln, aber seine Bankgeschäfte hielten ihn mehr und mehr von häufigen Reisen ab. Er hatte seine Frau rechtzeitig veranlassen können, die Kinder nach Paris zu geben, wo sie die Schule besuchten. Natürlich unter der Bedingung, daß sie bei jeder erdenklichen Gelegenheit und für vier Monate im Sommer nach Santa Eugenia flogen. Hin und wieder willigte sie auch ein, ihn in Paris zu besuchen, trotz der schädlichen Wirkung, die das französische Wetter auf ihre Gesundheit hatte, wie sie unverwandt behauptete. Nach der letzten Totgeburt hatte es keine weiteren Schwangerschaften gegeben. Zwischen Alejandra und ihrem Ehemann bestand nur noch eine platonische Liebe. Etwas völlig Normales, wie sie von ihren Schwestern wußte.

Antoine war es zufrieden, die Dinge zu belassen, wie sie waren, und als der Marquis starb, hatte sich die Heirat ausgezahlt. Niemand war von den Vorkehrungen überrascht. Alejandra und Antoine erbten das Bankhaus Quadral. Ihre Brüder wurden großzügig abgefunden, aber an Antoine fiel das Imperium, das er so brennend gern seinem eigenen hinzufügen wollte. Nun war es sein Sohn, von dem er hoffte, daß er fortführte, was er aufgebaut hatte. Aber Antoines einzigem Sohn war es nicht vergönnt, das Erbe anzutreten. Mit sechzehn verunglückte Julian de Mornay-Malle tödlich bei einem Polospiel in Buenos Aires. Er ließ eine betäubte Mutter, einen jeder Hoffnung beraubten Vater und Raphaella als einziges Kind Antoines zurück.

Und es war Raphaella, die ihren Vater tröstete und mit ihm nach Buenos Aires flog, um den Leichnam des Jungen nach Frankreich zu überführen. Sie war es, die die Hand ihres Vaters während jener endlosen Stunden des Wartens hielt, bis man feierlich den Sarg auf die Rollbahn von Orly herabsenkte. Alejandra kam nach Paris, umringt von ihren Schwestern, Cousinen, einem ihrer Brüder und verschiedenen Freunden – so wie sie stets beschirmt und beschützt wurde. Alejandra besaß eine stattliche Armee zu ihrem Schutz. Antoine hatte niemanden außer einem vierzehnjährigen Kind.

Später erwuchs aus dieser Tragödie eine ungewöhnliche Bindung zwischen Vater und Tochter. Etwas, worüber sie niemals sprachen, was aber stets vorhanden war. Die Tragödie stellte auch eine ungewöhnliche Bindung zwischen ihrem Vater und John Henry her, als die beiden Männer entdeckten, daß sie das gleiche Schicksal teilten: den Verlust ihrer einzigen Söhne. John Henrys Junge starb bei einem Flugzeugunglück. Als Einundzwanzigjähriger hatte er seine eigene Maschine geflogen. Fünf Jahre später starb auch John Henrys Gattin. Aber es war der Verlust der Söhne, der für jeden der Männer einen unerträglichen Schlag darstellte. Antoine hatte Raphaella gehabt, die ihn tröstete. John Henry besaß keine weiteren Kinder, und nach dem Tode seiner Frau hatte er nicht wieder geheiratet.

Zu Beginn ihrer Geschäftsbeziehung hielt sich Raphaella jedesmal in Spanien auf, wenn John Henry nach Paris kam. Schon begann er Antoine wegen dessen eingebildeter Tochter aufzuziehen. Es wurde zum Standardwitz zwischen ihnen, bis der Butler eines Tages John Henry in Antoines Arbeitszimmer geleitete. Vor ihm stand nicht Antoine, sondern ein umwerfend schönes Mädchen, das ihm zitternd wie ein junges Reh entgegensah. Sie hatte einige Schulhefte durchgeblättert und ein paar Zeugnisbücher eingesehen, die ihr Vater dort behalten hatte. Langes schwarzes Haar hing über ihren Schultern, ein glatter Fluß schwarzer Seide, in Kaskaden weicher Locken mündend. Einen Moment hatte er ehrfürchtig schweigend dagestanden. Dann hatte er sich rasch gefangen. Der warme Schimmer seiner Augen zeigte ihr, daß er ein Freund sei. Während der Monate ihres Studiums in Paris sah sie nur wenige Leute, und in Spanien war sie stets so gut bewacht und beschützt, daß es ungewohnt für sie war, irgendwo allein mit einem Mann zu sein. Sie wußte nicht, was sie als erstes sagen sollte, doch nach Sekunden leichter Befangenheit bemerkte sie das Zwinkern in seinen Augen und mußte lachen. Eine halbe Stunde später traf Antoine sie zusammen an. Er war in der Bank aufgehalten worden und entschuldigte sich wortreich für die Verspätung. Unterwegs im Auto hatte er sich gefragt, ob John Henry seiner Tochter wohl endlich begegnet sei. Später mußte er sich eingestehen, daß er darauf gehofft hatte.

Kurz nach der Ankunft ihres Vaters hatte Raphaella sich zurückgezogen. Ihre Wangen leuchteten zart rosa auf der schneeweißen Haut.

»Mein Gott, Antoine, sie ist eine Schönheit.« John Henry sah seinen Freund mit einem seltsamen Ausdruck an. Antoine lächelte.

»Also gefällt sie dir, meine eingebildete Tochter? War sie nicht zu scheu? Ihre Mutter hat ihr eingeprägt, daß alle Männer, die es wagen, alleine mit einem Mädchen zu sprechen, Mörder oder zumindest Verführer seien.«

»Was hast du erwartet? Ihr Lebtag lang ist sie total behütet gewesen. Danach überrascht es kaum, wenn sie scheu ist.«

»Nein, aber sie ist jetzt fast achtzehn, und es wird zu einem echten Problem für sie. Es sei denn, sie verbringt den Rest ihres Lebens in Spanien. In Paris sollte sie zumindest fähig sein, mit einem Mann zu reden, ohne daß ein halbes Dutzend Frauen im Zimmer steht, von denen die meisten mit ihr verwandt sind.« Es klang amüsiert, doch in seinen Augen lag gleichzeitig etwas sehr Ernstes. Er sah John Henry lange und durchdringend an und versuchte den Ausdruck, der noch in den Augen des Amerikaners lag, richtig zu deuten. »Sie ist reizend, nicht wahr? Ich weiß, es klingt unbescheiden, so etwas über meine eigene Tochter zu sagen, aber ...« Er breitete hilflos die Hände aus und lächelte.

Diesmal begegnete er dem uneingeschränkten Lächeln John Henrys. »Reizend ist nicht ganz das richtige Wort.« Gleich darauf stellte er in fast jungenhafter Manier eine Frage, die Antoines Augen aufleuchten ließ. »Wird sie heute abend gemeinsam mit uns dinieren?«

»Wenn du nichts dagegen hast, sehr gerne. Ich dachte, wir könnten hier dinieren und anschließend einen Sprung in meinen Club tun. Matthieu de Bourgon wird heute abend dort sein, und ich habe ihm seit Monaten versprochen, dich mit ihm bekannt zu machen, wenn du das nächste Mal hiersein wirst.«

»Das klingt gut.« Aber es war nicht Matthieu de Bourgon, an den John Henry dachte, als er seinem Freund zunickte.

Es war ihm erfolgreich gelungen, jenen Abend mit Raphaella in die Länge zu ziehen. Das gleiche gelang ihm zwei Tage später, als er im Hause zum Tee erschien. Er kam eigens, um sie zu sehen, und brachte ihr zwei Bücher mit, von denen er zwei Tage zuvor beim Abendessen gesprochen hatte. Wiederum war sie errötet und abermals in Schweigen verfallen, doch diesmal war es ihm gelungen, sie scherzend zum Plaudern zu bewegen, und am Ende des Nachmittags waren sie fast Freunde. Im Verlauf der nächsten sechs Monate begann sie in ihm eine Persönlichkeit zu sehen, die fast so verehrungswürdig und schätzenswert wie ihr eigener Vater war. Als sie das nächste Mal nach Spanien reiste, stellte sie ihn in den Augen ihrer Mutter als eine Art Onkel dar.

Während dieses Aufenthalts tauchte John Henry mit ihrem Vater in Santa Eugenia auf. Sie blieben nur für ein kurzes Wochenende, doch in diesem Zeitraum gelang es John Henry mit Erfolg, Alejandra und die übrigen Heerscharen, die sich während der Frühjahrssaison auf Santa Eugenia aufhielten, mit seinem Charme für sich einzunehmen. Schon damals begann Alejandra John Henrys Absichten zu durchschauen. Raphaella hingegen erkannte sie erst im Sommer.

Raphaella genoß die ersten Ferientage in Paris bis zu ihrem Flug nach Madrid. Als John Henry erschien, bedrängte sie ihn, mit ihr einen Spaziergang an der Seine zu machen. Sie sprachen über die Straßenkünstler und über die Kinder, und ihr Gesicht leuchtete auf, als sie ihm von ihren Neffen und Nichten in Spanien erzählte. Sie sah unendlich schön aus, als sie mit ihren riesengroßen dunklen Augen zu ihm hochschaute.

»Und wie viele möchten Sie einmal haben, wenn Sie erwachsen sind, Raphaella?« Er sprach ihren Namen stets sehr bedachtsam aus. Das gefiel ihr. Für einen Amerikaner war es ein schwieriger Name.

»Ich bin erwachsen.«

»Sind Sie das? Mit achtzehn?« Er sagte es amüsiert, doch in seinen Augen lag ein sonderbarer Ausdruck, den sie nicht verstand, etwas Müdes, Altes, Weises und Trauriges. Vielleicht hatte er einen Augenblick an seinen toten Sohn gedacht. Auch von ihm hatten sie gesprochen. Und sie hatte ihm von ihrem Bruder erzählt.

»Ja, ich bin erwachsen. Im Herbst gehe ich an die Sorbonne.«

Sie hatten einander zugelächelt, und er hatte sich beherrschen müssen, um sie nicht auf der Stelle zu küssen.

Während der ganzen Dauer ihres Spaziergangs hatte er überlegt, wie er sie fragen sollte und ob er nicht total verrückt geworden sei, das Verlangen zu haben, sie überhaupt zu fragen. »Raphaella, haben Sie je daran gedacht, in den Staaten zu studieren?« Sie schlenderten langsam an der Seine entlang, und sie zupfte zärtlich an den Blütenblättern einer Blume. Jetzt sah sie zu ihm auf und schüttelte den Kopf.

»Ich glaube nicht, daß ich es könnte.«

»Warum nicht? Ihr Englisch ist ausgezeichnet.«

Wieder schüttelte sie den Kopf, und als sie ihn anschaute, waren ihre Augen traurig. »Meine Mutter würde mich niemals gehen lassen. Es ist zu ... zu verschieden von unserer Lebensweise. Und es ist so weit weg.«

»Aber ist das auch Ihre Meinung? Das Leben Ihres Vaters unterscheidet sich ebenfalls von dem Ihren. Würden Sie mit dem Leben in Spanien glücklicher sein?«

»Ich glaube, nein«, versetzte sie nüchtern. »Ich denke jedoch, mir bleibt keine große Wahl. Ich glaube, es war immer Papas Absicht, Julian in seine Bank zu nehmen, und es war ausgemacht, daß ich nach Spanien zu meiner Mutter gehe.« Der Gedanke, sie für den Rest ihres Lebens von Anstandsdamen umgeben zu sehen, entsetzte ihn. Gerade als ihr Freund wünschte er ihr mehr als das. Er wünschte, sie frei und lebendig, lachend und unabhängig zu sehen und nicht, wie ihre Mutter, auf Santa Eugenia begraben. Es war nicht das richtige für dieses Mädchen. Das spürte er in seiner Seele.

»Ich denke, Sie sollten das nicht machen, falls es nicht ausdrücklich Ihr Wunsch ist.«

Mit Resignation, gemischt mit der Weisheit ihrer achtzehnjährigen Augen, sah sie ihn lächelnd an. »Es gibt Pflichten im Leben, Mr. Phillips.«

»Nicht in Ihrem Alter, kleines Mädchen. Noch nicht. Einige Pflichten schon. Etwa die Schule. Oder bis zu einem gewissen Grade der Gehorsam gegenüber den Eltern. Doch Sie haben kein ganzes Leben an etwas zu verschwenden, was Sie nicht wollen.«

»Was sollte ich sonst tun? Ich wüßte nichts anderes.«

»Das ist kein Argument. Sind Sie in Santa Eugenia glücklich?«

»Manchmal. Manchmal auch nicht. Ich finde die Frauen dort sehr langweilig. Meine Mutter mag sie trotzdem. Sie geht sogar mit ihnen auf Reisen. Sie reisen immer in großen Bündeln. Sie reisen nach Rio und Buenos Aires, nach Uruguay und New York, ja, selbst wenn sie nach Paris kommt, bringt sie sie mit. Sie erinnern mich immer an Mädchen aus einem Pensionat, sie wirken so ... so ...« Die riesigen Augen sahen ihn um Verzeihung bittend an – »so albern. Stimmt's?« Sie sah ihn an, und er nickte.

»Vielleicht ein wenig. Raphaella ...« Er kam nicht weiter. Sie war plötzlich stehengeblieben, machte eine Drehung, so daß sie ihm direkt ins Gesicht sehen konnte. Unbefangen, sich ihrer Schönheit, ihres langgliedrigen anmutigen Körpers nicht bewußt, lehnte sie sich leicht gegen ihn und sah ihm mit so viel Vertrauen in die Augen, daß er sich fürchtete, mehr zu sagen.

»Ja?«

Und da konnte er nicht länger an sich halten. Er konnte es nicht. Er mußte es einfach ... »Raphaella, Liebling. Ich liebe dich.« Seine Worte waren kaum mehr als ein Raunen in der weichen Pariser Luft. Sein durchfurchtes nobles Antlitz schwebte einen Moment über dem ihren, bevor er sie küßte. Seine Lippen waren zärtlich und weich, seine Zunge erforschte ihren Mund, als kenne sein Hunger nach ihr keine Grenzen, doch ihr Mund war jetzt ebenso hart gegen den seinen gepreßt, ihre Arme umschlangen seinen Nacken, ihr Körper drängte sich gegen den seinen. Langsam zog er sich sanft von ihr zurück. Sie sollte nicht das Verlangen spüren, das ihm in die Lenden geschossen war. »Raphaella ... ich hab' mich schon so lang danach gesehnt, dich zu küssen.« Er küßte sie wieder, diesmal sanfter, und sie lächelte mit einem fraulichen Vergnügen, das er nie zuvor in ihrem Gesicht entdeckt hatte.

»Ich auch.« Und dann senkte sie wie ein Schulmädchen den Kopf. »Ich hatte mich vom ersten Augenblick an in dich verliebt.« Mutig sah sie zu ihm hoch. »Du bist so schön.« Diesmal war sie es, die ihn als erste küßte. Dann ergriff sie seine Hand und wollte ihn mit sich an der Seine entlangziehen. Er schüttelte jedoch den Kopf und nahm ihre Hand in die seine. »Zuerst sollten wir über etwas reden. Möchtest du dich setzen?« Er ging zu einer Bank, sie folgte ihm.

Sie sah ihn fragend an und bemerkte etwas in seinen Augen, das sie verwirrte. »Ist etwas?« Er lächelte ein wenig. »Nein. Doch wenn du glaubst, ich sei heute nachmittag mit dir hergegangen, um zu schmusen, wie man zu meiner Zeit zu sagen pflegte, so irrst du, mein Kleines. Es gibt etwas, das ich dich fragen möchte – etwas, wovor ich mich den ganzen Tag schon fürchte.«

»Was ist es?« Ihr Herz fing plötzlich an zu klopfen, ihre Stimme klang ganz dünn.

Einen endlosen Augenblick sah er sie an, sein Gesicht war nahe dem ihren, ihre Hand ruhte sicher in der seinen. »Willst du mich heiraten, Raphaella?« Er spürte, wie sie scharf den Atem einzog, schloß die Augen und küßte sie erneut. Als er sich langsam zurückzog, schimmerten Tränen in ihren Augen. Sie lächelte, wie er sie vorher niemals lächeln sah. Sie nickte, und ihr Lächeln vertiefte sich.

»Ja ... ich will ...«

Die Hochzeit von Raphaella de Mornay-Malle y de Santos y Quadral und John Henry Phillips IV. war ein Ereignis allerersten Ranges. Sie fand in Paris statt. Am Tage der standesamtlichen Trauung gab es ein Gabelfrühstück für zweihundert Gäste. Am Abend des gleichen Tages ein großes Essen für hundertfünfzig Familienmitglieder und nahe Freunde. Ein Hochzeitsgefolge von sechshundert Menschen war am nächsten Tage bei der Trauung in Notre-Dame versammelt. Antoine hatte den gesamten Polo-Club eingeladen, und alle stimmten überein, daß sowohl die Hochzeit als auch der Empfang das Schönste waren, was sie je gesehen hatten. Bemerkenswert war auch das Abkommen, das mit der Presse vereinbart worden war. Raphaella und John Henry sollten eine halbe Stunde lang für die Fotografen posieren und alle gestellten Fragen beantworten. Anschließend wurden sie in Ruhe gelassen.

Die Hochzeitsreportagen erschienen in der ›Vogue‹, in ›Women's Wear Daily‹ und in der darauffolgenden Wochenendausgabe von ›Times‹. Während der Presseinterviews klammerte Raphaella sich geradezu verzweifelt an John Henrys Hand. Ihre Augen erschienen größer und dunkler denn je in dem schneeweißen Gesicht.

Damals schwor er sich, sie für die Zukunft vor den neugierigen Augen der Presse abzuschirmen. Er wollte nicht, daß sie sich mit etwas abzugeben hatte, das ihr unangenehm war oder sie unglücklich machte. Er war sich sehr genau bewußt, wie sorgsam sie während ihrer früheren Jahre beschützt gewesen war. Das Problem war nur, daß John Henry ein Mann war, der die Aufmerksamkeit der Presse mit alarmierender Häufigkeit erregte. Indem er eine fünfundvierzig Jahre jüngere Braut nahm, wurde seine Gattin gleichfalls zu einem Objekt der Faszination. Vermögen von der Größe John Henrys waren schon sagenhaft. Dazu ein achtzehnjähriges Mädchen, Tochter einer Marquise und eines illustren französischen Bankiers ... das war fast zu schön, um wahr zu sein. Es ähnelte alles sehr einem Märchen, und kein Märchen war komplett ohne die Märchenprinzessin. Dank John Henrys Bemühungen blieb sie jedoch abgeschirmt. Sie wahrten über die Jahre hinweg gemeinsam eine Anonymität, die keiner für möglich gehalten hätte. Raphaella gelang es sogar, zwei Jahre lang die Vorlesungen an der Universität von Kalifornien in Berkeley zu besuchen, ohne daß es auffiel. Niemand hatte während dieser beiden Jahre eine Ahnung, wer sie war. Sie lehnte es sogar ab, sich vom Chauffeur nach Berkeley fahren zu lassen. John Henry hatte ihr ein kleines Auto gekauft, mit dem sie zu den Vorlesungen fuhr.

Es war aufregend, unter den Studenten zu sein und ein Geheimnis zu haben sowie einen Mann, der sie anbetete. Sie liebte John Henry, denn er war in jeder Beziehung liebenswert und sanft. Er empfand sie wie ein Geschenk, so wertvoll, daß er es kaum zu berühren wagte, so dankbar war er für das neue Leben, das er mit diesem hinreißend schönen, zartfühlenden jungen Mädchen teilen durfte. Sie war in vielerlei Hinsicht kindlich und vertraute ihm mit ihrer ganzen Seele. Vielleicht war es gerade darum eine so bittere Enttäuschung für ihn, als er entdeckte, daß er, vermutlich als Folge einer Niereninfektion vor zwei Jahren, zeugungsunfähig geworden war. Er wußte, wie verzweifelt sie sich Kinder wünschte, und empfand es als schuldhafte Bürde, sie um etwas beraubt zu haben, was sie sich so innig wünschte. Als er es ihr sagte, behauptete sie, es mache ihr nichts aus. Sie habe ja all die Kinder auf Santa Eugenia, die sie verwöhnen, unterhalten und liebhaben könne. Sie erzählte ihnen gerne Geschichten und kaufte ihnen Geschenke. Dauernd ging sie in die Stadt, um großartiges neues Spielzeug nach Spanien zu schicken.

Doch selbst die Erkenntnis, keine Kinder zeugen zu können, löste das Band, das sie über Jahre hinweg zusammenhielt, nicht auf. Es war eine Ehe, in der sie ihn verehrte und er sie anbetete. Wenn der große Altersunterschied bei anderen Kommentare hervorrief, so hatten sie ihn selbst als solchen nie empfunden. Beinahe jeden Morgen spielten sie zusammen Tennis. Manchmal joggte John Henry über den Presidio oder am Strand entlang, und Raphaella rannte mit, ihm wie ein Pudelhündchen auf den Fersen folgend. Sie scherzten miteinander und lachten. Manchmal gingen sie nur schweigend nebeneinander und hielten sich an der Hand. Raphaellas Leben war randvoll ausgefüllt mit John Henry, ihren Studien und ihrer Korrespondenz mit der Familie in Paris und Spanien. Sie führte eine sehr behütete, sehr altmodische Existenz und war eine glückliche Frau, eher ein glückliches Mädchen, bis zu ihrem fünfundzwanzigsten Lebensjahr.

Zwei Tage vor seinem neunundsechzigsten Geburtstag mußte John Henry nach Chikago fliegen, um einen Hauptabschluß zu tätigen. Schon seit Jahren hatte er von seinem Ruhestand gesprochen, doch genau wie bei ihrem Vater war kein echtes Ende in Sicht. Er hatte eine zu starke Passion für die Welt der Hochfinanz, für den Erwerb neuer Aktiengesellschaften, für den An- und Verkauf riesiger Kapitalien. Mit Vorliebe tätigte er mammutartige Immobilienabschlüsse gleich jenem ersten, den er mit ihrem Vater ausgehandelt hatte. Ruhestand war nichts für ihn. Aber als er nach Chikago reiste, hatte er Kopfweh, und trotz der Pillen, die Raphaella ihm am Morgen aufgezwungen hatte, waren die Kopfschmerzen immer stärker geworden.

In Panik hatte sein Assistent ein Flugzeug gechartert und war noch am gleichen Abend von Chikago mit ihm zurückgeflogen. Bei der Ankunft war John Henry fast bewußtlos. Als sie ihn auf einer Tragbahre aus dem Flugzeug brachten, blickte Raphaella auf sein blasses graues Gesicht herab. Er hatte so starke Schmerzen, daß er kaum ein Wort zu ihr sagen konnte. Dennoch drückte er auf dem Weg ins Hospital im Ambulanzauto mehrfach ihre Hand, als sie ihn in panischer Verzweiflung ansah. Sie kämpfte die Tränen zurück. Plötzlich bemerkte sie etwas Eigenartiges um seinen Mund. Eine Stunde später wirkte sein Gesicht merkwürdig verzerrt. Kurz darauf fiel er in ein Koma, aus dem er mehrere Tage nicht erwachte. John Henry Phillips hatte einen Schlaganfall erlitten, wie es in den Abendzeitungen stand. Sein Büro hatte die Mitteilung für die Presse freigegeben, Raphaella, wie stets, vor den neugierigen Augen der Zeitungsleute abschirmend.

Fast vier Monate lag John Henry im Krankenhaus. Bevor er es verließ, hatte er noch zwei weitere kleine Infarkte erlitten. Als sie ihn nach Hause brachten, waren sein rechter Arm und sein rechtes Bein gelähmt. Das jugendlich wirkende markante Antlitz hing an einer Seite erbarmungswürdig herab. Die Aura von Macht und Stärke hatte ihn verlassen. John Henry war auf einmal ein alter Mann. Seit jenem Ereignis an Leib und Seele gebrochen, mußte er noch sieben weitere Jahre seines Lebens mit schwindenden Kräften im Siechtum verbringen.

Er verließ niemals mehr sein Haus. Die Pflegerin rollte ihn in den Garten, damit er im Krankenstuhl ein wenig Sonnenschein bekam. Raphaella saß stundenlang bei ihm, doch sein Geist war nicht immer ganz klar. Sein Leben, einst so vital, so geschäftig, so erfüllt, hatte sich radikal verändert. Von dem Mann, der er gewesen war, war nur mehr die äußere Schale zurückgeblieben. Es war diese Schale, mit der Raphaella zu leben hatte. Treu, ergeben, liebend las sie ihm vor, sprach zu ihm, tröstete ihn. Wie die Pflegerinnen, die rund um die Uhr für seinen gebrochenen Körper zu sorgen hatten, versuchte sie ihn geistig aufzurichten. Aber sein Geist war gebrochen, und zeitweilig fragte sie sich, ob der ihre nicht mittlerweile auch gebrochen sei. Seit der ersten Serie von Infarkten waren sieben Jahre verstrichen. John Henry hatte seitdem noch zwei weitere Infarkte überstanden, die ihn aber noch mehr reduzierten, so daß er jetzt unfähig war, mehr zu tun, als in seinem Rollstuhl zu sitzen. Die meiste Zeit starrte er ins Leere, zurückdenkend an das, was nicht mehr war. Er war noch fähig zu sprechen, wenn auch mit Schwierigkeiten, doch die meiste Zeit schien es, als ob er nichts mehr zu sagen wüßte. Es war ein grausamer Scherz, daß ein Mann, der einst so vital gewesen, nun so klein und nutzlos geworden war. Als Antoine von Paris herübergeflogen kam, um ihn zu sehen, verließ er John Henrys Zimmer mit Tränen, die ihm ungehemmt über das Gesicht rannen. Die Worte, die er seiner Tochter sagte, waren eindeutig und klar. Sie hatte bei dem Mann, der sie liebte und den sie liebte und geheiratet hatte, bis zu seinem Tode auszuharren. Es habe kein Gejammer, keine Einschränkung ihrer Pflichten, keine Beschwerden, keinerlei Unsinn zu geben. Ihre Pflicht stünde fest. Und dabei war es geblieben. Raphaella hatte weder gejammert noch geklagt, noch ihre Pflichten eingeschränkt im Verlaufe sieben langer Jahre.

Die einzige Unterbrechung von der grimmigen Pflicht ihres Alltags war die Zeit, in der sie im Sommer nach Spanien reiste. Sie flog jetzt nur noch für zwei anstatt für vier Wochen. John Henry beharrte darauf, daß sie reiste. Es marterte ihn mitzuerleben, wie das Mädchen, das er geheiratet hatte, in dem gleichen Maße eine Gefangene seiner Schwäche war wie er selbst. Sie vor den neugierigen Augen der Außenwelt zu schützen, solange er sich Tag und Nacht an ihr erfreute, war eine Sache. Etwas ganz anderes war es, sie mit ihm im gleichen Hause einzusperren, während sein Körper langsam verfiel und auch seine Seele sich langsam zersetzte. Fände er die Möglichkeit, würde er sich selbst töten, sagte er oft zu seinem Arzt. Er hatte es auch Antoine gegenüber einst erwähnt, der sich schon bei dem Gedanken zutiefst empört zeigte.

»Das Mädchen betet dich an!« hatte er gedonnert, so daß seine Stimme von den Wänden des Krankenzimmers seines Freundes widerhallte. »Du schuldest es ihr, keine derartige Verrücktheit zu begehen.«

»Nichts Derartiges wie dies.« Die Worte kamen verstümmelt, jedoch verständlich. »Es ist ein Verbrechen, ihr dies hier anzutun. Ich habe nicht das Recht dazu.« Er hatte an seinen eigenen Tränen geschluckt.

»Du hast kein Recht, sie deiner Gegenwart zu berauben. Sie liebt dich. Bevor dies geschah, hat sie dich sieben Jahre lang geliebt. So etwas ändert sich nicht über Nacht. Es ändert nichts, nur weil du krank bist. Was wäre, wenn sie krank wäre? Würdest du sie deshalb weniger lieben?«

John Henry hatte schmerzlich sein Haupt geschüttelt. »Sie sollte mit einem jungen Mann verheiratet sein, sollte Kinder haben.«

»Sie braucht dich, John. Sie gehört zu dir. Ohne dich wäre sie verloren. Wie kannst du daran denken, sie einen Moment eher zu verlassen, als du mußt? Du kannst noch Jahre leben!« Er hatte geglaubt, ihn aufzurichten, doch John Henry hatte ihn nur verzweifelt angesehen. Jahre ...! Und wie alt würde Raphaella dann sein? Fünfunddreißig? Vierzig? Zweiundvierzig? Wenn sie einem neuen Leben entgegensah, würde sie völlig unvorbereitet dafür sein. Dies waren die Gedanken, die rastlos sein Gehirn zermarterten und seine glasigen Augen mit Furcht und Sorge füllten, nicht so sehr seinet-, sondern ihretwegen. Er bestand darauf, daß sie so oft wie möglich ausging. Sie hatte jedoch Schuldgefühle, wenn sie ihn verließ, und das Weggehen bedeutete nicht einmal Erleichterung. John Henry war immer in ihren Gedanken ...

John Henry forderte sie immer wieder auf, aus ihrem Gefängnis auszubrechen. Sobald er von Raphaella hörte, ihre Mutter sei auf der Durchreise nach Buenos Aires, Mexico City oder wohin auch immer für einige Tage in New York, so drängte er Raphaella immer, sich mit ihr zu treffen. Sei es für zwei Tage oder für zehn, er wünschte stets, daß sie sie traf und in die Welt hinauskam. Außerdem wußte er, daß sie inmitten ihres Clans absolut sicher, wohlbehütet und in ständiger Begleitung war. Die wenigen Stunden, in denen sie alleine war, waren die während ihrer Flüge nach Europa oder New York. Sein Chauffeur setzte sie in San Francisco stets in die Maschine, und am anderen Ende wartete pünktlich eine gemietete Limousine auf sie. Raphaella führte noch immer das Leben einer Prinzessin, nur das Märchen hatte sich entscheidend verändert. Ihre Augen waren jetzt größer und stiller als früher. Ruhig und nachdenklich saß sie stundenlang da, schaute in das Kaminfeuer oder über die weite Bucht.

Ihr helles Lachen war nur mehr eine vage Erinnerung. Brach es sekundenlang aus ihr heraus, schien es sich um eine Art Irrtum zu handeln.

Selbst wenn sie sich mit ihrer Familie zu deren Stippvisiten in New York oder anderswo traf, war es, als sei sie eigentlich nicht vorhanden. In den Jahren seit John Henrys Erkrankung hatte Raphaella sich zunehmend zurückgezogen, so daß sie von John Henry kaum noch zu unterscheiden war. Ihr Leben schien genau wie das seine vorbei zu sein. Der einzige Unterschied war nur der, daß ihres niemals richtig begonnen hatte. Einzig und allein in Santa Eugenia schien sie neu zum Leben zu erwachen, wenn die Kinder, eins in ihren Armen, das andere auf den Knien schaukelnd, drei oder vier weitere wie eine Traube an ihr hängend, ihrer Stimme lauschten, wenn sie ihnen ihre wundervollen Geschichten erzählte. War sie mit den Kindern zusammen, vergaß sie allen Schmerz um das Geschehene, ihre eigene Einsamkeit und das überwältigende Gefühl des Verlusts. Unter den Erwachsenen gab sie sich schweigsam und in sich gekehrt, als ob es nichts mehr zu sagen gäbe und die Teilnahme an ihren Lustbarkeiten etwas Obszönes wäre. Raphaella wußte, wie sehr John Henry litt und wie schuldig er sich für seinen invaliden Zustand fühlte. Deshalb war nur Zärtlichkeit und Mitleid in ihrer Stimme, wenn sie bei ihm war, ein sanfter Ton und eine noch sanftere Hand. Was er jedoch aus ihren Augen las, schnitt ihm mitten ins Herz. Es war weniger, daß er sterben würde, sondern daß er ein blutjunges Mädchen getötet hatte und an ihrer Stelle diese traurige, einsame junge Frau mit dem zarten Antlitz und den großen gequälten Augen hinterließ.

Als Raphaella die mit dickem Teppichflor ausgelegten Stufen rasch hinunterschritt, warf sie einen schnellen Blick in die Halle und sah die Dienstboten beim Abstauben der antiken Tische, die sich über die endlosen Flächen erstreckten. Das Haus, das sie bewohnten, war von John Henrys Großvater erbaut worden, als dieser sich nach dem Bürgerkrieg in San Francisco niederließ. Es hatte das Erdbeben von 1906 überstanden und gehörte zu den bemerkenswertesten architektonischen Wahrzeichen San Franciscos. Mit seinem majestätischen Baustil und seinen fünf Etagen residierte es in der Nähe des Presidios und hatte einen weiten Ausblick über die Bucht. Für Raphaella war das Haus mehr ein Museum oder Mausoleum als ein echtes Zuhause. Es wirkte kalt und unfreundlich, so wie der Dienstbotenstab, so wie alles, was John Henry gehörte, als sie hier eintraf. Sie hatte nie die leiseste Chance gehabt, etwas an den Räumen zu verändern. Das Haus war so, wie es immer gewesen war. Vierzehn Jahre lang bildete es ihr Heim, aber immer, wenn sie es verließ, fühlte sie sich wie ein Waisenkind mit seinem Handkoffer.

»Noch Kaffee, Mrs. Phillips?« Die ältliche Frau, die hier seit sechsunddreißig Jahren Hausangestellte war, glotzte Raphaella ins Gesicht, wie sie es an jedem Morgen tat. Raphaella hatte sie während der vergangenen vierzehn Jahre fünfmal die Woche gesehen, dennoch war die Frau eine Fremde für sie und würde es ewig bleiben. Ihre Name war Marie.

Diesmal schüttelte Raphaella den Kopf. »Nicht heute morgen. Ich bin in Eile. Danke.« Sie warf einen Blick auf die flache Uhr an ihrem Handgelenk, legte ihre Serviette beiseite und stand auf. Das geblümte Prozellanservice hatte einst John Henrys erster Frau gehört. Es gab eine Menge ähnlicher Dinge im Haus. Alles schien irgend jemandem irgendwann einmal gehört zu haben. »Das ist von der ersten Mrs. Phillips«, hieß es bei der Dienerschaft, oder: »Das gehörte John Henrys Mutter und das seiner Großmutter ...« Manchmal, wenn sie durch das Haus wandelte und Kunstgegenstände, Gemälde, ja selbst kleine, unbedeutende Objekte untersuchte, fühlte sie sich wie eine Fremde. Es gab kein einziges Ding, von dem man sagen konnte: »Oh, das ist von Raphaella.« Nichts gehörte Raphaella außer ihren Kleidern, ihren Büchern und der riesigen Sammlung von Briefen, die ihr die Kinder aus Spanien schrieben und die sie in ihren Schubladen aufbewahrte.

Als Raphaella über den schwarzweißen Marmorboden des Speisezimmers schritt, hörte man das kurze Klicken ihrer Absätze. Sie nahm den Telefonhörer ab und drückte auf den Summer der Hausleitung. Einen Augenblick später wurde im dritten Stock von der Pflegerin der Morgenschicht abgenommen.

»Guten Morgen. Ist Mr. Phillips schon wach?«

»Ja, aber er ist noch nicht ganz fertig.« Fertig. Fertig für was? Raphaella spürte ein kurzes Aufzucken in ihrer Seele, während sie dort stand. Wie konnte sie ihm verübeln, was nicht seine Schuld war? Und dennoch: Wie konnte ihr dies geschehen? In den ersten sieben Jahren war alles so wunderbar ... so vollkommen ... so ...

»Ich würde gerne einen Moment heraufkommen, bevor ich das Haus verlasse.«

»O Liebes, du reist heute früh ab?«

Erneut warf Raphaella einen Blick auf ihre Uhr. »In einer halben Stunde.«

»In Ordnung. Dann laß uns fünfzehn oder zwanzig Minuten Zeit. Wenn du gehst, kannst du auf ein paar Minuten bei mir hereinschauen.«

Armer John Henry. Zehn Minuten und danach nichts. Nachdem sie fort war, würde niemand kommen, um ihn zu besuchen. Sie blieb nur vier bis fünf Tage weg. Dennoch fragte sie sich, ob sie ihn lieber nicht verlassen solle. Wenn irgend etwas passierte? Wenn die Pflegerinnen nicht genügend sorgfältig ihre Pflicht versahen? So erging es ihr jedesmal, wenn sie ihn alleine ließ. Besorgt, gequält, schuldbeladen. Als ob sie kein Recht auf ein paar Tage Eigenleben hätte. Und wie jedesmal würde John Henry sie überreden abzureisen. Er würde gerade lange genug aus seinem Dämmerzustand auftauchen, sie zu zwingen, diesem Alptraum, den sie schon so lange teilten, zu entfliehen. Es war nicht mal mehr ein Alptraum. Es war ganz einfach Leere, Leblosigkeit, ein komaähnlicher Zustand, während ihre Leben verrannen. Sie nahm den Fahrstuhl bis zur zweiten Etage und suchte ihr Schlafzimmer auf. Lange und eingehend sah sie sich im Spiegel an, glättete das seidig-schwarze Haar, ordnete den festen schweren Knoten im Nacken. Sie nahm aus ihrem Schrank einen wunderhübschen Hut. Sie hatte ihn im vorigen Jahr in Paris gekauft. Als sie ihn vorsichtig aufsetzte und in die richtige Fasson brachte, überlegte sie, warum sie sich überhaupt die Mühe gemacht hatte, ihn zu erwerben. Wer würde ihren schönen Hut bemerken? Ein Hauch von einem schwarzen Schleier verlieh ihren großen, mandelförmig geschnittenen Augen zusätzlich etwas Rätselhaftes, und der Kontrast des schwarzen Hutes, ihres Haars und des kleinen Schleiers zu ihrer cremeweißen Haut schien noch mehr als sonst hervorzutreten. Sorgfältig legte sie einen hellen Lippenstift auf und klippte Perlen in die Ohren. Sie streifte ihren Rock glatt, richtete die Strümpfe und warf einen Blick in ihre Handtasche, um sich zu vergewissern, daß das Bargeld, das sie auf Reisen immer bei sich trug, in einem Seitenfach der Eidechstasche, einem Geschenk ihrer Mutter, untergebracht war. Vor dem Spiegel stehend, wirkte sie wie eine Frau von unwahrscheinlicher Eleganz, Schönheit und Stil. Das war eine Frau, die bei Maxim's dinierte und die Rennen in Longchamp besuchte. Eine Frau, die an Partys in Venedig, Rom, Wien und New York teilnahm. Eine Frau, die die Londoner Theater besuchte ... Dies war nicht das Gesicht, der Körper oder der Blick eines jungen Mädchens, das unbemerkt zur Frau herangereift und nun mit einem verkrüppelten, todgeweihten sechsundsiebzigjährigen Mann verheiratet war. Sich anschauend und die Wahrheit nur zu genau kennend nahm Raphaella ihre Tasche und Reiseutensilien, lächelte ihrem Spiegelbild kläglich zu und war sich mehr denn je bewußt, wie Äußerlichkeiten trügen können.

Mit einem resignierten Achselzucken verließ sie ihr Schlafzimmer, warf ihren langen dunklen Nerz über einen Arm und machte sich auf den Weg zur Treppe. Der Fahrstuhl war für John Henry eingebaut worden. Sie zog es vor, zu Fuß zu gehen, und ging hinauf in den dritten Stock, wo seit langem eine Suite für ihren Gatten eingerichtet worden war. Es schlossen sich drei Zimmer für die Pflegerinnen an, die ihn schichtweise umsorgten. Es waren drei matronenhafte Frauen, zufrieden mit ihrem Quartier, ihrem Patienten, ihrer Stellung. Sie wurden hervorragend bezahlt. Genau wie die Frau, die Raphaella am Frühstückstisch bediente, hatten sie es irgendwie zustande gebracht, über die Jahre hinweg unauffällig und gesichtslos zu sein. Häufig vermißte sie die temperamentvollen und oft unmöglichen Dienstboten von Santa Eugenia. Meistenteils waren sie servil, oft aber auch aufsässig und kindisch. Sie dienten der Familie ihrer Mutter manchmal schon seit Generationen, zumindest aber seit etlichen Jahren.

Leise klopfte Raphaella an die Tür, die zur Zimmerflucht ihres Mannes führte. Das Gesicht der Pflegerin tauchte auf. »Guten Morgen, Mrs. Phillips. Wir sind fertig.« Raphaella trat ein, durchquerte einen kurzen Gang, der zu seinem Schlafzimmer führte, das genau wie ihr eigenes eine Etage tiefer mit einem Boudoir und einer kleinen Bibliothek verbunden war. John Henry saß eingewickelt in seinem Bett und starrte auf das Feuer, das bereits im Kamin brannte. Langsam näherte sie sich ihm. Er schien sie nicht wahrzunehmen, bis sie schließlich auf einem Stuhl an seinem Bett saß und seine Hand nahm.

»John Henry ...« Nach ihren vierzehn Jahren in San Francisco war ihr Akzent noch immer hörbar, wenn sie seinen Namen aussprach, doch ihr Englisch war perfekt. »John Henry ...« Ohne den Kopf zu bewegen, drehte er ihr die Augen zu. Das zerfurchte, müde Gesicht verzerrte sich zu einem halben Lächeln.

»Hallo, kleines Mädchen.« Seine Sprache war schleppend, aber sie konnte ihn verstehen, nur sein zur Unkenntlichkeit verzerrtes Lächeln drehte ihr seit seinem Schlaganfall noch immer das Herz um. »Du siehst sehr hübsch aus.« Und nach einer weiteren Pause: »Meine Mutter besaß einen ähnlichen Hut vor langer Zeit.«

»Ich glaube, er sieht recht albern an mir aus, aber ...« Sie zuckte die Achseln und wirkte plötzlich sehr französisch mit ihrem zaghaften Lächeln. Ihre Augen lächelten selten. Die seinen taten es nur, wenn er sie ansah.

»Du reist heute ab?« Er blickte bekümmert. Sie fragte sich erneut, ob sie ihren Flug lieber streichen lassen sollte.

»Ja. Oder möchtest du lieber, daß ich bleibe, Liebling?«

Er schüttelte den Kopf und lächelte wieder. »Nein. Keinesfalls. Ich wünschte, du würdest öfters reisen. Es tut dir gut. Du triffst dich mit ...?« Einen Augenblick schaute er verschwommen, sein Gedächtnis nach etwas durchforstend, was offenbar nicht mehr vorhanden war.

»Mit meiner Mutter, meiner Tante und zwei von meinen Cousinen.«

Er nickte und schloß die Augen. »Dann weiß ich dich in Sicherheit.«

»Ich bin immer in Sicherheit.« Wieder nickte er. Er schien sehr müde zu sein. Sie stand auf, beugte sich über ihn und küßte ihn auf die Wange. So sanft wie möglich ließ sie seine Hand los. Flüchtig glaubte sie, er sei eingeschlafen, doch plötzlich öffnete er die Augen. Sie sah auf sein Gesicht herunter.

»Sei vorsichtig, Raphaella.«

»Das verspreche ich. Und ich rufe an.«

»Das brauchst du nicht. Warum vergißt du nicht alles und gönnst dir ein wenig Spaß?« Mit wem? Mit ihrer Mutter? Ihrer Tante? Ein Seufzer drang aus ihrer Brust, doch sie ließ ihn nicht entfliehen.

»Ich bin sehr bald zurück, und hier weiß jeder, wo ich zu erreichen bin, falls du mich brauchst.«

»Ich brauche dich nicht ...« Er grinste kurz. »Nicht für das hier. Nicht genug, um dir deinen Spaß zu verderben.«

»Das hast du nie getan.« Sie flüsterte die Worte und beugte sich herab, um ihn erneut zu küssen. »Ich werde dich vermissen.«

Diesmal schüttelte er den Kopf und drehte sich von ihr weg. »Tu's nicht.«

»Liebling ...« Sie mußte ihn verlassen, um zum Flugplatz zu kommen, aber irgendwie fand sie es nicht richtig, ihn so zu verlassen. Das tat sie nie. War es überhaupt richtig, ihn zu verlassen? Sollte sie nicht lieber bleiben?

»John Henry ...« Sie berührte seine Hand, und er wandte ihr wieder das Gesicht zu. »Ich muß jetzt gehen.«

»Es ist recht, Kleines. Alles ist recht.« Der Blick seiner Augen sprach sie los, und diesmal nahm er ihre feste junge Hand in seine knochige abgezehrte, die einst so sanft und jugendlich erschien. »Gute Reise.« Er suchte seinen Worten eine Betonung zu gehen, daß er es aufrichtig meine, und schüttelte den Kopf, als er sah, wie sich ihre Augen mit Tränen füllten. Er wußte, was sie dachte.

»Und jetzt geh. Ich werde mich wohl fühlen.«

»Versprichst du es?« Ihre Augen glänzten in Tränen. Sein Lächeln war sehr weich, als er ihre Hand küßte.

»Ich verspreche es. Nun sei ein gutes Mädchen, geh und amüsier dich gut. Versprich mir, daß du dir in New York etwas Einmaliges und absolut Schönes kaufen wirst.«

»Was denn?«

»Einen Pelzmantel oder ein wundervolles Schmuckstück.« Einen Augenblick sah er nachdenklich drein. »Etwas, das du gern von mir geschenkt bekommen würdest.« Er sah ihr liebevoll in die Augen.

Sie schüttelte den Kopf, während Tränen über ihre Wangen rollten. Es machte sie nur noch schöner, und der kleine schwarze Schleier betonte das Geheimnisvolle ihrer Augen. »Ich bin niemals so großzügig wie du, John Henry.«

»Dann mußt du es eben stärker versuchen«, versuchte er ihr einzuschärfen, und diesmal mußten beide lachen. »Versprochen?«

»Ist gut. Versprochen. Doch keinen neuen Pelz.«

»Dann irgend etwas Funkelndes.«

»Ich will sehen.« Aber wo sollte sie es anlegen? Zu Hause in San Francisco, am Kaminfeuer sitzend? Die Sinnlosigkeit all dieses Tuns überwältigte sie, als sie ihm von der Tür her lächelnd zuwinkte.

4

Nachdem der Chauffeur den Wagen vor der Sektion mit der Markierung ›Abflughalle‹ gestoppt hatte, zeigte er dem Polizisten seinen Spezialausweis. John Henrys Fahrer erhielten vom Amtssitz des Gouverneurs Spezialausweise, die jedes Jahr erneuert wurden. Sie gestatteten ihnen, dort zu parken, wo sie wollten. Der Chauffeur konnte die Limousine am Bordrand abstellen und Raphaella in die Maschine begleiten. Die Fluggesellschaft wurde von ihrem Kommen jedesmal verständigt, und sie konnte vor allen anderen an Bord des Flugzeugs gehen.

Als sie jetzt gelassen durch die riesige Halle schritt und der Chauffeur ihr Handgepäck trug, trafen flüchtige Blicke die auffallend schöne Frau in Nerz und Schleier. Der Hut verlieh ihr zusätzlich ein dramatisches Flair. Unter den perfekt geschnittenen elfenbeinfarbenen Wangenknochen lagen dunkle Höhlen, die die glänzenden schwarzen Augen untermalten.

»Tom, würden Sie hier bitte eine Minute auf mich warten?« Sie berührte leicht den Arm des Mannes, der darauf bedacht war, sie so rasch wie möglich in das Flugzeug zu setzen. Mr. Phillips hatte es nicht gern, wenn sie sich auf Flughäfen aufhielt, wenngleich Reporter und Fotografen sie schon seit Jahren nicht mehr belästigt hatten. Raphaella war der öffentlichen Aufmerksamkeit so weit entrückt, daß selbst die Reporter nicht mehr wußten, wer sie war.

Sie ließ den Chauffeur in der Nähe einer Säule stehen und schritt rasch auf einen Buchladen zu. Bei flüchtigem Umschauen stellte sie fest, daß er an der Wand Posten bezogen hatte, ihren großen Lederkoffer fest in der Hand haltend. Von dort, wo er stand, konnte er ihre auffallende Schönheit bewundern, während sie zwischen Bücher-, Zeitschriften- und Süßwarenständen hin und her ging, sich deutlich von anderen Reisegästen in Parkas, Trenchcoats und alten Jeans abhebend. Hier und da konnte man eine attraktive Frau oder einen gutgekleideten Mann entdecken, doch es war nichts im Vergleich zu Mrs. Phillips. Tom beobachtete, wie sie jetzt ein Buch in festem Einband vom Regal nahm, damit zur Registrierkasse ging und es dort auf den Tresen legte.

In diesem Augenblick stürmte Alex Hale durch die Halle, die Aktenmappe in der Hand, die Tragetasche über die andere Schulter geworfen. Er war zerstreut. Es war noch zeitig, doch er mußte, bevor er die Maschine bestieg, unbedingt ein dringendes Telefongespräch mit seiner Kanzlei führen. Er stoppte vor einer Reihe Telefonboxen direkt vor dem Buchladen, setzte seine Tasche ab und suchte in seiner Hosentasche nach einem Zehncentstück. Hastig wählte er die Nummer seines Büros und ließ die erforderlichen Extramünzen in den Münzapparat fallen, als die Telefonistin sich meldete. Er hatte seinen Partnern verschiedene Nachrichten zu hinterlassen. Da war noch ein Memorandum, das er seiner Sekretärin vor dem Abflug erläutern mußte, und dann mußte er unbedingt noch wissen, ob der erwartete Anruf aus London gekommen war. Als er gerade die letzte Frage stellte, drehte er sich um und konnte mit Vergnügen feststellen, daß ein Exemplar des letzten Romans seiner Mutter in dem Buchladen bezahlt wurde. Eine Frau hatte das Buch gekauft. Sie trug einen Nerz und einen schwarzen Hut mit Schleier. Fasziniert starrte er zu ihr hinüber, während seine Sekretärin ihn am anderen Ende in der Leitung hängen ließ, um ein weiteres Gespräch entgegenzunehmen. Raphaella begann jetzt langsam auf ihn zuzugehen, die Augen leicht hinter dem Schleier verborgen, das Buch in ihrer behandschuhten Rechten haltend. Als sie ganz nahe an ihm vorbeikam, nahm er ihr verlockendes Parfüm wahr. In diesem Augenblick dämmerte es ihm: Es war nicht das erstemal, daß er diesen Augen begegnete.

»Oh, mein Gott«, hauchte er und starrte überrascht auf die Vorübergehende. Es war die Frau, die auf den Treppenstufen gesessen hatte. Etwas weiter weg sah er sie wiederauftauchen und gleich darauf im Gewimmel des Flughafens verschwinden. Einen unsinnigen Moment lang verspürte er den Wunsch auszurufen: »Warte!«, doch er konnte hier nicht weg, bis seine Sekretärin ihm seine Frage beantwortet hatte. Seine Augen versuchten, die unaufhaltsam vorwärts drängende Masse zu durchdringen. Für einen winzigen Moment tauchte sie wieder auf, doch trotz seiner verzweifelten Anstrengung, sie nicht aus den Augen zu verlieren, war sie erneut verschwunden. Eine Sekunde später war seine Sekretärin in der Leitung. Sie gab ihm eine unbefriedigende Antwort auf seine Frage und teilte ihm mit, daß sie zu dem Gesprächspartner auf der anderen Leitung zurückkehren müsse. »Und dafür habe ich die ganze Zeit an der Strippe gehangen, Barbara?« Zum erstenmal seit langem klang seine Stimme zornig, registrierte die Empfängerin. Sie hatte aber nur noch Zeit, »Bedaure« zu murmeln, und war schon dabei, zwei neue Anrufe entgegenzunehmen.

Als ob er sie noch finden könnte, wenn er sich nur genügend beeilte, bahnte er sich gleich darauf stürmisch seinen Weg durch die Menge, nach einem Nerz und einem schwarzen Hut mit Schleier Ausschau haltend. Sie war verschwunden. Aber was, zum Teufel, machte das schon? Wer war sie schon? Niemand. Eine Fremde.

Er schalt sich selbst einen hoffnungslosen Romantiker, einer geheimnisvollen Frau durch den halben Flughafen nachzujagen.

Als ob er Ausschau nach dem weißen Hasen aus ›Alice im Wunderland‹ hielte. Nur mit dem Unterschied, daß seine Jagd einer schönen Frau mit dunklen Augen galt ... einer Frau in Nerz, mit schwarzem Hut und Schleier, die, nicht zu vergessen, Charlotte Brandons Buch ›Liebhaber und Lügen‹ bei sich trug. »Ruhig Blut«, sagte er leise zu sich selbst und begab sich zum Flughafenschalter, an dem schon eine lange Menschenschlange wartete, um Platzkarten und Bordpassierscheine in Empfang zu nehmen. Ganze Horden waren vor ihm an der Reihe. Schließlich blieben nur noch Sitze in den letzten zwei Reihen der Maschine übrig.

»Warum bringen Sie mich nicht gleich in der Badewanne unter, falls dieselbe noch nicht besetzt ist?« Übellaunig sah er auf den jungen Mann am Schalter, der nur lächelte.

»Glauben Sie mir, wer nach Ihnen kommt, wird hineingesteckt. Und die dann noch kommen, bringen wir im Frachtraum unter. Diese Maschine ist bis oben vollgestopft.«

»Das wird heiter werden.«

Der Flughafenrepräsentant lächelte entwaffnend und streckte beide Hände aus. »Was können wir dafür, daß wir so beliebt sind?« Da mußten beide lachen. Alex ertappte sich dabei, daß er wieder nach ihr Ausschau hielt. Abermals vergeblich. Einen wahnwitzigen Moment spielte er mit dem Gedanken, den Mann am Schalter zu fragen, ob er sie gesehen habe, kam aber zu dem Schluß, daß diese Versuchung mehr als eine kleine Verrücktheit war.

Der Mann händigte ihm sein Ticket aus. Wenig später nahm er seinen Platz in der Schlange ein, die an der Sperre wartete. Dort stehend, ging ihm allerlei durch den Kopf: der Mandant, den er plangemäß in New York treffen sollte – seine Mutter – seine Schwester – Amanda, seine Nichte. Doch die Frau im Nerz begann ihn abermals zu verfolgen, genau wie in jener Nacht, in der er sie weinend auf den Treppenstufen gesehen hatte. Oder war er schon total durcheinander, und es war gar nicht ein und dieselbe Frau? Seine Phantasiefrau kaufte sogar die Bücher seiner Mutter. Möglicherweise litt er an einer Psychose und war dabei, den Verstand zu verlieren. Die Aussicht schien ihn jedoch zu amüsieren, während sich die Schlange langsam vorwärts schob und er seinen Bordpassierschein aus der Tasche zog. Erneut richtete er seine Gedanken auf das, was er in New York zu tun hatte.

Rasch nahm Raphaella ihren Platz ein. Tom verstaute die Reisetasche unter ihrem Sitz, die Stewardeß hielt ruhig den wundervoll geschnittenen schwarzen Nerz. Das gesamte Bordpersonal war am Morgen verständigt worden, daß sie für den Flug nach New York eine VIP an Bord hatten. Sie würde jedoch in der Touristenklasse statt in der ersten Klasse fliegen. Schon vor Jahren hatte sie John Henry davon überzeugt, daß es unauffälliger sei. Niemand würde damit rechnen, die Gattin eines der reichsten Männer dieser Welt inmitten von Hausfrauen, Sekretärinnen, Geschäftsleuten und Babys im Touristenabteil vorzufinden. Raphaella ließ sich auf dem nächsten Platz in der letzten Reihe nieder, wo sie immer saß. Sie wußte, daß das Fluglinienpersonal jede Anstrengung unternehmen würde, keine anderen Passagiere auf den Nebensitzen unterzubringen. So war sie nahezu sicher, den ganzen Flug über allein zu sitzen. Sie dankte Tom für seine Hilfe und sah ihn just in dem Augenblick das Flugzeug verlassen, als die ersten Passagiere an Bord kamen.

5

Alex stand im Gedränge der anderen und schob sich Zoll für Zoll auf der schmalen Gangway des Flugzeugs voran. Oben wurde jeder einzeln in das gigantische Luftfahrzeug eingeschleust. Bordpassierscheine wurden geprüft und einbehalten. Eine Schar lächelnder Stewardessen stand bereit, die Passagiere zu begrüßen und ihnen ihre Plätze zuzuweisen. Die Passagiere der ersten Klasse hatten bereits ihre Plätze eingenommen. Gesondert von den übrigen saßen sie in ihrer eigenen, privaten Welt. Zwei zugezogene Vorhänge schützten sie vor neugierigen Blicken. Im Hauptrumpf der Maschine ließen sich die Massen nieder, große Handgepäckstücke in die Gänge schiebend oder Aktentaschen und Pakete in den oberhalb befindlichen Gepäcknetzen unterbringend. Die Stewardessen sahen sich rasch genötigt, hin und her zu kreuzen, um den Passagieren einzuschärfen, alles, außer Hüten und Mänteln, unterhalb der Sitze zu verstauen. Für Alex war dies eine alte Litanei. Mechanisch suchte er seinen Platz auf, genau wissend, wo er sich befand. Seine Tragetasche hatte er der Stewardeß bereits am Eingang ausgehändigt. Die Aktenmappe würde er unter den Sitz stellen, nachdem er ihr zwei Akten entnommen hatte, die er während des Flugs zu studieren gedachte. Dies ging ihm durch den Kopf, während er sich den Weg zum Heck der Maschine bahnte, darauf achtend, nicht mit anderen Passagieren oder deren Kindern zusammenzustoßen. Flüchtig dachte er noch einmal an die Frau, doch es war sinnlos, sie hier zu vermuten. In der Menge, die darauf wartete, an Bord der Maschine gelassen zu werden, hatte er sie nirgends entdeckt. Daher wußte er, daß sie sich nicht in diesem Flugzeug befand.

Er erreichte den Platz, den sie ihm zugeteilt hatten, und verstaute gelassen seine Aktenmappe unter dem Sitz. Ein wenig enttäuscht stellte er fest, daß sich unter einem der Nebensitze schon ein kleines Gepäckstück befand. Bedauerlicherweise würde er also während des Flugs nicht alleine hier hinten sitzen.

Hoffentlich war sein Nachbar jemand, der genauso beschäftigt war wie er selbst. Er hatte es nicht gern, während des Flugs mit Konversation belästigt zu werden. Rasch setzte er sich, zog seine Mappe unter dem Sitz hervor und suchte die beiden gewünschten Aktenstücke heraus, froh, daß sein Sitznachbar im Moment abwesend war. Einige Augenblicke später spürte er neben sich eine Bewegung. Instinktiv senkte er den Blick von der Seite, die er gerade las, zu Boden und bemerkte ein Paar sehr graziöse, kostspielige schwarze Eidechsschuhe. Marke Gucci, registrierte er mechanisch, mit den kleinen Goldclips an den Schuhspitzen. Langsam ließ er den Blick an den langen, eleganten Beinen aufwärts wandern, zum Saum des schwarzen Rocks, weiter über das unendlich luxuriöse Kostüm, bis er das Gesicht erreichte, das auf ihn herabsah, den Kopf ein wenig seitlich gelegt. Es sah aus, als wollte sie ihm eine Frage stellen und als sei sie sich genau bewußt, daß er sie soeben von der Sohle bis zum Scheitel fixiert hatte. Doch als er sie jetzt ansah, war Alex vor Überraschung derart überwältigt, daß er ohne nachzudenken aufsprang und herausstieß: »Mein Gott, Sie sind's!«

Sie sah ihn schweigend an und überlegte offenbar, was er gemeint haben könnte und wer er sei. Er machte den Eindruck, als ob er sie zu kennen glaubte. Mit Schrecken fragte sie sich, ob es jemand sei, der früher einmal ihr Foto gesehen oder etwas über sie in der Presse gelesen hätte. Vielleicht war es sogar ein Zeitungsmann. Sie verspürte den jähen Impuls, sich umzudrehen und wegzurennen. Im Flugzeug würde sie jedoch für Stunden seine Gefangene sein. Ängstlich begann sie vor ihm zurückzuweichen, die Augen groß und erschrocken auf ihn gerichtet, die Handtasche wie einen Schutzschild vor sich haltend. Sie war drauf und dran, eine Stewardeß zu suchen und diesmal darauf zu bestehen, in der ersten Klasse untergebracht zu werden. Vielleicht war es auch noch nicht zu spät, sie aussteigen zu lassen. Sie konnte den nächsten Flug nach New York nehmen. »Ich ... nein ...«, murmelte sie kaum verständlich und drehte sich um. Bevor sie jedoch einen Schritt tun konnte, fühlte sie seine Hand auf ihrem Arm. Er hatte die Panik in ihren Augen gelesen und war entsetzt über das, was er angerichtet hatte.

»Nein, gehen Sie nicht.«

Sie wandte ihm das Gesicht zu, ohne sich dessen bewußt zu sein. Alle Instinkte rieten ihr zu flüchten. »Wer sind Sie?«

»Alex Hale. Ich wollte nur ... es ist so ...« Er lächelte sie freundlich an, bekümmert von dem, was er in den Augen der schönen Frau sah. Augen, die von Kummer und Panik überschattet waren. Vielleicht auch von Kränkung, das wußte er noch nicht genau. Alles, was er wußte, war, daß er nicht wollte, daß sie weglief, nicht schon wieder. »Ich sah, wie Sie das da im Flughafen kauften.« Er zeigte auf das Buch, das noch auf ihrem Sitz lag. Für Raphaella ergaben seine Worte keinen Sinn. »Und ich ... ich sah Sie einmal auf den Treppenstufen sitzen, zwischen Broderick und Broadway. Vor etwa einer Woche. Sie haben –« Wie konnte er ihr sagen, daß er sie weinen sah? Es würde sie nur veranlassen, wieder wegzulaufen. Seine Worte schienen sie zu beeindrucken. Diesmal sah sie ihn lange und gründlich an. Sie schien sich an etwas zu erinnern, denn eine feine Röte überzog ihr Gesicht.

»Ich –« Sie nickte und schaute beiseite. Vielleicht war es kein Reporter. Vielleicht war es nur ein Verrückter oder Narr. Sie hatte aber keine Lust, fünf Stunden neben ihm zu sitzen und Überlegungen darüber anzustellen, warum er sie am Arm festgehalten oder zu ihr gesagt hatte: »Mein Gott, Sie sind's!« Während sie noch reglos dastand und überlegte und er sie seinerseits mit den Augen an ihren Platz zu bannen suchte, kam über die Lautsprecheranlage des Flugzeugs die letzte Aufforderung an die Passagiere, ihre Plätze einzunehmen. Er ging ruhig um sie herum, um ihr den Weg zu ihrem Platz frei zu machen.

»Warum setzen Sie sich nicht?« Er sah sehr groß und stark und gut aus, wie er da vor ihr stand. Als fühlte sie sich außerstande, ihm zu entkommen, folgte sie seiner Aufforderung. Bevor Alex seinen Sitz einnahm, hatte sie ihren Hut im oberen Gepäckfach abgelegt. Ihr Haar schimmerte wie schwarze Seide, als sie ihren Kopf zur Seite drehte und ihm den Rücken zuwandte. Sie schien aus dem Fenster zu schauen. Also sagte Alex nichts mehr und setzte sich, zwischen ihnen einen freien Platz lassend.

Er fühlte, wie sein Herz gegen die Rippen schlug. Sie war genauso schön wie beim erstenmal, als er sie auf den Stufen hatte sitzen sehen, umgeben von einer Wolke Luchsfell. Es war dieselbe Frau, die jetzt nur wenige Zoll von ihm entfernt saß. Jede Fiber seines Wesens sehnte sich danach, sich ihr zuzuneigen, sie zu berühren, sie in seine Arme zu schließen. Es war Wahnsinn, und er wußte es. Sie war eine vollkommen Fremde. Er mußte über sich selber lächeln. Worte waren zu arm, sie zu beschreiben. Sie schien in jeder Hinsicht vollkommen. Er sah ihren Hals, ihre Hände, ihre Art zu sitzen, und alles, was er sehen konnte, war ihre Vollkommenheit. Sich bewußt werdend, wie beobachtet sie sich fühlen mußte, ergriff er spontan seine beiden Aktenstücke und starrte blind in sie hinein. Er hoffte, sie damit zu vergessen, und gab seinen Gedanken eine neue Richtung. Kurz nach dem Start bemerkte er, wie sie zu ihm hinsah. Aus dem Augenwinkel sah er ihren Blick lange und fest auf sich ruhen.

Außerstande, das Spiel noch weiter zu spielen, drehte er den Kopf zu ihr. Seine Augen blickten sie freundlich an, sein Lächeln war zögernd, aber aufrichtig. »Es tut mir leid, wenn ich Sie vorhin erschreckte. Eigentlich ... tue ich solche Dinge nicht.« Sein Lächeln vertiefte sich, wurde aber nicht von ihr erwidert. »Ich – ich weiß nicht, wie ich es Ihnen erklären soll.« Einen Augenblick kam er sich wirklich wie ein Narr vor, ihr alles zu erklären, während sie nur dasaß und ihn ansah. Sowohl ihr Gesicht als auch ihre Augen, die ihn beim ersten Sehen so angerührt hatten, waren völlig ausdruckslos. »Als ich Sie in jener Nacht auf den Stufen sitzen sah, haben Sie –« Er beschloß, es offen auszusprechen – »haben Sie geweint. Ich fühlte mich so hilflos, als Sie zu mir hochschauten. Und auf einmal waren Sie verschwunden. Genauso war's. Sie waren einfach verschwunden. Es hat mich tagelang verfolgt. Ich mußte daran denken, wie Sie ausschauten, mit den Tränen, die Ihnen übers Gesicht rannen.« Während er redete, glaubte er etwas Weiches in ihren Augen aufleuchten zu sehen, doch in ihrem Gesicht gab es nicht die leiseste Spur einer Veränderung. Wieder lächelte er und zuckte leicht die Achseln. »Vielleicht kann ich jungen Damen, die Kummer haben, nicht widerstehen, doch Sie haben mich die ganze Woche beschäftigt. Und heute morgen waren Sie da. Ich beobachtete irgendeine Frau, die ein Buch kaufte, während ich gerade mit meinem Büro telefonierte.« Er grinste auf die vertraute Buchhülle, ohne ihr zu sagen, wie vertraut sie ihm war. »Und plötzlich sehe ich, Sie sind's. Es war irre, irgendwie wie in einem Film. Eine Woche lang verfolgt mich die Vision, Sie weinend auf den Stufen zu sehen, und plötzlich sind Sie da und genauso schön wie neulich anzusehen.«

Diesmal war ihre Antwort ein Lächeln. Er war süß und scheinbar noch sehr jung. Sonderbarerweise erinnerte er sie an ihren Bruder, der mit fünfzehn jede Woche neu verliebt gewesen war. »Und auf einmal waren Sie wieder verschwunden«, fuhr er leicht verzweifelt fort. »Ich hängte den Hörer auf, und Sie hatten sich in Luft aufgelöst.« Sie wollte ihm nicht sagen, daß sie ein Privatbüro betreten hatte und von dort über mehrere abgelegene Gänge zum Flugzeug gelotst worden war. Er schaute sekundenlang verwirrt. »Ich habe Sie auch nicht an Bord gehen sehen.« Er senkte verschwörerisch die Stimme. »Sagen Sie mir die Wahrheit: Sind Sie eine Zauberfee?« Er wirkte wie ein zu groß geratenes Kind, und sie konnte ein Schmunzeln nicht unterdrücken.

In ihren Augen tanzten Fünkchen, als sie ihn jetzt ansah, nicht mehr ärgerlich, nicht mehr furchtsam. Er war ein bißchen närrisch, ein bißchen jung und unwahrscheinlich romantisch. Sie konnte aber fühlen, daß er ihr kein Leid zufügen wollte. Er war ganz einfach süß und ein bißchen verrückt. Sie nickte ihm mit einem verstohlenen Lächeln zu. »Ja, das bin ich.«

»Aha, dachte ich's mir doch. Eine Zauberfee. Das ist ungeheuerlich.« Er lehnte sich mit einem breiten Lächeln in seinem Sitz zurück, und sie erwiderte sein Lächeln. Es war ein amüsantes Spiel. Und ihr konnte nichts Arges passieren, denn schließlich saß sie in einem Flugzeug. Er war ein Fremder, und sie würde ihn niemals wiedersehen. In dem Moment, wenn die Maschine in New York landete, würde die Stewardeß sie weghuschen lassen, und sie würde sicher und behütet in den Händen ihrer Familie sein. Jetzt aber war es amüsant, dieses Spiel mit einem Fremden zu spielen. Sie erinnerte sich jetzt auch an die Nacht, in der sie sich so schrecklich einsam fühlte und aus dem Haus geflohen war. Auf den Stufen der langen Treppe, die zum Hügel hinaufführte, hatte sie weinend gesessen. Einmal hatte sie hochgeschaut und hatte ihn gesehen, doch bevor er sich nähern konnte, war sie vor ihm durch das Gartentor geflüchtet. Als sie daran dachte, fühlte sie seine Augen erneut auf sich ruhen. »Ist es schwierig, eine Zauberfee zu sein?«

»Manchmal.« Er glaubte, einen Akzent aus ihrer Stimme herauszuhören, war sich aber nicht ganz sicher. Aber dann, eingelullt durch die Sicherheit des Spiels, beschloß er, sie zu fragen.

»Sind Sie eine amerikanische Zauberfee?«

Noch immer lächelnd, schüttelte sie den Kopf. Obgleich sie John Henry geheiratet hatte, besaß sie nach wie vor die französische und spanische Staatsangehörigkeit. Sie konnte keinen Nachteil darin erblicken, warum sie es Alex nicht erzählen sollte. Jetzt schien er auf die Ansammlung von Ringen an ihren beiden Händen zu starren. Sie wußte, was ihm dabei durch den Kopf ging, wußte aber auch, daß er es schwer haben würde, herauszubekommen, was er wissen wollte.

Plötzlich überfiel sie der Wunsch, es ihm nicht zu sagen. Sie wollte nicht Mrs. John Henry Phillips sein, wenigstens für eine

Weile. Für eine kurze Weile wollte sie nur Raphaella sein, das junge Mädchen.

»Sie haben mir noch nicht gesagt, woher Sie kommen, Zauberfee.« Sein Blick riß sich von ihren Händen los. Er war zu dem Schluß gelangt, daß sie, wer immer sie auch sei, erfolgreich sein mußte, und es hatte ihn erleichtert, an ihrer linken Hand keinen schlichten Goldreif zu entdecken. Aus irgendeinem Grunde hatte er beschlossen, sie für die Tochter eines reichen Vaters zu halten. Vielleicht hatte sie mit ihrem alten Herrn eine schlimme Zeit durchgemacht, und vielleicht war das der Grund, warum er sie beim ersten Sehen weinend auf den Stufen sitzen sah. Vielleicht war sie auch geschieden. Die Wahrheit von alldem war jedoch, daß es ihn nicht einmal interessierte. Alles, was ihn interessierte, waren ihre Hände, ihre Augen, ihr Lächeln und die Macht, mit der er sich zu ihr hingezogen fühlte.

Sie lächelte ihn jetzt ganz offenherzig an. Für einen Augenblick waren sie fast Freunde geworden. »Ich komme aus Frankreich.«

»Ach, ja? Und leben Sie dort noch immer?«

Als Antwort schüttelte sie den Kopf, schien plötzlich nüchterner zu sein. »Nein, ich lebe in San Francisco.«

»Das dachte ich mir.«

»Das dachten Sie?« Überrascht und amüsiert sah sie ihn an. »Wie konnten Sie das wissen?« Es war etwas sehr Unschuldiges in der Art, wie sie die Frage stellte. Gleichzeitig blickten ihre Augen weise. Die Art, wie sie sprach, gab ihm den Gedanken ein, daß sie mit der großen bösen Welt noch nicht in Berührung gekommen war. »Sehe ich wie eine San-Franciscanerin aus?«

»Nein, das tun Sie nicht. Ich hatte nur das Gefühl, daß Sie hier leben. Mögen Sie es?«

Sie nickte langsam, doch die tiefe Traurigkeit war in ihre Augen zurückgekehrt. Mit ihr zu sprechen glich dem Manövrieren eines Segelboots durch schwierige Gewässer. Man war nie ganz sicher, ob man gleich auf Grund laufen würde oder frei und sicher segeln konnte.

»Ja, ich mag es. Ich sehe nicht mehr viel von San Francisco.«

»Nein?« Er scheute sich davor, ernsthaft zu fragen, warum sie nicht mehr viel davon sähe. »Was tun Sie statt dessen?« Seine

Stimme klang so weich, als ob er sie streichle. Sie neigte sich leicht zu ihm hin und sah ihn mit den größten Augen an, die er je gesehen hatte.

»Ich lese. Hauptsächlich.« Sie lächelte ihn an und zuckte die Schultern, wie wenn sie verlegen sei. Leicht errötend sah sie weg, dann wieder zu ihm hin, um ihm eine Frage zu stellen. »Und Sie?« Sie kam sich äußerst mutig vor, diesen fremden Mann etwas so Persönliches zu fragen.

»Ich bin Rechtsanwalt.«

Sie nickte und sah versonnen vor sich hin. Die Antwort hatte ihr gefallen. Sie fand die Rechtswissenschaft schon immer interessant, und es schien ihr irgendwie eine passende Beschäftigung für diesen Mann zu sein. Sie vermutete, er war etwa in ihrem Alter. In Wirklichkeit war er sechs Jahre älter. »Gefällt es Ihnen?«

»Sehr. Und Sie? Was tun Sie, Zauberfee, außer dem Lesen?«

Für einen Moment, mit einem Anflug von Ironie, dachte sie daran, ihm zu erzählen, daß sie Pflegerin sei. Doch dann erschien es ihr wie eine unangebrachte Grausamkeit gegenüber John Henry, also sagte sie eine Sekunde nichts und schüttelte nur den Kopf. »Nichts.« Sie sah Alex freimütig an. »Absolut gar nichts.«

Erneut fragte er sich, wie wohl ihre Geschichte sein mochte, wie ihr Leben war, was sie den ganzen Tag über trieb und warum sie in jener Nacht geweint hatte. Plötzlich plagte ihn die Neugier mehr denn je. »Sind Sie viel auf Reisen?«

»Dann und wann. Nur für ein paar Tage.« Sie blickte auf ihre Hände. Ihre Augen betrachteten den schweren, diamantbesetzten Goldring an ihrer Linken.

»Reisen Sie jetzt nach Frankreich zurück?« Er fügte Paris hinzu und lag natürlich richtig, doch sie schüttelte den Kopf.

»New York. Ich reise nur einmal im Jahr nach Paris. Im Sommer.«

Er nickte, und seine Augen leuchteten. »Eine wundervolle Stadt. Ich habe dort einmal sechs Monate zugebracht und habe sie geliebt.«

»Wirklich?« Raphaella blickte erfreut. »Dann sprechen Sie auch Französisch?«

»Nicht richtig.« Das breite jungenhafte Grinsen kehrte zurück. »Bestimmt nicht so gut, wie Sie Englisch sprechen.« Sie lachte leise auf und spielte mit dem Buch, das sie am Flughafen gekauft hatte. Alex sah es, und in seinen Augen blitzte es auf. »Haben Sie viel von ihr gelesen?«

»Von wem?«

»Charlotte Brandon.«

Raphaella nickte. »Ich liebe sie. Ich habe alle Bücher, die sie geschrieben hat, gelesen.« Sie warf ihm einen um Nachsicht bittenden Blick zu. »Ich weiß, es ist kein besonders anspruchsvoller Lesestoff, doch es ist eine wunderbare Flucht. Ich öffne ihre Bücher und bin augenblicklich von der Welt, die sie beschreibt, gefesselt. Ich weiß, einem Mann muß diese Art des Lesens töricht vorkommen, aber es –« Sie konnte ihm schlecht sagen, daß die Bücher sie über die letzten sieben Jahre hinweg bei Verstand gehalten hatten. Er würde annehmen, sie sei geistesgestört ... »– aber es ist einfach schön.«

Sein Lächeln hatte sich vertieft. »Ich weiß. Ich habe sie ebenfalls gelesen.«

»Sie haben ...?« Raphaella sah ihn mit maßloser Verblüffung an. Charlotte Brandons Bücher schienen nicht zu der Sorte Literatur zu gehören, die ein Mann sich vornehmen würde. John Henry hätte es bestimmt niemals getan. Auch nicht ihr Vater. Sie bevorzugten Sachbücher über Wirtschaftsfragen oder über Weltkriege. »Haben sie Ihnen gefallen?«

»Sogar sehr.« Er beschloß, noch ein wenig weiter mit ihr zu spielen. »Ich habe sie alle gelesen.«

»Tatsächlich?« Ihre großen Augen weiteten sich noch mehr. Es erschien ihr höchst seltsam, daß ein Rechtsanwalt so etwas tat. Sie sah ihn interessiert an und hielt ihm das Buch hin. »Kennen Sie dies auch? Es ist ihr neuestes.« Vielleicht hatte sie einen Gleichgesinnten getroffen.

Er warf einen flüchtigen Blick auf das Buch und nickte. »Ich glaube, es ist ihr bestes. Es wird Ihnen gefallen. Es ist ernsthafter als einige ihrer anderen. Gehaltvoller. Sie setzt sich darin sehr intensiv mit dem Tod auseinander. Keine sehr angenehme Story, doch sie sagt eine Menge aus.« Wie er wußte, hatte seine Mutter das Buch im Vorjahr geschrieben, als sie sich in eine riskante chirurgische Behandlung begeben mußte. Sie fürchtete, es könnte ihr letztes Buch sein, und hatte versucht, etwas Wichtiges auszusagen, was ihr auch gelang. Alexanders Gesicht wirkte jetzt ernster, als er Raphaella ansah. »Dieses Buch bedeutet ihr sehr viel.«

Raphaella blickte befremdet. »Was wollen Sie damit sagen? Sind Sie ihr begegnet?«

Es entstand eine kleine Pause, in welcher das jungenhafte Lächeln wiederkehrte. Er beugte sich vor und raunte Raphaella zu: »Sie ist meine Mama.« Diesmal lachte Raphaella hell auf. Es war wie der Klang einer silbernen Glocke und entzückte sein Ohr. »Nein wirklich, sie ist es.«

»Also, wissen Sie, für einen Anwalt sind Sie ganz hübsch albern.«

»Albern?« Er versuchte, beleidigt auszusehen. »Ich bin völlig ernst. Charlotte Brandon ist meine Mutter.«

»Und der Präsident der Vereinigten Staaten ist mein Vater.«

»Herzliche Glückwünsche.« Er streckte ihr die Hand entgegen, um die ihre zu schütteln. Sie ließ ihre kühle Rechte in die seine gleiten, und sie tauschten einen festen Händedruck. »Ach, übrigens, ich bin Alex Hale.«

»Sehen Sie!« sagte sie und lachte wieder. »Ihr Name ist nicht Brandon!«

»Das ist ihr Mädchenname. Sie heißt Charlotte Brandon-Hale.«

»Ganz bestimmt.« Raphaella konnte nicht aufhören zu lachen und platzte immer wieder los. »Erzählen Sie immer solche Geschichten?«

»Nur für gänzlich Fremde. Apropos, Zauberfee, wie war doch gleich Ihr Name?« Er wußte, es war ein bißchen aufdringlich, doch er wollte gar zu gerne ihre gegenseitige Anonymität aufheben. Er hätte gerne gewußt, wer sie war, wo sie wohnte, wo er sie finden konnte, so daß er allenfalls in der Lage war, ihre Spur zu verfolgen, falls sie sich abermals in Luft auflöste.

Sie zögerte mit der Antwort auf seine Frage, aber nur für einen Augenblick, dann sagte sie halblaut: »Raphaella.«

Er schüttelte zweifelnd den Kopf und verzog ein wenig den

Mund. »Das klingt, als hätten Sie es sich für mich ausgedacht. Raphaella. Das ist kein französischer Name.«

»Nein, er ist spanisch. Ich bin nur Halbfranzösin.«

»Und halb Spanierin?« Ihre Farben verrieten ihm, daß es die Wahrheit war. Das rabenschwarze Haar, die schwarzen Augen, die porzellanweiße Haut waren so, wie man es von einer Spanierin erwartete. Er konnte kaum wissen, daß sie ihre Farben von ihrem französischen Vater geerbt hatte.

»Ja, ich bin zur Hälfte Spanierin.«

»Welche Hälfte? Ihr Kopf oder Ihr Herz?« Es war eine ernste Frage, und sie runzelte die Stirn, während sie die Antwort überlegte.

»Das ist eine schwierige Frage. Ich bin nicht sicher. Ich nehme an, daß mein Herz französisch und mein Kopf spanisch ist. Ich denke wie eine Spanierin. Nicht, weil ich es unbedingt möchte, sondern aus reiner Gewohnheit. Ich glaube, das ganze Leben ist mehr oder weniger eine Gewohnheit.«

Alex äugte mißtrauisch über ihre Schulter, dann lehnte er sich vor und wisperte: »Ich sehe keine Anstandsdame.«

Sie rollte die Augen und lachte. »Ah, nein, aber Sie werden sie sehen!«

»Tatsächlich?«

»Ganz sicher. Der einzige Ort, an dem ich alleine bin, ist das Flugzeug.«

»Höchst seltsam, aber recht interessant.« Er hätte sie gerne gefragt, wie alt sie sei. »Sagt es Ihnen zu, allzeit bewacht zu sein?«

»Manchmal. Andernfalls würde ich mir wahrscheinlich sonderbar vorkommen. Ich bin es so gewohnt. Ich glaube, es wäre beängstigend, nicht so gut beschützt zu sein.«

»Warum?« Sie begann ihn immer mehr zu interessieren. Sie war anders als jede Frau, die er zuvor gekannt hatte.

»Dann würde man ohne Schutz sein.« Sie sagte es mit großem Ernst.

»Wovor?«

Sie pausierte für einen langen Augenblick, dann lächelte sie ihn an und sagte freundlich: »Vor Leuten wie Ihnen.« Er konnte ihr nur mit einem Lächeln antworten. Sie saßen eine Zeitlang beieinander, jeder mit seinen eigenen Gedanken und Fragen nach dem Leben des anderen beschäftigt. Endlich drehte sie ihm das Gesicht zu. Ihre Augen schienen neugieriger und glücklicher denn zuvor. »Warum haben Sie mir diese Geschichte über Charlotte Brandon erzählt?« Sie konnte ihn nicht durchschauen, aber sie mochte ihn. Er schien ehrlich, nett, lustig und gescheit zu sein, soweit sie es beurteilen konnte.

Freundlich erwiderte er ihren Blick. »Weil es wahr ist. Sie ist meine Mutter, Raphaella. Sagen Sie, ist das Ihr wirklicher Name?«

Sie nickte und entgegnete sachlich: »Er ist es.« Sie hatte ihm aber keinen weiteren genannt, keinen Zunamen. Nur Raphaella. Der Name gefiel ihm ganz außerordentlich.

»Jedenfalls ist sie wirklich meine Mutter.« Er zeigte auf das Foto auf der Rückseite des Schutzumschlags. Dann sah er Raphaella, die noch immer das Buch in der Hand hielt, ruhig an. »Sie würde Ihnen sehr gefallen. Sie ist eine bemerkenswerte Frau.«

»Ich bin überzeugt, daß sie das ist.« Es war aber klar erkennbar, daß sie Alexanders Erzählung immer noch nicht glaubte. Mit amüsierter Miene griff er in seine Jacke hinein und zog eine schmale schwarze Brieftasche heraus, die Kay ihm letztes Jahr zu seinem Geburtstag geschenkt hatte. Sie trug dieselben eingeprägten G-Buchstaben wie Raphaellas schwarze Eidechstasche. Marke Gucci. Er entnahm ihr zwei Fotografien mit Eselsohren und reichte sie ihr schweigend über den freien Sitz. Sie warf einen kurzen Blick darauf, und ihre Augen wurden groß. Eine der Fotografien war eine Miniaturausgabe des Fotos auf der Buchrückseite. Die andere zeigte seine Mutter, wie sie lachend einen Arm um ihn legte. Seine Schwester stand mit George an ihrer anderen Seite.

»Familienporträt. Wir ließen es letztes Jahr aufnehmen. Meine Schwester, mein Schwager und meine Mutter. Nun, was sagen Sie jetzt?«

Raphaella lächelte und sah Alex mit plötzlicher Ehrfurcht an. »Oh, Sie müssen mir von ihr erzählen! Ist sie wunderbar?«

»Sehr sogar. Und um das gleich einmal als Tatsache festzuhalten, Zauberfee ...« Er erhob sich, richtete sich zu voller Länge auf, ließ die beiden Aktenstücke in die Tasche des Sitzes vor ihm gleiten und setzte sich dann wieder auf den leeren Platz neben sie – »ich finde, Sie sind ebenfalls hübsch und wunderbar. Doch bevor ich Ihnen jetzt alles über meine Mutter erzähle, darf ich Sie vielleicht dazu ermuntern, vor dem Mittagessen einen Drink mit mir zu nehmen?« Es war das erstemal, daß er seine Mutter benutzte, um eine Frau zu umwerben, doch er machte sich nichts daraus. Er wollte soviel wie möglich über Raphaella in Erfahrung bringen, bis die Maschine in New York landete.

Nach zwei Gläsern Weißwein und einer ziemlich ungenießbaren Mahlzeit, was keinen von ihnen störte, sprachen sie viereinhalb Stunden über Paris, Rom und Madrid, über das Leben in San Francisco, über das Schreiben, über Leute, Kinder und Rechtskunde. Sie erfuhr, daß er ein hübsches kleines viktorianisches Haus besaß, das er liebte. Er erfuhr etwas über ihr Leben in Spanien auf Santa Eugenia. Hingerissen vor Entzücken lauschte er ihren Erzählungen aus einer Welt, die Jahrhunderte zurück datierte und mit nichts vergleichbar war, was er jemals kennengelernt hatte. Sie berichtete ihm von den Kindern, die sie so liebte, von den Geschichten, die sie ihnen erzählte, von ihren Cousinen, von dem lächerlichen Klatsch über diese Lebensweise in Spanien. Sie erzählte ihm von allem außer von John Henry und dem Leben, das sie jetzt führte. Es war jedoch kein Leben, es war eine dunkle, hohle Leere, eine Nichtexistenz. Sie wollte nur im Augenblick nicht daran denken.

Als schließlich die Stewardeß kam, um sie zu bitten, sich in ihren Sitzen anzuschnallen, sahen beide aus wie zwei Kinder, denen man soeben mitgeteilt hatte, daß das Fest vorbei sei und daß sie jetzt nach Hause gehen müßten.

»Was werden Sie nun tun?« Er wußte schon, daß sie sich nach echt spanischer Sitte mit ihrer Mutter, ihrer Tante und zwei Cousinen traf und sich mit ihnen gemeinschaftlich in einem New Yorker Hotel aufhalten würde.

»Jetzt? Ich treffe meine Mutter im Hotel. Sie werden bereits dort sein.«

»Kann ich Sie im Taxi hinbegleiten?«

Sie schüttelte langsam den Kopf. »Ich werde abgeholt. Es ist tatsächlich so ...« – Sie sah ihn mit Bedauern an – »ich werde meinen Akt des Unsichtbarwerdens sofort bei meiner Ankunft vollziehen.«

»Darf ich Ihnen wenigstens helfen, Ihr Gepäck zu tragen?« Es hörte sich an, als flehe er darum.

Aber wieder schüttelte sie den Kopf. »Nein. Schauen Sie, ich werde direkt vom Flugzeug weg eskortiert.«

Er sah sie augenzwinkernd an. »Sind Sie ganz sicher, daß Sie kein Galgenvogel sind und unter Schutzaufsicht oder so was Ähnlichem reisen?«

»Ich könnte es genausogut sein.« Ihre Stimme war so traurig wie ihre Augen. Plötzlich war die Fröhlichkeit der letzten fünf Stunden verblaßt. Die reale Welt war dabei, in ihr kleines Spiel einzudringen. »Es tut mir leid.«

»Mir auch.« Er sah sie ernst an. »Raphaella, könnte ich Sie sehen, während Sie in New York sind? Ich weiß, Sie werden beschäftigt sein, aber vielleicht auf einen Drink, eine –« Sie schüttelte schon den Kopf. »Warum nicht?«

»Es ist ausgeschlossen. Meine Familie würde es niemals verstehen.«

»Warum nicht, um des Himmels willen? Sie sind eine erwachsene Frau.«

»Genau. Aber Frauen aus jener Welt rennen nicht herum und treffen sich zu Drinks mit fremden Männern.«

»Ich bin nicht fremd.« Er sah wieder jungenhaft aus, und sie lachte. »Also gut, ich bin es. Würden Sie denn mit mir und meiner Mutter zusammen zu Mittag essen? Morgen?« Er improvisierte, aber er würde seine Mutter schon zum Essen schleifen, und wenn er sie an den Haaren aus einer Verlagsbesprechung herausziehen mußte. Wenn Charlotte Brandon als Anstandsdame gebraucht wurde, um Raphaella zu überreden, mit ihm zu tafeln, dann sollte sie ihren Willen haben. »Werden Sie kommen? In die Vier Jahreszeiten. Um ein Uhr.«

»Alex, ich weiß es nicht. Ich bin nicht sicher, ob ich es –«

»Probieren Sie's. Sie brauchen es nicht einmal zu versprechen. Wir werden dasein. Können Sie's einrichten, gut. Können

Sie's nicht, habe ich Verständnis. Warten wir's ab.« Das Flugzeug hatte die Piste berührt, und seine Stimme bekam etwas Drängendes.

»Ich weiß nicht, wie –« Ihre Augen blickten gequält, als sie den seinen begegneten.

»Macht nichts. Erinnern Sie sich nur daran, wie gerne Sie meine Mutter kennenlernen möchten. Also Vier Jahreszeiten. Ein Uhr. Werden Sie's behalten?«

»Ja, aber –«

»Pssst ...« Er legte ihr einen Finger auf die Lippen, und ihre Augen hielten die seinen lange fest. Plötzlich neigte er sich zu ihr hinüber, und ihm wurde verzweifelt bewußt, wie gerne er sie geküßt hätte. Tat er es aber, würde er sie vielleicht nie wiedersehen. Tat er es nicht, sah er sie möglicherweise wieder. Er versuchte, das Dröhnen der Motoren zu übertönen, als sie zur Abfertigungshalle rollten. »Wo werden Sie absteigen?«

Sie sah ihn unsicher, zögernd an. Ihre Augen waren riesengroß. In Wahrheit hatte er sie darum gebeten, ihm zu vertrauen. Sie war dazu bereit, war aber nicht sicher, ob sie es tun sollte. Doch als die Maschine mit einem heftigen Ruck zum Stehen kam, waren die Worte bereits heraus, so, als sei sie nicht fähig, sie länger unter Kontrolle zu halten. »Im Carlyle.« Und dann, wie auf ein verabredetes Signal, standen zwei Stewardessen im Gang. Die eine hielt ihren Nerz, die andere zog ihre Tragetasche unter dem Sitz hervor. Wie ein artiges Kind bat Raphaella Alex, ihr den Hut aus dem oberen Gepäckfach herunterzureichen. Wortlos setzte sie ihn auf, löste ihren Sitzgurt und stand auf. Da stand sie, wie er sie zuerst auf dem Flughafen gesehen hatte: in Nerz gehüllt, die Augen durch den kleinen Hut verschleiert, das Buch und ihre Handtasche in der Hand. Sie sah ihn an, dann reichte sie ihm die Hand mit dem schwarzen Ziegenlederhandschuh. »Ich danke Ihnen.« Die Worte waren für die fünf Stunden gedacht, die er ihr geschenkt hatte, für den fröhlichen Augenblick, für den Flug aus der Wirklichkeit, für eine Kostprobe des Lebens, wie es sein sollte, wie es sein könnte und nicht war. Sekundenlang ruhten ihre Augen auf ihm, dann wandte sie sich ab.

Am Heck der Maschine, nahe den Plätzen, wo sie und Alex gesessen hatten, war einer der Ersatzausstiege geöffnet worden, als die Stewardessen die Passagiere über den Lautsprecher aufforderten, sich zum Verlassen des Flugzeugs an den Vorderausstieg zu begeben. Die Tür am Heck öffnete sich kurz. Raphaella und die beiden Crewmitglieder stiegen flink aus. Die Tür schloß sich augenblicklich, und nur ein paar Passagiere im Heck der Maschine fragten sich, was geschehen sei und warum die Frau im dunklen Nerz herausgelassen wurde. Sie waren jedoch zu stark mit ihren eigenen Angelegenheiten, ihren eigenen Planungen beschäftigt. Lediglich Alex starrte lange auf die Tür, durch welche sie geflüchtet war. Wieder war sie ihm entkommen. Abermals hatte die bestrickend schöne dunkelhaarige Frau ihn verlassen. Nun wußte er jedoch, daß ihr Name Raphaella war und daß sie im Carlyle wohnen würde.

Plötzlich sank ihm das Herz. Ihm war eingefallen, daß er ihren Nachnamen nicht kannte. Raphaella. Raphaella und wie weiter? Wie konnte er im Hotel nach ihr fragen? Jetzt bestand die einzige Hoffnung darin, sie morgen beim Essen wiederzusehen. Falls sie erschien ... falls ihre Verwandten sie fortließen ... falls ... Er kam sich wie ein kleiner erschrockener Schuljunge vor, als er seinen Mantel und die Aktentasche an sich nahm und sich langsam auf den Weg zum vorderen Teil der Maschine begab.

6

Der Kellner der Vier Jahreszeiten geleitete die hochgewachsene, attraktive Dame quer durch den Saal an ihren gewohnten Tisch in der Nähe der Bar. Die hochmoderne Ausstattung bildete den perfekten Hintergrund für die buntgewürfelte Menge, die das Restaurant Tag und Nacht bevölkerte. Auf dem Weg zu ihrem Tisch nickte die Dame lächelnd nach allen Seiten, entdeckte einen Freund, der seine Unterhaltung unterbrach und ihr zuwinkte. Charlotte Brandon war hier Stammgast. Es war für sie, als ob sie in ihrem Club speiste. Ihre große, schlanke Erscheinung bewegte sich ungezwungen in der vertrauten Umgebung. Ihr schneeweißes Haar lugte unter einer äußerst kleidsamen Nerzkappe hervor, die perfekt zu dem wundervollen Nerz paßte, den sie über dem marineblauen Kleid trug. Ihre Ohrringe bestanden aus Saphiren und Diamanten, um ihren Hals war eine dreireihige Kette großer prachtvoller Perlen geschlungen. An ihrer linken Hand funkelte ein einziger Saphir, den sie sich selbst zur Tauffeier ihres fünfzehnten Buches geschenkt hatte.

Es wunderte sie noch heute, daß ihre Karriere mit dem Tode ihres Mannes bei einem Flugzeugunglück ihren Anfang nahm. Damals bekam sie ihren ersten Job, bei dem sie Nachforschungen für eine ziemlich langweilige Kolumne anzustellen hatte. Etwas, was ihr niemals echten Spaß bereitete. Was ihr hingegen gefiel, war das Schreiben, wie sie sehr bald feststellte. Als sie sich hinsetzte, um ihren ersten Roman zu schreiben, hatte sie das Gefühl, endlich heimgekommen zu sein. Das erste Buch war ein netter Erfolg, das zweite kam noch besser an, aber erst das dritte wurde ein Bestseller und schlug wie eine Bombe ein. Von da an war es harte Arbeit, jedoch in angenehmem Fahrwasser. Sie liebte ihre Arbeit jedes Jahr mehr, mit jedem neuen Buch. Schon seit Jahren war das, was wirklich für sie zählte, ihre Bücher, ihre Kinder und ihr einziges Enkelkind Amanda.

Nachdem ihr Mann gestorben war, hatte es in ihrem Leben niemals jemanden von echter Bedeutung gegeben. Gelegentlich hatte sie sich gezwungen, mit anderen Männern auszugehen. Schon ein halbes Leben lang hatte es enge Freunde für sie gegeben, herzliche Beziehungen, aber niemals jemanden, den sie heiraten wollte. Zwanzig Jahre hatten ihr die Kinder als Ausrede gedient, heute war es ihre Arbeit. »Ich bin zu schwierig für ein Zusammenleben. Meine Zeiteinteilung ist unmöglich. Die ganze Nacht über schreibe ich, und tagsüber schlafe ich. Ich würde dich zum Wahnsinn treiben! Du würdest es hassen.« Ihre Ausflüchte waren unzählig und nicht immer stichhaltig. Sie war eine wohlorganisierte Frau voller Selbstdisziplin. Die Wahrheit war, daß sie nicht wieder heiraten wollte. Nach Arthur Hale würde sie niemals einen anderen lieben. Er war das strahlende Licht ihres Lebens gewesen, er stand Modell für ein halbes Dutzend Helden in ihren Büchern. Und Alexander sah ihm so ähnlich, daß sie jedesmal, wenn sie ihn sah, einen Kloß im Hals spürte. Er war genauso brünett, so hochaufgeschossen, so lang und mager und hübsch. Es erfüllte sie mit Stolz, daß dieser ungewöhnlich gutaussehende, intelligente, warmherzige junge Mensch ihr Sohn war. Ganz andere Gefühle beherrschten sie, wenn sie ihre Tochter sah. Kay erfüllte sie stets mit einem heimlichen Schuldgefühl, was sie falsch gemacht haben könnte. Warum war Kay so bitter, so kalt, so böse geworden? Was konnte sie dazu gebracht haben? Waren es die langen Arbeitsstunden ihrer Mutter? Der Tod ihres Vaters? Unterschwellige Rivalität? Charlotte hatte stets ein Gefühl des Versagens, der Trauer, der bösen Vorahnung, wenn sie in jene kalten Augen sah, die den ihren so ähnelten und dennoch kein Glück widerspiegelten.

Sie war so grundverschieden von Alex, der jetzt in voller Lebensgröße vor ihr stand. Mit aufrichtiger Freude und einem herzlich warmen Lächeln sah er seine Mutter an.

»Herrgott, Mutter, du siehst großartig aus!« Er beugte sich leicht herunter, um sie zu küssen, und sie umarmte ihn spontan. Es war das erstemal seit mehreren Monaten, daß er von San Francisco nach New York kam, doch sie hatte niemals wirklich das Gefühl gehabt, daß sie sehr weit getrennt waren. Er rief sie häufig an, erkundigte sich nach ihrem Befinden, erzählte ihr verschiedenes, fragte nach ihrem jüngsten Buch oder erklärte ihr seinen neuesten Fall. Sie hatte das Empfinden, einen Platz in seinem Leben einzunehmen, ohne daß einer sich zu fest an den anderen heftete. Es war eine Beziehung, die sie in jeder Weise beschwingte. Ihrem Sohn am Tisch gegenübersitzend, leuchtete ihr die Freude über das Wiedersehen aus den Augen. »Du siehst besser aus denn je!« Er strahlte sie mit sichtlichem Stolz an.

»Schmeicheleien sind gottlos, mein Schatz, aber entzückend. Ich danke dir.« Ihre Augen schillerten, und er lächelte sie an. Mit zweiundsechzig war sie immer noch eine glänzende Erscheinung: hochgewachsen, anmutig, elegant, mit der glatten Haut einer Frau, die etwa halb so alt war wie sie. Kosmetische Chirurgie hatte ihr beigestanden, das schöne Gesicht und den glatten Teint zu erhalten, aber sie war schon von allem Anbeginn eine blendend schöne Frau gewesen. Und so engagiert, wie sie sich für die Werbung und den Umsatz ihrer Bücher einsetzte, war es nicht verwunderlich, daß sie bemüht war, jugendlich zu bleiben. Im Verlauf der Jahre war Charlotte Brandon zu einem großen Geschäft geworden. Als Frau der Feder wußte sie, daß ihr Gesicht einen ebenso wichtigen Teil ihres Persönlichkeitsbildes darstellte wie ihre Herzenswärme und Vitalität. Sie war eine Frau, die andere Frauen respektierten und die sich über drei Generationen hinweg die Gunst ihrer Leserinnen erhalten hatte. »Also, was hast du so angestellt? Du siehst übrigens auch prima aus, möchte ich bemerken.«

»Ich habe gearbeitet. Tatsächlich pausenlos, seit ich dich das letztemal sah.« Während er dies sagte, schweiften seine Augen zur Tür. Einen Moment lang hatte er geglaubt, Raphaella gesehen zu haben. Ein dunkler Kopf im Nerz tauchte an der Treppe auf, doch dann sah er, daß es eine andere Frau war.

»Erwartest du irgend jemand, Alex?« Sie hatte rasch den Blick in seinen Augen aufgefangen und lächelte. »Oder bist du der kalifornischen Frauen nur überdrüssig?«

»Wer hätte Zeit, eine zu treffen! Ich habe Tag und Nacht gearbeitet.«

»Das solltest du nicht tun.« Für einen Augenblick sah sie ihn traurig an. Sie wünschte ihm mehr als nur ein halbes Leben. Ihren beiden Kindern wünschte sie mehr, doch bis jetzt schien keines von ihnen gefunden zu haben, was es sich wünschte. Alex hatte die fehlgeschlagene Ehe mit Rachel hinter sich, und Kay wurde von ihrer Leidenschaft für die Politik und ihrem Ehrgeiz, der alles andere in ihrem Leben überschattete, verzehrt. Manchmal glaubte Charlotte, ihre Kinder nicht zu verstehen. Letztlich hatte sie doch auch beides geschafft, eine Familie und eine Karriere. Sie erzählten ihr jedoch, die Zeiten hätten sich geändert. Karrieren könnte man heute nicht mehr so elegant angehen. Hatten sie recht, oder machten sie sich wegen ihrer eigenen Mißerfolge nur etwas vor? Das ging ihr durch den Kopf, während sie ihren Sohn betrachtete und sich fragte, ob er mit seinem Einzelgängerdasein glücklich sei oder sich nicht letztlich etwas anderes wünschte. Gab es wohl eine ernste Beziehung zu einer Frau, zu jemandem, den er aufrichtig liebte?

»Schau nicht so besorgt, Mutter.« Er tätschelte ihr lächelnd die Hand und winkte nach dem Kellner. »Etwas zu trinken?« Sie nickte, und er bestellte zwei Bloody Marys. Dann lehnte er sich mit einem Lächeln zurück. Er mußte es ihr sagen. Jetzt, für den Fall, daß Raphaella pünktlich erschien. Ein Uhr hatte er ihr gesagt und sich um zwölf Uhr dreißig mit seiner Mutter getroffen. Es war natürlich möglich, daß Raphaella überhaupt nicht kam. Er sah seiner Mutter in die dunkelblauen Augen. »Ich habe eine Freundin eingeladen, sich mit uns zu treffen. Ich bin nicht sicher, ob sie es einrichten kann.« Jungenhaft und verwirrt senkte er kurz die Augen und richtete sie gleich darauf erneut auf seine Mutter. »Ich hoffe, du hast nichts dagegen.« Doch Charlotte Brandon lachte bereits. Ein frischer, heller Klang erfüllte die Luft, der jedesmal ansteckend auf ihn wirkte. »Hör auf, mich auszulachen, Mutter«, doch dann mußte er selber lachen, und seine Augen funkelten vor Vergnügen.

»Du siehst aus, als seist du vierzehn, Alex. Tut mir leid. Wen, in Gottes Namen, hast du zum Essen eingeladen?«

»Nur eine Freundin. Oh, verflucht. Eine Frau.« Beinah hätte er hinzugefügt: »Ich habe sie im Flugzeug kennengelernt.«

»Ist es eine deiner Freundinnen hier in New York?« Die Fragen waren nicht zudringlich, sondern freundschaftlich gemeint, während sie fortfuhr, ihrem Sohn zuzulächeln.

»Nein, sie lebt in San Francisco. Sie ist nur für einige Tage hier. Wir flogen mit derselben Maschine.«

»Das ist nett. Was macht sie?« Sie nahm den ersten Schluck aus ihrem Glas und fragte sich, ob sie ihn das lieber nicht hätte fragen sollen, doch sie war immer neugierig auf seine Freundinnen. Manchmal war es hart, sich nicht zu mütterlich zu geben, drückte sie aber zu fest auf die Tube, bat er sie jeweils freundlich, damit aufzuhören. Auch jetzt blickte sie ihn forschend an, aber er schien es nicht wahrzunehmen. Er sah glücklich aus, und in seinen Augen lag etwas ungemein Warmes und Zärtliches. So hatte er mit Rachel niemals ausgesehen, damals wirkte er immer so unglücklich und gequält. Sie fragte sich plötzlich, ob Alex wohl irgendeine Überraschung auf Lager hatte.

Er lachte nur vergnügt, als er auf ihre Frage einging. »Du wirst es schwerlich glauben, berühmte Autorin Charlotte Brandon, doch es hat den Anschein, als ob sie verdammt überhaupt nichts tut.«

»Oh, oh. Wie dekadent.« Charlotte sah aber keineswegs beunruhigt aus, sondern nur neugierig auf das, was sie in den Augen ihres Sohnes las. »Ist sie sehr jung?« Das würde alles erklären. Junge Leute hatten Recht auf etwas Zeit, um herauszufinden, was sie machen sollten. Waren sie allerdings etwas älter, erwartete Charlotte von ihnen, daß sie ihren Weg gefunden oder zumindest eine Art von Beschäftigung hatten.

»Nein, ich denke, nicht mehr so jung. Sie ist um die Dreißig. Aber sie ist Europäerin.«

»Ah«, sagte seine Mutter verstehend, »jetzt ist mir alles klar.«

»Dennoch ist es eigenartig.« Einen Augenblick sah er nachdenklich aus. »Ich habe noch nie jemanden kennengelernt, der ein solches Leben führt. Ihr Vater ist Franzose, ihre Mutter Spanierin, und sie hat die meiste Zeit ihres Lebens eingesperrt verbracht, umgeben, begleitet, belagert von Verwandten und Anstandsdamen. Es scheint ein geradezu undenkbares Leben zu sein.«

»Wie konntest du sie ihnen lange genug entreißen, um sie kennenzulernen?« Charlotte war fasziniert und lenkte ihre Aufmerksamkeit nur kurz ab, um flüchtig einem Freund zuzuwinken, der den Raum durchquerte.

»Das habe ich noch nicht, doch ich gedenke es zu tun. Das war einer der Gründe, warum ich sie heute zum Essen einlud. Sie bewundert deine Bücher.«

»O Gott, Alex, nicht eine von denen. Um des Himmels willen, wie kann ich mit Leuten essen, die mir Fragen stellen, wie lange ich schon schreibe und wieviel Monate es dauerte, jedes einzelne meiner Bücher zu schreiben?« Ihr vorwurfsvoller Ton war jedoch gespielt, und sie behielt noch immer ihr halbes Lächeln bei. »Warum kannst du nicht mit Mädchen flirten, die andere Autoren bevorzugen? Irgendein nettes Mädchen, das gerne Proust oder Balzac oder Camus liest oder sich für die Memoiren von Winston Churchill begeistert. Irgend etwas Empfindsames.«

Er kicherte über die ernste Miene, die sie zur Schau trug. Dann sah er plötzlich über ihre Schulter hinweg eine Erscheinung die Vier Jahreszeiten betreten. Charlotte Brandon merkte, wie er den Atem anhielt. Sie drehte sich in die Richtung um, in die er starrte, und sah eine auffallend schöne, große, dunkelhaarige junge Frau oberhalb der Treppe stehen. Sie wirkte ungemein zerbrechlich und gleichzeitig sehr selbstbewußt. Sie war eine bildschöne Frau, und alle Augen waren auf sie gerichtet, sie in offener Bewunderung anstarrend. Ihre Körperhaltung war vollkommen, ihr Haupt hocherhoben, ihr Haar glänzte in einem sorgsam geschlungenen Knoten, der wie schwarze Seide wirkte. Sie trug ein schmales Kleid aus schokoladenbraunem Kaschmir in der Farbe des üppigen Pelzes. Ein weiches Seidentuch war lose um ihren Hals geknotet. Perlen und Diamanten schmückten ihre Ohren. Ihre Beine, endlos lang und grazil, präsentierten sich in braunen Strümpfen und farblich passenden Schwedenschuhen. Sie trug eine Handtasche, die in dem gleichen kostbaren braunen Leder gehalten war. Diese Frau war das schönste Geschöpf, das Charlotte seit Jahren gesehen hatte, und plötzlich verstand sie den entzückten Ausdruck ihres Sohnes. Was sie gleichfalls betroffen machte, nachdem Alex sich mit einer Entschuldigung vom Tisch entfernt und auf sie zugegangen war, war etwas seltsam Vertrautes um das Mädchen. Es war ein Gesicht, das Charlotte irgendwann schon einmal gesehen hatte. Vielleicht war es auch nur, weil sie eine typische Vertreterin der spanischen Aristokratie war. Sie hatte eine Grazie und Präsenz, als sie sich auf den Tisch zubewegte, die an eine junge Königin erinnerte. Gleichzeitig konnte man aus ihren Augen eine Zartheit und Scheu herauslesen, die ihrem betörend guten Aussehen noch eine besondere Note gab. Diesmal war es Charlotte, die bei ihrem Anblick fast einen Ton der Bewunderung von sich gegeben hätte. Das Mädchen war so schön, daß man es kaum ohne Ehrfurcht ansehen konnte. Alexanders Faszination zu verstehen war nicht schwer. Sie war ein sehr, sehr rares Juwel.

»Mutter, ich möchte dir gerne Raphaella vorstellen. Raphaella, meine Mutter, Charlotte Brandon.« Flüchtig wunderte sich Charlotte über das Fehlen eines Zunamens. Die Frage war jedoch vergessen, als sie in die dunklen, rätselhaften Augen des Mädchens blickte. Aus der Nähe konnte man sehen, daß sie fast erschrocken war und leicht außer Atem, so als ob sie schnell gelaufen sei. Sie tauschte mit Charlotte einen gemessenen Händedruck, ließ sich von Alex den Pelz abnehmen und nahm Platz.

»Es tut mir schrecklich leid, mich verspätet zu haben, Mrs. Brandon.« Sie sah Charlotte direkt in die Augen, eine leichte Röte auf den cremeweißen Wangen. »Ich hatte Verpflichtungen. Es war schwierig ... mich freizumachen.« Als sie sich zurücklehnte, warfen ihre Wimpern Schatten auf die Augen. Sie anschauend, glaubte Alex zu vergehen. Sie war die unwahrscheinlichste Frau, der er je begegnet war. Charlotte konnte nicht umhin zu denken, daß die beiden ein bemerkenswertes Paar abgaben. Ihre dunklen Köpfe, so nahe beieinander, die großen Augen, die herrlichen jungen Glieder, die anmutigen Hände. Wie der Sage entstiegene junge Götter sahen sie aus, dazu geschaffen, ein Paar zu sein. Charlotte mußte sich zwingen, mit liebenswürdigem Lächeln zur Unterhaltung zurückzukehren.

»Das macht nichts, Liebe. Seien Sie unbesorgt. Alex und ich hatten uns gerade erst getroffen. Er sagte mir, Sie seien gestern zusammen von San Francisco herübergeflogen. Um Freunde zu besuchen?«

»Um meine Mutter zu treffen.« Raphaella begann sich langsam zu entspannen, obgleich sie ein Getränk gleich nach dem Platznehmen abgelehnt hatte.

»Lebt sie hier?«

»Nein, in Madrid. Sie ist auf der Durchreise nach Buenos Aires. Und sie dachte, daß ... nun, es war für mich eine Gelegenheit, für ein paar Tage nach New York zu kommen.«

»Sie wird glücklich sein, Sie zu sehen. Mir ergeht es genauso, wenn Alex in die Stadt kommt.« Hierauf lächelten alle drei, und Alex schlug vor, das Essen zu bestellen, bevor man in der Unterhaltung fortfuhr. Nachdem dies geschehen war, gestand Raphaella Charlotte, wieviel ihre Bücher ihr über die Jahre hinweg bedeutet hatten.

»Ich gebe zu, daß ich gewohnt war, sie in Spanisch zu lesen, hier und da auch in Französisch, aber als ich das erstemal in dieses Land kam, hat mein –« Sie errötete und senkte einen Moment lang die Augen. Fast hätte sie ihnen erzählt, ihr Mann habe ihr einige Bücher Charlottes in englischer Sprache gekauft, doch plötzlich hatte sie gestockt. Es schien unredlich, doch sie mochte jetzt nicht über John Henry sprechen. »Ich kaufte sie mir in Englisch, und jetzt lese ich sie immer in Englisch.« Wieder wurden ihre Augen traurig, als sie Charlotte ansah. »Sie wissen nicht, was Ihre Werke mir bedeutet haben. Manchmal denke ich, es war das, was –« Ihre Stimme wurde so leise, daß sie kaum vernehmbar war, »– was mich am Leben erhalten hat.« Die Qual in ihrer Stimme war klar herauszuhören. Während Charlotte sie ansah, wurde Alex an das erstemal erinnert, als er sie weinend auf den Treppenstufen sitzen sah. Jetzt, im Lichterglanz des New Yorker Restaurants, fragte er sich, was das Geheimnis war, das so schwer auf ihrer Seele lastete. Sie blickte nur zu seiner Mutter, mit einem kleinen Lächeln des Danks, und ohne zu überlegen, streckte Charlotte ihre Rechte aus und berührte ihre Hand.

»Die Bücher bedeuten mir viel, wenn ich sie schreibe. Aber es ist wichtig, daß sie Menschen wie Ihnen etwas bedeuten. Ich danke Ihnen, Raphaella. Es war ein wundervolles Kompliment, und in gewissem Sinne macht es mein Leben lebenswert.« Und dann, als spüre sie irgend etwas Verborgenes, einen fernen Wunsch, einen Traum, sah sie Raphaella fest an und fragte: »Schreiben Sie ebenfalls?«

Doch Raphaella lächelte nur und schüttelte den Kopf, sehr jung und kindhaft, nicht so ernst, wie sie anfangs erschien. »O nein!« Dann lachte sie auf. »Aber ich bin eine Geschichtenerzählerin.«

»Das ist der erste Schritt.« Alex beobachtete beide schweigend. Es gefiel ihm, sie beisammen zu sehen, die Fülle der Kontraste – zwei schöne Frauen, eine davon so jung und so zart, die andere so reif und stark – eine mit weißem Haar und eine mit schwarzem Haar – eine, die er so gut kannte, und die andere überhaupt nicht. Seine Mutter fragte weiter: »Was für eine Art von Geschichtenerzählerin sind Sie, Raphaella?«

»Ich erzähle Geschichten für Kinder. Im Sommer. Ich erzähle sie all meinen Neffen und Nichten. Es gibt Dutzende von ihnen.

Wir sind eine sehr große Familie und verbringen den Sommer gemeinsam auf unserem Familiensitz in Spanien. Ich habe es immer geliebt, Kinder an der Hand zu halten. Und ich erzähle ihnen Geschichten« – sie lächelte glücklich –, »und sie hören zu und kichern und lachen. Es ist wundervoll, es tut der Seele irgendwie gut.«

Charlotte lächelte über die Ausdrucksweise der jüngeren Frau und nickte zustimmend. Und dann, als sie sie genauer ansah, war es, als ob die Gedanken in ihrem Kopf wie in einem Brennpunkt zusammenliefen. Raphaella ... Raphaella ... Spanien ... ein Familiensitz dort ... und Paris ... eine Bank ... Sie mußte gegen einen Impuls ankämpfen, um nicht laut etwas zu sagen. Statt dessen ließ sie Alex die Unterhaltung fortführen, wieder und wieder auf das Gesicht des Mädchens blickend. Und während sie sie anschaute, fragte sie sich, ob Alex die ganze Geschichte kannte. Er schien ahnungslos zu sein.

Nur eine Stunde nachdem sie sie getroffen hatte, blickte Raphaella bedauernd, aber nervös auf ihre Uhr. »Es tut mir so leid ... ich fürchte, ich muß zu meiner Mutter, meiner Tante und meinen Cousinen zurück. Sonst denken sie womöglich, ich sei weggelaufen.« Sie erzählte Alexanders Mutter nicht, daß sie Kopfschmerzen vorgetäuscht hatte, um dem Mittagessen mit ihrem eigenen Gefolge zu entfliehen.

Sie hatte sich so brennend gewünscht, Charlotte Brandon kennenzulernen und Alex wiederzusehen, sei es auch nur ein einziges Mal. Jetzt bot er ihr an, sie zum Taxi zu begleiten, und ließ seine Mutter mit einer frischen Kanne ›café filtre‹ zurück. Er versprach, sofort wiederzukommen, und verschwand mit seiner hinreißenden Freundin am Arm. Bevor sie ging, hatte Raphaella Charlotte noch ein paar passende Abschiedsworte gesagt, und für einen winzigen Moment hatten ihre Augen einander festgehalten. Es war, als wollte Raphaella ihr die ganze Geschichte erzählen und als wollte Charlotte ihr sagen, daß sie sie bereits kenne. Es war eine jener schweigenden Übereinstimmungen zwischen zwei Frauen, als ihre Blicke sich trafen, und Charlotte hatte gefühlt, wie ihr Herz diesem jungen Mädchen zuflog. Sie hatte sich inzwischen an die ganze Geschichte erinnert, nur, daß es jetzt nicht länger eine der vielen tragischen Notizen in den Zeitungen war. Sie hatte die lebende, atmende, einsame junge Frau gesehen, der diese Tragödie zugestoßen war. Sekundenlang hatte sie den Wunsch verspürt, ihre Arme um sie zu legen, aber sie hatte ihr nur die kühle schlanke Hand geschüttelt und ihnen nachgesehen, ihrem Sohn, so stattlich, und dem Mädchen, so betörend anmutig, wie sie über die Treppe verschwanden.

Als sie auf die Straße hinaustraten und dort für einen Augenblick stehenblieben, die kühle Herbstluft einatmeten und sich jung und glücklich fühlten, sah Alex sie mit unverhohlener Freude an. Seine Augen sprühten, und er konnte nicht umhin zu lächeln, als sie irgendwie traurig und weise und dennoch mit einem glücklichen Schimmer in den Augen zu ihm hochsah. »Meine Mutter hat Sie ins Herz geschlossen, das hat man gemerkt.«

»Ich wüßte nicht, warum sie das sollte. Aber ich habe sie auch ins Herz geschlossen. Was ist sie für eine reizende Frau, Alex. Sie hat alle Qualitäten, die eine Frau haben sollte.«

»Hm … ja, sie ist ein hübsches, nettes altes Mädchen.« Er sagte es in neckender Manier, doch er dachte nicht an seine Mutter, als er Raphaella in die Augen sah. »Wann werde ich Sie wiedersehen?«

Bevor sie antwortete, blickte sie nervös beiseite auf die Straße, nach einem Taxi Ausschau haltend. Dann sah sie Alex wieder an, und ihre Augen wirkten schwarz und bekümmert. Ihr Gesicht war auf einmal unerklärbar traurig. »Ich kann nicht, Alex. Es tut mir leid. Ich muß bei meiner Mutter bleiben … und –«

»Sie können nicht Tag und Nacht mit ihnen zusammensein.« Es klang eigensinnig, und sie mußte lächeln. Es gab keine Möglichkeit, es ihm verständlich zu machen. Er hatte niemals ein Leben wie das ihre geführt.

»Aber ich bin es. Jede Minute. Und anschließend muß ich heim.«

»Das muß ich auch. Also sehen wir uns dort wieder. Was mich daran erinnert, junge Dame, daß Sie mir etwas zu sagen vergessen haben, als Sie mir erzählten, Sie würden im Carlyle absteigen.«

»Was?« Sie blickte plötzlich beunruhigt.

»Ihren Nachnamen.«

»Habe ich das?« Schwer zu sagen, ob ihre Unschuld echt oder gespielt war.

»Ja, das haben Sie. Hätten Sie sich heute nicht gezeigt, wäre ich gezwungen gewesen, für den Rest der Woche in der Halle des Carlyle zu sitzen und abzuwarten, bis Sie vorbeispaziert kommen. In Gegenwart Eurer Mutter hätte ich Eure Hoheit in Verlegenheit gebracht, um Euren Namen zu bitten!« Sie mußten beide lachen, als er das sagte, und er nahm zärtlich ihre Hand in die seine. »Raphaella, ich möchte Sie wiedersehen.« Sie schaute zu ihm hoch, ihre Augen verschmolzen mit den seinen. Sie wünschte sich all das, was er sich wünschte, wußte aber, daß sie kein Recht darauf hatte. Er neigte sich über sie und wollte sie küssen, doch sie drehte sich weg und vergrub ihr Gesicht an seiner Schulter. Mit einer Hand hielt sie sich am Aufschlag seiner Jacke fest.

»Nein, Alex, lassen Sie das.« Er verstand. Ihre Welt war mit Anstandsdamen angefüllt. Sie war es nicht gewohnt, einen Mann auf der Straße zu küssen.

»Ist gut. Doch ich möchte Sie sehen, Raphaella. Was ist mit heute abend?« Er hörte ein kurzes Glucksen an seiner Schulter, bevor sie ihn wieder ansah.

»Und was ist mit meiner Mutter, meiner Tante, meinen Cousinen?« Es war unmöglich, er war so eigensinnig, doch er war auch einer der nettesten Männer, denen sie je begegnet war.

»Bringen Sie sie mit. Ich bringe meine Mutter auch mit.« Er scherzte nur, und sie wußte es, aber diesmal lachte sie laut.

»Sie sind unmöglich.«

»Ich weiß. Und ich akzeptiere kein Nein als Antwort.«

»Alex, bitte!« Sie sah erneut auf ihre Uhr und geriet in Panik. »Oh, mein Gott, sie werden mich umbringen. Inzwischen müssen sie vom Essen zurück sein.«

»Versprechen Sie, heute abend ein Glas mit mir zu trinken.« Er hielt sie am Arm fest, und plötzlich erinnerte er sich wieder an seine Frage. »Wie, zur Hölle, ist Ihr Nachname?«

Ihre Hand flog von ihm weg und hielt ein vorbeifahrendes Taxi an. »Alex, lassen Sie mich. Ich habe es –«

»Nicht, bevor –« Es war halb Spiel, halb Ernst. Sie lachte nervös und sah ihm wieder in die Augen.

»Schon gut. Schon gut. Phillips.«

»Sind Sie so im Carlyle registriert?«

»Jawohl, Euer Ehren.« Einen Augenblick blickte sie ergeben drein, dann aber wieder nervös. »Aber Alex, ich kann Sie nicht sehen. Nicht hier, nicht in San Francisco, nirgendwo. Dies muß das Ende sein.«

»Um Christi willen, seien Sie nicht albern. Dies ist doch gerade erst der Anfang.«

»Nein, ist es nicht.« Sie blickte ernst für einen Augenblick, als sie dort stand, während das Taxi ungeduldig bei laufendem Motor wartete und Alex sie wild anstarrte. »Es ist nicht der Anfang, Alex, es ist das Ende. Und jetzt muß ich gehen.«

»Nicht so!« Alex sah plötzlich verzweifelt aus. »Wie? Sie haben gerade mit mir zu Mittag gegessen und haben meine berühmte Mutter kennengelernt. Ist das nett?« Er zog sie auf, sie aber sah ihn voller Bestürzung an, und er wußte, daß er einen Treffer gelandet hatte.

»O Alex, wie können Sie –«

»Werden Sie mich später sehen?«

»Alex –«

»Macht nichts. Heute abend elf Uhr. Im Café Carlyle. Wir unterhalten uns und hören uns Bobby Short an. Und wenn Sie nicht da sind, komme ich nach oben und klopfe an die Tür Ihrer Mutter.« Plötzlich wurde seine Miene besorgt. »Können Sie gegen elf von ihnen loskommen?« Gleichzeitig mußte er sich eingestehen, daß die Situation komisch war. Sie war Anfang Dreißig, und er fragte sie, ob sie sich von ihrer Mutter davonstehlen könne. In der Tat, höchst absurd.

»Ich will es versuchen.« Sie lächelte ihn an und sah auf einmal sehr jung aus, obgleich in ihren Augen eine Spur von Schuld verborgen war. »Wir sollten dies nicht tun.«

»Warum nicht?«

Sie wollte es ihm sagen, wußte aber, daß sie es nicht konnte, hier an der Bordkante neben einem ungeduldigen Taxifahrer, der zu murren begann. »Wir reden darüber heute abend.«

»Gut.« Er strahlte über das ganze Gesicht. Sie würde also dasein. Vergnügt öffnete er ihr den Wagenschlag und machte eine schwungvolle Verbeugung. »Ich sehe Sie heute abend, Miss Phillips.« Er neigte sich ein wenig herunter und küßte sie auf die Stirn; eine Sekunde später war die Tür geschlossen, und das Taxi jagte stadteinwärts. Raphaella saß auf dem Rücksitz, wütend über ihre eigene Schwäche. Sie hätte ihn von Anfang an nicht in die Irre führen dürfen. Schon im Flugzeug hätte sie ihm die Wahrheit sagen sollen und niemals zum Essen gehen dürfen. Aber nur einmal, nur ein einziges Mal, redete sie sich selber ein, hatte sie das Recht, etwas Wildes, Romantisches, Amüsantes zu tun. Oder hatte sie überhaupt kein Recht darauf? Was gab ihr das Recht, während John Henry sterbend in seinem Rollstuhl saß? Wie konnte sie wagen, derartige Spiele zu spielen? Als das Taxi sich dem Carlyle näherte, schwor sie sich, Alex heute abend zu sagen, daß sie verheiratet sei. Und sie würde ihn nicht wiedersehen. Nach dem heutigen Abend ... das war noch eine weitere Begegnung ... und ihr Herz flatterte schon bei dem Gedanken, ihn noch einmal zu sehen.

»Nun?« Alex sah seine Mutter triumphierend an und setzte sich. Sie lächelte ihn an und fühlte sich plötzlich sehr alt. Wie jung er aussah, wie hoffnungsvoll, wie glücklich, wie blind.

»Nun was?« Ihre blauen Augen waren liebevoll und traurig.

»Was meinst du mit ›nun was‹? Ist sie nicht unglaublich?«

»Ja«, versetzte Charlotte nüchtern. »Sie ist wahrscheinlich die schönste junge Frau, die ich je gesehen habe. Sie ist charmant und liebenswürdig, und ich mag sie. Aber, Alex ...« Sie zögerte eine Weile und entschied dann, ihren Verstand sprechen zu lassen. »Was soll dabei Gutes für dich herauskommen?«

»Was soll das heißen?« Er nahm einen Schluck von seinem kalten Kaffee und schaute plötzlich ärgerlich drein. »Sie ist wundervoll.«

»Wie gut kennst du sie?«

»Nicht sehr.« Dann grinste er sie an. »Aber ich hoffe, dies zu ändern, trotz ihrer Mutter, ihrer Tante, ihrer Cousinen und Anstandsdamen.«

»Was ist mit ihrem Ehemann?« Alex sah plötzlich aus, als sei auf ihn geschossen worden. Seine Augen weiteten sich, als er sie anstarrte, und verengten sich wieder mit leisem Mißtrauen.

»Was meinst du mit ›ihrem Ehemann‹?«

»Alex, weißt du, wer sie ist?«

»Sie ist halb Spanierin und halb Französin, sie lebt in San Francisco, ist ohne Beschäftigung, zweiunddreißig Jahre alt, wie ich heute erfuhr, und ihr Name ist Raphaella Phillips. Ihren Nachnamen habe ich eben erst erfahren.«

»Hörst du nicht was läuten?«

»Nein, zum Donner, und hör auf, Katz und Maus mit mir zu spielen.« Seine Augen feuerten Blitze. Charlotte Brandon setzte sich in ihrem Stuhl zurück und seufzte. Sie hatte also recht gehabt. Der Nachname bestätigte es. Sie wußte nicht, warum, aber sie hatte sich an das Gesicht erinnert, obgleich sie seit Jahren kein Foto mehr von ihr in den Zeitungen gesehen hatte. Das letztemal vor etwa sieben oder acht Jahren, als John Phillips nach seinem ersten Schlaganfall das Krankenhaus verließ. »Was, zur Hölle, versuchst du mir beizubringen, Mutter?«

»Daß sie verheiratet ist, Schatz, und zwar mit einem bedeutenden Mann. Sagt dir der Name John Henry Phillips etwas?«

Alex schloß die Augen. Er dachte, daß das, was seine Mutter ihm sagte, nicht wahr sein konnte. »Er ist tot, nicht wahr?«

»Soviel ich weiß, nein. Er hatte vor etlichen Jahren eine Serie von Infarkten und müßte jetzt an die Achtzig sein, doch ich bin sicher, daß er noch lebt. Wir hätten bestimmt alle davon erfahren, wenn es nicht so wäre.«

»Doch was läßt dich glauben, daß sie seine Frau ist?«

»Ich erinnere mich daran, die Story gelesen und die Fotos gesehen zu haben. Sie war damals genauso schön. Es traf mich zunächst wie ein Schock, daß er ein so junges Mädchen geheiratet hatte. Sie war damals siebzehn oder achtzehn. Die Tochter eines bedeutenden französischen Bankiers. Aber als ich sie zusammen auf einer Pressekonferenz sah, zu der ich mit einem befreundeten Journalisten ging, und auch einige Fotos anschaute, da empfand ich es anders. Weißt du, in seinen guten Tagen war John Henry ein außergewöhnlicher Mann.«

»Und jetzt?«

»Wer weiß es. Ich weiß, daß er bettlägerig und durch seine Schlaganfälle schwer behindert ist, und ich glaube kaum, daß die Öffentlichkeit mehr als das weiß. Raphaella wurde immer sehr vom öffentlichen Auge abgeschirmt. Deshalb konnte ich sie anfangs auch nicht unterbringen. Aber das Gesicht ... vergißt man nicht so leicht.« Ihre Augen begegneten sich, und Alex nickte. Er hatte es nicht so schnell vergessen, und er wußte, daß er es niemals vergessen würde. »Ich nehme an, sie hat dir nichts davon erzählt.« Er schüttelte erneut den Kopf. »Ich hoffe, sie tut es.« Die Stimme seiner Mutter klang weich. »Sie sollte es dir selbst sagen. Vielleicht hätte ich nicht ...« Alex schüttelte abermals den Kopf und starrte unglücklich auf die Frau, die seine älteste Freundin war.

»Warum? Warum muß sie mit diesem alten Typen verheiratet sein? Er ist alt genug, ihr Großvater zu sein, und ist sozusagen tot.«

Die Ungerechtigkeit zerriß ihm fast das Herz. »Warum? Warum muß er Raphaella haben?«

»Er ist aber nicht tot, Alex. Ich weiß nicht, was sie mit dir im Sinn hat. Außer, und ich will dir aufrichtig sagen, was ich denke, außer sie wäre selbst durcheinander. Sie ist sich nicht bewußt, was sie mit dir macht. Du mußt bedenken, daß sie ein total abgeschirmtes Leben geführt hat. John Henry Phillips hat sie nahezu fünfzehn Jahre völlig vor der Öffentlichkeit verborgen gehalten. Ich schätze, sie ist es nicht gewohnt, sich mit ungestümen jungen Anwälten zu verabreden oder gelegentliche Affären zu haben. Ich mag mich in ihr täuschen, doch ich glaube es nicht.«

»Wahrscheinlich hast du recht. Herrgott noch mal!« Er lehnte sich mit einem langen unglücklichen Seufzer in seinem Stuhl zurück. »Was jetzt?«

»Siehst du sie wieder?«

Er nickte. »Später heute abend. Sie sagte, sie müsse mir etwas sagen.« Er fragte sich, ob sie ihm die Wahrheit gestehen würde. Und was dann?

Seiner Mutter gegenübersitzend und in die Ferne starrend, hielt Alex sich vor Augen, daß John Henry Phillips noch weitere zwanzig Jahre leben konnte – zu dieser Zeit würde Alex an die Sechzig und Raphaella zweiundfünfzig sein. Ein Leben lang auf den Tod eines alten Mannes warten.

»Was denkst du?« Die Stimme seiner Mutter war sehr sanft. Langsam richtete er wieder seine Augen auf sie.

»Nichts sonderlich Erfreuliches. Weißt du«, er sprach schleppend, »ich sah sie eines Nachts in der Nähe ihres Hauses auf den Treppenstufen. Sie weinte. Tagelang habe ich an sie gedacht, bis ich sie in dem Flugzeug, mit dem ich herkam, wiedersah. Wir unterhielten uns und –« Er blickte seine Mutter finster an.

»Alex, du kennst sie kaum.«

»Du irrst dich. Ich kenne sie. Ich fühle, daß ich sie besser kenne als sonst jemand. Ich kenne ihre Seele, ihren Geist und ihr Herz. Ich weiß, was sie spürt und wie einsam sie ist. Und jetzt weiß ich auch, warum. Und noch etwas weiß ich.« Er blickte seine Mutter lange und bestimmt an.

»Was ist es, Alex?«

»Daß ich sie liebe. Ich weiß, es klingt verrückt, doch es ist die Wahrheit.«

»Das weißt du nicht. Es ist zu früh. Sie ist eigentlich eine vollkommen Fremde für dich.«

»Nein, das ist sie nicht.« Weiter sagte er nichts mehr. Er holte seine Kreditkarte heraus, um die Rechnung zu begleichen, sah seine Mutter an und sagte: »Wir werden es durchstehen.« Charlotte nickte nur, hielt es jedoch für unwahrscheinlich, daß es ihnen gelang.

Als Alex sich einige Minuten später an der Lexington Avenue von seiner Mutter verabschiedete, sagte ihr sein Blick, daß er entschlossen war. Und als er sich gegen die steife Brise stemmte und raschen Schrittes Richtung Norden ging, dachte er, daß es ihn nicht scherte, was es kosten würde, Raphaella zu gewinnen, doch er würde um sie kämpfen. Noch nie zuvor hatte er eine Frau so stark begehrt wie sie. Und der Kampf um sie hatte eben erst begonnen. Es war ein Kampf, den Alex Hale nicht verlieren wollte.

7

Abends fünf Minuten vor elf Uhr bog Alex Hale in die 76ste Straße ein und spazierte ins Carlyle.

Er hatte im Café Carlyle einen Tisch reservieren lassen. Es war seine feste Absicht, eine Stunde mit Raphaella zu verplaudern und anschließend die Mitternachtsshow mit Bobby Short zu genießen. Er gehörte zu New Yorks größten Begabungen, und dieses Vergnügen mit Raphaella zu teilen war etwas, worauf er sich schon den ganzen Abend freute. Er gab seinen Mantel am Eingang ab, bahnte sich seinen Weg zu dem vorbestellten Tisch und wartete zehn Minuten lang auf sie. Um elf Uhr fünfzehn begann er unruhig zu werden, und um elf Uhr dreißig überlegte er, ob er ihr Zimmer anläuten sollte. Er sah jedoch ein, daß dies unmöglich war. Insbesondere jetzt, da er von ihrem Ehemann wußte. Er mußte sich darauf beschränken, still auf sie zu warten und kein Aufsehen zu erregen.

Zwanzig Minuten vor zwölf sah er sie durch die Glastür spähen. Er suchte sie mit den Augen festzuhalten, doch sie sah ihn nicht. Nachdem sie den Raum kurz überblickt hatte, verschwand sie wieder. Fast ohne nachzudenken, sprang Alex vom Tisch auf, stürmte zur Tür und hinaus in den Vorraum. »Raphaella!« rief er halblaut. Sie drehte sich um, die Augen riesig und erschrocken, das Gesicht sehr blaß. Sie trug ein wunderschönes Abendkleid aus elfenbeinfarbener Seide, das glatt von den Schultern auf den Fußsaum fiel. Auf ihrer linken Schulter war eine mächtige, kunstvoll gearbeitete Spange angebracht, in deren Zentrum sich eine enorme barocke Perle umgeben von Onyxen und Diamanten befand. Dazu trug sie passende Ohrringe. Der Effekt war sehr eindrucksvoll, und Alex wurde sich erneut ihrer hinreißenden Schönheit bewußt. Sie war stehengeblieben, als er sie rief. Jetzt stand sie sehr still, und aus ihren Augen sprach ein großer Ernst. »Laufen Sie noch nicht weg. Trinken wir ein Glas zusammen, und unterhalten wir uns.« Seine Stimme war sehr sanft. Er hätte sie gerne in die Arme genommen, wagte es aber nicht einmal, ihre Hand zu berühren.

»Ich – ich sollte es nicht. Ich kann nicht. Ich kam, um Ihnen zu sagen, daß ... Es tut mir leid – es ist so spät ... Ich –«

»Raphaella, es ist noch nicht einmal Mitternacht. Könnten wir nicht wenigstens eine halbe Stunde miteinander reden?«

»Da sind so viele Leute ...« Sie machte ein unglückliches Gesicht, während sie dort standen.

»Hier gibt es noch eine andere Bar, wo wir mehr in Ruhe miteinander reden können.« Ohne ihre Antwort abzuwarten, legte er ihre Hand in seine Armbeuge und führte sie den Gang zurück zu einer Bar gegenüber dem Café Carlyle. Hier schlüpften sie auf ein Bänkchen hinter einem kleinen Tisch. Alex sah sie mit einem langsam aufblühenden Lächeln an. »Was würden Sie gerne trinken? Ein wenig Wein? Ein Glas Sherry?« Sie schüttelte als Antwort nur den Kopf und wirkte noch sehr gequält. Nachdem der Kellner sie verlassen hatte, wandte er sich ihr zu und fragte leise: »Raphaella, stimmt irgend etwas nicht?« Sie nickte langsam, zunächst auf ihre Hände niederschauend. Ihr vollkommenes Profil hob sich scharf vom Halbdunkel des Raumes ab.

Sie sah zu ihm auf, ihre Augen suchten die seinen, als ob alleine dies ihr große Pein bereite. Der kummervolle Ausdruck ihres Gesichts war der gleiche wie an jenem ersten Abend, als er sie weinend auf den Treppenstufen sitzen sah. »Warum sprechen wir nicht darüber?«

Sie zog kurz den Atem ein, lehnte sich gegen das Bänkchen, hielt die Augen weiter auf ihn gerichtet. »Ich hätte früher darüber mit Ihnen reden sollen, Alex. Ich bin ...« sie zögerte bei den Worten und fuhr fort: »Ich bin sehr hinterhältig mit Ihnen gewesen. Ich weiß nicht, wie es passierte. Es hat mich einfach mitgerissen. Sie waren im Flugzeug so nett. Ihre Mutter war so charmant. Aber ich war sehr unfair zu Ihnen, mein Freund ...« Ihre Augen füllten sich mit Trauer, sie berührte zart seine Hand. »Ich habe Ihnen den Eindruck vermittelt, ich sei frei. Es war sehr unrecht von mir, das zu tun. Ich muß Sie jetzt um Entschuldigung bitten.« Sie sah ihn leer an und entzog ihm die Hand. »Ich bin verheiratet, Alex. Ich hätte es Ihnen gleich am Anfang sagen sollen. Ich weiß nicht, warum ich dieses Spiel mit Ihnen spielte. Es war aber sehr, sehr unrecht. Ich kann Sie nicht wiedersehen.«

Sie war eine ehrenhafte Frau. Er war zutiefst gerührt über den Ernst, mit dem sie ihn jetzt ansah, mit Tränen, die auf den Spitzen ihrer Wimpern tanzten, die Augen so groß, das Gesicht so tiefblaß.

Er sprach behutsam und mit großem Ernst zu ihr, so wie er es mit Amanda getan hatte, als sie noch ein ganz kleines Mädchen war. »Raphaella, ich respektiere das, was Sie mir gerade gesagt haben. Aber muß das unsere – unsere Freundschaft berühren? Ich kann Ihre Situation verstehen. Könnten wir nicht trotzdem fortfahren, uns zu sehen?« Es war eine ehrliche Frage, und er wollte es nicht dabei bewenden lassen.

Sie schüttelte traurig den Kopf. »Ich würde Sie gerne sehen ... wenn – wenn ich frei wäre. Aber ich bin eine verheiratete Frau. Es wäre nicht richtig.«

»Warum?«

»Es wäre gegenüber meinem Mann nicht fair. Er ist so ein ...« sie stockte bei den Worten, »so ein guter Mann. Er war immer ... so fair ... so gut zu mir ...« Sie wandte das Gesicht ab, und Alex sah eine Träne geschwind über ihre zarte, elfenbeinfarbene Wange rollen. Er streckte eine Hand aus, um mit den Fingerspitzen zart über die seidenweiche Glätte ihres Gesichts zu streichen. Am liebsten hätte er auch geweint. Sie konnte doch nicht vorhaben, ihrem Mann für den Rest ihres Lebens treu zu sein.

»Aber Raphaella ... Sie können nicht ... die Nacht, als ich Sie auf den Stufen sah ... Sie sind nicht glücklich. Ich weiß das. Warum können wir uns nicht sehen und uns an dem erfreuen, was wir haben?«

»Weil ich kein Recht dazu habe. Ich bin nicht frei.«

»Um Gottes willen –« Er war drauf und dran, ihr zu sagen, daß er alles wußte, doch sie gebot ihm mit einer Handbewegung Einhalt, so, als müsse sie sich gegen einen Angreifer verteidigen. Mit einer raschen Bewegung stand sie auf und sah auf ihn herunter. Tränen rannen unaufhaltsam über ihr Gesicht.

»Nein, Alex, nein! Ich kann nicht. Ich bin verheiratet, und es tut mir sehr, sehr leid, daß ich es so weit habe kommen lassen. Es war unehrenhaft von mir. Ich hätte mich mit Ihnen und Ihrer Mutter nicht zum Essen verabreden dürfen.«

»Hören Sie auf zu gestehen, und setzen Sie sich.« Er griff sanft nach ihrem Arm und zog sie auf den Sitz zurück. Aus Gründen, die sie selber nicht begriff, ließ sie ihn gewähren. Er wischte ihr mit seiner Hand die Tränen vom Gesicht. »Raphaella.« Er sprach sehr leise, so daß kein anderer ihn hören konnte. »Ich liebe Sie. Ich weiß, es klingt wahnsinnig. Wir kennen einander kaum, aber ich liebe Sie. Jahrelang habe ich nach Ihnen Ausschau gehalten. Sie können jetzt nicht einfach so weggehen. Auch dann nicht, wenn Sie es wegen Ihres Mannes tun.«

»Was meinen Sie damit?«

»Ich meine, daß, sofern ich meine Mutter richtig verstanden habe, Ihr Mann sehr alt ist und sehr krank, und das seit vielen Jahren. Ich muß zugeben, ich hatte keine Ahnung, wer Sie sind, als ich Sie traf. Es war meine Mutter, die Sie wiedererkannte, die mir sagte, wer Sie sind und das über – über Ihren Mann.«

»Dann wußte sie es. Sie muß mich für herzlos halten.« Raphaella blickte tief beschämt.

»Nein«, sagte er bestimmt, und seine Stimme wurde drängend, als er sich zu ihr neigte. Fast konnte er die Wärme ihres seidenweichen Fleisches nahe dem seinen spüren. Er hatte nie ein stärkeres Verlangen gespürt, aber es war keine Zeit für Leidenschaft. Jetzt mußte er zu ihr reden, mußte sie zur Vernunft bringen und sie überzeugen. »Wie könnte irgend jemand denken, Sie seien herzlos? Sie waren ihm all die Jahre über treu, oder waren Sie es etwa nicht?« Es war mehr eine rhetorische Frage. Sie nickte langsam mit dem Kopf und seufzte.

»Ja, das war ich. Doch es gibt keinen Grund, jetzt damit aufzuhören. Ich habe kein Recht, mich zu verhalten, als sei ich frei, Alex. Und ich habe kein Recht, Ihr Leben durcheinanderzubringen oder es mit meinem Kummer zu belasten.«

»Der Grund, warum Ihr Leben so einsam ist, ist die Art, wie Sie es leben. Einsam und allein mit einem sehr kranken älteren Mann. Sie haben ein Recht auf sehr viel mehr als das.«

»Ja, aber es ist nicht seine Schuld, daß sich die Dinge so entwickelt haben.«

»Es ist auch nicht die Ihre. Müssen Sie sich selber strafen?«

»Nein, aber ich kann ihn nicht strafen.« Die Art, wie sie es sagte, machte ihm deutlich, daß er die Schlacht erneut verloren hatte. Er fühlte, wie ihm das Herz verzweifelt sank. Raphaella war wieder aufgestanden, aber diesmal mit fester Entschlossenheit. »Ich muß jetzt gehen.« Seine Augen baten sie, es nicht zu tun. »Ich muß.« Und dann, ohne ein weiteres Wort, ließ sie ihre Lippen zart über seine Augenbraue gleiten, küßte ihn sanft und ging rasch aus der Bar. Er machte eine einzige Bewegung, ihr zu folgen, sie schüttelte aber den Kopf und hob ihre Hand. Er hatte verloren. Ihr zu folgen hätte sie noch unglücklicher gemacht. Sie war an John Henry Phillips gebunden durch das Band der Ehe und der Ehre, und es war kein Band, das Raphaella zu zerreißen oder zu zerdehnen gedachte – gewiß nicht für einen Fremden, einen Mann, dem sie tags zuvor im Flugzeug begegnet war.

Alex Hale zahlte sein Getränk, vergaß Bobby Short und ging hinaus auf die Madison Avenue. Er hob den Arm nach einem Taxi, das ihn in sein Hotel zurückbrachte. Als er sich auf den Rücksitz gleiten ließ, warf der Fahrer einen Blick in seinen Rückspiegel, zog fest an seiner Zigarre und blickte erstaunt. »Muß kalt draußen sein, was, Kumpel?« Es war die einzig einleuchtende Erklärung, die er für die Tränen fand, die aus Alexanders Augen über seine Wangen rollten.

8

Alex und seine Nichte standen eine ganze Zeitlang nebeneinander und beobachteten die Schlittschuhläufer, die im Rockefeller Center unter ihnen graziös ihre Kreise zogen. Sie hatten soeben eine frühe Abendmahlzeit im Café Français beendet, und er mußte sie gegen acht Uhr nach Hause bringen, wenn er sein Flugzeug erreichen wollte.

»Ich wünschte, ich könnte mein Leben so verbringen, Onkel Alex.«

Das kleine, zarte blonde Mädchen mit den porzellanblauen Augen und der Fülle weicher Locken schaute mit einem Lächeln zu ihrem Onkel hoch.

»Wie? Auf Schlittschuhen?« Er schmunzelte über das, was das

winzige Persönchen neben ihm gesagt hatte. Sie hatten gemeinsam einen angenehmen Abend verbracht. Wie stets nagte die Einsamkeit des hübschen Teenagers an seinem Herzen. Sie war wie niemand sonst in ihrer Familie. Weder wie ihre Mutter noch wie ihr Vater, nicht einmal wie ihre Großmutter oder Alex selbst. Sie war still und ergeben, sanftmütig, einsam und treu. Wie sie dort in der eiskalten Luft standen, erinnerte sie ihn an Raphaella. Vielleicht gehörten sie beide zu den Menschen, die durch die Hand des Schicksals gelitten hatten. Er fragte sich, ob die beiden gleichermaßen einsam waren, als er auf das junge Mädchen herunterblickte. Schon den ganzen Abend hatte er gerätselt, was ihr auf der Seele lag. Still und in sich gekehrt beobachtete sie die Schlittschuhläufer mit einem sehnsüchtigen Blick wie ein hungriges Kind. Er wünschte sich plötzlich, er hätte nicht den Nachtflug nach San Francisco gebucht und könnte etwas mehr Zeit mit ihr verbringen. Womöglich hätten sie sich sogar Schlittschuhe leihen können. Er hatte seine Reservierung aber schon in der Tasche und sein Hotelzimmer bereits aufgegeben. »Bin ich das nächstemal in der Stadt, kommen wir her und machen das.«

Ihre Augen leuchteten auf. »Ich bin jetzt schon ziemlich gut, weißt du.«

»Was du nicht sagst«, frozzelte er. »Wie kommt das?«

»Ich gehe immer Schlittschuh laufen.«

»Hier?« Er sah mit Vergnügen auf das hübsche Mädchen herunter. Wieder bedauerte er, keine Zeit zu haben, um sich von ihr zeigen zu lassen, wie gut sie war.

Sie schüttelte verneinend den Kopf. »Nicht hier. Das kann ich mir von meinem Taschengeld nicht leisten.« Das erschien ihm absurd. Ihr Vater war einer der führenden Chirurgen Manhattans, und Kay hatte inzwischen bestimmt eine ansehnliche Summe eigenes Geld. »Ich gehe eislaufen im Park, Onkel Alex.« Hin und wieder nannte sie ihn noch so.

»Alleine?« Er sah erschrocken aus, und sie lächelte ihn selbstbewußt an.

»Manchmal. Ich bin jetzt ein großes Mädchen, weißt du.«

»Groß genug, nicht überfallen zu werden?« Er setzte ein strenges Gesicht auf. Sie schüttelte den Kopf und lachte.

»Jetzt klingst du ganz genau wie Großmama.«

»Weiß sie, daß du im Central Park alleine Schlittschuh laufen gehst? Komm, denk nach. Weiß es deine Mutter?« Kay war schon nach Washington zurückgeflogen, bevor er ankam.

»Beide wissen es. Und ich passe auf. Gehe ich abends eislaufen, verlasse ich den Park immer mit anderen Leuten zusammen, damit ich nicht allein gehen muß.«

»Und woher weißt du, daß jene ›anderen Leute‹ dir nichts antun wollen?«

»Warum sollten sie?«

»Jesses Maria, Mandy, du weißt, was hier los ist. Du hast dein ganzes Leben in New York gelebt. Muß ich dir erst erklären, was einer hier tun kann?«

»Das gilt doch nicht für ein Kind. Warum sollte mich einer überfallen? Was würden sie schon finden? Zwei Rollen Drops, drei Dollar und meine Schlüssel.«

»Mag sein. Oder« – er mochte es nicht einmal aussprechen – »oder vielleicht etwas sehr viel Wertvolleres. Sie könnten dich verletzen.« Er mochte nicht sagen: vergewaltigen. Nicht zu diesem unschuldigen kleinen Gesicht, das so treuherzig zu ihm aufsah. »Schau, tu mir nur einen Gefallen: Mach es nicht!« Er griff in seine Jackentasche, zog seine Brieftasche heraus und entnahm ihr eine einzige brandneue Hundertdollarnote. Mit ernster Miene überreichte er sie Amanda, deren Augen vor Überraschung rund wurden.

»Was machst du?«

»Das ist dein Eislauffonds. Wenn du ihn aufgebraucht hast, möchte ich, daß du es mir mitteilst. Dann werde ich dir etwas mehr schicken. Das bleibt unter uns, junge Dame, aber ich möchte nicht, daß du weiter im Central Park Schlittschuh laufen gehst. Ist das klar?«

»Ja, Sir. Aber Alex, du bist verrückt! Einhundert Dollar!« Und dann grinste sie übers ganze Gesicht und sah wieder wie zehn aus. »Wow!« Ohne großes Getue stellte sie sich auf die Zehenspitzen, legte die Arme um ihren Onkel und gab ihm einen hörbaren Schmatz auf die Wange. Den Hundertdollarschein stopfte sie in ihre kleine Baumwolltasche.

Widerstrebend sah Alex auf seine Uhr. »Ich fürchte, junge Dame, daß wir uns jetzt trennen müssen.« Sie nickte stumm und fragte sich, wann sie ihn wohl wiedersehen würde. Seine Besuche genoß sie sehr. Die gemeinsamen Stunden mit ihm und die Zeit, die sie mit ihrer Großmutter verbrachte, machten ihr das Leben ein wenig erträglicher und ein bißchen lebenswerter. Langsam gingen sie über die abschüssige Promenade auf die Fifth Avenue zu und stiegen dort in ein Taxi.

»Weißt du schon, wann du wieder hiersein wirst, Alex?«

»Kann ich nicht sagen. Es wird nicht allzu lange dauern.« Wenn er sie verließ, bedrückte ihn stets das gleiche Gefühl von Traurigkeit und Gewissensbissen. Was konnte er für sie tun? Wie konnte man Eltern, deren einer Teil blind, der andere gefühllos war, ersetzen? Wie konnte man einem Kind etwas geben, was es annähernd siebzehn Jahre nicht bekommen hatte? Trotz ihrer körperlichen Kleinheit war sie kein Kind mehr. Selbst Alex konnte das nicht länger ignorieren. Sie war ein ausnehmend schönes junges Mädchen. Es war nur verwunderlich, daß sie es selbst noch nicht entdeckt hatte.

»Wirst du am Erntedankfesttag hiersein?«

»Vielleicht.« Er sah den flehenden Blick in ihren Augen. »Ist gut. Ich werd's versuchen. Aber ich kann nichts versprechen.« Mittlerweile hatten sie fast ihr Wohnhaus erreicht. Alex verabschiedete sich von ihr mit einer Umarmung, einem Kuß auf die Wangen und einem festen Händedruck. Er konnte Tränen in ihren Augen schimmern sehen, als sie ihn verließ, doch als er mit dem Taxi weiterfuhr, winkte sie ihm tapfer nach. Ihr Lächeln war mit dem ganzen Versprechen ihrer sechzehneinhalb Jahre erfüllt. Es machte ihn immer traurig, sie zurückzulassen. Irgendwie erinnerte es ihn an die Gelegenheiten, die er verpaßt hatte, an die Kinder, die er selbst nicht hatte. Wäre Amanda seine Tochter, wäre er selig gewesen. Allein schon der Gedanke machte ihn zornig. Seine Schwester verdiente nicht ein Kind, das so zauberhaft war.

Er gab dem Fahrer die Adresse seines Hotels, holte dort vom Portier sein Gepäck ab und ließ sich mit einem abermaligen Blick auf die Uhr und einem langen Seufzer wieder auf dem Rücksitz nieder. »Zum Kennedy-Flughafen, bitte. Zentraleingang.« Er stellte fest, daß es guttat, wieder nach Hause zu kommen. Nur zwei Tage war er in New York gewesen, doch sie hatten ihn geschlaucht. Das Gespräch mit Raphaella in der Nacht zuvor hatte ihn freudlos und einsam auf der Strecke gelassen. Im Fond des Wagens sitzend, dachte Alex immer weniger an Amanda und immer mehr an Raphaella. Ihretwegen war er traurig und gleichermaßen zornig. Warum beharrte sie darauf, einem Manne treu zu sein, der ihr Großvater sein konnte und schon halbtot war? Es ergab nicht den leisesten Sinn. Es war verrückt! Er erinnerte sich an den Ausdruck ihres Gesichts, als sie ihn vergangene Nacht verließ. Gestern. Es war erst gestern, seit er sie gesehen. Jäh überkam ihn eine unerklärliche Woge des Zorns. Er fragte sich, warum er zu verstehen, warum er zu akzeptieren hatte, was sie sagte. »Geh weg« war im Endeffekt das, was sie zu ihm gesagt hatte. Doch er hatte entschieden, es nicht zu tun. Ganz spontan. Einfach so. »Fahrer!« Alex sah sich um, als sei er plötzlich aufgewacht. Sie waren in der 99sten Straße am East River Drive. »Bringen Sie mich zum Carlyle.«

»Jetzt?«

Alex nickte emphatisch. »Jetzt.«

»Nicht zum Flughafen?«

»Nein.« Zur Hölle damit. Falls er den Rückflug nach San Francisco verpaßte, konnte er immer noch im Appartement seiner Mutter bleiben. Sie war übers Wochenende nach Boston gereist, um an einigen Förderungskampagnen für ihr neues Buch teilzunehmen. Es war einen weiteren Versuch wert, und sei es nur, um sie zu sehen. Falls sie dort war. Falls sie herunterkam, ihn zu treffen. Falls …

In ihrem Zimmer im Carlyle lag Raphaella auf dem breiten Doppelbett ausgestreckt. Sie hatte einen Bademantel aus rosa Seide an, unter dem sie cremefarbene Spitzenunterwäsche trug. Endlich war sie allein. Sie hatte gerade ihrer Mutter, ihrer Tante und ihren Cousinen adieu gesagt, die inzwischen auf dem Flughafen waren, um die Maschine nach Buenos Aires zu besteigen. Morgen früh flog sie nach San Francisco zurück, doch heute abend konnte sie im Carlyle bei absolutem Nichtstun entspannen. Sie brauchte nicht charmant, unterhaltsam, langmütig zu sein. Sie hatte nicht in einem Dutzend eleganter Läden für ihre Familie zu dolmetschen. Sie mußte keine Mahlzeiten für sie bestellen oder in der Stadt herumrennen. Sie konnte einfach nur mit einem Buch daliegen und entspannen. Gleich würde ihr der Zimmerservice das Abendessen bringen. Von ihrem Bett aus in die Runde schauend, empfand sie eine Mischung aus Erschöpfung und Erleichterung. Es tat so gut, sie nicht schnattern zu hören, kein Amüsement vortäuschen zu müssen oder vorzugeben, jeden Augenblick glücklich zu sein. Seit sie hergekommen war, hatte sie keine Minute für sich gehabt. Sie hatte nie Zeit für sich allein. Das war genau der Punkt. Sie war es nicht gewohnt, allein zu sein. Niemals. Das war nicht die Rolle einer Frau. Eine Frau hatte umgeben, behütet, bewacht zu sein. Ausgenommen natürlich, sie hielt sich, wie jetzt, über Nacht in einem Hotel auf, um am nächsten Morgen nach San Francisco zurückzureisen.

Schließlich hatte man vorsichtig zu sein, ermahnte sie sich zynisch, denn war sie es nicht – seht her, was passieren kann! Wie schon zum tausendstenmal in den letzten achtundvierzig Stunden flogen ihre Gedanken zu Alex, zu seinen Gesichtszügen, zum Blick seiner Augen, seinen breiten Schultern, seiner weichen Haarfülle – das war's, was passierte. Man wurde von Fremden in Flugzeugen angesprochen. Man ging mit ihnen zum Mittagessen. Man ging aus, um etwas zu trinken. Man vergaß seine Verpflichtungen. Und man verliebte sich.

Sie erinnerte sich an ihre Entscheidung, tröstete sich selbst, das Richtige getan zu haben, und zwang ihren Kopf, an andere Dinge zu denken. Es bestand kein Grund, redete sie sich ein, weiter an Alex Hale zu denken. Überhaupt kein Grund. Sie würde ihn niemals wiedersehen. Sie würde ihn niemals näher kennenlernen. Und was er ihr vergangene Nacht erklärt hatte, war nichts als die Verblendung eines sehr närrischen Mannes. Närrisch und tollkühn. Wie konnte er erwarten, sie wiederzusehen? Was ließ ihn denken, sie sei geneigt, eine Affäre zu haben? Ihre Gedanken glitten zu seinem Gesicht zurück, und sie fragte sich, ob ihre Mutter wohl je etwas Derartiges getan hatte. War sie jemals einem Mann wie Alex begegnet? Hatte es eine der Frauen, die sie in Spanien kannte, erlebt? Sie schienen vollkommen zufrieden zu sein mit ihren wohlgeborgenen Existenzen, Existenzen, in denen sie permanent Geld ausgaben, Juwelen, Pelze, Kleider kauften, auf Partys gingen und ständig von anderen Frauen umgeben waren. Was war los mit ihr? Warum rüttelte sie plötzlich an jenen Traditionen? Die anderen Frauen, die sie in Paris, Madrid und Barcelona kannte, hatten ihre Partys, ihre Vergnügungen, ihre Galaveranstaltungen, mit denen die Jahre vergingen.

Und sie hatten Kinder ... Kinder ... ihr Herz tat immer weh, wenn sie an Babys dachte. Jahrelang war sie außerstande, eine schwangere Frau vorübergehen zu sehen, ohne den Wunsch zu haben, in Tränen auszubrechen. Sie hatte John Henry nie gestanden, wie betrogen sie sich durch das Ausbleiben von Kindern fühlte. Sie hatte ihn aber immer im Verdacht, daß er es ahnte. Das war auch der Grund, warum er so freigebig war, warum er sie so sehr verwöhnte und sie immer noch mehr zu lieben schien.

Raphaella zwang sich, ihre Augen davor zu verschließen, und setzte sich in ihrem Bademantel aufrecht im Bett hin. Eine weitere Nacht und einen Tag war sie befreit von jenem Leben. Sie brauchte nicht an John Henry zu denken, an seine Schmerzen, seine Schlaganfälle, daran, was bis zu seinem Tode noch passieren würde. Sie mußte nicht an das denken, was sie vermißte und bereits vermißt hatte. Es gab keinen Anlaß, an Partys zu denken, auf die sie niemals gehen würde, an Leute, denen sie nie begegnete, an Kinder, die sie niemals haben würde. Ihr Leben war davon abgeschnitten. Das war ihr Schicksal, ihre Bahn, ihre Verpflichtung.

Sie wischte sich mit dem Handrücken eine Träne von der Wange und zwang sich, das Buch, das neben ihr auf dem Bett lag, aufzunehmen. Es war der Roman, den sie am Flughafen gekauft hatte. Solange sie die Bücher Charlotte Brandons las, fühlte sie sich frei von den schweren, belastenden Grübeleien. Sie waren seit Jahren Raphaellas Flucht in eine schöne Welt. Raphaella hatte sich gerade in die Lektüre vertieft, als das Telefon läutete.

»Hallo?« Es erschien merkwürdig, daß jemand sie hier anrufen sollte. Ihre Mutter war vermutlich schon im Flugzeug. Und sie wurde niemals aus San Francisco angerufen, außer, irgend etwas besonders Schlimmes hatte sich ereignet. Aber sie hatte John Henry heute morgen angerufen, und die Pflegerin hatte ihr gesagt, er befände sich wohlauf.

»Raphaella?« Zunächst klang die Stimme nicht vertraut, dann begann ihr Herz plötzlich zu klopfen.

»Ja?« Er konnte sie kaum hören.

»Ich – es tut mir leid ... Ich – ich wollte nur fragen, ob ich Sie sehen könnte. Ich weiß, Sie haben mir gestern nacht schon alles erklärt, doch ich dachte, wir könnten vielleicht noch einmal in Ruhe darüber reden, und – nun ja, vielleicht könnten wir nur gute Freunde sein.« Sein Herz schlug genauso heftig wie das ihre. Was, wenn sie sagte, sie wolle ihn nicht wiedersehen? Er konnte den Gedanken plötzlich nicht ertragen, daß er sie niemals wiedersehen sollte. »Ich ... Raphaella ...« Sie hatte noch nicht geantwortet, und er dachte mit Schrecken, daß sie aufgelegt haben könnte. »Sind Sie noch da?«

»Ja.« Es war, als bekäme sie kaum einen Ton heraus. Warum hatte er dies getan? Warum hatte er sie jetzt angerufen? Sie war an ihre Aufgaben gebunden, an ihre Pflicht. Warum mußte er sie auf diese grausame Weise quälen? »Ich bin noch da.«

»Könnte ich ... könnten wir ... könnte ich Sie sehen? Ich – ich muß in wenigen Minuten zum Flughafen. Ich dachte, ich halte kurz an und schaue nach, ob ich Sie sehen kann.« Es war alles, was er wollte. Mit ihr sprechen, noch ein einziges Mal, bevor er sein Flugzeug erwischte.

»Wo sind Sie?« Ihr Gesicht verfinsterte sich, als sie fragte.

»Ich bin unten.« Er sagte es in einem so beschämt um Verzeihung bittenden Tonfall, daß sie auflachen mußte.

»Hier? Im Hotel?« Sie lächelte. Er war wirklich komisch. Wie ein ganz kleiner Junge.

»Was sagen Sie?«

»Alex, ich bin nicht angezogen.« Es war ein unwesentliches Detail. Und plötzlich wußten sie beide: Er hatte gewonnen. Wenn auch nur für einige Minuten. Aber er hatte gewonnen.

»Na und? Es kümmert mich nicht, wenn Sie ein Handtuch

umhaben … Raphaella …?« Zwischen ihnen war ein langes Schweigen. Dann hörte er entfernt die Türglocke ihrer Suite. »Ist das Ihre Mutter?«

»Nicht anzunehmen. Sie fliegt gerade nach Buenos Aires. Ich glaube, es ist mein Abendessen.«

Langsam öffnete sich die Tür zu der Suite, und der Kellner rollte den Speisewagen in den Raum.

»So, und was machen wir jetzt? Kommen Sie herunter, oder soll ich heraufkommen und an Ihre Zimmertür hämmern? Ich könnte mich auch als Kellner vom Zimmerservice verkleiden. Wie wäre das?«

»Alex, hören Sie auf.« Dann wurde ihre Stimme wieder ernst. »Alles, was zu sagen war, habe ich gestern nacht gesagt.«

»Nein, haben Sie nicht. Sie erklärten mir nicht, warum Sie so empfinden, wie Sie empfinden.«

»Weil ich meinen Mann liebe.« Sie preßte die Augen zu, leugnend, was sie schon für ihn zu empfinden begann. »Und ich habe keine Wahl.«

»Das ist nicht wahr. Sie haben eine Menge Möglichkeiten. Wir alle haben sie. Wir wollen sie manchmal nicht sehen, aber sie sind da. Ich verstehe Ihre Gefühle und respektiere sie. Aber können wir nicht zumindest miteinander reden? Schauen Sie, ich stehe hier in der Halle. Ich würde Sie nicht anrühren. Ich verspreche es. Ich möchte Sie nur sehen. Raphaella … bitte …«

In ihren Augen waren Tränen. Sie holte tief Luft, um ihm zu sagen, daß er weggehen solle, daß er ihr dies nicht antun könne, daß es nicht fair sei, und plötzlich, nicht wissend, warum sie es tat, nickte sie. »Ist gut. Kommen Sie herauf. Aber nur für einige Minuten.« Als sie den Hörer auflegte, zitterte ihre Hand. Sie fühlte sich so schwindlig, daß sie die Augen schließen mußte.

Sie fand nicht einmal Zeit, in ein paar Sachen zu schlüpfen, bevor die Türglocke schellte. In der Eile konnte sie nur den Bademantel fester um sich schließen und ihr Haar glätten. Es hing ihr lang und schwer den Rücken herunter und ließ sie viel jünger erscheinen als der elegante Knoten, den sie sonst immer trug. Einen endlosen Moment lang zögerte sie vor der Tür, bevor sie sie öffnete, und erinnerte sich daran, daß sie sich immer noch weigern konnte, ihn hereinzulassen. Statt dessen entriegelte sie das Schloß und drehte den Türknauf. Sie starrte auf den bemerkenswert gutaussehenden Mann, der auf der anderen Seite wartete. Schließlich trat sie einen Schritt zurück und forderte ihn mit einer Geste zum Eintreten auf. Es war jedoch kein Lächeln auf ihrem Gesicht, sondern ein sehr ernster Ausdruck, als ihre Augen ihm in den Raum folgten.

»Hallo.« Er klang nervös. »Ich danke Ihnen, daß Sie mich so heraufkommen ließen. Ich weiß, es ist ein wenig verrückt, aber ich mußte Sie sehen.« Als er sie ansah, fragte er sich, warum er gekommen war. Was sollte er ihr sagen? Was konnte er ihr sagen, außer, daß er jedesmal, wenn er sie wiedersah, noch mehr in sie verliebt war als das Mal zuvor. Sah er sie aber nicht, verfolgte sie ihn wie ein Geist, ohne den er nicht mehr existieren konnte. Er sah sie nur an und nickte. »Ich danke Ihnen.«

»Ist schon gut.« Ihre Stimme war sehr ruhig. »Möchten Sie etwas essen?« Sie winkte flüchtig zu dem reichlich gedeckten Tisch, aber er schüttelte den Kopf.

»Ich danke Ihnen, aber ich habe schon mit meiner Nichte zu Abend gegessen. Ich hatte nicht die Absicht, Ihr Abendessen zu unterbrechen. Warum setzen Sie sich nicht hin und fangen an?« Aber sie schüttelte nur den Kopf und lächelte ihn an.

»Das kann warten.« Nach einer kleinen Pause seufzte sie und durchquerte langsam den Raum. Mit abwesendem Ausdruck schaute sie auf die Straße hinaus und kehrte langsam zu ihm zurück. »Alex, es tut mir leid. Ich bin tief gerührt über das, was Sie empfinden, aber es gibt nichts, was ich tun kann.« Der Ton, in dem sie dies sagte, war der einer einsamen Prinzessin, jederzeit ihrer königlichen Pflicht bewußt und voll Bedauern, daß sie wirklich nichts tun konnte. Alles an ihr war aristokratisch, ihre Haltung, ihr Ausdruck, die Art, wie sie dort stand. Selbst im rosaseidenen Bademantel war Raphaella Phillips vom Scheitel bis zur Sohle königlich. Das einzige, was ihm verriet, daß sie menschlich war, war die unsagbare Seelenpein, die ihre Augen nicht verbergen konnten.

»Was ist mit dem, was Sie empfinden, Raphaella? Was ist mit Ihnen?«

»Was soll mit mir sein? Ich bin, wer ich bin. Ich kann es nicht ändern. Ich bin die Frau von John Henry Phillips. Ich bin es seit fast fünfzehn Jahren. Ich habe damit zu leben, Alex, und werde es immer tun.«

»Und seit wie vielen von jenen Jahren ist er so gewesen ... wie er jetzt ist?«

»Mehr als sieben.«

»Ist das genug für Sie? Sich zu sagen, daß Sie eine Pflicht zu erfüllen haben? Tröstet Sie das für Ihre verlorene Jugend? Wie alt sind Sie jetzt? Zweiunddreißig? So wie jetzt haben Sie seit Ihrem fünfundzwanzigsten Lebensjahr gelebt, Raphaella. Wie können Sie? Wie können Sie damit fortfahren?«

Langsam schüttelte sie den Kopf als Antwort, ihre Augen schwammen in Tränen. »Ich habe es zu tun. Das ist alles. Alles andere zählt nicht.«

»Natürlich zählt es. Wie können Sie das behaupten?« Er trat an ihre Seite und schaute zärtlich auf sie nieder. »Raphaella, wir reden über Ihr Leben.«

»Aber es gibt keine Alternativen, Alex. Das ist es, was Sie nicht verstehen. Vielleicht ist die Lebensform meiner Mutter die bessere. Möglicherweise ergibt sie so erst ihren Sinn. Auf diese Weise gibt es keine Versuchungen. Niemand kommt jemals nahe genug an dich heran, um dich zu zwingen, eine Wahl zu treffen. Dann gibt es keine Wahl.«

»Ich bedaure, daß es so schmerzlich ist. Aber warum muß es eine Wahl geben? Warum müssen wir jetzt über all das reden? Warum können wir nicht einfach Freunde sein, Sie und ich? Ich würde nichts von Ihnen verlangen. Aber wir könnten uns als Freunde treffen, etwa nur zum Mittagessen.« Er wußte, daß es nur ein Traum war. Und Raphaella wußte es auch, als sie den Kopf schüttelte.

»Wie lange, denken Sie, würde das gehen, Alex? Ich weiß, was Sie fühlen. Und ich glaube, Sie wissen, daß ich ebenso empfinde.« Das Herz ging ihm auf, als er sie das sagen hörte. Er hätte sie gerne in die Arme genommen, wagte es aber nicht.

»Können wir das vergessen? Können wir so tun, als existiere es nicht?« Seine Miene sagte, daß es unmöglich war.

»Ich glaube, wir haben es zu tun.« Und dann, mit einem kleinen tapferen Lächeln: »Vielleicht begegnen wir uns in einigen Jahren wieder.«

»Wo? Auf Ihrem Familiensitz in Spanien? Nachdem man Sie erneut eingesperrt hat? Wem wollen Sie etwas vormachen? Raphaella –« Er trat nahe an sie heran, legte seine Hände auf ihre Schultern. Sie schaute mit jenen großen, gramerfüllten Augen, die er so sehr liebte, zu ihm hoch – »Raphaella, Menschen bringen ein Leben damit zu, nach der Liebe Ausschau zu halten, sie herbeizusehnen, sie zu brauchen, sie zu suchen, und meistens finden sie sie nicht. Doch einmal in großen Abständen, in sehr großen Abständen, kommt sie zu dir, fällt sie dir in den Schoß, klopft sie an deine Tür und sagt: ›Hier bin ich, nimm mich, ich bin dein‹. Wenn sie kommt, wie können Sie sich von ihr abwenden? Wie können Sie sagen: ›Nicht jetzt, vielleicht später‹? Wie können Sie die Chance verpassen, wissend, daß die Gelegenheit vielleicht nie wiederkehrt?«

»Manchmal ist das Wahrnehmen einer Gelegenheit ein Luxus, ein Luxus, den man sich nicht leisten kann. Gerade jetzt kann ich ihn mir nicht leisten. Es wäre nicht richtig, und Sie wissen das.«

»Davon weiß ich nichts. Würden Sie Ihrem Mann etwas fortnehmen, wenn Sie mich liebten? Würde es in dem Zustand, in dem er sich befindet, wirklich einen Unterschied machen?«

»Es wäre möglich.« Sie ließ ihre Augen nicht von Alex fortgleiten, und er ließ weiter seine Hände auf ihren Schultern ruhen, während sie sich in der Mitte des Zimmers gegenüberstanden. »Es könnte einen sehr großen Unterschied machen, würde ich seinen Bedürfnissen gegenüber gleichgültig werden, wäre ich nicht stets um ihn herum, um darauf zu achten, daß er gut versorgt ist, wäre ich Ihnen so stark verbunden, daß ich ihn darüber vergesse. Etwas Derartiges könnte ihn töten. Es könnte für ihn den Unterschied zwischen Leben und Tod bedeuten. Ich könnte ihn niemals so im Stich lassen.«

»Das würde ich nie von Ihnen verlangen. Niemals. Begreifen Sie das nicht? Ich sagte Ihnen, ich respektiere Ihre Beziehung zu ihm. Ich respektiere, was Sie tun und sind und fühlen. Ich verstehe das. Ich sage Ihnen nur, Sie haben ein Recht auf etwas mehr, und ich auch. Es braucht sich nichts für Sie mit Ihrem Gatten zu ändern. Ich schwöre es, Raphaella. Ich möchte nur etwas mit Ihnen teilen, das keiner von uns hat, was wir vielleicht nie hatten. Meiner Meinung nach leben Sie in einem Vakuum. So wie ich. In gewisser Weise bin ich es für lange Zeit gewesen.«

Raphaella sah zu ihm hoch, den qualvollen Blick der Entscheidung noch in den Augen. »Wie können Sie wissen, daß wir überhaupt etwas davon hätten, Alex? Vielleicht ist das, was Sie fühlen, nur eine Illusion, ein Traum. Sie kennen mich nicht. Alles, was Sie von mir denken, ist reine Phantasie.«

Doch diesmal schüttelte er nur den Kopf und näherte seinen Mund zärtlich dem ihren. Einen Augenblick spürte er, wie sie sich versteifte, doch seine Arme umschlangen sie so rasch und fest, daß sie sich nicht wehren konnte. Einen kurzen Moment später gab sie nach. Sie klammerte sich an ihn, als sei er der letzte Mann auf Erden. Ihr ganzer Leib begann mit einer Leidenschaft, die sie niemals vorher kannte, zu pulsieren. Und dann, atemlos, entzog sie sich ihm, schüttelte den Kopf und wandte sich ab.

»Nein, Alex. Nein!« Sie warf das Gesicht herum, in ihren Augen loderten Flammen. »Nein! Laß es sein! Führe mich nicht in Versuchung mit dem, was ich nicht haben kann. Ich kann es nicht haben, und du weißt das!« Mit hängenden Schultern wandte sie sich ab, ihre Augen füllten sich mit Tränen. »Bitte, geh!«

»Raphaella ...« Langsam drehte sie sich wieder um, das Gesicht verstört, die Augen übergroß in dem gemeißelten Antlitz. Und auf einmal war es, als sähe er sie vor seinen Augen dahinschmelzen. Das Feuer wich aus ihren Augen, sie schloß sie für einen Moment. Sie kam ihm entgegen, ihre Hände legten sich um ihn, ihr Mund suchte hungrig den seinen.

»O Liebling, ich liebe dich ... ich liebe dich ...« Seine Worte waren zärtlich und dennoch begehrend, und sie hing an ihm und küßte ihn mit aller seit sieben Jahren aufgespeicherten Liebe. Und dann, ohne zu denken, streifte er den rosaseidenen Bademantel von ihren Schultern und kniete nieder, um ihren Körper zu küssen. Sie war eine Gottheit, die er vom ersten Augenblick verehrte, da er sie weinend auf den Stufen sitzen sah. Dies war die Frau, nach der er sich gesehnt hatte, die Frau, die er brauchte und fast vom ersten Augenblick geliebt hatte. Und während er sie hielt und liebkoste, wußte Raphaella, daß sie sich ihm mit ihrem ganzen Herzen hingeben würde. Stunden schienen vergangen, bevor sie innehielten, sich zu küssen, zu berühren, zu umarmen, aneinanderzupressen und ihre Hände über die Haut des anderen gleiten zu lassen. Sie fühlte ihre Beine unter sich zittern. Er hob sie sanft auf seine Arme, den rosaseidenen Bademantel hinter ihnen auf dem Teppich zurücklassend, ging langsam mit ihr ins Schlafzimmer hinüber und legte sie auf das Bett. »Raphaella?« Sein Mund formte ihren Namen als Frage, und sie nickte langsam, mit einem kleinen, zögernden Lächeln. Daraufhin drehte er das Licht aus, schlüpfte rasch aus seinen Sachen und glitt an ihre Seite. Erneut berührte er sie gierig mit seinem Mund, seinen Händen. Ihr war, als ob sie träume, als ob dies nicht wahr sein könne, als ob dies nicht in Wirklichkeit geschah, und mit einer Leidenschaft, die sie niemals vorher kannte, gab sie sich ihm hin. Ihr Körper schmerzte und pulsierte und vibrierte mit einem Verlangen, das sie sich nicht einmal hätte träumen lassen. Mit dem gleichen Fieber preßte Alex sich an sie. Sein Körper drang in sie ein bis zu ihrer tiefsten Seele. Ihre Arme verschlangen sich, ihre Schenkel wurden eins, ihre Münder saugten sich fest in einem endlosen Kuß, bis sie jäh im letzten Augenblick der Lust zu explodieren und gemeinsam fortzuschweben schienen.

Dann lagen sie ruhig im gedämpften Lampenlicht beieinander, und Alex blickte auf die Frau, von der er wußte, daß er sie liebte. Einen Augenblick lang war er jäh erschrocken. Was hatte er getan, und was würde sie jetzt tun? Würde sie ihn hassen? Würde es vorbei sein? Aber als er den warmen Schimmer in ihren Augen sah, wußte er, dies war nicht das Ende, sondern der Anfang. Während er sie beobachtete, schmiegte sie sich enger an ihn, küßte ihn sanft auf die Lippen und streichelte langsam seinen Rücken. Sein ganzer Körper begann zu prickeln. Erneut begann er sie zu küssen, rückte nah an sie heran und sah ihr in die Augen.

»Ich liebe dich, Raphaella.« Die Worte waren so leise, daß nur sie ihn hören konnte. Sie nickte langsam, das Lächeln auf ihrem Gesicht vertiefte sich. »Ich liebe dich«, wiederholte er zärtlich.

»Ich weiß. Und ich liebe dich auch.« Sie sprach genauso leise wie er. Und plötzlich zog er sie wieder zu sich heran, fest in seine Arme, daß sie sich niemals von ihm hätte lösen können. Als ob sie ihn verstanden hätte, zog sie ihn näher. »Es ist alles gut, Alex ... schhh ... es ist alles gut.«

Seine Hände begannen sie erneut zu liebkosen.

9

»Raphaella?« Es war nur ein Flüstern, als er, auf einen Ellbogen gestützt, auf sie herabsah. Er war nicht sicher, ob sie wach war. Doch nun flatterten ihre Augen und öffneten sich langsam im ersten Licht des Morgens. Das erste, was sie sah, war Alex, der sie mit Augen voller Liebe ansah. »Guten Morgen, mein Liebling.« Er küßte sie und streichelte das lange, seidig schwarze Haar, das dem seinen so ähnlich war. Sie sah, wie er strahlte, und lächelte zurück.

»Worüber lachst du so früh am Morgen?«

»Ich dachte gerade, falls wir jemals Kinder haben werden, würdest du in ernste Schwierigkeiten geraten, wenn sie kein kohlrabenschwarzes Haar hätten.«

»Oh, würde ich das?« Sie blickte amüsiert.

»Ja, das würdest du.« Er sah sie nachdenklich an und verfolgte mit dem Finger die Linien ihres Körpers. Für einen Moment hielt er inne. »Möchtest du keine Kinder, Raphaella?«

»Jetzt?«

»Nein, überhaupt. Ich dachte gerade, ob –« Er zögerte und entschloß sich, sie zu fragen. »Kannst du?«

»Ich denke, ja.« Sie wollte nichts über John Henrys Schwäche verraten, also sagte sie nichts mehr, während er ihr Gesicht beobachtete.

»Hast du keine, weil du keine wolltest oder weil ... oder aus anderen Gründen?« Er spürte, daß sie ihm taktvoll etwas verschwieg.

»Andere Gründe.«

Er nickte ruhig. »Das dachte ich mir.« Sie schmiegte sich an ihn und küßte ihn sanft auf den Mund. Auf einmal saß sie aufrecht im Bett und starrte entsetzt auf die Uhr.

»Was ist los?«

»O Gott ... ich habe gerade das Flugzeug verpaßt.«

Er grinste, blickte sie unbeeindruckt an. »Ich hab' das meinige gestern abend verpaßt. Und außerdem ...« das Grinsen verstärkte sich allmählich – »befindet sich mein Gepäck noch immer beim Portier.«

Sie hörte ihm jedoch nicht zu. »Was soll ich tun? Ich muß die Fluggesellschaft anrufen ... sicherlich haben sie eine andere – O mein Gott, wenn Tom mich am Flughafen abholen kommt –«

Als sie das sagte, verfinsterte sich Alexanders Stirn. »Wer ist Tom?«

Diesmal mußte Raphaella schmunzeln. »Der Chauffeur, Dummer.«

»Gut. Jedenfalls kannst du zu Hause anrufen und ihnen sagen, du hättest die Maschine verpaßt. Sag ihnen einfach, du wirst –« Er wollte sagen ›die nächste nehmen‹, doch plötzlich hatte er eine Idee. »Raphaella ... was, wenn wir –« Er fürchtete sich fast, es zu sagen, und griff nach ihrer Hand. »Was, wenn wir nicht vor morgen heimkehrten und hier zusammen das Wochenende verbrächten? Wir könnten es.«

»Nein, könnten wir nicht. Sie erwarten mich ... Ich muß –«

»Warum? Du hast zu Hause nicht das geringste zu tun. Du hast es selbst gesagt, und ein Tag oder sogar zwei können jetzt nicht viel Unterschied machen. Wir sind hier, wir sind allein, wir sind zusammen ... Nun, wie wär's? Bis morgen?« Er zog sie in die Arme, als er die Frage stellte, betend, daß sie ja sagen möge. Doch sie entzog sich ihm sanft, machte ein nachdenkliches, aber unsicheres Gesicht.

»Ich müßte sie belügen, Alex. Und falls –«

»Falls irgendwas passiert« – beide wußten, daß er John Henry meinte –, »nimmst du die nächste Maschine zurück. Es wäre nicht anders als die ganze Woche, während du mit deiner Mutter hier warst. Der einzige Unterschied ist, daß du jetzt mit mir hier bist. Bitte!« Er blickte zärtlich, und sie wünschte nichts sehnlicher, als mit ihm in New York zu sein, doch was war mit ihren

Verpflichtungen ... John Henry? Plötzlich aber wußte sie, daß sie diesmal etwas für sich selber tun mußte. Sie sah zu Alex hoch und nickte. Sie blickte erschrocken, und er stieß einen Jubelschrei aus. »Liebling, ich liebe dich!«

»Du bist verrückt!«

»Das sind wir beide. Ich nehme jetzt eine Dusche, du bestellst das Frühstück, und anschließend machen wir einen Spaziergang.« Die Unannehmlichkeit, ein Frühstück für zwei zu bestellen, war keinem von beiden jemals unterlaufen. Also bestellte sie ein reichliches Frühstück beim Zimmerservice, doch als man sie fragte, für wieviel Personen, antwortete sie prompt: »Service für einen.« Sie erstattete ihm Bericht, als er unter der Dusche stand, und schaute schon wieder voll Verlangen und Bewunderung auf seinen Körper. Er war so groß und stark und hübsch, er sah wie die Statue eines jungen griechischen Gottes aus. »Was gibt's zu sehen, Madame?« Er sah flüchtig zu ihr hin, während ihm das Wasser über das Gesicht rann.

»Dich. Du bist schön, Alex.«

»Jetzt weiß ich, daß du verrückt bist.« Dann blickte er für einen Augenblick ernüchtert. »Hast du zu Hause angerufen?« Sie schüttelte wie ein widerspenstiges Schulmädchen den Kopf. Er stand ganz ruhig unter der Dusche, und das Wasser, das ihm über den Körper rann, erweckte in ihr den Wunsch, ihm mit der Zunge zu folgen. Sie konnte jetzt nicht an zu Hause denken. Zu Hause war nicht real. Sie konnte nur an ihn denken. »Warum machst du's nicht jetzt, Baby?« Sie nickte langsam und verließ den Raum. Als sie neben dem Telefon saß, verblaßte die Schönheit seines Körpers. Plötzlich fühlte sie sich wieder als Mrs. John Henry Phillips. Welche Lüge würde sie ihnen erzählen? Die Telefonistin meldete sich zu schnell und stellte ihr Gespräch sofort nach San Francisco durch. Nur eine Sekunde später war die Pflegerin in der Leitung. Es war erst sieben Uhr morgens in San Francisco, und John Henry war noch nicht erwacht.

»Geht es ihm gut?« Sie war erschrocken. Vielleicht würde sie bestraft. Vielleicht ging es ihm jetzt schlechter, und es wäre ihre Schuld. Doch die fröhliche Stimme der Pflegerin beruhigte sie.

»Es geht ihm ausgezeichnet. Wir hatten ihn gestern für eine

Stunde im Rollstuhl, und ich glaube, er hat es genossen. Nach dem Mittagessen las ich ihm eine Zeitlang aus der Zeitung vor.« Dann war nichts verändert, es klang alles so, wie es gewesen war, als sie ihn verließ. Sie erklärte, sie hätte sich mit ihrer Mutter in New York verspätet. Und sie würde am nächsten Tag nach San Francisco zurückfliegen. Sie wartete einen Augenblick, fast erwartend, die Pflegerin würde sie eine Lügnerin und Hure nennen, aber nichts geschah. Sie wußte, daß ihre Mutter niemals aus Argentinien anrufen würde, also gab es keinerlei Grund, zu denken, daß man sie ertappte. Aber sie fühlte sich so schrecklich schuldig, und es schien undenkbar, daß sie es nicht herausbekamen. Sie bat die Frau, Tom zu verständigen, sie heute nicht am Flughafen abzuholen. Morgen früh würde sie anrufen, um mitzuteilen, mit welcher Maschine sie käme. Es fiel ihr ein, daß sie mit Alex zusammen am Flughafen ein Taxi nehmen könnte, doch falls sie so etwas täte, würden sie sich fragen, was in sie gefahren sei. Raphaella dankte der Pflegerin, bat sie, Mr. Phillips zu unterrichten, daß sie angerufen habe, und ihm zu sagen, es sei alles in bester Ordnung. Dann hängte sie ein. Ihr Gesicht war ernst und ruhig.

»Stimmt etwas nicht?« Alex tauchte aus dem Badezimmer auf, mit gekämmtem Haar und einem Handtuch um die Hüften. Sie sah anders aus als wenige Minuten vorher, bevor er ihr gesagt hatte, sie solle gehen und zu Hause anrufen. »Was ist passiert?«

»Nichts. Ich – ich habe sie gerade angerufen.« Sie senkte die Augen.

»Ist irgendwas geschehen?« Es war eine eindeutige Frage, und er blickte besorgt, doch sie schüttelte rasch den Kopf.

»Nein, nein, es geht ihm gut. Nur ich –« Sie sah ihn unglücklich an. »– ich fühle mich so schuldig. Alex, ich sollte heimreisen.« Es war ein gequältes Flüstern. Er setzte sich neben sie. Einen Augenblick saß er ganz still, dann legte er einen Arm um ihre Schultern und hielt sie fest.

»Es ist gut, wenn du es so möchtest. Ich hatte dir gesagt, ich verstehe es. Ich werde es immer verstehen.« Ihre Augen sahen ihn voller Verwirrung an, und er zog sie eng an sich. »Es ist gut, mein Herz. Alles ist gut.«

»Warum bist du so lieb zu mir?« fragte sie und vergrub ihr Gesicht an dem nackten Fleisch seiner Schulter.

»Weil ich dich liebe. Das habe ich dir letzte Nacht auch gesagt«, lächelte er und küßte sie auf den Haaransatz.

»Aber du kennst mich kaum.«

»Quatsch. Ich kenne dich bis zu den Zehenspitzen.« Sie errötete, wußte aber, daß er es in einem anderen Sinne gemeint hatte, in einem wichtigeren Sinn. Und seltsam, obgleich sie ihn erst so kurz kannte, glaubte sie ihm. Er kannte sie. Besser, als irgend jemand sonst sie gekannt hatte. Besser sogar als ihr eigener Mann.

»Wärst du sehr böse, wenn ich heute zurückfliege?« Es klang betrübt, und sie stieß einen langen, lautlosen Seufzer aus.

»Nein, ich wäre sehr traurig. Aber nicht böse. Wenn du es tun mußt, dann soll es so sein.«

»Was wirst du machen? Gehst du zu deiner Mutter oder deiner Schwester?«

»Nein, meine Mutter ist in Boston, Kay ist in Washington, und meine Nichte hat einen Haufen Pläne für das Wochenende. Ich reise heim. Wahrscheinlich mit demselben Flug wie du, wenn wir Plätze nebeneinander bekommen können. Wärst du damit einverstanden?« Sie nickte. »Gut.« Er stand langsam auf. »Dann rufe die Fluggesellschaft an, ich gehe mich rasieren.« Er schlenderte ins Bad zurück und schloß die Tür. Ihr war zumute, als hätte sie soeben die einzige Sache von der Welt, die sie sich wünschte, aufgegeben. Zeit mit Alex. Gemeinsam. Nur sie beide. Allein. Sie ging langsam auf die verschlossene Tür zu und klopfte leise an. »Ja?«

»Darf ich reinkommen?« Er öffnete die Tür und sah mit einem Lächeln auf sie nieder, das ihr abermals bewies, daß er sie liebte.

»Natürlich darfst du, Dummes. Du mußt nicht fragen. Hast du die Fluggesellschaft angerufen?«

Sie schüttelte einfältig ihr Haupt. »Ich hatte keine Lust.«

»Warum nicht?« Er wartete und fühlte sein Herz pochen.

»Weil ich noch nicht zurück will.« Wie sie da stand, sah sie wie ein kleines Mädchen aus, das lange Haar fiel ihr über die Schultern, noch zerzaust von der Nacht davor. »Ich möchte hierbleiben. Mit dir.«

»Du willst, willst du?« Er konnte ein strahlendes Lächeln nicht unterdrücken, legte sein Rasiermesser hin, griff mit einer Hand nach ihr, die andere dazu benutzend, nach einem Handtuch zu greifen und die Seife vom Gesicht zu wischen. »Fein, nichts würde mir mehr gefallen.« Er küßte sie lange und stürmisch und trug sie zum Bett zurück. Es verging eine halbe Stunde, bevor sie ihr Liebesspiel beendeten und der Kellner vom Zimmerservice erschien.

Nachdem der Kellner sie verlassen hatte, setzten sie sich zum gemeinsamen Frühstück hin, sie in ihrem rosaseidenen Bademantel, er in einem Handtuch, beide glücklich lächelnd und für den Tag Pläne schmiedend. Als sie die Rühreier aufteilten, war es, als wären sie schon immer zusammen gewesen.

»Und dann möchte ich auf die Spitze des Empire State Buildings, und ich möchte heiße Kastanien essen, und ich möchte Schlittschuh laufen ...«

Er lachte sie an. »Jetzt hörst du dich genau wie meine Nichte an. Die läuft auch so gerne Schlittschuh.«

»Dann können wir zusammen gehen. Aber zuerst will ich aufs Empire State Building.«

»Raphaella!« stöhnte er. »Ist das dein Ernst?«

»Gewiß doch. Ich konnte solche Dinge niemals machen!«

»O Baby.« Er beugte sich über den Tisch und küßte sie. »Du bist die schönste Frau, die ich kenne.«

»Dann bist du blind und närrisch, und ich liebe dich.« Aber sie fragte sich, ob sie nicht die Närrin sei. Dies war absoluter Irrsinn. Und das Irrsinnigste von allem war, daß sie das Gefühl hatte, sie hätte ihn ihr ganzes Leben schon gekannt.

Gemeinsam erdachten sie eine verdrehte Geschichte, damit Raphaella Alexanders Gepäck vom Portier zurückbekam. Der Hotelpage brachte es herauf, und Alex kleidete sich an. Nachdem Raphaella auch ein Bad genommen hatte, standen sie nebeneinander in dem mächtigen Wandschrank, ordneten ihre Sachen und schwatzten. Es war ganz wie in den Flitterwochen, wie sie auf dem Wege zum Hauptgeschäftsviertel bemerkte. Er brachte sie pflichtschuldigst zur Spitze des Empire State Buildings, zum Mittagessen ins Plaza und danach zu einer hübschen Kutschfahrt in den Park. Sie verbrachten zwei Stunden damit, die Wunder des Metropolitan Museums zu erleben, und marschierten ins Parke-Bernet hinein, um einer in vollem Gange befindlichen Auktion französischer Antiquitäten beizuwohnen. Und dann, glücklich, entspannt und mehr als nur ein wenig müde, überquerten sie die Straße zum Carlyle und fuhren mit dem Fahrstuhl zur Suite hinauf. Gähnend zog Raphaella ihren Mantel aus. Alex lag schon ohne Jacke und Schuhe auf dem Bett und streckte die Arme nach ihr aus.

»Ich weiß nicht, wie's mit dir steht, Lady, doch ich bin erledigt. Ich glaube, seit meiner Kindheit habe ich nicht mehr so viel an einem einzigen Tage getan.«

»Ich auch nicht.« Sie ertappte sich plötzlich bei dem Wunsch, ihn nach Paris, Barcelona und Madrid mitzunehmen, wo sie ihm ihre Lieblingsplätze zeigen könnte. Und sie wünschte, ihn nach Santa Eugenia zu entführen, damit er die Orte sah, wo sie all ihre Sommer verbrachte, und wo sie alle Kinder, die sie so liebte, besuchen konnten. Manchmal war es seltsam, an sie zu denken. Die Kinder, denen sie, jung verheiratet, Geschichten erzählte, waren inzwischen selbst verheiratet und hatten eigene Babys. Es gab ihr manchmal das Gefühl, sehr alt zu sein, als ob ein wichtiger Teil ihres Lebens bereits vergangen sei.

»Woran hast du eben gedacht?« Vorübergehend hatte er wieder den alten Schatten der Trauer in ihren Augen gesehen.

»Ich dachte an Santa Eugenia.«

»Was ist damit?« sondierte er weiter.

»Ich dachte an die Kinder dort ... O Alex ... du ahnst nicht, wie sehr ich sie liebe.«

Er griff nach ihrer Hand und sagte mit ruhiger, fester Stimme: »Eines Tages werden wir eigene Kinder haben.« Sie sagte nichts. Es war ein Thema, über das sie nicht diskutieren wollte. Sie hatte es vor fünfzehn Jahren ad acta gelegt.

»Es ist nicht wichtig.«

»Doch, es ist. Sehr sogar. Für uns beide. Ich hatte mir immer so sehr Kinder mit meiner Frau gewünscht.«

»Konnte sie keine bekommen?« fragte sie hoffnungsvoll und neugierig zugleich. Vielleicht verband sie hier Gemeinsames, und sie waren durch die gleiche Schicksalsfügung beraubt worden?

»Nein.« Er schüttelte gedankenvoll den Kopf. »Sie hätte sie haben können. Sie mochte aber keine Kinder. Sonderbar, wie anders man die Dinge mit der Zeit betrachtet. Begegnete ich jetzt einer Frau, die ähnlich dächte, würde ich sie wahrscheinlich nicht lieben können. Ich dachte, ich könnte Rachel dazu überreden. Ich konnte es nicht. Sie war zu stark mit ihrer Arbeit verbunden. Rückblickend ist es vermutlich nur gut, daß wir keine Kinder hatten.«

»Was war ihr Beruf?«

»Sie war eine Rechtsanwältin.« Raphaella blickte beeindruckt, und er küßte sie zärtlich auf den Mund. »Aber sie hatte nicht viel von einer Frau, Raphaella, also schau nicht so.«

»Hast du sie verlassen?«

Wieder schüttelte er den Kopf. »Nein, sie verließ mich.«

»Eines Mannes wegen?«

»Nein.« Jetzt lächelte er, doch es geschah ohne Bitterkeit. »Wegen eines Jobs. Das war alles, was für sie zählte. Immer. Es ist nur gut, daß die Dinge so gekommen sind, wie sie kamen.« Sie lagen wie alte Freunde und erfahrene Liebesleute nebeneinander. Alex schmunzelte.

»Ist sie sehr erfolgreich?«

»Höchstwahrscheinlich.«

Sie nickte gedankenvoll. »Manchmal wünschte ich, ich wär's. Ich glaube, das einzige, worin ich gut gewesen wäre, blieb mir versagt, und alles andere ... nun ja ... da gibt's nicht viel, was ich kann.«

»Du erzählst Kindern Geschichten.«

Sie lächelte verwirrt. »Das ist kaum eine Lebensaufgabe.«

Er sah sie ruhig an und erinnerte sich an etwas, was seine Mutter gesagt hatte. »Warum schreibst du die Geschichten nicht nieder? Du könntest Kinderbücher schreiben, Raphaella.« Den Vorschlag erwägend, leuchteten ihre Augen kurz auf. Er nahm sie in die Arme. »Ich hoffe, daß du eines weißt: Wenn du überhaupt nichts tust, außer mich zu lieben, so ist mir das genug.«

»Wäre es das? Würdest du dich nicht langweilen?« Sie blickte jetzt echt besorgt.

»Nie und nimmer. Es ist schon komisch. Mein Leben lang

bin ich von ehrgeizigen Frauen umgeben gewesen, Berufsfrauen, Frauen mit jeder Art von Karrieren. Ich hätte nie gedacht, ich könnte eine Frau verstehen, die anders ist. Und plötzlich stellte ich fest: Was ich mir immer gewünscht habe, ist eine Frau wie du. Ich habe keine Lust, zu ringen, zu konkurrieren und um einen höheren Lebensstandard zu kämpfen. Ich möchte einfach nur ich selbst sein, mit jemandem, für den ich sorgen kann, jemand, der so warmherzig und lieb und intelligent und hübsch ist wie ...« Er schnupperte an ihrem Hals. »Du weißt schon, wen ich meine ...«

Sie sah ihn lange an und legte den Kopf auf die Seite. »Weißt du, was eigenartig ist? Genau jetzt fühle ich, als ob dies mein Leben sei. Hier. Mit dir. Als ob niemals etwas anderes existiert hätte, als ob mein Leben in San Francisco gar nicht wirklich sei. Ist das nicht seltsam?« Sie blickte verwundert, und er berührte zärtlich ihr Gesicht, bevor er sie auf den Mund küßte. Mit einem winzigen Lächeln zog sie sich langsam von ihm zurück.

»Nein. Ich finde es in der Tat überhaupt nicht seltsam.« Wieder umschlang er sie mit seinen Armen und küßte sie verzehrend, als ihre Hände zärtlich seine Schenkel streichelten.

10

Die Stimme der Stewardeß dröhnte, als sie ihre Ankunft in San Francisco durchsagte. Alex merkte, wie ihn ein Gefühl der Depression übermannte, als das Flugzeug sich langsam dem Erdboden näherte. Die beiden Tage miteinander waren so vollkommen, so idyllisch gewesen. Sie hatten am Abend zuvor zuerst zu Abend gegessen und anschließend die Show von Bobby Short gesehen. Und sie war entzückt gewesen. Anschließend waren sie aufgeblieben und hatten sich bis vier Uhr morgens unterhalten. Abwechselnd entdeckte einer den Körper des anderen. Später lagen sie beieinander und erzählten sich gegenseitig ihre Lebensgeschichte. Als die Sonne am Sonntag morgen aufging, wußte sie alles über Rachel, seine Mutter und seine Schwester. Sie hatte ihm von ihrem Vater erzählt, von Julian, ihrem Bruder, der mit sechzehn beim Polospiel tödlich verunglückte, und von ihrer Ehe mit John Henry, wie sie am Beginn und wie sie jetzt war. Es war, wie wenn sie immer beisammen gewesen wären. Und nun kamen sie nach San Francisco zurück, und er mußte sie von sich gehen lassen, zumindest für eine Weile. Er mußte sich zufriedengeben mit der Zeit, wie kurz sie auch immer sein mochte, in der sie sich aus ihrem anderen Leben im Hause ihres Ehemannes fortstehlen konnte. Wenigstens hatten sie vergangene Nacht darüber geredet.

»Woran denkst du? Du siehst so furchtbar ernst aus.« Er sah sie liebevoll an, während sie sich zur Landung vorbereiteten. Er spürte sogleich, daß sie die gleiche Traurigkeit wie er empfand. Ihre wenigen gemeinsamen Tage schienen wie ein ganzes Leben gewesen zu sein, und nun würde sich wiederum alles ändern. »Fühlst du dich gut?«

Sie sah ihn traurig an und nickte. »Ich dachte nur gerade ...«

»An was?«

»An uns. Wie jetzt alles werden wird.«

»Es wird alles gut.« Er sprach nahe an ihrem Ohr, in einer ruhigen, vertraulichen Art, die sie erbeben ließ, aber nun schüttelte sie den Kopf.

»Nein, wird es nicht.«

Er nahm ihre Hand in seine eigene und suchte ihre Augen. Es gefiel ihm nicht, was er sah. Er argwöhnte, daß sie wieder von Schuldgefühlen heimgesucht wurde. Aber das war zu erwarten, denn schließlich näherten sie sich dem heimischen Rasen. Es würde hier härter werden, ihre Verpflichtungen beiseite zu schieben. Das brauchte sie aber wirklich nicht. In ihrem Leben würde Platz für beide Männer sein.

»Alex ...«, sagte sie mit stockender Stimme.«Ich kann es nicht tun.« Ihre Augen füllten sich mit Tränen, als sie den seinen begegneten.

»Was meinst du?« Er versuchte, die eigene Panik zu bezwingen und wenigstens nach außen hin ein ruhiges Gesicht zu zeigen, obgleich seine Gedanken bei ihren Worten zu rotieren begannen.

»Ich kann nicht.«

»Du hast im Moment überhaupt nichts zu tun, außer zu entspannen.« Er sprach in seinem besten berufsmäßigen Tonfall, doch es schien sie nicht zu besänftigen. Tränen ergossen sich auf ihre Wangen und rollten langsam, bis sie auf ihre gefalteten Hände fielen. »Wir können dies später ausdiskutieren, wenn wir uns sehen.«

Doch sie schüttelte abermals den Kopf, und ihre nächsten Worte waren nur mehr ein Flüstern. »Nein ... ich hatte unrecht ... ich kann es nicht tun, Alex ... nicht hier. Nicht in derselben Stadt mit ihm. Es wäre nicht gut.«

»Raphaella, tu's nicht ... gib dir nur ein wenig Zeit, es abzuwägen.«

»Was abzuwägen?« Einen Augenblick sah sie zornig aus. »Meinen Mann zu betrügen?«

»Ist es denn das?«

Sie schüttelte wieder den Kopf, ihre Augen baten ihn um Verständnis. »Was kann ich tun?«

»Warten. Versuche, mit der Freude zu leben, die wir haben. Sei fair zu ihm und zu dir selbst. Das ist alles, was ich uns allen wünsche ...« Sie nickte langsam, und er drückte fest ihre Hand in der seinen. »Wirst du dem eine Chance geben?«

Eine Ewigkeit schien zu vergehen, bevor sie antwortete. »Ich werd's versuchen.«

Einen Moment später landete das Flugzeug. Zwei Stewardessen erschienen, und Raphaella erhob sich ruhig, nicht zu erkennen gebend, daß der Mann, der neben ihr gesessen hatte, auch nur von mindester Bedeutung für sie sei. Sie hob ihre Reisetasche hoch, knöpfte ihren Mantel zu und nickte ihm zu. Nur ihre Augen sagten: ›Ich liebe dich‹, als sie ging und über den Heckausstieg der Maschine verschwand, wie sie es zuvor getan hatte. Der Ausstieg wurde wieder geschlossen, nachdem sie durchgegangen war. Alex fühlte eine Einsamkeit, die ihn verschlang, wie er es niemals vorher gekannt hatte. Ihm war plötzlich, als sei alles, was ihm lieb und teuer war, von ihm gerissen worden. Wenn er sie nun niemals wiedersah? Er mußte gegen seine Angst kämpfen, während er mit den anderen auf das Verlassen der Maschine wartete. Mechanisch begab er sich zur Gepäckausgabe, seinen Koffer in Empfang zu nehmen. Außerhalb des Gebäudes nahm er die lange schwarze Limousine wahr, die an der Bordkante parkte. Der Chauffeur stand noch bei den anderen und wartete auf ihre Koffer. Rasch verließ er mit seinem Gepäck die Abfertigungshalle und blieb noch einen Augenblick stehen, auf den langen schwarzen Wagen schauend. Der Widerschein der gleißenden Lichter auf den Heckscheiben entzog sie seiner Sicht, doch er konnte sich nicht von der Stelle rühren. Wie wenn sie es gefühlt hätte, drückte Raphaella mit einem Finger auf den kleinen Knopf, und eine der Heckscheiben rollte langsam herunter. Ängstlich hielt sie nach ihm Ausschau, mit dem Wunsch, irgendwie noch einmal mit ihm in Berührung zu kommen. Einen endlosen Moment lang hielten ihre Augen sich fest. Als sei die Sonne soeben erneut für sie aufgegangen, lächelte er ihr zärtlich zu, drehte sich um und ging auf die Garage zu. In seinem Herzen flüsterte es ›morgen‹, und er wünschte, es wäre heute nacht.

11

Es war fast acht Uhr fünfzehn, als er in seiner Junggesellenbude saß und ungeduldig mit dem Fuß klopfte. Die Weinflasche stand geöffnet neben Käse und Früchten, die er auf dem Tisch angerichtet hatte. Das Kaminfeuer prasselte hell, und die Musik spielte. Irgendwann nach sieben Uhr dreißig, hatte sie gesagt, doch er hatte den ganzen Tag über nichts von ihr gehört. Nun dachte er darüber nach, ob sie aus irgendeinem Grund am Ausgehen verhindert worden sei. Als sie ihn gestern abend anrief, hatte ihre Stimme einsam geklungen, und sein ganzer Körper schmerzte vor Verlangen, sie in seine Arme zu nehmen. Jetzt blickte er stirnrunzelnd in das Kaminfeuer, fragte sich, ob irgend etwas passiert sei, und sprang beim Läuten des Telefons hoch.

»Alex?« Sein Herz hämmerte und schlug in Enttäuschung um. Es war nicht Raphaella, es war Kay.

»Oh. Hei.«

»Ist irgendwas? Du klingst nervös.«

»Nein, ich bin nur beschäftigt.« Und er war nicht in der Stimmung, mit ihr zu reden.

»Arbeit?«

»Eine Art von ... Nein ... nichts ... schon gut. Was gibt's?«

»Bin da auf was Übles gestoßen. Wir müssen über Amanda reden.«

»Irgendwas Schlimmes?«

»Noch nicht, Gott sei Dank. Glücklicherweise verstehe ich mehr von Teenagern als du. Diese hundert Dollar, die du ihr gegeben hast, Alex. Das geht nicht.«

»Was willst du damit sagen?« Schon beim Hören ihrer Stimme hatte sich sein Gesicht gespannt.

»Ich will damit sagen, daß sie sechzehn ist, und das einzige, was Kinder in diesem Alter mit Geld anfangen, ist Drogen kaufen.«

»Hat sie dir gesagt, warum ich es ihr gab? Nebenbei, wie hast du es herausgefunden? Ich dachte, das wäre nur etwas unter uns beiden.«

»Egal, wie ich's herausgefunden hab'. Ich suchte ein paar ihrer Sachen durch und fand das Geld.«

»Herrgott, was machst du mit dem Kind, Kay? Durchsuchst du sie?«

»Kaum. Aber du vergißt, wie heikel meine Situation ist, Alex. Ich will nicht, daß sie mir Drogen ins Haus schleppt.«

»Du sprichst von ihr wie von einer Rauschgiftsüchtigen.«

»Quatsch. Doch wenn ich sie ließe, würde sie mit einer Schachtel Joints herumlaufen, so wie du und ich uns einen Whisky genehmigen.«

»Hast du sie jemals einfach darum gebeten, es nicht zu tun?«

»Klar. Denkst du wirklich, Kinder tun, was du ihnen sagst?« Ihre völlige Nichtachtung ihrer Tochter trieb ihn zum Wahnsinn. Er wurde wütend, als er den weiteren Verdächtigungen seiner Schwester zuhörte.

»Ich finde deine Haltung ihr gegenüber widerwärtig. Ich glaube, sie ist ein Kind, dem du vertrauen kannst. Und der Grund, warum ich ihr das Geld gegeben habe, ist, damit sie im Rockefeller Center eislaufen kann. Sie sagte mir, sie gehe häufig Schlittschuh laufen auf der Wollmann-Eisbahn im Park. Ich weiß nicht, ob du dir darüber klar bist, aber das Kind könnte beim Herein- und Herauskommen im Central Park ermordet werden. Als ihr Onkel wollte ich ihr ein Eislauf-Abonnement spendieren. Hätte ich gewußt, daß du ihr das Geld wegnimmst, hätte ich es irgendwie anders arrangiert.«

»Warum überläßt du die Behandlung meiner eigenen Tochter nicht mir, Alex?«

»Warum gibst du nicht zu, daß du als Mutter versagst?« brüllte er durch den Raum und wünschte dabei aus vollem Herzen, es gäbe etwas, was er für das Kind tun könnte. »Ich möchte, daß du Amanda das Geld läßt.«

»Ich scher' mich den Teufel um das, was du möchtest. Ich sandte dir heute einen Scheck über den Betrag.«

»Ich werde dies selbst mit Amanda regeln.«

»Bemüh dich nicht, Alex.« Die Stimme Kays war wie Eis. »Ich kontrolliere ihre Post.«

»Du bist eine boshafte Hexe, weißt du das? Und du hast kein Recht, das Kind zu quälen.«

»Und woher kommst du, um zu beurteilen, wie ich meine Tochter behandle? Du hast keine Kinder, verdammt. Was, zur Hölle, weißt du also?«

»Möglicherweise nichts, Schwester. Möglicherweise überhaupt nichts, weil ich keine Kinder habe, liebe Kongreßabgeordnete Willard. Aber du, liebe Dame, hast kein Herz.«

Sie hängte ein, und im selben Moment erklang die Türglocke. Er fühlte, wie ihn eine Gefühlswoge herumwirbelte und fast zerriß. Es war Raphaella, er wußte es. Endlich war sie gekommen. Plötzlich begann sein Herz zu summen, aber er hatte den Wortwechsel mit seiner Schwester, Amandas wegen, nicht vergessen. Er wußte auch, daß er persönlich mit dem Mädchen sprechen wollte. Er stürzte die Treppenflucht nach unten, rannte zur Vordertür, riß sie auf und stand für einen Augenblick ganz still. Er schaute auf Raphaella, glücklich, verwirrt und leicht beunruhigt.

»Ich war in Sorge, es sei etwas passiert.« Sie schüttelte den Kopf und sagte kein Wort, aber das Lächeln, das sie trug, sprach für sich. Sie trat vorsichtig ein. Nachdem er die Tür hinter ihr geschlossen hatte, riß Alex sie in seine Arme und hielt sie ganz fest. »O Baby, wie hab' ich dich vermißt ... Geht's dir gut?«

»Ja.« Es war ein winziges Wort, vergraben in dem Pelzmantel, den sie trug. Es war das Luchsfell, das sie in jener Nacht auf den Stufen getragen hatte. Sie umarmte ihn wieder, diesmal aus eigenem Antrieb. Irgend etwas Müdes und Trauriges bemerkte er in ihren Augen. Sie hatte in ihrem Schlafzimmer eine Notiz hinterlassen, daß sie einen Gang mache, um Freunde zu besuchen. Nur für den Fall, daß jemand kam, um sie zu suchen. So würde keiner der Dienstboten in Panik geraten und die Polizei rufen, wenn sie nicht sofort von ihrem Spaziergang zurückkehrte. Sie blieben über ihre abendlichen Streifzüge ohnehin im ungewissen, und John Henry würde der Schlag getroffen haben, hätte er davon gewußt. »Ich dachte, dieser Tag würde nie vorübergehen. Ich habe gewartet und gewartet und gewartet und jede Stunde wie zwei Tage empfunden.«

»Genauso erging es mir heute in der Kanzlei. Komm!« Er nahm sie an die Hand und stieg mit ihr die Treppe hinauf. »Ich möchte dir oben alles zeigen.« Auf ihrem Rundgang durch das Haus bemerkte sie die Leere des Wohnzimmers. Im Kontrast dazu war sie von der Wärme seines Schlafzimmers und seiner Junggesellenhöhle überwältigt. Beide Räume waren mit cremefarbenem Fußbodenflor, weichen Ledersesseln, mächtigen Grünpflanzen und endlosen Bücherregalen ausgestattet. In seinem Schlafzimmer brannte ein helles Kaminfeuer. Raphaella fühlte sich augenblicklich heimisch.

»O Alex, es ist so hübsch! Und so behaglich und warm.« Rasch schälte sie sich aus dem schweren Pelz und ringelte sich auf dem Fußboden vor dem Kaminfeuer neben ihm zusammen, unter ihnen die dicke weiße Wollbrücke, vor ihnen ein niedriger Glastisch mit Wein und Käse und Pastete, die er besorgt hatte.

»Gefällt es dir?« Er blickte glücklich in die Runde. Als er das Haus kaufte, hatte er die Einrichtung selbst zusammengestellt.

»Ich liebe es.« Sie lächelte, doch sie war sonderbar still, und er fühlte erneut, daß irgend etwas nicht stimmte.

»Was ist los, Raphaella?« Seine Stimme war so behutsam, daß es ihr die Tränen in die Augen trieb. Bei allem freundlichen Geplauder über sein Haus hatte er vom ersten Augenblick gespürt, daß sie zutiefst verstört war.

Sie schloß die Augen und öffnete sie wieder, instinktiv nach Alexanders Hand greifend. »Ich kann dies nicht tun, Alex ... Ich kann es einfach nicht. Ich glaubte, es ... ich war schon dabei ... ich hatte es alles geplant, wie ich jeden Tag mit John Henry verbringen könnte und jede Nacht zu einem ›Gang‹ hinausschlüpfen könnte, um hierherzukommen und bei dir zu sein. Und als ich darüber nachdachte ...« – wieder lächelte sie traurig – »... flog mein Herz mit mir davon. Ich fühlte mich jung und erregt und glücklich wie ...« – sie stockte, ihre Stimme kaum hörbar, ihre Augen feucht – »... wie eine Braut ...« Langsam wanderten ihre Augen zum Feuer, doch sie ließ ihre Hand in der seinen. »Aber ich bin nichts von alledem, Alex. Ich bin nicht mehr jung, zumindest nicht mehr so jung. Und ich habe kein Recht auf diese Art von Glück, nicht mit dir. Und ich bin keine Braut. Ich bin eine verheiratete Frau. Und ich habe die Verantwortung für einen sehr kranken Mann.« Ihre Stimme wurde stärker, und sie zog ihre Hand von der seinen zurück. »Ich kann nicht mehr hierherkommen, Alex. Nicht nach heute abend.« Als sie ihn jetzt ansah, war ihre Stimme resolut.

»Was hat deinen Sinn verändert?«

»Nach Hause zu kommen, ihn zu sehen, mir bewußt zu werden, wer ich bin.«

»Hast du mich über alldem vergessen?« Es klang ihm in den eigenen Ohren pathetisch, und er ärgerte sich über sich selbst, es gesagt zu haben, aber es war, was er fühlte. Das Leben hatte ihm einen grausamen Schlag versetzt. Eine Frau, die er verzweifelt begehrte, war nicht für ihn bestimmt.

Sie führte seine Hand zart an ihre Lippen und küßte sie, während sie den Kopf schüttelte. »Ich habe dich nicht vergessen, Alex.« Und dann: »Ich werde es nie.« Noch während sie es sagte, stand sie auf, um zu gehen. Er saß da, betrachtete sie einen langen Augenblick, wünschte sie aufzuhalten, um sie zu kämpfen. Aber er wußte, daß es nichts gab, was er tun konnte. Er hätte gewünscht, sie wieder zu lieben, zu ihr zu sprechen, die Nacht mit ihr zu verbringen ... sein Leben mit ihr zu verbringen. Langsam stand er auf.

»Ich möchte, daß du eines weißt, Raphaella.« Er kam ihr entgegen und zog sie in seine Arme. »Ich liebe dich. Wir kennen einander kaum, und dennoch weiß ich, daß ich dich liebe. Ich möchte, daß du nach Hause gehst und darüber nachdenkst, was du tust. Und falls du deine Meinung änderst, selbst für einen Augenblick, möchte ich, daß du zurückkommst. Nächste Woche, nächsten Monat, nächstes Jahr. Ich werde hiersein.« Er hielt sie lange, lange an sich gepreßt und fragte sich, wie lange es dauern würde, bevor er sie wiedersah. Er konnte den Gedanken nicht ertragen, daß es vielleicht niemals sein würde. »Ich liebe dich. Vergiß das nicht.«

»Das werde ich nicht.« Tränen strömten jetzt aus ihren Augen. »Ich liebe dich auch.«

Als ob beide wüßten, daß es keinen Grund gab, länger im Hause zu bleiben, gingen sie langsam nach unten. Und mit einem Arm um ihre Schultern brachte er sie nach Hause. Sie drehte sich nur einmal auf der Türschwelle um, winkte ein einzigesmal und verschwand.

12

In den nächsten zwei Monaten bewegte Raphaella sich wie in Trance. Jeder ihrer Schritte schien gewichtig, schwerfällig, langsam zu sein. Sie konnte sich nicht rühren, konnte nicht denken, konnte nicht laufen, ja, sie konnte sogar kaum mit ihrem Ehemann reden, der über das, was in New York geschehen sein mochte, nachrätselte. Ein feindseliges Intermezzo mit ihrer Mutter, eine Art Familienstreit oder Fehde? Es vergingen Wochen, bevor er sich entschloß, das Thema anzuschneiden, doch als er es tat, schien Raphaella kaum zuzuhören.

»War etwas mit deiner Mutter, Kleines? Bestand sie darauf, daß du mehr Zeit in Spanien verbringst?« Vergeblich wartete er auf Antwort. Er vermochte sich nicht vorzustellen, was in Raphaellas Augen ein derartiges Ausmaß der Qual erzeugt haben könnte.

»Nein, nein ... es war nichts.« Es war also etwas gewesen, aber was?

»Ist irgend jemand krank?«

»Nein.« Sie lächelte tapfer. »Überhaupt nicht. Ich bin nur sehr müde, John Henry. Du mußt dich aber nicht beunruhigen. Ich sollte mehr an die frische Luft.« Doch selbst die endlosen Spaziergänge halfen ihr nicht. Umsonst marschierte sie von einem Ende des Presidio zum anderen, hinunter zu dem kleinen Weiher beim Palast der Schönen Künste und sogar bis zum Rande der Bucht, um sich zu den Hügeln zurückzukämpfen. Jedoch ganz einerlei, wie müde, wie atemlos, wie erschöpft sie war und wie sehr sie sich auch anstrengte, sie konnte ihn nicht vergessen. Tag und Nacht überlegte sie sich, was er mache, ob es ihm gutginge, ob er glücklich sei, ob er arbeite oder in dem hübschen kleinen Haus am Vallejo saß. Es schien, wie wenn sie zu jeder Stunde wissen wollte, wo er war. Bei alldem wußte sie, daß sie ihn aller Wahrscheinlichkeit nach niemals wiedersehen, nie berühren, nie umarmen würde. Diese Erkenntnis versetzte ihrer Seele einen tiefen Schmerz.

Am Erntedankfesttag saß sie mit teilnahmslosen Augen bei John Henry. »Noch etwas Truthahn, Raphaella?«

»Mm?« Statt einer Antwort starrte sie ihn an und schien nicht gehört zu haben, was er gerade sagte. Eines der Dienstmädchen stand mit der Servierplatte bei ihr und versuchte vergeblich, ihre Aufmerksamkeit darauf zu lenken. Sie nahmen das Erntedankfestmenü in seinem Schlafzimmer ein. Es wurde auf Servierbrettern aufgetragen, so daß John Henry im Bett bleiben konnte. Seine Gesundheit hatte sich in den letzten zwei Monaten wieder leicht verschlechtert.

»Raphaella?«

»Ja? Oh ... nein ... Verzeihung ...« Sie blickte weg und schüttelte den Kopf. Sie saß da und versuchte Konversation mit ihm zu machen. Doch heute abend war er zu müde. Eine halbe Stunde nach dem Abendessen neigte sich sein Kinn sacht auf die Brust. Die Pflegerin, die neben ihm gestanden hatte, nahm behutsam das Servierbrett von ihm fort, bettete ihn etwas tiefer und signalisierte Raphaella, daß sie gerne gehen könne. Langsam, sehr langsam schritt Raphaella den endlosen Gang zu ihren eigenen Räumen. Wie magnetisiert ging sie zum Telefon. Es war falsch, und sie wußte es. Aber sie konnte ihn ja anrufen und ihm einen glücklichen Feiertag wünschen. Was war daran verkehrt? Alles, was sie tun mußte, war, ihm aus dem Wege zu gehen, und das hatte sie getan. Denn sie wußte, daß selbst der Klang seiner Stimme, der Blick seiner Augen, seine Berührung, all dieses sie wieder in das gleiche zarte Netz verstricken konnte, dem sie so heftig zu entfliehen suchte. Aus Ehre und aus einem Pflichtgefühl heraus hatte sie es verzweifelt versucht. Jetzt, als sie seine Nummer wählte, wußte sie, daß sie versagt hatte. Sie wollte ihm keinen Augenblick länger fernbleiben. Sie konnte es nicht. Sie konnte es einfach nicht. Ihr Herz klopfte, als sie die Scheibe drehte. Es kam ihr wie eine Ewigkeit vor, bevor er sich meldete, aber nun, da sie gewählt hatte, würde sie nicht aufhängen.

»Hallo?« Sie schloß die Augen, als sie es hörte. Erleichterung, Schmerz, Erregung überfluteten sie gleichzeitig.

»Hallo.« Er hatte sie einen Moment nicht erkannt. »O mein Gott.«

»Nein«, lächelte sie leise. »Ich bin es nur. Ich rief dich an, um dir ein frohes Fest zu wünschen.«

Es entstand eine Pause. »Danke.« Es klang gepreßt. »Wie geht es dir?«

»Ich – es geht mir gut.« Und dann auf einmal entschied sie, es ihm zu sagen. Einerlei, ob er seine Einstellung geändert hatte, ob er sie nicht mehr liebte, ob er jemand anderem begegnet war. Sie mußte es ihm sagen. Sei es auch nur dieses einzige Mal. »Es geht mir nicht gut ... es ist furchtbar gewesen ... ich kann nicht –« Sie keuchte fast bei der Erinnerung an die Qual und Leere der letzten zwei Monate. »Ich kann nicht länger so weiterleben. Ich kann es nicht ertragen ... o Alex ...« Ohne es gewahr zu werden, hatte sie zu weinen angefangen, sowohl aus Kummer wie auch aus Erleichterung. Es scherte sie nicht, ob die Welt jetzt unterging oder nicht. Sie war glücklicher denn seit Monaten.

»Wo bist du?« Seine Stimme klang angespannt.

»Ich bin zu Haus.«

»Ich treffe dich in fünf Minuten an der Ecke.«

Sie wollte schon nein sagen, wollte ihm sagen, daß sie es nicht tun könne, doch sie besaß nicht mehr die Kraft zum Weiterkämpfen. Sie wollte es auch nicht. Stumm nickte sie mit dem Kopf, und dann: »Ich werde dasein.«

Sie rannte ins Badezimmer, spritzte kaltes Wasser auf ihr Gesicht, trocknete es geschwind mit einem der großen Porthault-Handtücher, fuhr mit dem Kamm durch ihr schwarzes Haar, riß den Schrank auf, ergriff ihren Luchspelz und raste buchstäblich aus dem Zimmer, die Treppen hinunter und zur Tür hinaus. Diesmal hinterließ sie keine Nachricht, keine Erklärung, und sie wußte auch nicht, wie lange sie fortbleiben würde. Vielleicht fünf Minuten, vielleicht eine Stunde. Aber John Henry brauchte sie im Augenblick nicht. Er schlief, er hatte seine Pflegerinnen, seine Dienstboten, seine Ärzte. Sie wünschte sich etwas mehr – viel, viel mehr. Das waren ihre Gedanken, als sie zur verabredeten Ecke stürmte. Das dunkle Haar flog hinter ihr her, der Pelz war offen, auf ihren Lippen lag ein halbes Lächeln, ein Funkeln trat in ihre Augen, das es dort seit Monaten nicht mehr gegeben hatte. Als sie um die Ecke bog, sah sie ihn dort plötzlich stehen, in schwarzer Freizeithose und dickem Pullover, das Haar zerzaust, mit leuchtenden Augen und leicht außer Atem. Er stürzte so schnell auf sie zu und zog sie mit solcher Kraft in die Arme, daß sie sich um ein Haar gegenseitig außer Gefecht gesetzt hätten. Er preßte seinen Mund auf den ihren. Es war ein Risiko, dort an der Ecke, aber glücklicherweise sah sie niemand. Einige Minuten später begannen sie in schweigender Übereinstimmung langsam zu seinem Haus zu gehen. Als er die Tür hinter ihnen geschlossen hatte, sah Raphaella sich um und stieß einen langen Seufzer aus.

»Willkommen daheim.« Er sagte ihr nicht, wie sehr er sie vermißt hatte. Das hob er auf, bis sie Seite an Seite in seinem Bett lagen. Es war, als hätten beide für zwei Monate im Kerker gelebt, kaum lebendig, kaum existierend, zwischen Empfindungslosigkeit und dauerndem Schmerz. Die beiden Monate, die sie durchgemacht hatten, waren die schlimmste Zeit, an die Raphaella sich erinnern konnte. Für Alex war es ungefähr genauso gewesen, dennoch war es jetzt, als hätte nichts davon je stattgefunden, als wären sie nie getrennt gewesen und würden es niemals wieder sein. Er hätte sie gerne gefragt, was nun geschehen sollte, aber er wagte es nicht einmal. Er entschied einfach, den Augenblick zu genießen.

»Frohes Fest, mein Liebling ...« Er zog sie abermals in die Arme. Sie liebten sich lange und leidenschaftlich.

Es war nach zehn Uhr, als es Alex endlich einfiel, daß der Truthahn im Backofen brutzelte. Er hatte eine Stunde zu lang gebacken, aber als sie in die Küche hinuntergingen und es feststellten, scherte es sie nicht. Raphaella trug seinen Bademantel, Alex trug Bluejeans und ein Hemd. Sie aßen zusammen, redeten und lachten. Es war wirklich wie eine echte Heimkehr! Anders als beim Erntedankfestmahl, das sie früher am Abend zu sich genommen hatte, futterte Raphaella diesmal, als hätte sie seit Jahren nichts gegessen.

»Und deine Arbeit? Geht alles gut voran?« Sie sah so glücklich aus, wie sie dort saß, sie lächelte wie ein entspanntes, glückliches Kind.

»Das würde ich nicht sagen.« Er blickte einfältig. »Arbeitete ich als Angestellter, hätte ich in den letzten zwei Monaten wahrscheinlich meinen Job verloren.«

»Das glaube ich nicht, Alex.«

»Es ist wahr. Ich war nicht in der Lage, meine Gedanken auf irgend etwas zu konzentrieren.«

Sie blickte vorübergehend nachdenklich. »Ich auch nicht ...« Dann sah sie ihn an, und ihre Augen wurden weich. »Außer auf dich. Es war eine Art Besessenheit, die mich erfaßt hatte und einfach nicht mehr losließ.«

»Hast du es denn gewollt?«

»Ja. Sei es nur, um den Schmerz zu beseitigen. Es war –« sie sah verwirrt beiseite – »es war eine sehr schwere Zeit für mich, Alex. Seit wir uns zuletzt gesehen haben, habe ich mit meinem Gewissen gerungen.«

»Und was passierte heute nacht? Was brachte dich dazu anzurufen?«

»Ich konnte es nicht länger ertragen. Mir war, als müßte ich sterben, wenn ich dich nicht auf der Stelle anriefe.« Er nickte, das Gefühl nur allzugut kennend. Er lehnte sich über den Tisch, um sie zu küssen.

»Gott sei's gedankt, daß du angerufen hast. Ich glaube, ich hätte es nicht länger ausgehalten. Ich wünschte mir so heiß, dich anzurufen. Hundertmal hatte ich schon den Hörer in der Hand. Zweimal habe ich sogar angerufen, aber du hast dich nicht gemeldet. Herrgott, ich dachte, ich werde wahnsinnig.« Sie nickte im schweigenden Verstehen. Als er sie ansah, entschloß er sich, den nächsten Schritt zu wagen. »Und nun?« Es waren alarmierende Worte, doch er mußte sie fragen. Früher oder später würde er es doch erfahren, und er wollte es jetzt wissen. »Weißt du, was du jetzt willst, Raphaella?« Er wollte es ihr überlassen, doch er hatte sich schon vorgenommen, es ihr diesmal nicht so leicht zu machen. Nicht nach dem, was sie beide durchgemacht hatten. Doch diesmal brauchte er nicht um sie zu kämpfen. Sie lächelte ihn zärtlich an und berührte seine Hand mit der ihren.

»Wir werden tun, was wir zu tun haben ... sooft, wie wir können, zusammensein.«

Wie wenn er Angst hätte, zu glauben, was sie ihm gerade gesagt hatte, beobachtete er sie einen Augenblick. »Meinst du das wirklich?«

»Ja. Willst du mich noch haben? Ich meine, so wie du es vorher wolltest?«

Was er als nächstes tat, beantwortete ihre Frage. Er zog sie von ihrem Platz und nahm sie mit solcher Kraft und Leidenschaft in die Arme, daß sie kaum atmen konnte.

»Alex!«

»Beantwortet das deine Frage?« Feuer, Freude und Erregung waren plötzlich in seinen Augen. »Herrgott, Weib, wie liebe ich dich. Ja, ich will dich. Ich liebe dich, ich brauche dich. Und ich akzeptiere alles, was wir uns ausdenken müssen, um so oft wie möglich beisammen sein zu können, ohne dir zu schaden, oder – oder –« Sie nickte. Er mochte John Henrys Namen nicht aussprechen. »Wahrhaftig –« Wieder stand er abrupt auf und durchquerte die Küche, um eine Schublade aufzuziehen. Er fischte einen einzelnen Schlüssel heraus, griff nach ihrer Hand und legte ihn behutsam hinein. »Das ist der Schlüssel zu diesem Haus, mein Herz, und ich möchte, daß du hier bist, wann immer du kannst, wann immer du magst, ob ich hier bin oder nicht.« Tränen stiegen ihr in die Augen, und er nahm sie zärtlich in seine Arme. Wenig später gingen sie langsam wieder nach oben. Sie trug den Schlüssel zu dem Haus in der Tasche des Morgenmantels. In ihren Augen war ein Lächeln, wie es nie zuvor darin gewesen war.

Die nächsten drei Stunden verbrachten sie damit, einander wieder und wieder zu lieben. Als sie schließlich, noch nicht restlos gesättigt, aber unendlich zufrieden nebeneinanderlagen, fuhr Raphaella beim Läuten des Telefons überrascht hoch. Alex runzelte die Stirn, zuckte die Achseln und hob dann ab. Sein Stirnrunzeln vertiefte sich. Ohne es zu merken, stand er auf, mit einem Ausdruck des Entsetzens auf seinem Gesicht. »Was ... wann ...? O mein Gott. Wie geht es ihr?« Er zog die Brauen zusammen, und seine Hände zitterten, als sie nach einem Stift griffen. Das Gespräch wurde einige Minuten lang mit einsilbigen Wortfetzen fortgesetzt. Dann legte er auf und barg den Kopf mit einem leichten Stöhnen in seinen Händen. Raphaella starrte ihn schreckerfüllt an. Alles, was ihr einfiel, war seine Mutter.

»Alex ...« Ihre Stimme klang erschrocken und mitfühlend. »Liebling ... was ist es? Was ist passiert ...? Sag es mir ... bitte ...« Als er zu weinen begann, legte sie ihre Hände sanft auf seine Schultern und streichelte seinen Kopf. Stunden schienen zu vergehen, bevor er sie ansah.

»Es ist Amanda, meine Nichte.« Die Worte hörten sich wie ein heiseres Krächzen an. Mit enormer Anstrengung berichtete er ihr, was vorgefallen war. »Sie wurde vergewaltigt. Sie haben sie gerade gefunden.« Er tat einen tiefen Atemzug, schloß für einen Moment die Augen, bevor er sie wieder auftat, und fuhr fort: »Nach dem Erntedankfestmahl heute nachmittag ging sie zum Eislaufen ... in den Park ... allein und –« Seine Stimme stockte. »Sie wurde geschlagen, Raphaella. Ihre Arme sind gebrochen, und meine Mutter sagte –« Er weinte ungehemmt, während er sprach. »Sie haben ihr Gesicht aufgeschlagen, und – und« – seine Stimme sank zu einem Flüstern herab – »sie haben sie vergewaltigt ... kleine Mandy ...« Er konnte nicht weitersprechen, und Raphaella nahm ihn mit strömenden Tränen in ihre Arme.

Eine lange Zeit war vergangen, bis sie wieder ruhig Atem schöpfen konnten. Raphaella holte ihm schließlich eine Tasse Kaffee. Er saß im Bett, schlürfte ihn langsam und rauchte eine Zigarette. Raphaella betrachtete ihn besorgt mit einer kleinen Falte zwischen den Augen. »Kannst du heute nacht noch eine Maschine bekommen?« Ihre Augen waren groß und dunkel und feucht, und ihr Gesicht war wie von einem magischen Licht von innen her erleuchtet. Plötzlich war ihm, als nähme ihr Gesicht jeden Zorn von ihm, spüle alle aufgestaute Wut hinweg, nur dadurch, daß sie bei ihm war. Ohne ihre Frage zu beantworten, rückte er zu ihr, zog sie in die Arme und hielt sie fest, als wolle er sie niemals wieder gehen lassen. So lagen sie einen langen Augenblick, während Raphaella mit zarter Hand über seinen Rücken strich. Sie sprachen kein Wort, bis er sich sachte von ihr zurückzog und ihr wieder ins Gesicht sah. »Willst du mit mir nach New York kommen, Raphaella?«

»Jetzt?« Sie schaute verdutzt. Mitten in der Nacht? Was sollte sie ihrem Hauspersonal sagen, was zu John Henry? Wie konnte sie mit ihm gehen? Sie hatte keine Zeit gehabt, irgend etwas vorzubereiten. Ihre Gedanken rasten. Aber auch Amanda, das arme Kind, war von niemandem vorbereitet worden. Ein Blick der Verzweiflung war in ihren Augen, als sie aufsah, ihm seine Frage zu beantworten. »Alex ... ich möchte es ... ich würde so gerne. Aber ich kann nicht.« Sie hatte diese Nacht einen derart großen Schritt gewagt. Sie war noch nicht bereit für einen weiteren. Und sie konnte John Henry jetzt nicht verlassen.

Er nickte bedächtig. »Ich verstehe.« Wieder blickte er lange auf die Frau, die er sich ausgeborgt hatte, die nicht die seine, sondern die Frau eines anderen war und die er dennoch so sehr liebte. »Möglicherweise bleibe ich für eine Weile fort.« Sie nickte still. Sie wünschte brennend, mit ihm zu gehen, doch sie wußten beide, daß sie es nicht konnte. So hielt sie ihn nur wortlos in ihren Armen und bot ihm soviel Trost, wie sie nur konnte.

»Es tut mir so leid, Alex.«

»Mir ebenso.« Er war jetzt etwas gefaßter. »Meine Schwester sollte man mit der Reitpeitsche züchtigen für die Art und Weise, wie sie sich um ihr Kind kümmert.«

»Es kann nicht ihre Schuld sein.« Raphaella blickte schockiert.

»Und warum war das Kind allein? Wo war denn ihre Mutter, verdammt? Ihr Vater ...?« Er fing wieder an zu weinen.

Sie riefen in jener Nacht dreimal im Krankenhaus an. Amandas Zustand wurde noch als kritisch bezeichnet, als Raphaella sich endlich auf den Heimweg machte. Mittlerweile war es vier Uhr dreißig, und sie waren beide erschöpft, aber sie hatten das wenige, was sie tun konnten, getan. Stundenlang hatten sie am Kaminfeuer gesessen und gesprochen. Alex hatte ihr erzählt, wie Amanda als kleines Mädchen gewesen war. Dabei wurde Raphaella deutlich, wie er sie liebte und wie sehr es ihn schmerzte, daß ihre Eltern sich für ihr Kind niemals Zeit genommen hatten.

»Alex ...?« Sie sah ihn nachdenklich im Feuerschein an. Es war das einzige Licht, das in dem dunklen Raum verblieben war. »Warum bringst du sie nicht mit hierher, wenn es ihr wieder bessergeht?«

»Nach San Francisco?« Er blickte überrascht. »Wie könnte ich das machen? Ich bin nicht eingerichtet ... ich habe keine –« Er seufzte leicht. »Ich bin den ganzen Tag in meiner Praxis. Ich habe zu tun.«

»Ihre Mutter auch, und der Unterschied ist, daß du sie liebhast.« Raphaella lächelte weich im Glutschein der Scheite, und er dachte, sie niemals schöner gesehen zu haben. »Als mein Bruder starb und meine Mutter mit ihren Geschwistern nach Santa Eugenia zurückkehrte, hatte mein Vater nur mich, und ich hatte nur ihn.« Ihr Blick glitt eine Weile in die Ferne. »Und ich glaube, wir haben uns gegenseitig eine Menge geholfen.«

Alex beobachtete sie nachdenklich. »Ich bezweifle sehr, daß ihre Eltern sie von mir hierherbringen ließen.«

Raphaella sah ihn ruhig an. »Bleibt ihnen nach dem Geschehnis wirklich eine Wahl? Ist es nicht ein wenig ihre Schuld, daß sie nicht besser für ihre Tochter gesorgt haben, daß sie sie dorthin gehen ließen, daß sie vielleicht nicht einmal wußten, wo sie war?«

Er nickte schweigend. Es war das, worüber er den ganzen Abend nachgedacht hatte. Er lastete alles seiner Schwester an. Und ihrem krankhaften Ehrgeiz, der ihr seit langem die Sicht für alles andere versperrt hatte. »Ich will's mir überlegen.« Dann sah er sie gedankenvoll an. »Wir könnten den dritten Stock für sie herrichten, nicht wahr?«

Darauf lächelte sie ihn an. »Ja, wir könnten. Ich könnte leicht in wenigen Tagen alles schaffen. Aber, Alex ...«

In ihren Augen war jetzt eine unausgesprochene Frage, und diesmal war es Alex, der lächelte. »Sie wird dich liebhaben. Du hast alles, was ihre Mutter verweigert hat, ihr zu geben.«

»Aber es könnte ihrer Mutter nicht passen, Alex. Schließlich bin ich – sind wir nicht –« Sie stockte, und er schüttelte den Kopf.

»Na und? Macht das wirklich einen Unterschied? Macht es uns etwas?« Sie schüttelte verneinend den Kopf.

»Aber anderen Leuten, Leuten, die Kay etwas bedeuten, könnte es unrecht scheinen.«

»Das kümmert mich nicht.« Sein Ton war jetzt schroff. Dann sah er noch einmal versonnen auf Raphaella, an seine Familie und den Abstecher nach New York denkend. »Ich wünschte, du könntest mit mir kommen.« Er sagte es noch einmal, als er sah, wie sie sich zum Heimgehen ankleidete, und flüsterte es ihr ein letztesmal zu, als sie sich anschickte, ihn zu verlassen und den letzten Häuserblock zu ihrem Haus allein zu gehen.

Auf ihre eigene Art hatten sie für Amanda Nachtwache gehalten, wach bleibend und sie in ihren Gedanken und ihrer Unterhaltung lebendig haltend, verbunden mit dem Kind, das so schwer verletzt und mißbraucht im fernen New York lag. Aber es war nicht Amanda, an die Raphaella dachte, als sie Alex küßte und ein letztesmal berührte. »Ich wünschte auch, ich könnte mitkommen.« Wieder empfand sie die Grausamkeit ihrer Situation, den Druck und die Last ihrer Verpflichtungen, die sie John Henry gegenüber zu erfüllen hatte. Dennoch war sie dankbar, Alex wieder in ihrem Leben zu haben, sei es nur, um eine Nacht oder einen einzigen Augenblick mit ihm zu teilen. Alles, was sie jetzt wirklich bedauerte, war, daß sie ihm auf dieser schwierigen Reise nach New York nicht helfend beistehen konnte. »Wirst du dort alles durchstehen?« Er nickte, aber er lächelte nicht. Er würde es durchstehen. Aber Amanda? Sie hatten darüber gesprochen, sie nach San Francisco zu holen, aber was, wenn sie es nicht überlebte? Ihre Gedanken überkreuzten sich, als Raphaella mit den Lippen zart seine Augenlider streifte. »Darf ich dich anrufen?« Er nickte, diesmal mit einem Lächeln.

Beide wußten, daß sich an einem Abend eine Menge zwischen ihnen geändert hatte. Es war ein Sprung, den sie gemeinsam machten, Hand in Hand.

»Ich werde bei meiner Mutter wohnen.«

»Sag ihr alles Liebe von mir.« Ihre Augen trafen sich, hielten einander für einen langen Augenblick fest. Sie küßte ihn ein letztes Mal. »Und vergiß nicht, wie sehr ich dich liebe.«

Nach einer letzten Umarmung war sie gegangen. Wenige Minuten später schloß sich einen Häuserblock entfernt die schwere Eichentür hinter ihr. Alex ging rasch zu seinem Haus zurück, um zu duschen und sich umzukleiden, bevor er die Siebenuhrmaschine nach New York erreichte.

13

Charlotte Brandon wartete nervös in der Eingangshalle des Krankenhauses, starrte auf den Empfangstresen und die Verkaufsautomaten für Süßigkeiten und Kaffee, während Alex nach oben fuhr, um Amanda das erstemal zu sehen. Nach dem letzten Bericht, den er erhalten hatte, als er vom Carlyle anrief, ging es ihr etwas besser. Sie stand weniger unter Beruhigungsmitteln, hatte aber erhebliche Schmerzen. Besuche waren nicht erwünscht, aber da Alex von so weit her angereist war, um sie zu sehen, würden sie ihn für fünf oder zehn Minuten in die Intensivstation lassen. Alex' Mutter saß benommen da und beobachtete die Vorübergehenden. Die Menschen waren alle fremd und unpersönlich, die beim Kommen und Gehen durch die Eingangshalle an ihr vorbeihasteten, beladen mit Blumen, Geschenken und Einkaufstüten, die Hausschuhe und Bettjacken enthielten. Zweimal hatte sie hochschwangere Frauen beobachtet. Während sie langsam mit angespannten Gesichtern die Halle passierten, stützten sie sich fest auf ihre Ehemänner, die in der anderen Hand kleine Übernachtungskoffer trugen. Charlotte erinnerte sich mit Rührung an ähnliche Momente in ihrem eigenen Leben, doch heute abend fühlte sie sich sehr alt und müde. Alles, woran sie denken konnte, war ihre Enkeltochter, die in einem anderen Stockwerk in einem Bett lag. Und Kay war noch nicht hiergewesen, sie zu sehen. Sie traf in einigen Stunden aus Washington ein. George war natürlich gekommen, aber er hatte nur die Krankenblätter geprüft, mit dem diensthabenden Arzt und den Krankenschwestern gesprochen und dem Kinde wenig Beistand geleistet.

George war wirklich nicht der geeignete Mann, unter diesen Umständen ein Vater für seine Tochter zu sein. Er besaß kein Verständnis für ihre Gefühle.

»Mutter?« Sie sprang auf, als sie Alexanders Stimme hörte, und drehte sich um. Der traurige Ausdruck in seinen Augen traf ihr Herz mit neuem Entsetzen.

»Wie geht es ihr?«

»Unverändert. Und wo, zum Teufel, ist Kay?«

»Ich sagte dir doch, sie ist in Washington, Alex. George hat sie sofort angerufen, nachdem die Polizei ihn verständigt hatte, aber sie konnte bis heute abend nicht wegkommen.« Mehr als vierundzwanzig Stunden waren vergangen, seitdem das Unglück passiert war. Alexanders Augen loderten.

»Man sollte sie erschießen. Und George? Wo, zum Teufel, ist er? Die Schwester oben hat gesagt, er sei nur kurz gekommen, um die Krankenblätter einzusehen.«

»Nun, es gibt wohl nicht viel, was er sonst tun kann. Oder?«

»Was denkst du?« Beide verfielen in Schweigen. Er erzählte ihr nicht, daß Amanda so hysterisch geschluchzt hatte, als er dort ankam, daß sie ihr eine weitere Spritze geben mußten. Aber wenigstens hatte sie ihn erkannt und hatte sich verzweifelt an seine Hand geklammert. Charlotte brach erneut in Tränen aus, sank auf einen der orangefarbenen Kunstledersitze der Eingangshalle und putzte sich die Nase.

»O Alex, wie können solche Dinge bloß geschehen?«

»Weil da draußen verrückte Leute rumlaufen, Mutter. Und weil Amanda zwei Eltern hat, die sich einen Dreck darum scheren.«

Charlotte sprach gedämpft, nachdem Alex sich auf dem Stuhl neben ihr niedergelassen hatte. »Glaubst du das wirklich, Alex?«

»Ich weiß nicht, was ich glaube. Aber eins weiß ich bestimmt. Was immer Kay in ihrem Herzen für ihr Kind empfinden mag, so hat sie doch kein Recht, diejenige zu sein, die es aufzieht. Selbst wenn sie glaubt, daß sie sie liebt – und ich bin nicht sehr überzeugt, daß dies der Fall ist –, so hat sie noch lange keine Ahnung, was dazu gehört, keine Ahnung, was sie dem Kind als ihre Mutter schuldet. Und George ist genauso schlimm.« Charlotte nickte langsam mit dem Kopf. Sie blickte in Alexanders Augen und entdeckte dort etwas, was sie nie zuvor darin gesehen hatte.

»Hast du vor, diesbezüglich etwas zu unternehmen, Alex?« Sie hatte es plötzlich gespürt. Es war, als wüßte sie es.

»Habe ich.« Er sprach mit fester Entschlossenheit.

»Was hast du im Sinn?« Was immer es war, sie wußte, es würde etwas Radikales und in Amandas bestem Interesse sein. Sie hatte eine Menge Vertrauen in ihren einzigen Sohn.

»Ich nehme sie mit.«

»Nach San Francisco?« Charlotte Brandon blickte verdutzt. »Kannst du das tun?«

»Ich habe es vor. Laß sie nur versuchen, mich aufzuhalten. Ich mache den größten Ärger, den du je erlebt hast, und warte ab, wie das meinem politischen Schwesterherz gefällt.« Er hatte Kay bis zur Halskrause satt, und beide wußten es. Langsam nickte seine Mutter mit dem Kopf.

»Glaubst du, du kannst dich da draußen genügend um sie kümmern, Alex? Es ist nicht, als ob sie einen Eislaufunfall gehabt hätte. Es werden auch gefühlsmäßige Nachwirkungen aus alldem entstehen.«

»Ich will mein Bestes tun. Ich gebe ihr einen guten Zufluchtsort und werde sie so liebhaben, wie ich kann. Das kann nicht schaden. Und es ist mehr als das, was sie hier hat.«

»Ich könnte sie mit mir nehmen, weißt du.«

»Nein, das könntest du nicht.« Er sah sie ehrlich an. »Du bist kein ebenbürtiger Partner für Kay. Sie würde dich nötigen, sie binnen einer Woche zu ihnen zurückzulassen.«

»Da bin ich nicht so sicher.« Charlotte sah leicht gekränkt aus.

»Warum es riskieren? Warum nicht einen netten kleinen Bruch machen? San Francisco ist weit vom Schuß.«

»Aber du wirst da draußen allein mit ihr sein, Alex ...« Noch während sie die Worte sagte, hatte sie plötzlich verstanden. Ihre Augen bohrten sich mit einer unausgesprochenen Frage in die ihres Sohnes, der zu lächeln begann. Er kannte seine Mutter.

»Ja?« Er hatte nichts vor seiner Mutter zu verbergen. Das hatte er bisher noch nie. Sie waren Freunde, und er vertraute ihr, selbst mit dem Geheimnis Raphaella.

Charlotte lächelte jetzt auch. »Ich bin nicht ganz sicher, wie ich es ausdrücken soll, was ich denke. Deine ... äh ... junge Freundin ... die ... äh –«

»Guter Gott, Mutter!« Er lachte in sich hinein. »Falls du Raphaella meinst, ja, ich sehe sie noch.« Er wollte nicht zugeben, daß sie gerade nach zwei Monaten einer qualvollen Trennung zu ihm zurückgekehrt war. Er wollte weder seine Mutter noch sonst jemand wissen lassen, daß Raphaella immer ihre Zweifel gehabt hatte. Es verletzte seinen Stolz so sehr wie seine Seele, aber die Tatsache, daß er mit einer verheirateten Frau verbunden war, noch dazu mit einer so renommierten wie Raphaella, war kein Geheimnis, das er ihr vorenthalten wollte. Sein Gesicht wurde sachlich, als er seine Mutter ansah. »Wir haben das alles letzte Nacht besprochen, bevor ich abreiste. Ich glaube, sie könnte Amanda eine Menge geben.«

»Ich bezweifle es nicht«, seufzte Charlotte leise. »Aber Alex, sie hat ... andere Verpflichtungen ... Ihr Gatte ist ein sehr kranker Mann.«

»Ich weiß das. Aber sie haben Krankenpflegerinnen. Sie wird nicht in der Lage sein, Tag und Nacht bei Amanda zu sein, aber sie wird einen Teil der Zeit mit uns verbringen.« Zumindest betete er, daß sie es tat. »Und abgesehen von Raphaella, Mutter, ist dies etwas, was ich für Amanda zu tun habe, und für mich selbst. Ich wäre nicht fähig, mit meinem Gewissen zu leben, wenn ich das Kind hier zurückließe, mit Kay, die dauernd unterwegs ist, und George, der in den Wolken schwebt. Sie verkümmert durch Mangel an Zuwendung. Sie braucht mehr als das, was sie ihr geben können.«

»Und du glaubst, du kannst es?«

»Ich werde es auf Teufel komm raus versuchen.«

»Schön« – sie tat einen tiefen Atemzug und sah ihren Sohn an. »Ich wünsche dir das Beste, Schatz. Ich denke, daß es wahrscheinlich richtig ist, was du tust.«

»Ich danke dir.« Seine Augen waren verschleiert, als er sie auf die Wange küßte und aufstand. »Komm, ich bring'« dich nach Haus. Dann komme ich hierher zurück, um wieder nach ihr zu sehen.«

»Du mußt erschöpft sein nach dem Flug.« Sie blickte ihn besorgt an. Dunkle Ringe waren unter seinen Augen.

»Es geht mir gut.« Und es ging ihm noch besser, als seine Mutter wenige Minuten später die Tür ihres Appartements aufschloß und das Telefon unablässig läutete. Ohne um Erlaubnis zu fragen, ob er das Gespräch annehmen dürfe, stürzte Alex sich auf den Apparat und strahlte. Es war Raphaella.

»Wie geht es ihr?«

Das Lächeln verblaßte allmählich, als seine Gedanken zu seiner Nichte zurückkehrten. »Ziemlich unverändert.«

»Hast du deine Schwester gesehen?«

»Noch nicht.« Seine Stimme verhärtete sich bei den Worten. »Sie kommt vor heute nacht nicht aus Washington.« Am anderen Ende blickte Raphaella schockiert, doch Alex konnte es nicht sehen.

»Aber dir geht es gut?«

»Mir geht's bestens. Und ich liebe dich.«

Raphaella lächelte. »Ich dich auch.« Sie hatte ihn den ganzen Tag über unerträglich vermißt und hatte mehrere lange Spaziergänge gemacht. Zweimal war sie schon in seinem Haus gewesen. Und es kam ihr nicht vor wie das Eindringen in das Haus eines Fremden, sondern wie ein Nachhausekommen. Sie hatte das gebrauchte Geschirr vom Erntedankfestmahl sorgfältig gereinigt und all seine Pflanzen gegossen. Es war erstaunlich, wie selbstverständlich sie sich in sein Leben eingepaßt hatte. »Wie geht es deiner Mutter?«

»Ausgezeichnet.«

»Sag ihr alles Liebe von mir.« Sie sprachen einige Minuten, und dann erzählte Alex ihr, daß er sich entschlossen habe, Amanda mitzubringen.

»Was hältst du davon?«

»Was ich davon halte?« Sie reagierte leicht überrascht, gefragt zu werden. »Ich denke, es ist wundervoll. Du bist ihr Onkel, und du hast sie lieb.« Und dann, schüchtern: »Alex ... könnte ich – könnte ich ihr Zimmer herrichten?« Er nickte langsam, nachdenkend. Er wollte ihr sagen, sie solle lieber warten, bis sie wußten, ob Amanda es überstand, aber er konnte es nicht über sich bringen, die Worte auszusprechen. Statt dessen nickte er abermals, als wollte er die Schicksalsmächte damit zwingen.

»Nur vorwärts.« Er blickte auf seine Uhr und stellte fest, daß er zum Krankenhaus zurückmußte. »Ruf mich später an, wenn du kannst. Ich muß zurück.« Ihre Gegenwart in seinem Leben war herrlich. Kein Schweigen mehr, kein Warten, keine Qual, kein grausames Gefühl des Verlusts. Sie war da, als sei sie immer dagewesen und würde es immer sein. »Ich liebe dich.«

»Ich liebe dich auch, Liebling. Gib auf dich acht.«

Er legte den Hörer behutsam auf die Gabel zurück. Seine Mutter verschwand mit einem weichen Lächeln stumm in der Küche, um Tee zu bereiten. Als sie einige Minuten später mit zwei dampfenden Tassen zurückkehrte, sah sie, daß Alex schon im Mantel war.

»Du gehst jetzt wieder hin?« Er nickte ernst, und ohne mehr zu sagen, hob sie ihren eigenen Mantel wieder auf. Alex hinderte sie sofort daran. Sie hatte die ganze vorige Nacht im Krankenhaus verbracht.

»Ich möchte, daß du dich etwas ausruhst.«

»Ich kann nicht, Alex.« Als er den Blick in ihren Augen sah, sagte er nichts weiter. Sie nahmen jeder einen Schluck von ihrem Tee und gingen hinaus, um ein Taxi anzuhalten.

14

Er blickte von der Tür aus zu Amanda. Alles, was er sehen konnte, war ein in weiße Tücher und blaue Decken gewickeltes schmales Bündel auf dem Bett. Von ihrem Gesichtswinkel aus konnte Charlotte das Gesicht des Mädchens nicht erkennen. Aber als sie um das Bett herumging und sich neben Alex stellte, mußte sie gegen ihre eigenen Reaktionen kämpfen, damit sie nicht erkennbar waren. In der Nacht zuvor war es ihr wieder und wieder so ergangen. Was sie vor sich sah, war ein schmächtiges junges Mädchen, das mehr wie neun als wie siebzehn aussah. Nur ihr Umfang und die Größe ihrer Hände und Arme ließen vage vermuten, welchen Geschlechts und Alters sie war. Ihre Arme waren von Gipsverbänden umgeben, ihre Hände lagen ausgestreckt und bewegungslos wie zwei kleine schlafende Vögel, und das Gesicht, das ihnen aus dem Kopfkissen entgegensah, war nur eine Masse purpurroter und blauer Schwellungen und Quetschungen. Das Haar umrahmte ihr Gesicht wie ein weicher, lockiger Heiligenschein, und die Augen, die geöffnet waren, waren von einem reinen, leuchtenden Blau. Sie glichen ein wenig jenen Charlottes und ein kleines bißchen jenen Alexanders, doch es ließ sich jetzt schwer sagen, so gepeinigt blickten sie und füllten sich im Nu mit Tränen.

»Mandy?« Er flüsterte sanft, und aus Angst, ihr weh zu tun, wagte er nicht einmal, ihre Hand zu berühren. Sie nickte nur langsam als Antwort, kein Wort sagend. »Ich bin zurück, und ich habe Großmama mitgebracht.« Amandas Augen wanderten zur Großmutter. Zwei stete Tränenströme flossen in das Kopfkissen. Lange Zeit war sie ganz still, während die herzergreifend blauen Augen in die vertrauten Gesichter blickten. Dann kamen wieder die stoßweisen Schluchzer, als Alex ihr zart über das Haar strich. Sie verständigten sich ohne Worte. Alex stand nur da, und seine Hand ruhte gütig und sanft auf dem Haar des Mädchens. Amanda schloß die Augen und schlief ein. Eine Krankenschwester machte ihnen ein Zeichen. Erschöpft und verzweifelt verließen Charlotte und Alex den Raum.

Alexander hielt seine tobende Wut auf seine Schwester Kay zurück, aber als sie Charlottes Appartement erreichten, konnte er sich nicht mehr beherrschen.

»Ich weiß, was du denkst, Alex.« Die Stimme seiner Mutter klang sanft. »Doch im Augenblick würde es nichts helfen.«

»Warum nicht?«

»Warte doch, bis du mit Kay sprechen kannst. Dann kannst du deinem Herzen Luft machen.«

»Und wann wird das sein? Wann, meinst du, wird Ihre Majestät endlich aufkreuzen?«

»Ich wünschte, ich wüßte es, Alex.«

Am nächsten Tag war es soweit.

Alex schlürfte Kaffee aus einem Plastikbecher, Charlotte war für ein paar Stunden nach Hause gegangen, um ein Schläfchen zu machen. Sie hatten Amanda heute früh von der Intensivstation in ein kleines, hell angestrichenes rosa Zimmer gebracht. Dort lag sie nun genauso zerschlagen und zerschunden, aber schon mit etwas mehr Leben in den Augen. Alex hatte mit ihr über San Francisco gesprochen, und ein- oder zweimal hatte es so ausgesehen, als ob sie Interesse zeige.

Es war am Ende des Tages, als sie endlich über ihre Ängste zu ihrem Onkel sprach. »Was soll ich den Leuten erzählen? Wie kann ich erklären, was passierte? Ich weiß, daß mein Gesicht verheerend aussieht. Eine der Schwesternhelferinnen hat es mir gesagt.« Sie hatten ihr einen Spiegel vorgehalten. »Und sieh dir meine Arme an.« Sie blickte auf die zwei sperrigen Gipsverbände, in die ihre Ellbogen eingegossen waren. Alex sah flüchtig hin, vermied es aber, beeindruckt auszusehen.

»Du sagst ihnen, du hättest am Erntedankfesttag einen Autounfall gehabt. Das ist alles. Es klingt völlig plausibel.« Mit einem überzeugenden Blick sah er Amanda an und legte ihr eine Hand auf die Schulter. »Liebes, niemand wird je etwas erfahren. Nicht, wenn du es ihnen nicht selbst erzählst, und das liegt ganz bei dir. Sonst wird es keiner wissen. Nur deine Eltern, deine Großeltern und ich.«

»Und wer Zeitungen liest.« Und dann, wieder mit einem Blick der Verzweiflung zu Alex: »War ich in den Nachrichten?«

Er schüttelte verneinend den Kopf. »Nein, warst du nicht. Ich sagte es dir. Niemand weiß es. Du hast dich nicht zu genieren. Du bist nicht anders als vorher, bevor du hierherkamst. Du bist dieselbe, Amanda. Du hattest einen schrecklichen Unfall und ein grauenhaftes Erlebnis, aber das war alles. Es hat dich nicht verändert. Es war nicht deine Schuld. Die Leute werden sich dir gegenüber nicht anders verhalten, Amanda. Du hast dich nicht verändert!« Es war, was der Therapeut ihm heute morgen eingeprägt hatte. Sie hatten Amanda einzuimpfen, daß sie jetzt nicht verändert sei und daß es in keiner Weise ihre Schuld gewesen sein. Scheinbar herrschte unter Opfern von Vergewaltigungen die Meinung vor, daß sie in irgendeiner Weise für das Geschehene verantwortlich waren und sich in einem entscheidenden Punkt verändert hätten. Zugegebenermaßen war die Veränderung in Mandys Fall vielleicht größer als bei anderen. Sie hatte ihre Jungfräulichkeit an einen Vergewaltiger verloren. Ohne Zweifel würde das Erlebnis ernsthafte Auswirkungen auf sie haben, aber mit einer Behandlung und einer großen Menge Verständnis bestünde für sie, so meinte der Psychiater, eine gute Chance, aus allem seelisch unversehrt herauszukommen. Sein einziges Bedauern gelte dem Umstand, wie er am Morgen sagte, daß er Amandas Mutter nicht habe sprechen können, und unglücklicherweise habe auch Dr. Willard keine Zeit für eine Konsultation gehabt. Er hatte jedoch durch seine Sekretärin ausrichten lassen, daß der Psychiater mit seiner Behandlungsmethode bei dem Mädchen fortfahren solle.

»Aber es ist in diesen Fällen nicht allein das Opfer, das Hilfe benötigt«, hatte er Alex gegenüber betont. »Es ist die Familie, die genauso Hilfe braucht. Ihre Auffassung, ihre Ansicht über das Geschehene wird auf die Einstellung des Opfers sich selbst gegenüber für immer entscheidend abfärben.« Dann hatte er ihn mit einem kleinen Lächeln angesehen. »Ich bin kolossal froh, daß Sie heute morgen mit mir sprechen konnten. Und Amandas Großmutter sehe ich diesen Nachmittag.«

Alex hatte den Arzt auch gefragt, wie bald Amanda nach Hause könne, und er hatte geantwortet, er sei sicher, daß sie gegen Ende der Woche entlassen werden könnte. Das paßte Alex ausgezeichnet. Je eher er Amanda mit nach San Francisco nehmen konnte, um so froher würde er sein.

Endlich kam Kay, sehr nonchalant und schick in einem mit Fuchspelz besetzten braunen Schweden-Hosenanzug.

Ihre Augen trafen sich und ruhten eine Weile ineinander. Kay sagte nicht ein Wort. Plötzlich waren sie zu Kampfgegnern im Ring geworden, und jeder von ihnen war sich bewußt, wie tödlich der andere sein konnte.

»Hallo, Kay.« Alex sprach zuerst. Er hätte sie gerne gefragt, wie sie erklären könnte, daß es so lange gedauert hatte, im Krankenhaus aufzutauchen, doch er wollte vor seiner Nichte keine Szene machen. Er brauchte es auch wirklich nicht. Alles, was er fühlte, sein ganzer Zorn, war ihm von den Augen abzulesen.

»Hallo, Alex. Nett von dir, in den Osten zu kommen.«

»Nett von dir, von Washington raufzukommen.« Runde eins. »Du mußt sehr beschäftigt sein.« Amanda beobachtete sie, und Alex sah ihr Gesicht erblassen. Er zögerte nur für einen Moment, dann verließ er das Zimmer. Als Kay einige Minuten später wiederauftauchte, erwartete er sie in einer Nische des Ganges. »Ich möchte eine Minute mit dir sprechen.«

Sie sah ihn mit spöttischem Amüsement an. »Ich ahnte, daß du das möchtest. So ein nervöser kleiner Onkel kommt den weiten Weg nach New York gereist.«

»Bist du dir im klaren, Kay, daß dein Kind fast gestorben wäre?«

»Vollkommen. George hat ihre Krankenblätter dreimal täglich geprüft. Hätten sich die Dinge verschlechtert, wäre ich nach Hause gekommen. So wie's war, falls dich das zum Teufel was angeht, konnte ich nicht.«

»Warum nicht?«

»Ich hatte zwei Verabredungen mit dem Präsidenten. Zufrieden?«

»Nicht ganz. Am Erntedankfesttag?«

»Stimmt genau. In Camp David.«

»Erwartest du von mir, daß ich beeindruckt bin?«

»Das ist deine Angelegenheit. Aber meine Tochter ist meine.«

»Nicht, wenn du deine Verantwortung total negierst, Kay. Sie braucht verflucht eine ganze Menge mehr, als sich von George ihre Krankenblätter durchsehen zu lassen. Sie braucht Liebe, Herrgott noch mal, sie braucht Wärme, Interesse und Verständnis. Mein Gott, Kay. Sie ist doch noch ein Kind. Und sie ist geschlagen und mißbraucht worden. Kannst du dir eigentlich vorstellen, was das heißt?«

»Absolut. Doch nichts, was ich jetzt tue, wird das ändern. Und zwei Tage machen da keinen Unterschied. Sie wird mit dem Erlebnis leben müssen.«

»Und wieviel Zeit wirst du ihr widmen?«

»Das geht dich einen Scheißdreck an.«

»Ich habe anders entschieden.« Seine Augen waren wie Stahl.

»Und was, präzise, soll das heißen?«

»Ich nehme sie mit. Sie sagten, sie könne ungefähr Freitag reisen.«

»Den Teufel wirst du.« Kay Willards Augen loderten. »Bringst du das Kind irgendwohin, werde ich dich wegen Kindesentführung ins Gefängnis bringen.«

»Du gemeines Biest!« Auf sie herabsehend, verengten sich seine Augen. »Tatsache, meine Liebe, ist, daß ich an deiner Stelle sehr vorsichtig mit verdammten Beschuldigungen wie Kindesentführung wäre, wenn du nicht voll darauf vorbereitet bist, einer Anklage wegen Kindesmißhandlung entgegenzusehen.«

»Was meinst du mit Kindesmißhandlung?«

»Genau das und sträfliche Vernachlässigung.«

»Denkst du wirklich, du hast eine Chance, den großen Knüppel zu schwingen? Mein Mann ist einer der prominentesten Chirurgen New Yorks, ein großer Menschenfreund, lieber Alex.«

»Fein. Probier's vor Gericht. Das würde dir schmecken, nicht wahr? Würde sich sensationell in den Zeitungen ausnehmen.«

»Du Hurensohn.« Sie hatte endlich begonnen, zu begreifen, daß er meinte, was er sagte. »Was hast du exakt im Sinn?«

»Nichts Kompliziertes. Amanda kommt mit mir nach Kalifornien. Für ständig. Und falls du deinen Wählern irgend etwas erzählen mußt, so kannst du ihnen erklären, sie hätte einen schweren Unfall gehabt und benötige ausgiebige Erholung in einem milden Klima. Ich glaube, das funktioniert.«

»Und was sage ich George?«

»Das ist dein Problem.«

Sie betrachtete ihn mit einer Art krankhafter Faszination. »Du meinst das alles im Ernst, nicht wahr?«

»So ist es.«

»Warum?«

»Weil ich sie liebhabe.«

»Und du denkst, ich hätte das nicht?« Sie war nicht einmal verletzt, nur gelangweilt.

Alex seufzte leicht. »Ich glaube nicht, daß du Zeit hast, irgend jemanden liebzuhaben, Kay. Ausgenommen vielleicht deine Wähler. Es ist dir ungeheuer wichtig, ob sie ihr Los mit dir teilen wollen oder nicht. Ich weiß nicht, ob du überhaupt noch etwas anderes registrierst, und es ist mir auch schnuppe. Alles, was ich weiß, ist, daß du dieses Kind zerstörst, und das lasse ich nicht zu ... ich werde dich daran hindern.«

»Und jetzt willst du sie retten? Wie rührend. Denkst du nicht, es wäre ein bißchen gesünder für dich, deine gefühlsmäßigen Energien an eine erwachsene Frau und nicht an ein siebzehnjähriges Mädchen zu verschwenden? Ist dir eigentlich bewußt, daß dies alles etwas Krankhaftes an sich hat?« Sie wirkte aber nicht ehrlich besorgt, und er wußte, sie war es nicht. Sie war nur höllisch aufgebracht und hatte kein anderes Ventil.

»Warum behältst du deine spitzen kleinen Nadelstiche nicht für dich? Mitsamt deinen Ambitionen auf meine Ex-Frau?«

»Das hat damit nichts zu tun.« Doch es war klar erkennbar, daß sie log. »Ich finde, du bist ein Esel, Alex. Und du spielst Spielchen, ganz wie Amanda.«

»Du glaubst, vergewaltigt zu werden sei ein Spiel.«

»Möglicherweise. Ich bin mir über die Details noch nicht im klaren. Vielleicht war es das, was sie bezweckte. Von ihrem großen, hübschen Onkel gerettet zu werden. Vielleicht ist das alles ihr kleiner Plan.«

»Ich glaube, du bist krank.«

»Meinst du? Nun, Alex, es ist mir egal, was du denkst. Und ich werde dich dein kleines Spielchen für eine Weile spielen lassen. Es mag ihr guttun. Doch in ein oder zwei Monaten komme ich rüber, um sie zu holen, und dann ist Schluß damit. Falls du denkst, du kannst dich für immer an sie hängen, bist du nicht dicht im Kopf.«

»Bin ich nicht? Bist du gewillt, den Anklagen, die ich erwähnte, entgegenzusehen?«

»Das würdest du nicht tun.«

»Fordere mich nicht heraus.« Einen Moment standen sie da, ebenbürtig in ihrer Feindschaft. Für den Augenblick hatte Alex gewonnen. »Solange es hier keine radikalen Veränderungen gibt, bleibt sie bei mir.«

»Hast du ihr gesagt, daß du planst, sie vor mir in Sicherheit zu bringen?«

»Noch nicht. Bis heute morgen war sie hysterisch.« Kay sagte nichts. Nach einem letzten giftigen Blick schickte sie sich zum Gehen an. Sie hielt kurz inne und richtete ein boshaftes Auge auf ihren Bruder.

»Denke ja nicht, du kannst deine Heldenrolle für immer spielen, Alex. Du kannst sie jetzt da draußen haben, doch wenn ich will, daß sie nach Hause kommt, kommt sie. Ist das klar?«

»Ich glaube, du begreifst meine Position nicht.«

»Und ich glaube, du nicht die meine. Sie ist gefährlich. Was du tust, könnte mir politisch schaden, und das ist etwas, was ich nicht tolerieren würde, nicht einmal von meinem eigenen Bruder.«

»Dann solltest du deinen Esel lieber an der Leine halten, Lady, und bleib mir vom Halse. Das ist eine Warnung!« Sie hätte ihn am liebsten ausgelacht, brachte es jedoch nicht fertig. Das erstemal in ihrem Leben hatte sie vor ihrem jüngeren Bruder Angst.

»Ich verstehe nicht, warum du dies tust.«

»Du nicht, aber ich. Und Amanda ebenfalls.«

»Denk daran, was ich dir sagte, Alex. Wenn ich sie zu Hause brauche, kommt sie hierher zurück.«

»Warum? Um deine Wähler zu beeindrucken, was für eine großartige Mutter du bist? Ein Topf voller Jauche ist das.« Als er das sagte, tat sie einen Schritt auf ihn zu, als wollte sie ihn schlagen. Er kam ihr zuvor, packte ihr Handgelenk, und der Blick seiner Augen war bedrohlich. »Tu's nicht, Kay.«

»Dann scher dich zur Hölle, und verschwinde aus meinem Leben.«

»Mit Vergnügen.« Seine Augen funkelten vor Siegesfreude. Sie drehte sich auf dem Absatz um und ging rasch davon. Einen Augenblick später war sie im Fahrstuhl verschwunden und kurz darauf in der Limousine, die am Straßenrand auf sie gewartet hatte.

Als Alex in Amandas Zimmer zurückkam, schlief sie. Er strich sanft über ihr Haar auf dem Kopfkissen, nahm seinen Mantel und ging. Während er gelassen die Eingangshalle durchquerte, schoß es ihm durch den Kopf, mit dem Telefonieren nicht zu warten, bis er im Appartement seiner Mutter war. Es war ein Risiko, sie anzurufen, doch er mußte es tun. Er mußte es mit jemandem teilen, und er wollte es nur mit ihr teilen. Mit geschäftsmäßiger Stimme bat er, Mrs. Phillips sprechen zu dürfen. Kurz darauf war sie in der Leitung.

»Raphaella?«

»Ja.« Es folgte ein scharfes Einziehen des Atems, als sie erkannte, wer es war. »Oh. Ist –« Es klang erschrocken, als ob sie denken würde, es bedeute, daß Amanda gestorben sei.

»Nein, nein, alles ist in Ordnung. Ich wollte Sie nur wissen lassen, daß ich gegen Ende der Woche mit meiner Nichte nach San Francisco komme. Ihr Vater hatte mich gebeten, Ihnen hallo zu sagen, wenn ich in den Staaten eintreffe.« Falls jemand zuhörte, klang es wie ein völlig respektabler Telefonanruf. Raphaella hatte vollauf begriffen, was er meinte. Sie strahlte über das ganze Gesicht.

»Wird Ihre Nichte länger bei Ihnen bleiben?«

»Ich ... äh ... glaube schon. Ja.« Er grinste. »Ich hab's geschafft!«

»Oh ...« In der Aufregung hätte sie fast seinen Namen genannt. »Ich bin so froh!« Dann dachte sie an das Zimmer, das sie herzurichten versprochen hatte. »Ich werde mich so schnell ich kann um die Unterbringung kümmern.«

»Wundervoll. Ich wäre Ihnen sehr dankbar. Und natürlich werde ich mich Ihnen erkenntlich zeigen, sobald ich in San Francisco bin.«

»Oh, hören Sie auf.« Sie lächelte in die Muschel, und einige

Minuten später legten beide auf. Freitag, hatte er ihr zum Schluß gesagt, oder vielleicht Samstag. Es ließ ihr nicht viel Zeit.

15

Die nächsten zwei Tage wurden zu einer Art Wettrennen für Raphaella. Den Morgen brachte sie damit zu, John Henry ruhig vorzulesen und seine Hand zu halten, bis er eingeschlafen war. Anschließend jagte sie zum Einkaufen in die City und gab dem Chauffeur die Anweisung, nicht auf sie zu warten. Für den Heimweg würde sie ein Taxi bevorzugen. Falls Tom ihr Verhalten eine Spur exzentrisch fand, war er viel zu gut erzogen, es zu erwähnen. Jeden Nachmittag tauchte sie, mit enormen Kartons bepackt, wieder auf. Die größeren Gegenstände ließ sie direkt zum Hause schicken. Sie kaufte Einrichtungsgegenstände und Wertstücke in sonderbaren kleinen Trödelläden sowie einen wundervollen alten Waschtisch von einem Dekorateur. Einen ganzen Satz viktorianischer Korbstühle erstand sie auf einer öffentlichen Zwangsversteigerung, an der sie zufällig vorbeikam, als sie mit dem Taxi nach Hause jagte. Am Ende des zweiten Tages hatte sie ein totales Chaos geschaffen und weinte fast vor Erleichterung, als Alex sich telefonisch entschuldigte, daß er vor Sonntag nacht nicht zurück sein würde, aber dafür hatte er gute Neuigkeiten. Er hatte George an jenem Morgen gesehen, und alles war glattgegangen. George hatte zugestimmt, daß es Amanda guttun würde, wegzukommen. Sie hatten über die Länge ihres Besuchs nicht debattiert. Er hatte beiläufig ›ein paar Monate‹ erwähnt, und George hatte nicht protestiert. Alex hatte mit dem besten Privatgymnasium von San Francisco telefoniert, hatte ihnen die Schwere ihres ›Unfalls‹ erklärt und ihnen die Abschrift ihrer Zeugnisnoten vorgelesen. Er hatte ihnen erklärt, wer ihre Mutter und ihre Großmutter seien. Die Schulleitung erklärte sich schließlich bereit, sie Anfang nächsten Jahres aufzunehmen. In der Zwischenzeit würde sie sich zu Hause ausruhen, Spaziergänge machen, ihre Gesundheit zurückgewinnen und in den Tag hineinleben, um den Schock der Vergewaltigung zu verkraften.

Sie hatte einen Monat, sich allmählich zu erholen, bevor sie wieder auf die Schule ging. Als Raphaella fragte, wie Kay es aufgenommen habe, klang Alex gepreßt. »Mit ihr war es weniger erfreulich als mit George.«

»Was bedeutet das, Alex?«

»Es bedeutet, daß ich ihr keine Wahl ließ.«

»Ist sie sehr böse?«

»Mehr oder weniger.« Er wechselte dann rasch das Thema.

Es war, als habe Raphaella plötzlich nicht nur einen neuen Mann, sondern ebenfalls eine Familie erworben. Und da war Kay zu berücksichtigen. Alex hatte erwähnt, seine Schwester würde gelegentlich nach San Francisco kommen, um Amanda zu überprüfen. Raphaella hoffte, daß sie unter Umständen alle Freunde werden konnten. Letztlich waren sie alle zivilisierte Menschen. Zweifellos war Kay eine intelligente Frau, und Raphaella bedauerte es, daß sie und Alex im Streit lagen. Vielleicht, möglicherweise, konnte sie etwas tun, die aufgewühlten Wasser zu glätten. Inzwischen hetzte sie sich nach dem Anruf damit ab, im dritten Stockwerk von Alexanders Haus alles herzurichten. Sie hatte ihm gesagt, er könne sie hier erreichen, solange sie an dem Zimmer für Amanda arbeitete. Nachdem ihr Liebeswerk vollbracht war, setzte sie sich mit einem glückstrahlenden Lächeln auf das Bett. In wenigen Tagen hatte sie ein kleines Wunder geschaffen, und sie war sehr zufrieden.

Das Schlafzimmer hatte sie in einen luftigen Himmel verwandelt, angefüllt mit rosageblümten Dekostoffen und viktorianischen Korbstühlen, einem riesigen geblümten Teppichvorleger, den sie vom Fleck weg bei Macy's gekauft hatte, und dem antiken Waschtisch mit der weißen Marmorplatte. In den alten Ausguß hatte sie eine große rosa Azalee gestellt, und an den Wänden hingen zarte Blumendrucke im Goldrahmen. Das Bett, welches sie erst an diesem Morgen geliefert hatten, war ein Himmelbett mit einem weißen Baldachin und rosa Kordeln. Auf dem Bett lag eine riesige rosaseidene Steppdecke, und daneben stand ein Stuhl mit einem kleinen Fellbezug. Weitere geblümte Stoffe und Korbstühle waren in dem kleinen Arbeitszimmer nebenan. Sie hatte einen hübschen kleinen Schreibtisch gefunden, der vor den Fenstern stand. Das Badezimmer war ebenfalls mit hübschen femininen Dingen ausgestattet. Die Tatsache, daß sie fähig gewesen war, all dies in so wenigen Tagen zu schaffen, war außergewöhnlich, und daß sie fähig war, die Lieferanten zu bestechen und zu beschwatzen, damit sie alles pünktlich brachten, erstaunte sie noch jetzt.

All ihre Einkäufe hatte sie von dem enormen Barbetrag bezahlt, den sie Mittwoch morgen von der Bank abgehoben hatte. Sie wollte nicht ihre Schecks benutzen, um keine Belege über all jene Anschaffungen aufzubewahren. Ihre sämtlichen Rechnungen wurden von John Henrys früherem Büro aus beglichen, und es wäre unmöglich gewesen, zu erklären, wofür die Schecks gewesen seien. Auf diese Weise hatte sie nur eine einzige Summe abgehoben, und sie würde schon irgendeine Erklärung finden, etwas wie eine Einkaufsorgie oder so. Vielleicht würde die Sekretärin sich bis dahin auch nicht mehr erinnern, ob es vor oder nach ihrem Abstecher nach New York gewesen war.

Raphaella hoffte, Alex würde über die Erweiterung der Einrichtung nicht ungehalten sein. Einmal angefangen, hatte sie gemerkt, daß sie nicht aufhören konnte, bis sich alles in einen perfekten Aufenthalt für das mißhandelte junge Mädchen verwandelt hatte. Nach dem Schrecklichen, das dem Kind widerfahren war, wollte Raphaella dazu beitragen, ihr etwas Besonderes zu verschaffen, ein Heim, in das sie sich einkuscheln konnte, ein Platz, wo sie geliebt würde und ausruhen konnte. Leise zog sie die Tür hinter sich zu, ging in Alexanders Schlafzimmer hinunter, glättete die Bettdecke, nahm ihren Mantel, ging die Stufen hinunter und zur Vordertür hinaus.

Mit einem Seufzer öffnete sie die Tür zu John Henrys Herrenhaus und ging langsamen Schrittes und mit nachdenklichem Blick nach oben. Um sich herum erblickte sie die schweren Wandbehänge, die mittelalterlichen Gobelins, die Kandelaber, den großen Flügel im Foyer und stellte fest, daß dies eigentlich ihr Heim war. Nicht das gemütliche kleine Haus am Vallejo, nicht der Platz, wo sie fast eine Woche wie eine Irre geschuftet hatte, um Räumlichkeiten für ein junges Mädchen herzurichten, das ebenfalls nicht ihr gehörte.

»Mrs. Phillips?«

»Mmm?« Raphaella schaute überrascht hoch, als sie gerade den Gang zu ihrem Zimmer betreten wollte. Es war fast Abendbrotzeit, und sie mußte sich noch umkleiden. »Ja?» Die Pflegerin der zweiten Schicht lächelte sie an.

»Mr. Phillips hat während der letzten Stunde nach Ihnen gefragt. Vielleicht würden Sie vor dem Umkleiden einen Augenblick bei ihm verbringen.«

Raphaella nickte ruhig und murmelte: »Ja.« Langsam ging sie auf die Tür seines Zimmers zu, klopfte an und drückte die Klinke herunter, ohne zu warten, von ihm zum Eintreten aufgefordert zu werden. Das Klopfen war nur eine Formalität wie so vieles andere in ihrer beider Leben. Er lag in eine Wolldecke eingewickelt in seinem Bett, und seine Augen waren geschlossen. Die Beleuchtung im Zimmer war sehr matt. »John Henry?« Ihre Stimme war nur ein Flüstern, als sie auf den gebrochenen alten Mann in seinem Bett hinabsah. Dies war der Raum, der einst ihr Schlafzimmer gewesen war, der Raum, den er auch vor langer Zeit mit seiner ersten Frau geteilt hatte. Anfangs hatte es Raphaella gequält, doch John Henry war ein Mann von Tradition, und er hatte gewünscht, sie hierherzubringen. Und irgendwann waren die Geister verblaßt, als sie hier gelegen hatten. Erst jetzt dachte sie wieder an sie. Jetzt, da er fast einer der ihren geworden zu sein schien. »John Henry ...« Sie flüsterte wieder seinen Namen, und er öffnete seine Augen. Als er Raphaella erblickte, lächelte er sein erbarmungswürdiges Lächeln und klopfte auf den nächsten Platz auf seinem Bett.

»Hallo, Kleines. Ich fragte vorhin nach dir, doch sie sagten, du wärst ausgegangen. Wo warst du?« Es war kein Verhör, nur eine freundliche Frage, doch nichtsdestoweniger zuckte etwas in ihrem Inneren zusammen.

»Ich war draußen ... einkaufen ...« Sie lächelte ihn an. »Für Weihnachten.« Er wußte nicht, daß ihre Pakete für Paris und Spanien bereits vor einem Monat verschickt worden waren.

»Hast du irgend etwas Hübsches gekauft?« Sie nickte. O ja, sie hatte. Sie hatte entzückende Sachen gekauft ... für Amanda, ihres Liebhabers Nichte. Die Erkenntnis dessen, was sie tat, traf sie erneut wie ein körperlicher Schlag. »Irgendwas Hübsches für dich?« Sie schüttelte langsam den Kopf, ihre Augen unwahrscheinlich groß.

»Ich hatte keine Zeit.«

»Dann möchte ich, daß du morgen etwas für dich selber einkaufst.« Sie sah auf das lange, knochige Gerippe des Mannes, der ihr Gatte war, und wurde erneut von ihrem eigenen Schuldgefühl verzehrt.

»Ich würde den Tag lieber hier mit dir verbringen. Ich – ich habe dich in letzter Zeit so wenig gesehen ...« Sie warf ihm einen um Verzeihung bittenden Blick zu. Er schüttelte den Kopf und winkte mit einer müden Hand.

»Ich erwarte nicht, daß du hier mit mir sitzt, Raphaella.« Wieder schüttelte er den Kopf, schloß einen Augenblick die Augen und öffnete sie wieder. Es war etwas unendlich Weises in den Augen, die auf die junge Frau blickten. »Ich habe nie erwartet, daß du hier wartend bei mir sitzt, Kleines ... niemals ... Ich bin nur traurig, daß sein Kommen so lange dauert.« Einen Moment fragte sie sich, ob er phantasiere, und sah ihn mit aufkommender Sorge an. Aber er lächelte nur. »Der Tod, mein Liebling ... der Tod. Es wurde ein langes Warten auf den letzten Augenblick. Und du bist ein sehr tapferes Mädchen gewesen. Ich werde mir nie verzeihen für das, was ich getan habe.«

»Wie kannst du das sagen?« Sie sah ihn mit Entsetzen an. »Ich liebe dich. Ich möchte nirgendwo anders sein.« Aber war es jetzt die Wahrheit? Würde sie nicht lieber bei Alex sein? Das fragte sie sich, als sie John Henrys Hand nahm und sie sehr zart in die ihre legte. »Ich habe niemals irgendwas bedauert, mein Liebling, außer« – sie spürte einen Kloß im Hals, als sie ihn ansah –, »außer, daß dir dies passierte.«

»Ich hätte sterben sollen, als ich den ersten Infarkt hatte. Ich wäre es, wenn das Leben ein wenig fairer gewesen wäre und wenn du und der junge Dummkopf von Doktor, den du engagiert hattest, mich hätten gehen lassen.«

»Du bist von Sinnen.«

»Nein, bin ich nicht, und du weißt es. Dies ist kein Leben für einen Menschen, nicht für mich und nicht für dich. Ich halte dich hier Jahr für Jahr wie eine Gefangene, du bist fast noch ein Kind, und ich vergeude deine besten Jahre. Meine eigenen sind lange vergangen. Ich war –« Wie im Schmerz schloß er die Augen, und die Sorgenfalte auf Raphaellas Gesicht vertiefte sich. Sehr schnell tat er sie wieder auf und sah sie an. »Ich war im Unrecht, dich zu heiraten, Raphaella. Ich war zu alt.«

»John Henry, hör auf.« Es erschreckte sie, wenn er so sprach, und er tat es nicht oft. Doch sie argwöhnte, daß viele seiner Gedanken um dieses Thema kreisten. Sie küßte ihn sanft und sah ihn beim Vorbeugen aus der Nähe an. In dem mächtigen Doppelbett sah er totenblaß aus. »Haben sie dich diese Woche in den Garten gefahren, Liebling? Oder auf die Terrasse?«

Mit einem verzerrten kleinen Lächeln schüttelte er den Kopf. »Nein, Miss Nightingale, haben sie nicht. Und ich möchte da nicht hin. Ich fühle mich wohler im Bett.«

»Sei nicht albern. Die Luft tut dir gut, und du bist doch gerne im Garten.« Aus ihren Worten tönte leise Verzweiflung, bedenkend, wieviel Zeit sie fern von ihm verbracht hatte. Sie würde es nicht einmal bemerkt haben, was die Pflegerin für ihn getan hatte. Sie hätten ihn hinausbringen müssen. Es war wichtig, daß sie ihn in Bewegung hielten, daß sie ihn so lebhaft und interessiert hielten, wie sie konnten. Ohne das, das wußte sie, würde er aufhören, es zu versuchen, und früher oder später einfach aufgeben. Der Arzt hatte es ihr vor vielen Jahren gesagt.

»Morgen bringe ich dich hinaus.«

»Ich will nicht, daß du das tust.« Sekundenlang blickte er verdrossen. »Ich sagte dir, ich möchte im Bett bleiben.«

»Nun, das wirst du nicht. Und was nun?«

»Garstiges Kind.« Er warf ihr einen starren Blick zu, aber dann lächelte er und hob ihre Hände, um sie an seine Lippen zu führen. »Ich liebe dich immer noch. So viel mehr, als ich dir sagen kann ... so viel mehr, als du weißt.« Seine Augen blickten leicht verschleiert. »Erinnerst du dich an jene ersten Tage in Paris ...« er lächelte in sich hinein, und sie lächelte mit ihm, »als ich dir meinen Heiratsantrag machte, Raphaella?« Er sah sie klar an. »Mein Gott, du warst noch ein Kind.« Eine Weile sahen sie sich zärtlich an, dann beugte sie sich vor und küßte seine Wange.

»Nun, und jetzt bin ich eine alte Frau, mein Liebling, und bin glücklich, daß du mich noch immer liebst.« Noch immer lächelnd, stand sie auf. »Doch jetzt kleide ich mich am besten für das Abendessen um, sonst wirfst du mich womöglich hinaus und suchst dir ein anderes junges Mädchen!« Er lachte, und als sie mit einem Kuß und einem Winken das Zimmer verließ, fühlte er sich besser. Auf dem Weg zu ihren Räumen schalt sie sich dafür, ihn während der vergangenen anderthalb Wochen so sträflich vernachlässigt zu haben. Was hatte sie getan, beinahe eine ganze Woche herumzurennen, um Möbel, Stoffe, Gardinen und Teppiche zu kaufen? Doch als sie die Tür ihres Schlafzimmers hinter sich zuzog, wußte sie, was sie getan hatte. Sie hatte an Alex, an seine Nichte, an die Einrichtung ihres Schlafzimmers gedacht, an das andere Leben, das sie so heiß ersehnte. Lange in den Spiegel starrend, marterte sie sich, ihren Gatten für fast zehn Tage vernachlässigt zu haben, und fragte sich, ob sie ein Recht habe auf das, was sie mit Alex erlebte. Das Leben mit John Henry war ihr vom Schicksal aufgetragen. Sie hatte wirklich kein Recht, nach mehr zu verlangen. Aber konnte sie es jetzt aufgeben? Nach zwei Monaten war sie nicht mehr sicher, ob sie es noch konnte.

Mit einem tiefen Seufzer öffnete sie den Schrank und zog ein graues Seidenkleid heraus, das sie mit ihrer Mutter in Madrid gekauft hatte, schwarze Pumps, die exquisite Halskette aus grauen Perlen, die John Henrys Mutter gehört hatte, passende Ohrringe, einen zarten grauen Slip. Sie warf die Sachen aufs Bett und ging ins Bad, in Gedanken verloren über das, was sie getan hatte. Sie dachte an den Mann, den sie fast vergessen hatte, und an den einen, den sie nie vergessen konnte ... wissend, daß beide sie brauchten. John Henry natürlich mehr als Alex, aber beide brauchten sie und mehr als das: Sie wußte, daß sie beide Männer brauchte.

Eine halbe Stunde später stand sie vor dem großen Spiegel, eine Erscheinung aus Eleganz und Grazie in dem blaßgrauen Seidenkleid, die glattgekämmten Haare zu einem Knoten im Nacken geschlungen, die Perlen an den Ohren ihr Gesicht erhellend. Es gab keinen Weg, das Ende der Geschichte vorauszusehen. Alles, was sie hoffen konnte, war, daß niemand zu Schaden kam.

Doch als sie die Tür ihres Schlafzimmers schloß, durchrann sie ein Schauer der Angst, ahnend, daß dies fast zuviel verlangt war.

16

Am Sonntag abend brachte die Pflegerin John Henry um acht Uhr dreißig zu Bett, und Raphaella ging langsam und gedankenvoll auf ihr Zimmer. Den ganzen Abend hatte sie an Alex und Amanda gedacht und im Geiste verfolgt, wann sie die Stadt verließen und das Flugzeug bestiegen. Nun waren sie nur noch zwei Stunden von San Francisco entfernt, doch sie hatte das Empfinden, daß sie einer anderen Welt angehörten. Sie hatte den Tag mit John Henry verbracht, hatte ihn morgens in den Garten gefahren, sorgfältig in Decken gehüllt. Am Nachmittag hatten sie den Rollstuhl auf die Terrasse geschoben. Gegen Ende des Tages mußte sie sich eingestehen, daß er besser aussah. Er war entspannt und müde, als sie ihn abends zu Bett brachten. Dies war das, was man von ihr verlangte, dies war ihre Pflicht, er war ihr Mann: ›Im Guten oder Bösen.‹ Jedoch wieder und wieder wanderten ihre Gedanken zu Alex und Amanda zurück. Und je länger sie in ihrem Backsteinpalast saß, um so mehr fühlte sie sich wie in einem Mausoleum begraben. Sie war entsetzt von ihren eigenen Gefühlen, und das Böse ihres Tuns verfolgte sie zunehmend. Sie war nicht länger sicher, daß es rechtens war.

Um zehn Uhr saß sie trübsinnig da. Sie wußte, daß die Maschine gerade gelandet war, daß sie ihr Gepäck zusammensammeln und nach einem Taxi Ausschau halten würden. Um zehn Uhr fünfzehn wußte sie, daß sie auf dem Wege zur Stadt waren. Mit jeder Faser ihres Wesens wünschte sie, bei ihnen sein zu können. Doch sie konnte sich von dem Gedanken nicht lösen, daß es unrecht war, sich in Alex verliebt zu haben. Sie fürchtete, daß John Henry auf die Dauer den Preis dafür zahlen mußte, durch Mangel an Aufmerksamkeit, Mangel an ihrer Gesellschaft, Mangel eines gewissen Gefühls, ohne das John Henry, wie sie wußte, nicht am Leben bleiben konnte. Aber kannst du beides tun? hörte sie sich selber schweigend fragen. Sie war nicht sicher, ob sie es konnte. Wenn sie mit Alex zusammen war, war es, als ob nur er auf der Welt existierte, und alles, was sie wünschte, war: bei ihm zu sein und jeden anderen zu vergessen. Aber sie konnte es sich nicht leisten, John Henry zu vergessen. Vergaß sie ihn, konnte sie ihm ebensogut die Pistole an den Kopf setzen.

Sie saß da und starrte schweigend aus dem Fenster. Endlich schaltete sie das Licht an. Es war elf Uhr, als sie das Telefon läuten hörte. Sie erhob sich und nahm ab. Sie wußte, daß alle Dienstboten außer John Henrys Pflegerin im Bett sein würden. Sie konnte sich nicht vorstellen, wer anrufen sollte. Doch als sie den Hörer abnahm, erbebte sie beim Klang von Alex' Stimme.

»Raphaella?« Sie hatte Angst, von hier aus mit ihm zu sprechen, doch sie sehnte sich so verzweifelt nach seiner Nähe. Nach ihrer zweimonatigen Trennung nach New York und nach seiner Reise sehnte sie sich plötzlich schmerzhaft danach, wieder bei ihm zu sein.

»Das Zimmer für Amanda ist phantastisch.« Er sprach gedämpft, und einen Augenblick fürchtete sie, daß jemand mithören könnte, doch aus seiner Stimme klang so viel Freude, daß sie nicht widerstehen konnte.

»Gefällt es ihr?«

»Sie ist im siebten Himmel. Es ist das erste Mal seit Jahren, daß ich sie so erlebe.«

»Gut.« Es machte Raphaella Spaß, sich vorzustellen, wie das junge Mädchen das rosa-weiße Zimmer in Augenschein nahm. »Fühlt sie sich gut?«

Er seufzte als Antwort. »Ich weiß es nicht, Raphaella. Ich vermute es. Aber wie gut kann sie sich nach dem, was geschehen ist, fühlen! Bevor wir abflogen, hat ihre Mutter ihr eine scheußliche Szene gemacht. Sie warf ihr vor, daß sie ihre Eltern treulos verlassen würde. Und dann mußte sie sich natürlich darüber auslassen, daß sie Rückwirkungen bei ihrer Wählerschaft befürchte, wenn ihre Tochter statt bei ihr mit einem Onkel zusammenlebt.«

»Wenn sie es richtig anpackt, könnte es ebensogut aussehen, als ob sie sehr beschäftigt sei.«

»Ich sagte ihr fast genau das gleiche. Wie auch immer, es war ekelhaft, und Mandy war anschließend so erledigt, daß sie auf der ganzen Tour hierher im Flugzeug geschlafen hat. Das herrliche Zimmer, das du für sie hergerichtet hast, war für sie das Schönste, was ihr an diesem Tage geschehen ist.«

»Ich bin froh.« Doch während sie die Worte sagte, fühlte Raphaella sich unerträglich einsam. Sie hätte gerne Amandas Gesicht gesehen, als sie ins Zimmer kam. Sie wäre so gerne am Flugplatz gewesen und mit ihnen im Taxi heimgefahren, um mit ihnen das Haus zu betreten und jeden Augenblick zu teilen, ihr Lächeln zu sehen. Plötzlich fühlte sie sich ausgesperrt, und es verstärkte ihr Einsamkeitsgefühl, Alexanders Stimme am Telefon zu hören. Es war eine fast erdrückende Last und erinnerte sie an die Nacht, in welcher sie in ähnlicher Einsamkeit weinend auf den Stufen in der Nähe des Hauses saß ... die Nacht, in der sie Alex das erste Mal gesehen ... Ein Jahrhundert schien seitdem vergangen ...

»Du bist so still. Ist irgendwas?« Seine Stimme war tief und lockend. Raphaella schloß ihre Augen und schüttelte den Kopf.

»Ich dachte nur eben an etwas ... verzeih ...«

»Was war es?«

Sie zögerte kurz. »Die Nacht auf den Stufen ... das erste Mal, als ich dich sah.«

Er lächelte versonnen. »Du hast mich am Anfang nicht gesehen. Ich sah dich zuerst.« Als sie sich ihre erste Begegnung ins Gedächtnis riefen, begann Raphaella erneut wegen des Telefons nervös zu werden. Sollte einer der Dienstboten aufgewacht sein, konnte er sich jeden Moment mit einschalten.

»Vielleicht sollten wir morgen darüber sprechen.«

Er verstand sie. »Bekommen wir dich dann zu sehen?«

»Von mir aus gern.« Die Aussicht erwärmte sie, und für einen Augenblick verblaßte das Gefühl der Einsamkeit.

»Welche Zeit wäre dir angenehm?«

Sie lachte leise. Nachdem das Zimmer für Amanda hergerichtet war, hatte sie nichts zu tun. Es war ihr einziges Projekt seit Jahren gewesen. »Sag mir nur, wann. Ich komme herüber. Oder wäre es besser, wenn –« Sie sorgte sich plötzlich wegen Amanda. Vielleicht war es zu früh, dem Mädchen zu begegnen. Vielleicht würde sie es übelnehmen, Alexanders Geliebte zu sehen. Möglicherweise beanspruchte sie den geliebten Onkel für sich allein.

»Sei nicht albern, Raphaella. Könnte ich dich dazu überreden, würde ich dich bitten, gleich zu kommen.« Aber beide wußten, daß Amanda zu müde und daß es zu spät war. »Warum frühstückst du nicht mit uns? Kannst du so früh herüberkommen?«

Raphaella scherzte: »Wie wär's mit sechs? Fünf Uhr fünfzehn? Vier Uhr dreißig?«

»Hört sich großartig an.« Er lachte und schloß die Augen. Er konnte sich jedes Detail ihres Gesichts vorstellen. Er sehnte sich schmerzhaft danach, sie wiederzusehen, sie zu berühren, sie in den Armen zu halten, ihre Körper ineinander verschmolzen, als seien sie immer eins gewesen. »Also wirklich, mit der Zeitverschiebung werde ich vermutlich schon um sechs Uhr wach sein. Warum kommst du nicht gleich nach dem Aufstehen herüber? Du brauchst nicht einmal anzurufen. Ich gehe morgen früh nicht in die Praxis. Ich will erst sicherstellen, ob die Frau, die Amanda helfen soll, einwandfrei ist.« Mit zwei gebrochenen Armen war das junge Mädchen praktisch hilflos. Er hatte seiner Sekretärin Anweisung gegeben, eine Haushaltshilfe mit Krankenpflegekenntnissen zu besorgen. Nach kurzer Pause sagte er: »Ich warte auf dich.«

»Ich komme früh.« Und dann vergaß sie ihre Ängste wegen irgendwelcher Mitlauscher. »Ich habe dich vermißt, Alex.«

»O Baby.« Der Klang seiner Stimme sagte ihr alles. »Wenn du nur wüßtest, wie ich dich vermißt habe.«

Raphaella saß nach dem Gespräch lange da und starrte mit leuchtenden Augen auf das Telefon. Als sie aufstand, um sich auszukleiden, warf sie einen Blick auf ihre Uhr. Es war nach Mitternacht, und in sechs oder sieben Stunden würde sie wieder bei ihm sein. Schon der Gedanke ließ Fünkchen in ihren Augen tanzen und brachte ihr Herz zum Rasen.

17

Raphaella hatte ihren Wecker auf sechs Uhr dreißig gestellt, und eine Stunde später schlüpfte sie leise zur Vordertüre hinaus. Sie hatte schon mit einer von John Henrys Pflegerinnen gesprochen und ihr erklärt, daß sie zu einer Frühmesse ginge und anschließend einen langen Spaziergang machen wolle. Es war eine ganz natürliche Erklärung für eine mehrstündige Abwesenheit. Wenigstens hoffte sie darauf, als sie die Straße entlangeilte. Im Dezembernebel und in frühmorgendlicher Kälte fest in ihren Mantel eingehüllt, schwamm alles, was sie sehen konnte, in einem perlgrauen Licht. Schnell erreichte sie das gemütliche kleine Haus am Vallejo. Zu ihrer Freude sah sie, daß innen schon die meisten Lichter brannten. Sie zögerte nur kurz, sah auf den großen Messingklopfer und überlegte, ob sie anklopfen, klingeln oder ihren Schlüssel benutzen sollte. Schließlich entschied sie sich für ein knappes Läuten. Plötzlich stand er da, so groß und hübsch, mit einem Lächeln auf den Lippen und strahlenden Augen. Ohne ein Wort zu sagen, zog er sie rasch hinein, schloß die Tür und umschlang sie fest mit seinen Armen. Sie sagten lange nichts, aber ihre Lippen fanden sich und hingen aneinander, während die Zeit stillzustehen schien. Er spürte die Wärme ihres Körpers und ließ eine Hand über ihr glänzend schwarzes Haar gleiten. Fast mit Verwunderung schaute er zu ihr herunter, so als könnte er es immer noch nicht fassen, daß es sie überhaupt gab.

»Hallo, Alex.« Mit einem glücklichen Zwinkern in den Augen sah sie zu ihm hoch.

»Hallo.« Nur ein wenig trat er von ihr zurück. »Mein Gott, du siehst bezaubernd aus.«

»Nicht zu dieser Stunde.« Aber sie tat es. Sie sah absolut hinreißend aus. Ihre Augen waren groß und strahlend wie Onyxe, gefleckt mit Diamanten, das Gesicht vom raschen Gang rosig überhaucht. Unter dem Luchspelz hatte sie ein helle pfirsichfarbene Bluse zu beigefarbenen Hosen an. Unter den Hosenbeinen schauten zimtfarbene Schwedenschuhe hervor. »Wie geht es Amanda?« Raphaella warf einen Blick nach oben. Alex lächelte.

»Sie schläft noch.« Doch er dachte nicht an Amanda. Das einzige, woran er an diesem Morgen denken konnte, war die unwahrscheinlich schöne Frau, die hier in der Eingangsdiele vor ihm stand. Sie anschauend, schwankte er, ob er sie nach unten in die Küche nehmen und ihr Kaffee anbieten oder sie nach oben drängen sollte, mit weniger gesellschaftlichen Beschäftigungen im Sinn.

Als sie sah, wie er mit der Entscheidung rang, mußte Raphaella lachen. »Du siehst heute morgen wie ein schlimmer Lausbub aus.« Mit einem Funkeln in den Augen zog sie den schweren Luchspelz aus und hängte ihn über den Pfosten am Fuß der Treppenstufen.

»Tu' ich das?« Er markierte Unschuld. »Ich wüßte nicht, warum.«

»Ich kann's mir auch nicht vorstellen. Kann ich dir Kaffee machen?«

»Just daran habe ich auch gerade gedacht.« Er blickte aber sichtlich enttäuscht, und sie lachte.

»Aber?«

»Macht nichts ... macht nichts.« Er wollte sie nach unten bringen, doch sie hatten kaum die erste Stufe betreten, als er sie schon wieder an sich zog, um sie zu küssen. So fand Amanda sie vor, als sie, noch schlaftrunken, in ihrem geblümten Nachthemd die Treppe herunterkam. Ihr blondes Haar bildete einen hellen Kranz um das hübsche junge Gesicht, in dem die blauen Flecken um die Augen langsam zu verblassen begannen.

»Oh.« Es war ein winziger Laut der Überraschung, doch Raphaella hörte es sofort und sprang aus Alexanders Armen. Sie drehte sich um, errötete leicht und erkannte Amanda, die mit einer Unzahl stummer Fragen in den Augen zu ihr hinuntersah. Ihr Blick glitt dann zu Alex, als würde sie dort eine Erklärung finden. Bei näherem Betrachten stellte Raphaella fest, daß sie wie ein kleines Mädchen aussah.

Raphaella kam mit einem warmherzigen Lächeln auf sie zu und streckte ihre Hand aus, nur um zart die Fingerspitzen, die aus Amandas Gipsverbänden vorschauten, zu berühren. »Tut mir leid, so früh am Morgen bei dir einzudringen. Ich – ich wollte sehen, wie es dir geht.« Es genierte sie, auf der Treppe knutschend ertappt worden zu sein. Alle Ängste stiegen wieder in ihr auf, Amanda zu begegnen, doch das junge Mädchen sah so zart und harmlos aus, daß es unmöglich war, sie sich als eine Art von Bedrohung vorzustellen. Es war Raphaella, die sich als Bedrohung fühlte, indem sie fürchtete, das Mädchen außer Fassung gebracht zu haben.

Dann aber lächelte Amanda, ein sanftes Rot stieg ihr in die Wangen. »Alles klar. Tut mir leid. Ich hatte nicht die Absicht, Sie und Onkel Alex zu stören.« Es hatte ihr gefallen, das küssende Paar zu sehen. Bei ihr daheim hatte es Zärtlichkeiten nie gegeben. »Ich wußte nicht, daß jemand hier ist.«

»Gewöhnlich mache ich so früh keine Besuche, aber –«

Alex griff rasch ein. Er wollte, daß Amanda wußte, wer Raphaella war, und auch, wie wichtig sie ihm war. Sie war alt genug, es zu verstehen. »Dies ist die gute Fee, die deine Zimmer hergerichtet hat, Mandy.« Seine Stimme war so zärtlich wie seine Augen, als sie hier zu dritt beieinander auf der Treppe standen.

»Sie waren das? Sie haben das gemacht?«

Raphaella lachte über das Staunen in den Augen des Mädchens. »Mehr oder weniger. Ich bin kein großer Innenarchitekt, doch es hat Spaß gemacht, deine Räume einzurichten.«

»Wie haben Sie das so schnell geschafft? Alex sagte, es wäre überhaupt nichts drin gewesen, als er abreiste.«

»Ich habe alles gestohlen.« Die beiden lachten, und Raphaella lächelte.

»Kann ich den beiden Damen Frühstück anbieten?« Alex strahlte auf die beiden herunter.

»Ich helfe dir«, erbot sich Raphaella freiwillig, als sie ihm folgte.

»Ich auch.« Amanda schien zum ersten Mal seit jener Tragödie glücklich zu sein, in Anspruch genommen zu werden. Und sie wirkte noch zufriedener, als die drei eine Stunde später um den Tisch herumsaßen und sich bei den restlichen Spiegeleiern mit Schinken und Toast amüsierten. Mandy hatte es sogar fertiggebracht, die Toastschnitten trotz Gipsverbänden mit Butter zu bestreichen, Raphaella hatte Kaffee gekocht und Alex den Rest besorgt.

»Ausgezeichnete Mannschaftsarbeit!« Er kommandierte die beiden Frauen, bis sie ihn damit aufzogen, ein sehr autoritärer Chef zu sein. Als Raphaella den Tisch abräumte, fühlte sie, daß sie drei bestens miteinander auskamen.

»Kann ich dir beim Ankleiden helfen, Mandy?«

»Gerne.« Die Augen des Mädchens leuchteten auf, und eine halbe Stunde später stand sie mit Raphaellas Hilfe angezogen da. Erst gegen neun, als die neue Haushälterin kam, waren Alex und Raphaella wieder alleine.

»Was ist sie für ein wunderbares Mädchen, Alex.«

Er strahlte sie an. »Nicht wahr? Und ... Gott, Raphaella, es ist erstaunlich, wie sie sich erholt von dem – von dem, was ihr geschehen ist. Es ist erst eine Woche her.« Als er daran dachte, verdunkelte sich sein Gesicht.

Raphaella nickte langsam, an die vergangene Woche zurückdenkend. »Ich denke, sie wird es überstehen. Mit deiner Hilfe.«

»Vielleicht mit der Hilfe von uns beiden.« Die sanfte, liebevolle Art, mit der sie das Mädchen behandelt hatte, war ihm nicht entgangen. Er war gerührt von der aufrichtigen Warmherzigkeit und Menschlichkeit, mit der sie Amanda entgegengekommen war. Amanda war jetzt ein Teil seines Lebens, aber ebenso Raphaella, und es war ihm ungeheuer wichtig, daß sie drei sich gut verstanden.

18

»Was meinst du mit: Du magst den Engel nicht?« Hoch oben auf der Leiter in dem leeren Wohnzimmer thronend, blickte Alex hinunter. Raphaella und Mandy standen unter ihm, und Mandy hatte ihm gerade erklärt, der Engel sähe doof aus.

»Sieh ihn doch an, er grinst. Er sieht albern aus.«

»Wenn du mich fragst, ihr Vogelscheuchen seht auch hübsch albern aus.« Sie lagen jetzt beide auf dem Fußboden und spielten mit der Eisenbahn, die Alex aus dem Keller heraufgeholt hatte. Sie hatte einst seinem Vater gehört und danach ihm.

Alex kletterte die Leiter herunter und betrachtete die Früchte seines Fleißes. Er hatte schon die Lichter angesteckt. Mandy und Raphaella hatten das meiste der Dekoration besorgt, während er damit begann, die Eisenbahn zusammenzusetzen. Es war der Tag vor Heiligabend, und seine Mutter hatte versprochen, in zwei

Tagen zu Besuch zu kommen. In der Zwischenzeit waren nur er, Amanda und Raphaella hier. Raphaella hatte soviel Zeit, wie sie nur konnte, mit ihnen zugebracht, aber sie hatte sich auch um eigene Dinge zu kümmern.

Sie hatte versucht, die Dinge ein wenig festlich für John Henry zu gestalten, und Alex war sogar mit ihr gegangen, einen kleinen Baum auszusuchen. Eine Woche hatte sie damit verbracht, eine Feier für die Hausangestellten vorzubereiten, hatte Geschenke eingewickelt und sie in lustige rote, mit ihren Namen versehene Strümpfe gesteckt. Sie waren immer erfreut von ihren durchdachten Gesten, und die Geschenke, die sie ihnen kaufte, waren stets sowohl nützlich wie kostspielig und würden für viele lange Jahre Freude bereiten. Alles wurde mit einer Art großzügigem Eifer getan, mit persönlichem Engagement. Die Geschenke waren herrlich verpackt und sorgfältig ausgewählt; das Haus sah einladend aus, geschmückt mit Tannengrün, Kiefern und kleinen Föhren; vor der Haustür hing eine riesige schmucke Girlande. Gerade an diesem Morgen hatte sie John Henry in seinem Rollstuhl um das Haus gefahren. Doch dieses Jahr bemerkte sie, daß er alles mit geringerem Interesse wahrnahm. Er schien weit entfernt von jeglicher Weihnachtsfreude zu sein.

»Ich bin zu alt für all dies, Raphaella. Ich habe es zu oft gesehen. Es sagt einem nichts mehr.« Er schien sogar mit den Worten zu ringen.

»Sei nicht dumm. Du bist nur müde. Nebenbei, du weißt nicht, was ich dir gekauft habe.« Sie hatte einen seidenen Morgenrock mit seinem Monogramm ausgepackt. Sie wußte jedoch, selbst dies würde ihn nicht aufmuntern. Er war zunehmend lethargisch, zunehmend hinfällig, und dies nun schon seit Monaten, als ob ihn nichts mehr interessierte.

Aber bei Alex fand sie Weihnachtsstimmung, und bei Amanda sah sie die kindliche Freude, die sie so sehr an ihren kleinen Verwandten in Spanien liebte. Für Amanda gab es lange Stränge roter Beeren, Arrangements von Mistelzweigen und lange Ketten Puffmais, die sie für den Christbaum bastelten. Wochenlang hatte es mühselige Vorbereitungen gegeben, die nun mit dem Schmücken des Weihnachtsbaums ihren Höhepunkt fanden.

Kurz vor Mitternacht waren sie fertig, und die Geschenke lagen, in kleine Haufen geschichtet, über den ganzen Fußboden verteilt. In dem Gesellschaftszimmer brannten die Lichter, und die kleine Eisenbahn tuckerte sorglos über den Fußboden.

»Glücklich?« Alex lächelte ihr träge zu, als sie ausgestreckt vor dem Kamin seines Zimmers lagen.

»Sehr. Glaubst du, Mandy werden ihre Geschenke gefallen?«

»Sie täte gut daran, oder ich schicke sie zu Kay zurück.« Er hatte ihr eine kleine Lammfelljacke, ähnlich jener Raphaellas, gekauft und ihr Fahrstunden versprochen, sobald die Gipsverbände von ihren Armen waren. Sie würden in zwei Wochen entfernt werden. Raphaella schenkte ihr Skistiefel, die sie sich von Alex gewünscht hatte, einen leuchtend blauen Kaschmirpulli und einen ganzen Bücherstapel.

»Weißt du«, Raphaella sah ihn glücklich an, »es ist nicht wie für meine Neffen und Nichten etwas kaufen. Es ist ... wie ...« – sie zögerte, es zu sagen, kam sich töricht vor – »... wie wenn ich eine Tochter hätte, das erste Mal in meinem Leben.«

Er lächelte sie zärtlich an. »Ich empfind's genauso. Ist doch nett, nicht wahr? Jetzt sehe ich, wie leer das Haus war. Nun ist alles anders.« Wie zum Beweis lugte ein schelmisches kleines Gesicht durch die Tür. In dem Monat, den sie in San Francisco war, hatte sich Mandy ausgeruht, lange Spaziergänge gemacht und beinahe täglich mit einem Psychiater gesprochen, der ihr dabei half, mit dem Erlebnis, mißbraucht worden zu sein, umzugehen.

»Hei, Leute. Was treibt ihr so?«

»Nichts Besonderes.« Ihr Onkel sah sie fröhlich an. »Wie kommt's, daß du nicht im Bett bist?«

»Ich bin zu aufgeregt.« Damit spazierte sie ins Zimmer und hielt zwei große sperrige Pakete auf dem Rücken. »Ich wollte euch beiden das hier geben.« Raphaella und Alex sahen sie mit Staunen und Vergnügen an und setzten sich auf dem Fußboden auf, als sie ihnen die Geschenke entgegenhielt. Sie sah aus, als würde sie vor Aufregung explodieren, setzte sich auf die Bettkante und schüttelte sich die langen blonden Haare aus dem Gesicht.

»Sollen wir sie jetzt öffnen«, neckte Alex, »oder sollen wir warten? Was denkst du, Raphaella?« Sie war jedoch bereits dabei, ihr Paket zu öffnen.

»O Mandy ...« Sie blickte mit Erstaunen auf das junge Mädchen. »Ich wußte gar nicht, daß du malen kannst.« Und das mit Gipsverbänden. Es war verblüffend. Dem Umfang nach zu schließen, war Alexanders Geschenk das Gegenstück zu ihrem, und gleich darauf sah sie, daß sie recht hatte. »Oh, wie sind die reizend. Mandy ... ich danke dir!» Die Freude stand ihr im Gesicht geschrieben, als sie das junge Mädchen umarmte. Alex saß nur da und starrte auf sein Geschenk. Mandy hatte sie unbemerkt skizziert und ihre Porträts in Wasserfarben getuscht. Die Zeichnungen waren verblüffend, sowohl in der Technik wie in der Aussage. Sie hatte sie gerahmt und hatte Alexanders Porträt Raphaella und Raphaellas Porträt ihrem Onkel überreicht. Es war das vollkommene Ebenbild Raphaellas, das ihm entgegensah. Und es stimmte nicht nur im Detail und in den Gesichtszügen, sondern auch im Wesen, das sie eingefangen hatte, die Wärme, Schwermut und Güte in den großen schwarzen Augen, die Sanftmut ihres Charakters, die Empfindsamkeit ihrer Seele. Man spürte genau, wie diese Frau dachte, atmete, sich bewegte. Ein ebenso gutes Abbild hatte sie von Alex eingefangen. Raphaella war schwieriger gewesen, weil sie weniger häufig um Mandy herum war, und Amanda hatte sich ihnen nicht aufdrängen wollen, da sie so wenig Zeit für sich alleine hatten.

Alex stand auf, küßte und umarmte sie herzlich. Danach saßen sie zu dritt auf dem Fußboden vor dem Kaminfeuer und unterhielten sich stundenlang. Sie sprachen über Menschen, über das Leben, über Träume und Enttäuschungen. Amanda redete offenherzig über die Qualen, die ihr von den Eltern zugefügt wurden. Alex nickte und versuchte zu erklären, wie Kay als junges Mädchen gewesen war. Sie sprachen über Charlotte und was es bedeutet hatte, sie als Mutter zu haben. Raphaella sprach über die Strenge ihres Vaters und gab zu, wie wenig sie für das Leben empfunden hatte, das ihr von der Mutter in Spanien aufgezwungen worden war. Zuletzt sprachen sie sogar über sie und Alex, erklärten Amanda offen, wie dankbar sie waren für alles, was immer sie miteinander haben konnten, in welch kurzen Zeiträumen auch immer. Es überraschte sie beide, daß sie es verstand, daß sie über Raphaellas Ehe nicht schockiert war, und Raphaella ihrerseits war überrascht, festzustellen, daß Amanda sie für so etwas wie eine Heldin hielt, bei John Henry bis zum Ende auszuharren.

»Aber es ist das, wozu ich verpflichtet bin. Er ist mein Mann, selbst wenn – selbst wenn sich alles verändert hat.«

»Mag sein, aber ich glaube nicht, daß es viele Frauen gibt, die das tun würden. Sie würden mit Alex fortgehen, nur weil er jung und hübsch ist und sie ihn liebten. Es muß hart sein, bei einem Mann wie deinem zu bleiben, Tag für Tag.« Es war das erste Mal, daß sie es offen diskutierten, und Raphaella mußte sich zwingen, nicht das Thema zu wechseln, sondern es mit diesen beiden Menschen, die sie liebte, anzuschneiden.

»Es ist hart.« Sie sagte es sehr leise und sehr traurig und dachte dabei an das zerstörte Gesicht ihres Mannes. »Sehr hart manchmal. Er ist so müde. Es ist, als sei ich die einzige Sache, die ihn noch am Leben hält. Manchmal bin ich mir nicht sicher, ob ich noch einen einzigen Schritt diese Bürde tragen kann. Was, wenn mir irgend etwas passiert, was, wenn ich mal nicht da bin, was, wenn ...?« Sie blickte stumm zu Alex, und er verstand. Langsam schüttelte sie den Kopf. »Ich denke, dann würde er sterben.«

Amanda sah in ihr Gesicht, als suche sie nach einer Antwort auf eine Frage, als versuche sie diese Frau zu verstehen, die sie inzwischen so bewunderte und liebte. »Aber was ist, wenn er stirbt, Raphaella? Vielleicht will er gar nicht mehr leben. Ist es richtig, ihn zu zwingen?« Es war eine Frage, so alt wie die Menschheit und keine, die man in einer einzigen Nacht beantworten konnte.

»Ich weiß es nicht, Liebes. Ich weiß nur, daß ich tun muß, was immer ich kann.«

Amanda sah sie in offener Bewunderung an, während Alex beide mit Stolz beobachtete. »Aber du tust auch so viel für uns.«

»Red keinen Unsinn.« Raphaellas Verwirrung war offensichtlich. »Ich tue gar nichts. Ich kreuze hier nur jeden Abend wie eine böse Fee auf, spähe über deine Schultern, frage, ob du den Abwasch gemacht hast« – sie blinzelte Alex zu –, »und befehle dir, dein Zimmer aufzuräumen.«

»Jawoll, Leute, das ist alles, was sie tut«, mischte Alex sich frotzelnd ein. »In Wahrheit tut sie nämlich keinen Handschlag, außer unsere Lebensmittel zu essen, in unseren Schlafzimmern herumzuhängen, das Haus einzurichten, uns gelegentlich zu füttern, das Kupfer zu putzen, die Akten, über denen ich schwitze, zu lesen, Amanda das Stricken beizubringen, den Garten zu jäten, uns Blumen zu bringen, uns Geschenke zu kaufen.« Bereit fortzufahren, sah er sie an.

»Es ist wirklich nicht sehr viel.« Raphaella war errötet, und er spielte mit einer Locke ihres jettschwarzen Haares.

»Nun, wenn das nichts ist, hübsche Lady, möchte ich dich nicht erleben, wenn du voll in Fahrt bist.« Sie küßten sich zärtlich, und Amanda schlich auf Zehenspitzen zur Tür.

Vom Eingang her lächelte sie ihnen zu. »Gute Nacht, ihr zwei.«

»He, wart eine Minute.« Alex streckte eine Hand aus und zog sie zurück. »Willst du deine Geschenke jetzt nicht auch auspacken?« Sie lachte als Antwort. Alex stand auf und zog Raphaella auf die Füße. »Vorwärts, ihr Vogelscheuchen, es ist Weihnachten.« Er wußte, daß Raphaella am nächsten Tag erst sehr spät bei ihnen sein konnte.

Die drei marschierten nach unten, lachten und schwatzten und stürzten sich mit heller Freude auf die mit ihren Namen versehenen Geschenke. Alex bekam einen prachtvollen irischen Sweater von seiner Mutter, einen Federsatz von Amanda, zusätzlich zu den Zeichnungen, die sie ihnen oben überreicht hatte, eine Flasche Wein von seinem Schwager, überhaupt nichts von seiner Schwester und eine Gucci-Aktenmappe von Raphaella, zusammen mit einer Krawatte und einem herrlich gebundenen alten Lederbuch, welches das Gedichtbuch war, von dem er ihr vor etwa einem Monat erzählt hatte.

»Mein Gott, Weib, du bist wahnsinnig!« Doch seine Vorwürfe wurden von Amandas Quietschern unterbrochen, als sie ihre Geschenke auspackte. Dann war Raphaella an der Reihe. Sie hatte eine kleine Flasche Parfüm von Amanda erhalten und ein hübsches Halstuch von Charlotte Brandon, was sie tief rührte. Alex überreichte ihr mit einem geheimnisvollen Lächeln und einem Kuß eine flache Schachtel. »Mach schon, öffne es!«

»Ich habe Angst davor.« Ihre Hände zitterten, als sie das Papier entfernte und auf die dunkelgrüne Samtschachtel starrte. Innen war ein cremeweißes Seidenfutter und auf ihm befestigt ein exquisiter schlichter, in Gold gefaßter Armreif mit schwarzen und elfenbeinfarbenen Onyxen. Voll Staunen entdeckte sie, daß daneben dazu passende Ohrringe und ein wundervoller Onyx- und Elfenbeinring lagen. Sie legte den ganzen Satz an und betrachtete sich im Spiegel. Es paßte alles vollkommen, sogar der schwarz-weiße Ring. »Alex, du bist derjenige, der wahnsinnig ist! Wie konntest du?« Aber die Schmuckstücke waren so entzückend, daß sie ihm für das kostspielige Geschenk schwerlich Vorwürfe machen konnte. »Liebling, ich bin überwältigt.« Sie küßte ihn lange und fest auf den Mund, während Amanda lächelnd die kleine Eisenbahn startete.

»Hast du dir die Innenseite des Ringes angesehen?« Sie schüttelte ihren Kopf und zog den Ring von ihrer rechten Hand. »Dort steht etwas.« Rasch hielt sie den Ring hoch und sah auf die Eingravierung des schmalen Goldbandes, mit dem er eingefaßt war. Mit Tränen in den Augen sah sie zu ihm auf. Es stand geschrieben: ›Eines Tages‹. Nur dies. Nur diese beiden Worte. Seine Augen senkten sich jetzt in die ihren, stumm und bedeutungsvoll. Es hieß, daß sie eines Tages zusammensein würden, für immer. Eines Tages würde sie ihm gehören, und er würde der Ihre sein.

Sie blieb bis drei Uhr morgens, eine Stunde nachdem Amanda endlich zu Bett gegangen war. Es war ein herrlicher Abend gewesen, ein wundervolles Christfest, und als Alex und Raphaella Seite an Seite auf dem Bett lagen, in das Feuer starrend, sah er sie an und flüsterte es wieder. »Eines Tages, Raphaella, eines Tages.« Das Echo seiner Worte klang noch in ihrem Kopf, als sie den letzten Häuserblock entlangging und durch die Gartentür verschwand.

19

»Also, Kinder, wenn mich mein hohes Alter nicht umbringt, wird es zweifellos meine eigene Gefräßigkeit tun. Ich muß für zehn gegessen haben.« Charlotte Brandon blickte mit dem Ausdruck glücklicher Erschöpfung um den Tisch, und die anderen sahen genauso aus. Sie hatten zum Abendessen einen Berg voll krosser Krabben verzehrt, Raphaella servierte Espresso in kleinen gold-weißen Tassen. Sie gehörten noch zu den wenigen Sachen, die Rachel vergessen hatte, als sie nach New York zog.

Raphaella und Alexanders Mutter tauschten ein Lächeln. Zwischen ihnen herrschte ein stilles Einvernehmen.

»Ich hasse es zu fragen, Mutter, doch was macht Kay?« Alex blickte leicht gespannt, als er sich erkundigte. Doch Charlotte blickte freimütig zunächst auf ihn, dann auf ihr einziges Enkelkind.

»Ich denke, sie ist noch immer sehr aufgebracht, daß Amanda hier draußen ist. Und ich glaube nicht, daß sie die Hoffnung aufgegeben hat, daß Amanda zurückkommen wird.« Als Charlotte die erschreckten Gesichter der drei bemerkte, beeilte sie sich, sie in dieser Hinsicht zu beruhigen. »Ich glaube nicht, daß sie etwas unternehmen wird, doch ich denke, sie merkt jetzt, was sie verloren hat.« Amanda hatte in den vier Wochen, seit sie New York verlassen hatte, nichts von ihrer Mutter gehört. »Und ich glaube wirklich nicht, daß sie Zeit hat, sich darum zu kümmern. Die Wahlkampagne läuft jetzt auf vollen Touren.« Alex nickte, einen Blick auf Raphaella werfend, die verkrampft lächelte.

»Blick nicht so nervös, hübsche Lady.« Er sprach besänftigend zu ihr. »Die böse Hexe aus dem Osten tut dir nicht weh.«

»O Alex.« Alle vier lachten, doch Raphaella war ihretwegen nie ganz sicher. Sie hatte das merkwürdige Gefühl, daß Kay alles, was sie vom Leben verlangte, bekam, wenn sie es darauf anlegte. Und falls es ihr Wunsch war, Alex von Raphaella zu trennen, würde sie vielleicht einen Weg finden, genau das zu tun. Deshalb mußten sie sicher sein, daß sie nichts über sie wußte, und führten ein völlig verborgenes Leben. Sie zeigten sich niemals in der Öffentlichkeit. Sie trafen sich nur in dem Haus. Außer Charlotte und Amanda gab es niemanden, der über sie Bescheid wußte.

»Meinst du, sie wird die Wahl gewinnen, Mutter?« Alex schaute forschend zu seiner Mutter, während er sich eine Zigarre ansteckte. Er rauchte selten und nur Havannas, wenn er sie bekommen konnte, lange, schmale, beißende, aromatische Wunder, die er von einem Freund erhielt, der hin und wieder in die Schweiz flog und die Zigarren bei einem anderen alten Freund kaufte.

»Nein, Alex, ich glaube nicht. Ich glaube, diesmal hat Kay sich in mehr verbissen, als sie kauen kann. Der Kampfgegner ist sehr viel stärker als sie. Aber bestimmt versucht sie es zu schaffen, mit einer Menge harter Arbeit und einer großen Zahl harter Wahlkampfreden. Sie kämpft auch um die Unterstützung jedes mächtigen Politikers, den sie auftreiben kann.«

Alex blickte seine Mutter hintergründig an. »Inklusive meines Ex-Schwiegervaters?«

»Selbstverständlich.«

»Gott segne sie. Sie ist unglaublich. Sie hat mehr gottverdammte Nerven als sonstwer, den ich kenne.« Er wandte sich an Raphaella. »Er ist ein mächtiger Mann in der Politik, und er ist einer der Gründe, warum Kay sich so geärgert hat, als ich von Rachel geschieden wurde. Sie hatte Angst, der alte Mann würde ausflippen. Und er tat es.« Er grinste belustigt zu Raphaella. »Bestimmt tat er es über die Maßen.« Dann sah er seine Mutter wieder an. »Sieht sie Rachel noch?«

»Höchstwahrscheinlich.« Charlotte seufzte. Ihre Tochter würde vor nichts haltmachen, um zu bekommen, was sie wollte. Sie hatte es nie getan.

Alex wandte sich wieder an Raphaella und nahm ihre Hand in die seine. »Schau, aus was für einer interessanten Familie ich komme. Und du denkst, dein Vater sei eigenartig. Du solltest nur einige meiner Vettern und Onkel kennen. Jesses, mindestens die Hälfte von ihnen ist verrückt.«

Selbst Charlotte lachte erheitert. Amanda schlüpfte in die Küche und fing an aufzuräumen. Alex bemerkte es einen Augenblick später und hob eine Augenbraue in Raphaellas Richtung. »Ist irgend etwas?«

Sie flüsterte: »Ich glaube, es regt sie auf, wenn wir über ihre Mutter sprechen. Es ruft ein paar schwere Erinnerungen zurück.« Charlotte Brandon blickte einen Augenblick verwirrt. Dann teilte sie ihnen beiden die Neuigkeiten mit. »Es widerstrebt mir, es euch beizubringen, Kinder, aber Kay sagte, sie würde versuchen, gegen Ende der Woche hierzusein. Sie wollte Amanda um Weihnachten herum sehen.«

»Oh, Mist.« Alex ließ sich mit einem Stöhnen in seinem Stuhl zurückfallen. »Warum jetzt? Was, zum Teufel, will sie?«

Seine Mutter sah ihn stumpf an. »Amanda. Was denkst du sonst? Sie denkt, es schadet ihr politisch, Amanda hier draußen zu haben. Sie fürchtet, die Leute könnten denken, da wär' ein Geheimnis, das Mädchen sei womöglich schwanger oder mache eine Drogenentziehungskur.«

»Oh, Herrgott noch mal.« Als er es sagte, verschwand Raphaella in die Küche, um mit Mandy zu plaudern. Sie konnte sehen, daß das Kind durch die Unterhaltung aufgewühlt war, legte ihr schließlich einen Arm um die Schultern und entschied, es ihr mitzuteilen, so daß sie gleichfalls darauf vorbereitet war.

»Amanda, deine Mutter kommt hierher.«

»Was?« Das Mädchen riß die Augen auf. »Warum? Sie kann mich nicht mit zurücknehmen. Ich will nicht weg ... ich will ... sie kann nicht ...« Ihre Augen füllten sich mit Tränen, und sie klammerte sich an Raphaella.

»Du brauchst nirgendwohin zu gehen, aber du solltest sie sehen.«

»Ich will es nicht.«

»Sie ist deine Mutter.«

»Nein, sie ist es nicht.« Raphaella sah entsetzt, wie kalt Amandas Augen wurden.

»Amanda!«

»Ich meine es so. Ein Baby zur Welt bringen macht aus einer Frau noch keine Mutter. Das Kind lieben und umsorgen und bei ihm sitzen, wenn es krank ist, es glücklich machen und sein Freund sein, das ist es, was eine Frau zur Mutter macht. Nicht

Stimmen sammeln und Wahlen gewinnen. Herrgott, du bist mehr meine Mutter, als sie es jemals war.« Raphaella war gerührt, doch sie wünschte nicht, sich zwischen sie zu stellen. Sie konnte nicht mehr als ein unsichtbarer Teilhaber in ihrer beider Leben sein, sowohl in ihrem als in Alexanders. Sie hatte kein Recht, den Platz von Kay einzunehmen.

»Vielleicht bist du nicht ganz fair zu ihr, Amanda.«

»Nein? Hast du eine Ahnung, wie oft ich sie sehe? Weißt du, wann ich sie sehe, Raphaella? Wenn einige Zeitungen Aufnahmen von ihr zu Hause machen wollen, wenn sie zu irgend welchen gottverfluchten Jugendgruppen geht und mich als Stütze braucht, wenn ich ihr helfe, irgendwo guten Eindruck zu machen, dann sehe ich sie.« Und dann die letzte Verdammung. »Hat sie mich hier angerufen?«

Doch Raphaella wußte es besser. »Hättest du gewünscht, daß sie es tut?«

Amanda war ehrlich. »Nein, hätt' ich nicht.«

»Vielleicht hat sie das gefühlt.«

»Nur wenn es ihren Zwecken dient.« Und dann, mit einem Kopfschütteln, wandte sie sich ab, plötzlich nicht mehr eine ansprechbare, zornige junge Frau, sondern wieder ein Kind. »Du verstehst das nicht.«

»Doch, das tue ich.« Mehr, als sie Amanda zugeben wollte. »Ich bin überzeugt, sie ist keine einfache Frau, Liebes, aber –«

»Das ist es nicht.« Amanda drehte ihr das Gesicht zu, mit Tränen in den Augen. »Es ist nicht, daß sie schwierig ist. Es ist, daß sie sich keinen Pfifferling aus mir macht. Sie hat es nie getan.«

»Du weißt das nicht.« Raphaellas Stimme war weich. »Du wirst niemals wissen, was in ihrem Kopf vorgeht. Sie mag eine Menge mehr empfinden, als du denkst.«

»Das glaube ich nicht.« Die Augen des jungen Mädchens waren freudlos, und Raphaella teilte ihren Schmerz. Sie ging auf sie zu und umarmte sie fest für einen langen Augenblick.

»Ich habe dich lieb, Schätzchen. Und Alex und deine Großmama genauso. Du hast uns alle.«

Amanda nickte, kämpfte die Tränen zurück. »Ich wünsch' mir, sie käme nicht.«

»Warum? Sie kann dir nicht weh tun. Du bist hier vollkommen sicher.«

»Das bedeutet nichts. Sie macht mir angst. Sie wird versuchen, mich wegzuholen.«

»Nicht, wenn du nicht mitgehen willst. Du bist zu alt, um gezwungen zu werden, irgenwohin zu gehen. Und nebenbei, Alex würde es nicht zulassen.«

Amanda nickte traurig, doch als sie allein in ihrem Schlafzimmer lag, schluchzte sie zwei Stunden lang. Die Aussicht, ihre Mutter wiederzusehen, erfüllte sie mit Furcht.

Nachdem Alex am nächsten Morgen in die Praxis gefahren war, saß sie am Fenster und starrte voller Trauer hinaus auf den Nebel, der über der Bucht hing. Er wirkte wie ein Omen auf nahende schreckliche Dinge. Plötzlich wußte sie, daß sie etwas zu tun hatte, bevor ihre Mutter kam.

Es kostete sie eine halbe Stunde, ihre Mutter ausfindig zu machen. »Welchem Umstand verdanke ich diese Ehre, Amanda? Seit einem Monat habe ich nichts von dir gehört.«

Sie erinnerte ihre Mutter nicht daran, daß auch sie weder angerufen noch geschrieben hatte. »Großmama sagte, du kämst her.«

»Das ist richtig.«

»Warum?« Amandas Stimme zitterte. »Ich meine –«

»Was, präzise, meinst du, Amanda?« Kays Stimme war wie Eis. »Ist da irgendein Grund, warum du nicht wünschst, daß ich dorthin komme?«

»Es ist nicht nötig. Hier ist alles prima.«

»Gut. Es wird mich freuen, das festzustellen.«

»Warum? Verdammt, warum?« Ohne es zu wollen, begann Amanda zu weinen. »Ich will nicht, daß du hierherkommst.«

»Wie rührend, Amanda. Es ist nett, zu wissen, wie begeistert du bist.«

»Das ist es nicht, es ist nur –«

»Was?«

»Ich weiß nicht.« Amandas Stimme war kaum mehr als ein Flüstern. »Es wird mich nur an New York erinnern.« An ihre Einsamkeit dort, an den Erntedankfesttag, den sie allein verbrachte ... und an dem sie vergewaltigt wurde.

»Sei nicht kindisch. Ich ersuche dich nicht herzukommen. Ich komme, um dich dort draußen zu besuchen. Warum sollte dich das an New York erinnern?«

»Ich weiß es nicht. Aber es wird mich daran erinnern.«

»Das ist Unsinn. Und ich will selber sehen, wie es dir geht. Dein Onkel ist kaum aus sich herausgegangen, als ich mich nach dir erkundigte.«

»Er arbeitet.«

»Oh, wirklich? Seit wann?« Ihre Stimme schwang voller Verachtung. Amanda wurde bei ihren Worten auf der Stelle zornig.

»Er hat immer gearbeitet.«

»Nicht, seitdem er Rachel verloren hat, Liebling, nicht Alex. Was hat er denn Wichtiges zu tun?«

»Sei nicht biestig, Mutter.«

»Halt den Mund, Amanda. So darfst du nicht mit mir sprechen. Wie sich herausstellt, bist du deinem Onkel gegenüber so blind, daß du seine Mängel nicht bemerken würdest. Kein Wunder, daß er dich um sich haben möchte. Was hätte er schließlich auch sonst zu tun! Rachel sagte mir, er sei in sich selbst verschossen, er hat keine Freunde. Außer jetzt natürlich, da er dich hat.«

»Wie widerlich, das zu sagen.« Wie immer, wenn sie sich ihrer Mutter konfrontiert sah, begann sie vor Wut zu kochen. »Er hat eine verdammt gute Anwaltspraxis, er arbeitet sehr hart, und er hat eine Menge Dinge in seinem Leben.«

»Und woher willst du das wissen, Amanda?« Aus ihren Worten klang eine Unterstellung, die Amanda den Atem stocken ließ.

»Mutter!« Sie hörte sich sehr jung und schockiert an.

»Nun?« Kay preßte den Finger auf die tödliche Wunde. »Es ist wahr, nicht wahr? Kommst du mit mir zurück, wird er wieder alleine sein. Kein Wunder, daß er so fest an dir hängt.«

»Du machst mich krank. Zufällig ist er mit einer einzigartig wundervollen Frau verbunden, die zehnmal mehr wert ist als du und die eine bessere Mutter für mich ist, als du es jemals warst oder jemals sein wirst.«

»Tatsächlich?« Kay begann neugierig zu klingen, und plötzlich raste Mandys Herz. Sie wußte, sie hätte es ihr nicht erzählen dürfen, aber sie konnte sich gegen die Unterstellung ihrer Mutter nicht anders wehren. Es war einfach zuviel gewesen. »Und wer ist sie?«

»Das geht dich nichts an.«

»Ach, denkst du? Ich fürchte, da kann ich dir nicht zustimmen, meine Liebe. Lebt sie mit euch beiden zusammen?«

»Nein.« Amanda hörte sich nervös an. »Nein, tut sie nicht.« O Gott, was hatte sie getan? Instinktiv fühlte sie, daß sie etwas Schreckliches angerichtet hatte, es ihrer Mutter zu erzählen, und sie fürchtete plötzlich um Raphaella und Alex genausosehr wie um sich selbst. »Es ist unwichtig. Ich hätte nichts sagen sollen.«

»Warum nicht? Ist es ein Geheimnis?«

»Nein, natürlich nicht. Um Gottes willen, Mutter, frag Alex. Quetsch mich nicht aus.«

»Das werde ich. Natürlich kümmere ich mich selbst darum, wenn ich dort bin.«

Und das tat sie.

Am folgenden Abend, um neun Uhr dreißig, ohne Vorwarnung, läutete die Türglocke. Alex konnte sich nicht vorstellen, wer es so spät am Abend sein könnte. Raphaella war in der Küche und schwatzte bei Tee und Plätzchen mit Amanda und seiner Mutter. Sie waren in keiner Weise auf die Erscheinung vorbereitet, die einen Moment später durch die Tür trat. Kay sah ihnen mit sichtlichem Interesse entgegen, ihr rotes Haar frisch frisiert, in einer dunkelgrauen Mohairjacke zum passenden Rock. Es war die perfekte Ausrüstung für eine Politikerin. Es wirkte seriös und gab ihr gleichzeitig ein sachkundiges und feminines Aussehen. Aber es waren ihre Augen, die Raphaella irritierten, als sie ihr gegenüberstand.

»Guten Abend, Mrs. Brandon. Wie geht es dir?« Kay begrüßte ihre Mutter kurz mit einem Schmatz auf die Wange, bevor sie die dargebotene Hand Raphaellas ergriff und sie kräftig schüttelte. Das vollkommen geschnittene, kameengleiche Antlitz war ihr irgendwie vertraut. Dennoch war es kein Gesicht, dem sie zuvor begegnet war, zumindest nahm sie das an. Hatte sie sie irgendwo schon mal gesehen? Es beschäftigte sie, als sie zu ihrer Tochter ging. Amanda war ihr nicht entgegengekommen. Sie hatte nicht das Herz gehabt, es irgend jemandem zuzugeben, daß sie ihre

Mutter am Tag zuvor angerufen und Raphaellas Geheimnis verraten hatte.

»Amanda?« Kay sah ihre Tochter fragend an, als ob sie darauf warte, von Amanda begrüßt zu werden.

»Hallo, Mutter.« Widerwillig zwang sie sich, sich ihr zu nähern, und stand dann unbehaglich und unglücklich blickend nur einen Fuß von ihr entfernt.

»Du siehst sehr gut aus.« Sie gab ihr einen oberflächlichen Kuß auf die Stirn und blickte über ihre Schulter. Es war augenfällig, daß ihr Interesse an Raphaella größer war als an irgend jemand anderem der Anwesenden. Um Raphaella war ein Fluidum von Vornehmheit und Eleganz, das Alexanders ältere Schwester überaus interessierte.

»Möchtest du Kaffee?« Alex schenkte ihr eine Tasse ein, und Raphaella zwang sich, sich nicht zu rühren. Sie hatte sich zunehmend daran gewöhnt, im vergangenen Monat die Dame des Hauses zu spielen, so daß sie sich jetzt ermahnen mußte, nicht etwas zu tun, was sie verraten könnte. Wie jeder andere Gast saß sie gelassen am Tisch.

Die Unterhaltung zog sich fade für eine halbe Stunde hin. Schließlich entschuldigte Raphaella sich und ging mit der Erklärung, daß es spät geworden sei. Es war kurz nach zehn. Sowie sich die Tür hinter ihr geschlossen hatte, fielen Kays verengte Augen auf ihren Bruder, und sie zeigte ein dünnes kleines Lächeln.

»Sehr interessant, Alex. Wer ist sie?«

»Eine Freundin. Ich stellte sie dir vor.« Er schaute bewußt gleichgültig und sah nicht, wie Amanda errötete.

»Nicht richtig. Alles, was du mir nanntest, war ihr Vorname. Wie ist ihr Nachname? Ist sie jemand Bedeutendes?«

»Warum? Wirbst du hier draußen um Wahlkampfgelder? Sie übt in diesem Land kein Stimmrecht aus. Heb dir also deine Energien für andere auf.« Seine Mutter blickte amüsiert und hüstelte über ihrer Teetasse.

»Irgendwas sagt mir, daß mit ihr etwas nicht koscher ist.« Schon die Art, wie sie es sagte, ärgerte Alex. Er fühlte sich auch unbehaglich, weil er Raphaella nicht zu ihrem Haus begleitet hatte, doch er stimmte mit Raphaella überein, vor seiner Schwester keine große Schau wegen ihrer Beziehung abzuziehen. Je weniger sie wußte, desto besser für sie alle.

»Es ist Blödsinn, so etwas zu sagen, Kay.«

»Ist es das?« Mein Gott, sie war noch keine Stunde im Haus und trieb ihn bereits auf die Palme. Er versuchte, es sich nicht anmerken zu lassen, doch er tat es. »Also, was ist das für ein großes Geheimnis um sie? Wie ist ihr Name?«

»Phillips. Ihr Ex-Ehemann war Amerikaner.«

»Sie ist geschieden?«

»Ja«, log er. »Sonst noch etwas, was du wissen möchtest? Ihr Vorstrafenregister, Berufszeugnisse, Examenabschlüsse?«

»Hat sie irgendwelche?«

»Ist das wichtig?« Als ihre Augen sich trafen, wußten sie, daß sie noch im Kriegszustand waren. Was Kay dabei wunderte, war das Warum. Der Zweck ihrer Reise und ihr angebliches Interesse für ihre Tochter waren vergessen, als sie über die interessante Freundin ihres Bruders Informationen herauszulocken versuchte. »Und noch wichtiger, Kay: Geht es dich irgend etwas an?«

»Ich denke doch. Wenn sie hier um meine Tochter herumturtelt, würde ich gern wissen, wer und was sie ist.« Die perfekte Entschuldigung. Die Tugenden der Mutterschaft. Alex grinste höhnisch.

»Du änderst dich nie, nicht wahr, Kay?«

»Du ebensowenig.« Es war beiderseits nicht als Kompliment gedacht. »Sie wirkte hohl auf mich.« Er kämpfte mit sich, nicht zu reagieren. »Ist sie berufstätig?«

»Nein.« Aber er hätte sich augenblicklich für die Antwort ohrfeigen können. Was ging es sie an, verflucht? Es ging sie nichts an, und sie hatte kein Recht zu fragen.

»Ich nehme an, du hältst das für schrecklich weiblich. Nicht zu arbeiten, meine ich.«

»Ich denke darüber weder so noch so. Es ist ihre Sache. Nicht meine. Oder deine.« Und damit erhob er sich mit seiner Kaffeetasse und blickte entschlossen auf die drei Frauen im Raum. »Ich nehme an, daß du gekommen bist, um deine Tochter zu besuchen, Kay, also werde ich dich jetzt, so leid es mir tut, mit deinem

Kind allein lassen. Mutter, möchtest du mit deiner Teetasse nach oben kommen?« Charlotte Brandon nickte ruhig, sah fragend auf ihre Tochter, dann auf ihr Enkelkind und folgte dem Sohn aus dem Raum. Kaum waren sie oben, sah sie, wie er sich wieder entspannte. »Mein Gott, Mutter, was, zum Kuckuck, glaubt sie mit dieser Inquisition über sie zu erreichen?«

»Ärgere dich nicht darüber. Sie will dich nur aushorchen.«

»Himmel, sie ist unerträglich.« Charlotte Brandon gab keine Antwort darauf, doch sie war sichtlich erregt.

»Ich hoffe, sie ist nicht zu hart zu Mandy. Sie kam mir schrecklich aufgeregt vor, als Kay auf der Bildfläche erschien.«

»Waren wir's nicht alle?« Mit einem zerstreuten Blick starrte er ins Feuer. Er dachte an Raphaella und wünschte, sie wäre nicht gegangen.

Es war eine ganze Stunde später, als Amanda an die Tür der Junggesellenklause ihres Onkels klopfte. Ihre Augen waren trübe, und sie wirkte erschöpft, als sie sich schwer in einen Sessel fallen ließ.

»Wie ist's gegangen, Herzchen?« Er tätschelte ihre Hand, und ihre Augen füllten sich mit Tränen.

»So wie es immer mit ihr geht. Beschissen.« Und dann, nach einem weiteren verzweifelten Seufzer: »Sie ist gerade gegangen. Sie sagte, sie würde uns morgen anrufen.«

»Ich kann's kaum erwarten.« Alex sah bekümmert aus und fuhr seiner Nichte über das Haar. »Laß dich von ihr nicht unterkriegen, Liebes. Du weißt, wie sie ist, und da ist nicht das geringste, was sie dir hier tun kann.«

»Ach, nein?« Amanda blickte plötzlich zornig. »Sie hat mir gesagt, falls ich Anfang März nicht nach Hause komme, wird sie mich in so was wie eine Anstalt geben und behaupten, ich sei nicht bei Verstand und sei ausgerissen.«

»Was ist los im März?« Alex sah beunruhigt aus, aber nicht so stark, wie er nach Ansicht seiner Nichte hätte sein sollen.

»Danach startet sie zu einer Wahlkampftour rund um die Universitäten. Sie will, daß ich mitkomme. Sie meint, wenn sie denken, daß sie mit einem siebzehnjährigen Mädchen verwandt ist, könnte sie auch mit ihnen verwandt sein. Die sollten nur wissen!

Jesses, da wäre ich lieber in einer Anstalt eingesperrt.« Aber als sie sich an Alex wandte, hatte sie wieder die Augen einer Zehnjährigen. »Glaubst du wirklich, sie würde das tun, Alex?«

»Natürlich nicht.« Er lächelte seine Nichte an. »Was glaubst du, wie sich das in den Zeitungen ausnehmen würde? Es sieht viel besser aus, dich hier draußen zu haben.«

»Daran habe ich nicht gedacht.«

»Das ist das, womit sie rechnet. Sie versucht nur, dich einzuschüchtern.«

»Nun, das ist ihr gelungen.« Sie überlegte, ob sie Alex erzählen sollte, was sie ihrer Mutter am Telefon über Raphaella gesagt hatte, doch aus irgendeinem Grund konnte sie es nicht über sich bringen, das Thema anzuschneiden. Vielleicht war die Tatsache, daß sie Raphaella ihrer Mutter zwischen die Zähne geworfen hatte, letztlich nicht ganz so schlimm.

Am nächsten Morgen um fünf Uhr erwachte Kay in ihrem Bett im Fairmont Hotel. Nach östlicher Zeit war es acht Uhr morgens, und sie wachte wie immer zu gewohnter Zeit auf. Sie lag ruhig da, dachte an Amanda und ihren Bruder und an Raphaella ... die dunklen Augen ... das schwarze Haar ... dieses Gesicht. Und plötzlich, als hätte jemand ihr ein Foto vorgehalten, erinnerte sie sich an das Gesicht, das sie am Abend zuvor gesehen hatte. »Mein Gott«, sagte sie laut und setzte sich abrupt auf, starrte auf die ferne Wand und legte sich wieder hin, ihre Augen schmal. Konnte es ... konnte es nicht ... aber es konnte. Ihr Gatte war gekommen, um zu einigen Sonderkongreßmitgliedern zu sprechen. Das war vor Jahren gewesen, und er war damals schon ein sehr alter Mann, aber einer der respektiertesten Finanziers des Landes, und sie erinnerte sich jetzt deutlich, daß er San Francisco zu seinem Heimatsitz machte. Sie hatte nur kurz mit ihm gesprochen und war seiner auffallend schönen jungen Frau nur flüchtig vorgestellt worden. Sie war damals kaum mehr als eine kindliche Braut, und Kay war selbst noch ziemlich jung gewesen. Sie war nicht sonderlich beeindruckt von der dunkelhaarigen jungen Schönheit, doch sie war überwältigt von der kraftvollen Persönlichkeit des Mannes. John Henry Phillips ... Phillips ... Raphaella Phillips, hatte Alex ihr gesagt ... ihr Ex-Ehemann, hatte er gesagt. Und falls es der Fall war, war das Mädchen vermutlich eine Stange wert. Sofern sie von John Henry Phillips geschieden war, konnte sie Millionen wert sein. Konnte sie das? War sie von ihm geschieden? Kay sah sich plötzlich stutzen. Sie hatte nichts über eine Scheidung gehört. Dann wartete sie eine Stunde und rief ihre Sekretärin in Washington an.

Es würde ein leichtes sein, die Auskunft zu erhalten, kalkulierte sie. Und sie hatte recht. Ihre Sekretärin rief sie eine halbe Stunde später zurück. Soweit bekannt – und sie hatte mit mehreren Leuten gesprochen, die darüber informiert sein mußten –, lebte John Henry Phillips noch und war niemals geschieden worden. Er war etliche Jahre Witwer und jetzt mit einer Französin verheiratet, namens Raphaella, Tochter eines bedeutenden französischen Bankiers namens Antoine de Mornay-Malle. Sie wurde für Anfang Dreißig gehalten. Das Paar lebte völlig zurückgezogen an der Westküste. Mr. Phillips war seit mehreren Jahren sehr krank. War sehr krank, echote Kay, als sie den Hörer in ihrem verdunkelten Hotelzimmer in San Francisco auflegte.

20

»Bist du total von Verstand, du hirnverbrannter Esel?« Kurz nachdem er selber eingetroffen war, kam Kay in sein Büro gefegt.

»Ei, ei, was sind wir heute morgen charmant.« Er war nicht in Stimmung für seine Schwester und speziell nicht für die Vorstellung, die sie ihm lieferte. »Darf ich fragen, worauf du dich beziehst?«

»Auf die verheiratete Frau, mit der du liiert bist, Alex. Das ist es, worauf ich mich beziehe.«

»Ich würde sagen, du stellst da zwei kühne Behauptungen auf. Glaubst du nicht?« Er wirkte kühl, doch ärgerlich, wie er da saß und beobachtete, wie sie durch den Raum stürmte und schließlich stehenblieb, um ihn über den Schreibtisch hinweg anzusehen.

»Ist das richtig? Willst du mir erzählen, es sei nicht Mrs. John

Phillips gewesen, die ich gestern abend traf? Und daß du nicht mit ihr liiert bist?«

»Ich habe dir, verdammt noch eins, überhaupt nichts zu sagen.« Aber er war überrascht von der Genauigkeit der Auskunft seiner Schwester.

»Und du hast ihrem Gatten auch nichts zu sagen?«

»Ihr Gatte und sie und ich sind nicht deine gottverfluchte Angelegenheit, Kay. Die einzige Sache hier draußen, die dich etwas anzugehen hat, ist deine Tochter, und das wär's!« Er erhob sich und stand ihr jetzt gegenüber. Aber er wußte, daß sie eine Rechnung zu begleichen hatte. Sie hatte ihre Tochter an ihn verloren, wahrscheinlich für immer, und er hatte gedroht, ihre Mängel publik zu machen. Das war nicht dazu angetan, nun ihre Freundschaft zu gewinnen. Doch es scherte ihn keinen Sechser. Er wollte ihre Freundschaft nicht. Aber er wollte wissen, was sie über Raphaella wußte und wie sie es herausgefunden hatte.

»Woher beziehst du dies alles?«

»Ich beziehe mich auf die Tatsache, daß meine Tochter mir erzählte, daß da eine Frau in deinem Leben ist, die ›zehnmal soviel wert ist wie ich‹, wie sie es nennt, und ich herausfand, daß sie die Frau eines anderen Mannes ist. Ich habe ein Recht zu erfahren, wer mit meiner Tochter umgeht, Alex. Ich bin ihre Mutter, egal, was du von mir denkst. Und George ist auch nicht damit einverstanden, daß du sie hier für immer behältst, insbesondere mit deiner gegenwärtigen kleinen Affäre. Sie ist auch seine Tochter.«

»Ich bin überrascht, zu hören, daß er sich daran erinnert.«

»Oh, hör auf, um Himmels willen. Du und deine Barmherziger-Samariter-Kommentare. Es ist leicht für dich, daherzukommen und die Scherben aufzusammeln. Du hast dich nicht siebzehn Jahre lang um sie zu kümmern brauchen.«

»Du auch nicht.«

»Quatsch. Der Punkt ist, Alex, wen du hier exakt mit ihr verkehren läßt. Das war etwas, was ich wissen wollte, als ich herkam.«

»Und du fandest Mrs. Phillips unangemessen?« Er hätte seiner Schwester fast ins Gesicht gelacht.

»Das ist auch nicht der Punkt. Der Punkt, mein Lieber, ist, daß du mit der Frau eines der einflußreichsten Männer dieses Landes zusammenzuhausen scheinst. Falls man das herausfindet, bin ich politisch tot. Nicht, weil ich irgendwas getan habe, sondern weil ich mit dir und deinem lausigen Skandal in Verbindung stehe. Ich habe nicht die Absicht, mich von dir wegen einer lausigen Eselei politisch ruinieren zu lassen.«

Was sie gerade gesagt hatte, war zuviel für Alex. Ohne nachzudenken, beugte er sich über den Schreibtisch und packte ihren Arm. »Nun hör her, du lausige politische Schlampe. Jene Frau ist nicht zehnmal, sondern zehntausendmal mehr wert als du. Sie ist eine Dame vom Scheitel bis zu Sohle, und meine Beziehung zu ihr geht dich gottsverdammt nichts an. Was dein Kind betrifft, so ist sie wundervoll zu ihr, und was mich betrifft, so werde ich das tun, was mir gefällt. Ich gebc keinen Heller auf deine politische Karriere und habe es nie getan. Dir hätte es natürlich höllisch in den Kram gepaßt, wenn ich mit Rachel verheiratet geblieben wäre und dir was Gutes getan hätte. Nun, Pustekuchen, große Schwester, Pustekuchen. Ich bin nicht mit ihr verheiratet geblieben, und ich gehe nie zu ihr zurück, denn sie ist fast so eine große Hure wie du, meine Liebe. Aber die Frau, mit der ich gegenwärtig verbunden bin, ist ein außergewöhnliches Menschenwesen, deren Los es ist, mit einem bettlägerigen alten Mann, der verdammt nah an die Achtzig ist, verheiratet zu sein. Jeden Tag kann er sterben, und ich heirate die Frau, die du gestern abend getroffen hast, und falls dir das nicht paßt, altes Mädchen, kannst du verdammt gerne verschwinden.«

»Wie anbetungswürdig, Alex, und wie geschliffen.« Sie versuchte, ihren Arm freizuschrauben, doch er ließ sie nicht gehen. Er verstärkte nur seinen Griff, und seine Augen verhärteten sich noch mehr. »Tatsache ist, mein Lieber, daß der alte Knabe noch nicht tot ist, und wenn jemand herausfindet, was du treibst, gibt es den größten Skandal im Land.«

»Das bezweifle ich. Und ich gebe wirklich keinen Furz darauf, Kay, ausgenommen für Raphaella.«

»Dann solltest du lieber beginnen nachzudenken.« Ihre Augen glitzerten ihn bösartig an. »Weil ich die Sache sonst selbst in die Hand nehmen könnte.«

»Und politischen Selbstmord begehst?« Er lachte ihr bitter ins Gesicht und ließ ihren Arm los. »Darüber mach' ich mir keine Sorgen.«

»Vielleicht solltest du es, Alex. Vielleicht erzähle ich es dem alten Mann selbst.«

»Du könntest nicht an ihn herankommen.«

»Sei dir nicht so sicher. Falls ich es will, komme ich an ihn heran. Oder an sie.« Da stand sie, ihrem Bruder die Stirn bietend, und er mußte an sich halten, ihr nicht ins Gesicht zu schlagen.

»Verlasse mein Büro.«

»Mit Vergnügen.« Sie ging zur Tür. »Aber wäre ich du, würde ich zweimal überlegen, was ich tue. Du spielst ein großes Spiel mit hohen Einsätzen, aber diesmal wirst du nicht gewinnen, Alex, nicht, wenn es mich den Arsch kosten könnte. Ich habe zu viel in diese nächste Wahl investiert, um dich wegen einer kleinen französischen Nutte mit Dynamit spielen zu lassen.«

»Raus aus meinem Büro!« Diesmal brüllte er sie an, und sie wich zurück, als er wieder ihren Arm packte, sie fast zur Tür schleifte und diese aufriß. »Und bleib draußen, bleib uns allen vom Hals, verflucht! Du bist nicht besser als Dreck!«

»Adieu, Alex.« Sie stand im Eingang und sah ihm unzweideutig in die Augen. »Denk daran, was ich dir sagte. Ich komme an ihn ran, wenn es sein muß. Denk daran.«

»Raus!« Diesmal hatte er seine Stimme gesenkt, sie drehte sich auf dem Absatz um und ging. Und er fühlte, daß er heftig zitterte, als er sich an seinen Schreibtisch setzte. Das erste Mal in seinem Leben hatte er wahrhaftig gewünscht, jemanden umzubringen. Er hätte sie für jedes lausige Wort, das sie sagte, erwürgen mögen. Es machte ihn krank, daran zu denken, daß sie seine Schwester war. Und als er da saß, begann er sich wegen Amanda zu sorgen, dachte, daß Kay vielleicht versuchen würde, sie gewaltsam zu zwingen, mit ihr nach New York zurückzukehren. Nach einer halben Stunde intensiven Nachdenkens teilte er seiner Sekretärin mit, er würde den Tag über fortbleiben. Und gerade als er seine Praxis verließ, nahm Raphaella in ihrem Haus den Telefonhörer ab. Es war Alexanders Schwester. Raphaella runzelte die Stirn, als sie das Gespräch entgegennahm.

»Nein, nichts ist passiert. Ich dachte, wir könnten uns eventuell auf einen Kaffee treffen. Könnte ich vielleicht auf meinem Weg zu Mandy kurz bei Ihnen hereinschauen –?« Raphaella erbleichte.

»Ich fürchte nein, mein –« Beinahe hätte sie gesagt, ihr Mann sei krank. »Meine Mutter fühlt sich nicht wohl. Sie ist jetzt gerade bei mir.« Und woher hatte sie die Nummer bekommen? Von Alex? Von Mandy?

Von Charlotte? Die Falte auf Raphaellas Stirn vertiefte sich.

»Ach so. Könnten wir uns dann irgendwo treffen?«

Raphaella schlug die Bar im Fairmont vor und traf Kay dort kurz vor dem Lunch. Ohne lange zu fackeln, kam Kay gleich zur Sache.

»Ich wünsche, daß Sie aufhören, meinen Bruder zu sehen, Mrs. Phillips.«

Raphaella saß wie betäubt auf ihrem Stuhl, betroffen von der nackten Unverfrorenheit der Frau. »Darf ich fragen, warum?«

»Müssen Sie das wirklich noch? Sie sind verheiratet, du meine Güte, und mit einem sehr bedeutenden Mann. Würde Ihre Verbindung mit Alex bekannt, wäre es für alle von uns ein Skandal, oder nicht?« Es war Raphaellas erste Kostprobe mit dem wahrhaft Bösen in den Augen der Frau. Sie war bis zum Grund ihrer Seele voller Haß.

»Ich denke mir, es wäre zunächst ein Skandal für Sie. Das ist es, nicht wahr?« Sie sprach höflich und mit einem feinen Lächeln.

Kay lächelte ebenfalls, als sie antwortete. »Ich würde meinen, der größte Skandal wäre es für Sie. Ich kann mir nicht vorstellen, daß Ihr Gatte oder Ihre Familie in Europa über die Berichte schrecklich froh wären.«

Raphaella versuchte sich zu fangen, als die Getränke erschienen und der Kellner wieder verschwand. »Nein, das wäre mir nicht angenehm, Mrs. Willard.« Ihre Augen suchten jetzt Kays so, wie eine Frau die andere zu erreichen versucht. »Ich bin in diese Situation nicht leicht hineingeraten. Ich wollte mich nicht mit Alex verbinden, sowohl um seinet- als um meinetwillen. Es ist sehr wenig, was ich ihm geben kann. Mein Leben gehört vollständig meinem Mann, und er ist sehr krank.« Als sie sprach, war ihre Stimme, waren ihre Augen voller Trauer. »Aber ich liebe Ihren Bruder. Ich liebe ihn sehr. Ich liebe auch meinen Mann, aber –« Sie seufzte und sah unendlich europäisch und schöner denn je aus, stark und gleichsam sehr zerbrechlich. Kay haßte alles an ihr. Denn sie war alles, was Kay niemals sein würde. »Ich kann nicht erklären, was mit Alex geschah oder warum es geschah. Es ist eben geschehen. Und wir versuchen, so gut es geht damit umzugehen. Ich kann Ihnen versichern, Mrs. Willard, daß wir über alle Maßen diskret sind. Niemand wird es je erfahren.«

»Das ist Unsinn. Meine Mutter weiß es. Mandy weiß es. Andere Leute wissen es oder werden es herausfinden. Sie können das nicht kontrollieren. Und Sie spielen nicht mit Feuer. Sie spielen mit der Atombombe. Wenigstens soweit es mich betrifft.«

»Sie erwarten also von uns, es zu beenden?« Raphaella blickte müde und gequält. Was war sie für eine furchtbare, selbstsüchtige Frau. Amanda hatte recht. Sie dachte nur an sich.

»Ja, das tue ich. Und falls er nicht stark genug ist, dann seien Sie es. Nicht nur meinetwegen, sondern auch in Ihrem Interesse. Sie können es sich nicht leisten, es bekanntwerden zu lassen, und falls ich es muß, werde ich es Ihrem Gatten erzählen.« Raphaella sah sie entgeistert an.

»Sind Sie wahnsinnig? Er ist gelähmt, bettlägerig, von Pflegerinnen umsorgt, und Sie würden ihm so etwas erzählen? Sie würden ihn töten!« Sie war empört, daß Kay es wagte, eine derartige Drohung auszusprechen, und sie sah aus wie eine Frau, die es wahr machte.

»Dann sollten Sie besser daran denken. Falls es ihn töten würde, würde er in Wahrheit durch Ihre Hand sterben. Es steht in Ihrer Macht, dies jetzt zu beenden, bevor es jemand herausfindet. Außerdem bedenken Sie, was Sie meinem Bruder antun. Er wünscht sich Kinder, er braucht eine Frau, er ist einsam. Was können Sie ihm geben? Hin und wieder ein paar Stunden? Ein kurzer Beischlaf? Lady, Ihr Gatte könnte noch weitere zehn oder fünfzehn Jahre leben. Ist es das, was Sie Alex bieten? Eine unerlaubte Affäre für die nächsten zehn Jahre? Und Sie behaupten, daß Sie ihn lieben? Wenn Sie ihn liebten, würden Sie ihn gehen lassen. Sie haben kein Recht, an ihm zu hängen und sein

Leben zu ruinieren.« Was sie sagte, schnitt Raphaella ins lebendige Fleisch. Es entging ihr im gegenwärtigen Moment, daß Kay Willards Interesse nicht dem Leben Alexanders, sondern ihrem eigenen Leben galt.

»Ich weiß nicht, was ich Ihnen sagen soll, Mrs. Willard. Es ist niemals meine Absicht gewesen, Ihrem Bruder zu schaden.«

»Dann unterlassen Sie es.« Raphaella nickte sprachlos, und Kay griff nach der Rechnung, zeichnete mit ihrem Namen und ihrer Zimmernummer und stand auf. »Ich denke, wir haben unser Geschäft damit gegenseitig geregelt. Einverstanden?« Raphaella nickte wieder, und ohne ein weiteres Wort zu sagen, ging sie davon, eilte an dem Portier vorbei, während ihr die Tränen über das Gesicht strömten.

Kay machte sich auf den Weg, um Mandy zu sehen. Alex war schon aus der Kanzlei zurück und saß mit Mandy gelassen in der Junggesellenklause, als sie eintraf. Sie sah jetzt keine Möglichkeit, Mandy mitzunehmen, ihr Interesse an ihrer Tochter hatte sich auch schon verflüchtigt. Sie hatte beschlossen, nach Washington zurückzukehren. Kay ermahnte ihre Tochter lediglich, an den März zu denken, sagte Alex steif Lebwohl und unterrichtete ihre Mutter, daß sie sie in New York sehen würde. Charlotte wollte am nächsten Nachmittag abreisen.

Es war deutlich spürbar, daß im Hause ein Gefühl der Erleichterung herrschte, als Kay in ihrer gemieteten Limousine abgezogen war. Erst als die Erleichterung abzuebben begann, wurde Alex gewahr, daß Raphaella den ganzen Nachmittag nicht angerufen hatte. Plötzlich begriff er, was geschehen war, und rief statt dessen in ihrem Haus an.

»Ich – ich bedaure ... ich war beschäftigt ... ich konnte nicht anrufen ... ich ...« Nun wußte er es mit Sicherheit. Er hatte es am Klang ihrer Stimme erkannt.

»Ich muß dich unverzüglich sehen.«

»Ich fürchte, ich –« Tränen flossen über ihre Wangen, als sie darum kämpfte, ihre Stimme normal klingen zu lassen.

»Es tut mir leid, Raphaella. Ich muß dich sehen ... es geht um Mandy ...«

»O mein Gott ... was ist passiert?«

»Ich kann's nicht erklären, bis ich dich gesehen habe.«

Zwanzig Minuten später war sie bei ihm. Er entschuldigte sich wortreich für die Täuschung und erzählte ihr ehrlich, was sich mit seiner Schwester abgespielt hatte. Anschließend drängte er sie, ihm ihre Begegnung mit Kay in der Fairmont-Bar zu beschreiben.

»Und du glaubst ihr? Du denkst wirklich, du entziehst mir etwas? Zum Teufel, Liebling, ich bin seit Jahren nicht so glücklich gewesen, noch nie in meinem ganzen Leben, aufrichtig gesagt.«

»Aber denkst du, sie würde?« Sie war noch beunruhigt wegen der Drohung, sich an John Henry zu wenden.

»Nein, denk' ich nicht. Sie ist ein Aas. Aber sie ist nicht komplett verrückt. Es gibt keine Möglichkeit für sie, an ihn heranzukommen.«

»Sie könnte, weißt du. Ich habe, zum Beispiel, keine Kontrolle über seine Post. Seine Sekretäre bringen sie ins Haus und übergeben sie ihm direkt.«

»Sie wird etwas Derartiges nicht in einem Brief festhalten, um Gottes willen. Sie ist zu besorgt um ihren eigenen Hals.«

»Ich glaube es auch.« Raphaella stieß einen langen Seufzer aus und ließ sich in seine Arme fallen. »Mein Gott, was ist sie für eine unglaubliche Frau.«

»Nein«, sagte er weich, »was bist du für eine unglaubliche Frau.« Er sah sie fast beschwörend an. »Wollen wir einen Teil der letzten beiden Tage für immer vergessen?«

»Ich würde es gerne, Alex. Aber sollten wir das? Wie können wir wissen, daß alle ihre Drohungen nichtig sind?«

»Weil es nur eine Sache gibt, die meine Schwester interessiert, Raphaella, und das ist ihre Karriere. Es ist letztlich das einzige, was ihr wichtig ist. Vergreift sie sich an uns, würde sie sie aufs Spiel setzen, und das wird sie nicht tun. Glaube mir, Liebling. Ich weiß, sie wird es nicht tun.« Aber Raphaella war dessen nicht ganz sicher. Sie und Alex und Amanda setzten ihr Leben fort, aber die Drohungen von Kay Willard schienen in Raphaellas Ohren für Monate wie ein Echo nachzuklingen. Sie konnte nur hoffen, daß Alex in seinem Glauben recht behielt, daß Kays Worte leere Drohungen waren.

21

»Amanda?« rief Raphaella, nachdem sie die Haustür hinter sich geschlossen hatte. Es war vier Uhr, und sie wußte, daß Amanda um diese Zeit aus der Schule kam. In den Monaten, seit Amanda mit Alex zusammenlebte, hatte Raphaella es eingerichtet, an den Nachmittagen vorbeizukommen. Manchmal war sie da, bevor Mandy aus der Schule kam, um das Haus aufzuräumen, einen Imbiß für sie zu richten und friedlich im Sonnenschein im Garten sitzend auf die Heimkehr des jungen Mädchens zu warten. Über alles, was ihnen wichtig erschien, würden sie ausgiebig reden. Raphaella hatte Amanda die Entwürfe zu dem Kinderbuch gezeigt, an dem sie nach Weihnachten zu schreiben begonnen hatte. Sie arbeitete jetzt fünf Monate daran und hoffte, das endgültige Konzept fertig zu haben, wenn sie im Juli nach Spanien reiste.

Heute aber war es nicht ihr Manuskript, das sie mitgebracht hatte, sondern eine Ausgabe des ›Time‹ Magazins. Auf der Titelseite war eine Fotografie von Kay Willard, und darunter stand als Schlagzeile: DAS WEISSE HAUS im Jahre 1992 ... 96 ... 2000? Raphaella hatte den Artikel sorgfältig gelesen.

»Amanda?« Einen langen Augenblick stand Raphaella ruhig da. Sie trug ein exquisit geschnittenes, cremefarbenes Leinenkostüm, und ihr dunkles Haar war mit einem geschmackvollen kleinen Strohhut bedeckt. »Mandy?« Sie glaubte ein Geräusch gehört zu haben, als sie langsam nach oben stieg.

Im dritten Stock fand Raphaella sie, auf einem der Korbstühle ihres Schlafzimmers sitzend, die Beine angewinkelt, das Kinn auf den Knien, während sie finster aus dem Fenster starrte.

»Amanda? ... Liebes?« Raphaella setzte sich auf das Bett, das Magazin und die beigefarbene Eidechshandtasche unter ihrem Arm. »Ist etwas in der Schule passiert?« Von der Bettkante her streckte sie dem Mädchen die Hand entgegen. Langsam drehte Amanda ihr das Gesicht zu, ihr Blick fiel sofort auf das Magazin unter Raphaellas Arm.

»Ich sehe, daß du es auch gelesen hast.«

»Was? Den Artikel über deine Mutter?« Die hübsche Siebzehnjährige nickte. »Bist du deshalb aufgeregt?« Es war extrem ungewöhnlich für Mandy, Raphaella nicht entgegenzuspringen, lachend und lächelnd und erfüllt von Geschichten, die in der Schule passierten. Aber das Mädchen nickte nur wieder. »Ich denke, es ist kein schlechter Artikel.«

»Außer der Tatsache, daß kein Wort davon wahr ist. Herrjeh, hast du den Teil gelesen, wonach ich im letzten Winter einen schrecklichen Autounfall hatte und mich an der sonnigen Westküste bei meinem Onkel langsam davon erhole, während meine Mutter jeden Augenblick, den sie erübrigen kann, herauskommt, um nach mir zu sehen?« Unglücklich starrte sie Raphaella an. »Scheiße, ich bin nur froh, daß sie seit Weihnachten nicht wiedergekommen ist.« In den ersten paar Monaten hatte sie nicht einmal angerufen. »Jesses, Raphaella, sie ist ein solches Biest, und ich hasse sie!«

»Nein, das tust du nicht. Vielleicht kommt die Zeit, in der ihr euch besser verstehen werdet.« Raphaella wußte nicht, was sie sonst hätte sagen sollen. Einige Minuten saß sie friedlich mit ihr da und berührte sanft ihre Hand. »Hättest du Lust zu einem Spaziergang?«

»Nicht besonders.«

»Warum nicht?«

Sie zuckte die Schultern, sichtlich deprimiert, und Raphaella verstand. Sie hatte ihre eigenen Ängste in bezug auf Kay Willard. Zwischen ihnen war nichts mehr vorgefallen, doch Raphaella war sich jederzeit bewußt, daß es noch passieren konnte. Kays letzte Unterhaltung mit Alex war sehr bissig gewesen. Kay war jedoch einverstanden, daß Amanda noch in San Francisco blieb.

Eine halbe Stunde später gelang es Raphaella doch, Amanda in den strahlenden Maisonnenschein zu bewegen. Sie spazierten Arm in Arm die Union Street hinunter, marschierten in allen Läden aus und ein und landeten schließlich auf einen Eis-Cappuccino im Café Cantata, die Sitze neben sich beladen mit Paketen, die allerlei Krimskrams enthielten.

»Meinst du, Alex mag das Poster leiden?« Amanda blickte über ihren Eiskaffee hinweg zu Raphaella, und beide lachten.

»Er wird begeistert sein. Wir hängen es in seinem Arbeitszimmer auf, bevor er heimkommt.« Es war ein großes Poster von einer Frau auf einem Surfbrett in Hawaii, welches nur einem Teenager gefallen konnte. Doch das einzig Wichtige war, daß Amandas Gedanken während ihrer Einkäufe vollständig von ihrer Mutter abgelenkt wurden. Nachdem sie erst nach halb sechs nach Hause zurückgekehrt waren, verabschiedete sich Raphaella hastig von Amanda und versprach, wie immer später am Abend wiederzukommen. Auf dem Weg zu ihrem eigenen Haus ging es ihr durch den Kopf, wie völlig sich ihr Leben während der letzten sechs Monate mit Mandy und Alex verflochten hatte. Es war ein milder, wunderschöner Abend, und die Sonne schickte ihre goldenen Strahlen in alle Fenster, als der späte Nachmittagshimmel in sanfter Glut zu versinken begann. Sie war fast schon daheim, als sie hinter sich ein Hupen hörte. Sie drehte sich um, überrascht, einen schwarzen Porsche zu sehen, erkannte dann aber Alex am Steuer.

Ihre Augen begegneten sich und hielten sich fest, als sähen sie einander das erste Mal. Langsam brachte er den Wagen neben ihr zum Stehen und lehnte sich mit einem Lächeln in dem roten Ledersitz zurück. »Kleine Ausfahrt gefällig, Lady?«

»Ich unterhalte mich nie mit Fremden.«

Sie lächelten sich an, keiner von ihnen sagte ein Wort. Dann hob er ein wenig seine Augenbraue. »Wie geht's Mandy?« Es war, als ob sie eine eigene Tochter hätten. Auch wenn sie alleine waren, nistete sie in ihren Gedanken. »Hast du den Artikel in der ›Time‹ gesehen?« Raphaella nickte langsam, ihr Gesicht wurde ernst, als sie an den Wagen herantrat.

»Sie kam heute vormittag aus der Schule, Alex. Ich wußte nicht, was ich ihr erzählen sollte. Sie reagiert zunehmend heftiger auf ihre Mutter.« Und dann, nachdem sie die Stirn gekraust und er genickt hatte, sah sie ihn besorgt an. »Was werden wir ihr über den Juli sagen?«

»Noch nichts. Wir können es ihr später erzählen.«

»Wieviel später?«

»Wir werden es ihr im Juni sagen.« Doch er blickte gleichfalls sorgenvoll.

»Was, wenn sie nicht gehen will?«

»Sie muß. Zumindest dieses Mal.« Dann seufzte er. »Nur noch ein Jahr, bis sie achtzehn ist. Wir müssen Kay auch ein wenig bei Laune halten. Eine gerichtliche Auseinandersetzung würde jedem schaden. Wenn Mandy nur diesen einen Besuch durchstehen kann, würde es den Frieden erhalten helfen. Du weißt, angesichts der Tatsache, daß dies ein Wahljahr für sie ist und daß sie glaubt, Amanda sei wichtig für sie, um die Wahl zu gewinnen, ist es ein gottverdammtes Wunder, daß sie sie nicht entführt und heimgebracht hat. Ich schätze, wir sollten für kleine Dinge dankbar sein.«

Raphaella sah ihn aufrichtig an. »Mandy würde nicht bei ihrer Mutter geblieben sein, wenn sie sie gezwungen hätte, nach Haus zu kommen.«

»Das ist vermutlich der Grund, warum sie es nicht versuchte. Es gibt aber nichts, was wir diesen Sommer über tun können. Sie hat einfach zu gehen.« Als Antwort nickte Raphaella nur. Amanda würde vor dem vierten Juli-Wochenende zu ihrer Mutter heimfahren, um einen Monat mit ihr in ihrem Sommerhaus auf Long Island zu verbringen. Dann würde sie im August für einen Monat mit ihrer Großmutter nach Europa reisen, bevor sie für das nächste Schuljahr nach San Francisco zurückkehrte.

Alex hatte es für einen bedeutenden Sieg gehalten, Kay die Zustimmung abzuringen, sie wieder nach San Francisco zurückkommen zu lassen, aber er wußte, daß seine Nichte bei der Aussicht, heimfahren zu müssen, sehr aufgebracht sein würde. Er hatte ihren Psychiater angerufen, der der Ansicht war, daß sie die Konfrontation mit ihrer Mutter durchstehen würde und daß sie den psychologischen Schaden von der Vergewaltigung gleichfalls überstanden hatte. Raphaella plante, mit ihr in den Osten zu fliegen und sie in New York abzusetzen, bevor sie für eine Woche nach Paris und dann nach Spanien für zwei weitere Wochen flog. Es war ihre jährliche Pilgerreise, um ihre Eltern zu sehen und eine kleine Weile auf Santa Eugenia zu bleiben. Und in diesem Jahr bedeutete es sogar noch etwas mehr für sie als vorher. Sie wollte den endgültigen Entwurf ihres Kinderbuches an ihren kleinen Nichten und Neffen ausprobieren. Sie konnte es kaum erwarten, zu sehen, wie sie reagieren würden. Sie brauchte die Geschichten nur ins Spanische zu übersetzen, wenn sie ihnen vorlas. Das hatte sie früher schon getan, wenn sie ihnen Bücher aus den Staaten mitbrachte. In diesem Jahr war es jedoch bedeutsamer, denn es waren ihre eigenen Geschichten, und falls die Kinder sie mochten, sandte sie die Sammlung an Charlottes Agenten, um festzustellen, ob irgend jemand sie gegebenenfalls kaufen würde.

Als Raphaella ihn ansah, grinste er. »Was ist so lustig, Alex?«

»Wir sind's.« Er lächelte sie jetzt liebevoll an, ein warmes Licht schimmerte in seinen Augen. »Uns zu hören, wie wir über unsere Teenagertochter diskutieren.« Er zögerte und zeigte auf den leeren Sitz neben sich. »Willst du für eine Minute einsteigen?« Sie zauderte nur kurz und warf einen flüchtigen Blick um sich, ob irgend jemand, den sie kannte, in der Nähe war.

»Ich sollte wirklich nach Haus ...« Sie wollte bei John Henry sein, wenn sie ihm um sechs Uhr das Servierbrett brachten.

»Ich will dich nicht überreden.« Aber seine Augen waren so lieb, sein Gesicht so hübsch, und sie hatten schon so lange keinen Moment für sich gehabt. Es schien, als sei Amanda immer mit ihnen. Und wenn sie um Mitternacht nach oben gingen, hatten sie so wenig Zeit, bis Raphaella nach Hause mußte.

Nun lächelte sie und nickte. »Ich würde schrecklich gern.«

»Bleibt uns Zeit für eine rasche Fahrt?«

Sie nickte, sich mutwillig und eigensinnig fühlend, und er startete rasch den Wagen und schoß davon. Sie fuhren in die waldige Abgeschiedenheit des Presidio, der sich bis zur Bucht hinab erstreckte, bis sie in der Nähe der kleinen Festung unterhalb der Golden-Gate-Brücke am Fort Point landeten. Über ihnen flutete der Verkehr über die Brücke nach Mann County. Segelboote tummelten sich auf dem Wasser, eine Fähre und etliche kleine Schnellboote. Eine frische Brise riß an Raphaellas Haar, als sie den Strohhut abgenommen hatte.

Sie stiegen aus dem Wagen und hielten sich an den Händen. Zwei dunkelhaarige, hochgewachsene, schöne Menschen schauten über die Bucht. Als sie dort standen, fühlte Raphaella sich für eine Weile sehr jung. Sie waren so eng zusammengewachsen und hatten so viele Nächte gemeinsam verbracht, flüsternd, plaudernd, am Feuer sitzend, sich liebend, um zwei Uhr morgens in die Küche hinunterrennend, um Omelettes, Sandwiches oder Milchmixgetränke zu bereiten. Sie hatten so viel und doch so wenig ... so viele Träume ... so wenig Zeit ... und so endlose Hoffnungen. Wie sie Seite an Seite stehend auf das letzte Sonnenlicht, das auf den Booten schimmerte, schauten, richtete Raphaella den Blick auf Alexander und fragte sich, ob sie jemals mehr haben würden. Ein paar Minuten, eine Stunde, die Stunden vor Sonnenaufgang, gestohlene Augenblicke und niemals mehr als das. Selbst das Kind, das sie miteinander teilten, war geliehen und würde im Jahr darauf von ihnen gegangen sein. Sie dachte schon darüber nach, welches College sie belegen sollte. Raphaella und Alex fühlten jetzt schon den Verlust und wünschten, sie noch viele weitere Jahre bei sich zu behalten.

»Woran dachtest du gerade, Raphaella?« Er blickte zärtlich zu ihr herunter und strich ihr mit einer behutsamen Hand das Haar aus den Augen.

»An Amanda.« Sie zögerte und küßte seine Hand, als sie an ihren Lippen vorüberstreifte. »Ich wünschte, sie gehörte uns.«

Er nickte still. »Ich auch.« Er hätte ihr gerne gesagt, daß andere dasein würden, eines Tages, in einigen Jahren, ihre eigenen Kinder. Aber er sagte es nicht, wissend, wie sehr es sie schmerzte, keine Kinder zu haben. Es war jedoch ein ständig wiederkehrendes Thema zwischen ihnen, ihre Schuld, ihn von der Heirat mit jemand anderem abzuhalten und eigene Kinder zu haben.

»Ich hoffe, sie fühlt sich in diesem Sommer wohl.« Sie begannen, langsam am Rand des Weges entlangzugehen, als das Spritzwasser zu ihnen hochsprühte und erst kurz vor ihnen stoppte.

Er wandte sich zu ihr. »Ich hoffe, du wirst dich auch wohl fühlen.« Sie hatten nicht viel darüber gesprochen, doch in sechs Wochen reiste sie nach Spanien.

»Ich werde.« Sie hörte auf zu gehen und hielt seine Hand fest. »Ich werde dich furchtbar vermissen, Alex.«

Er zog sie an sich. »Ich werde dich auch vermissen. Gott ...« Er dachte einen Augenblick nach. »Ich weiß nicht, was ich ohne dich mache.« Er war so sehr daran gewöhnt, sie jede Nacht zu sehen, und konnte sich ein Leben ohne sie nicht vorstellen.

»Ich werde nicht länger als drei Wochen fortbleiben.«

»Das wird wie eine Ewigkeit sein, insbesondere da Mandy ebenfalls fort ist.«

»Vielleicht wirst du zur Abwechslung etwas Arbeit bekommen.« Sie liefen noch eine halbe Stunde und mußten dann an die Rückfahrt denken. Es war der freundliche Abschluß eines goldenen Nachmittags. Als er sie zwei Häuserblöcke von ihrem Haus entfernt absetzte, berührte sie mit den Fingerspitzen zart seine Lippen und hauchte ihm einen Kuß zu, bevor sie das Auto verließ.

Sie sah ihn davonfahren und lächelte in sich hinein, als sie zu ihrem Haus ging. Es war außergewöhnlich, wie sehr sich ihr Leben in den letzten sieben Monaten, seitdem sie Alex begegnete, verändert hatte. Es hatte sich leise vollzogen, doch es hatte eine Menge verändert. Sie war die Geliebte eines wundervollen, hübschen, charmanten jungen Rechtsanwalts; die ›Tochter der Liebe‹, wie Charlotte sie nannte, nach einem Romancier, den sie stets bewundert hatte; sie war die Ersatzmutter eines bezaubernden siebzehnjährigen Mädchens; und sie fühlte sich, als habe sie ein Heim in dem Haus am Vallejo mit dem komischen kleinen überwucherten Garten und der Kachelküche voller Kupfertöpfe. Und dennoch war sie gleichzeitig das, was sie immer gewesen war, Mrs. John Henry Phillips, die französischblütige Gattin eines berühmten Finanzmannes, Tochter des französischen Bankiers Antoine de Mornay-Malle. Sie reiste, wie sie es immer getan, nach Santa Eugenia, um ihre Mutter zu sehen; sie tat alles, wie sie es stets zuvor getan. Und doch war da jetzt so viel mehr in ihrem Leben, es war so viel reicher, so erfüllter, so anders, so glücklich. Sie lächelte noch, als sie um die letzte Ecke bog, bevor sie ihr Haus erreichte. Was sie hatte, schadete John Henry nicht, versicherte sie sich standhaft, als sie ihren Schlüssel in die Haustür steckte. Sie verbrachte nach wie vor mehrere Stunden des Morgens mit ihm, gab acht, daß die Pflegerinnen aufmerksam und gewissenhaft waren, daß er die Mahlzeiten, die er mochte, bekam, und sie las ihm jeden Tag mindestens eine Stunde lang vor. Aber der Unterschied war, daß da jetzt so viel mehr in ihrem Leben war.

Nach ihren Morgen mit John Henry verbrachte sie zwei oder drei Stunden in ihrem Zimmer, um an ihrem Kinderbuch zu arbeiten. Und jeden Nachmittag gegen vier Uhr, während John Henry sein Schläfchen hielt, spazierte sie gemächlich zum Vallejo hin. Sie brachte es fast immer fertig, vor Amanda am Haus zu sein, so daß das Mädchen zu jemandem heimkam, der sie liebte, und nicht alleine zu Haus zu sein brauchte. Und oft kam Alex heim, kurz bevor Raphaella zu ihrem eigenen Haus aufbrach. Sie küßten und begrüßten sich wie andere verheiratete Leute. Der einzige Unterschied war, daß Raphaella dann forteilen mußte, um die folgenden zwei Stunden mit John Henry zu verbringen, zu plaudern, wenn ihm nach Sprechen zumute war, ihm ein paar amüsante Geschichten zu erzählen oder seinen Rollstuhl so zu drehen, daß er die Boote in der Bucht sehen konnte. Das Abendessen nahmen sie stets gemeinsam ein, nur daß sie jetzt nie mehr das Speisezimmer benutzten. John Henry aß im Bett, von einem Servierbrett. Sobald sie sich vergewissert hatte, daß er bequem gebettet war, und die Pflegerin die Wache übernahm, wartete sie eine weitere halbe Stunde in ihrem Zimmer und ging dann aus.

Sie war sich sicher, daß die Dienstboten einen Verdacht hegten, doch niemand hätte es je gewagt, ihr nächtliches Verschwinden zu erwähnen, und das Geräusch einer schließenden Tür um vier oder fünf Uhr morgens war etwas, wonach niemand jemals fragte. Raphaella hatte endlich ein Leben gefunden, mit dem sie leben konnte – nach acht Jahren unerträglicher Einsamkeit und Qual. Niemand litt, niemand wurde verletzt. John Henry würde niemals von Alex erfahren, und sie und Alex hatten etwas, das beiden sehr viel bedeutete. Die einzige Sache, die sie gelegentlich beunruhigte, war der Vorwurf Kays, daß sie Alex von jemandem fernhielt, der ihm mehr geben konnte. Aber Alex beteuerte, daß sie das sei, was er wolle. Inzwischen wußte Raphaella auch, daß sie ihn zu sehr liebte, um ihn aufzugeben.

Als sie die Stufen zu ihrem Schlafzimmer hinauflief, bereitete sie im Geiste vor, was sie anziehen würde. Sie hatte gerade bei I. Magnin's ein türkisfarbenes Seidenkleid gekauft. Zusammen mit den Diamanten- und Türkisohrringen bildete es zu ihrer cremeweißen Haut und ihrem schwarzen Haar ein hinreißendes Farbenspiel.

Sie war nur zehn Minuten zu spät, als sie an die Tür klopfte. John Henry saß gegen die Kissen gestützt in seinem Bett, mit seinen tief in die Höhlen gefallenen brennenden Augen, das Gesicht zerfurcht, die eine Seite des Gesichts kläglich herunterhängend, ein Auge weggesunken, der lange Körper und die mageren Arme so hinfällig und zerbrechlich. Es war, als hätte sie ihn eine sehr lange Zeit nicht gesehen. Er sah aus, als habe er langsam begonnen, den dürftigen Griff nach dem Leben, an welches er sich fast acht Jahre geklammert hatte, zu verlieren.

»Raphaella?« Er sah sie sonderbar an, als er das Wort in der schleppenden Sprechweise, die er in den letzten acht Jahren gebrauchte, aussprach. Raphaella sah ihn fast mit Erstaunen an, als müsse sie sich erneut daran erinnern, mit wem sie verheiratet war, was ihre Pflichten waren und wie weit sie davon entfernt war, jemals Alexanders Frau zu sein.

22

Um fünf Uhr morgens sagte Raphaella Alex Lebewohl. Sie hatte ihre Koffer schon am Abend zuvor gepackt, und nun war alles, was sie noch zu tun hatte, heimzugehen, einige Notizen für die Dienstboten zu hinterlassen und John Henry adieu zu sagen, bevor sie abreiste. Ihr Abschied würde schlicht und förmlich sein, ein Kuß auf die Wange, ein letzter Blick, ein Streichen über seine Hand und stets das vage Schuldgefühl, daß sie nicht gehen sollte, daß sie bei ihm bleiben und nicht nach Spanien reisen sollte. Aber es war ein Ritual, das sie beide gewohnt waren, und es war etwas, was sie fünfzehn Jahre lang jedes Jahr getan hatte. Alex zu verlassen war um so vieles schmerzlicher gewesen. Es war schon herzzerreißend, zu wissen, ihn auch nur einen Tag nicht zu sehen. Aber die nächsten Wochen schienen schier unerträglich, als sie sich im ersten Licht der Morgendämmerung aneinanderklammerten. Es war fast so, als fürchteten sie, irgend etwas käme für immer zwischen sie, als würden sie sich niemals wiederfinden. Raphaella hing wie eine zweite Haut an ihm, als sie dort am Fuß der Treppe standen. Dann sah sie ihn kummervoll an, und ihre Augen füllten sich mit Tränen. Sie schüttelte den Kopf mit einem kleinen mädchenhaften Lächeln.

»Ich bringe es nicht fertig, dich zu verlassen.«

Er lächelte und zog sie noch enger an sich. »Du verläßt mich nie, Raphaella. Ich bin immer mit dir, wohin immer du gehst.«

»Ich wünschte, du würdest mit mir nach Spanien kommen.«

»Vielleicht eines Tages.«

Immer eines Tages ... eines Tages ... aber wann? Es war eine Gedankenreihe, die sie niemals gern verfolgte, weil es sie immer denken ließ, daß, wenn ihr ›eines Tages‹ kam, John Henry tot sein würde. Es war fast wie ihn zu töten, wenn sie daran dachte, also tat sie es nicht und lebte dafür lieber in der Gegenwart.

»Vielleicht werde ich dir schreiben.«

»Darf ich dir schreiben?« Ihre Antwort war ein Kopfnicken.

»Vergiß nicht, Mandy an ihren Extrakoffer und ihren Tennisschläger zu erinnern.«

Er schmunzelte. »Ja, kleine Mutti. Ich sag's ihr. Wann muß ich sie wecken?«

»Um sechs Uhr dreißig. Das Flugzeug startet um neun.« Er brachte Mandy zum Flughafen, doch es war unwahrscheinlich, daß er Raphaella sehen würde, wenn sie dort eintrafen. Sie wurde wie gewöhnlich vom Chauffeur abgesetzt und in die Maschine gezaubert. Aber sie hatten Mandys Ticket für den gleichen Flug gebucht, und in New York wollte Raphaella Mandy in ihrer Mietslimousine ins Carlyle mitnehmen. Dort würde Charlotte sie in Empfang nehmen, um sie zu Kays Appartement zu begleiten. Amanda hatte glatt darauf bestanden, ihrer Mutter nicht alleine begegnen zu müssen. Seit ihrem explosiven Austausch nach Heiligabend hatten sie sich nicht gesehen, und es widerstrebte ihr heftig, überhaupt nach Haus zurückzukehren. Typisch, ihr Vater war auf einer Ärzteversammlung in Atlanta und würde nicht zur Stelle sein, um den Schlag aufzufangen. »Alex.« Raphaella sah ihn ein letztes Mal sehnsüchtig an. »Ich liebe dich.«

»Ich dich auch, Baby.« Er hielt sie eng an sich. »Es wird alles gut werden.« Sie nickte stumm.

Am Flughafen sah sie ihn nicht, doch es war fast wie ein Stück von daheim, als sie Mandy das Flugzeug besteigen sah. Die kleine Dame trug einen breitrandigen Strohhut, ein weißes Baumwollkleid und weiße Sandalen, die sie zusammen eingekauft hatten. Und sie hielt den Tennisschläger, von dem Raphaella gefürchtet hatte, sie würde ihn vergessen.

»Hei, Ma.« Mandy grinste sie an, und Raphaella lachte dem hübschen jungen Mädchen zu.

»Es ist richtig gut, dich zu sehen. Ich fing schon an, mich einsam zu fühlen.«

»Genau wie Alex. Er hat die Eier verbrannt, den Kaffee verschüttet, den Toast vergessen und fuhr fast mit leerem Tank zum Flughafen. Ich glaube, er wußte weder, was er tat, noch, was er sagte.« Die beiden tauschten ein Lächeln, es war tröstlich für Raphaella, wenigstens etwas von Alex zu hören, als brächte es ihn ihr ein bißchen näher, während sie das Land nach New York überquerten.

Fünf Stunden später kamen sie in dem hektischen, schwülen New York an. Es war, als habe San Francisco niemals existiert und als würden sie nie den Weg dorthin zurückfinden. Raphaella und Amanda sahen sich voller Erschöpfung und Sehnsucht nach zu Hause an.

»Ich vergesse immer, wie es hier ist.«

Mandy sah sich staunend im Flughafen um. »Jesses, mir geht's genauso. Gott, ist das gräßlich.« Aber schon einige Minuten später saßen sie geborgen im Fond der klimatisierten Limousine. »Vielleicht ist es doch nicht so schlimm.« Amanda lächelte Raphaella an.

Raphaella würde alles hergegeben haben, um mit Alex im Porsche zu fahren, statt im Fond einer Limousine in New York zu sitzen. Seit Monaten verdroß sie die Prunkfassade ihres Lebens mit John Henry, die Dienerschaft, der Schutzwall, das riesige Haus. Sie wünschte sich etwas so viel Simpleres, wie das kleine Haus am Vallejo und ihr Leben mit Amanda und ihm.

Als sie das Carlyle erreichten, lag dort eine Nachricht von Charlotte, daß sie bei einem Treffen mit einem Verleger aufgehalten würde und sich verspätete. Amanda und Raphaella fuhren zu der Suite hinauf, zogen ihre Schuhe aus und setzten ihre Hüte ab, ließen sich auf dem Sofa nieder und bestellten Limonade.

»Was meinst du, wie heiß es draußen ist?« Mandy sah sie kläglich an, und Raphaella lächelte beschwichtigend. Amanda fand schon jeden Grund, New York zu hassen.

»Auf Long Island wird es nicht so schlimm sein. Du wirst jeden Tag schwimmen gehen können.« Es war, wie wenn man ein Kind mit der Aussicht auf ein Zeltlager versöhnen wollte.

Die Türglocke der Suite läutete. »Das müssen unsere Limonaden sein.«

Mit ihrer Handtasche in der Hand ging Raphaella rasch zur Tür, das leuchtend rote Seidenkleid, das sie während des Fluges getragen hatte, nur leicht zerknittert. Sie sah sehr schön aus in dem flammenden Rot zu der weißen Haut und dem schwarzen Haar. Es machte Amanda immer betroffen, wie schön Raphaella war. Es war etwas, an das man sich niemals ganz gewöhnen konnte, dieses atemberaubende Antlitz und die riesigen schwarzen Augen. Alex nahm es auch niemals für selbstverständlich hin, hatte sie beobachtet. Er wirkte nicht minder geblendet, wenn sie zur Tür hereinkam. Und sie war immer so herrlich zurechtgemacht, so unvergleichlich schick.

Raphaella öffnete die Tür. Amandas Mutter stand im Eingang in einem häßlich grünen Leinenkostüm, erhitzt und zerknittert aussehend. Sie grinste sonderbar und selbstzufrieden. Als ob sie gewonnen hätte. Amanda spürte, wie sie ein Schauer der Angst durchrann, und Raphaella blickte höflich, aber angespannt. Das letzte Mal waren sie einander vor sechs Monaten in der Fairmont-Bar begegnet. Damals hatte sie ihr gedroht, John Henry ihre Affäre mit Alex zu verraten.

»Meine Mutter konnte es nicht schaffen, und so dachte ich, ich könnte Mandy an ihrer Stelle abholen.« Sie starrte einen Moment auf Raphaella und ging dann auf ihre Tochter zu.

Amanda sah ihr nervös entgegen und sagte kein Wort.

»Hallo, Mandy.« Kay sprach zuerst, als sie vor ihr stand, aber Amanda reagierte immer noch nicht. Raphaella stellte fest, daß sie mehr denn je wie ein erschrockenes Kind aussah. Sie blickte verzweifelt unglücklich, als sie dort stand und die lange Rothaarige auf sie zukam. Raphaella lud Kay zum Hinsetzen ein, als es wieder läutete und die Limonaden erschienen. Sie bot Kay eine davon an und händigte die andere dem Mädchen aus, das sie stumm entgegennahm. Amanda sah Raphaella flehend an und hielt das Glas auf dem Schoß, nachdem sie von dem Getränk genippt hatte. Es war ein seltsamer, peinlicher Augenblick, und Raphaella beeilte sich, die Lücke mit einer kleinen Unterhaltung über die Reise zu füllen. Nichtsdestoweniger war es eine fatale halbe Stunde. Raphaella war erleichtert, als Kay sich erhob, um zu gehen.

»Werden Sie direkt nach Long Island fahren?« fragte Raphaella in der Absicht, Mandy zu trösten.

»Nein. Es ist beschlossen, daß Mandy und ich eine kleine Reise machen.« Amanda schreckte auf und sah ihre Mutter mit feindseligen Augen an.

»Oh, wirklich? Wohin?« fragte Raphaella.

»Nach Minnesota.«

»Hat es was mit deiner Wahlkampagne zu tun, Mutter?« Es waren die ersten Worte, die Amanda an ihre Mutter richtete. Der Ton der Verachtung war nicht zu überhören.

»Mehr oder weniger. Es ist nur eine Provinzmesse, doch sind da ein paar Dinge, die ich machen sollte. Ich dachte, es würde dich freuen.« Ihr Gesicht verriet, daß sie ärgerlich war, doch sie wagte nicht, es in Worten zu äußern. Raphaella warf einen Blick auf Amanda und stellte fest, daß sie müde und elend aussah. Alles, was das Kind wollte, war, wieder in San Francisco bei Alex zu sein, und Raphaella mußte sich eingestehen, daß sie sich auch danach sehnte.

Amanda hob ihren einzigen Koffer und ihren Tennisschläger auf und sah Raphaella an. Nur einen Augenblick blieben sie so stehen, dann schloß Raphaella sie rasch in die Arme. Sie hätte ihr gerne gesagt, sie solle geduldig und freundlich sein, aber dennoch stark bleiben und sich nicht von ihrer Mutter tyrannisieren lassen. Sie hätte ihr gerne tausend Dinge gesagt, doch hier war nicht der Ort und die Zeit dafür. »Laß es dir gutgehen, Herzchen.« Und etwas gedämpfter: »Ich werde dich vermissen.«

Amanda aber sagte deutlich, mit Tränen in den Augen: »Ich werde dich auch vermissen.« Sie weinte lautlos, als sie in den Gang des Carlyle hinausfloh. Kay blieb kurz im Eingang stehen und schien jeden Zoll von Raphaellas Antlitz in sich aufzunehmen.

»Danke, daß Sie sie vom Flughafen hergebracht haben.«

Keine Erwähnung all dessen, was Raphaella sonst noch für sie getan hatte, sechs Monate liebevoller und mütterlicher Pflege, die sie Alexanders Nichte angedeihen ließ, dem Kinde, das sie beide so liebgewonnen hatten. Aber Raphaella wollte keinen Dank von dieser Frau. Alles, was sie wollte, war ihr Versprechen, daß sie dem Mädchen nicht weh tun würde. Doch es gab keinen Weg, dies zu erhalten, keinen Weg, Kay zu ermahnen, zu ihrem eigenen Kinde gut zu sein.

»Ich hoffe, es wird ein guter Monat für Sie beide.«

»Das wird es.« Kay sagte es mit einem seltsamen kleinen Lächeln und fixierte Raphaella. Und dann, über die Schulter hinweg, fast feixend, rief sie der schwarzhaarigen Schönheit zu: »Viel Spaß in Spanien!« Hiermit verschwand sie mit Amanda im Fahrstuhl, und Raphaella, sich plötzlich leer und allein fühlend, fragte sich, woher Kay wußte, daß sie nach Spanien reiste.

23

Als Raphaella am nächsten Morgen das Flugzeug nach Paris bestieg, verspürte sie nicht einmal Sehnsucht, ihre Neffen und Nichten wiederzusehen. Alles, wonach sie sich sehnte, war heimzufahren. Diese Etappe der Reise trug sie nur noch weiter fort von jenem Ort, wo ihr Herz war, und sie fühlte sich müde und einsam. Sie schloß die Augen und versuchte sich vorzutäuschen, sie sei auf dem Weg nach Kalifornien und nicht nach Frankreich. Aus purer Langeweile schlief sie den halben Weg über den Atlantik. Sie las ein bißchen, aß zu Mittag und zu Abend und gedachte mit leisem Lächeln des Fluges nach New York, als sie Alex zum ersten Mal begegnet war. Es erschien ihr heute unbegreiflich, wie sie zu einem Fremden hatte sprechen können, genauso unbegreiflich, wie es ihr damals vorgekommen war. Sie mußte noch immer lächeln, als sie sich zur Landung in Paris vorbereitete. Natürlich war er jetzt kein Fremder mehr für sie. »Und wie habt ihr zwei euch kennengelernt?« hörte sie im Geiste ihren Vater fragen. »In einem Flugzeug, Papa. Er hat mich angesprochen.« – »Er hat was?« Sie lachte fast, als sie ihren Sitzgurt befestigte und sich auf die Landung einstellte. Der Gedanke amüsierte sie noch, als sie vor den anderen aus dem Flugzeug entlassen und durch den Zoll gelotst wurde. Doch sie wirkte keineswegs mehr amüsiert, als sie die Schranke erreichte und das Gesicht ihres Vaters sah. Er blickte ernst, fast grimmig und reagierte gar nicht auf ihre Aufmachung, die in jedes Männerauge ein anerkennendes Lächeln gezaubert hätte. Sie trug ein schwarzes Kostüm mit einer weißen Seidenbluse und einen kleinen Hut mit einem schwarzen Schleier. Als sie ihn sah, begann ihr Herz zu flattern. Es war offenkundig, daß etwas geschehen sein mußte. Er hatte schlechte Neuigkeiten für sie ... vielleicht ihre Mutter ... oder John Henry ... oder eine Cousine ... oder ...

»Bonjour, Papa.« Er neigte kaum das Haupt, als sie sich emporreckte, um ihn zu küssen. Seine kräftige Erscheinung schien starrer als ein Fels. Sein Gesicht war alt und durchfurcht, und seine Augen sahen sie kalt an, als sie mit angstvollem Ausdruck in seine eisblauen Augen sah. »Ist irgend etwas passiert?«

»Wir werden zu Hause darüber sprechen.« O Gott ... es war John Henry. Und er wollte es ihr hier nicht sagen. Plötzlich wichen alle Gedanken an Alex aus ihrem Kopf. Alles, woran sie denken konnte, war der ältere Mann, den sie in San Francisco zurückgelassen hatte, und wie stets machte sie sich Selbstvorwürfe, ihn überhaupt verlassen zu haben.

»Papa ... bitte ...« Sie standen auf dem Flughafen und sahen sich an. »Ist es – ist es« – ihre Stimme sank zu einem Flüstern herab – »John Henry?« Er schüttelte nur den Kopf und sagte nichts.

Während der ganzen Autofahrt nach Paris saß Raphaella wie erstarrt vor Angst, ihre Hand zitterte, als sie schließlich vor dem Hause hielten. Der Chauffeur hielt ihnen die Tür offen, seine schwarze Uniform paßte zur Miene ihres Vaters und Raphaellas Gemütsverfassung. Sie hatte ein eigenartiges Gefühl, als sie die gigantische Eingangshalle, angefüllt mit vergoldeten Spiegeln und marmorgedeckten Louis-Quinze-Tischen, durchmaß. An einer Wand hing ein prachtvoller Aubusson-Gobelin, und durch die hohen französischen Fenster sah man in den Garten hinaus. Ihr Vater warf einen mißbilligenden Blick auf sie und winkte sie über eine lange Flucht von Marmorstufen in sein Arbeitszimmer hinauf. Es war auf einmal, als wäre sie wieder ein Kind und hätte irgend etwas angestellt.

Vielleicht hatte die Erregung ihres Vaters letztlich doch etwas mit John Henry zu tun. Während Raphaella eilends die Stufen hinaufstieg, konnte sie sich nicht vorstellen, was es sein mochte, es sei denn, es müßte sich ereignet haben, als sie in New York war. Vielleicht ein neuer Infarkt? Doch es schien nicht nach schlechten Neuigkeiten auszusehen, die er ihr mitteilen wollte. Vielmehr deutete alles auf einen schrecklichen Verweis wegen irgend etwas, was sie getan hatte. Sie kannte diesen besonderen Ausdruck auf seinem Gesicht aus ihrer Kindheit.

Er marschierte steif in sein Arbeitszimmer, und Raphaella folgte ihm. Es war ein Raum mit ungeheuer hohen Decken, Holztäfelung, mit Bücherschränken bedeckten Wänden und einem Schreibtisch, der groß genug für einen Präsidenten oder König war. Es war ein stattliches Exemplar im Louis-Quinze-Stil, triefend vor Gold und äußerst eindrucksvoll. Ihr Vater nahm seinen Platz hinter dem Schreibtisch ein.

»Alors ...« Er sah sie flüchtig an und winkte sie zu einem Stuhl auf der anderen Seite des Tisches. Obgleich ihr Vater kein warmherziger Mann war oder zu übermäßigen Gefühlsäußerungen neigte, war er selbst für seine Verhältnisse übertrieben streng und hart.

»Papa, was ist es?« Während der langen Fahrt vom Flughafen hierher war ihr Gesicht sehr weiß geworden und erschien jetzt noch bleicher.

»Was ist es?« Seine Augenbrauen zogen sich zusammen, und sein Gesicht sah grimmig aus, als er zunächst auf den Schreibtisch und dann auf sie starrte. »Müssen wir Spiele spielen?«

»Aber, Papa, ich habe keine Ahnung.«

»In diesem Falle« – fast bellte er die Worte seiner Tochter zu – »bist du total ohne Gewissen. Oder vielleicht sehr naiv, falls du denkst, du kannst machen, was du willst, in irgendeiner Ecke der Welt und ohne daß es bekannt wird.« Er ließ die Worte einen Augenblick auf sie einwirken, und Raphaellas Herz begann zu rasen. »Verstehst du mich?« Er senkte seine Stimme und sah sie scharf an, als sie den Kopf schüttelte. »Nein? Dann sollte ich vielleicht ehrlicher zu dir sein, als du zu mir oder zu deinem armen Mann, der krank zu Hause in seinem Bett liegt.« Seine Stimme war voller Vorwurf und Verachtung für seine einzige Tochter, und plötzlich, wie ein Kind, das bei einem schrecklichen Vergehen ertappt wurde, fühlte sie sich von Scham überflutet. Die bleichen Wangen waren jäh von Röte übergossen, und Antoine de Mornay-Malle nickte mit dem Kopf. »Vielleicht hast du mich jetzt verstanden.«

Jedoch ihre Stimme klang klar, als sie erwiderte: »Nein, das habe ich nicht.«

»Dann bist du sowohl eine Lügnerin als auch eine Betrügerin!« Die Worte läuteten wie Sturmglocken in dem weiten strengen Raum. »Ich erhielt«, sprach er wohlüberlegt, als richte er sich an das Parlament und nicht an sein einziges überlebendes Kind, »vor einigen Wochen einen Brief. Von einer amerikanischen Kongreßabgeordneten, Madame Kay Willard.« Forschend sah er Raphaella ins Gesicht, und sie fühlte ihren Herzschlag stocken.

Kaum fähig zu atmen wartete Raphaella. »Es war, das muß ich dir sagen, ein sehr schmerzvoller Brief, den ich zu lesen bekam. Schmerzvoll aus einer Anzahl von Gründen. Aber am meisten vor allem, weil ich Dinge über dich erfuhr, meine Tochter, die ich nie für möglich gehalten hatte. Soll ich fortfahren?« Raphaella hätte ihm am liebsten nein gesagt, doch sie wagte es nicht. Er würde ohnehin fortfahren, wie sie wußte. »Sie erklärte mir nicht allein, daß du deinen Gatten betrügst. Ein Mann, darf ich dich daran erinnern, Raphaella, der nur Gutes für dich tat, seit du kaum mehr als ein Kind gewesen bist. Ein Mann, der dir vertraut, der dich liebt, der dich jeden wachen Moment über braucht, jeden deiner Gedanken, jeden Atemzug, um ihn am Leben zu halten. Gibst du ihm weniger als das, wirst du ihn töten, und ich bin ganz sicher, daß du dir dessen bewußt bist. Doch du zerstörst nicht allein diesen Mann, der dich liebt und der mein ältester und teuerster Freund ist, sondern du zerstörst anscheinend noch das Leben mehrerer anderer Menschen – einen Mann, der scheinbar eine Frau hatte, die ihn liebte, und den du ihr entfremdet hast. Du hinderst ihn daran, Kinder zu haben, was offenbar etwas ist, was ihm sehr am Herzen liegt. Außerdem erfahre ich von Madame Willard, daß ihre Tochter nach einem schweren Unfall zur Genesung nach Kalifornien reiste und mit diesem Mann, dem du die Frau gestohlen hast, zusammenlebt. Anscheinend verdirbst du auch dieses Kind mit deinem schockierenden Verhalten. Außerdem ist Madame Willard im Kongreß, und nach allem, was sie mir mitteilt, wird sie alle Chancen verlieren, ihr Lebenswerk fortzusetzen, wenn der Skandal ruchbar wird. In der Tat teilt sie mir mit, daß sie unverzüglich zurücktreten will, falls du und ihr Bruder nicht Schluß machen, weil sie der Schande, die ein solcher Skandal über sie, ihren Ehemann, ihre betagte Mutter und ihr Kind brächte, nicht ins Auge sehen könnte. Ich sollte ebenso hinzufügen, daß, wenn solch eine Sache bekannt würde, du auch über mich und das Bankhaus Malle Schande bringen würdest, ganz zu schweigen, wie dein Betragen aus spanischer Sicht beurteilt würde. Ich brauche nicht zu erwähnen, was die Presse aus dir machen würde.«

Raphaella fühlte sich, als sei sie gekreuzigt worden. Die Ungeheuerlichkeit des Geschehenen, die Beschuldigungen, die Machenschaften Kays und die bitteren Vorwürfe ihres Vaters überstiegen fast jedes Maß des Erträglichen. Was konnte sie ihm sagen? Wo sollte sie beginnen? Die Wahrheit war, daß Kay eine bösartige, ehrgeizzerfressene Politikerin war, die vor nichts haltmachte, um ihre Ziele zu erreichen; daß sie nicht an Rücktritt dachte, sondern sich erneut zur Wahl aufstellen ließ, diesmal als Senator. Daß Amanda von ihr und Alex nicht ›verdorben‹, sondern tief geliebt wurde; daß er nicht mit Rachel verheiratet gewesen war, als sie ihm begegnete, und daß er nicht zu Rachel zurück wollte und daß sie selbst noch immer alles gab, was sie John Henry geben konnte, aber daß sie Alex auch liebte. Ihr Vater saß jedoch nur da und starrte sie mit Verachtung und Zorn in den Augen an. Als sie ihn ansah, fühlte sie sich machtlos vor ihm, Tränen stürzten aus ihren Augen und rannen ihr über die Wangen.

»Ich muß dir auch noch sagen«, fuhr er nach einer Pause fort, »daß es nicht meine Art ist, dem Wort einer völlig Fremden zu glauben. Mit erheblichen Unannehmlichkeiten und großen Ausgaben engagierte ich einen Detektiv, der deine Aktivitäten in den vergangenen zehn Tagen chronologisch aufgezeichnet hat, die zu bestätigen scheinen, was diese Frau sagt. Jede einzelne Nacht« – er blitzte sie zornig an, – »kamst du nicht früher als um fünf Uhr morgens heim. Falls es dich nicht kümmert, was du jenen antust, die um dich herum sind, Raphaella, so würde ich meinen, daß deine eigene Reputation dir etwas mehr bedeuten sollte! Deine Dienstboten müssen dich für eine Schlampe, eine Hure, ein Stück Dreck halten!« Er brüllte sie an und verließ seinen Platz, um den Raum zu durchqueren. Sie hatte noch nicht ein Wort gesagt. »Wie kannst du so etwas machen? Wie kannst du so ehrlos, so ekelhaft, so billig sein?« Er wandte ihr das Gesicht zu, und sie schüttelte nur stumm den Kopf und barg ihr Gesicht in den Händen. Nach einer Weile holte sie tief Luft und sah ihren Vater quer durch das Zimmer an.

»Papa, diese Frau haßt mich ... was sie gesagt hat –«

»Ist alles wahr. Die Berichte von dem Mann, den ich engagierte, sagen es.«

»Nein.« Sie schüttelte vehement ihr Haupt und stand gleichfalls auf. »Nein, das einzig Wahre ist, daß ich ihren Bruder liebe. Aber er ist nicht verheiratet. Er war geschieden, als ich ihn kennenlernte –« Er schnitt ihr brüsk das Wort ab.

»Und du bist eine Katholikin, oder hast du das vergessen? Und eine verheiratete Frau, oder hast du das auch vergessen? Es schert mich nicht, ob es ein Priester oder ein Zulu war, Tatsache ist, daß du mit John Henry verheiratet bist, und du bist nicht frei, herumzuhuren, wo es dir paßt. Nach dem, was du hier getan hast, kann ich ihm nicht wieder unter die Augen treten. Ich kann meinem ältesten Freund nicht ins Gesicht sehen, weil die Tochter, die ich ihm gab, eine Hure ist!«

»Ich bin keine Hure!« Mit Schluchzern in der Kehle schrie sie ihm die Worte zu. »Und du hast mich ihm nicht gegeben. Ich heiratete ihn, weil ich ihn wollte ... ich liebte ihn ...« Sie sprach nicht weiter.

»Ich wünsche, deinen Unsinn nicht zu hören, Raphaella. Ich wünsche nur eins von dir zu hören. Daß du diesen Mann nicht wiedersehen wirst.« Er blitzte sie zornig an und kam langsam auf sie zu. »Und bevor du das nicht tust und mir dein feierliches Versprechen gibst, bist du in meinem Hause nicht willkommen. Genau gesagt« – er warf einen Blick auf seine Uhr –, »geht dein Flugzeug nach Madrid in zwei Stunden. Ich möchte, daß du dich dorthin begibst, um hierüber nachzudenken, und ich werde in einigen Tagen kommen. Dann wünsche ich zu hören, daß du diesem Mann geschrieben und ihm mitgeteilt hast, daß es aus ist. Und um sicher zu sein, daß du dein Versprechen hältst, beabsichtige ich, auf unbestimmte Zeit deine Überwachung zu veranlassen.«

»Aber warum, um Gottes willen, warum?«

»Weil, falls du schon keine Ehre hast, Raphaella, ich sie habe. Du brichst jedes Versprechen, das du je gegeben hast, als du John Henry heiratetest. Du entehrst mich sowohl als dich. Und ich will keine Hure als Tochter haben. Und falls du dich weigerst, in meine Forderung einzuwilligen, erkläre ich dir schlicht, daß du mir keine andere Wahl läßt, als John Henry zu erzählen, was du getan hast.«

»Um Gottes willen, Papa ... bitte ...« Sie schluchzte jetzt fast hysterisch. »Dies ist mein Leben ... du wirst ihn töten ... Papa ... bitte ...«

»Du bist ein Schandfleck auf meinem Namen, Raphaella.« Er starrte sie an, ohne näher zu kommen.

Sie sah ihn an, begriff den Horror dessen, was geschehen war, und zum ersten Mal in ihrem Leben haßte sie jemanden, wie sie es nie zuvor getan hatte. Wenn Kay in diesem Moment im gleichen Zimmer mit ihr gestanden hätte, sie würde sie mit Freuden getötet haben, und zwar mit bloßen Händen. So aber wandte sie sich mit einem Blick der Verzweiflung an ihren Vater.

»Aber, Papa ... warum – warum mußt du dies tun? Ich bin eine erwachsene Frau ... du hast kein Recht –«

»Ich habe jedes Recht. Du bist offenbar zu lange in Amerika gewesen, meine Liebe. Und vielleicht hast du auch zu lange am losen Zügel gehangen, während dein Gatte krank war. Madame Willard teilt mir mit, daß sie versucht hat, dich zur Vernunft zu bringen, aber du und dieser Mann seien hartnäckig. Sie teilt mir mit, wenn du nicht wärst, würde er zu seiner Frau zurückgehen, wenn du nicht wärst, könnte er eine Familie gründen und Kinder haben.« Er sah sie vorwurfsvoll an. »Wie kannst du das jemandem antun, den du liebst?« Seine Worte und seine Miene waren wie ein Messer, das sie durchschnitt, und sein starrer Blick sog sich an ihren Augen fest. »Doch mein Interesse gilt nicht diesem Mann, es gilt deinem Gatten. Ihm gegenüber solltest du die strengste Loyalität empfinden. Und ich meine es ernst, Raphaella: Ich werde es ihm sagen.«

»Es wird ihn töten.« Sie sprach sehr ruhig, aus ihren Augen ergossen sich Tränen über ihr Gesicht.

»Ja«, sagte ihr Vater knapp. »Es wird ihn töten. Und sein Blut wird an deinen Händen sein. Ich wünsche, daß du in Santa Eugenia darüber nachdenkst. Und ich möchte, daß du weißt, warum ich Vorkehrungen für dich getroffen habe, heute abend abzureisen. Ich will keine Hure unter meinem Dach, Raphaella, nicht einmal für eine Nacht.« Hierauf schritt er zur Tür seines Arbeitszimmers, öffnete sie, verbeugte sich leicht und winkte sie hinaus. Einen endlosen Moment starrte er sie lang und hart an, so daß es sie durchschauerte. Wie verwüstet blickte sie auf das, was sich zwischen ihnen zugetragen hatte. Er schüttelte den Kopf und sagte nur zwei Worte zu ihr. »Guten Abend.« Dann schloß er fest die Tür hinter ihr. Sie mußte zum nächsten Sessel gehen und sich setzen. Sie fühlte sich so elend und zittrig, daß sie glaubte, jeden Augenblick in Ohnmacht zu fallen. Aber sie saß nur da, benommen, entsetzt, verletzt, verwirrt, zornig. Wie konnte er ihr dieses antun? Und hatte Kay gewußt, was sie tat? Konnte sie vielleicht ahnen, welch katastrophale Wirkung ihr Brief haben würde? Mehr als eine halbe Stunde saß Raphaella wie betäubt, und dann, nach einem Blick auf ihre Uhr, stellte sie fest, daß, falls ihr Vater ihren Flug umgebucht hatte, sie jetzt und geradewegs das Haus verlassen mußte.

Langsam ging sie auf die Treppe zu, warf noch einen Blick zurück auf das Arbeitszimmer ihres Vaters. Sie hatte kein Verlangen, ihm jetzt adieu zu sagen. Er hatte alles gesagt, was er zu sagen hatte, und sie wußte, daß er in Santa Eugenia erscheinen würde. Aber sie gab keinen Pfifferling auf das, was er tat oder drohte oder sagte. Er hatte kein Recht, sich in ihr Leben mit Alex einzumischen. Und sie gab auch keinen Pfifferling auf das, was er angedroht hatte, ihr anzutun. Sie würde Alex nicht aufgeben. Sie marschierte die Stufen zur Eingangshalle hinunter, setzte ihren kleinen Strohhut mit dem Schleier auf und hob ihre Reisetasche auf. Jetzt stellte sie fest, daß ihr großes Gepäck gar nicht aus dem Citroën ausgeladen worden war und der Chauffeur noch immer draußen vor der Tür stand. Sie war in der Tat aus dem Hause ihres Vaters verbannt worden, aber sie war so zornig, daß es sie nicht berührte. Er hatte sie ihr ganzes Leben lang wie einen Gegenstand behandelt, ein Möbelstück, eine Art von Guthaben, und sie würde nicht zulassen, daß er dies weiterhin tat.

24

In San Francisco, um die gleiche Zeit, in der Raphaella zum Flughafen außerhalb Paris zurückgefahren wurde, hatte Alex gerade einen höchst ungewöhnlichen Telefonanruf erhalten. Er saß an seinem Schreibtisch, starrte auf seine gefalteten Hände und fragte sich, warum er diesen Anruf erhalten hatte. Höchstwahrscheinlich hatte er etwas mit Raphaella zu tun, aber mehr als das wußte er nicht. Er hatte das Gefühl einer seltsamen und schrecklichen Schwere, während er auf die verabredete Stunde wartete. Fünf Minuten nach neun an jenem Morgen hatte er von einem der Sekretäre John Henrys einen Anruf erhalten und war gebeten worden, falls er könnte, am selben Morgen zum Hause zu kommen. Er hatte ihm nur gesagt, daß Mr. Phillips ihn in einer persönlichen Angelegenheit von bedeutender Wichtigkeit zu sehen wünsche. Weitere Erklärungen wurden nicht geboten, und er wagte nicht, danach zu fragen. Nachdem er aufgehängt hatte, rief er gleich seine Schwester an, doch die Kongreßabgeordnete Willard war an diesem Morgen nicht greifbar. Er mußte warten, bis er John Henry in zwei Stunden sah. Vielleicht hatte John Henry schon mit Raphaella gesprochen, und sie hatte es Alex nicht gesagt. Vielleicht hatte er schon mit ihrer Familie arrangiert, sie in Spanien zu behalten. Gleichwohl spürte er, daß sich etwas Schreckliches zusammenbraute, aber mit Rücksicht auf John Henrys vorgeschrittenes Alter und den offenkundigen Ernst der Situation konnte er sich nicht weigern, hinzugehen und ihn zu sehen. Er würde es gerne getan haben, dachte er, als er seinen Wagen an der gegenüberliegenden Straßenseite des Hauses parkte.

Langsam ging er auf die mächtige Eichentür, die er so oft gesehen hatte, zu. Er läutete und wartete, und einen Moment später erschien ein ernstblickender Butler. Für eine Sekunde hatte Alex das Gefühl, als ob jedes Mitglied dieses Hauses sein Verbrechen kannte und im Begriff war, Gericht über ihn zu halten. Er war ein kleiner Junge, der wegen gestohlener Äpfel gescholten werden sollte – doch nein, dies hier war schlimmer, sehr viel schlimmer. Hätte er es sich gestattet, hätte er jetzt echte Angst gehabt. Doch er fühlte, daß dies ein Augenblick war, der ihm absolut keine Wahl ließ. Er schuldete es John Henry, vor ihm zu erscheinen, gleichgültig, was der alte Mann zu tun oder zu sagen beabsichtigte.

Der Butler führte ihn in die Hauptempfangshalle. Von dort eskortierte ihn ein Dienstmädchen nach oben. Vor der Zimmerflucht John Henrys kam ein älterer Mann auf ihn zu, lächelte entgegenkommend und dankte ihm, nach so kurzfristiger Benachrichtigung gekommen zu sein, um Mr. Phillips zu sehen. Er wies sich als Mr. Phillips' Sekretär aus, und Alex erkannte die Stimme, die er am Telefon gehört hatte, wieder.

»Sehr freundlich von Ihnen, so rasch zu kommen. Dies ist höchst ungewöhnlich für Mr. Henry. Er hat seit mehreren Jahren niemand mehr gebeten herzukommen. Ich nehme aber an, es ist irgendeine dringende persönliche Sache, und er dachte, Sie könnten in der Lage sein, ihm zu helfen.« Wieder spürte Alex tiefe Besorgnis.

»Sicherlich.« Er hörte sich zu dem ältlichen Sekretär Belanglosigkeiten murmeln. Sie warteten darauf, von der Pflegerin hereingeführt zu werden. »Ist er sehr krank?« Er wußte, es war eine bornierte Frage, als der Mann nickte, denn ihm war ja von Raphaella bekannt, wie krank John Henry war. Er war jedoch völlig entnervt alleine dadurch, hier draußen vor John Henrys Schlafzimmer in ›ihrem‹ Heim zu stehen. Dies waren die Gänge, durch die sie jeden Tag ging. Dies war das Haus, in dem sie jeden Morgen frühstückte, in welches sie kam, nachdem sie ihn verlassen hatte, nachdem sie sich geliebt hatten.

»Mr. Hale ...« Die Pflegerin hatte die Tür geöffnet, und der Sekretär verbeugte sich. Eine Sekunde schien Alex zu zaudern, dann ging er auf den Eingang zu, sich fühlend wie ein Mann, der zu seiner eigenen Exekution schreitet, doch wenigstens tat er es mit Stil. Er würde ihr keine Unehre erweisen, weder indem er sich durch Weigerung seines Erscheinens als Feigling erwies, noch durch einen unpassenden Aufzug. Er war zu Hause vorbeigefahren, um die Kleidung zu wechseln gegen einen schwarzen Nadelstreifenanzug, den er in London gekauft hatte, mit weißem Hemd und Dior-Krawatte, doch selbst dies half nichts, als er die Türschwelle überschritt und die zusammengeschrumpfte Gestalt in dem massiven antiken Bett erblickte.

»Mr. Phillips?« Alexanders Stimme war kaum mehr als ein Flüstern, als hinter ihm beide, der Sekretär und die Pflegerin, verschwanden. Sie waren nun allein, die zwei Männer, die Raphaella liebten, der eine so geschlagen, so alt und zerbrochen, der andere so jung und hochgewachsen, wie er dort stand und auf den Mann, den Raphaella vor fünfzehn Jahren geheiratet hatte, schaute.

»Bitte, kommen Sie näher.« Seine Sprechweise war verstümmelt und schwierig zu verstehen, doch es war, als ob Alex seine Worte erspürte, so sehr war er auf das Kommende eingestellt. John Henry winkte schwach zu einem Stuhl neben seinem Bett und bat Alex, darauf Platz zu nehmen, doch es war keine Schwäche in den scharfen blauen Augen, die ihn beobachteten, ihm Maß nahmen, Zoll für Zoll, Haar für Haar. Alex setzte sich vorsichtig auf den Stuhl und wünschte, er würde in seinem Bett aufwachen, um festzustellen, daß dies nur ein Alptraum war. Es war einer jener Augenblicke im Leben, in denen man sich weit weg wünscht.

»Ich möchte ...« Er mühte sich mit der Sprache, aber seine Augen ließen Alex dabei niemals los, und selbst jetzt war um ihn die Aura eines stolzen Herrschers. Es war nichts Anmaßendes an ihm, nur eine Art von ruhiger Stärke, sogar in diesem gebrochenen Zustand; man spürte, daß dies einst ein großer Mann gewesen war. Es war jetzt leichter zu verstehen, was er Raphaella einmal bedeutet haben mochte und warum sie ihn jetzt noch liebte. Für einen Moment verspürte Alex Scham für das, was sie getan hatten. »Ich möchte ...«, stammelte John Henry weiter, mit der einen Seite des Mundes, die sich nicht mehr bewegen konnte, kämpfend, »Ihnen danken ... für Ihr Kommen.« Jetzt entdeckte Alex, daß seine Augen nicht nur durchdringend, sondern auch gütig waren. Alex nickte ihm zu, nicht ganz sicher, was zu sagen war. »Ja, Sir«, würde passend gewesen sein. Er empfand Ehrfurcht für diesen Mann.

»Ja. Ihr Sekretär sagte, daß es wichtig sei.« Sie wußten beide, daß dies eine Untertreibung war. Trotz des verkrüppelten Mundes versuchte John Henry zu lächeln.

»In der Tat, Mr. Hale ... in der Tat.« Und dann nach einer kurzen Pause: »Ich hoffe ... ich habe Sie nicht ... erschreckt ... Sie zu bitten ...« Er schien kaum fähig, den Satz zu beenden, jedoch entschlossen, es zu tun. Es war eine harte Leistung für beide. »... herzukommen. Es ist sehr wichtig«, sagte er deutlicher, »für alle drei ... von uns ... Ich brauche es nicht zu erklären.«

»Ich –« Sollte er es leugnen? Alex überlegte. John Henry hatte nicht in einem anklagenden Ton gesprochen. Er hatte die Wahrheit gesagt. »Ich verstehe.«

»Gut.« John Henry nickte, erfreut blickend. »Ich liebe meine Frau sehr, Mr. Hale ...« Die Augen waren seltsam leuchtend. »So sehr, daß es mich schmerzte ... schrecklich ... sie hier gefangenzuhalten, während ich ... ich ein Gefangener dieses nutzlosen zerstörten Körpers bin ... und sie weiterhin an ... mich gekettet ist ...« Er blickte gramzerfressen, als seine Augen Alex erreichten – »... wie es jetzt ist. Es ist kein Leben für eine ... junge Frau ... dennoch ... sie ist sehr gut zu mir.«

Alex sah sich gezwungen, hierauf zu antworten. Seine Stimme klang rauh, als er sprach. »Sie liebt Sie sehr.« Er fühlte sich immer mehr als Eindringling. Sie waren die Liebenden. Er war der Störenfried. Es war das erste Mal, daß er wahrhaft begriff. Sie war dieses Mannes Frau, nicht seine. Und bei aller Zuneigung, die sie füreinander empfanden, sie gehörte hierher. Und dennoch, konnte er das wirklich glauben? John Henry war ein sehr alter Mann, sich mit unendlich kleinen Schritten dem Tode nähernd. Wie er selbst zu wissen schien, war es eine grausame Existenz für sie. Er sah Alex jetzt hilflos an.

»Es war eine schreckliche Sache, ihr ... dies anzutun.«

»Sie haben es nicht gewollt.«

Da war die Spur eines Lächelns. »Nein ... das habe ich nicht ... aber ... es geschah ... und noch ... lebe ich weiter ... und ich quäle sie.«

»Das ist nicht wahr.« Sie saßen da wie zwei alte Freunde, jeder die Existenz und Bedeutung des anderen anerkennend, es war ein seltsamer Moment im Leben beider Männer. »Sie bedauert keinen Augenblick ihrer Zeit mit Ihnen.« Wieder mußte er sich zwingen, nicht hinzuzufügen »Sir«.

»Doch, sie sollte ... es bedauern.« Er schloß kurz die Augen. »Ich tue es.« Als er die Augen wieder öffnete, waren sie so scharf wie zuvor. »Ich bedaure es ... für sie ... und für mich ... Aber ich habe Sie nicht hergebeten, um Ihnen von meinem Bedauern zu erzählen ... und meinen Sorgen ... Ich rief Sie her, um Sie ... über sich zu befragen.«

Alexanders Herz hämmerte, und er beschloß, den Stier bei den Hörnern zu packen. »Darf ich Sie fragen, wie Sie von mir erfahren haben?« Hatte er es die ganze Zeit gewußt? Ließ er sie routinemäßig von Dienstboten überwachen?

»Ich erhielt ... einen Brief.«

Alex fühlte, wie in seinem Inneren ein flammender Zorn aufstieg. »Darf ich fragen, von wem?«

»Ich ... weiß es nicht.«

»Er war anonym?«

John Henry nickte. »Es wurde mir nur mitgeteilt ... daß ... Sie und ...« Er schien ihren Namen in Alexanders Gegenwart nicht nennen zu wollen, es war genug, daß sie hier zusammensaßen und die Wahrheit sprachen. »Daß Sie und sie in Verbindung sind seit ... fast einem Jahr.« Er begann leise zu husten, und Alex war besorgt, doch John Henry winkte mit der Hand, um anzuzeigen, daß alles in Ordnung sei, und fuhr nach kurzer Pause fort. »Es wurde mir Ihre Adresse und Telefonnummer gegeben und erklärt, daß Sie ... Rechtsanwalt sind ... und deutlich zum Ausdruck gebracht ... daß es weise sein würde ... dem Verhältnis Einhalt zu gebieten.« Er sah Alexander neugierig an. »Warum ist das so? War der Brief ... von Ihrer Frau?« Er schien beunruhigt, doch Alex schüttelte den Kopf.

»Ich habe keine Frau. Ich wurde vor mehreren Jahren geschieden.«

»Ist sie ... noch ... eifersüchtig?«

»Nein. Ich glaube, der Brief, den Sie erhielten, war von meiner Schwester. Sie ist Politikerin. Kongreßabgeordnete, genau gesagt. Sie ist eine furchtbare, selbstsüchtige, bösartige Frau. Sie denkt, falls irgendein Wort von dieser meiner ... äh ... unserer Verbindung bekannt wird, würde es ihr politisch schaden, wegen des Skandals.«

»Sie hat vermutlich ... recht.« John Henry nickte mit dem Kopf. »Aber weiß jemand was?« Er konnte es schwerlich glauben. Raphaella würde immer diskret sein.

»Nein.« Alex war steinhart. »Niemand. Nur meine Nichte, und sie vergöttert Raphaella und ist durchaus in der Lage, ein Geheimnis zu wahren.«

»Ist sie ein kleines Kind?« John Henry schien zu lächeln.

»Sie ist siebzehn und die Tochter besagter Schwester. Amanda, meine Nichte, hat in den letzten Monaten bei mir gelebt. Sie wurde am Erntedankfesttag schwer verletzt, und während ihre Mutter höchst rücksichtslos zu ihr war, hat Ihre – äh – Raphaella« – er beschloß, völlig aufrichtig zu sein – »sich wundervoll verhalten.« Seine Augen leuchteten bei diesen Worten warm auf, und John Henry lächelte erneut.

»Sie würde immer wundervoll sein ... in solch einem Fall. Sie ist eine höchst ... ungewöhnliche ... Person.« Hierin stimmten beide überein. John Henry wurde wieder traurig. »Sie hätte ... Kinder haben sollen.« Und dann: »Vielleicht ... eines Tages ... wird sie.« Alex sagte nichts. Endlich fuhr John Henry fort. »Also, Sie meinen, es ist ... Ihre Schwester?«

»Ja. Hat sie Ihnen in irgendeiner Weise in dem Brief gedroht?«

»Nein.« Er blickte schockiert. »Sie appellierte nur ... an ... meine ... Fähigkeit, es zu ... beenden.« Plötzlich sah er amüsiert aus und winkte auf seine nutzlosen Glieder unter den Laken. »Welch ein Vertrauen setzt man ... in einen sehr alten Mann.« Aber geistig schien er nicht so alt, als seine Augen Alex begegneten. »Erzählen Sie mir ... darf ich fragen ... wie es begonnen hat?«

»Wir lernten uns letztes Jahr in einem Flugzeug kennen. Nein, das ist nicht richtig.« Alex krauste die Stirn und schloß für einen Moment die Augen, sich an das erste Mal erinnernd, als er sie auf den Stufen sitzen sah. »Ich sah sie eines Nachts ... auf den Treppenstufen sitzen und über die Bucht hinausschauen.« Ihm wurde bewußt, daß er John Henry nicht erzählen wollte, daß sie geweint hatte. »Ich fand sie unwahrscheinlich schön, aber das war alles. Ich erwartete niemals, sie wiederzusehen.«

»Doch Sie taten es?« John Henry blickte neugierig.

»Ja. In dem Flugzeug, das ich erwähnte. Ich sah sie flüchtig im Flughafen, aber sie verschwand.«

John Henry lächelte ihn gütig an. »Sie müssen ... ein Romantiker sein.«

Alex errötete leicht und lächelte einfältig. »Ich bin es.«

»Sie ist es auch.« Er sprach jetzt wie ihr Vater und gab die Tatsache nicht preis, daß er auch ein Romantiker gewesen war. »Und dann?«

»Wir unterhielten uns. Ich erwähnte meine Mutter. Sie las eins ihrer Bücher.«

»Ihre Mutter ... schreibt?« Sein Interesse schien zu wachsen.

»Charlotte Brandon.«

»Äußerst ... beeindruckend ... Ich las einige ihrer früheren ... Bücher ... Ich würde sie gerne kennengelernt haben.« Alex hätte ihm gerne gesagt, daß er es könne, doch sie wußten beide, daß dies nie geschehen würde. »Und Ihre Schwester ist ... eine Kongreßabgeordnete ...« Er nickte Alex wohlwollend zu.

»Ich lud sie mit meiner Mutter zum Mittagessen in New York ein und –« Er zögerte für den Bruchteil einer Sekunde. »Ich wußte da noch nicht, wer sie war. Meine Mutter erzählte es mir nach dem Essen.«

»Sie wußte es?«

»Sie hat sie wiedererkannt.«

»Ich bin ... überrascht ... Wenige Leute kennen sie ... Ich hielt sie gut verborgen vor ... der Presse.« Alex nickte. »Sie hatte es Ihnen ... nicht ... selbst gesagt?«

»Nein. Das nächste Mal, als ich sie sah, sagte sie mir nur, daß sie verheiratet sei und sich nicht binden könne.« John Henry nickte, sichtlich erfreut. »Sie war sehr entschieden, und ich muß gestehen, daß ich – ich sie bedrängte.«

»Warum?« John Henrys Stimme war plötzlich grell in dem stillen Zimmer.

»Es tut mir leid. Ich konnte nicht anders. Ich ... wie Sie schon sagten, ich bin ein Romantiker. Ich war ihr in Liebe verfallen.«

»So rasch?« Er sah ihn skeptisch an, doch Alex hielt stand.

»Ja.« Er tat einen tiefen Atemzug. Es war schwer, John Henry dies alles zu erzählen. Und warum? Warum wollte der alte Mann das alles wissen? »Ich sah sie wieder, und ich glaubte, sie fühlte sich auch zu mir hingezogen.« Es ging ihn nichts an, daß sie in New York miteinander ins Bett gegangen waren. Sie hatten auch ein Recht auf ihre Privatsphäre. Sie gehörte nicht nur ihm, sondern ebenso Alexander. »Wir flogen im selben Flugzeug zurück, aber hier sah ich sie nur einmal. Sie kam, um mir zu sagen, daß sie mich nicht wiedersehen könnte. Sie wollte Ihnen gegenüber nicht unredlich sein.«

John Henry blickte verdutzt. »Sie ist eine ... erstaunliche ... Frau.« Alex stimmte ihm offen zu. »Und dann? Sie bedrängten sie erneut?« Es war keine Anklage, nur eine Frage.

»Nein. Ich ließ sie allein. Zwei Monate später rief sie mich an. Und ich denke, wir waren beide gleichermaßen unglücklich.«

»Damals begann es?« Alex nickte. »Verstehe. Und wie lange ist das jetzt her?«

»Fast acht Monate.«

John Henry nickte langsam. »Ich pflegte ... mir zu wünschen ... sie möge irgend jemanden finden. Sie ist so einsam gewesen ..., und ich konnte nichts tun ... deswegen. Nach einer Zeit hörte ich auf, darüber nachzudenken ... Sie schien sich mit ihrem Leben abgefunden zu haben ... so wie es war.« Er sah Alex wieder ohne Vorwurf an.

»Gibt es irgendeinen Grund, warum ich es ... beenden sollte? Ist sie ... unglücklich?« Alex schüttelte langsam den Kopf. »Sind Sie es?«

»Nein.« Alex seufzte leise. »Ich liebe sie unendlich. Es tut mir nur leid, daß dies zu Ihrer Kenntnis gelangt ist. Wir hatten nie die Absicht, Sie zu kränken. Vor allem sie hätte das nicht ertragen.«

»Ich weiß.« John Henry sah ihn gütig an. »Ich weiß ... und Sie ... haben mich nicht ... gekränkt. Sie haben mir nichts genommen. Sie ist so sehr meine Frau, wie sie es immer gewesen ist ... sosehr sie es sein kann ... jetzt. Sie ist so gut wie immer zu mir ... so freundlich ... so liebevoll. Und falls Sie ihr etwas mehr geben können, etwas Sonnenschein ... etwas Freude ... etwas Freundlichkeit ... etwas Liebe ... wie könnte ich ihr das mißgönnen? Es ist nicht recht ... für einen Mann meines Alters ... eine schöne junge Frau in einer Falle gefangenzuhalten ... Nein!« Seine Stimme hallte machtvoll im Raum wider. »Nein ... ich will sie nicht zurückhalten!« Dann milderte sich seine Stimme wieder. »Sie hat ein Recht auf ein Glück mit Ihnen ... genauso wie sie einst ein Recht auf Glück mit mir besaß. Leben ist eine Folge wechselnder Jahreszeiten ... wechselnder Schauplätze ... wechselnder Träume ... wir müssen uns dem anpassen. In der Vergangenheit eingesperrt zu bleiben würde sie zu demselben Schicksal wie dem meinen verdammen. Es wäre unmoralisch, ihr zu erlauben, das zu tun ... *Das* wäre der Skandal« – er sah Alex mit feinem Lächeln an –, »nicht das, was sie mit Ihnen teilt.« Und dann, fast in einem Flüstern: »Ich bin Ihnen dankbar ... wenn Sie sie glücklich machten, und ich glaube, Sie haben es getan.« Er machte eine lange Pause. »Und nun? Was planen Sie mit ihr oder haben Sie vor?« Er blickte erneut besorgt, als versuche er die Zukunft für sein geliebtes Kind zu regeln.

Alex war nicht sicher, was er ihm sagen sollte. »Wir sprechen selten darüber.«

»Aber Sie denken ... darüber nach?«

»Ich tue es.« Alex war ehrlich mit ihm.

»Werden Sie« – bei diesen Worten stiegen Tränen in seine Augen – »für sie sorgen ... an meiner Statt?«

»Wenn sie es mir erlaubt.«

John Henry schüttelte seinen Kopf. »Wenn *sie* ... es Ihnen erlauben. Falls mir etwas zustößt, wird ihre Familie kommen und sie holen ... und sie wegbringen.« Er seufzte leise. »Sie braucht Sie ... wenn Sie gut zu ihr sind, sie braucht Sie so sehr ... wie sie mich ... einst brauchte.«

Alexanders Augen waren jetzt ebenfalls feucht. »Ich verspreche es Ihnen. Ich werde für sie sorgen. Und ich werde sie niemals, niemals von Ihnen wegziehen. Nicht jetzt, nicht später, nicht in fünfzig Jahren oder zehn Jahren oder zwei. Ich möchte, daß Sie das wissen.« Er griff nach John Henrys zerbrechlicher Hand und umschloß sie mit seiner eigenen. »Sie ist Ihre Frau, und ich respektiere das. Ich habe es immer getan. Ich werde es immer tun.«

»Und eines Tages machen Sie sie zu der ... Ihren?« Ihre Augen trafen sich und hielten sich fest.

»Wenn sie es mir erlaubt.«

»Sehen Sie zu ... daß sie es tut.« Er drückte fest Alexanders Hand, dann schloß er die Augen, als sei er erschöpft. Einen Moment später öffnete er sie mit einem kleinen Lächeln. »Sie sind ein guter Mann, Alexander.«

»Danke, Sir.« Endlich hatte er es gesagt. Und er fühlte sich besser. Es war, als wären sie Vater und Sohn.

»Sie waren tapfer herzukommen.«

»Ich mußte es.«

»Und Ihre Schwester?« Seine Augen befragten Alex, doch Alex zuckte nur die Achseln.

»Sie kann keinen echten Schaden zwischen uns stiften.« Er sah John Henry an. »Was kann sie sonst noch tun? Sie hat es Ihnen mitgeteilt. Sie kann es nicht publik machen, dann würden die Wähler es erfahren.« Er lächelte. »Sie hat überhaupt keine Macht.«

Aber John Henry blickte besorgt. »Sie könnte ... Raphaella weh tun.« Er sagte es so gedämpft, daß es fast ein Flüstern war. Doch endlich hatte er ihren Namen genannt.

»Ich würde es ihr nicht erlauben.« Und Alex' Stimme tönte so entschlossen, daß John Henry sehr beruhigt aussah.

»Gut.« Und dann nach einem Augenblick: »Mit Ihnen wird sie sicher sein.«

»Immer.«

Er sah Alex lange an, dann streckte er ihm erneut die Hand entgegen. Alex nahm sie in die seine, John Henry preßte sie und flüsterte: »Sie haben meinen Segen, Alexander ... sagen Sie ihr das ... wenn die Zeit gekommen ist.«

In Alexanders Augen waren Tränen, als er die zerbrechliche Hand, die er hielt, küßte, und einige Minuten später verließ er den alten Mann, um ihm Erholung zu gönnen.

Er verließ das stattliche Herrenhaus mit einem Gefühl des Friedens, das er niemals vorher kannte. Ohne es zu wollen, hatte seine Schwester ihn mit einem unendlich kostbaren Geschenk bedacht. Anstatt die Affäre mit Raphaella zu beenden, hatte sie ihnen den Schlüssel zu ihrer Zukunft geliefert. In einer merkwürdigen, altmodischen Form, im Ritual eines verliehenen Segens. John Henry Phillips hatte Raphaella an Alexander Hale weitergegeben, nicht als ein Besitztum oder eine Last, sondern als einen kostbaren Schatz, den jeder, in seiner eigenen Zeit, zu lieben und zu beschützen gelobt hatte.

25

»Raphaella, Liebling.« Ihre Mutter schlang die Arme um sie, als Raphaella in Madrid aus dem Flugzeug stieg. »Aber was ist das für ein Wahnsinn? Warum bist du die Nacht über nicht in Paris geblieben? Als dein Vater mir sagte, du würdest auf direktem Wege herkommen, habe ich ihm erklärt, das sei total verrückt.« Alejandra de Mornay-Malle sah die dunklen Ringe, die sich unter den Augen ihrer Tochter gebildet hatten, und schalt sie liebevoll aus, doch die Art und Weise, wie sie es tat, verriet Raphaella, daß sie keine Ahnung hatte, warum ihre Pläne geändert wurden. Offenbar hatte ihr Vater nichts über den Brief von Madame Willard oder die Affäre mit Alex oder daß sie in Ungnade war, gesagt.

Raphaella lächelte ihrer Mutter müde zu und wünschte, sich glücklich zu fühlen, sie zu sehen, ein Gefühl des Heimkommens zu haben, einen Hafen zu finden vor ihres Vaters Zorn. Indessen, alles, was sie fühlte, war Erschöpfung, und alles, was sie hören konnte, war das Echo der Worte ihres Vaters. ›Ich will keine Hure unter meinem Dach, Raphaella, nicht einmal für eine Nacht.‹

»Liebling, du siehst erschöpft aus, bist du sicher, daß dir nichts fehlt?« Die auffallende flachsblonde Schönheit, die Alejandra de Santos y Quadral als junges Mädchen berühmt gemacht hatte, war mit Beginn der mittleren Jahre nur leicht verblaßt. Sie war noch immer eine bemerkenswert schöne Frau. Ihre Schönheit wurde nur beeinträchtigt durch den Umstand, daß sie kurzsichtig war und ihre strahlenden grünen Augen kein grelles Licht vertrugen. Sie besaß aber nichts von Raphaellas geheimnisvoller Schönheit oder dem starken Kontrast des jettschwarzen Haares zu dem Elfenbeinteint. In ihrer Mutter war nichts von Raphaellas Tiefe, nichts von ihrer Intelligenz, ihrem Esprit oder ihrer Faszination. Alejandra war nur eine sehr elegante Frau mit einem sehr reizvollen Gesicht, einem guten Herzen, exzellenter Erziehung, guten Manieren und einer leichten, graziösen Lebensart.

»Es geht mir gut, Mutter. Ich bin nur sehr müde. Aber ich wollte in Paris keine Zeit vergeuden, da ich nicht sehr lange bleiben kann.«

»Kannst du nicht?« Ihre Mutter blickte bestürzt bei der Aussicht auf einen kurzen Besuch. »Aber warum nicht? Ist John Henry wieder krank, Liebling?« Raphaella schüttelte den Kopf, als sie ihren Weg vom Flughafen nach Madrid nahmen. »Nein, ich möchte ihn nur nicht sehr lange allein lassen.« Doch es lag ein Zug von innerer Anspannung und Seelenpein auf dem Gesicht ihrer Tochter, der Alejandra erneut auffiel, als sie am Tage darauf nach Santa Eugenia aufbrachen.

Am Abend zuvor hatte sie sich frühzeitig entschuldigt und gesagt, alles, was sie brauche, sei eine ruhige Nacht, um wieder fit zu sein. Ihre Mutter hatte aber eine Reserve gespürt, fast eine Widerspenstigkeit, die ihr Sorgen bereitete, und auf der Fahrt nach Santa Eugenia tags darauf hatte Raphaella nicht ein Wort gesprochen. Nun bekam Alejandra Angst und rief ihren Mann in Paris an.

»Also, Antoine, was ist los? Das Mädchen ist entschieden über irgend etwas bekümmert. Ich verstehe es nicht, aber es ist alles so unklar. Bist du sicher, es hat nichts mit John Henry zu tun?« Nach acht Jahren erschien es seltsam, daß Raphaella seine Krankheit noch so stark empfinden sollte. Jetzt klärte Antoine sie mit einem Seufzer des Bedauerns auf, und Alejandra lauschte voller Bestürzung. »Armes Kind.«

»Nein, Alejandra, nein. Hier ist kein Mitleid am Platze. Sie hat sich abscheulich betragen, und es wird sehr rasch bekanntwerden. Wie würdest du es aufnehmen, wenn du darüber in den Klatschspalten liest oder wenn du irgendwo in den Zeitungen ein Foto von ihr siehst, auf dem sie mit einem fremden Mann auf einer Party tanzt?« Er tönte sehr alt und sehr verärgert, und am anderen Ende der Leitung lächelte Alejandra nur.

»Das hört sich nicht nach Raphaella an. Vermutest du, sie liebt ihn wirklich?«

»Ich bezweifle es. Es spielt auch wirklich keine Rolle. Ich habe mich ihr gegenüber sehr klar ausgedrückt. Sie hat absolut keine Wahl.« Alejandra nickte wieder, wunderte sich und zuckte dann die Schultern. Wahrscheinlich hatte Antoine recht. Er hatte fast immer recht, so wie ihre Brüder, wenigstens meistens.

Später am Abend schnitt sie das Thema bei Raphaella an, die einen langen ruhigen Spaziergang über die kunstvoll angelegten Grünanlagen unternommen hatte. Dort standen Palmbäume, hohe dunkle Zypressen, Blumengärten und Fontänen sowie in Vogelform geschnittene Hecken, doch Raphaella sah nichts davon, als sie, an Alex denkend, dort entlangging. Alles, woran sie denken konnte, war der Brief, den Kay an ihren Vater gesandt hatte. Sie würde seinen Drohungen nicht nachgeben, einerlei, wie glashart er war. Letzten Endes war sie eine erwachsene Frau. Sie lebte in San Francisco, war verheiratet und führte ihr eigenes Leben. Doch wie stark ihre Familie sie in Wahrheit noch kontrollierte, kam ihr wieder und wieder zu Bewußtsein, wenn sie über die Worte ihres Vaters nachdachte.

»Raphaella?« Sie fuhr zusammen, als sie ihren Namen hörte, und sah ihre Mutter, die ein langes weißes Abendkleid und eine endlos lange Kette vollendet passender Perlen trug. »Habe ich dich erschreckt? Das tut mir leid.« Sie lächelte und drückte zärtlich den Arm ihrer Tochter. Sie war eine gute Trösterin und Beraterin anderer Frauen, sie hatte es ihr Leben lang in Spanien getan. »An was dachtest du beim Spazierengehen?«

»Oh ...«, atmete Raphaella langsam aus. »An nichts Besonderes ... einige Dinge in San Francisco.« Sie lächelte ihre Mutter an, doch ihre Augen blieben müde und traurig.

»An deinen Freund?« Jäh blieb Raphaella stehen, und ihre Mutter schlang den Arm um ihre Schultern. »Werde nicht böse. Ich sprach heute abend mit deinem Vater. Ich war sehr beunruhigt ... du sahst so verwirrt aus.« Es lag aber kein Vorwurf in ihrer Stimme, nur Anteilnahme, und sie geleitete Raphaella liebevoll den gewundenen Pfad entlang. »Es tut mir leid, daß etwas dergleichen geschehen ist.«

Raphaella sagte eine lange Zeit nichts, und dann nickte sie. »Mir auch.« Sie war nicht um sich bekümmert, sondern es tat ihr mehr für Alex leid. Sie hatte von Anfang an recht gehabt. »Er ist ein wundervoller Mann. Er verdient viel mehr, als ich ihm geben kann.«

»Darüber solltest du nachdenken, Raphaella. Wäge es in deinem Gewissen. Dein Vater fürchtet die Schande, doch ich denke, das ist nicht das wirklich Wesentliche. Ich glaube, du solltest bedenken, ob du jemandes Leben ruinierst. Zerstörst du diesen Mann? Du weißt« – sie lächelte innig und drückte wiederum Raphaellas Schultern –, »jeder begeht ein- oder zweimal im Leben eine Unbesonnenheit. Wichtig ist aber, daß dabei niemand zu Schaden kommt. Jemand, den du gewöhnlich gut kennst, kommt schneller zur Vernunft, manchmal sogar ein Cousin oder vielleicht jemand anders, der ebenfalls ein verheirateter Mann ist. Aber mit Menschen zu spielen, die frei sind und mehr von dir erwarten, die Hoffnungen auf etwas haben, was du ihnen nicht geben kannst, ist Grausamkeit, Raphaella. Mehr noch, es ist unverantwortlich. Falls es das ist, was du tust, dann ist es unrecht von dir, diesen Mann zu lieben.«

Ihre Mutter hatte dem schweren Gewicht, das sie niederdrückte, seit sie hier eingetroffen war, soeben eine weitere Last hinzugefügt. Nachdem sie sich von dem Zorn über die Worte ihres Vaters erholt hatte, wurde sie angesichts der Wahrheit zumindest einer seiner Anklagen von überwältigender Niedergeschlagenheit heimgesucht. Die Tatsache, daß sie John Henry etwas vorenthalten könnte in Form von Zeit, Lebensmut, Ergebenheit oder selbst den Bruchteil eines Gefühls, hatte sie immerzu gequält, und die Tatsache, sie könnte Alex von etwas Produktiverem abhalten, war seit Beginn ihrer Beziehung ihr anderer Kummer gewesen.

Nun erzählte ihr ihre Mutter, eine Affäre mit einem Cousin oder jemandem, der ebenfalls verheiratet war, sei nicht dasselbe wie ein Verhältnis mit Alex. Sie erzählte ihr, daß es grausam sei, Alex zu lieben. Und plötzlich, als die Gefühle über ihr zusammenschlugen, konnte Raphaella es keine Sekunde länger ertragen. Sie schüttelte den Kopf, drückte den Arm ihrer Mutter und rannte den ganzen Pfad entlang zum Haus zurück. Ihre Mutter folgte langsamer, mit Tränen in den Augen angesichts der Seelenqual, die sie im Antlitz ihrer Tochter gesehen hatte.

26

Die Tage, die Raphaella in diesem Sommer auf Santa Eugenia verbrachte, gehörten zu den unglücklichsten, die sie dort je erlebte. Jeder Tag lastete auf ihr wie eiserne Gewichte, die sie um den Hals trug. Sogar die Kinder entzückten sie nicht in diesem Jahr. Sie waren laut und unfolgsam, spielten den Erwachsenen unentwegt Streiche und belästigten Raphaella auf jede erdenkliche Weise. Der einzige Lichtblick war, daß sie ihre Geschichten mochten, doch selbst dies schien ihr nicht mehr sehr viel auszumachen. Nach ihren ersten Tagen dort packte sie die Manuskriptseiten wieder in ihren Koffer und weigerte sich, ihnen während des restlichen Aufenthalts weitere Geschichten zu erzählen.

Sie schrieb zwei bis drei Briefe an Alex, doch plötzlich wirkten sie alle gestelzt und unbeholfen. Es war unmöglich, ihm nicht mitzuteilen, was geschehen war, und sie wollte es nicht tun, bevor nicht alle Zweifel in ihr behoben waren. Jedesmal, wenn sie versuchte, ihm zu schreiben, fühlte sie sich schuldiger, jeden Tag fühlte sie sich mehr von den Worten ihres Vaters und ihrer Mutter niedergedrückt.

Es war fast eine Erleichterung, als nach der ersten Woche ihr Vater für das Wochenende kam und nach dem Frühstück Raphaella mitteilte, daß er sie in dem kleinen Solarium, das mit seinem Zimmer verbunden war, zu sehen wünsche. Als sie ihn dort aufsuchte, blickte er genauso grausam, wie er es in Paris getan, und sie nahm unbewußt auf dem grünweiß gestreiften Sessel Platz, wie sie es als Kind getan haben würde.

»Nun, bist du zu Verstand gekommen?« Er kam direkt zur Sache, und sie mußte sich zusammennehmen, um bei seinen Worten nicht zu zittern. Es war lächerlich, daß er sie in ihrem Alter noch beeindrucken sollte, doch sie hatte zu viele Jahre damit verbracht, seine Befehle entgegenzunehmen, um durch die Macht, die er ausübte, nicht beeindruckt zu sein. Er war ihr Vater, und er war ein Mann. »Bist du?«

»Ich weiß nicht recht, was du meinst, Vater. Ich stimme noch immer nicht mit deinem Standpunkt überein. Was ich getan habe, hat John Henry nicht geschadet, wie sehr du es auch mißbilligen magst.«

»Tatsächlich? Und wie steht's um seine Gesundheit, Raphaella? Wenn ich recht verstanden habe, geht es ihm nicht sehr gut!«

»Es geht ihm nicht schlecht.« Ihre Stimme stockte, dann stand sie vom Sessel auf, ging um den Raum herum, blieb schließlich stehen, um ihren Vater mit dem, was die Wahrheit war, zu konfrontieren. »Er ist siebenundsiebzig Jahre alt, Papa. Seit fast acht Jahren war er mehr oder weniger bettlägerig. Er hat eine Anzahl von Schlaganfällen gehabt, und er hat sehr wenig Verlangen, mit dieser Art von Leben fortzufahren. Kannst du mir wirklich die Schuld dafür zuschieben?«

»Wenn er so wenig den Wunsch zum Weiterleben hat, kannst

du es wagen, ihm die Chance dieses kleinen Wunsches, der ihm geblieben ist, zu nehmen? Kannst du das Risiko auf dich nehmen, daß es ihm jemand erzählt und ihm so den allerletzten Strohhalm nimmt? Du mußt eine sehr kaltblütige Frau sein, Raphaella. An deiner Stelle würde ich dieses Risiko nicht auf mich nehmen. Sei es nur, weil ich nicht sicher sein würde, ob ich mit mir weiterleben könnte, wenn ich ihn getötet hätte … Oder hat dich dieser Gedanke nie beschäftigt?«

»Er hat es. Oft.« Sie seufzte leise. »Aber, Papa … ich liebe … diesen Mann.«

»Wenngleich nicht genug, um das zu tun, was für ihn das beste wäre. Das betrübt mich. Ich dachte, da wäre mehr in dir als das.«

Sie musterte ihn traurig. »Muß ich so vollkommen sein, Papa? Muß ich so ungemein stark sein? Acht Jahre bin ich stark gewesen … für acht –« Aber sie konnte nicht fortfahren, sie weinte wieder, und dann sah sie zitternd zu ihm hoch. »Jetzt ist er alles, was ich habe.«

»Nein.« Er sprach bestimmt. »Du hast John Henry. Du hast kein Recht auf mehr als das. Eines Tages, wenn er nicht mehr da ist, kannst du andere Möglichkeiten in Erwägung ziehen. Aber jene Türen sind jetzt nicht offen für dich.« Er sah sie streng an. »Und ich hoffe zu John Henrys Gunsten, daß sie für eine lange Zeit für dich nicht offen sind.« Sie senkte für einen Augenblick den Kopf, dann sah sie hoch und ging zur Tür des kleinen Raums.

»Ich danke dir, Papa.« Sie sagte die Worte sehr leise und ging hinaus.

Am nächsten Tag reiste ihr Vater nach Paris ab, aber ihm wie auch ihrer Mutter fiel deutlich auf, daß einiges von dem, was sie Raphaella gesagt hatten, haftengeblieben zu sein schien. Viel von ihrem Kampfgeist war von ihr gewichen. Schließlich, nach vier weiteren Tagen auf Santa Eugenia und fünf weiteren schlaflosen Nächten, stand sie eines Morgens um fünf Uhr auf, ging zum Schreibtisch in ihrem Zimmer und holte ein Blatt Papier und eine Feder heraus. Es war nicht so, daß sie ihren Eltern nicht länger widerstehen konnte. Sie konnte aber nicht länger gegen die eigene innere Stimme, an die sie appelliert hatten, ankämpfen.

Wie konnte sie wissen, daß das, was sie tat, John Henry nicht schadete? Und was sie von Alex sagten, war gleichfalls wahr. Er hatte ein Recht auf mehr, als sie ihm geben konnte, und vielleicht würde sie noch viele Jahre nicht frei sein, ihm mehr zu geben.

Sie saß an ihrem Schreibtisch, starrte auf den leeren Bogen vor sich und wußte, was sie zu schreiben hatte. Nicht ihres Vaters, ihrer Mutter oder Kay Willards wegen, sagte sie zu sich selbst, sondern wegen John Henry und Alex und dessentwegen, was sie ihnen schuldig war. Es kostete sie zwei Stunden, den Brief aufzusetzen, den sie kaum sehen konnte, als sie ihn mit einem letzten Federstrich endlich unterschrieb. Die Tränen strömten so reichlich über ihr Gesicht, daß nur noch ein Schleier vor ihr wogte, doch die Bedeutung ihrer Worte an ihn war keineswegs verschleiert. Sie hatte ihm mitgeteilt, daß sie ihr Verhältnis nicht fortsetzen wolle, daß sie während ihrer Ferien in Spanien ausgiebig und intensiv darüber nachgedacht habe und daß das Weiterschleppen einer Liebesaffäre ohne Zukunft sinnlos sei. Sie habe erkannt, daß er weder zu ihr passe noch zu dem Leben, das sie führen würde, wenn sie eines Tages frei sei. Sie teilte ihm mit, daß sie sich glücklicher bei ihrer Familie in Spanien fühle, daß dies der Platz sei, wo sie hingehöre, und da er geschieden und sie Katholikin sei, könnten sie ohnehin nie heiraten. Sie zog jede Lüge, Entschuldigung und Beleidigung, deren sie habhaft werden konnte, heran, aber sie wollte ihm nicht den leisesten Zweifel an der Beendigung ihrer Beziehung lassen. Sie wollte ihn so komplett freigeben, daß er eine andere Frau finden konnte und nicht mehr auf sie wartete. Sie wollte ihn wissen lassen, daß sie ihm das endgültige Geschenk der Freiheit gegeben hatte. Es war ihr letztes Geschenk an ihn.

Aber der zweite Brief, den sie schrieb, war noch schwerer. Es war ein Schreiben an Mandy, das sie an Charlottes Adresse in New York sandte. Sie erklärte, daß sich die Dinge zwischen ihr und Alex gewandelt hätten und daß sie nicht fortfahren würden, einander zu sehen, wenn sie wieder in San Francisco war, daß sie Mandy aber immer liebhaben und die Monate, die sie miteinander geteilt hatten, als kostbare Erinnerung bewahren würde.

Mittlerweile war es acht Uhr morgens, als sie die beiden Briefe beendet hatte. Raphaella hatte das Gefühl, als sei sie von Mitternacht bis zum Morgengrauen geschlagen worden. Sie zog ein dickes Frotteekleid an und lief leise zur Haupthalle hinunter, wo sie die beiden Briefe auf einer Silberplatte hinterlegte. Langsam ging sie ins Freie und überquerte das Gelände zu einer abgelegenen Stelle am Strand, die sie als Kind entdeckt hatte. Sie streifte das Kleid und das Nachthemd darunter ab, stieß die Sandalen weg, die sie getragen hatte, und warf ihren Körper mit aller Kraft ins Wasser. Sie schwamm so ausdauernd und so weit sie konnte. Sie hatte soeben auf die einzige Sache, für die sie lebte, verzichtet, und nun war es ihr verdammt egal, ob sie weiter existierte oder starb. Sie hatte John Henry für einen weiteren Tag oder ein Jahr, ein Jahrzehnt oder sogar zwei gerettet, hatte Alex freigegeben, damit er heiraten und Babys haben konnte, und ihr blieb nichts außer der Leere, die sie in den letzten einsamen acht Jahren verzehrt hatte.

Sie schwamm so weit hinaus, wie sie es schaffen konnte, und schwamm mit großer Anstrengung zurück. Langsam watete sie aus dem Wasser und legte sich in den Sand. Ihre langen, schlanken nackten Glieder schimmerten im morgendlichen Sonnenlicht. Ihre Schultern schüttelten sich, als sie haltlos schluchzte. Fast eine ganze Stunde lag sie da, und als sie zum Hause zurückkam, sah sie, daß die Dienstboten ihre beiden Briefe von der gigantischen Silberplatte fortgeräumt und sie in die Stadt zur Post mitgenommen hatten. Es war vollbracht.

27

Als sie Spanien verlassen und nach San Francisco zurückgekehrt war, wollten Raphaella die Tage endlos scheinen. Jeden Tag saß sie stundenlang bei John Henry, lesend, denkend, manchmal plaudernd. Sie las ihm Abschnitte aus den Zeitungen vor, versuchte Bücher aufzustöbern, die ihm einst gefielen, saß mit ihm im Garten und las für sich selbst Bücher, während er öfter und öfter einnickte. Aber jede Stunde, jeder Tag, jeder Augenblick schleppte sich mit Bleigewichten behaftet hinter ihr her. Jeden

Morgen schien es ihr, als würde sie keinen weiteren Tag durchhalten. Und bei Anbruch der Nacht war sie von der Anstrengung erschöpft, nur dazusitzen, sich kaum zu bewegen und ihre eigene Stimme in den Ohren dröhnen zu hören.

Es war das Leben einer langsamen Tortur, zu welcher sie jetzt verdammt war. Es war anders als zu der Zeit, bevor sie Alex begegnet war. Damals hatte sie nichts anderes gekannt, sie hatte nicht die Freude gehabt, Mandys Zimmer aufzuräumen, hatte kein Brot gebacken oder im Garten gewerkelt oder ungeduldig auf sein Heimkommen gewartet. Sie war nicht lachend neben Mandy die Stufen hinaufgerast oder hatte mit Alex in der Abenddämmerung dagestanden und auf die Aussicht geschaut. Jetzt war da nichts außer endlos öden Tagen während eines warmen Sommers. Sie konnte nichts anderes tun als im Garten sitzen und beobachten, wie die großen weißen Wolken über ihrem Kopf hinwegschwebten, oder spät in der Nacht in ihrem Zimmer dem Blöken der Nebelhörner über dem Wasser lauschen.

Manchmal wurde sie an die früheren Sommer auf Santa Eugenia erinnert oder gar an die Sommer, die sie mit John Henry vor einigen zehn Jahren irgendwo verbrachte. Aber nun gab es kein Schwimmen, kein Lachen, kein Laufen am Strand mit dem Wind in ihrem Haar. Da war nichts und niemand, nur John Henry, und auch er war verändert seit dem vorigen Jahr. Er war so viel müder, richtig verbraucht und introvertiert, so viel weniger interessiert an der Welt außerhalb seines Bettes. Er kümmerte sich nicht mehr um Politik, um große Ölhandelsgeschäfte mit den Arabern oder eventuelle Katastrophen, die ihn in seinem früheren Leben so beschäftigt hatten. Es scherte ihn keinen Deut, was seine alte Firma oder einer seiner Partner machte. Es bewegte ihn absolut nichts, und wenn die kleinste Kleinigkeit nicht funktionierte, wurde er sofort quengelig. Es war, als grolle er allem und jedem. Er war des langsamen Sterbens müde, wie er Raphaella eines Morgens sagte. »Wenn ich früher oder später ohnehin sterbe, dann könnte ich es ebensogut gleich tun.«

Er sprach nun ständig davon, daß er wünschte, es wäre vorüber, daß er die Pflegerinnen haßte, daß er nicht im Rollstuhl herumgeschoben werden mochte. Er wollte von niemandem belästigt werden. Nur mit Raphaella gab er sich die äußerste Mühe, als wollte er sie nicht bestrafen für das, was er empfand. Aber es war augenfällig für jedermann, der ihn sah, daß er verzweifelt unglücklich war, und das verfehlte nie, Raphaella an die Worte ihres Vaters zu erinnern. Vielleicht hatte er letztlich doch recht, daß John Henry ihre ungeteilte Aufmerksamkeit benötigte. Es war, als habe sie sich eine letzte Verpflichtung auferlegt, ihr ganzes Leben für diesen Mann hinzugeben. Und zur gleichen Zeit war es, als habe John Henry endgültig seinen Lebenswillen aufgegeben. Raphaella fühlte diesen Gewissensdruck nun noch mehr auf sich lasten. Wenn er lebensmüde war, was konnte sie tun, ihn wünschen zu machen, am Leben zu bleiben? Ihm ihre Jugend einflößen mit ihrer eigenen Vitalität, mit ihrem eigenen Willen zum Leben? Ihr Leben war aber nicht glücklicher als das von John Henry. Es gab Tage, an denen sie dachte, es nicht länger ertragen zu können. Sie ging fast nie mehr aus, und wenn sie es tat, hatte sie den Chauffeur, der sie an irgendeinen Ort fuhr, von dem aus sie einen langen Spaziergang machen konnte. Seitdem sie aus Spanien zurück war, war sie nicht mehr im Einkaufszentrum gewesen, und sie vermied es, in der Nachbarschaft herumzulaufen, sogar abends, aus Angst, sie könnte irgendwo auf Alex stoßen. Am Tage bevor sie Santa Eugenia verließ, hatte er ihren Brief erhalten, und sie hatte einen langen Augenblick schrecklich still gesessen, als der Butler ihr meldete, da sei ein Anruf aus Amerika. Sie hatte es nicht gewagt, den Anruf abzulehnen, aus Angst, es könnte etwas mit John Henry sein.

So ging sie mit klopfendem Herzen und zitternden Händen an den Apparat. Als sie seine Stimme am anderen Ende hörte, hatte sie fest die Augen geschlossen und die Tränen zurückzudrängen versucht. Sie erklärte ihm sehr ruhig und gefaßt, daß sie hier in Santa Eugenia zur Besinnung gekommen sei und daß es nichts mehr zu sagen gäbe, was sie nicht bereits in ihrem Brief, den er gerade erhalten habe, gesagt hätte. Er hatte sie beschuldigt, verrückt zu sein, behauptet, jemand müsse sie dazu gezwungen haben, sie gefragt, ob es etwas mit dem zu tun habe, was Kay in New York gesagt haben könnte. Sie versicherte ihm, daß es nichts dergleichen sei und daß es ihre eigene Entscheidung sei.

Nachdem sie aufgehängt hatte, hatte sie stundenlang geweint. Es war die schmerzlichste Entscheidung ihres Lebens. Am Ende hatten ihr Vater und Kay gewonnen. Und nun mußte Raphaella für den Rest ihrer Tage mit dem weiterleben, was ihr geblieben war. Gegen Ende des Sommers sah sie die Jahre vor sich wie eine Folge kahler, öder Räume.

Im September, als John Henry begann, mehrere Stunden am Morgen zu schlafen, holte sie, nur um sich zu beschäftigen, die Manuskripte ihres Kinderbuchs wieder hervor. Sie wählte das, was ihr am besten gefiel, tippte es schließlich ab und schickte die endgültige Version an einen Kinderbuchverleger in New York. Es war eine Idee, die Charlotte Brandon ihr eingegeben hatte. Es schien närrisch, es überhaupt zu tun, aber sie hatte nichts zu verlieren und noch weniger zu tun.

Mit dem abgeschlossenen Buch wurde Raphaella erneut von ihren Erinnerungen des letzten Sommers heimgesucht. Es gab Zeiten, in denen sie ihrem Vater schrecklich grollte, und sie bezweifelte, daß sie ihm die Dinge, die er gesagt hatte, je vergeben konnte. Er hatte sich nur geringfügig milder gezeigt, als sie ihm am Telefon aus Santa Eugenia mitteilte, daß sie alle Dinge in San Francisco geregelt habe. Er hatte ihr erwidert, dies sei nichts, wofür sie zu preisen wäre, daß es nur ihre Pflicht sei und daß es ihn geschmerzt habe, einen solchen Zwang ausüben zu müssen, um einen Kurs zu ändern, den sie von sich aus schon lange hätte ändern müssen. Er gab zu verstehen, sie hätte ihn herb enttäuscht. Selbst die freundlicheren Worte ihrer Mutter ließen sie letztlich mit einem Gefühl, versagt zu haben, zurück.

Dieses Gefühl hatte sich in ihr eingenistet und ließ sie das Angebot ihrer Mutter, sie auf der Durchreise nach Brasilien für einige Tage in New York mit der gewohnten Horde zu treffen, ausschlagen. Raphaella fand nicht mehr, daß sie Dinge tun sollte wie nach New York zu reisen und ihre Mutter zu treffen. Ihr Platz war bei John Henry, und sie würde ihn nicht mehr verlassen bis zu dem Tage, an dem er starb. Wer wußte, ob ihre Monate des Pendelns zwischen ihrem und Alexanders Haus nicht in gewisser Weise John Henry schon dem Tode näher gerückt hatten. Natürlich wäre es nutzlos gewesen, ihr zu erzählen, daß jede Beschleunigung in jener Richtung niemandem willkommener gewesen wäre als John Henry selbst. Sie verließ ihn jetzt fast nie mehr, außer für gelegentliche Spaziergänge.

Ihre Mutter war leicht beunruhigt gewesen über Raphaellas Weigerung, sie im Carlyle zu treffen, und hatte sich kurz gefragt, ob sie ihrem Vater für das, was im Juli geschah, noch böse sei. Raphaellas Absagebrief klang aber nicht so, als ob sie schmollte. Er klang vielmehr, als hielte sie sich sonderbar zurück. Ihre Mutter nahm sich vor, sie von New York aus anzurufen, um sich zu vergewissern, daß nichts sei, doch nach all dem Trubel und den Einkäufen mit ihren Schwestern, Cousinen und Nichten reiste sie nach Buenos Aires ab, ohne die Gelegenheit zu einem Anruf gefunden zu haben.

Es hätte Raphaella ohnehin nicht berührt. Sie hatte kein Bedürfnis, mit ihrem Vater oder ihrer Mutter zu sprechen, und hatte in jenem Sommer beschlossen, nicht nach Europa zurückzukehren, bis John Henrys Ende gekommen war. Er schien in einem Zustand des Scheintodes zu leben, schlief die meiste Zeit, war niedergeschlagen, wenn er wach war, weigerte sich zu essen und schien alle verbliebenen geistigen Anlagen zu verlieren. Der Arzt sagte ihr, dies sei alles normal für einen Mann seines Alters, mit den Schocks, die er bei den Schlaganfällen erlitten hatte. Es sei nur erstaunlich, daß seine geistige Verfassung nicht schon früher viel stärker beeinträchtigt gewesen sei. Für Raphaella schien es voll Ironie, daß es ihm ausgerechnet jetzt, da sie sich ihm so völlig ergeben hatte, scheinbar am schlechtesten ging. Der Arzt sagte ihr jedoch, daß er sich wieder etwas bessern könnte, daß er möglicherweise nach Monaten der Lethargie wieder zu Kräften kommen würde. Es war augenfällig, daß Raphaella alles tat, ihn zu unterhalten, und nun hatte sie sogar begonnen, ihm kleine Leckerbissen zu kochen, die seine Zunge reizen und ihn zum Essen animieren sollten. Es war ein Leben, von dem die meisten Leute Alpträume bekommen hätten, aber Raphaella schien es nicht einmal wahrzunehmen.

Der November ging dahin wie die Monate davor. Im Dezember erhielt sie einen Brief von dem Verlagshaus in New York. Sie waren entzückt über das Manuskript, das sie ihnen gesandt hatte, überrascht, daß sie keinen Agenten besaß, und wollten ihr zweitausend Dollar Vorschuß auf das Buch zahlen, das sie illustrieren würden und im folgenden Sommer herauszubringen hofften. Sie starrte einen Augenblick verblüfft auf das Schreiben, und dann, zum ersten Mal nach langer Zeit, begann sie strahlend zu lächeln. Fast wie ein Schulmädchen raste sie mit dem Brief hinauf, um ihn John Henry zu zeigen. Als sie dort ankam, fand sie ihn in seinem Rollstuhl schlafend, den Mund geöffnet, das Kinn auf der Brust. Eine Zeitlang stand sie da, betrachtete ihn und fühlte sich plötzlich verzweifelt einsam. Sie hätte ihm gerne so viel gesagt, denn sonst war niemand da, dem sie es sagen konnte. Wiederum spürte sie ein schmerzliches Sehnen nach Alex, verbannte den Gedanken aber augenblicklich, redete sich ein, daß er inzwischen jemanden gefunden hatte, sie zu ersetzen, daß Mandy glücklich sei und daß Alex womöglich schon verheiratet oder verlobt war. Im nächsten Jahr mochte er sogar schon Kinder haben. Sie fühlte, daß sie vielleicht wirklich für alle Beteiligten das Richtige getan hatte.

Sie faltete den Brief zusammen und ging wieder nach unten. Ihr wurde auch bewußt, daß John Henry von den Geschichten, die sie für die Kinder ersonnen hatte, nichts gewußt hatte und es sehr seltsam gefunden hätte, wenn sie ihm jetzt die Neuigkeiten über das Buch überbrachte. Es war besser, nichts zu sagen. Und natürlich würde ihre Mutter nicht interessiert sein, und sie hatte kein Verlangen, es ihrem Vater brieflich mitzuteilen. Am Ende gab es niemand, dem man es erzählen konnte. So setzte sie sich hin und beantwortete das Schreiben, dankte für den Vorschuß, den sie akzeptierte, und wunderte sich dann später, warum sie es getan hatte. Es war ein selbstsüchtiger Impuls, der ihr plötzlich töricht erschien, und nachdem sie den Brief dem Chauffeur zur Beförderung gegeben hatte, bedauerte sie, es getan zu haben. Sie war so sehr gewöhnt, sich in allem, was sie wünschte, selbst zu verleugnen, daß ihr sogar dieses kleine Vergnügen unangebracht vorkam.

Ärgerlich mit sich, etwas so Albernes getan zu haben, bat sie später den Chauffeur, sie zum Strand hinauszufahren, während John Henry den Nachmittag durchschlief. Sie wollte nur in der frischen Luft gehen, Hunde und Kinder sehen, den Wind auf ihrem Gesicht spüren und aus der abgestandenen Luft des Hauses wegkommen. Sie mußte sich daran erinnern, daß es fast Weihnachten war, doch es war in diesem Jahr völlig ohne Belang. John Henry war zu müde, um zu merken, ob sie es feierten oder nicht. Flüchtig verweilte sie bei dem Christfest, das sie mit Alex und Mandy geteilt hatte, aber dann verdrängte sie die Erinnerungen wieder aus ihrem Gedächtnis. Selbst dies gestattete sie sich nur noch höchst selten.

Es war fast vier Uhr, als der Chauffeur den Wagen längsseits von Möbeltransportern, Lieferwagen und alten Klapperkisten einparkte. Sie lächelte angesichts der Widersprüchlichkeit des Erscheinungsbildes, das sie repräsentierte, schlüpfte in ein Paar Sportschuhe, die sie häufig auf Santa Eugenia trug, und glitt aus dem Wagen in die steife Brise. Sie trug eine knappsitzende gelockte Lammfelljacke, einen roten Rollkragenpulli und ein Paar graue Hosen. Sie kleidete sich jetzt nicht mehr so sorgfältig, wie sie es gewohnt war. Es schien nicht viel Sinn darin zu bestehen, sich besonders schick anzuziehen, um neben John Henry zu sitzen, während er schlief oder in seinem Zimmer von einem Servierbrett aß und dabei blicklos in die Fernsehnachrichten starrte.

Tom, der Chauffeur, beobachtete, wie Raphaella die Stufen hinabstieg und auf dem langen Sandstrand verschwand. Dann sah er sie wiederauftauchen, als sie neben den Brandungsbrechern entlangwanderte. Schließlich konnte er sie von den anderen nicht mehr unterscheiden, kletterte in den Wagen zurück, drehte das Radio an und steckte sich eine Zigarette an. Unterdes war Raphaella weit unten am Strand, beobachtete drei Hirtenhunde, die sich gegenseitig in und aus dem Wasser jagten, und eine Gruppe junger Leute, die Wolldecken und Bluejeans trugen, Wein tranken und auf ihren Gitarren spielten.

Der Klang ihrer Gesänge folgte ihr, als sie weiter den Strand entlangwanderte. Zuletzt ließ sie sich auf einem Baumstamm nieder und nahm einen tiefen Atemzug der Salzluft. Es tat gut, hier einige Augenblicke draußen in der Welt zu sein und zumindest andere leben zu sehen, selbst wenn sie für ihr eigenes Leben nicht viel tun konnte. Sie saß nur da und sah die Leute vorübergehen, Arm in Arm, küssend, Seite an Seite, sprechend und lachend oder hintereinander herjoggend. Alle schienen bestrebt, irgendwohin zu gehen, und sie fragte sich, wohin sie alle gegangen waren, wenn die Sonne untergegangen war.

In diesem Augenblick ertappte sie sich dabei, wie sie einen laufenden Mann beobachtete. Er kam auf direktem Wege aus weiter Ferne herunter zum Strand, rannte fast wie eine Maschine, ohne anzuhalten. Sich noch mit der Biegsamkeit eines Tänzers bewegend, verlangsamte er seine Gangart, als er den Strand erreichte. Das Fließende seiner Bewegungen hatte in der Ferne ihre Aufmerksamkeit erregt, und als er näher kam, blieben ihre Augen für eine längere Weile auf ihm ruhen. Sie wurde durch eine Kindergruppe abgelenkt. Als sie ihn erneut erblickte, sah sie, daß er eine rote Jacke trug und sehr lang war, doch seine Gesichtszüge blieben undeutlich, bis er näher herankam. Plötzlich zog sie scharf den Atem ein. Sie saß nur da und erstarrte, unfähig, sich zu bewegen oder sich abzuwenden, damit er ihr Gesicht nicht sah. Sie saß nur da und beobachtete, wie Alex näher kam und stehenblieb, als seine Augen auf sie fielen. Lange Zeit bewegte er sich nicht und ging dann langsam, bedächtig dorthin, wo sie saß. Sie wollte wegrennen, ohnmächtig werden, doch nachdem sie ihn beim Strandlaufen beobachtet hatte, wußte sie, daß sie keine Chance hatte, und sie hatte sich weit weg gewagt von dort, wo sie den Wagen zurückgelassen hatte. Das Gesicht auf sie gerichtet, kam er jetzt unausweichlich auf sie zu und blickte zu dem Baumstamm hinunter, auf dem sie saß.

Lange Zeit sagte keiner von ihnen ein Wort, und dann, wie gegen seine Absicht, lächelte er. »Hallo. Wie geht es dir?« Es war schwer zu glauben, daß sie sich fünf Monate nicht gesehen hatten. Als Raphaella zu dem Gesicht, das sie im Geiste häufig so deutlich gesehen, emporsah, war es, als wären sie den Tag davor zusammengewesen.

»Es geht mir gut. Und dir?«

Er seufzte und antwortete nicht. »Geht's dir gut, Raphaella? Ich meine, wirklich ...« Diesmal nickte sie, sich wundernd, warum er nicht geantwortet hatte, als sie ihn fragte, wie es ihm ginge. War er nicht glücklicher? Hatte er nicht jemanden gefunden, der sie ersetzte? Hatte sie nicht aus diesem Grunde auf ihn verzichtet? Sicher hatte ihr Opfer unverzüglich Frucht getragen. »Ich verstehe immer noch nicht, warum du's getan hast.« Er sah sie unverwandt an, keinerlei Neigung zum Gehen zeigend. Fünf Monate hatte er darauf gewartet, ihr gegenüberzustehen.

»Ich sagte es dir. Wir sind zu verschieden.«

»Sind wir? Zwei verschiedene Welten, ist es das?« Er hörte sich verbittert an. »Wer hat dir das erzählt? Dein Vater? Oder jemand anders? Einer deiner Vettern in Spanien?«

›Nein‹, hätte sie ihm am liebsten erwidert, ›deine Schwester hat es für uns arrangiert. Deine Schwester und mein Vater mit seiner gottverfluchten Überwachung und seinen Drohungen, es John Henry zu verraten, ob es ihn umbringt oder nicht ... das und mein Gewissen. Ich wollte, daß du Babys hast, die ich niemals haben werde ...‹

»Nein. Niemand hat es mir erzählt. Ich wußte nur, daß es das richtige war.«

»Oh, wirklich? Denkst du nicht, wir hätten es diskutieren sollen? Du weißt, wie Erwachsene. Dort, wo ich herkomme, diskutieren Leute Dinge, die das Leben anderer Menschen berühren, bevor sie große Entscheidungen treffen.«

Sie zwang sich, ihn kühl anzusehen. »Es fing an, meinen Mann zu berühren, Alex.«

»War es so? Seltsam, daß dir das erst auffiel, als du sechstausend Meilen von ihm entfernt in Spanien warst.«

Sie sah ihn flehentlich an, die Qual der vergangenen fünf Monate begann sich in ihren Augen zu zeigen. Er hatte schon bemerkt, wieviel schmaler ihr Gesicht war, wie dunkel die Ringe unter ihren Augen waren, wie zerbrechlich ihre Hände. »Warum tun wir das jetzt, Alex?«

»Weil du mir niemals eine Chance im Juli gegeben hast.« Er hatte sie vier- oder fünfmal in San Francisco angerufen, und sie hatte sich geweigert, die Anrufe entgegenzunehmen. »Hast du nicht gewußt, was dein Brief mir antun würde? Hast du darüber überhaupt nachgedacht?« Und plötzlich, als sie sein Gesicht sah, verstand sie besser. Zuerst hatte Rachel ihn verlassen, ihm keine

Chance gebend, gegen einen unsichtbaren Rivalen zu kämpfen, gegen einen Hunderttausenddollar-Job in New York. Und dann hatte Raphaella fast das gleiche getan, John Henry und ihre ›Unterschiede‹ als Entschuldigung zum Aussteigen benutzend. Plötzlich sah sie alles anders, und es schmerzte sie, was sie in seinen Augen sah. Unter seinem durchbohrenden Blick senkte sie jetzt die Augen und berührte den Sand mit einer langen, dünnen Hand.

»Es tut mir leid ... o Gott ... es tut mir so leid ...« Sie sah zu ihm hoch, und Tränen waren in ihren Augen. Und die Qual, die er darin sah, brachte ihn dazu, vor ihr auf die Knie in den Sand zu sinken.

»Hast du eine Ahnung, wie sehr ich dich liebe?«

Sie wandte den Kopf ab und hob eine Hand, als wolle sie ihn am Weitersprechen hindern, murmelte erstickt: »Alex, bitte nicht ...« Aber er nahm ihre Hand in die seine und bog mit der anderen ihren Kopf zurück, bis sie ihn wieder ansah.

»Hast du mich gehört? Ich liebe dich. Ich liebte dich damals und liebe dich heute und werde es immer tun. Und vielleicht verstehe ich dich nicht, vielleicht gibt es Unterschiede zwischen uns, aber ich kann lernen, diese Unterschiede besser zu verstehen, Raphaella. Ich kann es, wenn du mir die Chance gibst.«

»Aber warum? Warum ein halbes Leben mit mir, wenn du ein ganzes mit jemand anderem haben kannst?«

»Hast du es deshalb getan?« Manchmal hatte er es gedacht, doch er war niemals fähig, zu verstehen, warum sie das Band so rasch, so grob zerrissen hatte.

»Teils.« Sie antwortete ihm jetzt aufrichtig, ihre Augen sahen ihn an. »Ich wünschte dir mehr.«

»Alles, was ich wünschte, warst du.« Er sprach nun sanfter. »Es ist alles, was ich jetzt wünsche.« Sie schüttelte als Antwort jedoch nur langsam den Kopf.

»Du kannst es nicht haben.« Und dann, nach einer langen Pause: »Es ist nicht recht.«

»Warum nicht, verdammt noch mal?« Seine Augen loderten, als er die Frage stellte. »Warum? Wegen deines Mannes? Wie kannst du all das für einen Mann aufgeben, der fast tot ist, für einen Mann, der immer nur dein Glück wollte, wie du mir selber sagtest, und der dich wahrscheinlich genügend liebt, dich freizugeben, wenn er könnte?«

Alex wußte, daß John Henry Raphaella in gewissem Sinne schon freigegeben hatte. Aber er konnte Raphaella von jener Begegnung nichts erzählen. Ihr Gesicht zeigte offen den schrecklichen Druck, unter dem sie litt. Ihn zu erschweren, indem er ihr erzählte, daß John Henry von ihrer Beziehung wisse, war undenkbar.

Aber Raphaella wollte nichts hören. »Das war nicht das Gelübde, das ich abgelegt habe. Im Guten oder Bösen ... in Krankheit und Gesundheit ... bis daß der Tod uns scheide. Kein Stumpfsinn, keine Schlaganfälle, kein Alex ... nichts davon darf mich an meinen Verpflichtungen hindern.«

»Scheiß auf deine Verpflichtungen!« explodierte er. Raphaella blickte schockiert und schüttelte den Kopf.

»Nein, wenn ich nicht achte, was ich ihm schulde, wird er sterben. Ich weiß das jetzt. Mein Vater sagte es mir im Sommer, und er hatte recht. Er hängt jetzt kaum noch am Leben.«

»Aber das hat nichts mit dir zu tun, verdammt, siehst du das nicht? Läßt du deinen Vater jetzt ebenfalls dein Leben bestimmen? Läßt du dich von deinen ›Pflichten‹ und ›Verpflichtungen‹ und deinem Sinn für ›noblesse oblige‹ herumkommandieren? Was ist mit *dir,* Raphaella? Was ist mit dem, was *du* willst? Erlaubst du dir jemals, darüber nachzudenken?« Die Wahrheit war, daß sie versucht hatte, nicht daran zu denken. Nicht mehr.

»Du verstehst das nicht, Alex.« Sie sprach so leise, daß er sie bei dem Wind kaum verstehen konnte. Er saß jetzt neben ihr auf dem Baumstamm, ihre Körper so nahe, daß Raphaella erschauerte. »Möchtest du meine Jacke?« Sie schüttelte den Kopf. Und dann fuhr er fort: »Ich verstehe es. Ich meine, du hast in diesem Sommer etwas Unsinniges getan. Du hast ein gigantisches Opfer für etwas gebracht, was du für eine gigantische Sünde hältst.«

Doch wieder schüttelte sie den Kopf. »Ich kann es John Henry nicht antun.« Alex konnte ihr nicht sagen, auch wenn er sich versucht fühlte, daß das einzig Beständige in ihrem Leben – die Beziehung zu ihrem Gatten – bereits eine Änderung erfahren hatte.

»Was antun, um Gottes willen? Ein paar Stunden außer Haus verbringen? Hast du dich an seinen Bettpfosten zu ketten?«

Sie nickte langsam. »Für den Augenblick, ja.« Und dann, als sei sie ihm schuldig, es zu sagen, fuhr sie fort: »Mein Vater hat mich beobachten lassen, Alex. Er drohte, es John Henry zu sagen. Und das hätte ihn getötet. Mir blieb keine Wahl.«

»O mein Gott.« Er starrte sie entgeistert an. Was sie ihm nicht sagte, war, daß die Überwachung die Folge eines Briefes seiner Schwester Kay war. »Warum sollte er etwas Derartiges tun?«

»Es John Henry erzählen? Ich bin nicht sicher, ob er es tun würde. Aber ich konnte das Risiko nicht eingehen. Er sagte, er würde es tun, und so hatte ich zu tun, was ich tat.«

»Aber wie kommt er dazu, dich beobachten zu lassen?« Sie zuckte die Schultern und sah ihn an.

»Es ist wirklich nicht wichtig. Er hat es eben getan.«

»Und nun sitzt du da und wartest.«

Sie schloß die Augen. »Sage so etwas nicht. Ich warte nicht. Es hört sich bei dir an, als wartete ich darauf, daß er stirbt, und das tue ich nicht. Ich bin einfach das, was ich seit fünfzehn Jahren gewesen bin – seine Frau.«

»Meinst du nicht, die Umstände berechtigen diesmal ein kleines Abweichen von den Regeln, Raphaella?« Seine Augen flehten sie an, doch sie schüttelte abermals den Kopf. »Ist gut, ich will dich nicht bedrängen.« Wieder konstatierte er, wie stark der Druck gewesen sein mußte, dem sie in Spanien ausgesetzt war. Es war kaum vorstellbar, daß ihr Vater sie beobachten ließ und ihrem Mann zu erzählen drohte, daß sie eine Affäre hatte.

Alex erwog mit wohlverstecktem Zorn, was er am liebsten mit ihrem Vater gemacht hätte, dann sah er ihr ins Auge. »Eins möchte ich ganz offen klarstellen: Ich liebe dich ... ich will dich ... zu allen Bedingungen, die du stellst ... wann immer du kannst. Sei es morgen, sei es in zehn Jahren. Komm und klopf an meine Tür, und ich werde dasein. Hast du das verstanden, Raphaella? Weißt du, daß ich meine, was ich sage?«

»Ja. Aber es ist verrückt von dir, das zu tun. Du hast ein Leben zu führen.«

»Und du hast es nicht?«

»Das ist etwas anderes, Alex. Du bist nicht verheiratet, ich bin es.«

Eine Weile saßen sie schweigend auf dem Baumstamm, schauten hinaus auf die See. Es tat gut, nach so langer Zeit nur beieinander zu sein. Raphaella hätte den Augenblick gerne verlängert, aber das Licht wurde trübe, und der Nebel begann zu steigen.

»Läßt er dich noch beobachten?«

»Ich glaube nicht. Jetzt gibt es keinen Grund mehr.« Sie lächelte Alex zärtlich an und wünschte, nur seine Wange berühren zu dürfen. Sie wußte aber, sie konnte sich nicht erlauben, es zu tun. Niemals wieder. Und was er sagte, war Wahnsinn. Er konnte nicht den Rest seines Lebens dasitzen und auf sie warten.

»Komm.« Er stand auf und streckte ihr die Hand entgegen. »Ich bringe dich zum Wagen zurück.« Und dann lächelte er sie an. »Oder ist das keine so großartige Idee?«

»Ist es nicht«, gab sie lächelnd zurück. »Du kannst mich aber ein Stück begleiten.« Es dunkelte jetzt ziemlich schnell, und es war kein erhebender Gedanke, alleine zum Auto zurückzugehen. Sie sah ihn mit freundlich fragendem Ausdruck an, die Augenbrauen zusammengezogen – ihre Augen schienen jetzt noch größer, nachdem ihr Gesicht so viel schmaler geworden war. »Wie geht es Amanda?«

Alex sah Raphaella mit einem zärtlichen Lächeln an. »Sie vermißt dich ... fast so sehr wie ich ...«

Raphaella antwortete nicht. »Wie ist es im Sommer gelaufen?«

»Sie blieb genau fünf Tage bei Kay. Meine Herzensschwester hatte den ganzen Monat geplant, um Mandy jeden Augenblick bei ihren Wählern vorzeigen zu können. Mandy hat ihr einen Strich durch die Rechnung gemacht und ihr gesagt, sie würde abhauen.«

»Fuhr sie nach Haus?«

»Nein, meine Mutter nahm sie vorzeitig nach Europa mit.« Er zuckte die Schultern. »Ich glaube, sie hatten eine nette Zeit.«

»Hat sie's dir nicht erzählt?«

Er sah ausgiebig und hart in ihr Gesicht. »Ich glaube, bis November habe ich nichts und niemanden gehört.« Sie nickte, und sie gingen weiter. Endlich blieb sie stehen.

»Von hier an sollte ich alleine gehen.«

»Raphaella –« Er zögerte, doch dann entschloß er sich, sie zu fragen. »Kann ich dich zuweilen sehen? Nur zum Essen ... oder auf einen Drink ...?«

Sie schüttelte jedoch den Kopf. »Ich könnte es nicht tun.«

»Und warum nicht?«

»Weil wir beide mehr als das wollen, und du weißt das. Es muß so bleiben, wie es jetzt ist, Alex.«

»Warum? Mit mir, der sich so sehr nach dir sehnt, daß er nicht geradeaus blicken kann, und dir, die dahinsiecht? Hat es so zu sein? War das der Grund, warum dein Vater dir drohte, es John Henry zu erzählen? Um sich zu vergewissern, daß wir beide so wie jetzt leben? Willst du nicht mehr, Raphaella?« Und dann, außerstande, sich zurückzuhalten, nahm er sie und zog sie zärtlich in die Arme. »Weißt du nicht mehr, wie es war?«

Ihre Augen füllten sich mit Tränen, sie vergrub ihr Gesicht an seiner Schulter, nickte, wollte aber ihr Gesicht nicht sehen lassen. »Ja ... ja ... ich weiß ... doch das ist vorbei ...«

»Nein, ist es nicht. Ich liebe dich noch immer. Ich werde dich ewig lieben.«

»Das darfst du nicht.« Endlich sah sie ihn an, mit qualerfüllten Augen. »Du mußt das alles vergessen, Alex. Du mußt es.«

Alex sagte nichts und schüttelte nur den Kopf. »Was machst du zu Weihnachten?« Es war eine seltsame Frage. Raphaella sah ihn verwirrt an, verstand nicht, was er meinte.

»Nichts. Warum?«

»Meine Mutter nimmt Amanda mit nach Hawaii. Sie reisen Heiligabend fünf Uhr nachmittags. Warum kommst du abends nicht auf eine Tasse Kaffee herüber? Ich verspreche, dich weder anzurühren noch zu bedrängen, noch um irgendwelche Versprechungen zu bitten. Ich möchte dich nur sehen. Es würde mir viel bedeuten. Bitte, Raphaella ...« Seine Stimme verwehte, sie stand ganz still. Und schließlich, gepeinigt, gequält, zwang sie sich, den Kopf zu schütteln.

»Nein.« Es war kaum mehr als ein Flüstern. »Nein.«

»Ich nehme dies nicht von dir hin. Ich werde dasein. Allein. Auf meinem Platz am Heiligabend. Denk daran. Ich warte.«

»Nein, Alex ... bitte.«

»Macht nichts. Wenn du nicht kommst, ist es auch recht.«

»Aber ich will nicht, daß du dasitzt. Und ich werde nicht kommen.«

Er sagte nichts, doch in seinen Augen war ein hoffnungsvoller Schimmer. »Ich werde dasein.« Er lächelte. »Und jetzt auf Wiedersehen.« Er küßte sie ins Haar und preßte sie mit seinen großen Händen. »Gib acht auf dich, Baby.« Da stand er, und sie sagte nichts, dann drehte sie sich langsam um und ging.

Nur einmal sah sie sich nach ihm um, sah ihn dort in seinem roten Parka stehen, mit dem Wind in seinem dunklen Haar. »Ich werde nicht kommen, Alex.«

»Macht nichts. Ich möchte dasein. Falls du kommst.« Und als er sie auf die Treppe zugehen sah, die nach oben zu ihrem Wagen führte, rief er ihr nach: »Ich seh' dich Heiligabend.«

Er beobachtete, wie sie die Stufen hochkletterte, und dachte an ihre Ergebenheit für John Henry, für ihn, für all ihre Verpflichtungen. Er würde sie ihre eigene Entscheidung fällen lassen.

Jedoch er konnte nicht aufhören, sie zu lieben.

28

Der kleine Baum, den sie schräg gegenüber auf dem Kartentisch im Zimmer aufgestellt hatten, glitzerte fröhlich zu Raphaella und John Henry, als sie ihren Truthahn von den allzu gewohnten Servierbrettern verzehrten. Er schien ruhiger als gewöhnlich, und Raphaella fragte sich, ob der Feiertag ihn deprimiere, ob er ihn an Skiferien in seiner Jugend erinnere oder an Reisen, die er mit Raphaella unternommen hatte, oder an die Jahre, als sein Sohn noch ein Junge war und unten in der Halle ein gigantischer Weihnachtsbaum gestanden hatte.

»John Henry ... Liebling ... fühlst du dich wohl?«

Sie beugte sich vor, sprach liebevoll zu ihm, und er nickte, aber antwortete nicht. Er dachte an Alex und ihre Unterhaltung. Irgend etwas stimmte nicht, aber er war die letzten Monate so niedergeschlagen gewesen, daß ihm Raphaellas Verfassung nicht aufgefallen war. Für gewöhnlich alberte sie mit ihm herum, hielt seine Lebensgeister mit ungewöhnlicher Courage wach, ihren eigenen Schmerz kaschierend.

»Ich bin des Ganzen so müde, Raphaella.«

»Wessen? Weihnachten?« Sie blickte überrascht. Das einzige Zeichen war der kleine Baum in seinem Schlafzimmer, doch vielleicht tat das Licht seinen Augen weh.

»Nein, all dieses hier. Leben ... Mahlzeiten essen ... Nachrichten verfolgen, wenn nichts davon je neu ist ... sprechen ... schlafen ...« Er sah sie trübsinnig an, und es war nicht die entfernteste Spur von Glück in seinen Augen.

»Aber meiner bist du nicht müde, nein?« Sie lächelte ihn innig an und machte eine Bewegung, seine Wange zu küssen, doch er drehte sich weg.

»Tu ... das nicht.« Seine Stimme war sanft und traurig und wurde von den Kissen verschluckt.

»John Henry ... was ist los?« Erstaunt und verletzt sah sie ihn an, und er kehrte ihr wieder langsam das Gesicht zu.

»Wie kannst du das fragen? Wie kannst du ... so wie jetzt weiterleben? Wie kannst du es ertragen? Manchmal denke ich ... an die alten Männer ... die in Indien starben ... wo sie ihre jungen Frauen ... bei der Begräbnisfeier verbrannten. Ich bin nicht besser als jene, Raphaella.«

»Sag so was nicht. Sei nicht albern ... ich liebe dich ...«

»Dann bist du verrückt.« Es klang nicht amüsiert, sondern erzürnt. »Und falls du es bist, ich bin es nicht. Warum gehst du nicht irgendwohin? Nimm einen Urlaub ... tu etwas, um Gottes willen ... aber sitz hier nicht nur und vergeude dein Leben. Das meine ist vorbei, Raphaella ...« Seine Stimme sank zu einem Flüstern herab. »Meins ist vergangen. Schon seit Jahren.«

»Das ist nicht wahr.« Tränen sprangen in ihre Augen, als sie ihn zu trösten versuchte. Der Ausdruck auf seinem Gesicht brach ihr das Herz.

»Es ist wahr ... und du mußt ... dem ins Auge sehen. Ich bin tot ... seit Jahren. Aber das Schlimmste daran ist ... ich habe dich auch getötet. Warum reist du nicht für eine Weile heim nach Paris?« Wieder fragte er sich, was zwischen ihr und Alex vorgefallen sein mochte, wollte aber nicht danach fragen. Er wollte sie nicht wissen lassen, daß er es wußte.

»Warum?« Sie schaute erstaunt. »Warum Paris?« Zu ihrem Vater? Nach dem, was im Sommer passiert war? Allein der Gedanke machte sie krank. Aber John Henry sah sie glasklar von seinem Bett her an.

»Ich wünsche ... daß du weggehst ... für eine Weile.«

Sie schüttelte bestimmt den Kopf. »Ich werde nicht gehen.«

»Doch, du wirst.« Sie zankten sich wie die Kinder, doch keiner war erheitert, keiner von beiden lächelte.

»Nein, ich werde nicht.«

»Verdammt, ich will, daß du es machst!«

»Fein, dann werde ich einen Spaziergang machen. Aber dies ist auch mein Heim, und du kannst mich nicht wegschicken.« Sie nahm das Servierbrett von ihm weg und setzte es auf den Fußboden. »Ich glaube, du bist meiner nur überdrüssig, John Henry.« Sie versuchte, ihn zu necken, doch sein Auge nahm den Funken Übermut in den ihren nicht wahr. »Vielleicht ist das, was du brauchst, eine neue sexy Pflegerin.« Aber er war nicht amüsiert. Er lag nur verdrossen da.

»Hör auf, Unsinn zu reden.«

»Ich rede keinen Unsinn.« Sie sprach liebevoll auf ihn ein, sich mit ernsthaftem Eifer in ihrem Sessel vorbeugend. »Ich liebe dich, und ich möchte nicht weggehen.«

»Nun, ich möchte, daß du weggehst.«

Eine Weile saß sie schweigend zurückgelehnt, während er sie ansah, und plötzlich sprach er leise in das stille Zimmer: »Ich möchte sterben, Raphaella.« Er schloß die Augen, als er fortfuhr zu sprechen. »Das ist alles, was ich möchte. Und warum tu' ich's nicht ... Herrgott, warum tu' ich's nicht?« Er öffnete die Augen und sah sie wieder an. »Sag mir das. Wo, zur Hölle, ist Gerechtigkeit?« Er sah sie anklagend an. »Warum bin ich noch am Leben?«

»Weil ich dich brauche«, erwiderte sie sanft. Er schüttelte den Kopf und drehte wieder das Gesicht weg. Dann sagte er lange Zeit nichts, und als sie sich vorsichtig dem Bett näherte, sah sie, daß er eingeschlafen war. Es machte sie traurig, festzustellen, wie unglücklich er war. Es war, als habe sie nicht genügend für ihn getan.

Die Pflegerin kam auf Zehenspitzen herein, und Raphaella machte ihr durch Zeichen deutlich, daß John Henry eingeschlafen war. Sie gingen hinaus und stimmten überein, daß er vermutlich die Nacht durchschlafen würde. Er hatte einen langen, schweren Tag gehabt, und Weihnachten hatte da keinen Unterschied gemacht. Er war es alles leid.

»Ich bin in meinem Zimmer, falls Sie mich brauchen«, raunte sie der Pflegerin zu und ging dann nachdenklich den Gang entlang. Armer John Henry, welch eine zerstörte Existenz. Und Raphaellas Meinung nach lag die Ungerechtigkeit nicht darin, daß er noch lebte, sondern daß er überhaupt die Infarkte erlitten hatte. Ohne sie hätte er in seinem Alter noch sehr vital sein können. Vielleicht langsamer als mit fünfzig oder sechzig und ein wenig müder, aber glücklich und geschäftig und lebendig. So aber, wie es war, hatte er nichts. Er war kaum mehr am Leben.

Langsam ging sie in ihr kleines Arbeitszimmer und ließ ihre Gedanken zu anderen Dingen schweifen. Zu ihrer Familie, die das Weihnachtsfest auf Santa Eugenia feierte, zu ihrem Vater und dann unvermeidlich zu dem Christfest, das sie vergangenes Jahr mit Alexander und Amanda gemeinsam beging. Und endlich, zum hundertsten Mal seit jenem Morgen, erinnerte sie sich an das, was er ihr vor drei Wochen am Strand gesagt hatte. »Ich warte ... ich werde dasein ...« Sie konnte noch hören, wie er es sagte. Und als sie allein in ihrem Arbeitszimmer saß, fragte sie sich wieder, ob er wirklich da sei. Es war erst sieben Uhr dreißig, eine respektable Zeit, und sie konnte leicht zu einem Spaziergang fortgegangen sein. Was würde geschehen, wenn sie zu ihm ging. War es klug, war es weise? Sie wußte, es war es nicht, wußte, daß ihr Platz in John Henrys riesigem leerem Haus war. Als die Stunden langsam verrannen, spürte sie plötzlich, daß sie dort hingehen mußte, nur für einen Augenblick, für eine halbe Stunde, nur, um ihn zu sehen. Es war Wahnsinn, und sie wußte es, aber um neun Uhr dreißig schnellte sie aus ihrem Sessel, unfähig, eine Minute länger im Hause zu bleiben. Sie mußte gehen.

Rasch schlüpfte sie in einen roten Wollmantel. Darunter trug sie ihr schlichtes schwarzes Kleid von heute abend. Sie zog enge schwarze Lederstiefel an, warf sich eine schwarze Tasche über die Schulter und fuhr mit dem Kamm durch ihr Haar. Bei der Aussicht, ihn zu sehen, fühlte sie ihr Herz flattern, machte sich Vorwürfe, weil sie ging, und lächelte plötzlich bei dem Gedanken, ihn die Tür öffnen zu sehen. Sie hinterließ eine Nachricht, daß sie zu einem Spaziergang fortginge und bei einer Freundin hereinschauen würde. Und ihre Füße flogen leicht, als sie die wenigen Häuserblocks entlangeilte, hin zu dem kleinen Haus, das sie seit fünfeinhalb Monaten nicht gesehen hatte.

Als sie das Haus erblickte, blieb sie einfach stehen, schaute es an und seufzte leicht. Ihr war, als hätte sie fast ein halbes Jahr verloren und endlich heimgefunden. Sie vermochte das Lächeln nicht zu unterdrücken, als sie die Straße überquerte, an der Tür klingelte und plötzlich das rasche Stampfen seiner Fußtritte auf der Treppe hörte. Nach einer kurzen Pause öffnete sich die Tür. Und da stand er, unfähig, zu glauben, was er sah, bis das Lächeln in ihren Augen von ihm erwidert wurde.

»Fröhliche Weihnachten!« Sie sagten es gleichzeitig und brachen beide in Gelächter aus, als er mit einer Verbeugung beiseite trat und ihr beim Hochschauen mit einem warmen Lächeln begegnete. »Willkommen daheim, Raphaella.« Ohne ein Wort zu sagen, trat sie ein.

Im Wohnzimmer standen jetzt Möbel. Er und Mandy hatten sie zusammengestellt, waren zu Auktionen und Zwangsversteigerungen gegangen, hatten Kaufhausabteilungen, Kunstgalerien und Trödelläden besucht. Was sie zusammengetragen hatten, war eine Mischung aus französischer Provence und frühem Amerikanisch. Des Raum war mit einem hübschen Bodenbelag, gedämpften Gemälden französischer Impressionisten, einer Menge Silbergeschirr, einigen Zinngeräten und hübschen alten Büchern ausgestattet. Auf den Tischen standen blumengefüllte große Krüge, in jeder Ecke waren Pflanzen, Schlinggewächse krochen über den kleinen marmornen Kaminsims des Doppelzimmers. Das Sofa war gebrochen weiß, die kleinen Knautschkissen hatten Fell- und Gobelinbezüge.

Seit Raphaellas Fortgang hatte Amanda sich noch enger an ihren Onkel angeschlossen und fühlte sich verpflichtet, sich um ihn zu kümmern, da nun keiner da war, der es sonst tun würde. Sie paßte auf, daß er die richtige Nahrung aß, seine Vitamine nahm, und bekrittelte, daß er zu spät schlafen ging, zu schnell fuhr, zu hart arbeitete und den Garten nicht jätete. Er hingegen machte sich über ihre Freunde, ihre Kocherei, ihr Make-up, ihre Garderobe lustig und brachte es dennoch fertig, daß sie sich fühlte, als sei sie das hübscheste Mädchen der Welt. Gemeinsam meisterten sie den patenten kleinen Haushalt, und als Raphaella die Schwelle überschritt, konnte sie ihre Liebe zueinander fühlen, die ihr aus jeder Ecke des Raumes entgegenatmete.

»Alex, es ist entzückend.«

»Nicht wahr? Mandy hat das meiste nach der Schule getan.«

Alex führte Raphaella ins Wohnzimmer. Sie war etwas nervös gewesen, daß er sie ins Schlafzimmer hinaufnehmen würde, um mit ihr vor dem Kamin zu sitzen, oder in sein Arbeitszimmer oder selbst in die Küche unten. Dies war vollkommen, weil es warm und hübsch war, und es war neu. Er bot ihr Kaffee und Kognak an. Ersteres nahm sie an, letzteres schlug sie aus, setzte sich auf das hübsche kleine Sofa, um erneut die Einzelheiten des Zimmers zu bewundern. Er war in einer Minute mit dem Kaffee zurück. Als er die Kanne absetzte, sah sie, daß seine Hände genauso stark wie die ihren zitterten.

»Ich wußte wirklich nicht, ob du hiersein würdest«, begann sie nervös, »aber ich entschied, es darauf ankommen zu lassen.«

Er betrachtete sie ernst von einem Sessel in der Nähe des Sofas. »Ich sagte dir, ich würde dasein. Und ich meinte es so, Raphaella. Du solltest das langsam wissen.« Sie nickte und nippte an dem heißen Espresso.

»Wie war Heiligabend?«

»Alles bestens.« Er lächelte und zuckte die Schultern. »Es war ein großes Ereignis für Mandy. Meine Mutter kam gestern abend angeflogen, um sie nach Hawaii mitzunehmen. Sie hatte ihr die Reise seit Jahren versprochen, und diesmal schien es ein sehr gelegener Zeitpunkt. Sie hat soeben ein Buch beendet und konnte den Urlaub ebenfalls gebrauchen. Wie es so schön heißt, wird sie auch nicht jünger.«

»Deine Mutter?« Raphaella blickte gleichermaßen bestürzt und amüsiert. »Sie wird niemals alt sein.« Und dann erinnerte sie sich an etwas, was sie ihm zu erzählen vergessen hatte, als sie sich am Strand trafen. »Ich habe ebenfalls ein Buch veröffentlicht.« Sie wurde rot und lachte leise. »Obgleich nicht etwas so Bedeutendes wie ein Roman.«

»Dein Kinderbuch?« Seine Augen leuchteten freudig auf.

»Sie haben es mir gerade vor einigen Wochen mitgeteilt.«

»Hattest du einen Agenten?« Sie schüttelte den Kopf.

»Nein. Nur Anfängerglück, vermute ich.« Sie lächelten sich einen langen Augenblick an.

»Ich bin froh, daß du hier bist, Raphaella. Ich wollte dir dieses Zimmer schon so lange zeigen.«

»Und ich wollte dir von dem Buch erzählen.« Sie sah ihn liebevoll an. Es war, als hätten beide einen Freund wiedergefunden. Aber was wollten sie jetzt tun? Sie konnten nicht dort anknüpfen, wo sie aufgehört hatten. Raphaella wußte das. Es würde das Boot zu stark erschüttern, mit Kay, ihrem Vater, ihrer Mutter, John Henry. Sie wünschte, sie hätte ihm erzählen können, wie der vergangene Sommer für sie gewesen war, welche Art von Alptraum er für sie bedeutet hatte.

»Woran hast du gerade gedacht?« Ihr Gesicht wirkte verwüstet, als sie in das Kaminfeuer starrte.

Sie hob den Kopf und sah ihn ehrlich an. »An den letzten Sommer.« Sie seufzte leise. »Es war solch eine schreckliche Zeit.«

Er nickte, gleichfalls nachdenklich blickend, und dann seufzte er mit einem Lächeln. »Ich bin nur froh, daß du überhaupt zurückgekommen bist und daß wir sprechen können. Das war das härteste für mich, nicht mehr mit dir zu sprechen ... oder dich zu sehen ... zu wissen, daß du nicht hiersein würdest, wenn ich heimkomme. Mandy sagte, das sei auch für sie das schlimmste gewesen.« Seine Worte drehten Raphaella das Messer im Herzen um, und sie schaute weg von ihm, damit er nicht die Qual in ihren Augen lesen konnte. »Was tust du jetzt, Raphaella?« Seine Stimme war sanft, und sie starrte ins Feuer.

»Die meiste Zeit hin ich mit John Henry zusammen. In den letzten Monaten ging es ihm nicht gut.«

»Es muß für euch beide hart sein.«

»Hauptsächlich für ihn.«

»Und du?« Er betrachtete sie aufmerksam, und sie gab keine Antwort. Aber dann, ohne etwas zu sagen, beugte er sich zu ihr vor und küßte sie sanft auf die Lippen. Sie hielt ihn nicht auf, sie dachte nicht nach über das, was sie taten. Sie küßte ihn nur, zart zuerst und dann mit Leidenschaft und dem Kummer und der Einsamkeit und der Sehnsucht nach ihm, die sie seit dem vergangenen Sommer mit sich getragen hatte. Es war, als schwemme dieser erste Kuß alles hinweg. Sie konnte fühlen, wie er gleichfalls gegen seine eigenen Leidenschaften kämpfte.

»Alex ... ich kann nicht ...« Nicht wieder. Sie konnte nicht erneut hiermit beginnen. Er nickte.

»Ich weiß. Es ist schon gut.« Eine Weile saßen sie da, redeten, blickten ins Feuer, sprachen über sich, über das, was ihnen geschehen war und was sie empfunden hatten. Schließlich sprachen sie über andere Sachen, über Menschen, über Dinge, die sie amüsierten, über drollige Momente, als ob sie sechs Monate alles aufgespeichert hätten. Es war drei Uhr morgens, als Raphaella sich an der Ecke vor ihrem Haus verabschiedete. Er hatte darauf bestanden, sie heimzubegleiten. Und dann, wie ein Schuljunge, zögerte er kurz und entschied, den Sprung zu wagen. »Kann ich dich wiedersehen, Raphaella? Nur so wie heute ...?« Er wollte sie nicht erneut verscheuchen, und er hatte genau die Drangsal wahrgenommen, mit der sie lebte, sowohl die echte wie die in ihrer Vorstellungswelt. Sie schien darüber nachzudenken, jedoch nur kurz, und sie nickte.

»Vielleicht könnten wir einen Spaziergang am Strand machen?«

»Morgen?«

Sie lachte über die Frage und nickte. »Sehr gut.«

»Ich hole dich hier mit meinem Wagen ab.« Morgen war Samstag, und er war frei. »Zwölf Uhr?«

»Ist gut.« Sich sehr jung und mädchenhaft fühlend, lächelte sie ihn an und winkte. Auf dem ganzen Weg nach Hause lächelte sie vor sich hin. Sie dachte nicht an John Henry oder ihren Vater oder Kay Willard oder sonst jemand. Sie dachte nur an Alexander ... Alex ... und daß sie ihn am nächsten Tag um zwölf Uhr mittags wiedersah und zum Strand ging.

29

In der folgenden Woche trafen Alex und Raphaella sich an jedem Nachmittag, entweder zu einem Spaziergang am Strand oder um träge vor dem Kaminfeuer zu sitzen, Espresso zu trinken und über das Leben zu diskutieren. Sie zeigte ihm den Vertrag für das Buch, als er aus New York eintraf, und er erzählte ihr von seinen letzten Fällen. Sie teilten die Nachmittagsstunden, wenn er nicht zu arbeiten hatte, und ein paar Stunden am Abend, nachdem John Henry zu Bett gegangen war. Da gab es immer Stunden, in denen sie nicht mit John Henry zusammensein konnte, weil er schlief, so daß sie nicht das Gefühl hatte, ihm auch nur einen einzigen, kostbaren, lebensspendenden Augenblick gestohlen zu haben. Sie gab Alex die Zeit, die ihr gehörte, eine halbe Stunde hier, eine Stunde da, ein karger Augenblick zum Gehen und Atmen und Denken und Existieren. Es waren glückselige Stunden, die sie gemeinsam verbrachten, Stunden, in denen sie einander neu entdeckten. Nur entdeckten sie diesmal mehr als ein Jahr früher, oder vielleicht waren sie in der Zeit, in der sie alleine waren, so viel reifer geworden. Das Gefühl des Verlustes hatte sie aus der Bahn geworfen, dennoch hatte es beide von ihnen auf verschiedene Weise angespornt. Aber die Beziehung zwischen ihnen war noch sehr zart, und sie hatten beide Angst. Raphaella wurde von dem Gedanken heimgesucht, das gleiche katastrophale Unheil heraufzubeschwören wie schon einmal, den Zorn seiner Schwester oder ihres Vaters erregend. Auch das Problem, Alex von einer vollwertigen Beziehung mit jemand anderem abzuhalten, blieb bestehen. Aber Alex fürchtete nur, sie erneut zu verscheuchen. Er hatte letztlich John Henrys Segen, mithin überhaupt kein Schuldgefühl. Sie gingen behutsam vor, schrittweise aufeinander zukommend, bis zum Tag nach Neujahr, als sie um zwei Uhr nachmittags herüberkam. John Henry hatte erklärt, den ganzen Tag über schlafen zu wollen.

Raphaella kam herübergewandert, Alex zu sehen. Sie läutete an der Tür, nicht einmal sicher, ob er zu Haus war. Er öffnete ihr in Jeans und einem bequemen alten Rollkragenpullover und blickte unendlich erfreut, sie vor der Tür stehen zu sehen.

»Welch eine hübsche Überraschung. Was tust du hier?«

»Ich dachte, ich könnte dich besuchen. Störe ich dich?« Errötend wurde sie sich plötzlich bewußt, daß sie eine Menge für selbstverständlich hingenommen hatte. Er konnte oben in seinem Zimmer eine Frau haben. Er las es ihr augenblicklich vom Gesicht ab und gluckste.

»Nein, Madame. Sie ›stören‹ mich ganz und gar nicht. Möchtest du eine Tasse Kaffee?« Sie nickte und folgte ihm hinunter in die Küche.

»Wer hat das da getan?« Sie winkte mit der Hand zu den glänzenden Kupfertöpfen, nachdem sie auf einem Küchenstuhl Platz genommen hatte.

»Habe ich gemacht.«

»Tatsächlich du?«

»Natürlich.« Und dann lächelte er sie an. »Ich habe viele Talente, die du noch nicht kennst.«

»Wirklich? Und welche?«

»Ich bin mir nicht sicher, ob ich meine Geheimnisse auf einmal preisgeben sollte.«

Sie saßen eine Zeitlang friedlich beieinander, nippten an ihrem Kaffee, genossen gegenseitig ihre Gesellschaft und begannen, wie stets, über ein Dutzend verschiedene Dinge zu reden. Ihre gemeinsame Zeit schien immer so schnell zu vergehen. Dann erinnerte er sich plötzlich an das Manuskript zu dem Buch seiner Mutter.

»O Alex, darf ich es lesen?« Raphaellas Augen leuchteten.

»Sicher. Ich hab' es oben. Es liegt alles auf meinem Schreibtisch.«

Bei der Aussicht funkelten ihre Augen vor Vergnügen. Sie ließen ihren Kaffee im Stich und eilten nach oben. Sie überflog einige Seiten, war entzückt über das, was sie las, und lächelte zu Alex hoch. Plötzlich stellte sie fest, daß sie das erste Mal wieder in seinem Zimmer war. Vorsichtig spähte sie durch den Gang zu seinem Schlafzimmer. Ihre Augen begegneten sich stumm und hielten sich fest. Er küßte sie, langsam, bewußt, hungrig. Ihr Rücken begann vor Wonne zu schmerzen, als er sie in seinen Armen hielt. Er wartete, daß sie ihm Einhalt gebot, aber sie tat es nicht, und er begann, seine Hände umherstreifen zu lassen. Wie in schweigendem Einverständnis durchschritten sie langsam den Gang nach nebenan.

Zum ersten Mal in seinem Erwachsenendasein fürchtete er sich vor seinem Handeln, vor den Konsequenzen, nachdem sie sich gerade wiedergefunden hatten. Er fürchtete sich so verzweifelt, sie zu verlieren, doch es war Raphaella, die ihm zuraunte: »Es ist alles gut, Alex.« Und dann, als er ihr den Pullover auszog: »Ich liebe dich so sehr.« Es war wie ein zärtlicher Tanz, als er sie langsam entkleidete und sie ihm ebenfalls die Sachen auszog. Sie tasteten, fühlten, hielten, liebkosten, verweilten, und es schien den ganzen Nachmittag zu dauern, sich zu lieben. Als sie endlich mit gesättigten Körpern, übervollen Herzen und Sinnen beieinanderlagen, blickten sie beide glücklicher, als sie jemals miteinander gewesen waren. Mit einem Lächeln, das sie nie zuvor an ihm gesehen hatte, schaute er sie an.

»Weißt du, wie glücklich es mich macht, dich hier zu sehen?«

Sie lächelte zärtlich. »Ich habe dich so sehr vermißt, Alex ... auf jede erdenkliche Weise.« Er nickte und rückte an ihre Seite, sein Mund war hungrig, seine Lenden begannen zu prickeln, und er spürte, daß er sie erneut begehrte. Es war, als ob er nicht genug von ihr bekommen könnte, als ob sie ihn verlassen könnte und niemals wieder dasein würde. Sie liebten sich wieder und wieder und wieder bis in den Abend hinein. Später nahmen sie zusammen ein warmes Bad, und Raphaella saß mit geschlossenen Augen träumend da.

»Liebling, du bist exquisit.«

»Und sehr schläfrig.« Sie öffnete ein Auge und lächelte. »Ich muß aufwachen und heimgehen.« Aber es erschien seltsam, irgendwohin zu gehen, noch seltsamer, das andere Haus ein Heim zu nennen. Hier war wieder ihr Heim, hier, wo Alex war, wo sie ihr Leben und ihre Seelen, ihre Körper und ihre Liebe teilten. Und sie kehrte sich den Teufel drum, was ihr Vater diesmal drohen mochte. Sie würde nie von Alex lassen. Mochte Kay ihm einen anderen verfluchten Brief schreiben. Mochten sie alle zur Hölle gehen. Sie brauchte diesen Mann. Und sie hatte nach alledem ein Recht darauf.

Er küßte sie wieder, als sie dort saßen und sich durchweichen ließen, und sie neckte ihn, daß sie die Polizei rufen würde, falls er sie noch einmal anrühren sollte. Aber er war so müde wie sie, und als er sie nach Hause fuhr, gähnte er herzhaft, küßte sie noch einmal und ließ sie dann, wie stets, das letzte Stück alleine gehen.

Als sie in das Haus kam, umfing sie eine eigenartige Stille, als ständen alle vorhandenen Uhren still, als sei jedes Geräusch, das in dem riesigen Herrenhaus unterschwellig existierte, verstummt. Sie glaubte, daß es nur ihrer Einbildung und ihrer völligen Erschöpfung entsprang, und ging gähnend die Stufen hinauf. Aber als sie den ersten Absatz erreichte, sah sie plötzlich zwei von den Dienstmädchen und zwei der Pflegerinnen in einer kleinen Gruppe vor John Henrys Schlafzimmer zusammenstehen. Für eine Sekunde tat ihr Herz einen Sprung. Sie stoppte am oberen Ende der Treppe, als sie sie sahen.

»Ist etwas passiert?«

»Es ist –« Die Pflegerin hatte rote Augen, als sie Raphaella ansah. »Es ist Ihr Gatte, Mrs. Phillips.«

»O mein Gott«, murmelte sie erstickt. Als sie die Mienen ihrer Gesichter sah, wußte sie, daß kein Irrtum vorlag.

»Ist er –« Sie konnte den Satz nicht beenden, und die Pflegerin nickte.

»Er ist verschieden.« Doch dann, überwältigt von ihren eigenen Gefühlen, brach sie in Tränen aus und wurde sogleich von der anderen Pflegerin in den Arm genommen.

»Wie ist es geschehen?« Raphaella näherte sich ihnen langsam, ihr Rücken sehr aufrecht, ihre Stimme sehr leise. Ihre Augen blickten übergroß. John Henry war gestorben, während sie mit Alex im Bett lag, spielend, sich aufbäumend, Liebe machend. Die Unanständigkeit traf sie wie ein Schlag ins Gesicht und erinnerte sie in einer einzigen Sekunde an den Zusammenstoß mit den Worten ihres Vaters vom vergangenen Sommer. Er hatte sie eine Hure genannt. »Hatte er einen neuen Infarkt?«

Die Pflegerin begann lauter zu weinen, und die beiden Dienstmädchen schienen im Nu wie in Luft aufgelöst. Jetzt sah die zweite Pflegerin Raphaella an, und sie wußte, daß sich während ihrer Abwesenheit etwas sehr Schlimmes zugetragen hatte.

»Der Doktor möchte Sie sprechen, Mrs. Phillips. Er wartet seit zwei Stunden. Wir wußten nicht, wo Sie sind, aber wir fanden eine Nachricht in Ihrem Zimmer und nahmen an, Sie würden bald zurück sein.« Raphaella fühlte sich elend, als sie dort stand.

»Ist der Arzt noch hier?«

»Er ist in Mr. Phillips' Zimmer, bei dem Leichnam. Aber sie werden bald kommen, ihn wegzubringen. Er wünscht eine Obduktion, nur um sicher zu sein.« Raphaella starrte sie sprachlos an und eilte in John Henrys Zimmer. Sie stand sehr still, als sie an das Bett herantrat und ihn dort liegen sah. Er sah aus, als schliefe er, und einmal glaubte sie, seine Hand sich bewegen zu sehen. Während sie dort stand, sah sie nicht einmal den Arzt. Alles, was sie sehen konnte, war John Henry, so müde, so zusammengeschrumpft, so alt.

»Mrs. Phillips ...? Raphaella?«

Als sie die Stimme hörte, wirbelte Raphaella herum und seufzte, als sie erkannte, wer es war. »Hallo, Ralph.« Doch dann, wie durch einen Magneten angezogen, glitten ihre Augen zu dem Gesicht des Mannes zurück, den sie vor fünfzehn Jahren geheiratet hatte. Noch war sie nicht ganz sicher, was sie empfand. Kummer, Leere, Bedauern, Trauer, irgend etwas, doch sie war nicht sicher, was. Sie hatte noch nicht richtig begriffen, daß er gestorben war. Nur wenige Stunden zuvor hatte er gesagt, er sei müde.

»Raphaella, lassen Sie uns ins Nebenzimmer gehen.« Sie folgte dem Arzt in den Ankleideraum, den die Pflegerinnen so oft benutzt hatten. Dort standen sie zusammen wie zwei Verschwörer. Der Arzt blickte unglücklich, als er Raphaella anschaute.

»Was ist es? Was ist es, was niemand mir sagt? Es war kein Schlaganfall, nicht wahr?« Plötzlich wußte sie es instinktiv. Der Arzt schüttelte den Kopf und bestätigte ihre schlimmsten Befürchtungen.

»Nein, das war es nicht. Es war ein entsetzlicher Unglücksfall. Ein furchtbarer Fehler, eine fast unverzeihliche Sache, außer, daß sie nicht vorsätzlich geschah und keiner wissen konnte, was er empfand.«

»Was versuchen Sie mir zu sagen?« Ihre Stimme hatte sich erhoben, und sie spürte, daß in ihrem Kopf irgend etwas zu explodieren drohte.

»Daß Ihr Gatte ... John Henry ... die Pflegerin gab ihm eine Schlaftablette, und sie ließ die Flasche auf dem Nachttisch stehen ...« Sie starrte ihn entsetzt an. »Er nahm die Pillen, Raphaella. Die ganze Flasche. Er beging Selbstmord. Ich weiß nicht, wie ich es Ihnen anders sagen soll. Aber das ist geschehen.« Seine Stimme stockte, und Raphaella überfiel der Wunsch zu schreien. Er hatte sich getötet ... John Henry hatte sich selbst getötet, während sie sich außerhalb mit Alex verlustierte ... Sie hatte ihn getötet ... ihn getötet, als ob sie es mit ihren bloßen Händen getan hätte. Hatte er von Alex gewußt? Hatte er etwas gespürt? Hätte sie ihn hindern können, wenn sie dagewesen wäre? Konnte es ... würde es ... was, wenn ... ihre Gedanken rasten, und ihre Augen weiteten sich bei dem, was sie dachte, doch sie konnte keinen Ton herausbringen. Sie konnte nichts sagen. Ihr Vater hatte recht gehabt. Sie hatte ihn getötet. John Henry hatte Selbstmord begangen. Endlich brachte sie es über sich, den Arzt anzusehen.

»Hat er mir eine Nachricht hinterlassen?« Er schüttelte verneinend den Kopf.

»Nichts.«

»O mein Gott.« Sie sagte es mehr zu sich selbst. Dann sank sie vor seinen Füßen zu Boden, in eine tödliche Ohnmacht.

30

Antoine de Mornay-Malle traf am nächsten Abend um sechs Uhr ein. Er fand Raphaella sitzend und über die Bucht hinausschauend vor. Als sie hinter sich seine Stimme vernahm, erhob sie sich aus ihrem Sessel und drehte sich um, ihn zu begrüßen. Er sah, daß ihre Augen fast glasig waren. Sie war die Nacht zuvor nicht schlafen gegangen, und trotz der Angebote des Arztes hatte sie ein Beruhigungsmittel abgelehnt. Ihr Haar war streng zurückgekämmt, ihre Augen riesig und fast hohl in dem geisterhaft bleichen Antlitz. Als er einen Blick auf ihre Beine warf, sah er, daß sie als Zeichen der Trauer schwarze Strümpfe trug. Sie war ohne jeden Schmuck, außer dem diamantbesetzten Goldreif, den sie seit fünfzehn Jahren an der linken Hand trug.

»Papa ...« Sie kam ihm langsam entgegen, als er sich näherte und seine Augen ihr Gesicht erforschten. Als sie ihn anrief, hatte er am Klang ihrer Stimme erkannt, daß es irgend etwas verzweifelt Schlimmes gab, schlimmer noch als der Tod ihres Gatten. Es gab da etwas, das sie noch nicht enthüllt hatte.

»Raphaella, ich bin sehr betrübt.« Er verneigte sich ein wenig und ließ sich in einem Sessel nahe dem ihren nieder. »War es – ging es schnell?«

Sie sagte absolut nichts, starrte hinaus auf die Bucht und hielt sich aufrecht sitzend für ihn bereit. »Ich weiß es nicht ... Ich denke, ja ...«

»Du warst nicht bei ihm?« Er starrte ihr ins Gesicht und begann die Stirn zu runzeln. »Wo warst du?« Seine Stimme war plötzlich voller Argwohn, und sie konnte es nicht ertragen, ihm ins Auge zu sehen.

»Ich war für eine Weile aus.«

Ihr Vater nickte. »Es war ein neuer Infarkt ... oder setzte sein Herz plötzlich aus?« Wie viele Leute seines Alters wollte er genau wissen, wie das Ende gekommen sei. Möglicherweise, um zu wissen, was ihn erwartete, wenn die Reihe an ihn gekommen war. Aber er fand noch etwas Sonderbares im Gesichtsausdruck seiner Tochter. Während sie dort saß, dachte sie ernsthaft daran, es ihm nicht zu erzählen, aber sie wußte auch, daß es sinnlos war, ihn anzulügen. Sie kannte ihren Vater und war überzeugt, daß er mit jedermann, den Dienstboten, den Pflegerinnen, dem Doktor, eine Unterhaltung führen würde. Zufällig oder mit Absicht würde er die Wahrheit entdecken. Jeder im Haushalt kannte sie schon. Der Arzt war mit ihr übereingekommen, nichts über die Umstände von John Henrys Ableben verlautbaren zu lassen, aber die Pflegerinnen erzählten es den Dienstmädchen, die es dem Butler gegenüber erwähnten, der die Neuigkeiten mit einem Blick des Erstaunens und der Bestürzung an den Chauffeur weitergab. Und es würde nicht lange dauern, bis einer von ihnen es einem Freund in einem der anderen Häuser erzählte, und möglicherweise sprach sich das Wort in der ganzen Stadt herum. John Henry Phillips hatte Selbstmord begangen. Und irgendwie wußte Raphaella, daß ihr Vater es auch herausbekommen würde.

»Papa ...« Langsam wandte sie ihm das Gesicht zu, und endlich begegneten sich ihre Augen. »Es war kein Schlaganfall ...« Sie schloß für eine Sekunde fest die Augen, griff nach ihrer Sessellehne, öffnete die Augen wieder und fuhr fort: »Es war ... er nahm Pillen, Papa ...« Ihre Stimme war kaum hörbar, als er sie ansah und nicht verstand, was sie ihm zu sagen versuchte. »Ich ... er ... er ist zuletzt so deprimiert gewesen ... er haßte es, krank zu sein ... er war –« Sie stockte. Tränen stiegen ihr in die Augen, und ein Seufzer drang aus ihrer Kehle.

»Was versuchst du mir zu sagen?« Er starrte sie an, bewegte sich nicht in seinem Sessel.

»Ich sage dir, daß –« Sie tat einen tiefen Atemzug. »Die Pflegerin ließ die Schlaftabletten auf dem Tisch neben ihm ... und er nahm sie ... nahm sie alle.« Jetzt hatte sie es deutlich gesagt.

»Er tötete sich selbst?« Ihr Vater blickte entsetzt, doch sie nickte schwerfällig. »Mein Gott, wo warst du? Warum hast du nicht aufgepaßt, daß die Pflegerin das Medikament fortnimmt? Warum warst du nicht hier?«

»Ich weiß es nicht, Papa ... aber niemand wußte, daß er sterben wollte. Ich meine, ich wußte es ... er war so müde, und letzthin war er so traurig, so lange krank zu sein. Aber niemand dachte ... ich dachte nicht ... ich dachte nie, er würde –«

»Mein Gott, bist du wahnsinnig? Warum konntest du nicht achtsamer sein? Warum konntest du nicht alles überwachen, was die Pflegerinnen taten? Es war deine Verantwortung ... deine Pflicht ...« Er schickte sich an fortzufahren, doch Raphaella sprang von ihrem Sitz, sah aus, als ob sie schreien würde.

»Hör auf, Papa! Hör auf! Ich konnte nichts dafür ... Niemand konnte es! Keiner hat Schuld ... es war –«

»Du wirst Strafantrag gegen die Pflegerin stellen, nicht wahr?« Er blickte geschäftsmäßig, als er sie von seinem Sessel aus beobachtete. Aber Raphaella schüttelte den Kopf, erneut gebrochen und ausgehöhlt aussehend.

»Natürlich nicht. Sie konnte nicht wissen ... es war ein Unfall, Papa.«

»Ein Unfall, der deinen Gatten tötete.« Ihre Augen trafen sich, und sie sahen sich lange an. Als ob er etwas spürte, was sie ihm nicht erzählt hatte, verengten sich seine Augen, sie weiterhin anblickend. »Ist da noch mehr, Raphaella? Etwas, das du mir nicht gesagt hast?« Und dann, als sei es ihm klargeworden, nicht als Vermutung, sondern als Gewißheit ihrer Schuld, richtete er sich steil in seinem Sessel auf und starrte auf seine Tochter. »Wo warst du, als er dies tat, Raphaella?« Elend schaute sie zu ihrem Vater, sich nicht wie eine Frau, sondern mehr wie ein Kind vorkommend. »Wo warst du?« Er legte eine schreckliche Betonung auf die Worte, und da war nichts, was sie ihm sagen konnte.

»Ich war aus.«

»Mit wem?«

»Niemandem.« Doch es war zwecklos. Er hatte es schon erahnt, und sie wußte, daß er es wußte. Sie sah ihn jetzt an, ihr Gesicht eine Qual der Selbstbeschuldigung, die für sich selber sprach.

»Du warst bei ihm, ist es so, Raphaella? Warst du es?« Seine Stimme erhob sich unheilvoll, und außerstande, ihren Weg klar vor sich zu sehen, nickte sie einfach mit dem Kopf. »Mein Gott, dann ... hast du ihn getötet. Begreifst du das? Weißt du, warum er jene Pillen nahm?« Ihr Vater sah sie deutlich verändert an, doch wieder schüttelte Raphaella den Kopf.

»Er hat nichts davon gewußt, Papa. Dessen bin ich sicher.«

»Wie kannst du das sein? Die Dienstboten müssen es gewußt haben, sie müssen es ihm erzählt haben.«

»Das würden sie ihm nicht angetan haben, und ich glaube nicht, daß sie es wußten.« Sie schritt teilnahmslos zum Fenster. Das Schlimmste war nun vorüber. Er kannte die Wahrheit. Er konnte nichts mehr sagen. Es lag alles auf dem Tisch, ihre Treulosigkeit, ihr Verrat, ihr Versagen gegenüber John Henry, dessen Leben mit seinem Tablettentod endete anstatt durch die Hand Gottes.

»Dann hast du mich belogen, als du mir sagtest, du würdest ihn nicht wiedersehen.«

»Nein, ich sagte dir die Wahrheit.« Sie kehrte ihm wieder das Gesicht zu. »Ich habe ihn nicht wiedergesehen bis vor etwa zwei Wochen. Wir trafen uns zufällig.«

»Und du stiegst natürlich gleich wieder in sein Bett.«

»Papa ... bitte ...«

»Bist du nicht? Ist es nicht das, was deinen Gatten tötete? Denk darüber nach. Kannst du wirklich damit leben? Kannst du?«

Wieder stiegen ihr die Tränen in die Augen, und sie schüttelte den Kopf. »Nein, ich kann nicht.«

»Du bist eine Mörderin, Raphaella.« Schlangengleich zischten die Worte aus seinem Mund, ihr ekelhaftes Gift verspritzend. »Sowohl eine Mörderin wie eine Hure.« Und dann, sich zu voller Höhe hochziehend, bot er ihr die Stirn. »Du hast mich entehrt, und ich verbanne dich aus meinem Herzen, doch um meinetwillen und deiner Mutter wegen werde ich nicht zulassen, daß du mich erneut entehrst. Ich habe keine Ahnung, was du mit deinem Liebhaber zu planen gedenkst. Ich bin überzeugt, du würdest nichts lieber tun, als in der Minute, in der sie John Henry in die Erde versenken, mit ihm wegzulaufen. Aber das, mein liebes Mädchen, wird nicht geschehen. Nicht in diesem Augenblick. Was du später tust, geht mich nichts an, und wie du schon erwähntest, bist du eine erwachsene Frau. Eine widerwärtige, eine unmoralische, aber erwachsen bist du gewiß. Also in einem Jahr, nach einer angemessenen Periode der Trauerzeit, steht es dir frei, deine Hurerei wiederaufzunehmen. Doch in der Zwischenzeit, für ein Jahr, wirst du anständig sein, zu mir, zu deiner Mutter und im Gedenken an einen Mann, der dich über alles liebte, selbst wenn du's nicht tatest. Nach dem Begräbnis wirst du mit deiner Mutter nach Spanien fliegen. Dort wirst du ein Jahr lang bleiben. Ich werde alle geschäftlichen Angelegenheiten, die mit dem Nachlaß in Zusammenhang stehen, erledigen, und es wird fast ein Jahr dauern, bis alles geregelt ist. Nach einem Jahr kannst du dann hierher zurückkommen und tun, was immer du willst. Aber ein Jahr, ein Jahr schuldest du dem Mann, den du ermordet hast. Falls du ins Gefängnis gingest, würde es für den Rest deines Lebens sein. Und Tatsache ist, junge Frau, daß du mit dem, was du getan hast, für den Rest deiner Tage wirst leben müssen.« Er schritt steif zur Tür und drehte sich um. »Bereite dich für den Tag des Begräbnisses auf deine Abreise vor. Ich wünsche mit dir nicht weiter darüber zu diskutieren. Ein Jahr der angemessenen Trauer für einen Mann, den du zum Selbstmord getrieben hast, ist ein gering bezahlter Preis.« Als sie dastand und ihn den Raum verlassen sah, flossen ihr die Tränen langsam über das Gesicht.

Erst am nächsten Morgen hörte sie etwas von Alex. Sie hatten die Todesnachricht einen Tag lang aus den Zeitungen ferngehalten, doch am folgenden Morgen stand es dort auf der ersten Seite. John Henry Phillips war tot. Dem Bericht nach war er seit seiner ersten Erkrankung bettlägerig gewesen, hatte mehrere Infarkte erlitten und war acht Jahre nicht mehr aktionsfähig gewesen. Der Artikel erwähnte Raphaella kaum, außer, daß er keine Kinder, sondern nur seine zweite Frau hinterließ, die frühere Raphaella de Mornay-Malle y de Santos y Quadral. Danach wurden die Gesellschaften, die er gegründet hatte, aufgezählt, das Vermögen, das er hinterließ, die bedeutenden internationalen Transaktionen, die er über Jahre hinweg getätigt hatte. Doch es war nicht das, was Alex interessierte.

Verblüfft hatte er auf die Zeitung gestarrt, die er auf dem Weg zur Arbeit vor der Tür aufgehoben hatte. Etliche Minuten hatte er reglos dagestanden und die Zeilen gelesen. Dann war er in das Haus zurückgekehrt, um Raphaella anzurufen. Er hatte sich gewundert, warum sie die Nacht zuvor nicht gekommen war, und war in Angst gewesen, die Nacht davor hätte Schuldgefühle in ihr ausgelöst und sie erneut von ihm entfernt. Nun fragte er sich, was es für sie bedeuten würde, daß John Henry gestorben war, während sie mit ihm zusammen war. Er konnte es sich gut ausrechnen, nach dem, was er gelesen hatte. Es wurde die Nacht erwähnt, in der er gestorben war, und Alex wußte, daß er entweder gestorben war, während Raphaella aus war, oder kurz nachdem sie heimgekommen war. Er versuchte sich die Szene vorzustellen, die sie angetroffen hatte, als sie von ihren gemeinsamen Stunden zurückkehrte, und es durchschauerte ihn, als er die Telefonnummer wählte.

Als Raphaella den Hörer aufnahm und Alexanders Stimme hörte, spürte sie, wie sie ein Zittern durchlief. Es war wie eine brutale Erinnerung an das, was sie getan hatte, während ihr Mann die tödlichen Pillen nahm.

»Raphaella?« Seine Stimme klang weich, und es war zu merken, daß er beunruhigt war. »Ich habe gerade die Zeitung gelesen. Es tut mir so leid ...« Und nach einer kurzen Pause: »Geht es dir gut?« Sie hatte bis jetzt nichts gesagt außer hallo.

»Ja.« Sie sprach sehr langsam. »Mir geht's gut.« Und dann: »Ich bedaure ... ich war gerade beschäftigt, als du anriefst.« Sie hatte den Anzug herausgesucht, den sie John Henry anlegen würden, und ihr Vater hatte mit einer Miene danebengestanden, die eine Mischung aus Anklage und Trauer um den verlorenen Freund war. »Das Begräbnis ist morgen.« Was sie ihm sagte, klang tonlos und unzusammenhängend, und er saß mit dem Hörer in der Hand auf den Stufen und schloß die Augen. Es war klar erkennbar, was geschehen war. Sie war über den Tod ihres Mannes von Schuldgefühlen verzehrt. Er mußte sie sehen. Er mußte sie sprechen, mußte herausfinden, wie es ihr wirklich ging.

»Kann ich dich nach dem Begräbnis sehen, Raphaella? Nur für eine Minute. Ich möchte nur wissen, ob es dir gutgeht.«

»Danke, Alex. Mir geht es gut.« Sie klang wie eine Geisterstimme, und er hatte plötzlich Angst. Es hörte sich an, als stünde sie unter Beruhigungsmitteln oder, schlimmer noch, als wäre sie in einem Schockzustand.

»Kann ich dich sehen?«

»Ich reise morgen nach Spanien ab.«

»Morgen? Warum?«

»Ich reise mit meinen Eltern zurück. Mein Vater meint, ich sollte die Trauerperiode dort verbringen.«

O Heiland. Alex schüttelte den Kopf. Was war passiert? Was hatten sie mit ihr gemacht? Was hatten sie zu ihr gesagt? »Wie lang ist die Trauerperiode?«

Sie antwortete ihm ausdruckslos: »Ein Jahr.«

Er starrte betäubt zu Boden. Sie ging fort für ein Jahr? Er hatte sie erneut verloren, und er wußte es, und er wußte auch, daß es diesmal für immer war. Wenn sie John Henrys Tod mit ihrer Wiedervereinigung verband, dann würde ihre Affäre für immer ein häßlicher Augenblick bleiben, den sie zu vergessen wünschte. Alles, was er wußte, war, daß er sie sehen mußte. Für eine Minute, zehn Sekunden, irgendwas, um sie in die Wirklichkeit zurückzuholen, sie daran zu erinnern, daß er sie aufrichtig liebte, daß sie nichts Schlechtes getan hatten und daß sie John Henrys Tod nicht verursacht hatten. »Raphaella, ich muß dich sehen.«

»Ich glaube nicht, daß ich kann.« Sie warf einen Blick über die Schulter und konnte ihren Vater im Nebenraum sehen.

»Ja, du kannst.« Dann fiel Alex etwas ein. »Auf den Stufen, wo ich dich das erstemal sah, draußen vor eurem Garten. Geh jetzt gleich hinunter. Fünf Minuten, Raphaella ... das ist alles ... bitte!«

Es war ein so flehentlicher Ton in seiner Stimme, daß er ihr leid tat, doch sie fühlte nichts mehr, für niemanden. Weder für sich selbst noch für Alex, vielleicht nicht einmal für John Henry. Sie war jetzt eine Mörderin. Eine schlechte Frau. Sie war taub. Aber es war nicht Alex, der John Henry tötete. Sie hatte es getan. Es gab keinen Grund, ihn zu strafen.

»Warum willst du mich sehen?«

»Um zu dir zu sprechen.«

»Was, wenn uns jemand sieht?« Doch was machte es aus? Sie hatte schon die letzte Sünde begangen. Und ihr Vater wußte von Alex, wußte, daß sie bei ihm gewesen war, als John Henry die tödlichen Pillen genommen hatte. Welchen Unterschied machte es also jetzt, wenn es die Dinge für Alex erleichterte? Am nächsten Tage reiste sie nach Spanien ab.

»Sie werden uns nicht sehen. Und ich würde nicht länger als einige Minuten bleiben. Wirst du mich treffen?«

Sie nickte langsam. »Ja.«

»Zehn Minuten. Ich werde dort sein.«

Sie hängten auf, und zehn Minuten später wartete er nervös am Fuß der Stufen, wo er sie das erstemal gesehen hatte, die Silhouette ihres Gesichts im Laternenlicht, eingehüllt in die Weichheit ihres Luchsmantels. Er war jedoch in keiner Weise auf die Erscheinung vorbereitet, die jetzt auf ihn zukam, als sie sich der Stufenflucht näherte. Alles an ihr war herb und dunkel und bedrückend. Sie trug ein strenges schwarzes Kleid, kein Make-up, schwarze Strümpfe, schwarze Schuhe, und der Ausdruck in ihren Augen erschreckte ihn bis in die tiefste Seele. Er wagte nicht einmal, sich ihr zu nähern. Er stand einfach da und wartete, als sie auf ihn zukam, mit dem verstörten Blick der Qual in ihren schwarzen Augen.

»Hallo, Alex.« Es war fast, als sei sie auch schon tot. Oder als ob jemand sie getötet hätte, was ihr Vater im Endeffekt getan hatte.

»Raphaella ... o Baby ...« Er hätte sie gerne in die Arme genommen, wagte es aber nicht und stand nur da und sah sie an mit einem schmerzlichen Blick in den eigenen Augen. »Setzen wir uns hin.« Er ließ sich auf den Stufen nieder und winkte sie neben sich. Sie gehorchte und zog die Knie an die Brust in der frostigen Luft auf den kalten Stufen. »Ich möchte, daß du mir sagst, wie du dich fühlst. Du siehst so mitgenommen aus, daß es mir angst macht, und ich glaube, du beschuldigst dich für etwas, mit dem du nichts zu tun hast. John Henry war alt, Raphaella, und krank und sehr müde. Du hast es mir selbst gesagt. Er war des Lebens müde, und er wünschte zu sterben. Der Zeitpunkt war rein zufällig.«

Raphaella lächelte freudlos und schüttelte den Kopf, als täte er ihr leid, ein solcher Narr zu sein. »Nein, nicht zufällig, Alex. Ich tötete ihn. Er starb nicht im Schlaf, wie es in den Zeitungen stand. Oder ja, er tat es, aber es war kein natürlicher Schlaf. Er nahm eine Flasche Schlaftabletten.« Sie wartete, bis das Gesagte eingedrungen war, und beobachtete ihn mit ihren eigenen leblosen Augen. »Er beging Selbstmord.«

»O mein Gott.« Er blickte entsetzt, als hätte ihn jemand geschlagen, aber nun verstand er, was er in ihrer Stimme gehört hatte und was er nun in ihrem Gesicht sah. »Aber weißt du das bestimmt, Raphaella? Hinterließ er dir eine Nachricht?«

»Nein, er brauchte es nicht. Er hat es nur getan. Aber mein Vater ist überzeugt, daß er von uns wußte, und so habe ich ihn im Endeffekt getötet. Das ist das, was mein Vater sagte, und er hat recht.« Eine Sekunde lang wünschte Alex, ihren Vater zu töten, doch er sagte nichts zu ihr.

»Wie will er das wissen?«

»Warum sonst würde John Henry es tun?«

»Weil er es so verdammt leid war, wie ein toter Mann zu leben, Raphaella. Wie oft hat er das selbst zu dir gesagt.« Doch sie schüttelte nur den Kopf. Sie wollte nichts hören. Alex erklärte ihre Unschuld, während sie nur zu gut das Ausmaß ihrer Schuld kannte. Und falls nicht die seine, dann mit Sicherheit die ihre. »Du glaubst mir nicht, stimmt's?«

Sie schüttelte langsam den Kopf. »Nein, ich denke, mein Vater hat recht. Irgend jemand muß uns gesehen und es ihm weitergesagt haben. Vielleicht einer der Dienstboten, vielleicht ein Nachbar, der mich eines Nachts hat heimkommen sehen.«

»Nein, Raphaella, du täuschst dich. Die Dienstboten haben es ihm nicht berichtet.« Er sah sie ernst an. »Meine Schwester tat es, als du letzten Sommer in Europa warst.«

»O mein Gott.« Raphaella sah aus, als würde sie ohnmächtig werden. Alex neigte sich vor und nahm ihre Hand.

»Es war nicht, wie du glaubst. Kay hat es bezweckt, doch es kam anders. Einer seiner Sekretäre rief mich an und bat mich, ins Haus zu kommen.«

»Und du hast es getan?« Sie blickte entgeistert.

»Ja. Er war ein wunderbarer Mann, Raphaella.« Tränen waren jetzt sowohl in seinen wie in ihren Augen.

»Was geschah?«

»Wir haben uns lange unterhalten. Über dich. Über mich. Über uns. Er gab mir seinen Segen, Raphaella.« Tränen schossen aus Alexanders Augen. »Er trug mir auf, für dich zu sorgen, danach ...« Er wollte sie an sich ziehen, doch sie wich zurück. Der Segen zählte jetzt nichts mehr. Selbst Alex wußte es. Es war dafür zu spät. »Raphaella, Liebling, laß dir nicht von ihnen weh tun. Laß sie nicht etwas fortnehmen, das wir beide wollen, was sogar John Henry respektierte, etwas, das so richtig ist.«

»Wir taten nicht recht. Wir taten etwas sehr, sehr Unrechtes!«

»Taten wir das?« Er sah sie jetzt sehr gerade an, als sie dort saß. »Glaubst du das wirklich?«

»Welche Wahl bleibt mir sonst, Alex? Wie kann ich etwas anderes glauben? Was ich tat, tötete meinen Mann, trieb ihn zum

Selbstmord. Willst du mir wirklich einreden, ich hätte nichts Unrechtes getan?«

»Ja, und das würde jeder, der die Geschichte kennt. Du bist unschuldig, Raphaella. Egal, was dein Vater sagt. Würde John Henry noch leben, würde er dir das gleiche sagen, dessen bin ich sicher. Weißt du bestimmt, daß er dir keinen Brief hinterlassen hat?« Er suchte in ihren Augen, als er sie fragte. Es erschien ihm sonderbar, daß John Henry nichts hinterlassen hatte. Sie schüttelte aber nur erneut den Kopf.

»Nichts. Der Arzt hat alles durchgesehen, als er dort war, und auch die Pflegerinnen. Da war nichts.«

»Bist du überzeugt?« Wieder nickte sie. »Also was jetzt? Du reist mit deiner Mutter nach Spanien, um für deine Sünde zu büßen?« Wieder ein Kopfnicken. »Und danach? Kommst du hierher zurück?« Im Geiste fand er sich mit einem langen einsamen Jahr ab.

»Ich weiß es nicht. Ich muß zurückkommen, um Dinge zu ordnen. Ich werde das Haus zum Verkauf anbieten, nachdem der Nachlaß geregelt ist. Und dann –« Sie stockte und starrte auf ihre Füße, als sie mit monotoner Stimme weitersprach. »Ich kehre vermutlich nach Paris zurück, oder vielleicht nach Spanien.«

»Raphaella, das ist Wahnsinn.« Er konnte seine Hände nicht länger von ihr lassen. Er nahm ihre langen schlanken Finger in die seinen. »Ich liebe dich. Ich möchte dich heiraten. Es besteht kein Grund für uns, es nicht zu tun. Wir haben nichts Unrechtes getan.«

»Doch, Alex.« Sie zog sich sehr langsam zurück, entwand ihm ihre Finger. »Doch, wir haben. Ich habe etwas sehr Unrechtes getan.«

»Und für den Rest der Tage willst du diese Bürde tragen. Ist es so?« Doch im Grund wußte er, daß er sie für den Rest des Lebens immer an etwas erinnern würde, was sie für eine große Sünde hielt. Er hatte sie verloren. An einen Witz des Schicksals, des Zeitpunkts, an die Wahnsinnstat eines müden, alten Mannes, an die bösartigen Auslegungen ihres Vaters. Er hatte sie verloren. Und dann, als ahne sie, was er dachte, nickte sie und stand auf. Sie stand da und sah ihn einen langen Augenblick an und murmelte leise: »Lebe wohl.« Sie faßte ihn weder an noch küßte sie ihn. Sie drehte sich einfach um und ging langsam die Stufen hinunter, als Alex ihr mit den Augen folgte, erschüttert von dem, was er verlor, von dem, was sie tat. In ihrer erbarmungslosen schwarzen Tracht sah sie wie eine Nonne aus. Dies war das drittemal, daß er sie verloren hatte. Aber diesmal wußte er, daß es für immer war. Als sie die wohlverborgene Gartentür erreichte, stieß sie sie auf und schloß sie hinter sich. Sie blickte nicht zu Alex zurück.

31

Das Begräbnis war so privat, wie sie es arrangieren konnten, aber dennoch saßen mehr als hundert Menschen im Gestühl der kleinen Kirche. Raphaella saß mit ihrem Vater und ihrer Mutter in der vordersten Reihe. Tränen rannen über die Wangen ihres Vaters, und ihre Mutter schluchzte ungehemmt um einen Mann, den sie kaum gekannt hatte. In der Reihe direkt hinter ihnen waren ein halbes Dutzend Verwandte, die ihre Mutter von Spanien hierherbegleitet hatten. Alejandras Bruder, zwei ihrer Schwestern, eine Cousine mit Tochter und Sohn. Die Gruppe war angeblich erschienen, um sowohl Raphaella als auch Alejandra zu unterstützen, doch Raphaella empfand sie mehr wie Gefängnisaufseher, die gekommen waren, um sie nach Spanien zurückzubefördern.

Sie war es, die während der Trauerzeremonie trockenen Auges dasaß und blind auf den mit Rosen bedeckten Sarkophag starrte. Ihre Mutter hatte für die Blumen gesorgt, ihr Vater hatte sich um die übrigen Arrangements gekümmert. Raphaella hatte nichts zu tun, außer in ihrem Zimmer zu sitzen und darüber nachzudenken, was sie getan hatte. Hin und wieder dachte sie an Alex, an sein Gesicht, wie sie ihn zuletzt gesehen, an das, was er ihr gesagt hatte. Sie wußte jedoch, daß er irrte in dem, was er dachte. Es war alles so deutlich ihre Schuld, wie ihr Vater es gesagt hatte, und Alex versuchte nur, ihre Schuld zu mildern. Es war seltsam, festzustellen, daß sie beide Männer gleichzeitig verloren hatte.

Sie hatte Alex so sehr verloren wie John Henry, und sie wußte, als sie dort steif saß und auf die Musik lauschte, daß sie keinen von ihnen wiedersehen würde. Da erst begannen die Tränen zu fließen, rollten unbarmherzig über ihre Wangen hinter dem dichten schwarzen Schleier, bis sie lautlos auf ihre im Schoß gefalteten Hände fielen. Sie bewegte sich während der Dauer der Zeremonie kein einzigesmal. Sie saß nur da, wie eine Angeklagte vor Gericht, die nichts zu ihrer eigenen Verteidigung zu sagen hatte. Für einen kurzen wahnwitzigen Moment wollte sie aufspringen und ihnen sagen, daß sie ihn nicht mit Vorsatz getötet hätte, daß sie unschuldig sei, daß alles ein Irrtum war. Aber sie war nicht unschuldig, erinnerte sie sich stumm. Sie war schuldig. Und nun würde sie zu bezahlen haben.

Als es vorbei war, fuhren sie in Stillschweigen zum Friedhof. John Henry wurde neben seiner ersten Frau und ihrem Sohn beigesetzt, und Raphaella wußte, als sie auf den grasigen Erdhügel sah, unter dem sie begraben lagen, daß sie niemals dort neben ihm ruhen würde. Es war unwahrscheinlich, daß sie jemals wieder in Kalifornien leben würde. In einem Jahr würde sie für einige Wochen herkommen, ihre Sachen einpacken und das Haus verkaufen. Eines Tages würde sie sterben und in Europa begraben werden. Es schien irgendwie passender. Sie hatte kein Recht, hier mit ihm zu liegen. Sie war die Frau, die ihn getötet hatte, seine Mörderin. Es wäre Gotteslästerung gewesen, sie in seiner Grabstätte zu beerdigen. Und am Ende des Gebets, das der Priester am Kopfende des Grabes sprach, warf ihr Vater ihr einen Blick zu, als wollte er ihr dasselbe sagen.

Sie fuhren zum Haus zurück, wiederum in Stillschweigen, und Raphaella begab sich wieder auf ihr Zimmer. Das Kofferpacken war fast getan. Sie hatte nichts zu tun und wollte niemanden sehen oder sprechen. Es schien keiner sonderlich bemüht, mit ihr zu sprechen. Die ganze Familie wußte, was geschehen war. Ihre Tanten und Onkel und Cousinen wußten nichts von ihrer Affäre, aber sie wußten, daß John Henry Selbstmord begangen hatte, und ihre Augen schienen Raphaella anzuklagen, als wollten sie ihr wieder und wieder sagen, daß es ihre Schuld sei. Es war leichter für sie, sie nicht zu sehen, weder ihre Gesichter noch ihre Augen. Nun saß sie in ihrem Zimmer wie eine Gefangene, wartete und beneidete John Henry um seinen Mut. Hätte sie die gleiche Flasche Schlaftabletten gehabt, sie würde sie auch genommen haben. Ihr war nichts zum Leben geblieben, und sie würde dankbar gestorben sein. Sie wußte aber auch, daß sie bestraft werden mußte, und Sterben wäre zu leicht gewesen. Sie würde weiterzuleben haben, wissend, was sie in San Francisco getan hatte. Nach vierzig oder fünfzig Jahren würde man noch über die Geschichte sprechen und dabei argwöhnen, daß es noch etwas gab, was man nicht wußte. Bis dahin würde Alexanders Existenz vielleicht den Rest der Geschichte begleiten. Leute würden über Donna Raphaella tratschen, die ihren Ehemann betrog ... erinnert ihr euch, er beging Selbstmord ... ich weiß nicht, wie alt sie war ... vielleicht dreißig ... wißt ihr, sie war in Wirklichkeit diejenige, die ihn tötete.

Als sie die Worte in ihrem Kopf hörte, barg sie ihr Gesicht in den Händen und begann zu weinen. Sie weinte für die Kinder, die sie niemals kennen würden oder die Wahrheit kannten über das, was ihr zugestoßen war, sie weinte für Alex und was beinahe gewesen wäre, für Mandy, die sie niemals wiedersehen würde, und zuletzt für John Henry ... für das, was er getan hatte ... für das, was er einst gewesen war ... für den Mann, der sie vor so langer Zeit geliebt hatte und ihr einen Heiratsantrag machte, als sie an der Seine entlanggingen. Sie saß allein in ihrem Zimmer und weinte stundenlang. Dann ging sie still in sein Schlafzimmer und schaute sich dort ein letztesmal um.

Um neun Uhr kam ihre Mutter herauf, ihr zu sagen, daß es Zeit sei, das Haus zu verlassen, um ihr Flugzeug zu erreichen.

Sie hatte eine lange Reise vor sich und ein sehr langes Jahr. Als der Mann, der die schweren Reinigungsarbeiten besorgte, ihre beiden Koffer aufnahm und sie nach unten brachte, ging sie langsam die Haupttreppe hinunter. Sie wußte, daß sie hier niemals wieder leben würde. Ihre Tage in San Francisco waren vorüber. Ihr Leben mit John Henry war jetzt vergangen. Ihre Augenblicke mit Alex endeten in einer Katastrophe. Ihr Leben war gewissermaßen zu Ende.

»Fertig?« Ihre Mutter blickte sie freundlich an. Raphaella sah mit jenen leeren Augen, die Alex am Morgen gesehen hatte, zurück, nickte und schritt zur Tür hinaus.

32

Im Frühling erhielt sie via San Francisco ein Belegexemplar ihres Kinderbuchs, das etwas später im Juli erscheinen sollte. Sie betrachtete es ruhig, mit einem Gefühl des Abstands. Tausend Jahre schienen vergangen, seit sie das Projekt gestartet hatte, und es erschien jetzt so unwichtig. Sie empfand überhaupt nichts dafür. So wenig, wie sie jetzt für die Kinder, für ihre Eltern, für ihre Vettern und Cousinen oder gar für sich selbst empfand. Sie empfand für nichts und niemand etwas. Fünf Monate hatte sie sich wie ein Automat bewegt, stand morgens auf, zog ihre schwarzen Trauerkleider an, ging frühstücken, kehrte in ihr Schlafzimmer zurück, antwortete auf Berge von Briefen, die ihr immer noch aus San Francisco nachgesandt wurden. Es waren alles Kondolenzschreiben, die sie auf festem, schwarzumrandeten Schreibpapier, das dem Anlaß angemessen war, beantwortete. Um die Mittagszeit tauchte sie wieder aus ihrem Schlafzimmer auf. Hin und wieder machte sie einen einsamen Spaziergang vor dem Abendessen, war aber stets darauf bedacht, sich zu entschuldigen, wenn jemand sie begleiten wollte.

Es war klar, daß Raphaella niemanden zu sehen wünschte und daß sie ihr Trauerjahr mit ganzem Herzen wahrnahm. Sie hatte sogar sofort nach ihrer Ankunft kundgetan, daß sie kein Verlangen habe, in Madrid zu bleiben. Sie wollte sich nach Santa Eugenia zurückziehen, um allein zu sein. Ihre Eltern hatten zugestimmt. In Spanien waren ihre Mutter und der Rest der Familie an die Gepflogenheiten der Trauerzeit gewöhnt. Sie dauerte ein Jahr, und die Witwen und Kinder der Toten trugen immer tiefes Schwarz. Und selbst in Paris war es keine völlig ungewöhnliche Sache. Aber der Eifer, mit dem Raphaella sich in die Trauer stürzte, kam jedermann seltsam vor. Es war, als ob sie sich selber strafen und für unzählige unausgesprochene Sünden büßen wollte. Nach den ersten drei Monaten schlug ihre Mutter ihr vor, nach Paris zu reisen, doch der Vorschlag stieß auf sofortige Ablehnung. Sie wollte auf Santa Eugenia bleiben und hatte kein Verlangen, anderswohin zu gehen. Sie mied jedermanns Begleitung, sogar die ihrer Mutter.

Unter den Briefen, die nach ihrer Ankunft eintrafen, war ein langer und tief empfundener von Charlotte Brandon. Sie schrieb ihr offen, aber freundlich, daß Alex ihr die Umstände des Ablebens von John Henry mitgeteilt habe und daß sie hoffe, Raphaella würde weise genug sein, sich nicht selbst zu beschuldigen. In einem langen philosophischen Abschnitt schrieb sie, sie habe gewußt, wie er als junger Mann gewesen sei, und habe daraus den Schluß gezogen, daß sein jahrelanges Siechtum zu einer geistigen Kurzschlußhandlung geführt haben müsse; daß ihm das Leben im Scheine dessen, was er einmal gewesen und was aus ihm geworden war, sowie im Hinblick auf seine Zuneigung für Raphaella wie ein Gefängnis vorgekommen sein müsse, dem er zu entfliehen trachtete. Was er getan hatte, war für diejenigen, die ihn überlebten, sicher schwer zu verstehen, mochte aber gleichwohl der letzte Segen für ihn gewesen sein. ›Wenngleich ein selbstsüchtiger Akt‹, schrieb Charlotte an Raphaella, ›so doch einer, von dem ich hoffe, daß Sie ihn akzeptieren und verstehen, ohne die Egozentrik der Selbstanklage und Selbstgeißelung.‹ Sie empfahl Raphaella dringend, es einfach zu akzeptieren, ihm ein freundliches Gedenken zu bewahren und freundlich zu sich selbst zu sein. Es war ein Appell an Raphaella, gut zu sich selbst zu sein, was immer man darunter verstehen mochte.

Es war der einzige Brief, den Raphaella nicht sofort beantwortete, als sie endlose Stunden in ihrem Elfenbeinturm saß. Wochenlang schmorte Charlottes Brief unbeantwortet auf ihrem Schreibtisch. Raphaella wußte einfach nicht, was darauf zu sagen war. Am Ende antwortete sie schlicht, drückte ihre Dankbarkeit für die freundlichen Worte und Gedanken der Frau aus und hoffte, daß sie einen Abstecher nach Santa Eugenia machen und hallo sagen würde, wenn sie sich in Europa befinde. Wie schmerzlich für Raphaella die geistige Verbindung von Charlotte und Alex auch immer war, so hatte sie Charlotte unabhängig davon sehr gern und hätte sich gefreut, sie bei Gelegenheit wiederzusehen. Aber als sie diese Anregung gab, sah sie nicht die Nachricht von Charlotte im späten Juni voraus. Sie und Mandy waren gerade nach London geflogen, wo Charlotte wie immer ihr jüngstes Buch vorstellte. Hiermit war auch eine Filmverpflichtung verbunden, so daß sie sehr beschäftigt war. Sie hatte termingemäß nach Paris und dann nach Berlin zu fliegen, aber sie plante, nach Madrid zu fliegen, um einige Freunde zu sehen. Sie und Mandy sehnten sich danach, Raphaella wiederzusehen, und fragten jetzt an, ob sie sie nach Madrid locken könnten oder nach Santa Eugenia fahren sollten, um sie dort für einen Nachmittag zu sehen. Sie waren bereit, den Abstecher zu unternehmen, um sie zu besuchen. Raphaella war tief gerührt. Sie wagte es nicht, ihnen abzusagen, versuchte aber, sie mit freundlichen Worten zu entmutigen. Sie erklärte, sie könne Santa Eugenia nicht verlassen, da ihre Hilfe benötigt würde, um ein Auge auf die Kinder zu haben und dafür zu sorgen, daß die Dinge reibungslos für die zahllosen Gäste ihrer Mutter verliefen, wovon natürlich kein Wort stimmte. Seit der Rest der Familie begonnen hatte, für den Sommer einzutreffen, war Raphaella noch weniger sichtbar als zuvor, und oftmals nahm sie die Mahlzeiten auf einem Tablett in ihrem Zimmer ein. Für die gefühlsbetonten Spanier um sie herum schien dies kein ungewöhnliches Verhalten während der Trauerzeit zu sein, aber ihre Mutter begann sich nichtsdestotrotz zunehmende Sorgen zu machen.

Der Brief, den Raphaella an Charlotte in Paris adressierte, wurde auf dieselbe Silberplatte gelegt, auf der die Familie alle abgehende Post hinterließ. An dem Tag, als Raphaella ihr Schreiben dort deponierte, stopfte eines der Kinder alle Briefe in seinen Rucksack, um sie in der Stadt, wohin es mit seinen Geschwistern Süßigkeiten kaufen ging, auf die Post zu geben. Der Brief an Charlotte mußte ihm aus der Hand geglitten sein, bevor es den Briefkasten erreichte. Wenigstens war dies die einzige Erklärung, die Raphaella dafür finden konnte, als Charlotte drei Wochen später, im Juli, bei ihr anrief und bislang kein Wort von ihr gehört hatte.

»Dürfen wir kommen, um Sie zu sehen?« Raphaella zögerte

einen längeren Moment und fühlte sich unhöflich und gleichsam bedrängt.

»Ich ... es ist so heiß hier, Sie würden es schrecklich finden, und es ist so umständlich hierherzukommen. Es ist mir gräßlich, Sie solcher Mühe auszusetzen.«

»Dann kommen Sie nach Madrid.« Charlottes Stimme war von guter Laune erfüllt.

»Ich kann hier wirklich nicht abkommen, so wahnsinnig gern ich es täte.« Es war eine himmelschreiende Lüge.

»Gut, dann sieht's so aus, als bliebe uns keine Wahl, nicht wahr? Wie ist es mit morgen? Wir können einen Wagen mieten und kommen nach dem Frühstück herüber. Wie hört sich das an?«

»Eine Dreistundenfahrt, nur um mich zu sehen? O Charlotte ... das ist mir unangenehm ...«

»Braucht es nicht. Wir machen das gern. Ist es Ihnen so recht?« Einen Moment war sie unsicher, ob Raphaella sie wirklich sehen wollte. Sie fragte sich plötzlich, ob Raphaella sie überhaupt sehen wollte. Vielleicht war die Verkettung mit Alex noch zu schmerzlich für sie. Aber ihre Stimme hatte in Charlottes Ohren fröhlich geklungen, und als sie jetzt antwortete, hörte es sich an, als freue sie sich, sie wiederzusehen.

»Es wird wundervoll sein, euch beide hier zu haben.«

»Ich kann es kaum erwarten, Sie zu sehen, Raphaella. Und Sie werden Mandy kaum wiedererkennen. Wußten Sie schon, daß sie im Herbst nach Stanford geht?«

Am Ende der Unterhaltung lächelte Raphaella weich. Mandy ... ihre Amanda ... es freute sie, zu wissen, daß sie noch bei Alex lebte. Er brauchte sie so sehr wie sie ihn. »Das freut mich.« Und dann konnte sie nicht umhin zu fragen: »Und Kay?«

»Sie verlor die Wahl, wie Sie wissen. Doch das müssen Sie noch erfahren haben, bevor Sie abreisten. Das war letztes Jahr.« Sie hatte es in den Zeitungen gelesen, aber Alex hatte sich geweigert, während der kurzen Wiederbelebung ihrer Beziehung über seine Schwester zu diskutieren. Für ihn war es ein irreparabler Bruch gewesen, der Amandas wegen zwischen ihnen entstanden war, und Raphaella hatte sich oft gefragt, was er wohl getan hätte,

hätte er von Kays Brief an ihren Vater gewußt. Vermutlich würde er sie umgebracht haben. Raphaella hatte es ihm aber nie erzählt. Und nun war sie darüber ganz froh. Was hätte es gebracht? Ihr gemeinsames Leben war zu Ende, und Kay war schließlich seine Schwester. »Liebes, darüber werden wir morgen ausgiebig plaudern. Können wir Ihnen irgend etwas von Madrid mitbringen?«

»Nur euch selbst.« Raphaella hängte lächelnd ein, aber für den Rest des Tages schritt sie nervös in ihrem Zimmer auf und ab. Warum hatte sie sich dazu überreden lassen? Sie wollte Charlotte und Amanda nicht sehen, wollte an ihr vergangenes Leben nicht erinnert werden. Sie führte jetzt ein neues Leben auf Santa Eugenia. Es war das einzige, was sie sich selbst gestattete. Was für einen Sinn hatte es, mit der Vergangenheit in Berührung zu bleiben?

Als sie an jenem Abend zum Abendessen hinunterkam, registrierte ihre Mutter das nervöse Zittern ihrer Hände und nahm sich vor, mit Antoine zu sprechen. Sie fand, daß Raphaella einen Arzt aufsuchen sollte. Sie sah seit Monaten erschreckend aus. Trotz strahlendem Sommersonnenschein hielt sie sich in ihrem Zimmer auf und blieb geisterhaft blaß; seit sie aus San Francisco eingetroffen war, hatte sie fünfzehn bis zwanzig Pfund verloren, und verglichen mit dem Rest der Familie sah sie ungesund aus mit ihren übergroßen dunklen, unglücklichen Augen in dem erbarmungswürdig hageren, verloren wirkenden Gesicht.

Gleichwohl erwähnte sie gegenüber ihrer Mutter im Vorübergehen, daß sie am nächsten Tage zwei Gäste aus Madrid erwarte. »Nun, eigentlich kommen sie aus den Staaten.«

»Oh?« Ihre Mutter sah sie warmherzig an. Es war eine Erleichterung, daß sie jemanden sah. Sie hatte nicht einmal ihre alten Bekannten in Spanien sehen wollen. Es war die strengste Trauerperiode, die Alejandra je erlebt hatte. »Wer sind sie, Liebes?«

»Charlotte Brandon und ihre Enkeltochter.«

»Die Schriftstellerin?« Ihre Mutter blickte überrascht. Sie hatte einige ihrer ins Spanische übersetzten Bücher gelesen und wußte, daß Raphaella sie alle gelesen hatte. »Würdest du es gern haben, wenn sie über Nacht blieben?« Raphaella schüttelte abwesend den Kopf und ging nach oben auf ihr Zimmer zurück.

Sie war noch immer spät am nächsten Morgen dort, als eines der Dienstmädchen heraufkam und leise an die Tür klopfte. »Donna Raphaella ... Sie haben Gäste.« Sie hatte es kaum gewagt, Raphaella zu stören.

»Ich danke dir.« Raphaella lächelte und ging zur Treppe. Sie war so nervös, daß sie ihre Beine wie hölzerne Pfähle unter sich spürte. Es war seltsam, doch sie hatte so lange keine Freunde gesehen, daß sie nicht wußte, was zu sagen war. Ernst und ein wenig ängstlich blickend, in einem der eleganten schwarzen Sommerkleider, die ihre Mutter ihr in Madrid gekauft hatte, noch immer schwarze Strümpfe tragend, schritt sie, erschreckend blaß, die Stufen hinab.

Am Fuß der Treppe wartete Charlotte und zuckte unwillkürlich zusammen, als sie Raphaella sah. Sie hatte niemals jemanden gesehen, der so gequält und unglücklich wirkte. Sie bot ein Bild der Trauer in ihrem schwarzen Gewand und ihren riesengroßen, vom Kummer heimgesuchten Augen. Sie lächelte Charlotte an, doch es war mehr der traurige Versuch, eine unüberbrückbare Kluft zu überwinden. Es war, wie wenn sie in eine andere Welt geschlüpft sei, seit sie sie zuletzt gesehen hatte. Als sie sie anschaute, fühlte Charlotte den fast unwiderstehlichen Drang zu weinen. Irgendwie gelang es ihr, sich zu bezwingen. Sie nahm die junge Frau mit einer warmen, herzlichen Geste in die Arme. Amanda stellte fest, daß Raphaella in ihrer strengen, hageren Schönheit fast noch eindrucksvoller wirkte als vorher, doch es war die Art von Schönheit, die man nur betrachtet, die man nie berührt und die man niemals wirklich kennenlernt. Während der Dauer ihres Besuches war sie gastfreundlich, gütig und charmant zu ihnen beiden, als sie ihnen das Haus und die Gärten zeigte, die historische Kapelle, die ihr Großvater erbauen ließ. Es war ein außergewöhnlicher Platz für einen Sommeraufenthalt, dachte Charlotte bei sich, und es war ein Relikt aus einer anderen Zeit, einer anderen Welt, jedoch kein Ort für eine junge Frau wie Raphaella, sich hier zu begraben. Es erschreckte sie, als Raphaella ihr erzählte, daß sie plane hierzubleiben.

»Möchten Sie nicht nach San Francisco zurückgehen?« Charlotte blickte beunruhigt.

Raphaella schüttelte rasch den Kopf. »Nein. Eventuell muß ich noch einmal zurück, um das Haus zu schließen, doch ich könnte es ebensogut von hier aus tun.«

»Dann wollen Sie nicht nach Paris oder Madrid übersiedeln?«

»Nein«, sagte sie entschieden, dann lächelte sie Amanda an, aber Amanda hatte fast nichts gesagt. Die meiste Zeit, seitdem sie eingetroffen waren, hatte sie Raphaella nur angeschaut. Es war, wie den Geist von jemandem zu sehen, den man einmal gekannt hatte. Dies war nicht Raphaella. Es war eine Art von zerbrochenem Traum. Genau wie Charlotte brachte Mandy den Nachmittag damit zu, das Weinen zu unterdrücken. Alles, woran sie denken konnte, waren die Zeiten mit Alex, als er und Raphaella noch so glücklich gewesen waren. Doch jetzt, als sie diese Frau ansah, sah sie eine Fremde, anders und unbekannt. Es war eine Erlösung, als Raphaella zuletzt vorschlug, sie solle schwimmen gehen. Hierdurch bekam Charlotte Gelegenheit, alleine mit Raphaella zu sein, etwas, wonach sie sich schon den ganzen Tag gesehnt hatte. Als sie jetzt in einer abgelegenen Ecke des Gartens in bequemen Stühlen nebeneinandersaßen, sah Charlotte sie mit einem warmherzigen Lächeln an.

»Raphaella ... darf ich zu Ihnen wie eine alte Freundin sprechen?«

»Jederzeit.« Aber ihre Augen bekamen den Ausdruck eines erschrockenen Rehs. Sie wollte ihre Entscheidungen nicht erklären. Dies war jetzt ihr Leben. Und außer vor sich selbst wollte sie es vor niemandem zur Schau stellen.

»Ich glaube, Sie martern sich für irgend etwas, das niemand sich vorstellen kann. Ich sehe es an Ihrem Gesicht, in dem gequälten Blick Ihrer Augen, in der Art, wie Sie sprechen ... Raphaella ... was kann irgend jemand sagen, um Sie zu befreien?« Sie war in einer einzigen Minute direkt zum Kern der Sache gestoßen, und Raphaella drehte den Kopf weg, so daß die ältere Frau nicht den Tränenschimmer in ihren Augen sehen konnte. Es schien, als blicke sie auf den Garten, doch langsam, traurig schüttelte sie ihr Haupt.

»Ich werde niemals wieder frei sein, Charlotte.«

»Aber Sie kerkern sich selbst in dieses Leben ein. Sie sind eingehüllt in Schuld für etwas, was Sie meiner Meinung nach nie begangen haben. Niemals. Ich werde immer überzeugt sein, daß Ihr Gatte lebensmüde war, und wenn Sie es nur sich selbst gegenüber zuließen, würden Sie davon ebenso überzeugt sein, denke ich.«

»Das weiß ich nicht. Ich werde es niemals wissen. Es ist ohnehin unwichtig. Ich hatte ein erfülltes Leben. Ich war fünfzehn Jahre verheiratet. Ich wünsche nicht mehr. Ich bin jetzt hier. Ich bin heimgekehrt.«

»Außer, daß es für Sie kein Heim mehr ist, Raphaella. Und Sie reden wie eine alte Frau.«

Raphaella lächelte. »So fühle ich mich.«

»Das ist Wahnsinn.« Und dann, aus einem jähen Impuls heraus, sah sie Raphaella ins Auge. »Warum kommen Sie nicht mit uns nach Paris?«

»Jetzt?« Raphaella blickte bestürzt.

»Wir fahren heute abend nach Madrid zurück und fliegen morgen nach Paris. Nun, wie hört sich das an?«

»Leicht verrückt.« Raphaella lächelte liebenswürdig. Es sagte ihr ganz und gar nicht zu. Sie war nun ein Jahr nicht mehr in Paris gewesen und hatte absolut kein Verlangen, dorthin zu reisen.

»Werden Sie sich's überlegen?« Raphaella schüttelte traurig den Kopf.

»Nein, Charlotte. Ich möchte hierbleiben.«

»Aber warum? Warum müssen Sie dies tun? Es ist nicht richtig für Sie.«

»Doch«, sagte sie, langsam nickend, »das ist es.» Und endlich wagte sie die Frage zu stellen, die ihr den ganzen Tag im Kopf herumging. »Wie geht es Alex? Geht es ihm jetzt gut?« Er hatte ihr zweimal geschrieben, und sie hatte nicht geantwortet, doch sie hatte seinen Briefen entnommen, wie verstört er war über das, was geschehen war.

Charlotte nickte langsam. »Er wird damit fertig.« Es war härter als die Trennung von Rachel, und Charlotte wußte auch nicht mit letzter Gewißheit, ob er jemals wieder derselbe sein würde.

Sie war nicht sicher, ob sie es Raphaella sagen sollte. Sie wußte nicht, ob Raphaella noch mehr Schuld, als sie schon mit sich trug, auf sich laden konnte. »Sie haben ihm nie geschrieben, nicht wahr?«

»Nein.« Sie sah Charlotte offen an. »Ich dachte, es würde besser für ihn sein, wenn ich das Band sofort zerschneide.«

»Das dachten Sie davor schon einmal, war es nicht so? Und Sie haben sich damals auch geirrt.«

»Da war es anders.« Raphaella blickte verschleiert, sich der Szene mit ihrem Vater in Paris nur ein Jahr früher erinnernd. Wie leidenschaftlich alles gewesen war, wie wichtig, und nun hatte sich alles gewandelt, und nichts davon zählte mehr. Kay hatte ihre kostbare Wahl verloren, sie hatte Alex verloren, John Henry war tot... Raphaella warf jetzt einen Blick zu Charlotte. »Kay schrieb meinem Vater einen Brief, berichtete ihm von der Affäre mit Alex, ersuchte ihn, uns zu stoppen, was er tat.« Sie merkte, wie schockiert Charlotte über diese Enthüllung war, und beschloß, die Information über den Brief an John Henry nicht hinzuzufügen, der ja ein weit grausamerer Akt gewesen war. Sie lächelte Alexanders Mutter an. »Er drohte, es meinem Mann zu erzählen, und ließ mich beobachten. Er hielt mir auch eindeutig vor Augen, daß ich selbstsüchtig sei und Alexanders Leben zerstöre, indem ich ihn am Heiraten und Kinderhaben hindere.« Sie seufzte leise. »Damals glaubte ich wirklich, keine andere Wahl zu haben.«

»Und dieses Mal?«

»Mein Vater wünschte, daß ich ein Jahr herkomme. Er dachte, es sei das mindeste, was ich tun könnte« – ihre Stimme erstarb zu einem kaum wahrnehmbaren Flüstern –, »nachdem ich John Henry getötet habe.«

»Aber Sie haben ihn nicht getötet.« Ein Augenblick verstrich zwischen ihnen, und dann: »Was geschieht nach dem Jahr? Wird Ihre Familie unglücklich sein, wenn Sie sie hier verlassen?«

»Ich weiß es nicht. Es würde ohnehin nichts ändern, Charlotte. Ich will nicht weg. Hier gehöre ich her. Hier werde ich bleiben.«

»Warum gehören Sie hierher?«

»Ich möchte nicht darüber diskutieren.«

»Hören Sie auf, sich selbst zu kasteien, verdammt!« Sie lehnte sich vor und nahm Raphaellas Hände in die ihren. »Sie sind eine schöne junge Frau mit einem feinen Verstand und einem guten Herzen. Sie verdienen ein erfülltes, glückliches Leben, einen Ehemann, Kinder ... mit Alex oder mit jemand anderem, das liegt bei Ihnen, aber Sie können sich hier nicht selbst begraben, Raphaella.«

Sanft zog Raphaella ihre Hände aus jenen Charlottes. »Ja, ich kann. Mit dem, was ich getan habe, kann ich nirgendwo anders leben. Mit wem ich in Berührung käme, wen ich auch liebte, wen ich auch heiratete, ich würde immer an John Henry und Alex denken. Den einen Mann habe ich getötet, den anderen fast zerstört. Welches Recht besitze ich, das Leben irgendeines Menschen zu berühren?«

»Weil Sie weder jemanden getötet noch zerstört haben. Gott, ich wünschte, ich könnte es Ihnen eintrichtern.« Sie wußte aber, daß es nahezu hoffnungslos war. Raphaella hatte sich in ihren eigenen Kerker eingesperrt und hörte kaum, was man zu ihr sagte. »Dann kommen Sie also nicht mit nach Paris?«

»Nein.« Sie lächelte freundlich. »Aber ich danke Ihnen für die Einladung. Und Mandy sieht großartig aus.« Es war das Zeichen, daß Raphaella nicht länger über sich zu sprechen wünschte. Sie war nicht länger gewillt, ihre Entscheidungen zu diskutieren. Statt dessen schlug sie vor, den Rosengarten am äußersten Ende des Besitztums zu besichtigen. Danach trafen sie wieder mit Amanda zusammen. Eine kleine Weile später wurde es für beide Zeit zum Gehen. Raphaella sah die beiden mit einem Blick des Bedauerns scheiden. Dann ging sie gemächlich in das große Haus zurück, durchquerte die rosa Marmorhalle und nahm langsam ihren Weg über die Treppenstufen hinauf zu ihrem Zimmer.

Als Charlotte den gemieteten Wagen durch das Haupttor von Santa Eugenia lenkte, brach Amanda in Tränen aus. »Aber warum wollte sie nicht mit nach Paris kommen?«

In Charlottes Augen standen gleichfalls Tränen. »Weil sie nicht will, Mandy. Sie will sich hier lebendig begraben.«

»Konntest du nicht mit ihr reden?« Mandy putzte sich die

Nase und betupfte sich die Augen. »Gott, sah sie furchtbar aus. Sie sah aus, als sei sie gestorben und nicht er.«

»In gewisser Weise, glaube ich, ist sie es.« Charlotte ließ die Tränen über ihre Wangen rollen und wendete den Wagen auf die Landstraße nach Madrid.

33

Es war im September, als Alejandra Raphaella zu drängen begann. Der Rest der Familie war nach Barcelona und Madrid zurückgekehrt, und Raphaella war entschlossen, den Winter über auf Santa Eugenia zu bleiben. Sie behauptete, ein weiteres Kinderbuch schreiben zu wollen, doch das war eine lahme Entschuldigung. Sie hatte kein Interesse, jemals wieder etwas zu schreiben, und wußte es. Ihre Mutter bestand jedoch darauf, daß Raphaella mit ihr nach Madrid zurückkehrte.

»Ich möchte nicht, Mutter.«

»Unsinn. Es wird dir guttun.«

»Inwiefern? Ich kann weder ins Theater noch in die Oper noch auf eine Abendgesellschaft gehen.«

Ihre Mutter blickte nachdenklich, als sie das fahle, müde Gesicht vor sich sah. »Es sind jetzt genau neun Monate vergangen, Raphaella. Du könntest in Kürze einmal mit mir ausgehen.«

»Danke ...« Sie sah ihre Mutter freudlos an. »Aber ich möchte hierbleiben.« Die Diskussion hatte sich über eine Stunde hingezogen, und anschließend verschwand Raphaella wie gewöhnlich auf ihr Zimmer. Sie würde dort für Stunden sitzen, über die Gärten schauen, sinnen, träumen. Es waren jetzt weniger Briefe zu beantworten. Und sie las auch keine Bücher mehr. Sie saß nur da und dachte, manchmal an John Henry, manchmal an Alex und an die Augenblicke, die sie teilten. Dann würde sie an die Reise nach Paris denken, als ihr Vater sie aus dem Haus geworfen und eine Hure genannt hatte. Und später an die Szene, die sie vorgefunden, als sie in jener Nacht nach Hause kam, nachdem John Henry ... und hierauf an die Ankunft ihres Vaters, der sie eine Mörderin schimpfte. Sie würde einfach dasitzen, in ihren Erinnerungen leben und hinausstarren – nichts sehen, nirgendwohin gehen, nichts tun und langsam dahinschwinden. Selbst ihre Mutter hatte jetzt Befürchtungen, Santa Eugenia zu verlassen. Es lag etwas Beängstigendes in Raphaellas Verhalten. Sie war so entrückt, so zerstreut, so reserviert, so gleichgültig. Sie schien kaum noch etwas zu essen, niemals zu jemandem zu sprechen, wenn es nicht unbedingt erforderlich war, ließ sich auf keine Scherze oder Diskussionen oder fröhliche Augenblicke ein. Es war gespenstisch, ihr zuzuschauen. Aber Ende September bestand ihre Mutter endlich auf der Abreise.

»Es ist mir einerlei, was du sagst, Raphaella. Ich nehme dich mit nach Madrid zurück. Du kannst dich hier oben nicht einschließen.«

Sie war, nebenbei gesagt, des öden Herbstes auf dem Lande müde. Sie hungerte selbst nach Vergnügungen und konnte nicht begreifen, wie eine junge Frau das Leben, das sie führte, ertrug. So packte Raphaella ihre Koffer und fuhr mit ihr ab, sagte während der Fahrt kein Wort und ging nach der Ankunft hinauf in die weite Zimmerflucht, die sie im Hause ihrer Mutter immer bewohnte. Niemand schien von ihr Notiz zu nehmen, als sie sich unter den anderen dahintreiben ließ. Die Tanten, die Cousinen, die Brüder oder Onkel. Sie hatten sie schlicht zu akzeptieren, so wie sie jetzt war.

Ihre Mutter eröffnete die Saison mit einer Anzahl von Festen. Sie veranstaltete etliche Wohltätigkeitsfeste und führte große Gruppen in die Oper, gab permanent große und kleine Essen und schien ununterbrochen eine Armee von Freunden zu unterhalten. Um den ersten Dezember konnte Raphaella es nicht mehr ertragen. Es schien, als ob jedesmal, wenn sie herunterkam, dort vierzig Leute in feierlichen Abendroben und schwarzen Krawatten warteten. Und ihre Mutter hatte sich glatt geweigert, ihr zu erlauben, weiter in ihren Räumen zu essen. Sie beharrte darauf, daß es ungesund sei, und obgleich sie in Trauer sei, könne sie wenigstens mit den Gästen ihrer Mutter speisen. Nebenbei, es tat ihr gut, Leute zu sehen, behauptete ihre Mutter, doch Raphaella stimmte nicht zu. Am Ende der ersten Dezemberwoche beschloß sie abzureisen und nahm den Telefonhörer ab. Sie reservierte einen Flug nach Paris und stellte sich vor, daß es eine echte Erleichterung sein würde, ein paar Tage in der feierlichen Residenz ihres Vaters zu verbringen. Sie hatte sich immer gewundert, wie die beiden sich ertragen hatten, ihre Mutter so gesellig, leichtlebig, betriebsam, ihr Vater so ernst und so streng. Die Antwort war natürlich, daß ihre Mutter in Madrid gelebt hatte, während ihr Vater in Paris geblieben war. Heutzutage kam er nur sehr selten nach Spanien. Er fand, er sei zu alt für Alejandras oberflächliche Vergnügungen, und Raphaella mußte zugeben, daß sie es ihrerseits genauso empfand.

Sie rief ihren Vater an, um ihm mitzuteilen, daß sie käme, setzte aber voraus, daß es kein besonderes Problem für ihn darstellen würde. Sie hatte in seinem Hause gleichfalls ein Zimmer. Er war nicht daheim, als sie seine Nummer anrief, aber es meldete sich ein neues Dienstmädchen. Da beschloß sie, ihn zu überraschen, und erinnerte sich daran, daß sie seit dem vorigen Jahr nicht in dem Haus gewesen war, als er ihr wegen der Affäre mit Alex gegenübertrat. Nun aber hatte sie neun Monate zumindest einige ihrer Sünden gebüßt mit ihrem selbstquälerisch klösterlichen Leben in Spanien. Sie wußte, daß ihr Vater anerkannte, was sie tat, und nach der Grausamkeit seiner Beschuldigungen würde es eine Erleichterung sein zu erfahren, ob er sie jetzt wieder ein wenig mehr schätzte.

Das Flugzeug nach Paris war halb leer. Als sie aus dem Taxi vor dem väterlichen Hause stieg, hielt sie für einen Moment inne. Irgendwie war es immer seltsam, wieder hierzusein. Dies war das Haus, in dem sie als Kind gelebt hatte. Sie konnte niemals zurückkehren, ganz ohne das Gefühl zu haben, keine erwachsene Frau, sondern wieder jenes kleine Kind zu sein. Das Haus erinnerte sie auch an John Henry, seine ersten Reisen nach Paris, ihre langen Spaziergänge im Jardin du Luxembourg, ihr Schlendern an der Seine entlang.

Sie läutete die Türglocke. Die Tür wurde geöffnet, wieder von einem unbekannten Gesicht. Es war ein Dienstmädchen in einer gestärkten Tracht mit einem sauren Gesicht und dicken schwarzen Augenbrauen, das sie fragend anblickte, als der Taxifahrer ihre Koffer hereinbrachte.

»Ja?«

»Ich bin Madame Phillips, Monsieur de Mornay-Malles Tochter.« Das kleine Dienstmädchen nickte ihr zu, weder beeindruckt noch an ihrer Ankunft sonderlich interessiert. Raphaella lächelte. »Ist mein Vater zu Haus?«

Die junge Frau nickte mit einem seltsamen Ausdruck in den Augen. »Er ist ... oben.« Es war acht Uhr abends, und Raphaella war nicht ganz sicher gewesen, ob sie ihren Vater zu Hause antreffen würde. Aber sie wußte, daß er entweder dasein und alleine dinieren würde oder für den Abend ausgegangen war. Sie lief kein Risiko, eine Gesellschaft wie bei ihrer Mutter anzutreffen, mit tanzenden, lachenden Paaren, die durch die Gänge wirbelten. Ihr Vater war ein erhebliches Teil weniger gesellig und zog es vor, Leute in Restaurants statt zu Hause zu treffen.

Raphaella nickte der Frau wieder freundlich zu. »Ich gehe hinauf, um ihn zu begrüßen. Würden Sie so freundlich sein, in einer Weile von einem der Männer die Koffer auf mein Zimmer bringen zu lassen?« Und dann, gewahr werdend, daß die Frau scheinbar nicht wußte, welches es war: »Das große blaue Schlafzimmer im zweiten Stock.«

»Oh«, sagte das Dienstmädchen und klappte plötzlich den Mund zu, als könnte sie es nicht über sich bringen, mehr zu sagen. »Ja, Madame«, murmelte sie, nickte in Raphaellas Richtung und hastete in die Küche zurück, während Raphaella langsam die Stufen hochstieg. Es war kein besonderes Vergnügen für sie, hierher zurückzukommen, doch wenigstens war es hier friedlich und eine Erlösung nach der Betriebsamkeit in dem Haus in Spanien. Als sie den zweiten Treppenabsatz erreichte, ging es ihr durch den Kopf, daß sie sich nach dem Verkauf des Hauses in San Francisco nach einem eigenen Wohnsitz würde umsehen müssen. Sie gedachte, ein kleines Stück Land in Santa Eugenia zu kaufen und ein kleines Haus darauf zu setzen, das an den Familiensitz angrenzte. Solange es im Bau war, konnte sie friedlich auf Santa Eugenia leben. Es würde ihr eine perfekte Entschuldigung liefern, nicht in der Stadt zu sein. All dies war ein Teil dessen, was sie mit ihrem Vater besprechen wollte. Seit sie San Francisco verlassen hatte, hatte er das Vermögen für sie verwaltet, und nun wollte sie wissen, wie die Dinge standen. In einigen Monaten wollte sie dann nach Kalifornien zurückkehren, um das Haus für immer zu schließen.

Sie zögerte einen Augenblick vor dem Arbeitszimmer ihres Vaters, blickte auf die kunstvoll geschnitzten Doppeltüren und ging dann ruhig weiter zu ihrem eigenen Zimmer, um den Mantel abzulegen, ihre Hände zu waschen und ihr Haar zu kämmen. Es war keine Spur von ihrem Vater zu sehen. Sie nahm an, daß er sich wahrscheinlich in seiner Bibliothek aufhielt und las.

Ohne lange darüber nachzudenken, was sie tat, drehte sie den großen Messingknauf und betrat den Vorraum ihres alten Zimmers. Zwei Paar Doppeltüren teilten den Eingang ab. Sie passierte die beiden ersten, öffnete wie beiläufig die zweiten und ging in das Zimmer. Doch plötzlich hatte sie das bestürzende Gefühl, in das falsche Appartement geraten zu sein.

Eine große, vollbusige, blonde Frau saß an ihrem Frisiertisch, bekleidet mit einem blauen Spitzenfrisiermantel und einer weichen Federboa um den Hals. Als sie aufstand, um Raphaella mit anmaßend fragendem Blick gegenüberzutreten, sah Raphaella, daß sie zu der Robe passend blaue Seidenpantoffel trug. Einen endlosen Moment lang stand Raphaella lediglich da und fragte sich vergeblich, wer diese Frau wohl sei.

»Ja?« Mit einem Anflug von Autorität starrte sie Raphaella an. Raphaella wurde es bewußt, daß ihr Vater offenbar Hausgäste hatte und sie hier völlig unangemeldet eingetroffen war. Doch das war wirklich kein Problem. Sie konnte in dem großen goldgelben Gästezimmer im dritten Stock schlafen. Es fiel ihr im Moment nicht auf, daß die Hausgäste ihres Vaters anstatt in ihrem Zimmer nicht dort untergebracht worden waren.

»Es tut mir schrecklich leid ... ich dachte –« Sie wußte nicht, ob sie fortfahren und sich vorstellen oder sich lieber wortlos zurückziehen sollte.

»Wer ließ Sie hier herein?«

»Ich weiß es nicht genau. Es schien ein neues Mädchen zu sein.« Sie lächelte liebenswürdig, und die Frau kam ärgerlich auf sie zu. Sekundenlang gewann Raphaella den Eindruck, als wäre dies das Haus der vollbusigen Frau. »Wer sind Sie?«

»Raphaella Phillips.« Sie errötete leicht, und die Frau verhielt ihren Schritt. Und als Raphaella sie betrachtete, hatte sie das Gefühl, dieser Frau irgendwo vorher begegnet zu sein. Da war etwas unbestimmt Vertrautes um den stark lackierten Blondhelm, den Augenschnitt, irgend etwas an ihr, doch Raphaella konnte es nicht unterbringen. Plötzlich kam ihr Vater durch die Boudoirtür. Er trug einen dunkelroten seidenen Bademantel, sah pomadisiert und sauber und perfekt gepflegt aus, aber alles, was er anhatte, war der Bademantel, leicht offenstehend, seine Beine und Füße nackt, und die grauen Haarbüschel auf seiner Brust lugten durch die offene Rohe. »Oh ...«, Raphaella ging rückwärts zur Tür, als sei sie in einen Raum gekommen, den sie niemals hätte betreten dürfen. Sie war in ein Stelldichein hineingeraten, und als sie dessen gewahr wurde, traf sie die Identität der Frau mit voller Wucht. »O mein Gott.« Und dann stand Raphaella nur da, starrte auf ihren Vater und die blonde Frau, die die Gattin des wichtigsten Kabinettsministers von Frankreich war.

»Bitte, laß uns allein, Georgette.« Sein Ton war scharf, doch sein Gesicht wirkte nervös, die Frau wurde rot und wandte sich ab. »Georgette ...« Er sprach leise zu ihr, nickte zum Boudoir hinüber, und sie verschwand. Er blickte seine Tochter an und zog den Bademantel fest zu. »Darf ich fragen, was du hier tust, unangemeldet und in diesem Zimmer?«

Sie sah ihn eine Zeitlang an, bevor sie antwortete, und plötzlich überschwemmte sie der Zorn, den sie ein Jahr früher hätte empfinden sollen, mit einer solchen Macht, daß sie ihn weder aufhalten noch ihm widerstehen konnte. Schritt für Schritt kam sie auf ihn zu, mit einem Feuer in den Augen, das er nie zuvor darin erblickt hatte. Instinktiv griff seine Hand zu der Rückenlehne des Sessels neben ihm, und irgend etwas in seinem Inneren erbebte, als er das Gesicht seines Kindes sah.

»Was ich hier tue, Papa? Ich kam, dich zu besuchen. Ich dachte, ich würde kommen, meinen Vater in Paris zu sehen. Ist das überraschend? Vielleicht hätte ich anrufen sollen und Madame die Peinlichkeit, erkannt zu werden, ersparen sollen, aber ich dachte, es dürfte amüsanter sein, als Überraschung zu kommen. Und der Grund, warum ich in diesem Zimmer stehe, Vater, ist, weil ich es gewohnt war, es als das meinige anzusehen. Doch ich denke, es wäre weit aufschlußreicher, was du in diesem Zimmer tust, Vater. Du mit deinen geheiligten Moralvorstellungen und endlosen Predigten. Du, der mich vor einem Jahr aus diesem Haus geworfen und eine Hure genannt hast. Du, der mich eine Mörderin nannte, weil ich meinen siebenundsiebzigjährigen Mann, der seit neun Jahren fast tot gewesen ist, ›tötete‹. Und was, wenn der Herr Minister morgen einen Schlaganfall bekommt, Papa? Dann wirst du auch ein Mörder sein. Was, wenn er eine Herzattacke hat? Was, wenn er feststellt, daß er Krebs hat, und sich tötet, weil er es nicht ertragen kann?

Wirst du dann die Schuld auf dich nehmen und dich selber strafen, so wie du mich gestraft hast? Was, wenn deine Affäre mit seiner Frau seine politische Karriere beendet? Und was wird aus ihr, Papa? Was wird aus ihr? Was entziehst du ihr? Welches Recht hast du hierzu, während meine Mutter in Madrid sitzt? Welches Recht besitzt du, das ich nicht hatte, mit dem Mann, den ich liebte vergangenes Jahr? Welches Recht ...? Wie kannst du es wagen! Wie kannst du es wagen!« Zitternd stand sie vor ihm und schrie ihm ins Gesicht.

»Wie konntest du wagen, mir anzutun, was du mir letztes Jahr angetan hast? Du warfst mich aus diesem Haus und schicktest mich in jener Nacht nach Spanien, weil du keine Hure unter deinem Dach haben wolltest, wie du sagtest. Nun, du hast eine Hure unter deinem Dach, Papa.« Sie zeigte hysterisch zum Boudoir, und bevor er sie aufhalten konnte, stürmte sie zu der Tür, hinter der sie die Gattin des Ministers auf der Kante eines Louis-Seize-Sessels sitzend und leise in ein Taschentuch weinend fand, als Raphaella auf sie hinuntersah. »Guten Tag, Madame.«

Dann drehte sie sich zu ihrem Vater um. »Und adieu. Ich will auch nicht eine Nacht mit einer Hure unter demselben Dach verbringen, und du, Papa, bist die Hure, nicht Madame hier und nicht ich. Du bist ... du bist ...« Sie begann hysterisch zu schluchzen. »Was du letztes Jahr zu mir sagtest, hat mich fast getötet ... für fast ein Jahr habe ich mich selbst gegeißelt für das, was John Henry tat, während alle anderen mir erzählten, daß ich unschuldig sei, daß er es tat, weil er so alt und so krank und so elend war. Nur du beschuldigtest mich, ihn getötet zu haben, und nanntest mich eine Hure. Du sagtest, daß ich dich entehrt hätte, daß ich einen Skandal riskiert hätte, der deinen guten Namen zerstören würde. Und was ist mit dir, verflucht? Was ist mit ihr?« Sie winkte flüchtig zu der Frau im blauen Frisiermantel. »Denkst du nicht, dies würde der Topskandal aller Skandale sein? Was ist mit deinen Dienstboten? Was mit dem Herrn Minister? Was mit den Wählern? Was mit deinen Kunden in der Bank? Kümmern die dich nichts? Oder ist es so, daß ich die einzige bin, die unehrenhaft sein kann? Mein Gott, was ich tat, war so viel weniger als dies. Und du hast ein Recht hierzu, falls es das ist, was du willst. Wer bin ich, dir zu sagen, was du kannst und was du nicht kannst, was unrecht ist und was nicht? Aber wie kannst du wagen, mir Schimpfnamen zu geben? Wie kannst du wagen, mir anzutun, was du tatest?« Sie ließ ihren Kopf einen Moment lang hängen, schluchzte, und dann starrte sie ihn wieder wild an. »Ich werde dir nie verzeihen, Papa ... nie ...«

Er sah aus wie ein gebrochener Mann, als er sie anstarrte, sein alternder Körper hing schlaff im Bademantel, sein Gesicht zeigte den Schmerz, den er bei ihren Worten empfand. »Raphaella ... ich war im Unrecht ... ich war im Unrecht ... Dies geschah danach. Ich schwöre es. Es begann diesen Sommer ...«

»Es schert mich verflucht nichts, wann es begann.« Sie feuerte die Worte auf ihn ab, während er dastand und sie ansah und seine Geliebte in ihrem Sessel weinte. »Als ich es tat, nanntest du mich eine Mörderin. Nun bist du es, das ist richtig. Ich würde den Rest meines Lebens auf Santa Eugenia verbracht und meine Seele verzehrt haben. Und weißt du, warum? Wegen deiner anklagenden Worte. Weil ich dir glaubte. Weil ich mich so verzweifelt schuldig fühlte, daß ich alles Elend, das du auf mein Haupt häuftest, akzeptierte.« Dann schüttelte sie den Kopf und ging aus dem Boudoir zur Tür des Hauptraums. Er folgte ihr, blickte hilflos hinter ihr her. Sie blieb nur einen Augenblick an der Tür stehen, um mit einem Ausdruck der Verachtung zu ihm zurückzublicken.

»Raphaella ... es tut mir leid ...«

»Was tut dir leid, Vater? Daß ich es herausgefunden habe?

Würdest du gekommen sein, es mir zu erzählen? Würdest du mir gesagt haben, daß du deine Meinung geändert hast, daß ich meinen Mann nicht getötet habe? Hättest du mich wissen lassen, daß du die Dinge überdacht hast und vielleicht im Unrecht warst? Und genau wann hättest du es mir gesagt? Wäre ich hier nicht über dich gestolpert, genau wann wärst du zu mir gekommen und hättest es gesagt? Wann?«

»Ich weiß es nicht.« Seine Stimme war ein heiseres Krächzen. »Zum geeigneten Zeitpunkt ... hätte ich es getan ...«

»Hättest du?« Sie schüttelte entschieden den Kopf. »Ich glaube dir nicht. Du hättest es nie getan. Und während du dich hier mit deiner Geliebten amüsierst, hätte ich mich selbst in Spanien begraben. Kannst du mit diesem Wissen weiterleben? Kannst du es? Der einzige, der irgend jemandes Leben zerstört hat, bist du, Vater. Du hast fast das meinige zerstört.«

Und damit schlug sie die Tür zu. Im Fluge war sie die Stufen hinunter und sah ihre Koffer noch immer in der Halle stehen. Mit zitternden Fingern nahm sie je einen Koffer zur Hand, warf die Handtasche über ihre Schulter und marschierte aus dem Haus, um den nächsten Taxistand aufzusuchen. Sie wußte, es befand sich einer um die Ecke herum, und es hätte sie verdammt nichts geschert, hätte sie zu Fuß zum Flughafen laufen müssen. Sie wollte nach Spanien zurückreisen. Sie zitterte und bebte noch immer, als sie endlich ein Taxi fand. Nachdem sie dem Fahrer gesagt hatte, er solle sie nach Orly hinausfahren, lehnte sie den Kopf gegen das Rückpolster und schloß die Augen.

Jäh war sie voller Haß und Zorn auf ihren Vater. Dieser Bastard! Dieser Heuchler! Und wie stand es mit ihrer Mutter? Wie stand es mit allen Beschuldigungen, die er vorgebracht hatte? Mit all den Dingen, die er zu ihr gesagt hatte? Doch während sie auf dem Weg zum Flughafen stumm vor sich hin wütete, sah sie sich schließlich bei dem Gedanken landen, daß er in Wahrheit nur menschlich war, so menschlich, wie es sicher ihre Mutter war, so menschlich, wie sie selbst gewesen war, vielleicht so menschlich, wie es John Henry selbst einmal gewesen war. Vielleicht hatte sie John Henry gar nicht wirklich getötet. Vielleicht hatte er wahrhaftig einfach nicht weiterleben wollen.

Als sie nach Madrid heimflog, starrte sie in den nächtlichen Himmel, überlegte hin und her, und zum erstenmal seit nahezu einem Jahr fühlte sie sich frei von dem quälenden Gewicht der eigenen Lasten von Schuld und Gewissensqualen. Sie entdeckte, daß ihr Vater ihr leid tat, und plötzlich lachte sie leise in sich hinein bei der Vorstellung von ihm in seiner roten Robe und der vollbusigen mittelalterlichen Geliebten in dem Frisiermantel mit den Federn um den fetten Hals. Als das Flugzeug in Madrid landete, lachte sie leise, und sie lachte noch immer, als sie aus der Maschine stieg.

34

Am nächsten Morgen kam Raphaella zum Frühstück herunter, und obgleich ihr Gesicht noch immer blaß und hager war, glänzte da ein neues Licht in ihren Augen. Während sie ihren Kaffee trank, antwortete sie leichtherzig auf die Fragen ihrer Mutter, daß sie alles Geschäftliche mit ihrem Vater diskutiert und danach beschlossen habe heimzufliegen.

»Aber warum hast du ihn in diesem Fall nicht einfach angerufen?«

»Weil ich dachte, es würde länger dauern, als es tat.«

»Aber das ist töricht. Warum bist du nicht dort geblieben und hast deinen Vater besucht?«

Raphaella setzte ihre Kaffeetasse ruhig ab. »Weil ich so schnell ich konnte hierher zurückkehren wollte, Mutter.«

»Oh?« Alejandra spürte, daß sich etwas zusammenbraute, und beobachtete aufmerksam die Augen ihrer Tochter. »Warum?«

»Ich reise heim.«

»Nach Santa Eugenia?« Alejandra blickte verdrießlich. »Oh, nicht schon wieder, um des Himmels willen. Bleibe wenigstens noch bis Weihnachten in Madrid, und dann werden wir dort alle zusammensein. Aber ich möchte nicht, daß du jetzt dort bist. Es ist viel zu öde um diese Jahreszeit.«

»Das weiß ich, und dort reise ich auch nicht hin. Ich meinte San Francisco.«

»Was?« Ihre Mutter blickte verblüfft. »War es das, worüber du mit deinem Vater diskutiertest? Was hat er gesagt?«

»Nichts.« Raphaella hätte fast gelächelt in der Erinnerung an den roten Bademantel. »Es ist meine Entscheidung.« Was sie über ihren Vater erfahren hatte, hatte sie endlich befreit. »Ich möchte heim.«

»Mach dich nicht lächerlich. Dies ist dein Heim, Raphaella.« Sie wies mit ausladender Geste auf das kultivierte Haus, das seit hundertfünfzig Jahren im Familienbesitz war.

»Ja, teils. Aber ich habe dort auch ein Heim. Ich möchte dorthin zurück.«

»Und was tun?« Ihre Mutter blickte unglücklich. Zuerst hatte sie sich wie ein verwundetes Tier auf Santa Eugenia versteckt, und nun wollte sie fliehen. Aber sie mußte zugeben, daß da irgend etwas Lebendiges war. Es war nur eine Spur ... ein Schimmer ... doch es erinnerte an die Frau, die Raphaella einst gewesen war. Sie war noch merkwürdig still, seltsam reserviert, selbst jetzt würde sie nicht sagen, was sie vorhatte. Alejandra überlegte, ob sie wieder etwas von diesem Mann gehört hatte, ob es das war, warum sie abreisen wollte, und falls es das war, war sie nicht sonderlich erfreut. Schließlich war es noch kein ganzes Jahr seit dem Tod ihres Mannes. »Warum wartest du nicht bis zum Frühling?«

Raphaella schüttelte den Kopf. »Nein, ich reise jetzt.«

»Wann?«

»Morgen.« Sie entschied sich, als sie es sagte, stellte ihre Kaffeetasse hin und sah ihre Mutter an. »Und ich weiß noch nicht, wie lange ich bleiben werde oder wann ich zurückkommen werde. Ich verkaufe dort vielleicht das Haus, vielleicht auch nicht. Ich weiß es jetzt noch nicht. Das einzige, was ich weiß, ist, daß ich dort in einem Schockzustand war, als ich aus allem ausgestiegen bin.« Ihre Mutter wußte, daß es stimmte. Sie hatte aber Angst, sie zu verlieren. Sie wollte nicht, daß Raphaella in den Staaten blieb. Sie gehörte nach Spanien.

»Warum läßt du nicht alles deinen Vater für dich erledigen?« Es war das, was Alejandra ihrerseits getan hätte.

»Nein.« Raphaella sah sie fest an. »Ich bin kein Kind mehr.«

»Willst du nicht eine deiner Cousinen mitnehmen?«

Raphaella lächelte. »Nein, Mutter. Ich werde gut zurechtkommen.«

Sie versuchte mehrfach, es mit Raphaella zu diskutieren, doch ohne Erfolg, und es war zu spät, als Antoine ihre Botschaft erhielt. Am nächsten Tag nahm er mit zitternden Händen den Hörer ab und rief Spanien an. Er dachte, daß Raphaella ihrer Mutter vielleicht alles erzählt hatte und daß seine eigene Ehe nun im Begriff war, in einem Flammenmeer zu explodieren. Doch dann erfuhr er lediglich, daß Raphaella an diesem Morgen nach Kalifornien zurückgeflogen war. Es war zu spät, sie aufzuhalten, doch Alejandra wünschte, daß er sie anriefe, um ihr zu sagen, sie solle heimkommen.

»Ich glaube nicht, daß sie auf mich hören wird, Alejandra.«

»Sie wird auf dich hören, Antoine.« Er schüttelte nur den Kopf.

»Nein, sie wird nicht auf mich hören, Alejandra. Nicht mehr.«

35

An einem leuchtend klaren Dezembertag landete das Flugzeug auf dem Internationalen Flughafen von San Francisco. Die Sonne schien strahlend, die Luft war warm und der Wind frisch. Raphaella tat einen tiefen Atemzug und wunderte sich, wie sie ohne diese Luft hatte überleben können. Nur dazusein tat ihrer Seele gut, und als sie ihre Koffer selbst vom Zoll kontrollieren ließ, fühlte sie sich stark und frei und unabhängig, schob die Gepäckkarre nach draußen und mietete ein Taxi. Diesmal wartete dort keine Limousine auf sie, hatte es keinen Sonderausstieg vom Flugzeug gegeben. Sie hatte nicht gebeten, durch die Zollabfertigung begleitet zu werden. Sie war genauso durchgekommen wie jedermann sonst, und das war ein gutes Gefühl. Sie war es leid, verborgen und beschützt zu werden. Sie wußte, daß es an der Zeit war, sich um sich selbst zu kümmern. Sie hatte vorweg angerufen, um John Henrys Dienstbotenstab mitzuteilen, daß sie käme. Es waren jetzt ohnehin nur noch wenige Leute im Haus. Die meisten waren von ihrem Vater entlassen worden, einige mit Pensionen, einige mit kleinen Summen, die John Henry ihnen hinterlassen hatte, doch alle mit Bedauern, eine Ära zu Ende gehen zu sehen. Sie alle glaubten, daß Raphaella nie zurückkehren würde, und hörten es mit Erstaunen, daß sie kommen wollte.

Als das Taxi vor dem Herrenhaus vorfuhr und sie geläutet hatte, wurde sie mit Herzlichkeit und freundlichen Mienen begrüßt. Alle waren froh, sie zu sehen, glücklich, daß außer ihnen wieder jemand im Hause war, obgleich sie alle ahnten, daß ihre Rückkehr ein Omen für weitere Veränderung war. Sie bereiteten ihr an jenem Abend ein feines Dinner mit Truthahn und Füllung, süßen Kartoffeln und Spargel und einer wundervollen Apfeltorte. In der Küche kommentierten sie alle, wie grauenhaft dünn sie geworden sei und wie unglücklich sie aussähe, wie müde und daß sie niemals solche traurigen Augen gesehen hätten. Nach dem Essen wanderte sie langsam durch das Haus. Es sah irgendwie trostlos aus, leer, ungeliebt, ein Relikt aus einer vergangenen Zeit. Als sie sich umschaute, wußte sie, daß es Zeit war, es endgültig zu schließen. Falls sie in San Francisco blieb, was für sie überhaupt noch nicht feststand, würde sie keinen Bedarf für ein Haus wie dieses haben. Als sie langsam die Treppen hinaufstieg, wußte sie, daß es sie immer deprimieren würde. Sie würde hier immer an John Henry erinnert, an den zusammengefallenen Mann, der er in den letzten Jahren gewesen war.

Es lockte sie, in San Francisco zu bleiben, aber falls sie es tat, würde sie ein viel kleineres Haus brauchen … eines wie Alexanders Haus am Vallejo … Trotz all ihrer Mühe, es nicht zuzulassen, schweiften ihre Gedanken wieder einmal zu ihm zurück. Es war unmöglich, in ihr Schlafzimmer zu gehen und nicht an all die Nächte zu denken, in denen sie ungeduldig wartete, zu ihm zu gehen. Daran dachte sie jetzt, als sie dort stand und sich umsah. Sie fragte sich, wie es ihm gehen mochte, was geschehen war, was er im letzten Jahr mit seinem Leben angefangen hatte. Sie hatte niemals wieder von Amanda oder Charlotte gehört, und sie ahnte, es würde nie wieder sein. Sie plante auch nicht, Kontakt mit ihnen aufzunehmen … oder mit Alex. Sie hatte nicht die Absicht, ihn anzurufen, um ihm mitzuteilen, daß sie zurück sei. Sie war gekommen, um den Erinnerungen an John Henry zu begegnen, das Haus zu schließen, seine Habe einzupacken, sich selbst zu stellen. Sie fühlte sich nicht mehr als Mörderin, aber falls sie mit dem, was geschehen war, weiterleben wollte, wußte sie, daß sie sich damit auseinanderzusetzen hatte; dort, wo es passiert war. Sie mußte allem redlich ins Auge sehen, bevor sie weitermachte, ob in San Francisco oder in Spanien. Wo sie blieb, war nicht mehr wichtig. Aber wie sie das, was geschehen war, empfand, würde den ganzen Kurs ihres Lebens bestimmen. Das wußte sie nur allzugut, und so streifte sie jetzt ruhelos von Raum zu Raum, versuchte, nicht an Alex zu denken, ihren Geist nicht abschweifen zu lassen oder gar sich zu erlauben, sich erneut für die Art, wie John Henry gestorben war, schuldig zu fühlen.

Es war fast Mitternacht, als sie endlich den Mut fand, in sein Schlafzimmer hineinzugehen. Einen langen Augenblick stand sie dort, erinnerte sich an die Stunden, die sie mit ihm verbracht hatte, ihm vorgelesen, zu ihm gesprochen, ihm zugehört, Mahlzeiten von Servierbrettern gegessen hatte. Und dann, aus irgendeinem Grund, erinnerte sie sich plötzlich an die Gedichte, die er so gern hatte. Und so, als hätte sie es schon immer vorgehabt, ging sie langsam zu dem Bücherbord und begann über die Bücherreihen zu schauen. Sie fand den schmalen Band auf dem untersten Regal, wo jemand ihn hingestellt hatte. Die meiste Zeit hatte er ihn auf dem Nachttisch neben seinem Bett behalten. Sie erinnerte sich jetzt, daß sie ihn dort am nächsten Morgen gesehen hatte ... nach der Nacht ... Sie dachte darüber nach, ob er ihn gelesen hatte, als er starb. Es war eine seltsame, romantische Regung, die ganz sicher mit der Wahrheit nicht viel zu tun hatte, doch sie fühlte sich ihm wieder nahe, als sie sich neben das Bett setzte, den schmalen Gedichtband hielt und sich an die erste Zeit erinnerte, als sie ihn zusammen gelesen hatten, in ihren Flitterwochen in Südfrankreich. Dies war derselbe Band, den er gekauft hatte, als er noch ein sehr junger Mann war. Nun begann sie ihn mit einem weichen Lächeln durchzublättern und hielt plötzlich an einer bekannten Passage inne, wo er das Buch mit einer einzelnen blauen Seite markiert hatte. Als sie das Buch dort, wo das Papier eingefügt worden war, öffnete, tat ihr Herz plötzlich einen

Sprung, weil sie feststellte, daß das einzelne Blatt mit dem zittrigen Gekritzel, das John Henry in seinen letzten Jahren zustande brachte, beschrieben war. Es war, als ob er ihr etwas hinterlassen wollte, eine Botschaft, ein paar letzte Worte ... Auf das Fußende des Bettes blickend, füllten ihre Augen sich mit Tränen.

›Mein Liebling Raphaella,
es ist ein endloser Abend, am Abschluß eines endlosen Lebens. Eines reichen Lebens. Eines reicheren, weil es Dich gab. Welch ein unschätzbares Geschenk bist Du gewesen, mein Liebling. Ein vollkommener, makelloser Diamant. Du hast nie aufgehört, mich mit Ehrfurcht zu erfüllen, mich zu beglücken, mir Freude zu schenken. Jetzt kann ich Dich nur bitten, mir zu verzeihen. Ich habe so lange hieran gedacht. Ich habe solch eine lange Zeit gewünscht, frei zu sein. Ich gehe nun, ohne Deine Erlaubnis, aber ich hoffe, mit Deinem Segen. Verzeih mir, mein Liebling. Ich lasse Dich mit aller Liebe, die ich je zu geben hatte, zurück. Und denke nicht, ich sei gestorben, sondern frei.

Mit meinem ganzen Herzen
John Henry.‹

Sie las die Worte wieder und wieder. ›Denke nicht, ich sei gestorben, sondern frei.‹ Er hatte ihr also letztlich doch einen Brief hinterlassen. Die Erleichterung war so überwältigend, daß sie sich kaum rühren konnte. Er hatte sie gebeten, ihm zu verzeihen. Wie absurd das alles war. Und wie sie sich getäuscht hatte. Nicht gestorben ... sondern frei. Sie sah ihn in einem ganz neuen Licht, und sie segnete ihn, wie er sie ein Jahr zuvor gebeten hatte. Und der Segen wurde erwidert. Denn plötzlich, das erstemal in einem Jahr, fühlte Raphaella sich ebenfalls frei. Sie ging langsam durch das Haus, wissend, daß sie beide frei waren. Sie und John Henry. Er hatte sich auf den Heimweg begeben, wie er es sich so sehr ersehnte. Er hatte den Pfad gewählt, der richtig für ihn war. Und nun war sie frei, dasselbe zu tun. Sie war frei, sich zu verabschieden ... sich zu bewegen ... Sie war wieder ganz. Und plötzlich wünschte sie, Alex anzurufen, ihm von dem Brief zu erzählen, aber sie wußte, daß sie es nicht konnte.

Es wäre eine Grausamkeit jenseits aller Worte gewesen, nach dieser ganzen Zeit wieder in sein Leben zu treten. Doch sie wünschte so sehr, es ihm zu sagen. Sie hatten John Henry letztlich nicht getötet. Er hatte sich einfach hinwegbegeben.

Als sie an jenem Morgen um drei Uhr langsam in ihr Schlafzimmer zurückging, gedachte sie beider Männer, zärtlich, liebend. Sie liebte sie beide mehr, als sie es in einer langen Zeit getan. Sie waren jetzt alle frei ... sie alle drei. Endlich.

Am nächsten Morgen rief sie den Immobilienmakler an, listete das Haus auf, rief verschiedene Museen, die Bibliotheken beider Universitäten von Kalifornien und Stanford sowie eine Umzugsgesellschaft an, die ihr mehrere Männer nebst Kisten und Packpapier herschicken sollte. Es war jetzt Zeit zu gehen. Sie hatte sich nunmehr entschlossen. Sie war nicht sicher, wohin sie ging und was sie tun würde, doch es war an der Zeit, aus dem Haus zu kommen, das immer John Henrys Haus und niemals das ihre gewesen war.

Vielleicht war es sogar Zeit, nach Europa zurückzugehen, doch dessen war sie noch nicht sicher. Mit John Henrys Brief war sie von ihrer ›Sünde‹ losgesprochen. Sie faltete ihn sorgfältig und tat ihn in ihre Handtasche hinein. Sie wollte ihn in den Banksafe zusammen mit einigen ihrer wichtigen Papiere geben. Es war das wichtigste Stück Papier, das sie je besessen hatte.

Gegen Ende der Woche hatte sie ihre Stiftungen den Museen vermacht, und die beiden Universitäten, die sie angerufen hatte, hatten die Bücher aufgeteilt. Sie nahm nur einige von jenen mit, die sie mit John Henry zusammen besessen hatte, und natürlich den Gedichtband, in dem er ihr den letzten Brief – in der Nacht, als er starb – hinterließ.

Sie hatte schon einen Telefonanruf von ihrem Vater erhalten und hatte ihm von dem Brief erzählt. Er hatte lange geschwiegen, und als er wieder zu ihr sprach, klang seine Stimme rauh, als er sich für alles, was er gesagt hatte, entschuldigte. Sie versicherte ihm, daß sie ihm nichts Böses nachtrage, doch als sie aufhängten, fragte sich jeder von ihnen, wie man ein ganzes Jahr zurückgewinnen, wie man Balsam auf Wunden tun konnte, die niemals heilen mochten. Aber es war John Henry, der Raphaellas Seelenschmerz linderte, der ihr das nobelste Geschenk mit seinem Brief gegeben hatte – die Wahrheit.

Es schien alles gleich einem Traum, als Raphaella und die Dienstboten die letzten Kisten verpackten. Sie hatten etwas weniger als zwei Wochen dazu gebraucht, und in der folgenden Woche, gegen Weihnachten, plante Raphaella nach Spanien zurückzukehren. Es bestand wirklich kein Grund für sie hierzubleiben. Das Haus war so gut wie verkauft an eine Frau, die ganz närrisch danach war, aber deren Gatte noch etwas mehr Zeit benötigte, um sich für das letzte Gebot zu entscheiden. Die Möbel gingen alle zur Versteigerung außer ein paar wenigen Teilen, die sie ihrer Mutter nach Spanien schickte. In wenigen Tagen wollte Raphaella in ein Hotel ziehen, um dort die letzten Nächte in San Francisco zu verbringen. Nur die Erinnerungen waren jetzt geblieben und strichen durch das Haus wie alte Geister. Erinnerungen an Dinners im Eßzimmer mit John Henry, an Abende vor dem Kaminfeuer ... an die erste Zeit, seit sie das Haus gesehen hatte. Sie würde ihre Erinnerungen mit sich nehmen müssen, sagte sie zu sich selbst, als sie das Packen beendet hatte, genau eine Woche vor Weihnachten, um sechs Uhr. Es war schon dunkel draußen, und der Koch hatte ihr eine Mahlzeit aus Eiern und Schinken bereitet. Es war genau das, was sie wollte. Sie reckte die Arme und sah sich mit einem Seufzer in John Henrys Herrenhaus um, während sie in einem Paar alter Khakihosen auf dem Fußboden saß. Alles stand bereit für die Möbelträger, die die Sachen zu den Auktionshäusern und zu der Speditionsgesellschaft befördern sollten, welche die wenigen Dinge, die sie behalten wollte, nach Spanien sandten. Doch als sie den Rest ihrer Eier mit Schinken verzehrte, schweiften ihre Gedanken wieder zu Alex und zu dem Tag, an dem sie sich erneut am Strand begegnet waren, genau ein Jahr zuvor. Sie fragte sich, ob sie ihn abermals wiedersehen würde, wenn sie dorthin ginge, mußte aber über die Unwahrscheinlichkeit eines solchen Zufalls lächeln. Dieser Traum war nun auch zu Ende.

Sobald sie die Eier verzehrt hatte, trug sie ihren Teller in die Küche zurück. Die letzte Hilfskraft ging in einigen Tagen, und es war angenehm, in dem seltsam ausgeräumten Haus für ihre eigenen Bedürfnisse zu sorgen. Nun waren aber keine Bücher mehr zum Lesen da, keine Briefe mehr zum Schreiben, kein Fernseher zum Schauen. Zum erstenmal dachte sie daran, in ein Kino zu gehen, entschied sich aber statt dessen für einen kurzen Spaziergang und danach für frühzeitiges Schlafengehen. Sie hatte am nächsten Morgen noch einige Dinge zu erledigen und mußte in die Stadt zum Reisebüro, um ihr Rückticket nach Spanien abzuholen.

Dann und wann einen Blick auf die Aussicht werfend, wanderte sie langsam den Broadway entlang, blickte auf die stillen schönen Häuser und wußte, daß sie sie vermissen würde, wenn sie fort war. Das Haus, das sie so heftig vermißt hatte, war viel kleiner, viel schlichter, und im Frühling wuchsen leuchtende Blumen im Vorgarten. Fast als wüßten ihre Füße, was ihr Kopf dachte, sah sie sich in jene Richtung gehen, bis sie um die Ecke bog und merkte, daß sie nur noch einen Häuserblock entfernt war. Sie wollte es wirklich nicht sehen. Dennoch wußte sie irgendwie, daß sie noch einmal dort sein wollte, um einmal noch die Liebe zu spüren, die sie dort erfahren hatte. Sie hatte dem Haus, das sie mit John Henry bewohnt hatte, zuletzt Lebewohl gesagt, nun war es, als müßte sie auch zu der Stelle gehen, wo sie Alex erlebt hatte. Und vielleicht war sie dann frei, ein anderes Heim zu finden, diesmal einen Platz für sich selbst, und vielleicht konnte sie eines Tages einen Mann lieben, so wie sie Alex geliebt hatte und John Henry vordem.

Sie kam sich fast unsichtbar vor, als sie dorthin ging, angezogen von einer mächtigen Verlockung, die sie sich nicht erklären konnte. Es war, als ob sie die ganze Woche darauf gewartet hätte herzukommen, es wiederzusehen, sich all das zu bestätigen, was es ihr bedeutet hatte, und Lebewohl zu sagen, nicht den Menschen, sondern dem Platz. Das Haus war dunkel, als sie dort ankam, und sie wußte, daß niemand drinnen war. Sie fragte sich sogar, ob er weg sei, vielleicht in New York, und dann erinnerte sie sich, daß Mandy auf dem College war. Möglicherweise war sie für die Weihnachtsferien schon nach Hause gereist, zu Kay oder wieder nach Hawaii, mit Charlotte. All jene Menschen schienen Raphaellas Leben plötzlich so fern, und sie stand eine lange Zeit dort, schaute zu den Fenstern hoch, erinnerte sich, fühlte alles, was sie dort empfunden hatte, wünschte Alex Gutes, wo immer er sein mochte. Was sie nicht bemerkte, als sie dort stand, war, daß das Garagentor sich geöffnet hatte und der schwarze Porsche an der Ecke stoppte, der große, dunkelhaarige Mann am Steuer saß und zu ihr hinstarrte. Er war fast sicher, daß es Raphaella war, die auf der anderen Straßenseite seines Hauses stand und zu den Fenstern hochschaute. Er wußte jedoch, es war unmöglich. Es war eine Illusion, ein Traum. Die Frau, die dort stand und träumerisch starrte, schien größer und viel dünner und trug alte Khakihosen und einen dicken weißen Pullover, das Haar zu einem vertrauten Knoten aufgesteckt.

Die Silhouette ähnelte jener Raphaellas, auch war da Ähnlichkeit im Ausdruck, soweit er das aus dieser Entfernung erkennen konnte. Er wußte aber, Raphaella war in Spanien, und laut seiner Mutter hatte sie ihr Leben völlig aufgegeben. Er hatte die Hoffnung aufgegeben, jemals in der Lage zu sein, sie zu erreichen. Sie hatte seine Briefe niemals beantwortet, und nach den Worten seiner Mutter war sie jenseits aller Hoffnung. Sie hatte sich von allem abgeschnitten, was sie je bewegte, hatte ihre Träume, ihre Existenz, ihre Gefühle aufgegeben. Ein Jahr lang hatte es ihn fast umgebracht, doch nun hatte er seinen Frieden gemacht mit dem, was war. Genau wie er gelernt hatte, daß er sich Rachels wegen nicht selber martern durfte, so hatte er gelernt, daß er nicht länger an Raphaella hängen konnte. Sie wollte ihn nicht. Er hatte das sehr wohl verstanden und nach einem Jahr des Leidens aufgegeben. Aber er würde sich immer an sie erinnern ... immer. Niemals hatte er eine Frau so sehr geliebt wie sie.

Und dann, zu dem Schluß gelangt, daß die Frau vor seinem Haus nicht Raphaella sein konnte, startete er erneut den Wagen und fuhr ihn in die Garage. Auf der Straßenseite gegenüber kam der kleine Junge, der den schwarzen Porsche so leidenschaftlich liebte, heraus und stand da, mit gewohnter Ehrfurcht auf das Auto starrend. Er und Alex waren inzwischen Freunde geworden. Alex hatte eines Tages sogar eine Fahrt um den Block mit ihm gemacht. Nun aber war es nicht der Junge, der Alexanders Aufmerksamkeit erregte. Es war das Gesicht der Frau, das er in seinem Rückspiegel sah. Sie war es ... sie war es! So rasch seine langen Glieder es erlaubten, kam er aus dem niedrig geschnittenen Porsche heraus und stürzte unter dem automatischen Garagentor hindurch, bevor es sich hinter ihm schloß. Und dann stand er plötzlich da, fast reglos, beobachtete sie nur, wie sie drüben auf der anderen Straßenseite stand und zitternd zu ihm hinüberschaute. Ihr Gesicht war sehr viel schmaler, ihre Augen größer, ihre Schultern schienen ein wenig eingefallen in den Sachen, die sie beim Kistenpacken getragen hatte, und sie sah müde aus. Aber es war Raphaella, die Frau, von der er so lange geträumt, bis er endlich begriff, daß er sie niemals wiedersehen würde. Und nun war sie plötzlich da, schaute zu ihm, und er war nicht ganz sicher, ob sie lachte oder weinte. Es war ein kleines Lächeln auf ihren Lippen, aber die Straßenlichter fingen den Schimmer einer Träne auf, die ihr langsam aus dem Auge rann.

Alex sagte nichts, er stand nur da, und dann begann sie langsam auf ihn zuzukommen, behutsam, als watete sie durch einen Strom, der zwischen ihnen floß. Die Tränen begannen über ihre Wangen zu rinnen, doch das Lächeln vertiefte sich, und nun lächelte er ihr zu. Er wußte nicht genau, warum sie hier war, ob sie gekommen war, um ihn zu sehen, oder nur dort gestanden hatte, um sich zu erinnern und zu träumen. Jetzt aber, nachdem er sie gesehen hatte, würde er sie nicht wieder von sich lassen. Nicht wieder, diesmal nicht. Plötzlich tat er die letzten Schritte auf sie zu und zog sie in seine Arme. Er küßte sie zärtlich und konnte fühlen, wie sein Herz schlug, als er sie hielt. Sie standen in der Straßenmitte und schmiegten sich aneinander. Niemand störte sie. Da war nur ein kleiner Junge, der gekommen war, um den schwarzen Porsche zu sehen. Er hatte sich hochgereckt und sah statt des Traumautos das küssende Paar. Es war aber der Porsche, der ihn faszinierte, nicht die beiden Erwachsenen, die in der Mitte des Vallejo aneinanderhingen und leise lachten, als der Mann die Tränen aus den Augen der Frau wischte. Sie küßten sich dort, wo sie standen, ein letztesmal. Dann gingen sie langsam, Arm in Arm, in seinen Garten und verschwanden in dem Haus. Der Junge zuckte die Schultern, warf noch einen letzten Blick auf die Garage, die seinen Traum barg, und ging heim.

Nachricht aus der Ferne

Aus dem Amerikanischen
von Dr. Ingrid Rothmann

Der Liebe meines Lebens,
John,
der jeden Augenblick
lebenswert macht.

Und unseren geliebten Jungen,
Trevor, Todd,
Nicholas, Maxx,
auf daß sie niemals
in einen Krieg
wie diesen ziehen müssen.

Aus ganzem Herzen
und mit all meiner Liebe,

d. s.

»Die Fackel wurde an eine neue Generation weitergereicht.«

Aus der Inaugurationsrede
John Fitzgerald Kennedys

DIE JUNGEN, DIE IN NAM GEKÄMPFT HABEN

Von Hand zu Hand gereicht,
die Wünsche,
die Träume,
die Hoffnungen
einer ganzen Generation,
einer ganzen Nation,
in den Krieg geschickt,
von einer Handvoll
alter Männer,
die unsre Jungen in den Tod geführt,
während wir zusahen,
voller Entsetzen,
voller Schmerz,
voller Trauer,
und Unglauben,
daß wir so viele verloren,
so viele unsrer Jungen,
kaum dem Spiel entwachsen,
mit Augen,
so jung,
so hell,
so hoffnungsvoll,
und lang der Kampf
und traurig,
der Schmerz so schlimm,
die Wunden so tief,
bis schließlich
unsre jungen Männer
wieder im Arm des Schöpfers ruhn,
und ihre Namen
in Stein gehauen werden,
die Namen derer, die nie wiederkehren,
nie wieder uns zu Tränen rühren ...

auf daß wir nicht vergessen
und nicht altern
und unsre Herzen nicht erkalten,
darf keiner fliehn und sich verbergen,
denn die Erinnerung muß leben,
an die Jungen,
die gestorben ...
auf daß ihr Tod nicht ganz vergebens,
laß nicht vergessen sein
Schmerz,
Schreie,
Todesqual,
Tapferkeit,
die Helden
und ihr Lächeln,
aus einer Zeit, die längst vergangen
und weit entfernt,
in einem Land so hell
und grün
an einem Ort, gefangen zwischen
Hoffnung und Lügen,
laßt uns gedenken ihrer
laßt uns geloben, daß
wir stets
an ihre Herzen rühren,
solange
wir es können,
gedenket Freunde ...
gedenket ...
der Jungen, die ihr Leben ließen,
die lebten,
die weinten,
der Jungen,
die in Nam gekämpft.

ERSTER TEIL

VEREINIGTE STAATEN

Savannah …
Berkeley …

November 1962 – Juni 1968

1

Es war ein frostiger grauer Tag in Savannah, vom Ozean blies ein frischer Wind herein. Im Forsyth Park bedeckte Laub den Boden, Pärchen schlenderten Hand in Hand dahin, Frauen schwatzten und gönnten sich eine letzte Zigarette, ehe sie sich wieder an die Arbeit machten. Die Korridore der Savannah High-School waren verlassen. Die Glocke hatte ein Uhr geläutet, die Schüler befanden sich in ihren Klassenräumen. Aus einem Zimmer drang Gelächter, in einigen anderen herrschte Stille. Das Quietschen von Kleide; verzweifelte Langeweile in den Mienen der Schüler des zweiten Jahrgangs, die für eine überraschend angesetzte Klassenarbeit in Gesellschaftskunde schlecht vorbereitet waren. Der Abschlußjahrgang wurde indessen über die College-Eignungsprüfung belehrt, die in der nächsten Woche, kurz vor Thanksgiving, allen bevorstand. Und während sie zuhörten, fielen weit weg, in Dallas, Schüsse. Ein Mann brach in einem Wagenkonvoi in den Armen seiner Frau zusammen, während sein Hinterkopf gräßlich zerbarst. Noch hatte niemand begriffen, was geschehen war, und während die Stimme monoton weiter über die Eignungsprüfung referierte, versuchte Paxton Andrews gegen die schläfrigen Wogen warmer Langeweile anzukämpfen. Und plötzlich überkam sie in dem stillen Raum das Gefühl, als könne sie ihre Augen keinen Moment länger offenhalten.

Gnädigerweise läutete es um ein Uhr fünfzig, alle Türen öffneten sich, und Wellen von Schülern ergossen sich in die Gänge, erlöst von Klassenarbeiten und Wissensvermittlung, sei es über französische Literatur oder ägyptische Pharaonen. Alles lief zum nächsten Klassenzimmer, mit einem gelegentlichen Zwischenstop am Garderobenschrank, um Bücher zu holen, für einen raschen Witz, ein lautes Auflachen. Und dann, ganz plötzlich, ein Schrei. Ein langgezogener Klagelaut, ein Geräusch, das die Luft wie ein Pfeilschuß aus großer Entfernung durchschnitt. Donnernde Schritte, alles stürzte zu einem ansonsten nur von Lehrern benutzten Eckzimmer, das Fernsehgerät wurde eingeschaltet, und Hunderte junger Gesichter drängten sich durch die Tür, ein vielstimmiges »O Gott nein!« ertönte, dazu Ausrufe und Stimmengewirr, niemand konnte hören, was im Fernsehen gesagt wurde, da immer wieder fordernde Rufe zu hören waren.

»Still, Jungs! Man hört ja nichts!«

»Ist er verletzt ... Ist er ...« Niemand wagte die Worte auszusprechen, und immer wieder dieselben Worte, die sich durch die Menge fortpflanzten ... »Was ist los? ... Was ist passiert ... auf Präsident Kennedy wurde geschossen ... der Präsident ... ich weiß nicht ... in Dallas ... was ist passiert? ... Präsident Kennedy ... er ist nicht ...« Zunächst konnte es niemand glauben. Alle wollten, daß es nur ein schlechter Scherz sei. »Weißt du schon, daß Präsident Kennedy erschossen wurde?« »Hm ... und was weiter? Wie geht die Pointe, Mann?« Aber es gab keine Pointe. Nur hektisches Gerede, endlos wiederholte Fragen und keine Antworten.

Auf dem Bildschirm waren verwirrende Bilder zu sehen. Wiederholungen der Szene, als der Konvoi sich auflöste und davonraste. Und dann sah man einen aschfahlen Walter Cronkite. »Der Präsident ist schwer verletzt.« Ein Raunen ging durch die Menge in Savannah, und es hatte den Anschein, als würde sich jeder Student und Lehrer der Savannah High-School in den winzigen Raum pferchen, und als drängten von den Gängen her immer mehr nach.

»Was hat er gesagt? ... Was hat er gesagt?« fragte von weitem eine Stimme.

»Er sagte, der Präsident sei schwer verletzt«, verkündete eine von vorne kommende Stimme den anderen, und drei Mädchen der Abschlußklasse fingen zu weinen an, während Paxton sie ernst beobachtete, in einer Ecke stehend, umgeben von dichtgedrängten Körpern. Plötzlich breitete sich gespenstische Stille im Raum aus, fast so, als wage niemand, sich zu rühren, als hätten alle Angst, ein empfindsames Gleichgewicht der Atmosphäre zu stören, als könne die kleinste Bewegung seinen Lebensfaden reißen lassen ... und Paxton dachte an einen anderen Tag, vor sechs Jahren, als sie erst elf war. ... Daddy ist verletzt, Pax ... Ihr Bruder George hatte ihr die Nachricht überbracht, während ihre Mutter im Krankenhaus beim Vater war. Ihr Vater, der immer mit der eigenen Maschine zu Geschäftsterminen flog, war von einem Unwetter überrascht worden und hatte unweit von Atlanta eine Bruchlandung gemacht.

»Ach ... und wird er wieder gesund?«

»Ich ...« George hatte die Stimme versagt, und in seinem Blick hatte die schreckliche Wahrheit gestanden, vor der sie davonlaufen und sich verstecken wollte. Damals war sie elf gewesen, und George fünfundzwanzig, durch vierzehn Jahre und etliche Menschenleben voneinander getrennt. Paxton war eine »Panne«, wie ihre Mutter ihren Freundinnen noch immer zuflüsterte, eine Panne, für die Carlton Andrews unendlich dankbar war, mit der sich seine Frau aber niemals abgefunden hatte.

Beatrice Andrews hatte mit siebenundzwanzig ihrem Sohn George das Leben geschenkt. Es hatte fünf Jahre gedauert, bis sie schwanger geworden war, und was sie betraf, war die Schwangerschaft der reinste Alptraum. Neun Monate lang hatte sie Tag für Tag an Übelkeit gelitten, und die Entbindung war für sie der blanke Horror gewesen, den sie nie vergessen würde. George war nach zweiundvierzigstündigen, äußerst schmerzhaften Wehen durch Kaiserschnitt zur Welt gekommen, ein strammer, zehn Pfund schwerer und hübscher Junge, nach dessen Geburt Beatrice Andrews sich schwor, nie wieder ein Kind zu bekommen. Es war eine Erfahrung, die sie um nichts auf der Welt wiederholen wollte, und fortan wandte sie viel Mühe und größte Sorgfalt auf, um eine erneute Schwangerschaft zu verhindern. Carlton, der ihr gegenüber wie immer große Geduld bewies, war vernarrt in seinen Jungen. George war aber auch ein Sohn, wie ihn sich jeder Vater wünschte, ein glücklicher, unbeschwerter und in vernünftigem Rahmen sportlicher Junge, zur Freude seiner Mutter auch ein guter Schüler. Es war ein ruhiges, glückliches Leben, das sie führten. Carlton hatte eine erfolgreiche Anwaltspraxis, Beatrice fand Erfüllung durch ihre Rolle im Geschichtsverein, in der Junior League und bei den »Töchtern des Bürgerkriegs«, einem angesehenen Frauenklub. Dazu kam Bridge an jedem Dienstag. Am Bridgetisch hatte sie auch ihre erste Übelkeit verspürt. Sie nahm an, daß sie beim Frühstück der Junior League etwas zu sich genommen hatte, das ihr nicht bekommen war, und legte sich, kaum zu Hause angekommen, nach dem Bridge sofort hin. Drei Wochen später wurde sie eines Besseren belehrt. Mit einundvierzig, als Mutter eines Vierzehnjährigen, der kurz vor der Aufnahme in die High-School stand, und als Frau eines Mannes, der nicht einmal so viel Anstand hatte, seine Freude und Genugtuung zu verbergen, war sie wieder schwanger. Diese Schwangerschaft sollte für sie leichter sein als die erste, doch das schien sie kaum wahrzunehmen, so groß war ihre Empörung über diesen unwürdigen Zustand. In einem Alter, in dem andere Frauen an Enkel dachten, noch ein Kind zu erwarten, war ihr unendlich peinlich. Sie wollte kein zweites Kind, sie hatte es nie gewollt, und ihr Mann mochte sagen, was er wollte, es gelang ihm nicht, sie zu beschwichtigen. Auch das winzige, vollkommene Mädchen, das man ihr nach dem Erwachen in die Arme legte und das aussah wie ein blonder Engel, vermochte sie nicht zu trösten. Monatelang sprach sie von nichts anderem als davon, wie albern sie sich vorkam. Sie ließ das Kind von Anfang an fast ständig in der Obhut des gewaltigen, liebevoll schnurrenden schwarzen Kindermädchens, das sie schon während der Schwangerschaft eingestellt hatte. Sie hieß Elizabeth McQueen, wurde aber von allen nur Queenie genannt. Und ein richtiges Kindermädchen war sie auch nicht. Selbst Mutter von elf Kindern, von denen sieben am Leben geblieben waren, stellte sie eines der kostbarsten Geschenke des Südens dar, nämlich eine über alles geliebte schwarze Mammy, voller Liebe für jedermann, ganz besonders aber für Kinder und Babys. Sie liebte Paxton mit einer Inbrunst und Wärme, wie keine leibliche Mutter und schon gar nicht Beatrice Andrews sie aufgebracht hätte. Diese schien sich in Gegenwart des kleinen Mädchens nicht wohl zu fühlen und hielt aus Gründen, die sie selbst nicht hätte erklären können, Distanz. Ständig hatte das Kind klebrige Hände oder wollte die zerbrechlichen Parfumfläschchen auf dem Toilettentisch anfassen, worauf der Inhalt unweigerlich verschüttet wurde. Irgendwie machten Mutter und Kind einander nervös. Queenie war es, die die Kleine tröstete, wenn sie weinte, in deren Arme sie lief, wenn sie sich weh getan hatte oder sich ängstigte, Queenie, die sie auch nicht für einen Moment allein ließ.

In Queenies Leben gab es keine freien Tage. Sie hätte gar nicht gewußt, wohin sie hätte gehen sollen, da ihre Kinder ein eigenes Leben führten, und sie konnte sich nicht vorstellen, was aus Paxton werden sollte, wenn sie nicht zur Stelle war, um ihr beizustehen. Ihr Vater, der sie liebte, war zwar immer gut zu ihr, aber ihre Mutter, nun, das war eine andere Geschichte. Als Paxton älter wurde, vertiefte sich die Kluft zwischen ihnen, und mit zehn Jahren war Paxton klar, daß sie so gut wie nichts gemeinsam hatten. Es erschien ihr unglaublich, daß sie miteinander verwandt waren. Der Lebensinhalt ihrer Mutter beschränkte sich auf Freundinnen, karitative Verpflichtungen, Bridge und den Frauenverein und dessen Aktivitäten. Kam ihr Mann abends nach Hause, wirkte sie fast uninteressiert, obwohl sie bei Tisch höflich zuhörte, was er zu sagen hatte, aber sogar Paxton registrierte, daß ihre Mutter von ihrem Mann gelangweilt war. Auch Carlton entging es nicht. Er fühlte die Kälte, die seine Frau ausstrahlte und die Paxton schon seit Jahren gespürt hatte. Beatrice Andrews, pflichtbewußt, loyal, umsichtig, gut gekleidet, angenehm, höflich, wohlerzogen, hatte in ihrem ganzen Leben nicht einen Funken Gefühl für jemanden aufgebracht. Gefühl fehlte ihr einfach. Auch Queenie wußte das, obwohl sie es anders formulierte, als Carlton es getan hätte. So hatte sie schon seit langer Zeit zu ihren Töchtern gesagt, Beatrice Andrews Herz sei kälter und kleiner als Pfirsichkerne im Winter. Was sie für ihren Sohn George empfand, war ein Gefühl, das der Liebe noch am nächsten kam. Zwischen ihnen herrschte ein Einverständnis, das sie sich mit Paxton nie gestattet hätte. Sie bewunderte und respektierte ihn, und daß er sich aufgrund der kühl-distanzierten Sichtweise, die er sich sehr früh zugelegt hatte, für das Studium der Medizin entschied, machte großen Eindruck auf seine Mutter. Ihr sagte die Aussicht zu, daß aus ihrem Sohn ein Arzt werden sollte. Er sei sogar noch klüger als sein Vater, vertraute sie ihren Freundinnen an, tatsächlich erinnerte er sie an ihren eigenen Vater, der dem Obersten Gericht des Staates Georgia angehört hatte. Daß George zu Großem berufen sei, stand für sie fest. Und was würde aus Paxton werden? Sie würde zur Schule gehen, ihren Abschluß machen und dann heiraten und Kinder bekommen, in den Augen ihrer Mutter wenig bemerkenswerte Dinge, wenngleich sie selbst denselben Weg beschritten hatte. Nur dem Drängen ihres Vaters war es zu verdanken, daß sie ihren College-Abschluß am Sweet Briar gemacht hatte. Und zwei Wochen nach der Graduierung hatte sie Carlton geheiratet. In Wahrheit aber hielt sie nicht viel von Frauen, obwohl sie ihre Gesellschaft genoß und sie bei jeder Gelegenheit suchte. Aber es waren Männer, die auf sie Eindruck machten, weil sie Großes erreichen konnten. Daß dem hübschen blonden Kind, das seine klebrigen Hände immer überall hatte, große Dinge nicht bestimmt waren, stand für sie fest.

Walter Cronkites Stimme dröhnte monoton weiter, während Paxton und die anderen stumm auf den Bildschirm starrten. Wer etwas sagte, tat es im Flüsterton. Und in Minutenabständen schaltete Cronkite zu den Reportern um, die sich nun aus der Lobby des Parkland Memorial Hospital in Dallas meldeten, in das man den Präsidenten geschafft hatte.

»Wir haben im Moment noch keine Antworten für Sie«, sagte das Gesicht auf dem Bildschirm, »wir wissen nur, daß der Zustand des Präsidenten kritisch ist. In den letzten Minuten hat es keine neuen Bulletins gegeben.« In diesem Moment streckte der Lehrer seine Hand aus und schaltete um, und man hörte auf einem anderen Sender Chet Huntley fast dasselbe sagen. Die Schüler blickten einander an, von Entsetzen gezeichnet. Und wieder mußte Paxton daran denken, wie George sie aus der Schule abgeholt hatte, um ihr beizubringen, daß ihr Vater verunglückt war ... daß die Maschine abgestürzt sei ... und sie dachte an Georges Gesicht. Er hatte kurz davor sein Studium abgeschlossen und wartete darauf, seine Stelle als Assistenzarzt im Grady Memorial Hospital in Atlanta anzutreten. Er hatte es geschafft, seine gesamte Ausbildung im Süden zu machen, obwohl ihr Vater, selbst Harvard-Absolvent, ihn ermuntert hatte, im Norden zu studieren. Aber Beatrice hielt es für wichtig, sich nicht von seinen Wurzeln zu entfernen und die Bildungseinrichtungen des Südens zu nutzen, wie sie oft betonte.

Es war zwei Uhr. Atemlos in der Ecke stehend, versuchte Paxton zu glauben, daß er es schaffen könnte. Sie kämpfte mit den Tränen, wobei sie nicht sicher war, ob sie um den Präsidenten oder um ihren Vater weinte. Ihr Vater war am Tag nach dem Absturz seinen Verletzungen erlegen. Frau und Sohn waren an seiner Seite, während Paxton mit Queenie zu Hause wartete. Mit elf war sie für einen Besuch im Krankenhaus zu jung gewesen, und er hatte ohnehin das Bewußtsein nicht mehr erlangt. Sie hatte ihn nie wiedergesehen. Er war aus ihrem Leben verschwunden und mit ihm seine Warmherzigkeit, seine Liebe und sein umfassendes Wissen von der Welt, sein faszinierendes Interesse an Menschen, an Geschichte und an Dingen, die von Savannah weit, weit weg waren. Er war ein Gentleman aus dem Süden, ein Gentleman der alten Schule, und doch paßte er auf wundersame Weise nicht ganz in die vorgegebene Struktur, in die er hineingeboren worden war, und das war es, was Paxton so an ihm liebte. Dies und eigentlich alles andere ... die Art, wie er sie fest umfing, wenn sie zu ihm gelaufen kam, wie er mit ihr sprach, wenn sie lange Spaziergänge unternahmen, und ihr von Dingen erzählte, die ihre Neugierde weckten, vom Krieg, von Europa und von seinem Studium in Harvard. Sie mochte den Klang seiner Stimme, den Duft seinen Rasierwassers, das Frische im Raum hinterließ, wenn er ihn durchquert hatte ... und sie liebte die Fältchen um seine Augen, wenn er lächelnd zu ihr sagte, wie stolz er auf sie war ... sie hatte das Gefühl, sie sei gestorben, als man bei seiner Beerdigung *Amazing Grace* spielte ... Die in der letzten Reihe sitzende Queenie weinte so laut, daß Paxton, die ganz vorne zwischen George und ihrer Mutter saß, sie hören konnte.

Seit dem Tod ihres Vaters war ihr Leben nie wieder so gewesen wie vorher. Es war, als hätte er einen Teil von ihr mitgenommen, jenen Teil, der mit ihm zusammen an Wiesenblumen roch, der ihn im Büro besuchte, wenn er am Sonntag morgen arbeiten mußte, der ihm alle möglichen Fragen stellen durfte. Sie hatte ein geradezu unheimliches Gespür für Menschen, und einmal hatte sie zu ihm gesagt, sie glaube nicht, daß ihre Mutter sie wirklich liebhätte. Aber es störte Paxton nicht mehr, es war einfach so. Sie hatte ja Queenie und ihren Vater.

»Ich glaube ... ich glaube, sie braucht jemanden wie George ... Er macht sie nicht nervös und spricht mit ihr über die Dinge, an denen ihr liegt. Irgendwie ist er wie sie, meinst du nicht auch, Daddy? Wenn ich manchmal sage, daß ich etwas wirklich gern habe, dann macht es ihr angst, glaube ich.« Sie war hellsichtiger, als sie ahnte, und Carlton Andrews wußte es auch, doch gab er es seiner einzigen Tochter gegenüber nicht zu.

»Sie verleiht ihren Gefühlen nicht Ausdruck wie du und ich«, sagte er ganz aufrichtig und lehnte sich in dem bequemen alten Ledersessel zurück, in dem sie sich so gern und so wild drehte, daß er aus seiner Verankerung zu kippen drohte. »Aber das heißt nicht, daß sie keine hätte.« Er fühlte sich verpflichtet, seine Frau zu schützen, auch vor Paxton, obwohl er wußte, daß Paxxie die Wahrheit sagte. Beatrice war kalt wie Eis. Pflichtbewußt, treu, in ihren eigenen Augen eine »gute Ehefrau«. Sie führte den Haushalt ohne Tadel, verhielt sich stets höflich und nett zu ihm, hätte sich nie zu einer Unfreundlichkeit hinreißen lassen, ganz zu schweigen davon, daß sie ihn hintergangen oder betrogen hätte. Sie war Dame durch und durch, aber wie Paxxie fragte auch er sich, ob sie jemals jemanden oder etwas geliebt hatte, von George abgesehen, doch auch zu ihm hielt sie kühle, angenehme Distanz. Nur war ihr Sohn ihr so ähnlich, daß er nicht mehr erwartete. Aber Carlton erwartete mehr, und Paxxie ebenso, und beide wußten, daß sie es von Beatrice nie bekommen würden. »Sie hat dich lieb, Pax.« Aber sogar als er es sagte, glaubte Paxton, daß er log. Sie verstand die feinen Schattierungen nicht, wußte nicht, wozu ihre Mutter imstande war oder nicht. Carltons Bild war da viel klarer.

»Ich habe dich lieb, Daddy.« Dann hatte sie ohne Hemmungen oder Zurückhaltung die Arme um ihn geschlungen. Vor ihm hielt sie mit nichts zurück, und er lachte, als sie ihn fast von dem uralten Drehsessel stieß.

»He, du ... ich werde gleich auf dem Boden landen.« Er träumte davon, daß sie eines Tages am Radcliff studieren würde, und als er sie an sich gedrückt hielt, stellte er sich vor, wie sie heranwachsen würde, wie schön sie sein würde, der Stolz seines Alters. Sie war alles, was er sich je erträumt hatte, warmherzig, liebevoll, freigebig und mitfühlend. Sie war alles, was er selbst war, ohne daß es ihm bewußt gewesen wäre.

Und dann war er plötzlich nicht mehr da, und Paxton war mit »ihnen« allein, von Queenie abgesehen. Sie lernte fleißig und las die ganze Zeit. Sie schrieb Briefe an ihren Vater, als wäre er auf Reisen und sie könne die Briefe aufgeben, nur konnte sie es nicht. Manchmal versteckte sie die Briefe, und manchmal zerriß sie sie. Aber das Schreiben half ihr. Es war eine Art, mit ihm noch zu »reden«, da sie ja mit »ihnen« nicht reden konnte. Was immer sie auch sagte, ihre Mutter reagierte nervös und war nie ihrer Meinung, so daß Paxxie zuweilen das Gefühl hatte, sie stamme von einem anderen Planeten. Sie waren in jeder Hinsicht anders. Und George war wie ihre Mutter. Er drängte Paxton, sie solle sich »benehmen« und versuchen, die Dinge wie ihre Mutter zu sehen, »vernünftig« zu sein und daran zu denken, wer sie war, was sie nur noch mehr verwirrte. Wer war sie denn? Die Tochter ihres Vaters oder ihre? Wer hatte recht? Doch im Innersten ihres Herzens herrschte keine Verwirrung. Sie wußte, daß seine großzügigere Weltsicht für sie die einzig richtige war, und als George seine Zeit als Assistenzarzt am Grady Memorial hinter sich gebracht hatte und sie sechzehn geworden war, stand für sie fest, daß sie dem Süden den Rücken kehren würde, um aufs Radcliffe zu gehen. Ihre Mutter wollte, daß sie das Agnes Scott der Mary Baldwin absolviere, eventuell das Sweet Briar, das sie selbst besucht hatte, möglicherweise auch das Bryn Mawr, aber daß Paxton sich ausgerechnet das Radcliffe in den Kopf gesetzt hatte, hielt sie für eine lächerliche Marotte.

»Ein College im Norden kannst du dir getrost sparen. Was du brauchst, gibt es hier ebenso. Sieh deinen Bruder an. Ihm standen alle Möglichkeiten offen, trotzdem ist er in Georgia geblieben.« Allein der Gedanke rief in Paxton ein Gefühl der Enge hervor. Sie hatte die allgemeine Engstirnigkeit satt, die Freundinnen ihrer Mutter, die Dinge, die sie über die »Greuel der Integration« gehört hatte. Die Bürgerrechte gehörten zu den Themen, die sie mit ihren Freundinnen diskutierte oder halblaut mit Queenie in der Küche besprach. Aber sogar Queenie hing den alten Ansichten an und war der Meinung, Schwarze sollten sich mit ihrem angestammten Platz begnügen, und das war nun mal nicht derselbe wie jener der Weißen. Der Gedanke, beide könnten sich mischen, jagte ihr Angst ein, nur ihre Kinder und Enkel strebten dieselben Veränderungen an wie Paxton. Aber Paxton glaubte, daß die Umstände, unter denen sie aufgewachsen war, nicht richtig waren, und sie hatte keine Scheu, dies auszusprechen oder Schulaufsätze darüber zu schreiben. Sie wußte, daß ihr Vater ihr beigepflichtet hätte, das hatte er immer, und das beflügelte ihren Eifer. Es war ein Thema, von dem sie wußte, daß sie es mit Mutter und Bruder nicht diskutieren konnte. Aber in jenem Herbst hatte sie ihre Bewerbungen an ein halbes Dutzend Colleges im Norden abgeschickt und zwei nach Kalifornien. Sie hatte sich am Vassar, Wellesley, Radcliffe, Smith und im Westen am Stanford und Berkeley beworben. An ein reines Mädchen-College wollte sie eigentlich nicht, das einzige, das sie sich wünschte, war das Radcliffe. An die zwei Colleges in Kalifornien hatte sie nur auf Drängen ihrer Lehrer geschrieben, und um ihre Mutter zu beschwichtigen, hatte sie sich auch halbherzig am Sweet Briar beworben. Von den Freundinnen ihrer Mutter bekam sie ständig zu hören, wie glücklich sie sich schätzen könne, dort zu studieren, als sei Sweet Briar eine abgemachte Sache.

Doch das war etwas, an das sie jetzt gar nicht denken konnte, während ihr Blick an der Uhr hing. Eine Minute nach zwei Uhr. Seit den Schüssen auf den Präsidenten war erst eine halbe Stunde vergangen, zehn Minuten seitdem sie die Nachrichten verfolgten, während die ganze Nation betete und seine Familie durchmachte, was Paxton sechs Jahre zuvor mitgemacht hatte, als ihr Vater starb ... nämlich daß es endgültig vorbei war.

Um zwei Uhr eins blickte Walter Cronkite niedergeschlagen in die Kamera und eröffnete dem amerikanischen Volk, daß sein Präsident tot war. In dem winzigen Raum in der Savannah High erhob sich ein Raunen der Trauer, das sich zu einem Klageton steigerte, und plötzlich erfüllte den Raum lautes Schluchzen. Überall weinten Menschen, Lehrer und Schüler lagen einander in den Armen, während sie mit unzusammenhängend hervorgestoßenen Worten ihr Entsetzen über das Geschehene zum Ausdruck brachten, das ihnen unbegreiflich war. Walter Cronkite berichtete weiter, zwei Ärzte wurden interviewt, und Paxton hatte das Gefühl, sich unter Wasser zu bewegen. Alles schien sich verlangsamt zu haben, alles schien sich in großer Entfernung abzuspielen. Überall weinten Menschen. Auch Paxton liefen die Tränen über die Wangen, so daß sie kaum etwas sehen konnte. Dabei empfand sie ein Gefühl der Atemlosigkeit, das sie schon einmal erlebt hatte, als hätte ihr jemand die Luft abgedrückt und sie würde nie wieder zu Atem kommen. Schmerz und Kummer gingen über das Maß des Erträglichen hinaus. Merkwürdigerweise war es, als hätte sie ihn noch einmal verloren. Ihr Vater war mit siebenundfünfzig ums Leben gekommen, und John Kennedy mit sechsundvierzig, beide in der Blüte ihrer Jahre hinweggerafft, voller Feuer und Ideen und Lebensfreude, beide hatten Familien, beide hatten über alles geliebte Kinder. Um Jack Kennedy würde die ganze Welt trauern, während Carlton Andrews nur von denjenigen betrauert wurde, die ihn kannten. Aber Paxton empfand ganz ähnlich, und sie konnte sich vorstellen, wie seinen Kindern zumute sein mußte ... der schreckliche Kummer, der Verlust, die Trauer, der Zorn. Es war so entsetzlich, so ungerecht. Wie konnte jemand so etwas tun? Blindlings lief sie die Gänge entlang, als sie das Schulgebäude verließ, ohne ein Wort zu jemandem zu sagen, und auch die Strecke zu ihrem Haus an der Habersham legte sie im Laufschritt zurück. Laut fiel die Haustür ins Schloß, als sie in die Diele stürzte, mit wehender Haarflut, noch immer in Tränen aufgelöst. Sie sah so aus wie ihr Vater als Junge, mit glänzendem blondem Haar und großen grünen Augen, die auf der Suche nach Queenie in die Küche eilte.

Queenie machte sich summend in ihrer geliebten Küche zu schaffen. Das Kupfergeschirr war auf Hochglanz poliert, es duftete angenehm nach Gebäck. Als sie sich erstaunt umdrehte, sah sie Paxton, die dastand und sie mit wildem Blick verängstigt und tränenüberströmt anstarrte. In diesem Moment war Paxton das Symbol für die gesamte Nation.

»Was ist passiert, Kind?« Queenie sah ängstlich drein, als sie ihre enorme Leibesfülle auf das Mädchen zubewegte, das sie aufgezogen und geliebt hatte wie ihr eigenes.

»Ich ...« Momentan wußte Paxxie nicht, was sie sagen sollte. Ihr fehlten die Worte. »Hast du heute nicht ferngesehen?« Queenie, ansonsten begeisterter Seifenopern-Fan, starrte Paxton nur kopfschüttelnd an.

»Nein, deine Mutter hat den Küchenfernseher gestern zur Reparatur gebracht. Er ist kaputt. Und den großen Apparat im Wohnzimmer schalte ich nie ein.« Fast empfand sie es als Zumutung. »Warum?« War in Savannah etwas passiert ... vielleicht war Dr. George etwas zugestoßen ... oder Mrs. Andrews ... oder vielleicht waren sogar ihre eigenen Kinder betroffen ... womöglich eine dieser gräßlichen Bürgerrechtsdemos ... am Ende ... Aber auf das, was Paxton nun sagte, war sie nicht vorbereitet.

»Auf Präsident Kennedy wurde geschossen.«

»O mein Gott ...« Queenie ließ sich fassungslos auf den nächsten Stuhl sinken. Ihr Blick ruhte mit einer unausgesprochenen Frage auf Paxton.

»Er ist tot.« Paxxie brach in Tränen aus. Sie kniete sich neben Queenie hin und legte die Arme um sie. Ihr war, als hätte sie noch einmal ihren Vater verloren. Dieses schreckliche Gefühl des Verlustes, der Verzweiflung, der Trauer, das Gefühl, betrogen worden zu sein. Queenie hielt sie fest, während beide um einen Menschen weinten, den sie nicht persönlich kannten und der so jung gestorben war. Warum? Wie weit konnte Wut und Frustration jemanden treiben? Welchen Zweck hatte es? Welches Exempel sollte statuiert werden? Warum ein Mann mit zwei kleinen Kindern und einer jungen Frau? Warum überhaupt jemand? Und warum jemand, der so lebensbejahend war, ein Hoffnungsträger für die ganze Nation? Paxxie betrauerte ihn in Queenies Armen, und die alte Frau wiegte sie wie seinerzeit, während sie selbst um einen Mann weinte, den sie nicht gekannt hatte, den sie einfach nur für einen guten Menschen hielt.

»O Gott, mein Kind ... ich kann es kaum glauben. Warum sollte jemand so etwas tun? Weiß man schon, wer es war?«

»Ich glaube nicht.« Doch als sie ins Wohnzimmer gingen und das Fernsehgerät einschalteten, kam eben die Meldung, ein Mann namens Lee Harvey Oswald hätte einen Polizisten angeschossen und getötet, der versucht hatte, ihn zu verhören. Man hatte Oswald in dem Bücherlager aufgespürt, von dem aus um halb zwei Uhr die tödlichen Schüsse auf den Wagenkonvoi abgegeben worden waren. Man hielt ihn für den Mörder Kennedys. Oswald war festgenommen worden, der Polizist und der Präsident waren tot, ebenso ein Agent des Secret Service. John Conally, der schwerverwundete Gouverneur von Texas, befand sich außer Lebensgefahr. Die sterbliche Hülle des Präsidenten wurde in Begleitung seiner Frau an Bord der Air Force One nach Washington gebracht. Auch Präsident Johnson und seine Frau waren an Bord. Gerüchte, daß auch er leicht verwundet worden war, sollten sich später als falsch herausstellen. Die ganze Nation verharrte in einem Schockzustand, und Paxton und Queenie standen stumm da, nicht imstande zu glauben, was sie sahen und hörten. Und sie standen noch immer da und starrten auf den Fernsehschirm, als wenig später Paxtons Mutter nach Hause kam, die wie jeden Freitagnachmittag beim Friseur gewesen war. Sie hatte die Nachricht schon im Friseursalon gehört und gesellte sich nun mit ernster Miene zu ihnen. Einige Kundinnen hatten mit nassem Haar nach Hause fahren müssen, da die Angestellten des Salons sich außerstande sahen weiterzuarbeiten. Alle waren in Tränen aufgelöst, und Beatrice Andrews war eben der Kopf gewaschen worden, als sie die Nachrichten hörten. Aber sie war geblieben und hatte darauf bestanden, daß man sie fertig frisierte. Sie hatte sogar eines der Mädchen überreden können, sie zu maniküren. Es wäre ihr sehr unangenehm gewesen, die Prozedur um einige Tage zu verschieben. Am Wochenende vor Thanksgiving gab es viel zu tun, ihr Bridgeklub veranstaltete ein Dinner. Sie kam gar nicht auf den Gedanken, daß alle Veranstaltungen ausfallen würden. Jede nur denkbare Festlichkeit wurde abgesagt, während die Menschen wie festgenagelt vor ihren TV-Geräten saßen und eine ganze Nation trauerte. Aber dies alles war ihr nicht in den Sinn gekommen, und als sie nun das Haus betrat, war sie zwar niedergeschlagen, aber keineswegs hysterisch. Ihrer Meinung nach hatten sich einige Frauen zu sehr gehenlassen. Sie wußte, was echter Kummer war, sie hatte schließlich selbst ihren Mann verloren, nicht wahr, und sie hielt es für unmöglich, für eine im öffentlichen Leben stehende Persönlichkeit ähnliche Gefühle aufzubringen. Und doch empfanden die Menschen so für ihn, dieses intensive Gefühl persönlicher Trauer, als hätten sie ihn gekannt und geliebt. Er hatte allen neue Hoffnung gebracht, und althergebrachte Ziele mit der Verheißung der Jugend verschönt, mit dem Zauber einer Welt, die sie nie kennenlernen würden und von der sie nur träumen konnten. Und seine schöne Frau verkörperte für alle die Märchenprinzessin schlechthin.

Beatrice Andrews stand ernst neben ihrer Tochter und der Frau, die sie großgezogen hatte. Dann setzte sie sich, um mit anzusehen, wie Lyndon Johnson an Bord der Air Force One den Amtseid ablegte, sie lud aber Queenie nicht ein, sich zu ihr zu setzen. Die Kameras zeigten Richterin Sarah Hughes, die Johnson den Eid abnahm, während Jacqueline Kennedy neben ihm stand, und alle sahen, daß sie noch immer ihr pinkfarbenes Kostüm anhatte, das sie getragen hatte, als er getötet wurde, das Kostüm, das noch immer mit seinem Blut befleckt war. Von Kummer gezeichnet, erlebte sie mit, wie Lyndon Johnson als neuer Präsident vereidigt wurde. Paxton ließ sich langsam auf einen Stuhl neben ihrer Mutter sinken. Tränen liefen ihr über die Wangen, während sie fassungslos auf den Bildschirm starrte, nicht imstande, das Geschehen aufzunehmen.

»Wie kann jemand nur so etwas tun?« schluchzte sie, als Queenie kopfschüttelnd und unter Tränen wieder in die Küche ging.

»Ich weiß es nicht, Paxton. Es soll eine Verschwörung dahinterstecken. Aber ich glaube nicht, daß man schon weiß, warum es passierte. Mir tun Mrs. Kennedy und die Kinder leid. Wie schrecklich für sie.«

Wieder mußte Paxton an ihren Vater denken. Wenn er auch keinem Attentat zum Opfer gefallen war, so war er doch völlig unerwartet ums Leben gekommen, und der Verlust schmerzte noch immer und würde vielleicht immer schmerzen. Sicherlich würden die Kinder des Präsidenten ihr ganzes Leben unter diesem Gefühl leiden. Warum hatte es geschehen müssen?

»Wir leben in einer Zeit großer Unruhe«, fuhr ihre Mutter fort. »Die Rassenunruhen ... die vielen Veränderungen, die er durchsetzen wollte ... vielleicht ist es der Preis, den er dafür bezahlen mußte ...« Beatrice Andrews schaltete das Fernsehgerät aus. Wie selbstgefällig sie ist, dachte Paxton, die sie ungläubig anstarrte. Würde es je Verständnis zwischen ihnen geben?

»Glaubst du, es ist wegen der Bürgerrechte? Glaubst du, daß es deswegen ist?« Paxton steigerte sich in Zorn hinein. Warum dachte ihre Mutter so? Warum wollte sie, daß alles so bleiben sollte wie seit alters her? Warum mußten sie im Süden leben? Warum war sie in Savannah geboren worden?

»Paxton, ich sage ja nicht, daß dies der Grund ist. Ich halte es nur für möglich. Man kann nicht hergehen und ein ganzes Land einfach ummodeln und altbewährte Traditionen ändern, mit denen die Menschen viele Generationen lang gut gelebt haben, ohne daß man dafür einen Preis bezahlt. Vielleicht war dies der Preis – ein schrecklicher allerdings.«

Paxton starrte sie fassungslos an. Aber dieser Streit zwischen ihnen war nicht neu. »Mutter, wie kannst du sagen, die Leute hätten mit der Rassentrennung ›gut‹ gelebt? Wie kannst du das sagen? Glaubst du etwa, auch die Sklaven hätten ›angenehm‹ gelebt?«

»Einige schon. Wenn ihre Besitzer verantwortungsbewußt waren, hatten sie ein besseres Leben als heute.«

»O mein Gott ...« Aber ihre Mutter war wirklich dieser Meinung. »Sieh doch, wie es um die Schwarzen bestellt ist. Nach wie vor zu einem hohen Prozentsatz Analphabeten, müssen sie wie Tiere schuften, werden mißhandelt, müssen alle Nachteile der Rassentrennung hinnehmen und genießen nicht ein einziges jener Privilegien, die man mir und dir zugesteht, Mama.« So nannte sie ihre Mutter nur selten, wenn sie verzweifelt und sehr betroffen oder aufgebracht war, wie jetzt. Aber Beatrice Andrews schien dies zu entgehen.

»Paxton, die Schwarzen wüßten mit diesen Privilegien vielleicht gar nicht umzugehen. Ich weiß es nicht. Ich sage ja nur, daß man die Welt nicht ohne große Erschütterungen praktisch über Nacht ändern kann. Und genau das ist passiert.«

Paxton, die daraufhin kein Wort mehr sagte, ging auf ihr Zimmer, legte sich aufs Bett und weinte bis zum Abendessen, zu dem wie jeden Freitag und Dienstag auch ihr Bruder nach Hause kam, wenn er nicht beruflich verhindert war oder eine gesellschaftliche Verpflichtung hatte, was sehr selten vorkam. Wie seine Mutter war er fast immer gegenteiliger Meinung als seine jüngere Schwester. Meist belächelte er ihre Ansichten, tat geringschätzig ab, was sie sagte, und erklärte ihr, sie würde die Dinge mit den Jahren anders sehen. So kam es, daß Paxton zu Hause selten ihre Meinung äußerte, meist schweigsam war und zu ihrer Familie auf Distanz ging. Sie hatte Mutter und Bruder nichts zu sagen, und allein der Versuch, eine tiefergehende oder gar politische Diskussion mit ihnen zu führen, war zermürbend. Sie sparte sich ihre Ansichten lieber für ihre Mitschüler oder die liberal Gesinnten unter ihren Lehrern auf oder gab ihrer Meinung in ihren Schulaufsätzen Ausdruck. Und wenn Paxton glaubte, ein Thema ginge nicht über Queenies Horizont, dann sprach sie mit ihr darüber, und die alte Frau bewies stets eine Klugheit, die ihre mangelhafte Bildung wettmachte. Dazu gesellte sich eine Welt- und Menschenkenntnis, die sie zu einer Gesprächspartnerin machte, mit der es sich zu debattieren lohnte. Paxton hatte mit ihr sogar besprochen, an welchen Colleges sie sich beworben hatte und was von ihnen zu halten war. In einem Punkt blieb Paxton allerding eisern: Sie dachte nicht daran, im Süden zu studieren, was Queenie gut verstehen konnte. Zwar stimmte sie der Gedanke an den Abschied traurig, gleichzeitig wußte sie aber, daß es Paxton guttun würde. Zudem war das Mädchen seinem Vater viel zu ähnlich, als daß es diese Chance nicht genutzt hätte.

»Ich glaube, hinter dem Attentat steckt ein kubanisches Komplott«, bemerkte George bei Tisch. »Man wird sich noch wundern, wenn es sich zeigt, was die Ermittlungen ergeben werden. Viel mehr jedenfalls, als es zunächst den Anschein hat.« Paxton sah ihn an und fragte sich, ob er recht haben könnte. Intelligenz konnte man ihrem Bruder nicht absprechen, wenngleich er nicht sehr originell war. Da er in seinem Beruf aufging und neben der Medizin kaum Interessen hatte, war sein Horizont ziemlich beschränkt geblieben. Das einzige, was ihn aus seiner Reserve zu locken vermochte, waren neue Forschungsergebnisse hinsichtlich Ursachen und Behandlung der Diabetes, ein Gebiet, dem sein besonderes Interesse galt, das Paxton jedoch nicht übertrieben faszinierend fand. George, der einunddreißig war, hätte sich vor einem Jahr fast verlobt. Als es dann doch nicht dazu gekommen war, hatte Paxton aus irgendeinem Grund das Gefühl gehabt, daß ihre Mutter darüber erleichtert war, obwohl das Mädchen aus einer befreundeten Familie stammte. Aber Beatrice hatte öfter verlauten lassen, ihrer Meinung nach sei George für die Ehe zu jung. Erst wenn er sich beruflich etabliert hätte, sollte er sich Frau und Kinder aufhalsen. Paxton konnte die Mädchen, mit denen er ausging, ohnehin nicht ausstehen. Sie waren zwar immer hübsch, aber albern, affektiert und oberflächlich, zu einem ernsthaften Gespräch außerstande. Die letzte, die er zu einer der Dinnerpartys ihrer Mutter mitgebracht hatte, war eine kichernde Zweiundzwanzigjährige gewesen, die Paxton gestanden hatte, sie sei nicht aufs College gegangen, weil sie verheerende Zensuren gehabt hätte. Sie täte nichts lieber, als in der Junior League mitzuarbeiten, und könne es kaum erwarten, nächste Woche bei der Modenschau mitzumachen. Am Ende des Abends stand Paxton knapp davor, das Mädchen zu erwürgen, das so dämlich und langweilig war, daß sie sich nicht vorstellen konnte, wie ihr Bruder sie ertragen konnte, wenn sie auch beim Abschied sehr kokett und anlehnungsbedürftig tat. Noch immer kichernd stieg sie in seinen Wagen, um mit ihm noch auf einen Drink irgendwohin zu fahren. Für wen George sich auch entscheiden würde, Paxton hatte sich schon längst damit abgefunden, daß sie die künftige Frau ihres Bruders aller Voraussicht nach hassen würde. Seine Wahl würde mit Sicherheit auf eine nette, einfache, anspruchslose, oberflächliche Person fallen, die ihm nichts abforderte, ein Frauentyp, wie er für die Südstaaten typisch war. Auch Paxton war Südstaatlerin, bei ihr definierte dieser Begriff aber nur den Geburtsort und nicht eine bestimmte Geisteshaltung. Viele Mädchen sahen sich noch immer als »Südstaatenschönheit« und versteckten hinter diesem Klischee Desinteresse und Dummheit. Paxton haßte Mädchen dieses Typs, obwohl ihr Bruder offensichtlich anders dachte.

Paxton, die die ganze Nacht über nicht schlafen konnte, klebte förmlich am Fernsehschirm. Immer wieder setzte sie sich vor den Apparat, bis sie schließlich um drei Uhr morgens endgültig davor sitzen blieb. Sie sah, wie um vier Uhr vierunddreißig der Sarg ins Weiße Haus geschafft wurde. Und sie hatte im nachhinein das Gefühl, die darauffolgenden drei Tage zur Gänze vor dem Fernsehgerät verbracht zu haben. Am Samstag sah sie, wie Angehörige und Mitglieder der Regierung jenem Mann die letzte Ehre erwiesen, dem die Liebe so vieler gegolten hatte. Und am Sonntag wurde gezeigt, wie der Sarg auf einer von Pferden gezogenen Lafette zum Kapitol gebracht wurde. Man konnte beobachten, wie Jacqueline Kennedy mit ihrem Töchterchen Caroline gramgebeugt neben dem Sarg niederkniete und das kleine Mädchen die Hand unter die Flagge schob. Ebenso erlebte Paxton mit, wie Lee Oswald bei der Verlegung in ein anderes Gefängnis von Jack Ruby erschossen wurde. Sie sah es fassungslos mit an und dachte zunächst, es müsse sich um einen Irrtum oder um ein Mißverständnis handeln. Es erschien ihr unvorstellbar, daß in dieser schier endlosen Schreckensgeschichte noch ein Mensch getötet worden war.

Am Montag sah sie die von nicht enden wollendem dumpfen Trommelschlag begleitete Beerdigung und ließ ihren Tränen freien Lauf. Und beim Anblick des reiterlosen Pferdes wurde sie aus irgendeinem Grund an ihren Vater erinnert. Ein Ende des Kummers schien undenkbar, es war ein Schmerz, der ewig währen würde, eine abgrundtiefe Trauer. Am Montag abend schien sogar ihre Mutter aufrichtig erschüttert und wechselte mit Paxton bei Tisch kaum ein Wort. Als Paxton anschließend in die Küche kam, um mit ihr zu reden, wischte Queenie sich noch rasch über die Augen. Paxton setzte sich und sah eine Zeitlang gedankenlos zu, wie die alte Frau aufräumte, ehe sie ihr beim Geschirrtrocknen half. Ihre Mutter war schon hinausgegangen, um eine Freundin anzurufen. Wie immer hatten sie einander nichts zu sagen und schienen nicht imstande, einander Trost oder Ermutigung zu spenden. Die Distanz zwischen ihnen war zu groß, wie seit eh und je.

»Ich weiß nicht, warum ... aber mir ist ähnlich zumute wie damals, als Daddy starb ... so als ob ich erwarte, es würde sich alles ins Gegenteil verkehren. Als müsse er jeden Moment nach Hause kommen und mir sagen, daß es nicht wahr sei ... daß alles nur ein Scherz sei ... oder daß Walter Cronkite in den Nachrichten meldet, alles sei nur ein Test gewesen, der Präsident verbringe in Wirklichkeit das Wochenende mit Jackie und den Kindern in Palm Beach, und allen täte es leid, daß sie uns in Panik versetzten ... aber so wird es nicht sein. Es geht weiter ... und es ist Wirklichkeit ... ein unheimliches Gefühl.«

Queenie nickte mit ihrem alten grauen Kopf, in dem so viel Weisheit steckte. Wie immer wußte sie, was Paxton fühlte. »Ich weiß, Kind. Es ist immer so, wenn jemand stirbt. Man sitzt da und wartet, daß jemand kommt und sagt, es sei gar nicht passiert. Dasselbe Gefühl hatte ich, als ich meine Babys verlor. Es dauert lange, bis dieses Gefühl vergeht.« Es fiel schwer, an Thanksgiving zu denken. Es war schwierig, dankbar zu sein für eine verwirrte, aus den Fugen geratene Welt, die die Menschen hinwegraffte, ehe sie zum Abschied bereit waren. Paxton, die nicht fähig war, an die bevorstehenden Feiertage einen Gedanken zu verschwenden, konnte sich gut vorstellen, was in den Kennedys vorgehen mochte. Für Jacqueline Kennedy und ihre Kinder mußte das alles ein wahrer Alptraum sein. Sie hatte bei der Organisation des Beerdigungszeremoniells hervorragende Arbeit geleistet, alles perfekt abgestimmt, bis hin zu den auf weißem Papier gedruckten Einladungen zur Messe mit dem Briefkopf des Weißen Hauses. Handschriftlich hatte sie die Worte hinzugefügt: »Lieber Gott, nimm Dich Deines Dieners John Fitzgerald Kennedy an«, und dazu hatte sie Auszüge aus seiner Inaugurationsrede drucken lassen. Es war das Ende einer Ära ... das Ende eines Augenblicks im Fluß der Zeit ... einer Zeit, die beinahe angebrochen war ... flüchtig, fließend, vergänglich. Die Fackel war an eine neue Generation weitergegeben worden, die sie nun festhielt, der Sicherheit beraubt, an welches Ziel sie gelangen sollte.

Und als Queenie an jenem Abend in der Küche die Lichter

löschte und Paxton einen Gutenachtkuß gab, blieben sie einen Moment in der Dunkelheit stehen, die Weiße und die Schwarze, von der Trauer um den gemeinsamen Verlust eingehüllt, und dann ging Queenie hinunter in ihr Zimmer und Paxton hinauf in ihres, um zu grübeln, was sie verloren hatte und was jetzt vor ihr lag. Sie hatte das Gefühl, sie schulde dem Präsidenten etwas, damit sein Tod nicht umsonst gewesen war. So wie sie ihrem Vater etwas schuldete ... und sich selbst. Sie mußte etwas aus sich und ihrem Leben machen ... etwas Bedeutendes. Aber was? Das war die Frage.

Sie lag im Bett und dachte an die beiden, an das, wofür sie eingetreten waren, und an das, was sie geglaubt hatten, an den Mann, den sie geliebt und gut gekannt hatte, und an den anderen, über den sie nur Mutmaßungen anstellen konnte. Und plötzlich wünschte sie sich nichts sehnlicher, als mit ihrem Leben zu beginnen ... endlich voranzukommen ... in Schwung zu kommen ... und damit verknüpft war ihr Traum von Harvard, der nun – wie vorhin die beiden Toten – alle ihre Gedanken beanspruchte. Im Bett liegend, gelobte sie mit geschlossenen Augen den beiden, aus sich etwas zu machen, jemand zu werden, auf den sie stolz sein konnten. Es war ihr Geschenk an sie, das Erbe, das sie ihr hinterlassen hatten, und es war ein Versprechen, von dem sie wußte, daß sie es halten würde. Sie brauchte jetzt nur auf den Frühling zu warten ... und zu beten, daß Radcliffe sie aufnehmen würde.

2

Die letzten Umschläge trafen in der Aprilwoche ein. Vom Sweet Briar hatte sie schon im März eine positive Antwort erhalten. Das Vassar, das Wellesley und das Smith ließen ihr in den ersten Apriltagen die Benachrichtigung zukommen, daß ihrer Aufnahme nichts im Wege stünde. Aber alle diese Briefe ließen Paxton kalt. Sie legte sie fein säuberlich auf ihren Schreibtisch und wartete weiterhin auf das Schreiben, das einzig für sie zählte. Auf die Antwort vom Radcliffe College. Für sie waren die zwei Colleges an der Westküste nur eine Rückendeckung für alle

Fälle, während sie darum betete, ihre erste Wahl würde sie aufnehmen. Die Aussicht, nicht aufgenommen zu werden, war nicht sehr groß. Schließlich war ihr Vater Harvard-Absolvent, und ihre Zensuren konnten sich sehen lassen. Sie waren zwar nicht absolute Spitze, aber sehr gut. Sorgen machte ihr nur der Umstand, daß sie sich im Sport nie besonders hervorgetan hatte und ihr Interesse an Frischluftaktivitäten gering war. Dafür schrieb sie Lyrik und Kurzgeschichten, war begeistert von den Fotokursen, die sie belegte, hatte als Kind Ballettunterricht erhalten und war im letzten Jahr Mitglied des Schülertheaters geworden, um damit wieder aufzuhören, als sie glaubte, es vertrüge sich nicht mit ihren Schularbeiten. Und sie hatte mehr als einmal zu hören bekommen, daß Harvard vor allem Leute bevorzugte, die in allem gute Leistungen aufweisen konnten und eine gewisse Bandbreite von außerschulischen Interessen hatten. Sie rechnete also noch immer ziemlich sicher damit, daß man sie aufnehmen würde.

Ihre Mutter hatte mit Freude und Befriedigung reagiert, als die Aufnahmebestätigung des Sweet Briar so pünktlich gekommen war. Für sie hatte Paxton damit die Zulassung zum einzigen College bekommen, das wirklich zählte. Es bedeutete zwar eine gewisse Genugtuung, wenn sie sagen konnte, daß Paxxie auch die Zusage anderer Elite-Colleges bekommen hatte, aber wie Paxton war sie insgeheim nicht allzu begeistert. Was Beatrice Andrews betraf, hätten die Colleges in Kalifornien ebensogut auf einem anderen Stern sein können. Sie drängte Paxton, den »vernünftigsten« Schritt zu tun und sich schnell am Sweet Briar anzumelden, ehe sie die Antworten der anderen Colleges in Händen hielt.

»Das kann ich nicht, Mutter«, sagte Paxton leise. Ihre großen grünen Augen sahen das Gesicht forschend an, das ihr immer wie das einer Fremden erschienen war. »Ich habe mir selbst vor langer Zeit ein Versprechen gegeben.« Aber es war mehr als ein Versprechen vor sich selbst, es war vielmehr etwas, das sie ihrem Vater schuldig zu sein glaubte.

»Paxton, du würdest in Boston nie glücklich sein. Das Wetter ist scheußlich, und das College ist riesig. Du bist viel besser dran, wenn du nicht so weit fortgehst. Nach der Graduierung kannst du immer noch Kurse in Harvard belegen.«

»Ach, warten wir's doch ab, ob ich es schaffe. Das ist viel sinnvoller.« Aber was ihr sinnvoll erschien, war für ihre Mutter das genaue Gegenteil. Es erbitterte sie, daß Paxton sich auf ein College im Norden versteifte, wenn sie doch am Sweet Briar studieren und praktisch zu Hause hätte bleiben können. Eines Samstagnachmittags erschien George, um seine Ansichten darzutun, und Paxton konnte sich ein Lächeln nicht verkneifen, als sie ihn hörte. Mit George zu reden war, als ob sie mit ihrer Mutter redete. Beide waren der Meinung, daß es Paxtons Bestimmung sei, ihr Leben in ihrer Nähe zu verbringen. Ihr Versuch, flügge zu werden, wurde als töricht abgetan.

»Und was war mit Daddy, George?« konterte sie. »Er hat es doch weit gebracht, obwohl er sich in den Norden wagte, um bei den Yankees zu studieren.« Sie zog ihn auf, was sie selbst zwar amüsierte, ihn aber gar nicht. George war nicht mit dem Humor gesegnet, der ihren Vater nebst vielen anderen Tugenden ausgezeichnet hatte.

»Pax, das ist nicht dasselbe. Du weißt, daß der Süden keine fixe Idee von mir ist. Ich bin nur der Meinung, daß Sweet Briar für eine Frau die bessere Wahl ist. Mutter hat ganz recht. Es gibt keinen Grund, weshalb du nach Boston gehen solltest.«

»Mit dieser Einstellung hätte man Amerika nie entdeckt, George. Stell dir vor, Königin Isabella hätte zu Kolumbus gesagt, es gäbe keinen Grund, die lange Strecke bis zur neuen Welt zu segeln ...« Sie lachte ihn aus, was er nicht sehr amüsant fand.

»Mutter hat recht. Du bist noch ein Kind, und ich finde es lächerlich, wenn du ausgerechnet in diesem Punkt deinen Kopf durchsetzen willst. Du bist kein Mann, und es besteht überhaupt kein Grund, weshalb du nach Harvard solltest. Du willst nicht Medizin oder Jura studieren, warum also in die Ferne schweifen? Du solltest in unserer Nähe bleiben. Was ist, wenn Mama krank wird? Sie ist nicht mehr die Jüngste, und sie braucht uns hier.« Er versuchte es mit allen Mitteln, inklusive einem Appell an ihr Schuldbewußtsein. Aber dies brachte seine Schwester nur noch mehr gegen ihn auf. Sie fand es unbegreiflich, warum man ihr unbedingt die Flügel stutzen wollte. Mutter und Bruder taten ganz so, als sei Paxton ihr Eigentum.

»George, Mutter ist achtundfünfzig und nicht dreiundneunzig, und ich werde nicht mein ganzes Leben zu Hause hocken und warten, bis ich mich um sie kümmern muß. Und woher willst du wissen, welches Berufsziel mir vorschwebt? Nach allem, was du weißt, möchte ich vielleicht Gehirnchirurgin werden. Wäre es dann gerechtfertigt, daß ich im Norden studiere, oder muß ich unbedingt hierbleiben und unter allen Umständen Plätzchen backen, nur weil ich eine Frau bin?«

»Davon kann nicht die Rede sein.« Ihre Unverblümtheit schien ihn zu schmerzen.

»Das weiß ich.« Sie versuchte, ihre Fassung wiederzugewinnen. »Sweet Briar ist ja ein ausgezeichnetes College. Aber ich habe nun mal mein Leben lang vom Radcliffe geträumt.«

»Und wenn es mit der Aufnahme nicht klappt?« Er sah sie durchdringend an.

»Es wird klappen. Unbedingt.« Sie hatte es dem Gedächtnis ihres Vaters gelobt, und sie hatte es ihm vor langer Zeit versprochen. Sie hatte sich geschworen, daß er Grund haben sollte, auf sie stolz zu sein, und daß sie in seine Fußstapfen treten würde.

»Und wenn man dich doch nicht aufnimmt?« bohrte ihr Bruder ungerührt weiter. »Wirst du dann im Süden bleiben?«

»Vielleicht ... ich weiß nicht ...« Die drei anderen Elite-Colleges reizten sie nicht, und an Stanford oder Berkeley hatte sie keinen ernsthaften Gedanken verschwendet. Sie konnte sich nicht vorstellen, dorthin zu gehen. In Kalifornien kannte sie keine Menschenseele. »Mal sehen.«

»Paxton, ich glaube, du solltest dir die Sache ernsthaft durch den Kopf gehen lassen. Und überlege es dir lieber zweimal, ehe du Mama in Aufregung versetzst.« Warum mußte er ihr das antun? Es war nicht fair. Warum wurde erwartet, daß sie ihnen ihr Leben opferte? Was wollte man von ihr, und warum sollte sie hier in Savannah bleiben? Es erschien ihr so sinnlos. Nur damit sie ihre Mutter zu offiziellen Essen und Veranstaltungen des Frauenkreises begleiten und schließlich Mitglied des Bridgeklubs werden konnte? Damit Beatrice sich nicht zu »schämen« brauchte, weil Paxton sich nicht an ein vorgegebenes Schema hielt? Aber Paxton wollte sich nicht einengen lassen. Sie wollte mehr. Sie wollte am

Radcliffe Zeitungswissenschaften belegen und Journalistin werden.

Das hatte sie Queenie schon oft gesagt, und die alte Frau war die einzige, die sie ermutigt hatte, weil sie Paxton so sehr liebte, daß sie gewillt war, sie loszulassen. Sie wußte, was Paxton brauchte, und sie wollte erleben, wie sie sich von den zwei Menschen löste, die so viel von ihr erwarteten und ihr immer so wenig gegeben hatten. Paxtons Verstand war so rege, so ideenreich, daß sie ein Anrecht auf mehr hatte als auf das, was das Leben in Savannah ihr bieten konnte. Und wenn sie nach dem College zurückkommen wollte, dann würde Queenie sie mit offenen Armen empfangen. Aber sie würde sie nicht anflehen zu bleiben oder sie ständig damit quälen wie die anderen.

Der Umschlag kam an einem Dienstagnachmittag. Als sie nach Hause kam, lag er zusammen mit der Antwort aus Stanford im Briefkasten. Paxton hielt den Atem an, als sie die Briefe sah. Es war ein warmer Frühlingsnachmittag, und sie war ganz langsam nach Hause geschlendert, in Gedanken bei dem Jungen, der sie heute zum Schulabschlußball eingeladen hatte. Er war groß, dunkel und hübsch, und er hatte ihr schon das ganze letzte Jahr über gefallen, aber da war er mit einer anderen gegangen. Und jetzt war er frei, und in Paxtons Kopf wirbelten Träume und Wünsche durcheinander. Sie hatte Queenie von ihm erzählen wollen, doch jetzt lag plötzlich der langerwartete Brief da. Ihre gesamte Zukunft auf einem weißen Papierbogen, der zusammengefaltet in einem zugeklebten Umschlag von Harvard gekommen war. Sehr geehrte Miß Andrews, wir freuen uns, Ihnen mitteilen zu können, daß Sie aufgenommen ... sehr geehrte Miß Andrews, wir bedauern, Ihnen mitteilen zu müssen, daß ... welche Version erwartete sie?

Mit zitternden Händen griff sie nach den Umschlägen und versuchte zu entscheiden, welchen sie als ersten öffnen sollte, als sie sich auf die Stufen des massiv wirkenden Backsteinhauses setzte. Sie entschied sich für den Brief vom Radcliffe, weil er der einzig wichtige war und sie die Spannung nicht mehr aushielt. An das kunstvolle schmiedeeiserne Geländer gelehnt, warf sie ihre lange blonde Mähne energisch über die Schulter und erflehte mit geschlossenen Augen den Segen ihres Vaters ... bitte ... bitte ... ach bitte, mach, daß man mich aufnimmt ... Sie öffnete die Augen und riß den Brief auf, so schnell sie konnte. Der Anfang war ganz anders als erwartet. Ohne etwas zu verraten, ließ man sich wortreich über die herausragenden Qualitäten sowohl des Instituts als auch der Bewerberin aus. Erst im zweiten Absatz stand das, was sie suchte, und ihr Herz drohte auszusetzen, als sie es las:

»Obwohl Sie über sämtliche Qualifikationen verfügen, die Sie zu einer hervorragenden Kandidatin für das Radcliffe machen würden, sind wir der Meinung ... zum jetzigen Zeitpunkt ... vielleicht ein anderes College ... wir bedauern ... wir sind sicher, daß Sie sich an jedem von Ihnen gewählten Institut bewähren werden ... und wünschen Ihnen alles Gute ...« Tränen stiegen ihr in die Augen, so daß die Worte verschwammen, während sie ihr mitten durchs Herz schnitten. Sie hatte ihn enttäuscht. Ihre Bewerbung war abgelehnt worden. Ihre sämtlichen Träume hatten sich in einem einzigen Augenblick zerschlagen. Das Radcliffe hatte sie abgelehnt. Was sollte sie nun tun? Wohin sollte sie nun gehen? Mußte sie wirklich im Süden bleiben, seine Engstirnigkeit, die abgedroschenen Phrasen, die Nähe zu Mutter und Bruder ertragen? War es das? War es so weit gekommen? Oder würde sie ans Vassar gehen? Ans Smith oder Wellesley? Irgendwie erschienen ihr diese Colleges so langweilig.

Zögernd, aber mit wachsender Nervosität riß sie den zweiten Umschlag auf. Vielleicht war es an der Zeit, daß sie sich Stanford ernsthaft überlegte. Aber nicht lange. Hier erfuhr sie es aus dem ersten Absatz und nicht aus dem zweiten, und die Antwort fiel fast identisch aus. Man wünschte ihr alles Gute, gab aber dem Gefühl Ausdruck, sie solle sich lieber an einem anderen College bewerben. Blieb also ... gar nichts. Die Auswahl unter den Colleges, die positiv geantwortet hatten, und im Fall Berkeley eine unbekannte Größe. Sie spürte, wie ihre Lebensfreude jäh in sich zusammenfiel, als sie aufstand, die Stufen hinaufging und das Haus betrat. Sie fürchtete sich davor, es ihrer Mutter zu sagen.

Natürlich erfuhr Queenie es als erste. Die alte Frau bemitleidete sie zunächst heftig, dann aber nahm sie es mit philosophischer Gelassenheit.

»Wenn man dich nicht nimmt, war es Bestimmung. Eines Tages wirst du zurückblicken und es begreifen.« Aber bis dahin blieben die Aussichten niederschmetternd. Im Süden wollte sie nicht bleiben, und auf ein reines Mädchen-College wollte sie auch nicht, und Berkeley hatte sie nicht annähernd in Erwägung gezogen. Was nun? Aber Queenies Denkweise war flexibler als die Paxtons. »Wie wär's mit Kalifornien? Es ist zwar weit weg, aber es könnte dir dort gefallen.« Eine ihrer Töchter war vor einigen Jahren nach Oakland gezogen, und obwohl Queenie nie dort gewesen war, hatte sie immer gehört, daß San Francisco wunderschön sein sollte. »Es soll dort sehr schön sein. Und du wirst dort nicht so frieren wie oben im Norden.« Sie lächelte dem Mädchen gütig zu. Es schmerzte sie, Paxtons bittere Enttäuschung mit ansehen zu müssen. »Deine Mama würde mich umbringen, wenn sie hören könnte, daß ich es dir rate, aber ich glaube, du solltest dir Kalifornien durch den Kopf gehen lassen.« Paxton schmunzelte. Ihre Mutter würde beide umbringen, wenn sie nur die Hälfte ihrer Gespräche mitbekommen hätte.

»Es kommt mir so weit weg vor ... so ... ich weiß nicht ... so fremd ...«

»Kalifornien?« Nun war es Queenie, die schmunzelte. »Sei nicht albern, es ist ja nur ein paar Stunden mit dem Flieger, zumindest sagt mir das meine Rosie immer. Also, daran denke immer. Und heute wirst du schön darum beten. Vielleicht wird das College in Berkeley die Lösung für dich sein.«

Aber an jenem Abend beim Dinner waren ihre Mutter und George immer noch der Meinung, daß die Lösung viel näher läge. Für sie war mit der Antwort des Radcliffe die Entscheidung gefallen, eine Entscheidung, die für sie keine Enttäuschung, sondern eine Erleichterung darstellte. Und wie Queenie behaupteten sie, daß es Bestimmung sei. Aber anders als die alte schwarze Frau, die um sie besorgt war, schienen sie fast erfreut, daß ihre Träume ein Ende gefunden hatten. Und während alldem hatte Paxton das Gefühl, als hätte sie ihren Vater irgendwie enttäuscht, als hatte sie ihn im Stich gelassen, weil sie von seiner Alma mater abgelehnt worden war. Es drängte sie, dies jemandem zu sagen, einzugestehen, wie elend sie sich fühlte. Aber diesmal spürte sie, daß Queenie sie nicht verstehen würde, und daß sie bei Mutter und Bruder auf Unverständnis stoßen würde, stand ohnehin fest. Ihren Freundinnen ging es ähnlich, da alle ihre eigenen Enttäuschungen und Erfolgserlebnisse verarbeiten mußten. Alle dachten an nichts anderes als an die Antwortbriefe der Colleges mit den Zusagen oder Absagen.

Der Junge, der sie zum Ball eingeladen hatte, rief an jenem Abend an, und sie versuchte, ihm etwas von ihren Gefühlen zu vermitteln, doch er sprach davon, daß Chapel Hill ihn aufgenommen hatte, und schien ihr gar nicht zuzuhören. Es war eine Zeit des einsamen Kummers oder des Feierns. Und als sie an jenem Abend zu Bett ging, lag sie da und ließ sich durch den Kopf gehen, was Queenie gesagt hatte, und sie fragte sich, ob die Idee völlig verrückt oder ob sie es wert war, daß man sie in Erwägung zog. Wichtiger noch, ob man sie in Berkeley nehmen würde. Doch bis zum Wochenende hatten ihre Mutter und ihr Bruder sie mürbe gemacht, und sie war einverstanden, sich in der nächsten Woche am Sweet Briar immatrikulieren zu lassen, wobei sie sich gelobte, es im kommenden Jahr erneut mit Radcliffe zu versuchen, und danach wieder, egal, wieviel Mühe es sie kosten würde. Nachdem sie sich dies vorgenommen hatte, fühlte sie sich besser. Sie würde die Nähe ihrer Familie leichter ertragen, solange sie wußte, daß es nicht ewig dauern würde.

Und dann kam am Montag die Antwort aus Berkeley. Man freue sich, ihr mitteilen zu können, daß ihrer Aufnahme nichts im Wege stünde. Obwohl sie nicht recht wußte, warum, blieb ihr fast das Herz stehen, und plötzlich wurde sie von Erregung erfaßt. Aufgeregt lief sie in die Küche und zeigte Queenie den Brief. Die alte Frau strahlte sie an, als wäre dies die Antwort auf alles. Sie hatte ohnehin gewußt, daß es so kommen würde.

»Siehst du? Das ist die Antwort.«

»Was läßt dich so sicher sein?« Wie wollte Queenie es wissen? Wie konnte sie ihrer Sache so sicher sein? Aber die anderen Möglichkeiten reizten Paxton überhaupt nicht.

»Na, wie fühlst du dich?«

»Gut, ehrlich. Irgendwie aufgeregt und auch beklommen ... aber glücklich.«

»Und die anderen Colleges, von denen die Rede war? Wie hast du dich da gefühlt?«

»Niedergeschlagen ... gelangweilt ... ziemlich schlimm.«

»Das klingt für mich aber nicht wie eine glückliche Lösung. Das hier ist sicher besser. Aber überlege es dir, Liebes. Und bete. Hör auf den lieben Gott und auf deinen Bauch. Hör immer auf deinen Bauch ... hör immer auf das, was deine innere Stimme sagt. *Du weißt schon.* Wir alle wissen das. Wir wissen es ganz tief hier drinnen.« Sie deutete mit ernster Miene auf ihren gewaltigen Leib. »Wenn du da ein gutes Gefühl hast, ist es sicher die richtige Antwort. Wenn du dich aber elend fühlst, irgendwie zappelig, irgendwie mies, dann hast du einen großen Fehler gemacht oder stehst im Begriff, einen zu machen.« Paxton belachte diese simple Weisheit, aber sie wußte, daß Queenie wie immer recht hatte. Die alte Frau war um vieles klüger als Paxtons Mutter oder George, klüger auch als Paxton selbst.

»Queenie, es ist verrückt, ich glaube, du hast recht.« Sie setzte sich auf einen Küchenstuhl und nagte nachdenklich an einer Möhre. Sie war jung und schön, und von ihrem Gesicht ging etwas Friedliches aus. Paxton war mit sich eins, seit langem schon. Sie war ruhig und stark und unversehrt, was für ein Mädchen ihres Alters selten war, aber seit dem Tod ihres Vaters vor sieben Jahren hatte sie viel Zeit mit Nachdenken verbracht. »Was soll ich ihnen sagen?«

»Die Wahrheit, wenn du weißt, was die Wahrheit ist. Und tu ja nichts, nur weil ich es dir sage. Dafür bist du zu klug, Mädchen. Du mußt tun, was du tun willst und was du für richtig hältst, sobald du sicher bist. Aber zuerst überleg es dir. Dann wirst du wissen, ob es richtig ist.« Wieder deutete sie auf ihren Bauch, und Paxxie stand lachend auf. Wie ihr Vater war sie hochgewachsen, schmal und schlaksig und doch von eigenartiger Anmut. Daß sie größer war als viele ihrer Freundinnen, hatte sie nie gestört, denn zu Queenies Verwunderung zeigte sie wenig Interesse an ihrem Aussehen. Fast war es so, als wüßte Paxton nicht um ihre Schönheit oder als sei sie ihr gleichgültig. Ihr Interesse galt anderen Dingen, Dingen des Herzens, des Kopfes, der Seele. Sie ähnelte ihrem Vater zu stark, als daß sie zuviel Überlegungen an ihr Äußeres verschwendete, doch für ihre Mutter war Paxtons Gleichgültigkeit ihrer blonden Schönheit gegenüber immer öfter Anlaß zur Verärgerung. Sie wollte, daß Paxton bei Modenschauen der Junior League oder bei festlichen Anlässen im Frauenklub Model spielte, aber Paxton, die von Natur aus still und schüchtern war, weigerte sich beharrlich. Ohne echtes Interesse zu entwickeln, amüsierte sie sich doch insgeheim über die Aufregungen und Intrigen, die diese gesellschaftlichen Ereignisse begleiteten. Viel lieber debattierte sie mit ihren Lehrern über ernsthafte Dinge, etwa über die letzte Entwicklung in Vietnam oder über die Umstände des Attentats auf Kennedy, über Johnsons Haltung zur Bürgerrechtsbewegung, über Martin Luther King und seine Märsche und Sit-ins. Für alle wichtigen Vorgänge auf der Welt, für die Zusammenhänge und die Wirkung, die sie ausübten, zeigte sie leidenschaftliches Interesse. Das war es, worüber sie am liebsten schreiben wollte, worüber sie nachdenken und womit sie sich beschäftigen wollte.

Noch in derselben Woche beriet sie sich mit einem ihrer Lieblingslehrer und fragte ihn, was er von Berkeley hielte.

»Ich halte es für eines der besten Colleges überhaupt. Warum?« Er sah sie direkt an, und sie zögerte einen Moment.

»Ich möchte mich entscheiden ... ob ich hingehen soll.«

»Du hast wohl vom Radcliffe nicht die erwünschte Antwort bekommen?« Er wußte, wie sehr sie sich gewünscht hatte, dort aufgenommen zu werden, und wie sehr sie damit gerechnet hatte, und er war bereit, ihre Enttäuschung zu teilen, falls sie eine Absage bekommen hatte.

»Ja, es kam eine Absage. Auch vom Stanford. Alle anderen wollen mich aufnehmen.« Sie zählte ihm die anderen Möglichkeiten auf, und er riet ihr spontan, sich für Berkeley zu entscheiden. Selbst aus dem Norden stammend, war er fest davon überzeugt, daß junge Leute möglichst breitgestreut Erfahrungen sammeln sollten. Studenten aus dem Westen sollten im Osten studieren und umgekehrt, und Südstaatler taten gut daran, in den Norden zu gehen, um einmal etwas anderes zu sehen.

»Pax, ich würde keine Sekunde zögern. Nütze die Chance, solange du sie hast, und vergiß das Radcliffe. Dort kannst du immer noch eine Ausbildung nach dem College anhängen. Jetzt aber pfeif drauf und nichts wie ab in den Westen!« Er lächelte. »Es wird dir dort gefallen.« Und während sie ihm zuhörte, spürte sie, wie ihr ganzer Körper von Erregung erfaßt wurde. Vielleicht hatte Queenie doch recht, vielleicht war das die Antwort.

Ihrer Mutter sagte sie noch nichts. Gegen Ende der Woche schickte sie ihre Zusage ab, und am Freitag abend beim Dinner rückte sie mit der Neuigkeit heraus.

»Heute habe ich meine Zusage abgeschickt«, sagte sie leise, auf den Sturm gefaßt, der nun losbrechen würde.

»Braves Mädchen.« Ihr Bruder war rasch mit einem Lob zur Hand, denn schließlich hatte sie sich doch gefügt. Paxton war also gar nicht so schwierig, wie ihre Mutter immer behauptete. »Na, Pax, bist du stolz auf dich? Du solltest es sein.« Sie lächelte zu dem dicken Lob, wohl wissend, was nun auf sie zukommen würde.

»Ja, das bin ich ehrlich gesagt. Ich habe viel darüber nachgedacht, und ich glaube jetzt, daß meine Entscheidung richtig ist, besser gesagt, ich weiß es.«

Ihre Mutter sah sie mit wachsamem Blick an und sagte vorsichtshalber nicht viel. »Ich bin froh, daß es sich so ergeben hat, Paxton«, rückte sie schließlich heraus.

»Ich auch«, antwortet Paxton.

»Viele nette Mädchen studieren am Sweet Briar. Es ist ein wunderbares College«, erklärte ihr Bruder befriedigt, während Paxton beide wortlos ansah.

»Ja, das mag schon stimmen«, pflichtete sie ihm bei, »aber ich werde nicht am Sweet Briar studieren.« In diesem Moment schien im Eßzimmer alles zu erstarren. Ihre Eröffnung kam völlig unerwartet. »Ich werde in Berkeley studieren, an der University of California.«

Ihre Mutter und ihr Bruder waren wie betäubt. Nach den ersten Schrecksekunden lehnte ihr Bruder sich zurück und knallte seine Serviette auf den Tisch. »Und was hat dich dazu bewogen, so einen Blödsinn zu machen?« Queenie schlich sich lächelnd hinaus, um die Platte mit Roastbeef aufzufüllen.

»Ich habe mit meinem Vertrauenslehrer und einigen anderen

Lehrern darüber gesprochen. Sie halten es für eine gute Entscheidung, zumal ich ja vom Radcliffe eine Absage bekommen habe.«

»Aber Kalifornien!« stöhnte ihre Mutter verzeifelt.

»Ich möchte wissen, was jemanden bewegt, dorthin zu gehen. So weit fort ...« Aber sie alle wußten, warum, ob sie es nun zugeben wollten oder nicht. Paxton wollte fort von ihnen. Seit dem Tod ihres Vaters war sie zu Hause nicht mehr glücklich, und die beiden hatten ihr eigenes Leben weitergeführt und nur hin und wieder versucht, sie zum Mitmachen zu bewegen, ohne Rücksicht auf ihre Interessen. Man erwartete von ihr, daß sie sich ihrem Lebensstil »anpaßte«, ob es ihr gefiel oder nicht. Was Paxton wollte, war für sie unwichtig. Und jetzt wollte sie ihr eigenes Leben, sie wollte ihr Schicksal selbst in die Hand nehmen ... und als erstes führte es sie nach Kalifornien.

»Ich habe das Gefühl, daß ich es tun muß«, sagte sie halblaut, während sie mit ihren ausdrucksvollen grünen Augen ihre Mutter anblickte. Auf eine Debatte wollte sie sich nicht einlassen, da ihr Entschluß feststand. Ihrem Vater hatte sie es zu verdanken, daß sie sich diesen Luxus leisten konnte. Er hatte ihr ein kleines Treuhandvermögen hinterlassen, aus dem sie ihre Ausbildung bestreiten konnte. Das bedeutete, daß ihre Mutter ihr nicht drohen konnte, für ihre College-Ausbildung nicht aufzukommen, falls sie nicht dort studierte, wo es ihr genehm war. Sie hatte freie Wahl, und diese Freiheit hatte sie genutzt, als sie ihre Zusage nach Berkeley abschickte.

»Dein Vater wäre sehr enttäuscht von dir«, sagte ihre Mutter kalt. Es war als kleiner Seitenhieb gedacht, und Paxton faßte es auch so auf.

»Mutter, ich habe es in Harvard versucht«, sagte sie so ruhig wie möglich. »Ich habe es nicht geschafft. Ich glaube, er hätte Verständnis dafür.« Sie wußte, daß er versucht hatte, in Princeton und Yale aufgenommen zu werden. Nach der Absage hatte er sich mit Harvard »begnügen« müssen. Und sie »begnügte« sich mit der UC Berkeley.

»Ich meinte damit, daß er enttäuscht wäre, weil du dein Zuhause so plötzlich verläßt und so weit fortgehst.«

»Ich komme wieder«, sagte sie leise, aber sie hatte die Worte noch nicht ausgesprochen, als sie sich auch schon fragte, ob sie sie ehrlich meinte. Würde sie zurückkommen? Würde sie es kaum erwarten können, oder würde sie sich in Kalifornien verlieben und immer dort bleiben wollen? In gewisser Hinsicht konnte sie es kaum erwarten fortzukommen, andererseits tat es ihr leid, daß sie ging. Es tat ihr leid, ihre Freunde zu verlassen, aber sie war erleichtert, ihrem Elternhaus den Rücken kehren zu können. Immer schon hatte sie das Gefühl gehabt, nicht ganz hierherzupassen. Sie tat nie wirklich das, was ihre Mutter wollte. Aber sie konnte nicht tun, was man von ihr erwartete, das war zuviel verlangt. Sie konnte nicht im Süden bleiben, konnte nicht bei ihnen bleiben, konnte nicht weiterhin so tun, als hätte sie mit ihnen etwas gemeinsam, wenn es nicht der Fall war. Sie konnte nicht mehr so tun, als sei sie eine von ihnen. Und plötzlich war sie bereit, einzugestehen, daß sie anders war und daß sie ihr eigenes Leben in Berkeley beginnen wollte.

»Was meinst du ... wie oft wirst du nach Hause kommen?« fragte ihre Mutter klagend, während Queenie sie über die Schulter hinweg beobachtete.

»Ich denke, über Weihnachten und natürlich im Sommer.« Das war alles, was sie ihnen zu bieten hatte, alles, was sie zu geben bereit war. Sie wollte von ihnen nur ihre Freiheit. »Ich werde so oft kommen, wie es geht.« Sie lächelte ihnen schüchtern zu, wollte, daß sie sich mit ihr freuten, doch sie freuten sich nicht. »Und ihr könnt mich ja in Kalifornien besuchen, wenn ihr wollt.«

»Dein Vater und ich waren einmal in Los Angeles«, sagte ihre Mutter mit mißbilligendem Blick. »Ein schrecklicher Ort. Dort bringen mich keine zehn Pferde mehr hin.«

»Berkeley liegt direkt außerhalb von San Francisco.« Nach der Miene ihrer Mutter zu schließen, hätte sie ebensogut sagen können »außerhalb der Hölle«. Der Rest der Mahlzeit wurde schweigend eingenommen.

3

Am Morgen ihres Abschieds stand Paxton in der anheimelnden Küche und blickte um sich, als verließe sie ihr Zuhause unter Zwang. Tränen standen in ihren Augen, ihr Kopf ruhte an Queenies weicher, tröstlicher Schulter.

»Wie werde ich es überleben, wenn ich dich nicht täglich sehe?« flüsterte sie. Sie kam sich wie in ihrer Kindheit vor. Plötzlich empfand sie dasselbe Gefühl von Trauer und Verlust wie beim Tod ihres Vaters. Sie wußte, daß sie Queenie nun nicht mehr ständig um sich haben würde.

»Du wirst gut zurechtkommen«, sagte Queenie, tapfer gegen die eigenen Tränen ankämpfend. Sie war entschlossen, Paxxie nicht merken zu lassen, wie ihr zumute war. »Du wirst in Kalifornien ein gutes Mädchen sein. Vergiß nicht ... viel frisches Zeug essen, viel schlafen und einmal die Woche dein schönes Haar mit Zitrone waschen.« Das hatte sie seit ihrer Babyzeit für sie gemacht, und ihr war es zu verdanken, daß Paxtons Haar noch immer so blond war wie vor achtzehn Jahren. »Trag in der Sonne immer einen Hut, damit du keinen Sonnenbrand bekommst ...« Tausende Dinge gab es, die sie sagen wollte, aber in Wahrheit wollte sie ihr doch nur sagen, wie lieb sie sie hatte. Sie drückte Paxton eng an sich, und die Wärme von Herz und Körper sagte alles, als Paxton die Umarmung ebenso innig erwiderte.

»Ich habe dich so lieb, Queenie ... gib schön acht ... versprich mir, daß du auf dich achtgeben wirst. Und wenn dich im Winter wieder dein Husten plagt« – was alljährlich der Fall war –, »dann gehst du diesmal zum Arzt.«

»Mach dir um mich nur keine Sorgen, Kindchen. Mir passiert schon nichts. Und du, du benimm dich dort draußen in Kalifornien ...« Sie wagte das Wort kaum auszusprechen, und doch war es Queenie gewesen, die sie zum Fortgehen ermutigt hatte, die ihr geholfen hatte, sich ihre Freiheit zu nehmen. Als sie sich voneinander lösten, waren Queenies Augen feucht. Über Paxtons hellhäutiges Gesicht verliefen zwei Tränenspuren, und ihre Augen sahen grüner aus als je zuvor.

»Du wirst mir sehr fehlen.«

»Du mir auch.« Queenie betupfte sich die Augen mit der Schürze, als sie sich zu einem Lächeln zwang und dem hübschen jungen Mädchen auf die Schulter klopfte. Als Paxton klein war, hatte sie sie wie ein eigenes Kind geliebt, und als junge Frau liebte sie sie womöglich noch mehr. Sie waren fürs Leben miteinander verbunden. Beide wußten, daß keine Distanz, sei sie zeitlich oder räumlich, sie zu trennen vermochte. Paxxie drückte ihr ein letztes Mal die Hand, gab ihr einen Kuß auf die weiche schwarze Wange und ging dann aus der Küche, zurück zu den anderen.

»Ich rufe dich an«, flüsterte Paxton im Hinausgehen, und Queenie blinzelte ihr zu. Nachdem sie gegangen war, verzog sie sich hinunter in ihr Zimmer und weinte in ihre Schürze. Paxton fortgehen zu sehen brach ihr schier das Herz, doch wußte sie besser als jeder andere, daß das Mädchen einen Schritt hinaus tun mußte. Seit dem Tod ihres Vaters war ihr Leben nicht mehr dasselbe. Mutter und Bruder meinten es zwar gut mit ihr, waren aber so ganz anders. Paxton war voller Temperament und Leben und Überschwang. In ihr war eine Wärme und Liebe, die sie mit Menschen ihrer Umgebung teilen wollte. Doch die Liebe, die sie zu geben hatte, erschreckte ihre Mutter, und George hatte keine Ahnung, was er damit anfangen sollte. George und seine Mutter waren aus demselben Holz geschnitzt, während Paxton ihrem Vater nachgeraten war. Queenie hatte das Gefühl, achtzehn Jahre lang einen seltenen tropischen Vogel umhegt zu haben, dem sie Wärme und Sicherheit gegeben hatte, den sie am Leben erhalten und aus tiefer Seele genährt hatte. Und jetzt hatte sie ihn freigelassen, damit er in gastlichere Gefilde fliegen konnte. Paxton gehörte nicht mehr hierher, schon lange nicht mehr. Mochte sie mit achtzehn fast noch zu jung sein, um ihr Elternhaus zu verlassen, so wußte Queenie doch, daß sie ohne ihre Familie besser dran sein würde. Dort draußen wartet eine völlig neue Welt auf sie, und in gewisser Weise konnte Queenie es kaum erwarten, daß sie sie fände. Doch tief in ihrem Herzen spürte sie den Trennungsschmerz, spürte, daß sie ihr nicht mehr zur Seite stehen konnte, ihr nicht mehr in die Augen schauen oder einen Kuß auf ihr seidiges Haar drücken konnte, wenn sie sich allmorgendlich zum Frühstück setzte. Doch war es ein Opfer, das sie aus Liebe gern brachte. Als sie hörte, wie sie losfuhren, lief sie ans Fenster, gerade noch rechtzeitig, um Paxton zuzuwinken, die sich samt ihrer blonden Mähne weit aus dem Fenster beugte.

Ihre Mutter blickte ernst, als sie die Stadt hinter sich ließen, und George sagte auf der Fahrt zum Flughafen kein Wort.

»Es ist noch nicht zu spät, um deine Absicht zu ändern«, sagte ihre Mutter leise. Vielleicht wollte sie damit auf ihre Art Paxton zu verstehen geben, daß sie ihr fehlen würde.

»Ich glaube nicht, daß ich das kann«, sagte Paxton ebenso leise, in Gedanken immer noch bei Queenies Gesicht und der Wärme ihrer Schultern, ihrer Sicherheit verheißenden Umarmung.

»Sicherlich würde der Rektor des Sweet Briar die Sache gern regeln«, sagte ihre Mutter kühl. Daß Paxton den Süden verließ, faßte sie noch immer als persönlichen Affront auf. Es war schon Kränkung genug, daß sie Savannah den Rücken kehrte.

»Vielleicht, wenn es in Kalifornien nicht klappen sollte«, sagte Paxton höflich. Sie wollte nach der Hand ihrer Mutter fassen, besann sich aber eines Besseren und zog ihre Hand zurück. Ihre Mutter unternahm nicht den Versuch, ihr näher zu rücken, und damit war das Gespräch beendet. Paxton wußte, daß sie von Schuldgefühlen überwältigt hätte sein sollen, und sie war traurig, daß sie fortging, aber zugleich auch sehr aufgeregt. In letzter Zeit hatte sie viele interessante Dinge über die University of California gehört und konnte es kaum erwarten, Kalifornien kennenzulernen.

Einen Koffer und zwei große Taschen hatte sie vorausgeschickt, so daß ihr Bruder jetzt nur eine Reisetasche aus dem Kofferraum holte und diese einem Träger überließ. Dann übergab er Paxton den Gepäckschein, brachte die Damen hinein und suchte den richtigen Flugsteig, damit sie auf Paxtons Maschine nach Oakland warten konnten.

»Ich denke, dort wird gutes Wetter sein«, sagte ihre Mutter gepreßt, und Paxton nickte. Da sah sie ihre Mutter an, und ihre

Augen füllten sich mit Tränen. Hinter ihr lag ein emotionsgeladener Morgen. Paxton hatte sogar geweint, als sie ihr Zimmer verließ, und um sechs Uhr hatte sie ein paar Minuten im alten Arbeitszimmer ihres Vaters verbracht. Sie hatte sich vor seinen Schreibtisch gesetzt, an dem sie ihn noch immer sitzen zu sehen vermeinte, und hatte ihm im Flüsterton gesagt, was passiert war.

»Dad, Harvard hat mich nicht genommen ...« Es war ein Eingeständnis, von dem sie sich vorstellen konnte, daß er es bereits wußte. »... aber ich gehe nach Berkeley.« Sie hoffte, er würde einverstanden sein. Irgendwie tat es ihr leid, fortzugehen, Menschen und Orte zu verlassen, die ihr vertraut waren. Aber sie wußte auch, daß sie anders als die anderen ihren Vater überallhin mitnahm. Er war jetzt Teil von ihr, so wie er Teil des Morgenhimmels und der Sonnenuntergänge war, die sie so gern beobachtete, wenn sie sich den Wagen auslieh und ans Meer fuhr. Er war Teil all dessen, was sie tat und was sie war. Sie würde ihn nie verlieren.

»Mom.« Sie warteten immer noch auf die Maschine, als sie sich räusperte. »Es tut mir leid ... das mit Sweet Briar, meine ich ... es tut mir leid, wenn ich dich gekränkt habe.« Die Direktheit ihrer Worte verblüffte ihre Mutter, der man ansah, daß sie um eine Antwort verlegen war. Fast wäre sie einen Schritt zurückgewichen, als schrecke sie vor ihrer Tochter zurück, aber wovor sie wirklich zurückschreckte, war die Echtheit der Gefühle, die Vertrautheit, die ihr immer angst gemacht hatte und die so sehr ein Teil Paxtons war. »Es tut mir leid ... das wollte ich dir nur sagen, ehe ich abfliege.« Sie hatte sehr früh im Leben erfahren, daß man lieber nichts ungesagt ließ, wenn es um Menschen ging, die man liebte, weil man nicht wußte, ob man die Gelegenheit dazu noch bekommen würde. Es war eine Lektion, die sie zu früh und zu schmerzlich gelernt hatte.

»Ich ... hm ...« Ihre Mutter erstickte fast an den eigenen Worten. »... Schon gut. Vielleicht wird es klappen, Paxton, und wenn nicht, dann kannst du ja nächstes Jahr das College wechseln.« Das war für sie eine gewaltige Konzession, und Paxton war froh, daß sie so weit nachgegeben hatte. Sie wäre sehr ungern in einer Mißstimmung abgeflogen, und sogar George sah nicht mehr so verängstigt aus, als er sie zum Abschied küßte und sie ermahnte, sich in Kalifornien zu benehmen, obwohl er wußte, daß sie es tun würde. Sie war im Grunde genommen ein reizendes Mädchen, auch wenn sie ein wenig eigensinnig war. Wenn man bedachte, wozu andere Jugendliche ihres Alters imstande waren, dann hatte sie ihrer Mutter eigentlich nicht übermäßig viel Ärger bereitet.

Beide winkten ihr nach, als sie an Bord der Maschine ging, und sie flog ab, erleichtert, von ihnen befreit zu sein. Einzig an Queenie dachte sie mit Wehmut, als die Maschine abhob und langsam eine Schleife über Savannah zog. Die Stadt würde ihr nicht fehlen, und außerdem wollte sie über Weihnachten zurückkommen. Viele ihrer Freunde gingen auch fort. Sie hatten sich für Universitäten im ganzen Süden entschieden, nur zwei wollten ein College im Norden besuchen, und sie war die einzige, die in Kalifornien studieren wollte. Als die Maschine auf Westkurs ging, lehnte sie sich mit geschlossenen Augen zurück.

Bei der Landung war es in Kalifornien erst Mittag, ein prachtvoller sonniger Tag, als Paxton ausstieg und sich auf dem kleinen Flughafen umsah. Alles schien hier in T-Shirts oder geblümten Hemden und in Jeans herumzulaufen, und viele Frauen trugen Miniröcke oder kühl wirkende, eigenartig gefärbte hauchdünne Kleider. Sie sah sofort, daß hier alle das Haar ziemlich lang trugen. Als Paxton ihre Reisetasche am Gepäckschalter abholte und nach draußen ging, um ein Taxi zu rufen, fühlte sie sich schon wie zu Hause und kam sich sehr erwachsen vor.

Vom Taxifahrer wurde sie über alles informiert, von dem er glaubte, sie müsse es wissen. Er nannte ihr die besten Restaurants in der Nähe der Uni, die Kneipen, in denen alle Studenten sich herumtrieben, schilderte ihr, was sich an der Telegraph Avenue tat, und ließ eine Bemerkung über ihren Akzent fallen, der ihm gefiel. Auf dem Campus angekommen, machte er sie auf eine Gruppe von Tischen Ecke Telegraph und Bancroft aufmerksam und erklärte, daß hier für verschiedene Anliegen geworben würde. Überall sah man Plakate des SNCC, von CORE und Friedenssymbole, und ein großes aufgestelltes Schild verkündete »Campus-Frauen für Frieden«. Paxton war bereits in Hochstimmung, nur weil sie angekommen war. Allein diese Luft einzuatmen war erregend und Bestätigung dafür, daß ihre Entscheidung richtig gewesen war. Sie konnte es kaum erwarten, auszusteigen und sich umzusehen, Leute kennenzulernen und zu den Kursen zu gehen.

Den Namen des Hauses, in dem sie untergebracht war, kannte sie bereits. Der Fahrer brachte sie dorthin, schüttelte ihr die Hand und wünschte ihr Glück, ehe er fortfuhr. Hier machte alles einen so friedlichen und offenen Eindruck. Niemanden kümmerte es, ob man schwarz oder weiß, arm oder reich war, Mitglied der Junior League oder ein Niemand, ob man aus dem Norden oder Süden kam. Hier galten keine Einteilungen und Kategorien, Dinge, die sie gründlich satt hatte, nachdem sie ihre Jugend in Savannah unter den Freundinnen ihrer Mutter verbracht hatte, bei denen es einzig und allein darum ging, ob der Großvater oder Urgroßvater im Bürgerkrieg mitgekämpft hatte oder ob die Familie seinerzeit Pflanzungen und Sklaven besessen hatte. Es war, als würde man in die Vergangenheit zurückgestoßen, eine Vergangenheit, die sie verabscheute und mit der sie nichts zu tun haben wollte.

Das ihr zugewiesene Zimmer lag im ersten Stock am Ende eines langen Korridors. Es war tatsächlich das letzte Zimmer und entpuppte sich als »Quadrat«, zwei Schlafzimmer plus einem gemeinsamen Wohnraum, wobei je zwei Mädchen ein Schlafzimmer bewohnten. In der Mitte des Wohnzimmers stand eine braune Tweedcouch mit vielfarbigen aufgenähten Flicken, die die unsanfte Behandlung durch frühere Bewohner verdecken sollten. Überall hingen Poster, ein paar abgenutzte Möbelstücke und ein orangefarbener Teppich samt avocadogrünem Vinylsessel dienten als Einrichtung. Für einen Moment stutzte Paxton, als sie den Blick schweifen ließ. Die Ausstattung war alles andere als geschmackvoll, ein krasser Gegensatz zur gediegenen Eleganz ihres Elternhauses in Savannah. Aber andererseits war es ein geringer Preis, den sie für ihre Freiheit bezahlte.

Das ihr zugeteilte Schlafzimmer war noch kleiner und einfacher. In dem winzigen Raum gab es zwei Eisenbetten, einen Schreibtisch, zwei Kommoden, einen steiflehnigen Stuhl und einen Einbauschrank, kaum groß genug, um einen Besen darin unterzubringen. Um hier einigermaßen miteinander auszukommen, mußte man gut befreundet sein, doch sie war optimistisch und hoffte sehr, mit ihren drei Mitbewohnerinnen sofort Seelenfreundschaft zu schließen. Im zweiten Schlafzimmer hatte sie bereits drei aufeinandergestapelte Koffer gesichtet, und gleich darauf, als sie wieder ins Wohnzimmer ging und sich fragte, wie man dessen brutale Häßlichkeit ein wenig mildern konnte, sah sie, daß eine ihrer Zimmergenossinnen eingetroffen war. Ein schönes, langbeiniges Mädchen mit kaffeebraun schimmernder Haut. Sie eröffnete Paxton sofort, daß sie aus Alabama käme und Yvonne Gilbert heiße.

»Hi.« Paxton schenkte ihr ein warmes Lächeln. Yvonne war ein umwerfend hübsches Mädchen mit strahlenden, wachen, fast kohlschwarzen Augen, deren Haar in eindrucksvollem Afrolook prangte. »Ich bin Paxton Andrews.« Aber irgendwie zögerte sie, damit herauszurücken, woher sie kam. Yvonne hatte den Akzent jedoch erkannt.

»Aus North Carolina?«

»Aus Georgia. Savannah.« Paxxie lächelte unbekümmert. Bei Yvonne zeigte sich sofort Mißtrauen.

»Großartig. Mehr brauche ich nicht. Eine Weiße aus dem Süden. Was erwartet man hier von uns? Sollen wir den Bürgerkrieg noch mal auskämpfen? In der Zimmerzentrale muß jemand über teuflischen Humor verfügen.« Sie schien zutiefst verbittert, aber Paxton versuchte, die Sache leichthin abzutun.

»Keine Angst. Ich bin auf eurer Seite.«

»Und ob, jede Wette. Ich kann es kaum erwarten, zu erfahren, woher die anderen kommen. Womöglich aus Mississippi und Tennessee. Dann könnt ihr eine Sektion der ›Töchter des Bürgerkriegs‹ gründen. Das wär doch was. Ach, wie ich mich auf das Wohnen mit euch allen freue.« Das sagte sie mit übertrieben schleppendem Südstaatenakzent und bedachte Paxxie noch mit einem wütenden Blick, ehe sie sich in ihr Zimmer verzog und die Tür zuknallte. Paxton ließ sich enttäuscht auf die Couch fallen. Nun, es würde wenigstens interessant werden. Und ganz sicher anders als zu Hause.

Als nächstes traf ein bleiches, ätherisch aussehendes Mädchen mit tiefschwarzem, taillenlangen Haar und porzellanblauen Augen ein. Was sie anhatte, sah aus wie ein fast durchsichtiges weißes Nachthemd. »Hi«, flüsterte sie. »Ich bin Dawn.« Sie kam aus Des Moines. Eigentlich hieß sie Gertrude. Auf Dawn war sie vor nicht allzu langer Zeit, nach einem Hauch LSD während ihres letzten Schuljahres, verfallen. Sie hatte sich entschlossen, den Namen beizubehalten. Dawn Steinberg. Ihre Zensuren waren hervorragend, sie spielte im Orchester ihres Heimatortes Bratsche, und Stanford hatte ihr ein Stipendium angeboten. Man hatte ihr das andere Zimmer zugewiesen, und sie öffnete nun die Tür, die von Yvonne Augenblicke zuvor zugeknallt worden war. Leise zog sie die Tür hinter sich zu. Niemand stürzte heraus. Es ertönten auch keine Schreie. Paxton folgerte daraus, daß Miß Gilbert an dieser Mitbewohnerin nichts auszusetzen hatte. Aber Des Moines hatte auch nicht gegen den Vorwurf des Rassismus zu kämpfen, den Yvonne gegen Savannah erhoben hatte.

Während Paxton sich ihre Gedanken über die zwei jungen Frauen machte, die sie eben kennengelernt hatte, ging sie daran auszupacken. Die zwei Reisetaschen und der Koffer waren am Tag zuvor abgeliefert worden. Sie entschloß sich, beide Betten zu machen, da es den Raum freundlicher aussehen lassen würde, wenn ihre Mitbewohnerin käme, und sie ertappte sich dabei, daß sie darum betete, diese möge nicht schwarz und zornig sein und Mädchen aus Georgia hassen ... bitte, lieber Gott ... flüsterte sie vor sich hin ... ich weiß ja, daß ich es nicht verdiene und daß du Besseres zu tun hast ... aber könntest du es einrichten, daß sie mich nett findet?

Als ihre Zimmergenossin um vier Uhr noch immer nicht eingetroffen war, entschloß Paxton sich, den kleinen Kühlschrank zu füllen. Ehe sie zum nahe gelegenen Supermarkt ging, klopfte sie an die andere Schlafzimmertür. Es dauerte lange, bis Dawn öffnete.

»Ja?« flüsterte sie, als befürchte sie, jemand könne sie belauschen. Obwohl sie gut hörte, konnte Paxxie nur mit Mühe verstehen, was Dawn sagte, und sie war versucht, ihr im Flüsterton zu antworten, da ihr normale Lautstärke im Umgang mit dieser ätherischen Erscheinung zu aufdringlich vorkam.

»Brauchst du etwas aus dem Laden?« flüsterte Paxton ihr zu.
»Ich möchte etwas Eßbares holen, ich bin am Verhungern.« Sie vermißte Queenies gutbestückte Küche. Und für sie war es sieben Uhr abends und Dinnerzeit.

»Ich möchte Kräutertee und Honig und Zitronen ... und vielleicht dunkles Brot.« In Paxtons Ohren klang das nicht allzu verlockend, aber um sich anzufreunden, war sie gewillt, alles zu bringen, und notierte sich rasch Dawns Bestellung.

»Was ist mit Yvonne?« fragte sie vorsichtig. »Braucht sie etwas?« Ein Blick in den Raum zeigte Paxton, daß ausgepackt worden war. Dawn hatte ein paar Poster aufgehängt, und was an Kleidern verstreut im Zimmer herumlag, sah nach Yvonne aus. Die bunten Decken und zwei Bettüberwürfe in Pink ließen eher an Alabama als an Des Moines denken, aber in dem Durcheinander konnte man das schwer unterscheiden. »Brauchst du etwas aus dem Laden?« fragte Paxton nun Yvonne, die sich mit abweisendem Blick der Tür näherte.

»Ja. Martin Luther King. Glaubst du, daß du ihn findest, Süße?«

»Komm mir nicht damit.« Paxton machte aus ihrem Ärger kein Hehl. »In Anbetracht der Tatsache, daß wir uns erst vor zwei Stunden begegnet sind und du mich nicht kennst, sind deine Schlußfolgerungen reichlich windschief.« Paxton fürchtete Yvonne nicht. Die Vorurteile des Mädchens machten sie wütend.

»Was für Folgerungen denn?« Yvonne stand nun praktisch Auge in Auge mit ihr da, aber Paxton wich nicht zurück. Wenn die Sache nicht auf der Stelle bereinigt wurde, konnte sie sie vergessen. Und sie zögerte keinen Moment, sich zu behaupten, da sie über Kraft und Leidenschaft und Beherztheit verfügte. Im Zusammenleben mit ihrer Mutter hatte sie sich schon vor langer Zeit Stärke angeeignet, mit ein Grund, weshalb sie vor dem zornigen schwarzen Mädchen aus Alabama keine Angst hatte. »Du bist aus Georgia, wenn ich nicht irre?« fuhr Yvonne fort. »Was soll ich also glauben?«

»Du sollst mir eine Chance geben. So wie ich dir eine Chance geben soll. Geht es bei den Bürgerrechten nicht vor allem darum?

Wir sollen einander danach beurteilen, wer wir sind, was wir denken, wofür wir einstehen, und nicht nach der Hautfarbe ... und danach, daß deine Hautfarbe schwarz ist und auf meiner Nummerntafel Georgia steht. Es ist ja vielleicht gar nicht mein Wagen. Vielleicht irrst du dich in mir total. Vielleicht gibt es einen Grund dafür, daß ich nicht im tiefen Süden herumsitze, an Magnolienblüten schnuppere und Minz-Julep schlürfe. Bist du schon jemals auf diesen Gedanken gekommen? Jede Wette, daß nicht. Nicht alle weißen Südstaatler sind für George Wallace. Gib mir eine Chance, um Himmels willen. Es könnte sich lohnen.« Das war es doch, worauf alles hinauslief, oder? Das war es, wofür Martin Luther King auf die Barrikaden ging.

»Ja. Großartig. Also bring mir ein Sechserpack Coke und eine Packung Kools.« Kein danke, kein bitte. Sie drehte sich einfach um und stakste zurück in ihr Zimmer. Und Paxton, die Yvonnes Wünsche kommentarlos notierte, verließ das kleine Appartement, um sich auf die Suche nach dem nächsten Supermarkt außerhalb des Campus zu machen. Der Umgang mit Yvonne könnte interessant werden, überlegte sie. Das Mädchen war so voller Vorurteile und Haß, daß Paxton bezweifelte, ob sie es je schaffen würden, miteinander auszukommen. Wenn sie in der Vergangenheit versucht hatte, sich mit den wenigen schwarzen Mädchen anzufreunden, mit denen sie in Berührung kam, bei Schulprojekten und auf einem Campingausflug der Kirche etwa, hatten ihre Muter und Queenie gleichermaßen mit Entsetzen reagiert. Die ältere Generation war noch nicht reif dafür, und Queenie hatte sich womöglich noch mehr aufgeregt als ihre Mutter. Aber Paxton dachte da anders. Als sie einmal mit einem schwarzen Mädchen, das sie flüchtig kannte, zu Mittag essen wollte, hatte man sie nicht bedient, und Paxton war wütend geworden. Nach dem dritten Restaurant hatten sie es schließlich aufgegeben und sich mit einer Tüte Kartoffelchips auf eine Bank im Forsyth Park gesetzt. Das schwarze Mädchen hatte sofort kapiert. Für sie war es nichts Ungewohntes, und Paxtons Engagement und Sympathie hatten ihr gutgetan.

Schon seit langem hatte Paxton an einem Marsch der Bürgerrechtler teilnehmen wollen, hatte es aber bislang nicht gewagt, weil sie wußte, daß ihre Mutter sie im Fall einer Festnahme noch zusätzlich ein Jahr lang zu Hause einsperren würde. Mehr noch, Paxtons Mutter wäre bei ihren Freundinnen erledigt gewesen, und Paxton hatte nicht das Herz, ihr das anzutun. Aber eines Tages würde sie mitmarschieren, das wußte sie. Eines Tages würde sie nicht mehr anders können. Und da war sie nun und teilte die Wohnung mit einem schwarzen Mädchen, das ihr mit Haß begegnete, nur weil sie aus Georgia kam. Als sie die Telegraph überquerte, mußte sie so sehr lachen, daß sich die Leute umdrehten. Sie hatte daran gedacht, was ihre Mutter dazu sagen würde, daß eine ihrer Wohngefährtinnen schwarz war. Und erst Queenie! Paxton war froh darüber. Und sie würde sich mit Yvonne anfreunden, koste es, was es wolle.

Sie kaufte alles ein, was auf der Liste stand, und zusätzlich süße Riegel für alle und Cokes für sich, ein paar Zutaten für Sandwiches und eine Packung Hefekringel. Als sie die große Tüte zu ihrem Quartier schleppte und die Treppe hinaufging, sah sie eine etwas mollige, aber hübsche kleine Rothaarige, die sich abmühte, drei Koffer zugleich die Treppe hinaufzuschaffen, während ein auffallend gutaussehender großer blonder Bursche mit einem riesigen Überseekoffer kämpfte, der viel mehr zu wiegen schien als er selbst.

»Was hast du denn da hineingepackt, Gab? Steine? Oder Hanteln?«

»Ach, nur ein paar Bücher ... sonst nichts, wirklich ... das schwöre ich.«

»Elender Mist. Schaff das Ding selbst hinauf. Ich werde mir doch keinen Bruch anheben, nur weil du dein gottverdammtes Gepäck nicht allein schleppen kannst.« Paxton traf ein unwilliger Blick, als sie sich diskret vorbeizudrängeln versuchte, so daß sie sich spontan zur Hilfe entschloß, obwohl der Riesenkoffer alles andere als einladend wirkte.

»Vielleicht schaffen wir es zu dritt«, sagte sie zögernd und blickte von einem zum anderen, während sie – auf der Treppe stehend – ihre große Einkaufstüte auf einer Hüfte balancierte und darum betete, sie würde nicht erröten, als sie den Blick des hübschen Jungen auf sich spürte.

»Tu ihr bloß keinen Gefallen«, brummte er. »Sie verdient es nicht.« Dabei machte er ein so verdrossenes Gesicht, daß Paxton sich unwillkürlich fragte, ob die beiden miteinander verheiratet waren. Doch eine gewisse Ähnlichkeit ihrer Profile ließ vermuten, daß sie entweder sehr narzistisch veranlagt oder verwandt waren.

»Wenn du willst, helfe ich«, wiederholte Paxton ihr Hilfsangebot. Sie warf ihre lange blonde Mähne mit einer Kopfbewegung nach hinten und sah die lächelnde Rothaarige fragend an.

»Nett von dir. Mein Bruder meutert schon, wenn er eine kleine Tasche tragen soll.«

»Eine kleine Tasche!« rief er so laut, daß es im Treppenhaus nur so hallte. »Weißt du, was dieses Stück wiegt? Ein paar Zentner mindestens. Ich bin nicht mal sicher, ob wir es zu dritt schaffen.«

»Na, ein Versuch kann nicht schaden«, beschwichtigte Paxton ihn, und wieder sah er sie mit unverhüllter Bewunderung an.

»Warum lassen wir sie hier nicht einfach in ihrem selbstverschuldeten Schlamassel sitzen und gehen zu Kips auf ein Bier? Das erscheint mir verlockender.«

Paxton lachte, während seine Schwester ihm einen drohenden Blick zuwarf. »Peter Wilson, wenn du dich irgendwohin verdrückst, erwürge ich dich eigenhändig. Vergiß nicht, daß dein Bettzeug in meiner zweiten Tasche ist, und wenn du das Zeug hier nicht für mich hinaufschaffst, kannst du meinetwegen das ganze Jahr auf blanken Matratzen schlafen.«

»Mir bricht das Herz.« Er sah an ihr vorbei Paxton an und lächelte. »Komm, wir gehen auf ein Bier und überlassen sie ihrem Schicksal.« Auch Paxton lachte, zugleich aber versuchte sie, zusammen mit dem rothaarigen Mädchen das eine Ende des Koffers anzuheben.

»Komm schon, du Arschloch ... heb dein Ende hoch!« wies das Mädchen ihn an, und schließlich kam er mit kläglichem Aufseufzen der Aufforderung nach, und sie brachten die Treppe hinter sich, aber nur knapp. Er hat recht, dachte Paxton. Das Ding wog eine Tonne, und man konnte sich nicht annähernd vorstellen, was der Koffer enthalten mochte.

»Wo ist dein Zimmer?« Er machte wieder ein verdrießliches Gesicht und warf einen Blick auf die Uhr. An einem Sonntagnachmittag hatte er, weiß Gott, Besseres zu tun, als für seine Schwester den Träger zu spielen.

»Keine Ahnung.«

»O Gott, sind wir überhaupt im richtigen Gebäude?« Er schaute sie an, als würde er sie umbringen wollen, doch sie nickte.

»Ja, das sind wir.« Nach hektischem Kramen in ihrer Handtasche fand sie schließlich ein Stück Papier. Zu ihren Jeans trug sie ein T-Shirt mit Blumenmuster und ein Paar teuer aussehende Turnschuhe. Ansonsten verriet sie nichts, nur die Tatsache, daß sie in ihrem Koffer Goldbarren zu transportieren schien und ihr gesamtes Gepäck aus Leder war. »Ja, wir sind richtig.« Sie las die Nummer vor, worauf Paxton sie erst verdutzt anstarrte und dann lächelte. Was für ein Glück. Alles hatte sich zum Guten gewendet. Sie mochte das Mädchen jetzt schon.

»Du bist meine Zimmergefährtin«, verkündete Paxton, woraufhin der große junge Mann sich mit einem mitleidsvollen Blick, der Paxton galt, seufzend auf den Koffer sinken ließ.

»Du Arme. Du ahnst nicht, was dir bevorsteht.« Dann streckte er seine Hand aus. »Ach übrigens, ich bin Peter Wilson.«

»Ich bin Paxton Andrews.«

»Und ich bin Gabrielle. Gabby Wilson«, erklärte das rothaarige Mädchen mit freundlichem Lächeln. »Woher kommst du? Dein Akzent gefällt mir.«

»Ehe ich herkam, wußte ich gar nicht, daß ich einen habe.« Paxxie lachte. »Und mich freut, daß er jemandem gefällt. Wie du gleich sehen wirst, ist eine unserer Mitbewohnerinnen nicht sehr scharf darauf.«

»Dann sag ihr, sie soll sich zum Teufel scheren«, gab Gabby unbekümmert von sich, während Peter aufstand und wieder unwillig den Koffer packte.

»Meine kleine Schwester, die große Dame. Komm, du Großmaul, wenn du das Zeug da hineinpacken kannst, dann kannst du es auch schleppen. Hilf mir beim Tragen. Ich habe um halb sechs eine Verabredung.«

»Mir bricht das Herz«, sagte sie ohne einen Funken Mitgefühl, als sie mit Paxtons Hilfe das andere Ende anhob.

»Du brichst mir das Genick, was viel schlimmer ist«, beklagte er sich, aber im nächsten Moment hatten sie den Riesenkoffer auch schon ins Wohnzimmer geschafft und auf den orangegelben Teppich gestellt. Dann machten sie zu dritt kehrt, um die anderen Gepäckstücke zu holen. »Wo willst du das viele Zeug verstauen?« fragte er, wohl wissend, daß es zu wenig Stauraum gab.

»Das habe ich mir noch nicht überlegt.« Sie warf Paxxie einen Blick zu. »Wer hat das Wohnzimmer eingerichtet? Etwa Dracula? Meine Güte, woher die Sachen wohl kommen? Von der Heilsarmee?«

»Wahrscheinlich von der Müllhalde«, sagte Peter fröhlich. »Von dort haben wir auch unsere Sachen geholt.«

Gabby sah ihn an und schüttelte verzweifelt den Kopf, während Paxxie ihm zulächelte und einen von Gabbys Koffern heranschleppte. Möchte wissen, wo sie die Sachen tatsächlich hintun wird, fragte sich nun auch Paxton. Da sie den einzigen winzigen Schrank in ihrem Zimmer gesehen hatte, war es eine interessante Frage.

»Bist du schon ein höheres Semester?« fragte Paxxie Peter.

»Das war ich. Ich habe im Juni meinen College-Abschluß gemacht. Jetzt fange ich mit Jura an. Aber die letzten zwei Jahre habe ich nicht mehr auf dem Campus gewohnt. Gottlob hat es diese Range nicht geschafft, bei unseren Eltern für sich dasselbe durchzusetzen, sonst hätte sie mich wirklich in den Wahnsinn getrieben.« Sie standen nun wieder an der Tür zum Wohnzimmer, und es sah aus, als wolle er sich empfehlen, und zwar gern. »Also, sie gehört ganz dir.« Er warf einen Blick auf den Berg von Taschen, die sie in der Mitte des Raumes gelagert hatten, bediente sich mit einem Kringel aus Paxtons Packung und verschwand mit einem Winken. Gabby stand da und lächelte Paxton zu.

»Danke für deine Hilfe. Und für ihn entschuldige ich mich«, sagte sie, nachdem ihr Bruder gegangen war. »Er ist eine richtige Nervensäge. Aber ehrlich gesagt, ich mag ihn. Ihm würde ich das zwar nie verraten, aber dir schon. Er ist ein hoffnungsloser Fall.

Wie oft hat er mich vermöbelt … oder es versucht.« Trotzdem war klar, daß die zwei aneinander hingen, und einen kurzen Moment verspürte Paxton Neid. Sie und George hatte nie diese Art verspielter Zuneigung verbunden. Aber er war auch zehn Jahre älter als Peter und besaß keinen Funken Humor.

Ihr Geplauder lockte die zwei anderen hervor, und als Paxton und Gabby sich mit Gebäck und Coke bedienten, tauchten die anderen aus ihrem Zimmer auf. Der Anblick von Gabbys Gepäck verblüffte auch sie.

»Mein Gott, woher kommt das alles?« fragte Yvonne mit dem Ausdruck höchster Mißbilligung. »Hast du meine Kools?« wandte sie sich an Paxton.

»Habe ich.« Paxton überreichte sie ihr, und Yvonne gab ihr genau abgezählt das Geld. Von Savannah wollte sie sich nichts schenken lassen. Und Dawn packte den Rest der Lebensmittel aus, nachdem Paxton die beiden mit Gabby bekannt gemacht hatte. Yvonne, die sich eine Zigarette ansteckte, fragte sofort argwöhnisch, woher sie käme.

»Aus San Francisco. Sehr weit habe ich mich nicht von zu Hause fortgewagt«, entschuldigte sie sich mit einem kleinen Achselzucken. »Aber es gefällt mir hier. Seit vier Jahren besuche ich hier immer wieder meinen Bruder, und alle meine Freunde sind da, diejenigen, die aufs College gehen, zumindest.« Sie sah die drei begeistert an. »Es wird euch gefallen.« Yvonne warf Peter einen raschen Blick zu, der andeutete, daß sie ihrer Sache nicht so sicher war, und sogar Dawn sah ein wenig unsicher drein.

»Ich wollte eigentlich gar nicht aufs College, aber meine Eltern bestanden darauf, daß ich hier studiere.« Dawns Vater war Professor für Englisch.

»Wärst du lieber zu Hause aufs College gegangen?« Gabby, der man anmerkte, daß sie mit einem offenen, unbefangenen und glücklichen Wesen gesegnet war, interessierte sich für alle.

»Nein!« Dawn schüttelte bekümmert den Kopf. »Ich wollte heiraten. Wir möchten später nach Indien, um dort die östlichen Religionen zu studieren.«

»Ich möchte Jura studieren«, gestand Yvonne, die ihre Zigarettenasche in einen uralten, halbzerschmolzenen olivgrünen Plastikaschenbecher klopfte. »Aber bis dahin ist es noch ein weiter Weg. Für Berkeley habe ich ein Stipendium bekommen, und wenn ich nicht spure und bei den Prüfungen nicht glänzend abschneide, sitze ich wieder in Alabama auf meinem schwarzen Hintern, ehe ich weiß, wie mir geschieht. Und zurück gehe ich nicht, solange ich es verhindern kann. Und was ist mit dir, Savannah?« Paxton gefiel es nicht, daß Yvonne sie so nannte, aber sie wollte sich nicht noch mehr gegen sie aufbringen.

»Ich möchte Journalismus belegen.« Sie lächelte. »Damit ich über die Veränderungen im Süden schreiben kann.« Yvonne grinste unwillkürlich und zündete sich die nächste Zigarette an, kaum daß sie die erste ausgedrückt hatte. Sie war nervös, und sie war bildschön, so schön, daß Paxton sich fragte, ob das schwarze Mädchen je als Model gearbeitet hatte.

»Ich weiß nicht, was ich werden möchte«, gestand nun Gabby. »Eigentlich möchte ich mich nur amüsieren und studieren, bis ich heirate.«

»Bist du verlobt?« Aus Dawns Blick sprach die Hoffnung, eine verwandte Seele getroffen zu haben. Aber Gabby schüttelte traurig den Kopf.

»Noch nicht. Ich habe noch niemanden gefunden, aber ich bin auf der Suche.« Ihre Aufrichtigkeit brachte Paxton und Yvonne zum Lachen. Unwillkürlich ging es Paxton durch den Sinn, daß Yvonne und Gabby sicherlich viele Jungen nachlaufen würden.

»Na, hier wirst du in Mengen finden, was du suchst«, machte Yvonne ihr Mut. »Seit ich hier bin, habe ich schon jede Menge tolle Jungs gesichtet.«

»Ich auch«, gestand Paxton mit scheuem Lächeln. Auf dem Weg zum Laden war sie etlichen begegnet, aber Gabbys Bruder schlug alle um Längen, und weil er ein wenig älter war, wirkte er um so attraktiver, aber sie vermutete, daß die meisten Jurastudenten nicht eben scharf auf College-Erstsemester waren. Um so größer war ihre Überraschung, als er ein paar Stunden später bei ihnen auftauchte. Dawn war schon zu Bett gegangen, und Yvonne las auf der Couch, als Peter plötzlich mit einem Freund und einem Sechserpack aufkreuzte. Als Paxton aus dem Schlafzimmer kam, bot er ihr mit schüchternem Lächeln ein Bier an.

»Wir wollten nur sehen, ob noch Hilfe gebraucht wird.« Sie war erstaunt, ihn zu sehen, und Gabby staunte noch mehr.

»Was treibst du denn hier?« fragte sie sofort argwöhnisch. »Nein, ich kann keinen Scheck einlösen.« Sie wandte sich mit Verschwörermiene an Paxton. »Ständig legt er mich mit ungedeckten Schecks herein, also nimm von ihm keinen an.« Nun erst bemerkte sie seinen Freund in der Tür. »Hi, Sandy, komm ruhig rein, niemand ist nackt.«

»Verdammt, das nenne ich eine Enttäuschung«, sagte der Junge und errötete prompt, während Peter, der den Blick zwischen Paxton und Yvonne wandern ließ, lockerer wirkte.

»Eigentlich hatten wir gehofft, daß es der Fall sein würde«, sagte er. »Wer möchte ein Bier?« Sogar Yvonne rang sich ein Lächeln ab, als sie Sandy eine Zigarette anbot. Die zwei Besucher machten es sich nun auf dem Boden und im Sessel bequem, während Gabby und Paxton sich auf dem großen Koffer niederließen, den sie zum Kaffeetisch umzufunktionieren gedachten. Sandy, ebenfalls Jura-Student, war einer von Peters sieben Mitbewohnern, die sich ein Haus an der Ellsworth teilten, das urgemütlich eingerichtet und lustig und ein totales Chaos war.

»Wir werden euch gelegentlich zum Essen einladen«, erklärte Peter gut gelaunt, »nachdem wir einen Bulldozer gemietet haben, der die Küche saubermacht. Ich glaube, die Pizza vom Vorjahr ist noch immer im Rohr, aber ich scheue mich nachzusehen.« Er trank glückselig lächelnd sein Bier aus. »Was ist mit dir?« Er sah Paxton direkt an, und die Eindringlichkeit seiner blauen Augen überraschte sie. »Kannst du kochen?«

»Ich versuche es«, sagte sie schüchtern.

»Kannst du Maismehlgrütze machen?« fragte Yvonne mit plötzlich erwachendem Interesse, und Paxton war nicht sicher, ob es nicht wieder ein Versuch war, sie zu ärgern. »Oder etwa Rippchen oder Wildschweinrücken?« Aber Paxton hielt sich lieber an die Wahrheit. Queenie verstand sich darauf, dies alles zuzubereiten, sie aber nicht.

»Ich kriege höchstens ein Steak hin, oder ein Omelette und Bratkartoffeln.«

»Das reicht«, sagte Peter leise. »Vielleicht finden wir mal ein

Plätzchen, wo man was kochen kann. Oder wir gehen auswärts essen.« Für einen kurzen Moment herrschte Stille im Raum, während Yvonne ihn interessiert musterte. Und Sandy nahm Yvonne gründlich in Augenschein. Fr hielt sie für eine tolle Nummer, sehr zu Gabbys Bedauern, da er ihr schon immer gefallen hatte. Die Dinge entwickelten sich sehr rasch und sehr interessant. Alle waren erst heute eingetroffen, aber Paxton glaubte, schon einen rosaroten Streifen am Horizont zu sehen.

Die Jungen blieben noch eine Weile. Sie wollten sich nachher noch mit Freunden bei Kips treffen, und als sie fort waren, gestand Paxton ihre Müdigkeit ein. Plötzlich machte es sich bemerkbar, daß es für sie zwei Uhr morgens war.

»Na, als Gabbys Bruder da war, hast du alles andere als müde ausgesehen«, zog Yvonne sie auf. »Ich finde, du hast sehr gut ausgesehen.«

»Und Sandy war offenbar der Meinung, daß du gut aussiehst«, konterte Paxton schlagfertig, und diesmal mußten beide lachen. Yvonne saß noch immer mit ihrem Buch auf der Couch, als Gabby und Paxton in ihrem Zimmer verschwanden, um zu Bett zu gehen.

»Nicht zu fassen«, sagte Gabby, als sie wenig später ihr Nachthemd über den Kopf zog. »Peter kann doch sonst meine Freundinnen nicht ausstehen. Ich kann mich nicht an eine einzige erinnern, die ihm gefallen hätte ... und auf einmal platzt er mit einem Sechserpack auf einen Schwatz herein. Nicht zu fassen.« Aus ihrem Blick sprach echte Verblüffung. »Das liegt allein an dir. Tatsächlich. Du bist das erste Mädchen, das er durch mich kennenlernt und das ihm gefällt. Ich kann es nicht glauben.«

»Ach, das ist die reine Neugierde. Der kommt so bald nicht wieder. Auf seiner Fakultät gibt es sicher viel interessantere Mädchen.«

»Das bezweifle ich.« Gabby schien ebenfalls von Paxton beeindruckt zu sein, die ein gutaussehendes Mädchen war und dies nicht einmal zu wissen schien. Sie war ruhig und intelligent, und wenn man sich ein wenig mit ihr unterhielt, konnte sie richtig lustig sein. Und dazu kam der Akzent, den Gabby äußerst apart fand. An Paxton war viel mehr, als man auf den ersten Blick sehen konnte, mehr Klugheit, mehr Mitmenschlichkeit und mehr innere Schönheit. Gabby wußte aus Erfahrung, daß ihr Bruder nicht dumm war. Er hatte sich eine gute Frau ausgeguckt, vielleicht sogar eine großartige.

»Der kommt wieder. Du wirst schon sehen.« Als Gabby auf dem schmalen, unbequemen Bett liegend die Sache überlegte, entrang sich ihr ein leises Stöhnen. »Womöglich werde ich ihn in diesem Jahr sogar öfter sehen, als mir lieb ist.«

»Glaube mir, nächste Woche hat er uns alle vergessen, Yvonne ausgenommen.« Nach kurzer Überlegung flüsterte sie Gabby zu: »Findest du nicht, daß sie fabelhaft aussieht? Sie ist eine richtige Schönheit.«

»Aber auch ein richtiges Biest«, flüsterte Gabby zurück.

»Glaube ich nicht«, verteidigte Paxton sie. »Ich glaube, sie ist nur sauer, weil ich aus Georgia komme.«

»Na, ich weiß nicht.« Gabby überlegte. »Mir kommt sie beinhart vor. Mit der möchte ich mich nicht ernsthaft anlegen.«

»Das Leben hat sie vielleicht nicht immer mit Samthandschuhen angefaßt. In Alabama haben Schwarze nichts zu lachen. Sie haben es überall schwer, ausgenommen vielleicht hier. Könnte sein, daß sie gute Gründe hat, so zu sein wie sie ist.«

Gabby zuckte gleichmütig die Schultern, als sie Paxton ansah, und fragte: »Was hältst du von Dawn?«

»Ich glaube, die Ärmste hat Angst. Sieht aus, als sei sie nicht freiwillig hier.«

»Sie schläft ständig.« Am Nachmittag hatte sie zweimal ein Nickerchen gemacht. »Vielleicht ist sie krank. Schlafkrankheit oder was Exotisches.« Gabby machte ein hoffnungsvolles Gesicht, und Paxton lachte. Sie war richtig erleichtert, daß ihre Zimmergenossin nett war, denn das war sie tatsächlich. Gabby Wilson war zwar eine Spur verdreht, aber sehr lustig, und Paxton konnte sich keine bessere Mitbewohnerin vorstellen.

»Ich glaube, wir schlafen jetzt lieber«, flüsterte Paxton ihr zu. Sie war schon halb eingeschlafen, da Mitternacht längst vorbei war, aber Gabby plapperte weiter, und es hörte sich an, als würde es noch stundenlang so weitergehen. Paxton konnte es keinen Moment länger aushalten. »Morgen ist die Einführung, und ich muß mit meinem Studienberater den Stundenplan zusammenstellen.«

»Keine Angst. Such dir die leichtesten Fächer aus, am besten etwas, das du schon auf der High-School hattest.« Ein Vorschlag, der Paxton zum Lachen reizte. »Hat doch keinen Sinn, bis zum Umfallen zu büffeln. Wir sind hier, um uns zu amüsieren. Vergiß das nicht.« Gabby meinte es ernst. Sie war nach Berkeley gekommen, um ihren Spaß zu haben und um einen Mann zu finden. »Denk daran, Pax, wir sind hier, um uns zu amüsieren.«

»Ich will's mir merken ...« flüsterte Paxton schon im Halbschlaf. Sie träumte von Queenie, von einem schönen schwarzen Mädchen und einem schönen Prinzen, der ihr ein Bier anbot, während irgendwo in einiger Entfernung ihr Bruder mit einer verrückten Rothaarigen tanzte ...

4

Paxton und Gabby taten genau das, was sie sich vorgenommen hatten, als sie nach Berkeley gekommen waren. Gabby belegte die einfachsten Fächer, die sie finden konnte, und schaffte es, fast jeden Abend auszugehen. Es war die schönste Zeit ihres Lebens, obwohl weit und breit kein Mann in Sicht war. Paxton hingegen hatte die schwierigsten Fächer belegt, vor allem solche, die mit Journalismus und Schreiben zu tun hatten. Daneben hatte sie auch einen Kurs in Wirtschaftswissenschaft belegt, der so schwierig war, daß sie fürchten mußte, ihn nicht zu schaffen, sowie Physik, Mathe und Spanisch. Ihr Studienberater hatte ihr bis auf Spanisch und Mathe alles ausreden wollen, es sah aber so aus, als würde sie mit allen Fächern gut zurechtkommen, von Physik abgesehen, aber das war ohnehin Pflichtfach, in dem sie nur positiv oder negativ ohne Zwischenabstufung benotet wurde. Alles, was sie lernte und tat, machte ihr ungeheuren Spaß, und daneben schaffte sie es auch noch, hin und wieder mit Gabby und deren Freunden auszugehen und sich zu amüsieren, weil es eine nette, unternehmungslustige Clique war, die sich bei allen möglichen Projekten engagierte. Zwei machten bei CORE mit, einige andere versuchten Geld für SNCC aufzutreiben, beides Anliegen, die auch Paxxie am Herzen lagen, da die Schwarzen in den Südstaaten davon profitierten, und eines Abends lernte sie Mario Savio, den Anführer des Free Speech Movement, kennen. Gabby schien buchstäblich Gott und die Welt zu kennen, und obwohl unter ihren Bekannten viele engagierte Studenten zu finden waren, gab es auch solche, die nur an Geselligkeit und Vergnügen dachten, aber in der Mehrheit war Gabbys Freundeskreis ziemlich zahm, was Paxton sehr angenehm war.

In den ersten Monaten geriet Paxton etliche Male mit Yvonne Gilbert aneinander. Das schwarze Mädchen schien entschlossen, Paxton auch nicht den Schatten einer Chance geben zu wollen, und ging ständig davon aus, daß es Paxtons Schuld war, wenn es Reibereien gab, eine Haltung, die Paxton mit der Zeit sehr ärgerte. Es war ein Vorurteil mit umgekehrtem Vorzeichen, und allmählich fiel es ihr schwer, ihr Temperament zu zügeln.

Daß Yvonne schon in der zweiten Woche einen Freund gefunden hatte, war wegen ihrer Schönheit kein Wunder. Er galt als Star unter den Läufern des Footballteams, ein gutaussehender schwarzer Texaner von hünenhafter Gestalt. Der Beziehung zu ihm, aber auch ihrer eigenen Persönlichkeit, hatte sie es zu verdanken, daß sie ebenfalls auf dem Campus zu einer Art Star aufrückte. Alle Jungen liefen ihr nach, aber ihr schien es mit Deke sehr ernst zu sein. Einigen Verehrern hatte sie bereits zu verstehen gegeben, daß sie an Weißen kein Interesse hatte.

Sie war in Paxtons Physikkurs, sprach aber kein Wort mit ihr, und auch wenn sie im gemeinsamen Wohnzimmer aufeinandertrafen, wurde nur gesprochen, wenn es sich nicht vermeiden ließ. Und es waren nie wirklich freundliche Gespräche.

Auch Dawn schien ein eigenes Leben zu führen. Noch immer verschlief sie die meiste Zeit, so daß Paxton sich mehr als einmal fragte, ob sie überhaupt ihre Kurse besuchte. »Wenn sie so weitermacht, wird sie es nie schaffen«, sagte sie mehrmals zu Gabby, die aber offenbar der Meinung war, es ginge sie nichts an. Sie war mit ihrem eigenen Leben beschäftigt, und sie amüsierte sich bestens, wenn sie mit zwei Jura-Studenten, Freunden ihres Bruders, ausging. Und ihre Prophezeiung hatte sich erfüllt: Sie bekam ihren Bruder öfters zu sehen als üblicherweise. Trotz ihrer ständigen Klagen genoß sie es sehr. Alle paar Tage schaute er vorbei, nur um sich zu vergewissern, daß alles »bestens« sei oder um ihr etwas zu bringen, Getränke im Sechserpack oder eine Pizza oder Gebäck, was er sich zufällig besorgt hatte, oder eine Flasche mit Billigwein, aber Gabby wußte genau, daß er nicht ihretwegen kam, sondern daß er sich für Paxton interessierte. Die beiden hockten oft stundenlang auf der durchgesessenen Couch oder auf dem Boden und diskutierten bis in die Nacht bei Kaffee oder Bier oder einer Coke über die Themen, die sie beschäftigten. Fast immer waren sie gleicher Ansicht und hatten nur ganz selten Meinungsverschiedenheiten, so daß Paxton diese Übereinstimmung, die sich auf die meisten Themen erstreckte, zuweilen als unheimlich empfand. Fast war es, als sei es ihnen bestimmt gewesen, daß sie einander begegnen und sich anfreunden müßten. Das war für Paxton anfangs ein Grund zur Besorgnis, weil sie – anders als Gabby – nicht darauf aus war, sich einen Ehemann zu angeln. Sie war nach Berkeley gekommen, um zu lernen und etwas aus sich zu machen, und eines Tages wollte sie eine große Journalistin sein und über Themen von weltweiter Bedeutung schreiben. Sie wollte nach Europa, Afrika und in den Orient reisen. Manchmal erwog sie sogar, sich ein Jahr fürs Friedenskorps zu verpflichten. Das allerletzte, was sie wollte, waren Liebe und Ehe und ein häusliches Leben mit Kindern am Stadtrand. Als sie dies Peter zu verstehen gab, lachte er. Sogar äußerlich waren sie einander ähnlich, beide blond, beide gutaussehend. Immer wieder bekamen sie zu hören, wie sehr sie einander glichen. Peter und Paxton hatten mehr Ähnlichkeit als er und Gabby.

»Sehe ich etwa aus wie jemand, der heiraten und am Stadtrand leben möchte? O Gott, was für eine Zumutung.« Als er dies sagte, saß er um zwei Uhr morgens lachend auf dem Boden ihres Wohnzimmers. Gabby war eben von einer Verabredung gekommen, Dawn schlief schon seit Stunden, und Yvonne blieb über Nacht meist in Dekes Wohnung außerhalb des Collegegeländes.

»Habe ich eben das Wort heiraten gehört?« Gabby, die ins Schlafzimmer wollte, hielt die Hand scherzhaft an die Ohrmuschel.

»Nein, hast du nicht!« beeilte Paxton sich, sie zu korrigieren. Sie lag in T-Shirt und Jeans auf dem Boden neben Peter. Sie mochte seine Nähe, mochte, was er sagte, was er war und wofür er einstand. Aber darüber hinaus wollte sie nichts, vor allem wollte sie sich nicht ernsthaft in ihn verlieben, wenigstens nicht jetzt. Sie konnte es einfach noch nicht.

»Deine Freundin hat mich eben beleidigt«, eröffnete er seiner Schwester, doch als er es sagte, strich er über Paxxies Goldhaar und sah lächelnd in ihre grünen Augen, in die er sich schon so gut wie verliebt hatte. »Ich glaube, sie hat mich eben einen Spießer oder Ärgeres genannt.«

»Habe ich nicht!« Paxton setzte sich auf, weil sie lachen mußte. »Ich sagte nur, daß ich nicht heiraten, in einen Vorort ziehen und Kinder bekommen möchte. Erst möchte ich etwas von der Welt sehen.«

»Ja, glaubst du, das möchte ich nicht?« Er sah noch immer ein wenig gekränkt drein.

»Er möchte die Welt sehen«, versicherte Gabby ihr. »Monte Carlo, Cap d'Antibes, Paris, London, Acapulco, St. Moritz. Du weißt schon, die Armutsmetropolen.« Die drei lachten. »Wofür haltet ihr mich?« wollte er von beiden wissen. »Für faul?«

Seine Schwester kannte ihn besser. »Nein, nur für verwöhnt«, sagte sie kopfschüttelnd. »So verwöhnt wie ich.« Ihr gönnerhaftes Lächeln brachte ihn dazu, eine leere Coke-Dose nach ihr zu werfen.

»Na, ist doch wahr. Oder zieht es einen von uns beiden zum Friedenskorps wie Pax? Allein beim Gedanken daran bekomme ich das große Zittern, und dich kann ich mir auch nicht beim Ausheben von Gräben und beim Latrinenbauen vorstellen, oder?« fragte sie ihn direkt, und er schüttelte den Kopf.

»Was glaubst du, warum ich Jura studiere?« zog er sie auf, doch es war etwas Wahres dran. Er würde mit fünfundzwanzig sein Examen machen, und mit etwas Glück konnte er der Einberufung bis zum sechsundzwanzigsten Lebensjahr entgehen. Nachher war die Sache erledigt, denn daß er als Student nicht eingezogen werden konnte, kam ihm sehr gelegen, da er nicht die geringste Lust verspürte, an der Polizeiaktion in Vietnam teilzunehmen. Erst zwei Monate zuvor, im Anschluß an den Zwischenfall im Golf von Tonkin, hatten amerikanische Flugzeuge nach jahrelanger Tätigkeit der Amerikaner als Militärberater zum ersten Mal Stellungen in Vietnam bombardiert. »Ehrlich gesagt, ich sehe mich weder in Vietnam noch in anderen, ähnlich entlegenen Gegenden. Warum möchtest du zum Friedenskorps, Pax?«

»Ich bin nicht sicher, ob ich mitmachen möchte. Ich will nur irgendwo etwas bewirken, etwas tun«, sagte sie ernst, als Gabby gegangen war. »Mein Leben lang habe ich mit angesehen, wie Menschen es sich ohne Rücksicht auf andere gutgehen lassen. Das möchte ich nicht. Mein Vater war da anders, ihm ging das Schicksal anderer Menschen zu Herzen. Ich glaube, er hätte etwas in dieser Richtung getan, wenn er die Möglichkeit gehabt hätte und nicht verheiratet gewesen wäre.«

»Er muß ein netter Mensch gewesen sein«, sagte Peter leise, während er beobachtete, wie die Erinnerung an ihren Vater Paxtons Gesicht weich werden ließ.

»Das war er.« Sie spürte ein Würgen in der Kehle. »Ich habe ihn sehr geliebt ... mein Leben hat sich sehr verändert ... als er starb.«

»Warum?« Seine Stimme klang sanft. Es gab so vieles an ihr, was er jetzt schon liebte, aber zuweilen machte es ihm auch angst.

»Meine Mutter und ich ... nun ja, wir sind beide sehr verschieden ...« Mehr wollte sie nicht preisgeben, noch nicht, es war sinnlos. Daß sie sich von ihrer Mutter immer zu wenig geliebt gefühlt hatte, hätte sich auch zu schlimm angehört.

»Geht es dir beim Friedenskorps darum, von ihr fortzukommen?«

»Nein.« Paxton lächelte. »Aber bei Berkeley ging es mir darum.« Sie war sehr aufrichtig zu ihm, und er zu ihr.

»Das freut mich«, sagte er, als seine Lippen die ihren streiften und sie, auf die Ellbogen gestützt, ganz nahe beieinander auf dem Boden lagen.

»Mich auch«, flüsterte sie als Antwort, und dann nahm er sie in die Arme, und sie lagen da und küßten sich sehr lange, bis plötzlich Gabby die Schlafzimmertür aufmachte und die Szene höchst interessiert beobachtete.

»Na ihr beiden, habt ihr die Absicht, getrennt zu Bett zu gehen, oder wollt ihr da liegenbleiben und weiter schmusen? Mir ist es schnuppe, ich möchte nur wissen, ob ich auf Pax warten oder schon schlafen gehen soll.« Peter stöhnte auf, und Paxton rollte sich lachend von ihm weg, mit wirrem Haar und vom Küssen rosigen Wangen.

»Hat dir jemand in letzter Zeit mal gesagt, was für eine Nervensäge du bist, Gabrielle?« Da er wußte, wie sie diesen Namen haßte, benutzte er ihn, um sie zu ärgern. »Herrgott, was für ein Pech, daß ich mich in die Zimmergenossin meiner Schwester verguckt habe.« Er stand auf und streckte Paxton die Hand entgegen. »Ich glaube, du gehst jetzt schlafen, Baby, falls dieses Plappermaul dich schlafen läßt. Ich weiß nicht, wie du das aushältst.«

»Wenn ich müde bin, schlafe ich ein.«

»Und sie quasselt vermutlich weiter.« Alle drei lachten, weil es stimmte, und er ging, nachdem er Paxton noch einen Kuß gegeben hatte.

»Ist es ernst, Pax?« drängte Gabby, als er gegangen war.

»Sei nicht albern. Wir kennen einander ja erst seit sechs Wochen, und wir haben unser ganzes Leben noch vor uns. Er studiert noch drei Jahre lang, und mir stehen vier Jahre auf dem College bevor. Was also könnte ernst sein?« Doch in ihrem Herzen wußte sie, daß es ernst war, aber sie wollte es sich und Gabby gegenüber noch nicht eingestehen.

»Du kennst meinen Bruder nicht. So habe ich ihn noch nie erlebt. Du bist ihm alles andere als gleichgültig. Ich glaube, er ist in dich verliebt.« Und mit ernstem, fragendem Blick fragte sie: »Hat er gesagt, daß er dich liebt?«

»Um Himmels willen ... natürlich nicht ...« Aber das war auch nicht nötig, denn Paxton wußte es. Gabby hatte recht, und auch Gabby hatte es noch nie so empfunden. Es war nur ein verdammtes Pech, daß es so rasch und früh passiert war. Den Mann ihrer Träume zu finden war das allerletzte, was Paxton im Moment wollte.

»Ich habe eben Pech«, klagte Gabby, als sie zu Bett ging. »Ich bin auf einen Mann aus und du nicht, und was passiert? Peter läßt die Augen nicht von dir und macht ein Gesicht, als möchte er sich verloben. Und was habe ich? Niemanden. Einen Blödmann mit Kraushaar bis zur Taille, der nächsten Sommer mit mir nach Tibet möchte, wenn ich ihm das Flugticket zahle. Manche Menschen sind eben vom Pech verfolgt.«

»Karma.« Paxton sagte es schmunzelnd, als sie in der Dunkelheit dalag und Gabby zuhörte.

»Wer soll das sein? Etwa ein Kerl, der an der Bancroft den Freie-Rede-Tisch hat?«

»Nein, das ist das Ding, von dem Dawn dauernd redet: Karma, Schicksal, Kismet.«

»Das müssen Schlaftabletten sein. O Gott, hast du gestern gehört, wie ihr übel wurde? Ich dachte schon, sie stirbt.«

»Vielleicht ist sie schwanger«, flüsterte Paxton zögernd.

»Wann hat sie denn Zeit, schwanger zu werden? Sie schläft ja ständig.« Beide lachten, drehten sich um und schliefen ein. Gabby hatte nichts mehr zu sagen, was selten genug war. Am Morgen mußte sie in ihren Kurs für zeitgenössische Musik. Auch danach gab es für sie viel zu tun. Es war der Tag vor Halloween, und sie mußte noch ihr Kostüm fertigmachen. Sie wollte sich als Goldlamé-Kürbis verkleiden.

Es war aber auch der Tag, an dem der Vietcong den Luftstützpunkt Bien Hoa fünfzehn Meilen nördlich von Saigon angriff, die erste größere Militäreinrichtung der Amerikaner, die getroffen wurde.

Fünf Amerikaner wurden getötet, sechsundsiebzig verwundet. Und von Johnson kam der Befehl zum Vergeltungsschlag. Er versuchte es auszusitzen, nicht zuletzt, weil ihm vier Tage später Wahlen bevorstanden. Goldwater drohte, alles in Grund und Boden zu bombardieren und das amerikanische Engagement in Vietnam zu beenden, indem er den Norden handlungsunfähig machte, während Johnson versprach, sich nicht weiter hineinziehen zu lassen, also das, was alle hören wollten. Am dritten November gewann Johnson die Wahlen durch einen Erdrutschsieg. Der Drohung Goldwaters, das Land noch tiefer in den Vietnamkrieg hineinzuziehen, war Einhalt geboten worden.

Und in der Woche darauf fragte Peter Paxton, was sie über Thanksgiving vorhätte.

»Nicht viel. Es lohnt sich nicht für die paar Tage, nach Hause zu fliegen.« Es war zu weit und zu kostspielig, obwohl Thanksgiving ohne Queenies Truthahn nicht wie gewohnt sein würde. Paxton würde sich bemühen, nicht daran zu denken. Sie wollte den Tag für die Vorbereitung auf einen Physiktest verwenden und ein Truthahnsandwich in der Cafeteria verzehren, falls sie doch daran dachte.

»Ich dachte mir, du hättest vielleicht Lust, mit uns nach Hause zu kommen. Schon letzte Woche habe ich meine Mutter daraufhin angesprochen. Sie würde sich freuen, wenn du das Gästezimmer beziehst. Dann hättest du in der Nacht endlich Ruhe vor Gabbys Geschwätz.«

»Vielleicht wird es mir fehlen«, erwiderte Paxton darauf schüchtern. »Bist du sicher, daß es keine Zumutung ist?«

»Aber gar nicht. Darum geht es doch bei Thanksgiving. Daß man sich überißt und Football ansieht. Dad und ich wollen uns am Samstag zusammen ein Match ansehen, und es wäre nett, wenn du mitkämst. Und ich dachte, wir könnten am Freitag an die Stinson Beach fahren.«

»Ja, gern.« Sie lächelte. Gabby hatte schon vor ein paar Tagen davon gesprochen, hatte dann aber vergessen, das Thema weiter zu verfolgen. Paxton wußte nicht, was sie lieber getan hätte, als Thanksgiving mit ihnen zu verbringen. Sie hatte die Eltern ihrer Freunde noch nicht kennengelernt, vermutete aber nach allem, was sie gehört hatte, daß sie ihr gefallen würden. Ein wenig beängstigend war der Besuch schon, da er sie Peter näherbringen würde, doch das schien ohnehin unvermeidlich. Meist gingen sie mit Freunden aus, so daß sie erst einige Male mit ihm allein gewesen war, doch auch in größerer Gesellschaft war die gegenseitige Anziehung so groß, daß Widerstand zwecklos war.

An jenem Nachmittag sagte er es Gabby, die ins Wohnzimmer platzte, während Paxton lernte, und sie praktisch überrumpelte.

»Pax, eben hörte ich, daß du über Thanksgiving zu uns kommst, das ist ja großartig.« Sie lächelte voller Wärme. Kurz zuvor hatte sie mit ihrer Mutter gesprochen, und Marjorie Wilson hatte mehr über ihre Zimmergefährtin wissen wollen, vor allem, ob sie ernsthaftes Interesse an Peter hätte. Ihr war es merkwürdig vorgekommen, daß er und nicht Gabby angefragt hatte, ob Paxton mitkommen dürfe. »Meine Mom wird dir gefallen.«

»Da bin ich sicher.« Nach allem, was sie von Gabby erfahren hatte, konnte sie es sich gut vorstellen, Mutter und Tochter standen einander sehr nahe, und Gabbys Äußerungen ließen erkennen, daß sie ihre Mutter über alles liebte und bewunderte. Marjorie Wilson, die in allen möglichen Vereinen karitativ tätig und eine ebenso begeisterte Bridgespielerin wie ihre eigene Mutter war, schien jedoch – anders als Beatrice Andrews – für ihre Kinder eine aufrichtige Liebe zu empfinden. Paxton hatte keine Ahnung, was der Vater beruflich machte, doch nahm sie an, daß er Geschäftsmann war.

Peter holte sie mittwochs am späten Nachmittag ab, und wie immer hatte Gabby zu viele Taschen dabei, während Paxton nur eine kleine mitnahm. Sie trug unter ihrem grauen Wintermantel ein dezentes marineblaues Kleid und ihr einziges Paar schicke hohe Schuhe, schlichte schwarze Pumps. Sie sah sehr hübsch und adrett aus. Ihr Haar hatte sie mit einer dunkelblauen Satinschleife zu einem Pferdeschwanz zusammengefaßt. An ihren Ohren blitzten die winzigen viktorianischen Perlohrringe ihrer Großmutter.

»Du siehst aus wie Alice im Wunderland«, sagte Peter lächelnd, als sie in seinen verbeulten Ford einstieg. Er hatte sich einen der neuen Mustangs zulegen wollen, doch das über den Sommer zusammengesparte Geld hatte nicht gereicht. Sein Vater hatte ihm als Graduierungsgeschenk einen Wagen oder eine Reise angeboten, und Peter hatte sich für zwei Monate in Schottland, England und Frankreich entschieden und seine Entscheidung auch nicht bereut, obwohl dies hieß, daß er nun in derselben alten Kiste wie während seiner gesamten Collegezeit herumfahren mußte.

»Hätte ich etwas Eleganteres anziehen sollen?« fragte Paxton Gabby nervös. Sie hatte noch ein schwarzes Samtkleid dabei, das für den Feiertag vorgesehen war und das sie nicht auf der Fahrt tragen wollte.

»Du siehst wunderbar aus. Hör nicht auf ihn.« Gabby trug einen roten Minirock aus Samt, dazu einen schwarzen Pullover und hochhackige rote Schuhe. Ihr rotes Haar umgab ihren Kopf in einer Löckchenfrisur, die an Shirley Temple erinnerte. »Meine Mutter wird ein einfaches schwarzes Kleid tragen und dazu Perlen, und mein Vater karierte Hosen und ein Samtjackett. Ihre Uniformen.« Paxton lachte nervös und hoffte, sie würde die beiden nicht in Verlegenheit bringen, besonders Peter. Plötzlich war ihr das alles sehr wichtig, und auch das ängstigte sie. Noch nie war sie von jemandem »nach Hause mitgenommen« worden, als mögliche Freundin sozusagen, und sie hatte das entmutigende Gefühl, daß Peter genau das tat.

Sie überquerten die Bay Bridge mit voller Geschwindigkeit und fuhren auf dem Broadway westwärts weiter, an Carol Dodas Lokal und den vielen Oben-ohne-Bars vorüber. Kaum hatten sie den Broadway-Tunnel hinter sich und die Van Ness gequert, als sie auch schon an den repräsentativen Häusern am Broadway vorbeifuhren. Paxton war sehr beeindruckt und plötzlich noch viel nervöser. Und dann waren sie am Ziel. Peter blieb mit Reifengequietsche stehen, Gabby sprang heraus und läutete, und gleich darauf standen sie in der riesigen Eingangshalle eines großen Backsteinhauses, herzlich willkommen geheißen von Peters Eltern, die genauso gekleidet waren, wie Gabby es vorausgesagt hatte. Ihre Mutter, eine kleine Frau mit ergrautem roten Haar, das sie in einem glatten Knoten trug, hatte hellgrüne Augen, denen von Paxton nicht unähnlich. Der Vater, groß und schlaksig wie sein Sohn, hatte schneeweißes, einst blondes Haar und wirkte vornehm und gutgelaunt. Mrs. Wilson, die sehr warmherzig sein mußte, umarmte Paxton voll aufrichtiger Freude.

Sie ließ Paxton auf ihr Zimmer bringen, und gleich darauf traf man sich unten wieder in der holzgetäfelten Bibliothek mit den vielen alten Büchern in Ledereinbänden. Eine üppig gepolsterte, alte Sitzgarnitur, ein Orientteppich und ein knisterndes Feuer sorgten für Behaglichkeit. Es war ein Raum wie aus einem Roman. Paxton hatte keine Ahnung gehabt, daß die Wilsons so reich waren. Und plötzlich kam sie sich in ihrem Kleid fehl am Platz vor, aber niemand schien hier der äußeren Aufmachung viel Wert beizumessen. Während ihre eigene Mutter sich Bemerkungen über Gabbys Minirock nicht verkniffen hätte, schien Marjorie Wilson ihn amüsant zu finden. Die lebhafte Unterhaltung drehte sich um die Party, auf der sich Gabby am letzten Wochenende amüsiert hatte, und vor allem um den Jungen, den sie kennengelernt hatte und nun als »ernste Hoffnung« bezeichnete, ihre Lieblingsbezeichnung für junge Männer, die sie als Ehekandidaten ins Auge faßte. Peter und Mr. Wilson führten am anderen Ende des Raumes ein Gespräch, und Paxton hörte, daß Peter sich bei seinem Vater erkundigte, wie es um die Zeitung stünde.

»Sehr interessant, seit dieser Sache in Vietnam. Der Angriff auf Bien Hoa ändert die Lage, ob es Johnson paßt oder nicht. Wir können dort nicht ewig tatenlos herumsitzen.« Peter sagte nicht viel, da er wußte, daß sein Vater ein unbeugsamer Befürworter Goldwaters gewesen war, ein Standpunkt, den er mit Peter lieber nicht diskutierte.

»Ich glaube nicht, daß unsere Anwesenheit eine Lösung darstellt. Wir sollten uns dort lieber schnellstens zurückziehen, ehe wir knietief drinstecken wie seinerzeit die Franzosen«, sagte Peter ernst zu seinem Vater.

»Wir gehen die Sache klüger an, mein Sohn.« Sein Vater erwiderte es lächelnd. »Und wir können doch nicht zulassen, daß die Kommunisten die ganze Welt überrennen, oder?« Es war eine Debatte ohne Ende, die sich zwischen ihnen schon seit Jahren hinzog, da sie verschiedene Standpunkte vertraten. Peter war der Meinung, daß US-Truppen in Vietnam nichts zu suchen hatten, aber wie die meisten seiner Generation war sein Vater gegenteiliger Meinung und glaubte, man könne den Kommunisten mit einem raschen militärischen Schlag eine Lektion erteilen, dabei vielleicht sogar eine bleibende Wirkung erzielen und sich zurückziehen, ehe man selbst zuviel abbekäme. Aber die große Frage war, wieviel war »zuviel«?

Die beiden gesellten sich schließlich wieder zu den Damen, und Paxton fand es amüsant, wie sehr Peter seinem Vater glich. Er hatte das gleiche Temperament, die gleiche Lebensfreude, die gleichen lebhaften blauen Augen, die sie an Peter so liebte. Dank der warmherzigen und aufgeschlossenen Art der Wilsons fühlte sie sich bei Tisch unbefangener als bei ihrer eigenen Familie in Savannah. Da das Gespräch sich ausschließlich um die Morgenzeitung drehte, bekam sie beim Essen mit, daß Peters Vater bei der Zeitung tätig war, und später, als die Rede darauf kam, was Peter im nächsten Sommer anfangen sollte, machte sie eine Entdeckung, die sie momentan wie ein Schlag traf. Peter sprach davon, irgendwo für andere Zeitungen zu arbeiten, und allmählich ging Paxton ein Licht auf. Sie verstand jetzt auch, warum sich Peters Vater in der Redaktion mit seiner Unterstützung für Goldwater zurückhielt. Die *Morning Sun* hatte offiziell Johnson unterstützt, da das Blatt immer für die Demokraten eingetreten war. Nicht so der Eigentümer. Und der Eigentümer war der Vater von Peter und Gabby. Tatsächlich befand sich die *Morning Sun* seit über hundert Jahren im Besitz der Familie Wilson, und als ihr das klar wurde, fing Paxton zu lachen an, und Peter sah sie verwirrt an. Er hatte eben gesagt, daß er nicht sicher sei, ob er im nächsten Sommer überhaupt für eine Zeitung arbeiten wolle, weil er erwog, in Mississippi an einem Projekt seiner Fakultät teilzunehmen oder für Martin Luther King zu arbeiten, dem im Oktober der Friedensnobelpreis verliehen worden war.

»Was ist so komisch daran?« Peter schien erstaunt, da sie meist alles sehr ernst nahm, und er wußte auch, daß sie seine Ansichten teilte, besonders in diesem Punkt.

»Nichts, verzeih mir. Ich bin eben nur auf eine Tatsache gestoßen, die keiner von euch für erwähnenswert hielt. Ich dachte, die *Morning Sun* sei hier Hauptgesprächsthema, weil dein Vater dort arbeitet. Erst jetzt bin ich dahintergekommen, daß du ... daß ...« Sie war ziemlich verlegen, und Peter grinste, während nun sein Vater in schallendes Gelächter ausbrach.

»Paxton, es braucht Ihnen nicht peinlich zu sein. Als kleiner Junge hat er seinen Freunden weisgemacht, ich würde an der Mission Street Zeitungen verkaufen. Jetzt geht seine Bescheidenheit gottlob nicht mehr so weit ... oder vielleicht doch. Hat er Ihnen das am Ende auch einreden wollen?«

»Nein.« Lachend schüttelte sie den Kopf, und Gabby schmunzelte. Auch sie hatte zu Paxton kein Wort darüber verloren. Sie haßte jede Form von Angeberei, und Paxton verstand auch, warum. Trotz ihres großzügigen Lebensstils vermieden die Wilsons jede Protzerei. Sie verfügten über altes Geld und über Diskretion, Dinge, die ihre Mutter zutiefst beeindruckt hätten. »Keiner der beiden hat ein Wort gesagt, und ich habe mir darüber nie den Kopf zerbrochen.«

»Ich hielt es für unwichtig«, erklärte Peter leise. Er wußte sehr wohl, daß sie ihn um seiner selbst willen mochte und nicht, weil sein Vater vermögend war.

»Ist es auch nicht«, versicherte Paxton hastig. »Aber es ist interessant. Du kannst dich zu Hause zumindest über intelligente Themen unterhalten. Bei uns zu Hause geht es immer nur darum, wer wen heiratet, wer ein neues Haus gekauft hat und wer von den Patienten meines Bruders im Sterben liegt.«

»Ist Ihr Vater auch Arzt?« fragte Marjorie Wilson mit warmem Lächeln.

»Nein«, sagte Paxton, die es zutiefst bekümmerte, daß sie – anders als Peter und Gabby – keinen Vater mehr hatte. »Mein Vater war Anwalt. Er kam vor sieben Jahren beim Absturz seines Flugzeugs ums Leben.«

»Ach, das tut mir aber leid«, sagte Gabbys Mutter leise.

»Mir auch.« Es war hier so anders als bei ihr zu Hause, so normal und glücklich. Am Abend wurde Domino gespielt, was nicht ohne viel Gelächter und Neckereien abging. Peter unterhielt sich mit seinem Vater sehr ausführlich am Kamin, und dann wurde auch Paxton ins Gespräch mit einbezogen. Wieder wurde von Vietnam gesprochen, von Diem, und von Johnsons Haltung gegenüber Rußland, seitdem Chruschtschow im September entmachtet worden war. Paxton konnte Edward Wilson ihre Bewunderung nicht versagen. Er war intelligent und vernünftig und verfügte über großen Weitblick, den sie respektierte, wenngleich sie seine Ansichten über Vietnam nicht teilte. Dann kam die Rede auf die Realitäten der Rassenintegration im Süden, auf Martin Luther King und die neuesten Entwicklungen, nicht zuletzt auch auf die Studentenproteste in Berkeley. Das Free Speech Movement hatte in den letzten Tagen für einige Unruhe gesorgt, woraufhin die Universitätsleitung sich unbeugsam zeigte und Verhandlungen mit den Studenten ablehnte, eine Haltung, die Peters Vater billigte und Paxton ebenso, obwohl es auf dem Campus keine populäre Ansicht war. Es stellte sich heraus, daß er mit Rektor

Kerr befreundet war und erst am Morgen ein langes Gespräch mit ihm geführt hatte.

»Er wird sich mit diesen jungen Leuten auf nichts einlassen. Es steht zu viel auf dem Spiel. Gibt er jetzt nach, herrscht in Kürze auf dem Campus totales Chaos.« Peter widersprach heftig, und sie diskutierten lange darüber, aber Paxton fand diese Debatte belebend und erfrischend. Es war aufregend, mit Menschen zusammenzusein, die sich über intelligente Themen unterhielten und die wußten, was in der Welt vor sich ging. In Savannah hatte sie sich zuweilen von der realen Welt völlig abgeschnitten gefühlt, eingeengt vom Süden und dem verzweifelten Bestreben der Menschen, sich an die Vergangenheit und einen längst überholten Lebensstil zu klammern. Sie äußerte sich auch dahingehend zu Ed Wilson.

»Ihr habt dort unten aber eine wunderbare Zeitung. W. S. Morris und ich sind alte Freunde.«

»Ich hoffe sehr, daß ich nächsten Sommer für ihn oder vielleicht für die Zeitung arbeiten kann. Ich möchte in Zeitungswissenschaften graduieren ... nächstes Jahr.« Peter lächelte stolz und griff nach ihrer Hand. Seinem Vater entging dies nicht. Zu seinem Sohn sagte Ed Wilson nichts, dafür aber zu Marjorie, als sie sich in ihrem Schlafzimmer auszogen.

»Ich glaube, deinen Sohn hat es ernsthaft erwischt, meine Liebe.« Er sah seine Frau zärtlich an. Sie liebte ihre Kinder so innig, daß er fürchtete, es würde für sie ein schwerer Schlag sein, wenn sie sich verliebten und heirateten und ein eigenes Leben ohne Eltern begannen. »Irgend etwas sagt mir, daß er sich in das Mädchen ernsthaft verliebt hat.«

»Ja, das glaube ich auch«, sagte sie nachdenklich, während sie an ihrem Frisiertisch sitzend ihr einst rotes Haar bürstete. »Aber weißt du, was ... sie gefällt mir. Zuerst machte sie einen ziemlich schüchternen, stillen Eindruck, aber dahinter steckt viel mehr. Ihr liegt wirklich an ihm, und sie ist anständig und offen und ehrlich.«

»Und viel zu jung, um zu heiraten«, setzte ihr Mann hinzu. »Mit achtzehn wäre es Wahnsinn, eine Ehe auch nur in Betracht zu ziehen.«

»Ich glaube nicht, daß sie das tut. Ich habe vielmehr das Gefühl, daß sie mit ihrem Leben etwas anfangen möchte. Vermutlich ist sie sogar vernünftiger als Peter.«

»Das will ich hoffen.« Er seufzte. Und dann beugte er sich über sie und küßte seine Frau liebevoll auf den Nacken. »Ich bin noch nicht auf Enkel eingestellt.«

»Ich auch nicht.« Sie lachte. »Aber das mußt du Gabby sagen.«

»O nein, doch nicht schon wieder eine große Liebe! Sind ernsthafte Sorgen angebracht, oder wird es nächsten Dienstag vorbei sein?«

»Schon viel früher. Gottlob nimmt kein Mensch dieses Kind ernst. Sie wird mich noch ins Grab bringen.«

»Ja?«Er trat wieder an Marjories Seite, in einem der Schlafanzüge, die er zweimal im Jahr in London anfertigen ließ, und nahm ihr die Bürste aus der Hand, um sie auf den Frisiertisch zu legen. »Weißt du, daß ich dich liebe?« Sie nickte, legte wortlos die Arme um ihn und küßte ihn. Und dann löschte sie leise die Lichter und ging zu Bett und lag in seinen Armen. Sie waren glücklich in ihrem gemeinsamen Leben, in dem die Familie immer an erster Stelle gestanden hatte.

Und das zeigte sich auch am nächsten Tag, als sie sich zum Thanksgiving-Essen zusammenfanden. Paxton trug ihr schwarzes Samtkleid, Gabby ein weißes Chanelkostüm, ein Geschenk ihrer Mutter, das diese ihr im Jahr zuvor aus Paris mitgebracht hatte. Darin wirkte sie plötzlich sehr erwachsen, und Paxton fühlte sich fast in die Zeit zurückversetzt, als Jackie Kennedy modisch tonangebend war. Ed Wilson sprach ernst und würdig das Tischgebet, doch anschließend, als sich die Stimmung lockerte, ertappte Paxton ihn dabei, wie er mit seiner Frau ein vertrauliches Lächeln tauschte, das von einem Hauch Pikanterie gefärbt war.

Das Essen war so reichhaltig, daß sie sich danach kaum mehr rühren konnte, und sogar Paxton mußte zugeben, daß es sich mit Queenies Festmählern messen konnte. Sie erzählte den Wilsons von ihrem Thanksgiving zu Hause, und vor allem sprach sie mit unverkennbarer Liebe von der Frau, die sie aufgezogen hatte.

Am Nachmittag kamen Freunde der Familie, und Paxton war nicht wenig beeindruckt, als sie entdeckte, daß der Gouverneur von Kalifornien darunter war. Alle sprachen von der Demonstration, die an jenem Nachmittag in Berkeley stattfand und die von Mario Savio und anderen Mitgliedern des Free Speech Movement angeführt wurde. Joan Baez trat auf, und etwa tausend Studenten protestierten mit einem Sit-in gegen die die Redefreiheit einschränkende Haltung der Universität. Behördlicherseits wollte man verhindern, daß diese Bewegung oder andere Interessengruppen auf dem Universitätsgelände Geld sammelten oder Handzettel für ihre verschiedenen Kampagnen verteilten, weil dies den Verkehr behindere und der Campus mit weggeworfenen Zetteln übersät würde. Schließlich hatte die Universität sich kompromißbereit gezeigt und den Gruppen zugesagt, es stünde ihnen soviel Freiraum zur Verfügung wie vorher, aber irgendwelche Aktivitäten könnten nicht geduldet werden. Paxton kam dies alles vor wie ein Sturm im Wasserglas, aber Emotionen waren aufgeputscht, Freiheiten in Frage gestellt, kurzum, die Zeit war für ein Kräftemessen und eine größere Explosion reif, und bis zum Abend waren fast achthundert Studenten festgenommen worden. Paxton fand es faszinierend, dies alles im Haus der Wilsons mitzuerleben, wo das Weltgeschehen aufmerksam verfolgt wurde und wo man Menschen traf, die über Macht und Kompetenz verfügten.

Da Peter und Paxton am nächsten Tag die fortgesetzten Demonstrationen im Fernsehen verfolgten, ließen sie den Ausflug nach Stinson ausfallen. Am Samstag ging sie mit Peter und seinem Vater zu einem Footballspiel, während Gabby mit ihrer Mutter Einkäufe machte. Paxton hatte ihre Mutter am Thanksgiving angerufen und mit ihr und George und Queenie gesprochen. Es schien ihnen gutzugehen, und sie versicherte ihnen, daß sie den Feiertag sehr angenehm verbringe, was eigentlich nur Queenie interessierte, die Paxton auch durchs Telefon zuraunte, daß sie diesmal nicht ihren besten Fleischauflauf gemacht hätte, weil sie nicht da sei, um ihn zu würdigen.

Paxton unterhielt sich bei dem Footballmatch sehr gut, und am Wochenende war sie mit den Wilsons schon sehr vertraut.

Sie fühlte sich wie ein Familienmitglied, als sie sich verabschiedete und sich für den schönen Aufenthalt bedankte. Es war das schönste Thanksgiving seit Jahren, das schönste seit dem Tod ihres Vaters, und ihre Augen glänzten, als sie sich auf der Rückfahrt nach Berkeley auch bei Peter und Gabby bedankte.

Bei ihrer Ankunft sah man noch auf Schritt und Tritt Spuren der Demonstrationen. Überall war Polizei, für den Fall, daß es zu weiteren Demos käme, und Paxton war ehrlich entsetzt, als sie erfuhr, daß auch Yvonne und Deke wegen ihrer Teilnahme an der Demonstration festgenommen worden waren. Inzwischen waren sie wieder auf freiem Fuß, aber Yvonnes Arme waren mit blauen Flecken übersät, die sie abbekommen hatte, als man sie ins Polizeiauto zerrte.

»Es war ziemlich scheußlich«, gestand sie ernst. »Und wo wart ihr das Wochenende über?« fragte sie Paxton und Gabby anklagend, während Peter ihr Gepäck aus dem Wagen holte.

»In San Francisco«, gab Gabby schnippisch zurück, nicht gewillt, mehr zu verraten. Sie hatte nicht die Absicht, Schuldgefühle zu entwickeln, nur weil sie nicht in Haft gewesen war. »Man braucht nicht hinter Gittern zu landen, nur um zu beweisen, daß einem an einer Sache liegt, Yvonne. Wenn ich blaue Flecken kriege, beweist das einen Dreck, und ehrlich gesagt, ist es mir schnuppe, wo man diese verdammten Handzettel verteilt.« Es war das erste Mal, daß sie mit Yvonne aneinandergeriet, denn sie hatte deren giftige Bemerkungen.

»Woran liegt dir denn?« schoß Yvonne zurück, während Peter und Paxton sich aufs Zuhören beschränkten.

»Vielleicht an den gleichen Dingen wie dir. Mir liegt am Schicksal der Schwarzen, an Vietnam, an Gerechtigkeit und daß die Menschen am Leben bleiben, um diese Gerechtigkeit zu genießen, aber ich lasse mich nicht die Straße entlangzerren und in einen Polizeiwagen werfen, um es zu beweisen.«

»Dann wirst du nie Gehör finden. Man kann nicht herumsitzen, sich die Nägel feilen und hoffen, daß einen jemand hört. Niemand hört einen. Im Süden hat uns keiner gehört, bis Menschen angeschossen und getötet wurden und andere hinter Gittern landeten.«

»Wie kommt es dann, daß du hier und nicht dort bist?« konterte Gabby schlagfertig.

»Weil ich es satt habe. Ich habe es satt, im Bus hinten sitzen zu müssen, das habe ich ein Leben lang getan. Und ich werde hierbleiben, bis ich zurückgehen und vorne im Bus mal richtig zeigen kann, was Sache ist, so daß es Beachtung findet.«

»Na großartig! Aber während du hier bist, hack gefälligst nicht auf mir herum, nur weil ich mich auf meine eigenen Angelegenheiten beschränke.«

»Ach, ich ziehe nächsten Monat ohnehin aus«, platzte Yvonne verärgert heraus, unsicher, wer bei dem Geplänkel den kürzeren gezogen hatte. Sie hätte vielleicht wirklich im Süden sein sollen, in Birmingham, und gegen die Mitläufer von Wallace kämpfen sollen, anstatt in Berkeley zu hocken. Aber das alles kannte sie schon bis zum Überdruß und war froh, daß sie das Stipendium für Berkeley angenommen hatte.

»Du ziehst zu Deke?« fragte Gabby nur mäßig interessiert. Sie hatte Yvonne und ihren ständigen Groll satt. Dieser Groll war so gewaltig, daß er ihr meist die Sicht trübte, aber Paxton, die den Süden kannte, war nicht sicher, ob man es Yvonne übelnehmen konnte.

Yvonne schüttelte den Kopf als Antwort auf Gabbys Frage. »Nein ... ich ...« Plötzlich machte sie ein verlegenes Gesicht. Sie merkte, daß sie zu weit gegangen war und ihre Wut an ihnen ausgelassen hatte, obwohl sie es nicht verdienten. »Ich ziehe nicht zu Deke. Ich wohne bei Freundinnen außerhalb des Campus.« Paxton konnte sich denken, daß sie zu Schwarzen zog, die wie Yvonne haßerfüllt waren, um die endlich durchgesetzte Integration zu genießen, mit der sie noch nicht so recht umgehen konnten.

»Das ist ja stark«, sagte Paxxie leise. »Hoffentlich wirst du dich dort wohl fühlen.«

»Und was wird aus deinem Zimmer?« fragte Gabby nüchtern, von Yvonnes Ankündigung ungerührt.

»Ihr findet sicher jemanden, der es übernimmt.« Sie hatte noch nicht ausgesprochen, als Dawn im Nachthemd erschien.

»Ich ziehe auch aus«, sagte sie zögernd, »... das heißt ... ich meine ... ich gehe überhaupt.« Sie machte ein reuiges Gesicht, das aber Freude erkennen ließ, als sie ihnen zulächelte. »Ich gehe nach Hause.«

»Du steigst aus?« Gabby war wie vor den Kopf geschlagen. Sie konnte sich nicht vorstellen, warum hier jemand wegwollte, sie selbst hatte sich noch nie so gut amüsiert. Aber Dawn hatte die drei Monate, die sie hier war, praktisch verschlafen.

»Ich werde heiraten ... ich glaube ... zu Weihnachten ... ich bin ... bin ...« Errötend sah sie die beiden an, ihre einzigen Freundinnen in Berkeley, denn bei Lehrveranstaltungen hatte sie sich kaum blicken lassen. »Ich erwarte im April ein Baby.«

Die drei Mädchen sahen sich erstaunt an, wobei Paxton nachträglich klar wurde, wie dumm sie gewesen war. Dawn hatte wie im Lehrbuch sämtliche Symptome aufgewiesen, aber als sie gescherzt hatten, sie sei schwanger, hatten sie sie nur aufziehen wollen.

»Sobald das Baby da ist, gehe ich mit Dave nach Nepal zu unserem Guru.«

»Großartig«, sagte Gabby, die es noch immer nicht fassen konnte. Peter drehte sich um, damit die Mädchen sein Lächeln nicht sehen konnten. »Richtig großartig.« Nachdem die zwei in ihrem Zimmer verschwunden waren, wandte Gabby sich verärgert an Paxton. »Scheiße, was machen wir jetzt mit ihrem Zimmer? Wenn die Verwaltung es ausschreibt, kriegen wir Gott weiß wen herein, und ich kenne niemanden, der mitten im Jahr wechseln möchte.«

»Warum schachern wir nicht ein bißchen?« fragte Paxton nachdenklich. »Ich kenne vier Mädchen, die Doppelzimmer haben und unbedingt eine Wohnung möchten. Wir könnten ihnen die Wohnung überlassen und deren zwei Doppelzimmer übernehmen.«

»Oder man macht aus dem einen Zimmer einen Schrankraum. Oder du ziehst zu mir«, warf Peter mit hoffnungsvollem Blick zu Paxton ein. Während des Wochenendes bei seinen Eltern war es zwischen ihnen bemerkenswert gut gelaufen. Obwohl er versucht gewesen war, sich in ihr Zimmer zu schleichen und sie zu verführen, hatte er sich beherrscht. Er wußte, daß sie sich dagegen gewehrt hätte, es in seinem Elternhaus zu tun, und von Gabby wußte er, daß Paxton noch Jungfrau war. Er hatte lange gegrübelt und sich gefragt, ob sie wohl einverstanden sein würde, mit ihm irgendwohin zu fahren, aber bislang war noch nicht der richtige Augenblick gekommen, um sie zu fragen, und er war gewillt, ihr Zeit zu lassen, da er Paxton für immer haben wollte. »Eigentlich keine schlechte Idee«, sagte er zu den beiden, ehe er ging. »Vielleicht könnten wir nächstes Jahr eine Wohnung außerhalb mieten.« Eine Idee, die ihnen allen zusagte, aber das nächste Jahr war noch weit weg, und Paxton fragte sich, ob sie ihm dann noch etwas bedeuten würde. Im Laufe des Jahres konnte sich viel ändern. Erstaunlich, was sich schon geändert hatte. In den vergangenen drei Monaten waren sie und Gabby gute Freundinnen geworden, sie hatte sich in Peter verliebt und zwei Mitbewohnerinnen verloren, von denen eine ein Baby bekommen würde. Alles in allem viel Stoff zum Nachdenken, als sie an diesem Abend zu Bett gingen. Die nächsten Wochen vergingen wie im Flug, und plötzlich waren die Weihnachtsferien da. Nach den Feiertagen plante Peter einen Skiurlaub mit Freunden, und Gabby wollte mit ihren Eltern nach Puerto Yallarta in Mexiko. Auf Peters Frage, ob sie zum Skilaufen mitkommen wolle, hatte Paxton gesagt, es würde merkwürdig aussehen, wenn sie ihren Urlaub in Savannah vorzeitig abbräche, und er hatte Verständnis gezeigt.

So kam es, daß er sie am einundzwanzigsten zum Flughafen brachte, und als sie am Flugsteig standen und von Weihnachten sprachen, blickte er plötzlich auf sie hinunter, und ihr Herz setzte fast aus, als er zu sprechen anfing und dabei fast so erwachsen wie sein Vater aussah.

»So wird es nicht weitergehen.« Weihnachten stand vor der Tür, und er wollte ihr eröffnen, daß die Romanze gelaufen sei.

»Was ... ich ... ich ... es tut mir leid ...« Sie war nicht imstande, ihn anzusehen, da es zu sehr schmerzte, und sie leistete Widerstand, als sie seine Finger unter ihrem Kinn fühlte und er sie zwang, zu ihm aufzuschauen, geblendet von den Tränen, an denen er schuld war.

»Du weißt nicht, was ich meine?« Auch seine Augen waren feucht, und sie schüttelte kläglich den Kopf, ohne ihn aus den Augen zu lassen. »Ich kann nicht so weitermachen, so tun, als seien wir nur gute Freunde und unsere Beziehung nur ein Studentenflirt. Ich liebe dich, Pax. Noch nie habe ich jemanden so geliebt wie dich. Ich möchte dich eines Tages heiraten. Du brauchst nur zu sagen, wann. Morgen, nächste Woche, in zehn Jahren. Und wenn du zum Friedenskorps möchtest, nach Afrika, auf den Mond, wohin auch immer, mir soll's recht sein. Ich werde warten. Ich liebe dich.« Seine Stimme bebte, und seine Lippen ebenso, und er zog sie so heftig in seine Arme, daß es ihr den Atem raubte, und als er sie diesmal küßte, besaß er ihr ganzes Herz. Auch sie konnte das Spiel nicht mehr so weitermachen. Sie wußte, wie sehr sie ihn liebte.

»Peter, was sollen wir nur tun?« Diesmal aber lächelte sie unter Tränen, und er ebenso. Allein wenn er sie festhielt, sie spürte, sie küßte, wußte er, daß sie ihn liebte. »Vor mir liegen noch dreieinhalb Jahre Studium. Ich muß meinen Abschluß machen«, sagte sie.

»Dann warten wir eben, kein Problem. Vielleicht könnten wir uns irgendwann mal verloben. Ich möchte ja nur wissen, ob du mich liebst.« Sein Blick schien sie zu durchdringen, und sie nickte ernst.

»Ich liebe dich ... ich liebe dich so sehr ...«, flüsterte sie, und diesmal nahm er sie in die Arme, um sie sanfter zu küssen.

»Mir ist es gar nicht recht, daß wir Weihnachten nicht zusammen sind«, flüsterte er an ihrem Haar. »Soll ich nach den Feiertagen runter nach Savannah fliegen?« Sosehr sie es sich auch wünschte, sie wagte nicht, ihn zu Hause zu präsentieren. Wenn ihre Mutter merkte, daß es ihr mit ihren achtzehn Jahren ernst mit jemandem war, noch dazu mit einem jungen Mann aus Kalifornien, würde sie glatt durchdrehen.

»Nein, es ist noch zu früh. Sie würden es nicht verstehen.«

»Dann komm wenigstens früher zurück.«

Ihr Flug wurde nun zum letzten Mal aufgerufen, und alle anderen waren schon an Bord. »Ich muß gehen. Ich rufe dich von zu Hause an.« ... zu Hause ... was war das jetzt? »Ich liebe dich.« Was aber, wenn er sie über die Feiertage vergaß? Was, wenn er eine andere fand? Wenn er beim Skilaufen jemanden kennenlernte? Irre Gedanken standen ihr ins Gesicht geschrieben, als sie sich von ihm losmachte und er sie anlachte.

»Das kannst du dir sparen, Dummerchen. Ich liebe dich. Denk immer daran. Eines Tages wird dein Name Paxton Wilson lauten.« Nach einem letzten flüchtigen Kuß rannte sie los, um ihre Maschine zu erreichen, winkte und rief ihm noch einmal über die Schulter zu, daß sie ihn liebte.

5

An jenem Abend empfand sie die Ankunft in Savannah als irgendwie sonderbar. Es war kalt und dunkel und schon sehr spät, fast Mitternacht, da die Maschine sich verspätet hatte. Ihr Bruder hatte sie abgeholt, aber ihre Mutter war mit einer Grippe zu Bett gegangen. Nur Queenie hatte auf sie gewartet, mit heißer Schokolade und Paxtons geliebten Haferflockenplätzchen frisch aus dem Ofen. Die beiden umarmten einander wortlos, und während Paxton ihre alte Vertraute umfangen hielt, drängte es sie, ihr Glück mit ihr zu teilen. Während des Fluges hatte sie ständig an Peter denken müssen, und jetzt konnte sie es kaum erwarten, Queenie in alles einzuweihen. Aber George machte keine Anstalten zu verschwinden. Er hielt es offenbar für seine Pflicht, zu bleiben, bis sie ihre heiße Schokolade ausgetrunken hatte. Dabei berichtete er ihr das Neueste aus seinem Bekanntenkreis und daß ihrer Mutter vom Frauenverein, den »Töchtern des Bürgerkriegs«, eine Auszeichnung verliehen worden war. Paxton bemühte sich, Begeisterung zu heucheln, tat aber nichts anderes, als Queenie anzusehen und zu lächeln und ihr mit den Augen zu verstehen zu geben, wie lieb sie sie hatte.

Als sie schließlich hinaufging und George nach Hause fuhr, lag sie im Bett und dachte an Peter, bemüht, sich hier wieder zu Hause zu fühlen. Aber nichts war so wie früher, nichts war einladend und warm, und so lag sie da und sehnte sich nach Peter und Kalifornien. Es dauerte Stunden, bis sie einschlief, und sie fühlte sich einsam, weil keine Gabby da war, der sie zuhören konnte.

Am nächsten Morgen sollte es noch schlimmer kommen. Schon beim gemeinsamen Frühstück mit ihrer Mutter kam sie sich vor wie eine Fremde. Nachdem sie ihrer Mutter zur erhaltenen Auszeichnung gratuliert hatte und mit einem kühlen Nicken des Dankes bedacht worden war, senkte sich peinliches Schweigen zwischen sie. Sie schienen sich nichts zu sagen zu haben, und Paxton zermarterte sich das Gehirn, um etwas von ihrem Studium berichten zu können. Ihre Mutter stellte keine einzige Frage und erkundigte sich nicht einmal danach, mit wem Paxton ihr Zimmer teilte. Daß Paxton von Peter gesprochen hätte, war undenkbar. Dafür erwähnte ihre Mutter, daß George eine »neue Freundin« hätte, die sie am Abend beim Dinner kennenlernen würde, obwohl George selbst kein Wort davon gesagt hatte, als er sie vom Flughafen abholte. Wieder wurde Paxton schmerzlich bewußt, wie sehr sich ihre eigene Familie von den Wilsons unterschied. Und sie fragte sich, wie anders alles gewesen wäre, wenn ihr Vater noch gelebt hatte, um ihre Herzen zu erwärmen und ihr gemeinsames Leben ein wenig menschlicher zu gestalten.

Erst spät am Nachmittag schaffte sie es, Queenie allein in der gemütlichen Wohnküche zu sprechen und ihr von Gabby und Peter und den Wilsons zu erzählen.

»Du hast doch hoffentlich nichts getan, was dir leid tun könnte, Mädchen?« fragte sie streng, und Paxton schüttelte den Kopf, doch daran gedacht hatte sie sehr wohl, und nun, da beide gestanden hatten, wie ernst es ihnen war, war nicht auszuschließen, daß früher oder später etwas »Ernstes« passieren konnte. Aber sie antwortete wahrheitsgemäß, wohl wissend, daß es Gedanken gab, die man nicht einmal mit Queenie teilte.

»Nein, Queenie, das habe ich nicht. Aber er ist wundervoll, er würde dir sicher gefallen.« Sie erzählte noch einmal alles von vorne, und die alte Frau beobachtete gerührt, wie ihre Augen strahlten, als sie von dem Jungen sprach, in den sie sich in Kalifornien verliebt hatte.

»Es gefällt dir dort? Bist du glücklich?«

»Ja, das bin ich. Es ist wunderbar. So aufregend.« Sie zählte ihr die Fächer auf, die sie belegt hatte, berichtete von den Menschen, die sie kennengelernt hatte, von den Orten, die sie gesehen hatte, und Queenie konnte sich dank ihrer Beschreibung alles lebhaft vorstellen. Und dann fragte Paxton sie in verschwörerischem Flüsterton nach Georges neuer Freundin.

»Du wirst sie schon sehen.« Die alte Frau lachte vielsagend. »Ich glaube, die wird es wohl werden.« Aber irgendwie spürte Paxton, daß sie Queenie nicht gefiel.

»Wieso glaubst du das?« fragte Paxton, aber Queenie lachte wieder, und zwei Stunden später konnte Paxton mit ihren eigenen Augen sehen, wieso Queenie nicht viel von ihr hielt. Allison, Georges neue Freundin, sah aus wie das Double von Beatrice Andrews. Sie hatte die gleiche Frisur, die gleiche kühle Art, die gleichen gezierten, für Südstaatenladys typischen Manieren, nur war sie noch viel, viel reservierter. An ihr war alles so spröde, daß sie Gefahr lief auseinanderzubrechen. Aber George schien sich in ihrer Gesellschaft wohl zu fühlen. Er war diesen Frauentyp gewöhnt, obwohl auch er in jüngeren Jahren ein wenig ungezwungenere Mädchen bevorzugt hatte. Paxton hatte Gelegenheit, sie den ganzen Abend zu beobachten. Allisons Mund war so verkniffen und züchtig, daß man den Eindruck bekam, sie würde kaum ein Wort herausbringen, und doch scheute sie sich keineswegs, ihrer Meinung Ausdruck zu verleihen. Nach dem Essen stürmte Paxton sofort in die Küche, und als sie allein waren, nahm sie vor Queenie kein Blatt vor den Mund. »Mein Gott, wie steif und eingebildet sie ist. Wie hält er das nur aus?« Aber Allison war genau das, was er wollte. Seiner Ansicht nach die perfekte Südstaatendame. »Was hält Mama von ihr?« Sie war neugierig, aber Queenie zuckte nur die Schultern.

»Keine Ahnung. Sie sagt mir doch nichts.«

»Es muß ihr vorkommen, als blicke sie in den Spiegel ... oder sie merkt es gar nicht.«

Der Rest des Abends verlief für Paxton langweilig, wie übrigens die ganzen Ferien. Am Weihnachtsabend gingen sie in die Kirche, und am nächsten Morgen stand wieder ein Kirchgang auf dem Programm. Es gab ein Wiedersehen mit einigen ihrer alten Freundinnen, und Paxton war ein wenig schockiert, als sie feststellte, daß zwei, die sich entschlossen hatten, nicht aufs College zu gehen, heiraten wollten und daß eine, die gleich nach dem Schulabschluß im Juni geheiratet hatte, schon schwanger war. Während sie sich um Jahre zu jung fühlte, um eine solche Verantwortung überhaupt in Betracht zu ziehen, hatten sie sich schon ins volle Erwachsenenleben mit Mann und Kindern gestürzt. Das brachte sie wieder dazu, an Peter zu denken, der sie alle paar Tage anrief. Wenn das Telefon klingelte, war immer sie es, die abhob, damit keiner merkte, wie oft er anrief. Ihre Mutter erwähnte ihn nur einmal, um ihrer Verwunderung Ausdruck zu verleihen, daß ein Junge aus Kalifornien in Savannah anrief. Sie hoffte, daß es nichts Unangenehmes bedeutete. »Etwas Unangenehmes« hieß soviel wie eine Beziehung mit einem Jungen, der nicht aus Savannah, Georgia, stammte.

Paxton nutzte ihren Aufenthalt in Savannah, um sich im Personalbüro der Zeitung vorzustellen, und trotz Mr. Wilsons Angebot, ihr den Weg zu ebnen, hatte sie davon keinen Gebrauch gemacht. Sie schaffte es trotzdem, einen Job für die Sommerferien von Juni bis August zu bekommen, und sie freute sich darauf, andererseits bedrückte sie alles, was sie von Peter fernhielt. Und auch das machte ihr Sorgen, denn sie wollte nicht abhängig von ihm werden. Es gab so vieles, das sie mit ihrem Leben anfangen wollte, um die Versprechen einzulösen, die sie sich selbst gegeben hatte. Aber er hatte versprochen, er würde warten, und sie wußte, daß er es tun würde. Und er hatte sein Versprechen einige Male wiederholt, als er sie während der Weihnachtstage in Savannah anrief.

Sie hatte zugesagt, am Tag vor Silvester nach Kalifornien zu fliegen. Ihre Mutter schien so sehr mit George und Allison und ihren Freundinnen beschaftigt zu sein, daß Paxton nicht den Eindruck hatte, es würde ihr etwas ausmachen. Sie gestand sogar, daß sie Silvester mit Studienkollegen feiern wollte. Ihre Mutter hielt ihr zwar vor, daß sie »lieblos« sei, schien sich damit aber abzufinden. George brachte sie wieder zum Flughafen, nachdem Paxton sich einen ruhigen Morgen mit Queenie in der Küche gegönnt hatte. Die alte Frau litt erneut an ihrer alljährlich wiederkehrenden Erkältung, und Paxton rang ihr das Versprechen ab, einen Arzt zu Rate zu ziehen.

Ihre Mutter, die zum Friseur gefahren war, ehe Paxton das Haus verließ, hatte sich schon früher am Morgen von ihr verabschiedet. Und als Paxton George Lebewohl sagte, bat sie ihn, Allison ihre Grüße auszurichten. Die Vertrautheit, mit der sie das sagte, ließ ihn fast zurückzucken.

»Euch beiden ist es ernst, stimmt's?« Sie konnte sich die Frage in der Intimität dieses Augenblicks nicht verkneifen. Intimität war ein Wort, das ihr Bruder verabscheute.

»Ich habe keine Ahnung, was das heißen soll«, sagte er im Ton eisigster Mißbilligung. Paxton lachte in sich hinein. Er war vor kurzem dreiunddreißig geworden, und wenn er jetzt keine Ahnung hatte, würde er sich bald ernsten Problemen gegenübersehen. »Eine solche Frage ist fast undamenhaft, Paxton.« Unwillkürlich dachte sie daran, wie locker Peter und Gabby miteinander umgingen, und wieder einmal mußte sie traurig erkennen, daß ihr eigenes Leben völlig anders war und ihre Beziehung zu ihrem einzigen Bruder sich auf steife Förmlichkeiten beschränkte.

»George, ich habe den Eindruck, sie mag dich ernsthaft. Und ich glaube, daß sie Mutter gefällt.« Das war die Wahrheit, und mehr konnte sie nicht sagen. Sie wollte nicht lügen und behaupten, daß sie Allison mochte.

»Ja, das stimmt«, sagte er kläglich. Er wünschte, seine Schwester hätte diese Frage nicht gestellt.

»Gib schön acht auf dich.« Sie reckte sich und gab ihm einen Kuß auf die Wange. Ohne ein weiteres Wort nahm sie ihm ihre Reisetasche aus der Hand und ging nach einem letzten freundlichen Winken zur Maschine. Peter hatte ihr gutgetan. Unter anderem hatte er bewirkt, daß sie es nicht mehr über sich brachte, das Spiel ihrer Familie mitzumachen, das Spiel der erstarrten Gefühle, der ständigen Zurückhaltung und der endlosen schweigsamen Mahlzeiten. Und George, der ihr nachblickte, dachte bekümmert, was Kalifornien aus seiner Schwester gemacht hatte.

Als Paxton diesmal in San Francisco ankam, wurde sie von Peter erwartet, und ihre Füße berührten kaum den Boden, sobald er sie erblickt hatte. Er hob sie hoch, küßte sie und hielt sie fest, während sie abwechselnd lachten und einander küßten, von den Vorübergehenden, die es sahen, nachsichtig belächelt. Nett, so verliebte junge Menschen zu sehen, es erwärmte das Herz und erinnerte einen daran, wie man selbst einmal empfunden hatte.

»O Gott, wie du mir gefehlt hast«, sagte er innig, als er sie endlich auf den Boden stellte und sie Arm in Arm das Gepäck holten. »Ich hätte es keine Minute länger ausgehalten.«

»Ich auch nicht.« Sie strahlte.

»Wie war Savannah?«

»Schrecklich.« Sie berichtete ihm alles über Allison und George und ihren Sommerjob, und auch alles, was Queenie von ihnen beiden gesagt hatte. Sie erwähnte auch voller Bedauern, wie abweisend und distanziert ihre Mutter gewesen war. »Ich glaube, sie kommt sich noch immer hintergangen vor, weil ich mich für Berkeley entschieden habe. Wahrscheinlich war sie immer schon so, aber mir fällt es mehr auf, weil ich nun etwas ganz anderes kennengelernt habe.« Die Wilsons zum Beispiel.

»Das spielt keine Rolle, Kleines. Du hast ja jetzt mich.« Das war tapfer gesagt, und es rührte an ihr Herz. Dennoch weigerte ein winziger Teil ihrer selbst sich noch immer, sich völlig auf ihn zu verlassen. Was, wenn er seine Meinung änderte oder fortging oder sich in eine andere verliebte ... Sie hatte vor langer Zeit erfahren müssen, daß es gefährlich war, jemanden so ohne Einschränkung zu lieben. Diese Lektion hatte sie gelernt, als ihr Vater verunglückt war, der Mensch, der ihr alles bedeutet hatte ... Und dann war seine Maschine abgestürzt, und alles hatte in einem einzigen Augenblick ein Ende gefunden.

»Was machen wir heute abend?« fragte sie, als sie zur Garage gingen, um sein altes Auto zu holen. Eigentlich war es ihr egal, was sie machten, wenn sie nur mit ihm zusammensein konnte, denn so glücklich war sie noch nie im Leben gewesen. Vielleicht hatten ihre Freundinnen in Savannah recht, diejenigen, die verheiratet waren und schon Kinder hatten. Auch von ihnen hatte sie Peter erzählt, und davon, wie sonderbar sie sich neben ihnen vorkam, doch er verstand, daß sie dafür noch nicht bereit war, so wie er für alle ihre Belange Verständnis zu haben schien. Sie hatte ihn nie mehr geliebt als in diesem Moment, als sie in seiner alten Klapperkiste saßen und sich küßten, bis keiner mehr klar denken konnte.

»Was machen wir heute?« Er versuchte zu überlegen, und sie lachte. »Ach ja, ich wollte mit dir nach Tahoe fahren, damit wir dort das Wochenende verbringen können. Aber der Paß ist wegen eines Unwetters gesperrt. Wir müssen bis morgen warten und sehen, ob die Strecke wieder offen ist. Möchtest du etwas essen und anschließend ins Kino gehen?«

»Und wie.« Er fuhr mit ihr in die Stadt, und sie war nicht sicher, ob sie diese Nacht in ihrem Zimmer auf dem Campus oder im Gästezimmer der Wilsons schlafen würde. Seine Eltern und Gabby waren noch nicht da, und das Personal hatte frei, doch er beharrte darauf, daß es keinen Grund gäbe, weshalb sie nicht bei ihm im Haus bleiben könnte. »Glaubst du, wir werden uns benehmen?« fragte sie ihn aufrichtig, während sie selbst mit sich kämpfte.

»Möchtest du, daß ich mich benehme?« lautete seine Gegenfrage.

»Ich weiß nicht mehr, was ich möchte, Peter ... ich bin der Meinung, wir müßten warten ... auch auf das ... und dann sehe ich mir meine Freundinnen an und denke, ich bin blöd.«

»Schau sie nicht an«, sagte er leise. »Sieh lieber mich an und dich. Paxxie, ich werde alles tun, was du willst.«

In ihrem Lächeln lag Dankbarkeit. »Ich schlafe im Gästezimmer.« Sie wollte nicht allein in einer leeren Studentenwohnung schlafen. Tatsächlich wollte sie an ihn geschmiegt im Bett liegen. Sie wollte noch mehr, glaubte aber immer noch, daß sie es nicht tun sollte. Sie war fast neunzehn, und er stand vor seinem dreiundzwanzigsten Geburtstag. Sie war alt genug, um zu heiraten, um Kinder zu bekommen, um unzählige Dinge zu tun, und doch durften sie sich nicht lieben, weil sie nicht verheiratet waren.

Im Haus der Wilsons angekommen, brachte er ihren Koffer hinauf und kam dann wieder herunter, um eine Zeitung mit dem Kinoprogramm zu suchen. Paxton fühlte sich hier völlig zu Hause, in der Pracht des Gebäudes, das Ed Wilsons Großvater erbaut hatte.

Sie lachte, als sie sich setzte und sich in dem hübschen Gästezimmer umsah, in dem gemusterter rosa Chintz und ein Teppich in einem zarten, sonnigen Gelb einander farbenfroh ergänzten, während das Bad ganz in rosa-weißem Marmor erstrahlte. Es war ein Jungmädchentraum – so wie Peter auch.

»Wie wär's mit *Goldfinger,* dem neuen James-Bond-Film?« schlug er vor, als er mit zwei Bierdosen und einer Packung Kartoffelchips heraufkam, die er ihr hinhielt. »Hast du auf dem Flug etwas gegessen?« Ihm war eingefallen, daß sie womöglich hungrig war.

»Zweimal.« Sie lächelte. »Ich bringe nichts mehr hinunter.« Sie hatte ihre Schuhe von sich geworfen und war in ihre Jeans geschlüpft. Als er sich auf dem Bett neben ihr niederließ und eng an sie heranrückte, vermittelte ihr seine Nähe das Gefühl, nach Hause gekommen zu sein.

»Du kannst dir gar nicht vorstellen, wie sehr du mir gefehlt hast.«

»Du mir auch«, sagte sie leise, als sie die Arme um ihn legte und sie sich küßten. Langsam ließen sie sich aufs Bett zurücksinken und blieben lange so liegen, tauschten Küsse, hielten einander umschlungen und berührten und streichelten einander. Sie lagen schweigsam in dem behaglichen Zimmer, und nach einer Weile hielt er inne und schien um sich zu blicken.

»Bis jetzt ist mir nicht aufgefallen, wie sehr ich dieses Zimmer liebe. Aber vielleicht kommt das nur daher, weil es aussieht, als gehöre es jetzt dir.« Er lächelte, küßte sie wieder und umarmte sie fester, um den feinen Duft ihres Parfums einzuatmen. Sie benutzte *Femme,* eine Marke, die ihn besonders ansprach. Das Wort allein genügte, um ihn an Paxton denken zu lassen. »Vielleicht sollten wir aufstehen.« Er sah sie an und fragte sich, ob sie es wirklich sollten, da sich bei ihm das Gefühl regte, er wolle nicht.

»Ja«, sagte sie leise. »Ich glaube, ja.«

Sie standen auf. Paxton zog eine warme Jacke und ihre Schuhe an, und sie gingen ins Kino und danach ins Hippo auf einen Hamburger. Lange vor Mitternacht waren sie wieder zu Hause. Nach einem Kuß auf dem Flur vor ihrem Zimmer ging Peter hinauf in sein eigenes. Wie immer hatten sie den ganzen Abend die verschiedensten Themen diskutiert, über ihre Familien, Freunde, Ansichten und über ihre Zukunft. Und sie war bereits im Nachthemd und dachte an ihn, als sie wenige Minuten, nachdem sie sich verabschiedet hatten, ein leises Pochen an der Tür hörte.

»Ja?« Sie wußte, wer es sein mußte, da sie im Haus allein waren.

»Ich bin es«, sagte er mit einem Grinsen, als er den Kopf durch den Türspalt steckte.

»Eine gute Nachricht.« Sie lachte. »Wärest du es nicht gewesen, hätte es ein Einbrecher sein müssen.«

»Du fehlst mir«, sagte er und machte ein Gesicht wie ein kleiner Junge. Als er die Tür aufmachte, sah sie, daß er einen roten Flanellpyjama trug. Er lachte, als er merkte, daß sie ihn anstaunte. »Ich habe zehn Minuten gebraucht, um ihn zu finden, sonst wäre ich schon früher hier aufgetaucht.« Beide lachten, und sie fühlte sich jung und glücklich und verliebt, als sie langsam auf ihn zuging.

»Du fehlst mir auch«, sagte sie leise. Wortlos löschte er das Licht, und sie standen im Mondschein da, der durch die Fenster einfiel.

»Pax, ich weiß nicht, was ich tun soll ... ich möchte nichts tun, das dir weh tut ... jetzt und später nicht ... ich liebe dich so sehr ... aber es ist ... schwierig, Distanz zu wahren.«

»Die möchte ich gar nicht.« Sie setzten sich aufs Bett, nur um zu reden, und dann küßten sie sich wieder und ließen sich zurücksinken, und sie war in seinen Armen und ließ sich von ihm behutsam das Nachthemd ausziehen.

»Ich möchte dich nur ansehen.« Er sagte es leise und zart, und sein Körper schmerzte, als er ihre unverhüllte Schönheit im Mondschein sah. Sie war groß und schön und vollendet geformt wie eine Marmorstatue. »O Gott ... ich liebe dich ...«

Auch sie liebte ihn, und sie knöpfte – ohne zu zögern – seinen Schlafanzug auf. Lange lagen sie da, hielten einander eng umschlungen, wagten keine Bewegung und wollten doch viel mehr als das. Sie wollten alles, was sie einander zu geben hatten. Er streichelte ihr langes seidiges Haar, und ließ seine Hände sachte über ihre Brüste gleiten, ihre Schenkel entlang und dann wieder zurück, wobei er kaum wagte, sich dem zu nähern, was er wollte. Paxton war es, die für ihn die Entscheidung traf. Sie konnte es nicht länger aushalten. Sie begehrte ihn zu sehr und schob die Hose seines Pyjamas hinunter und enthüllte sein inbrünstiges Verlangen nach ihr, das er nicht länger zu bezwingen vermochte.

»Paxxie …« flüsterte er heiser, »bist du sicher …?« Aber sie nickte nur lächelnd und küßte ihn, als er sie in die Kissen drückte und mit seinen Beinen die ihren auseinanderschob und das suchte, was sie bis zu diesem Moment für ihn aufgespart hatte.

Er war unendlich zärtlich zu ihr, so daß sie kaum Schmerzen empfand. Es gab nur Leidenschaft und Sehnsucht und Jugend, und die Liebe, die sie einander zu geben hatten. Die ganze Nacht lagen sie umschlungen da, liebten einander immer wieder, und beim morgendlichen Erwachen lag sie neben ihm, ihr Haar ausgebreitet auf seinem Arm, ihr Gesicht wie das eines schlafenden Kindes, während sie mit einer Hand die seine hielt, und er spürte, wie in seinen Augen Tränen brannten. Sie war das, wovon er ein Leben lang geträumt hatte, was er gewollt hatte und was er eines Tages zu finden hoffte, und nur sie allein wußte jetzt, wie sehr er sie liebte.

6

Der Rest des Studienjahres schien zu verfliegen und wurde nur von wenigen, sehr wichtigen Ereignissen gekennzeichnet. Am Weihnachtsabend hatten Terroristen des Vietcong auf das vor allem von amerikanischen Offizieren bewohnte Brinks Hotel in Saigon einen Anschlag verübt. Aus ganz Saigon waren dort Amerikaner zu einer Feier zusammengekommen, die böse enden sollte und Schock und Trauer hinterließ. Es gab zwei Tote und achtundfünfzig Verwundete. Und wieder weigerte Lyndon Johnson sich, einen Gegenschlag aus der Luft zu führen. Es mußte ein weiterer Anschlag folgen, ehe der Präsident schließlich am siebten Februar den Befehl zu den ersten Luftangriffen auf den Norden gab. Zweieinhalb Wochen später begann »Operation Donnerschlag«, eine Welle massiver Flächenbombardements. Und wieder zwei Wochen später trafen die ersten Bodentruppen ein. Am achten März landeten die Marines in Da Nang, nachdem die jahrelange Tätigkeit der amerikanischen »Berater« nichts bewirkt hatten.

Zwei Wochen später erfolgte ein Angriff auf die amerikanische Botschaft in Saigon, und in den Staaten begriff die Öffentlichkeit, daß es in Vietnam ein ernsthaftes Problem gab.

Zur gleichen Zeit mußte die Nationalgarde in den Staaten den Freiheitsmarsch von Selma nach Montgomery schützen, und an der University of Michigan wurde das erste Anti-Kriegs-Teach-in abgehalten.

Doch dieses Teach-in gebot dem Krieg keinen Einhalt, und die Bombenangriffe geboten dem Vietcong keinen Einhalt. Noch immer gelangte über den versteckten Ho-Tschi-Minh-Pfad Nachschub in den Süden. Im Mai kam es am Armed Forces Day zu weiteren Protesten gegen den Krieg. Peter und Paxton nahmen an der Demonstration teil, die in Berkeley veranstaltet wurde.

Das Ende des Studienjahres nahte, und Paxton wurde unruhig, weil sie Peter verlassen und nach Savannah zurückkehren mußte. Die Vorstellung, nicht mehr täglich mit ihm zusammenzusein, hatte für sie fast etwas Bedrohliches an sich. Einen Tag ohne ihn konnte sie sich bereits nicht mehr vorstellen.

Er hatte sich wie geplant für das Projekt seiner Fakultät gemeldet und wollte den Sommer in Mississippi verbringen, doch hatte er versprochen, zu kommen und sie zu besuchen, wann immer es sich einrichten ließ. Und sie würde währenddessen in der Zeitungsredaktion in Savannah arbeiten. Gabby wollte mit ihren Eltern nach Europa. Den Vorschlag ihres Vaters, sie solle sich auch nach Arbeit umsehen, hatte sie schnippisch abgelehnt. Das hatte Zeit bis zum nächsten Jahr, jetzt wollte sie sich »ein allerletztes Mal« mit Freunden an der Riviera und in Paris mit ihrer Mutter amüsieren. Ed Wilson hatte zwar seine Frau gerügt, weil sie ihr nachgab, aber wie Gabby hatte sie das Gefühl, daß »ein letztes Jahr« ihr nicht schaden konnte.

Alle drei verließen Berkeley am ersten Juni. Peter und Paxton verbrachten ein ruhiges Wochenende in einer Hütte, die er am Lake Tahoe gemietet hatte, und dann lagen sie ein letztes Mal zusammen im Bett, ehe sie sich für den Sommer trennten.

»Ohne dich werde ich verrückt«, flüsterte er, mit dem Mund an ihrem langen goldfarbenen Haar. »In Mississippi wird es für mich verdammt einsam werden.«

»Savannah wird noch ärger«, sagte sie finster, doch beide vergaßen das alles, als sie einander wieder in die Arme sanken. Es wurde ein langes, glückliches Wochenende. Seine Eltern vermuteten, daß etwas zwischen ihnen lief, und Gabby ebenso, aber weder Peter noch Paxton gaben etwas zu. Sie waren die ganze Zeit zusammen, und ihre Zensuren waren ausgezeichnet, so daß sich niemand beklagen konnte. Peter, Paxton und Gabby hatten sich bereits entschlossen, gemeinsam ein Haus für den Herbst zu suchen, damit sie zu dritt außerhalb des Campus wohnen konnten. Paxton wußte, daß ihre Affäre dann vor Gabby nicht mehr geheimzuhalten war, aber bis dahin würde sie sicher bereit sein, es ihr zu sagen. Es würde sich lohnen, weil der Luxus des gemeinsamen freien Lebens außerhalb der Uni winkte.

Gabby verließ mit Marjorie als erste San Francisco. Sie flogen nach London, wo sie im Claridge absteigen wollten, um Freunde zu besuchen, ehe sie weiter nach Paris fuhren. Und dann flog Paxton ab und winkte am Flughafen Peter bekümmert zu. Er fuhr am selben Nachmittag los und kam noch rechtzeitig in Jackson, Mississippi an, um an einem Wahlprotest teilzunehmen, bei dem an die tausend Personen festgenommen wurden. Peter war einer von ihnen, kam aber gegen Kaution rasch frei und hatte das Gefühl, seine Feuertaufe empfangen zu haben.

Paxtons Einführung in ihren Job verlief nicht so drastisch, doch ihre Enttäuschung war groß, als sie entdeckte, daß man sie dem Ressort für Berichterstattung über gesellschaftliche Ereignisse zugeteilt hatte und ihre Arbeit sich darauf beschränkte, Artikel zu koordinieren, die zum Inhalt hatten, wer wen einlud und dabei was anhatte, und wie es um die Aktivitäten der Junior League und der »Töchter des Bürgerkriegs« bestellt war. Es war eine Arbeit, für die ihre Mutter Verständnis aufbrachte und die ihr sogar einen gewissen Respekt abforderte, während Paxton dabei das Gefühl völliger Nutzlosigkeit überkam. Sie saß in der Redaktion und sah die Fernschreiben hereinkommen, die von Sit-ins in Alabama berichteten und davon, daß die Stärke der Bodentruppen in Vietnam verdoppelt wurde und nun »nur« hunderteinundachtzigtausend Mann betrug, eine schwindelerregende Zahl. Und in diesem Sommer verdoppelte Johnson die Anzahl der Einberufungen. Paxton wußte, daß einige der jungen Leute, die jetzt drüben kämpften, mit ihr zur Schule gegangen waren, und in zwei Fällen waren es jüngere Brüder von Mitschülerinnen. Einer war bereits gefallen, eine Vorstellung, die ihr unerträglich war. Und plötzlich bekam sie es mit der Angst zu tun. Was, wenn aufgrund irgendeines bürokratischen Irrsinns auch Peter eingezogen wurde?

Fast täglich telefonierte sie mit ihm und er mit ihr, und Ende Juli glückte es ihm, von Mississippi übers Wochenende zu kommen. Er hatte schon früher kommen wollen, war aber zweimal im Gefängnis gelandet, und seine Arbeit nahm ihn mehr in Anspruch als erwartet. Aber Paxton hatte nie glücklicher ausgesehen, als sie mit einem Taxi zum Flughafen fuhr, um ihn abzuholen. Er nahm sie mit einem Schwung in die Arme und küßte sie, braungebrannt und hübsch und ebenso blond wie sie.

»Menschenskind, schön, dich wiederzusehen!« Er grinste. »Ich habe es so satt, die Leute aus dem Knast herauszupauken, daß ich kaum mehr aus den Augen schauen kann.«

»So wie ich Gartenpartys und Nachmittagskonzerte satt habe! Ich dachte, ich würde etwas zu tun bekommen, das Hand und Fuß hat, aber den ganzen Sommer habe ich nichts anderes getan, als über die Freundinnen meiner Mutter zu schreiben.«

Wieder lachte er und küßte sie, von dem Wunsch erfüllt, sie könnten unterwegs irgendwo ins Bett gehen. »Wie geht es übrigens deiner Mutter?«

»So wie immer. Sie kann es kaum erwarten, dich kennenzulernen.«

»Oho. Das hört sich gefährlich an.« Wieder küßte er sie. Er konnte gar nicht mehr aufhören. Fast zwei Monate lang hatte er sie nicht gesehen, und sie sehnte sich ebenso nach ihm. In einem netten ruhigen Hotel außerhalb der Stadt, wo die Wahrscheinlichkeit gering war, mit einer der Freundinnen ihrer Mutter zusammenzutreffen, hatte sie für ihn ein Zimmer genommen. Sie sagte es ihm, als sie nach Savannah hineinfuhren.

»Darf ich einen Vorschlag machen?« Er beugte sich im Mietwagen zu ihr und küßte sie.

»Was du willst.« Sie strahlte.

»Wie wär's, wenn wir das Hotel unterwegs unter die Lupe nehmen würden?« Er grinste spitzbübisch, und sie lachte.

»Hervorragende Idee.« Trotz einer großen Hochzeit, über die sie hätte berichten sollen, hatte sie sich zwei Tage freigenommen.

Kurz darauf kamen sie in dem kleinen Hotel an. Peter wirkte überaus seriös und bedeutend in seinem Anzug mit Krawatte, als er sie als Mr. und Mrs. Wilson ins Hotelregister eintrug. Dann nahm er seine Tasche und brachte sie in das saubere, einfache Zimmer, das ihnen für die nächsten Stunden als Flitterwochensuite dienen sollte.

Als er auf die Uhr sah, war es schon finster, und Paxton schnappte erschrocken nach Luft. »O Gott, meine Mutter erwartet dich zum Cocktail.«

»Ich bin nicht sicher, ob ich noch aufstehen, geschweige denn trinken kann«, neckte er sie und zog sie zurück ins Bett, aber nur für eine Minute. Einen kurzen Moment war es so, als ob sie verheiratet gewesen wären. »Weiß sie, daß wir kommendes Jahr gemeinsam ein Haus bewohnen werden?« Er wollte vermeiden, ins Fettnäpfchen zu treten, und es war gut, daß er fragte, weil der Gedanke allein genügte, um Paxton einen entsetzten Aufschrei zu entlocken.

»Bist du verrückt? Sie glaubt, ich und Gabby und noch ein Mädchen würden das Haus mieten, und auch davon ist sie nicht begeistert.« Aber zu guter Letzt hatte sie zugestimmt.

»Großartig. Das heißt also, daß ich nie ans Telefon gehen darf, wenn es läutet.« Er schien belustigt, und im Grunde genommen war es ihm egal. Er wollte mit Paxton zusammenleben, auch wenn dies bedeutete, daß er seine Schwester in Kauf nehmen mußte. Als seine Mutter ihn in Jackson anrief, hatte sie erzählt, Gabby wäre an der Riviera jedem Mann über dreißig nachgerannt. »Ich glaube, sie verzweifelt allmählich«, sagte er auf der Fahrt in die Stadt zu Paxton. »Wie töricht sie ist ... für die Ehe ist sie doch viel zu jung.« Als er sah, daß seine Worte Paxton ein Lächeln entlockten, beugte er sich zu ihr und küßte sie. »Das ist etwas anderes. Sie ist ein Baby, und du nicht. Aber du bist meiner Meinung nach auch zu jung. Um drei Jahre etwa. Aber dann ... nimm dich in acht!« Beide lachten. Sie wußte, wie vernünftig er gewesen war, und sie hatte nie das Gefühl, daß er sie unter Druck setzte. Er wollte, daß sie täte, was sie tun mußte, so wie diesen Sommer, den sie in Savannah mit ihrer Arbeit zubrachte, obwohl sie ihm gestanden hatte, daß ihr ohne ihn jämmerlich zumute war.

Als sie eintrafen, wurden sie von George und von ihrer Mutter bereits erwartet.

»Ich hatte schon vor Stunden mit euch gerechnet«, sagte sie mit einem mißbilligenden Blick, der Paxton galt. Allison war auch da, und ihre Mutter äußerte die Meinung, Paxton solle sich für ihren »Gast« umziehen, ein Vorschlag, den sie ignorierte.

»Ich habe Peter die Sehenswürdigkeiten gezeigt. Peter«, sagte sie förmlich, »meine Mutter, Beatrice Andrew, mein Bruder George und seine ... Freundin Allison Lee.« Ihre Mutter versäumte es nie, hervorzuheben, daß Allison mit dem großen Konföderiertengeneral verwandt war. Paxton hatte den ganzen Sommer erwartet, George würde sich verloben, doch aus irgendeinem Grund hatte er es nicht getan. Mit dreiunddreißig wollte er nichts überstürzen. Obwohl Allison mit ihren einunddreißig Jahren bereits entschieden nervös wurde. »Das ist Peter Wilson«, erklärte sie an alle gewandt, so als hätte sie von ihm noch nie etwas gehört. »Seine Schwester Gabby bewohnt mit mir ein Zimmer.« Es folgten höfliche Floskeln und allgemeines Händeschütteln, und als George Peter einen Drink anbot, entschied dieser sich für einen Gin Tonic. Es war unbeschreiblich heiß, und der Deckenventilator trug wenig dazu bei, ihnen Kühlung zu verschaffen, obwohl alle so taten, als fiele es ihnen gar nicht auf. Queenie präsentierte ihre allerfeinsten Hors d'œuvres, und Allison ließ das Tablett kreisen, geziert und affektiert wie immer. Paxton hatte schon vor geraumer Zeit entdeckt, daß sie sie nicht ausstehen konnte.

Aber Peter benahm sich unbefangen und herzlich, und ihre Mutter befleißigte sich geradezu schmerzhafter Höflichkeit, während George schlicht gelangweilt dreinsah und Allison den

Eindruck machte, als nähme sie gar nicht wahr, daß sich noch jemand mit ihnen im Raum befand. Daß sie mit Paxton ein Wort wechselte, kam kaum vor. Zu George hatte sie schon öfter gesagt, sie hätte kein Verständnis für Paxton, die sie insgeheim für unerzogen und dickköpfig hielt. An jenem Abend redete Allison fast unausgesetzt auf George ein und schwärmte ihm von den neuen Vorhängen vor, die sie für ihr Schlafzimmer bestellt hatte. Peter versuchte zu erklären, was er in Mississippi machte, stieß damit aber auf wenig Interesse, außerdem war ihre Mutter darauf bedacht, das Thema zu wechseln. Er brauchte eine Weile, bis er kapierte, daß sie seine Tätigkeit mißbilligte, und als er es endlich begriffen hatte, war es für ihn ein richtiger Schock. Sie waren ja noch schlimmer, als Paxton sie geschildert hatte. Sie waren distanziert und eiskalt und lebten praktisch noch im Mittelalter.

Er fing nun an, von der Europareise seiner Eltern zu erzählen die er für ein unverfängliches Thema hielt. Paxtons Mutter schien gebührend beeindruckt, als sie hörte, daß sie in Südfrankreich waren, und erkundigte sich so diskret wie möglich nach dem Beruf seines Vaters. Peter war verwundert, daß Paxton es ihr nicht erzählt hatte.

»Er arbeitet bei einer Zeitung in San Francisco.« Es wäre ihm taktlos vorgekommen, zu sagen, daß das Blatt ihm gehörte.

»Wie nett«, sagte Beatrice Andrews mit unverkennbar mißbilligendem Blick. »Und Sie wollen Anwalt werden?« Er beschränkte sich auf ein Nicken. Ihr eisiger Ton hatte ihm die Sprache verschlagen. Sie war genauso, wie Paxton sie beschrieben hatte, und noch schlimmer. Sie war der personifizierte Gletscher. »Paxtons Vater war auch Anwalt. Ihr Bruder« – ihre Augen wiesen auf den todlangweiligen George – »ist Arzt.« Offenkundig ein Beruf, der in ihren Augen Ansehen besaß.

»Wie schön«, sagte Peter, der sich hölzern vorkam und sich schon fragte, wie lange er diese Konversation aushalten würde und wie Paxton sie täglich aushalten konnte. Kein Wunder, daß sie so ungern nach Hause fuhr. Sie war so ganz anders als ihre Familie. »Und was machen Sie, Allison?«

»Ich ... warum ... hm ...« Die Frage erschreckte sie dermaßen, daß ihr keine Antwort einfiel. Seit dreizehn Jahren wartete sie auf einen Mann, seitdem sie die High-School hinter sich gebracht hatte. »Nun ... ich ... ich betätige mich gern im Garten.«

»Und sie leistet in der Junior League für uns ganze Arbeit, so ist es doch, meine Liebe«, äußerte Mrs. Andrews ermutigend, um dann Peter anzuvertrauen: »Ihr Urgroßonkel war General Lee. *Der* General Lee. Sicher wissen Sie, wer das ist.«

»Ja, allerdings.« Peter hatte das Gefühl, er müßte jeden Moment laut schreiend die Flucht ergreifen. Es war das längste Abendessen seines Lebens, mit endlosen Schweigepausen und unbeholfenen Gesprächsansätzen. Ein gelegentliches Blinzeln und ein Schubs Queenies oder ein Blick Paxtons waren die einzigen Lichtblicke. Ewigkeiten schienen zu vergehen, ehe er wieder in sein Hotel konnte, wo er sich aufs Bett fallen ließ, seinen Schlips von sich warf und ein Stöhnen ausstieß, das nicht annähernd seine Gefühle ausdrückte. Dann setzte er sich auf und sah Paxton an. Sie hatten zu Hause behauptet, sie wollten noch tanzen gehen. »Mein Gott, wie hältst du die nur aus? Schwieriger und steifer geht es gar nicht mehr. Ich weiß, das sollte ich über deine Familie nicht sagen, aber ich glaubte schon, ich halte es nicht bis nach dem Dinner aus.«

Sie lächelte breit. »Ich weiß. Schrecklich, nicht? Ich weiß selbst nicht, was ich mit ihnen reden soll. Ständig komme ich mir wie eine Fremde vor.«

»Du bist eine Fremde. Du siehst ihnen nicht mal ähnlich. Dein Bruder ist der größte Langweiler, dem ich je begegnet bin, seine Freundin die zimperlichste, affektierteste dumme Kuh, und deine Mutter ... mein Gott, sie ist wie ein Eisberg.«

Paxton lächelte beglückt. Jetzt liebte sie ihn noch viel mehr. Plötzlich hatte sie das Gefühl, als sei ihr Genugtuung widerfahren, und als hätte sie jetzt mehr auf der Welt als nur Queenie. »Ja, das ist meine Mami.«

Peter konnte es noch immer nicht fassen, daß es solche Menschen überhaupt gab. Sie waren ganz anders als seine eigene Familie, ganz anders auch als Paxxie. »Ich wünschte, ich hätte deinen Vater kennengelernt.«

»Ich auch. Du hättest ihm gefallen.«

»Sicher hätte das auf Gegenseitigkeit beruht. Aber nach allem, was du von ihm erzählt hast, kann ich mir ihn mit deiner Mutter nicht vorstellen.«

»Ich glaube nicht, daß er mit ihr sehr glücklich war. Als er starb, war ich erst elf, deshalb sind mir die subtilen Feinheiten ihrer Beziehung entgangen.«

»Das war vielleicht besser so. Gott sei Dank, daß du nach Berkeley gegangen bist.« Allmählich begriff er, was aus ihr geworden wäre, wenn sie sich nicht zum Fortgehen entschlossen hätte. Mit der Zeit hätte diese Umgebung sie und ihre Lebensfreude vernichtet. Er hatte drei Gin Tonics gebraucht, nur um das Dinner zu überstehen. Vermutlich hielt man ihn jetzt für einen Alkoholiker.

Paxton blieb bei ihm, so lange sie konnte, und dann fuhr er sie im Mietwagen nach Hause und sah ihr nach, als sie ins Haus ging. Zu ihrer großen Verwunderung war ihre Mutter aufgeblieben, um sie zu erwarten, etwas, was sie sonst nie tat. Nicht unbedingt ein gutes Omen.

»Was bedeutet dir dieser Junge eigentlich?« fragte sie Paxton Sekunden, nachdem diese durch die Tür gekommen war.

»Er ist mein Freund. Ich mag ihn.«

»Du bist in ihn verliebt.« Ihre Mutter schleuderte ihr die Worte wie Geschosse entgegen, als erwarte sie von Paxton, daß sie auf die Knie fiele und um Gnade flehte.

»Vielleicht.« Sie wollte nicht lügen, andererseits wollte sie auch nichts aufrühren. Ihre Mutter saß im Morgenmantel auf der Couch, neben sich ein Gläschen Sherry. »Und ich mag seine Familie. Seine Schwester ist meine Freundin, seine Eltern waren sehr nett zu mir.«

»Warum?« Eine lächerliche Frage, auf die Paxton keine Antwort wußte.

»Was heißt ›warum‹? Weil sie mich mögen.«

»Vielleicht weil sie glauben, ihr Sohn macht mit dir einen Schritt nach oben. Ist dir jemals dieser Gedanke gekommen?« Fast hätte Paxton laut gelacht, aber sie wollte nicht ungezogen zu ihrer Mutter sein.

»Das halte ich für wenig wahrscheinlich.«

»Warum nicht?«

»Mutter ...« Da Paxton nicht wußte, was sie sagen sollte, erschien ihr die Wahrheit als die beste Losung. »Den Wilsons gehört die zweitgrößte Zeitung von San Francisco. Die *Morning Sun*. Sie brauchen mich für gar nichts, sie mögen mich einfach.«

»Ich habe den Eindruck, daß sie sehr gewöhnlich sind«, sagte ihre Mutter schroff, denn in ihren Augen waren alle aus dem Westen – und besonders Peter Wilson – gewöhnlich. Die Leute aus dem Westen waren noch schlimmer als Yankees.

»Sie sind nicht gewöhnlich.« Paxton faßte es als Kränkung auf, daß ihre Mutter für den Jungen, den sie liebte, so wenig Respekt aufbrachte. Es war so anders als die Wärme, der sie bei den Wilsons begegnet war. »Es sind nette Leute, Mutter, wirklich.«

»Ich möchte nicht, daß du nach Berkeley zurückgehst.« Die Worte schossen wie Flammen aus ihrem Mund, und Paxton ließ sich schwer in einen Sessel fallen. Sie wünschte, dies wäre ihnen erspart geblieben.

»Es gefällt mir dort, und es ist ein ausgezeichnetes College. Ich mache gute Fortschritte. Mutter, ich werde nicht hierbleiben.«

»Du wirst, wenn ich es dir sage. Du bist erst neunzehn. Gib nur acht, daß dir das bißchen Geld, das dir dein Vater vermacht hat, nicht zu Kopf steigt. In deinem Alter bist du noch nicht unabhängig.«

»Es tut mir leid, wenn du es so siehst.« Paxton, die ihren Jahren weit voraus war, kämpfte um Gelassenheit. »Aber in Savannah werde ich nicht bleiben.«

»Darf ich fragen, warum?«

»Weil ich hier nicht glücklich bin. Ich brauche einen weiteren Horizont. Und wenn ich meinen Abschluß habe, möchte ich eine Zeitlang ins Ausland.« Sogar Peter hatte dafür Verständnis.

»Du schläfst mit ihm, oder?« Das war ein Tiefschlag.

»Natürlich nicht!«

»Doch. Es steht dir ins Gesicht geschrieben, wie einer billigen Hure. Du bist nach Kalifornien gegangen und ein Flittchen geworden. Sogar dein Bruder und Allison haben den Unterschied bemerkt.« Das war sehr häßlich, und es kränkte sie besonders, daß alle sich wieder einmal einig waren.

»Tut mir leid, das hören zu müssen.« Paxton stand auf, entschlossen, sich das nicht mehr bieten zu lassen. »Ich gehe jetzt zu Bett.«

»Ich möchte, daß du dir überlegst, was ich gesagt habe.«

»Daß ich eine Hure bin?« fragte Paxton kalt, doch ihre Mutter schien nicht beeindruckt.

»Daß du hierbleiben sollst. Ich möchte, daß du es dir zweimal überlegst, ehe du wieder nach Kalifornien gehst.«

»Ich glaube, das ist nicht nötig«, sagte Paxton traurig und ging die Treppe hinauf.

Am nächsten Tag traf sie sich mit Peter im Hotel. Obwohl sie kaum etwas über den Vorfall verlauten ließ, wußte er sofort Bescheid. Er konnte es ihr ansehen. »Sie hat etwas gesagt, nicht wahr? War sie aufgebracht?«

»Aufgebracht?« Paxton lachte, und es war das erste Mal, daß es verbittert klang. »Nein, meine Mutter ist nicht aufgebracht. Enttäuscht kommt eher hin. Sie möchte, daß ich hier weiterstudiere.« Peter machte ein entsetztes Gesicht, aber Paxton beruhigte ihn rasch mit einem Kuß. »Sie sagte, in Kalifornien würde ich zum Flittchen, sogar mein Bruder und Allison könnten es sehen. Und es sei für sie so betrüblich.«

»Diese Scheusale ... haben sie ...« Er brachte vor Zorn kaum ein Wort heraus, und wieder brachte sie ihn mit einem Kuß zum Schweigen, über ihr Alter hinaus reif und zu traurig über das, was geschehen war.

»Es spielt keine Rolle. In vier Wochen bin ich wieder in Berkeley. Ich weiß nicht, ob ich jemals wieder nach Hause kommen werde. Ich bin gar nicht sicher, ob ich es könnte. Es bedrückt mich zu sehr. Immerzu legen sie es darauf an, mich zu verletzen.«

»Kann sie dir die finanziellen Mittel streichen?« fragte Peter besorgt, obwohl er mit Freuden eingesprungen und die Situation gerettet hätte, aber Paxton schüttelte den Kopf. Sie wirkte noch immer traurig, aber auch älter und unabhängiger.

»Nein, das kann sie nicht. Mein Vater hat mir gerade so viel hinterlassen, daß ich davon meine Ausbildung bestreiten kann. Und danach muß ich ohnehin arbeiten, also macht es keinen Unterschied. Sie würde mich wahrscheinlich unterstützen, wenn ich bereit wäre, nach Hause zu kommen und den Rest meines Lebens in der Junior League zu verbringen, aber das tue ich nicht, deshalb trifft es mich nicht. Es macht mir überhaupt nichts aus. Ich könnte nicht mehr zurück, zumindest nicht, um hier ständig zu leben.« Sie schien ihrer Sache sehr sicher.

»Und was ist mit Queenie?« Er wußte, wieviel die alte Frau Paxton bedeutete.

»Die werde ich immer wieder besuchen. Ich kann nicht anders.« Paxton lächelte. Ihre Zukunft lag nun in Kalifornien. Wichtiger noch, ihr Leben gehörte ihr, und das wußte sie. Und ihre Mutter, die es ebenso wußte, hatte es deswegen mit der Angst zu tun bekommen. Sie besaß kaum mehr Macht über Paxton.

Peter flog am nächsten Tag ab, sehr zu Paxtons Bedauern. Und er bedauerte es, sie bei Menschen zurückzulassen, die sie nicht liebten. Er versprach, sie mindestens einmal täglich anzurufen, wenn möglich auch öfter, falls er nicht hinter Gitter säße, sagte er lachend, als er sich am Flughafen von ihr verabschiedete. Er küßte sie lange und innig und ermahnte sie, stets daran zu denken, wie sehr er sie liebte. Und vor allem solle sie sich von ihrer Familie nicht die Laune verderben lassen.

Doch das ließ sich nicht vermeiden. Nachdem Peter sich verabschiedet hatte, verhielt sich ihre Mutter ausgesprochen feindselig, und ihr Bruder betonte bei jeder sich bietenden Gelegenheit, daß sie es ihrer Mutter schuldig sei, nicht nach Kalifornien zurückzukehren.

»Ich bin es mir schuldig, etwas aus mir zu machen, George«, sagte sie ihm ins Gesicht. Sie fürchtete ihn nicht mehr, und er imponierte ihr auch nicht mehr, obwohl er viel älter war. Geradezu mitleiderregend kam er ihr vor, ein Kleinstadtdoktor, der noch am Schürzenzipfel seiner Mutter hing und sich scheute, eine Beziehung mit einer Frau einzugehen, die auch nur einigermaßen Format besaß. Sie war sicher, daß ihre Beziehung zu Peter reifer war als seine zu Allison.

»Du kannst auch hier etwas aus dir machen«, drängte George sie am Abend vor ihrem Abflug, als ihre Mutter beim Bridge war.

»Unsinn«, explodierte sie. »Sieh dich an. Sieh dir unsere Bekannten an. Sieh Allison an ... sieh dir meine Mitschülerinnen an.«

»Paxton, hüte deine Zunge!« Ihre Ausfälle erbitterten ihn, aber sie war ebenso erbittert. Sie hatte sich schon zu lange zuviel gefallen lassen und hatte es satt. »Du hast deinen Kopf mit maßlosen Ideen und häßlichen Worten angefüllt, Paxton, und das paßt nicht zu dir.«

»Das hier auch nicht. Das bin ich nicht. Ich war es niemals. Und Daddy war es auch nicht. Er hat sich damit vermutlich nur abgefunden, weil er ein netter Mensch war und glaubte, er müßte es.«

»Du weißt nichts von ihm. Als er ums Leben kam, warst du ein Kind.«

»Ich weiß, daß er ein guter, großherziger Mensch war. Ich habe ihn geliebt.«

»Du weißt ja nicht, was er Mama angetan hat.« Das sagte er in einem Ton, als müsse er etwas Schreckliches vor ihr verbergen.

»Was kann er ihr denn angetan haben?« Sie konnte sich nichts vorstellen, aber George ließ sich die Gelegenheit nicht entgehen, sie noch mehr zu kränken. Damit rächte er sich für ihre Unabhängigkeit, eine Unabhängigkeit, die er nie gekannt hatte und nie erleben würde, weil er ihrer Mutter zu ähnlich war und – anders als Paxton – zu wenig von seinem Vater mitbekommen hatte.

»Als er verunglückte, war eine Frau bei ihm.«

»Ja?« Erst machte Paxton ein erschrockenes Gesicht, dann wurde sie nachdenklich. Das erklärte vieles und auch die Haltung ihrer Mutter. Aber man konnte auch leicht verstehen, warum er eine andere Frau gewollt hatte. Eigentlich war sie nicht sehr verwundert, komischerweise war sie sogar froh. Wenn er jemanden gefunden hatte, die er lieben konnte und die ihn liebte, dann hatte er es verdient. Aber er hatte nicht verdient, dafür zu sterben. Und das war es auch nicht, was ihn getötet hatte. Der Zufall hatte ihn getötet. Er hatte Pech gehabt. Sein Name auf einem Stein, geschrieben von himmlischer Hand. »Wundert mich eigentlich nicht«, sagte sie leise, und er schien enttäuscht. »Mama war ihm gegenüber immer so kalt. Wahrscheinlich brauchte er mehr, als sie ihm geben konnte.«

»Was weißt du in deinem Alter schon davon?«

»Ich weiß, was es heißt, ihre Tochter zu sein«, sagte sie offen, und er schien schockiert. »Und deine Schwester. Wir sind sehr verschieden.«

»Ja, allerdings«, sagte er mit wütendem Stolz. »Das sind wir tatsächlich. Und du überlegst es dir lieber zweimal, was du in Kalifornien aus dir machst. Mit all diesen Drogen und Hippies und Demos, mit diesen Verrückten, die in Bettlaken gehüllt herumspazieren und sich Blumen ins Haar stecken und für Schwarze demonstrieren, auch wenn sie nie einen zu Gesicht bekommen haben.«

»Vielleicht wissen sie mehr als du, George, und vielleicht nehmen sie mehr Anteil an allem. Und das ist schon etwas.«

»Du bist eine Närrin.«

»Nein.« Sie schüttelte den Kopf und sah ihn an. »Nein. Aber ich wäre eine, wenn ich hiergeblieben wäre. Leb wohl, George.« Sie streckte ihm die Hand entgegen. Er übersah es. Er schaute sie nur an, und gleich darauf ging er aus dem Haus, und Paxton bekam ihn vor ihrer Abreise nicht mehr zu Gesicht.

Ihr Abschied von Queenie fiel diesmal viel schmerzlicher aus, weil sie schon wußte, daß sie zu Weihnachten nicht kommen würde, obwohl sie es ihrer alten Freundin nicht verriet. Aber die alte Frau spürte es und sah ihr traurig in die Augen. »Mädchen, ich hab' dich lieb. Gib auf dich acht!«

»Und du auf dich. Und geh zum Arzt, wenn du Husten bekommst.« Aber Queenie schien gealtert und unbeweglicher, auch ohne Husten. »Ich hab' dich lieb«, flüsterte Paxton und küßte die warmen schwarzen Wangen, ehe sie ging.

Diesmal brachte ihre Mutter sie nicht zum Flughafen, und auch George nicht. Ihre Mutter, die sich in der Diele von ihr verabschiedete, gab ihr durch ihren Ton zu verstehen, daß ihre Rückkehr nach Kalifornien eine große Enttäuschung sei, nicht weil sie ihr fehlen würde, sondern weil sie irgendwie versagt hatte, als menschliches Wesen, als Bürgerin Georgias und als Tochter ihrer Mutter und Georges Schwester. Das war ziemlich ermüdend.

»Du vergeudest dort deine Zeit.«

»Mama, es tut mir leid, wenn du das glaubst. Ich versuche mein Bestes, meine Zeit nicht zu vergeuden.«

»Bei der Zeitung sollst du dich gut gemacht haben, heißt es.« Es war das einzige Lob, das sie je von ihrer Mutter bekommen hatte. »Wenn du dich bemüht hättest, wäre dir eine Anstellung als Gesellschaftsreporterin angeboten worden.« Paxton verschwieg ihr, daß sie lieber tot umfallen würde, als den Rest des Lebens über die Hochzeiten in ihrem Bekanntenkreis zu berichten.

»Wie nett. Gib acht auf dich«, sagte sie leise. Es tat ihr leid, sie zu verlassen, zugleich aber war sie erleichtert, aber am meisten tat es ihr leid um alles, was sie füreinander nie gewesen waren.

»Hüte dich vor diesem jungen Mann. Er taugt nichts.«

»Peter?« Merkwürdig, so über ihn zu sprechen. Er war so warmherzig und so gut und so anständig, daß sie die Worte ihrer Mutter als Schock empfand. Was wußte ihre Mutter, das sie selbst nicht wußte?

»Es steht ihm ins Gesicht geschrieben. Wenn du es zuläßt, wird er dich benutzen und wegwerfen. Das machen alle so.« Eine Feststellung, die mehr auf sie selbst zutraf als auf Paxton, die Mitleid mit ihr empfand. Es mußte für sie ein schwerer Schlag gewesen sein, zu entdecken, daß ihr Mann mit einer anderen zusammen war, als er verunglückte. Und er war nie wieder aus der Bewußtlosigkeit erwacht, um es ihr zu erklären. George hatte nicht gesagt, wer diese Frau gewesen war und ob sie den Absturz überlebt hatte, aber das war vielleicht nicht wichtig. Und Paxton wollte gar nicht mehr wissen als das, was er ihr erzählt hatte.

»Ich rufe dich an, sobald ich meine neue Nummer weiß.« Sie mußten in Berkeley erst ein Haus oder eine Wohnung finden.

Ihre Mutter nickte und blickte ihr nach. Nie streckte sie die Arme nach ihr aus oder versuchte, sie zu küssen. Im Taxi, auf dem Weg zum Flughafen, war Paxton in Gedanken schon in Berkeley und bei Peter. Und als sie in der Maschine saß, dachte sie kein einziges Mal zurück an Savannah.

7

Ein glücklicher Zufall wollte es, daß sie nach nur zwei Wochen Suche ein nahezu ideales Haus im Hügelvorland fanden. Zwei Schlafzimmer, ein riesiges Wohnzimmer, eine große sonnige Küche und ein hübscher Garten. Und für Gabby war es kein allzu großer Schock, als sie dahinterkam, daß sie nicht mit Paxton in einem Zimmer, sondern allein schlafen würde, während Paxton und Peter sich das größere der zwei Schlafzimmer teilten. Gabby hatte vergangenes Jahr an der Riviera ihre Jungfräulichkeit an einen hübschen jungen Mann verloren und hielt sich nun für eine erfahrene Frau. Daß ihr Bruder und ihre beste Freundin monatelang unbemerkt eine Affäre gehabt hatten, fand sie irre aufregend. Aber Peter war weniger amüsiert über ihre Haltung und gab ihr zu verstehen, daß sie es bitter bereuen würde, wenn sie es weitersagte und Paxxie kompromittierte, indem sie ihren Eltern erzählte, daß sie ihr Zimmer nicht mit ihr teilte.

Das Arrangement klappte hervorragend. Als die Wilsons auf Besuch kamen, ließen es sich die Mädchen nicht nehmen, das Dinner zuzubereiten. Zu dritt lebte es sich geradezu ideal zusammen. Die zwei Liebesvögel vertrugen sich glänzend, und Paxton und Gabby waren so eng befreundet wie eh und je. Das einzig Schwierige dabei war, daß Gabby jede Woche einen neuen Verehrer heranschleppte und es Peter schwerfiel, sich in Zurückhaltung zu üben und sich nur wie ein Mitbewohner und nicht wie ein großer Bruder zu benehmen. Aber Paxton erinnerte ihn wiederholt daran, daß er die Situation nicht ausnutzen durfte. Es kostete ihn sehr viel Mühe, seinen Mund zu halten.

Anstrengung kostete ihn auch die Arbeit, um die Prüfungen in seinem zweiten Studienjahr zu bestehen. Der Umfang des Lernstoffs war gewaltig, und auch Paxton hatte sich viel aufgehalst, so daß sie die meiste Zeit lernten oder in der Bibliothek oder im Bett verbrachten und wenig ausgingen. Paxton hatte in ihrer Freizeit noch zusätzlich Arbeit übernommen und schrieb gelegentlich einen Artikel für die Studentenzeitung. Immer wenn sie ihren Namen unter einem Artikel sah, kam sie sich richtig toll vor. Es war für sie alle ein idyllisches Leben, und sie waren nie glücklicher gewesen.

Aber die meiste Zeit steckten sie bis über beide Ohren im Studium. Mitte Oktober verbrannte Peter mit Paxtons voller Billigung seinen Einberufungsbefehl. Zur gleichen Zeit bekamen die Bodentruppen in Vietnam Unterstützung durch B-52-Bomber, und die Luftlandeeinheiten, die mitten im Dschungel Hubschrauber einsetzten, wurden zu einem wichtigen Faktor im Kampf gegen den Vietcong. Der Krieg war in ungeahntem Ausmaß eskaliert, und in Paxton wuchsen die Befürchtungen, was sich dort anbahnte. Doch als sie mit Peters Vater darüber sprach, beharrte er darauf, daß noch mehr Bomber, noch mehr Truppen und ein viel energischeres Vorgehen nötig seien. Aber Paxton und Peter wünschten sich nichts sehnlicher als einen völligen Rückzug der amerikanischen Truppen, sein Vater ließ sich jedoch nicht überzeugen.

Wieder verbrachte sie Thanksgiving bei seiner Familie, und diesmal kam sie sich wie ein Familienmitglied vor und fühlte sich bei den Wilsons wie zu Hause. Unglaublich, daß sie und Peter einander erst seit einem Jahr kannten. Sie hatte das Gefühl, schon immer mit ihm zusammengelebt zu haben. Seine Eltern vermuteten zwar, daß etwas im Gange war, hielten sich aber zurück, obwohl Marjorie Ed wiederholt fragte, ob er nicht glaube, sie sollten doch etwas sagen.

»Warum? Sie sind ja nicht verantwortungslos. Glaubst du, du änderst etwas, wenn du mit ihnen redest?«

»Vielleicht sollten sie sich verloben, wenn es darum geht ...«

»Was macht das schon aus? Wenn sie heiraten wollen, dann werden sie es tun. Und wenn nicht, dann eben nicht, Peter wird demnächst vierundzwanzig. Und sie ist noch nicht mal zwanzig. Abwarten heißt die Parole. Die wissen schon, was sie tun, glaube mir.«

Paxton verbrachte auch Weihnachten bei ihnen, und als sie in der *Morning Sun* las, daß nun zweihunderttausend Mann in Vietnam eingesetzt waren, war sie entsetzt.

»Das ist Wahnsinn!« sagte sie beim Frühstück zu Peter.

»Ich weiß.« Er sah sie unglücklich an. Hoffentlich flog er nicht von der Uni, denn bei den Prüfungen fielen seine Ergebnisse so knapp aus, daß er es mit der Angst zu tun bekam. Und die Aussicht, eingezogen zu werden, jagte ihm noch mehr Angst ein. Es war schrecklich.

»Warum sieht kein Mensch, was dort drüben vor sich geht? Täglich kommen junge Menschen ums Leben. Nicht nur Vietnamesen, auch unsere Jungs. Und jetzt schickt man schon Achtzehnjährige in den Kampf.«

»Ich bin für diesen Krieg zu alt«, stöhnte er, als er sich noch eine Tasse Kaffee eingoß.

»Sollte man dich einberufen, dann sollst du wissen, daß ich dich eigenhändig in den Hintern schießen werde oder dir meine schwarze Spitzenunterwäsche borge und dir eine Fahrkarte nach Toronto kaufe.«

»Darauf komme ich vielleicht zurück. Auf die Unterwäsche auf jeden Fall, solange du drinsteckst.«

»Das läßt sich einrichten.« Sie küßten einander beim Morgenkaffee, und Gabby stöhnte in gespieltem Entsetzen auf, als sie im Nachthemd in die Küche kam.

»Ihr beiden könnt es wohl nicht lassen. Ihr macht mich ganz krank.« Aber in Wahrheit liebte sie die beiden. Sie hätte nur zu gern selbst jemanden gehabt.

Nach Weihnachten, als sie alle gemeinsam zum Skilaufen fuhren, passierte es endlich: Gabby sauste eines Tages den Hang hinunter und stieß mit einem Mann zusammen, der nach einem Riesensalto unsanft auf ihr landete. Für einen kurzen Moment lagen sie atemlos aufeinander, entwirrten ihre Gliedmaßen und Skier und versuchten sich zu vergewissern, daß nichts fehlte, verletzt oder gebrochen war.

»Das war aber ein Sturz! Ist auch alles in Ordnung?« fragte er sehr besorgt, richtete sich zu seiner vollen Größe auf und reichte ihr die Hand, um sie hochzuziehen. Gabby staunte nicht schlecht: Er hieß Matthew Stanton, hatte dunkles Haar, blaue Augen, einen gepflegten Bart und sah in seinem einteiligen schwarzen Skianzug wie ein Filmstar aus. Gabby schien Eindruck auf ihn zu machen, als sie sich den Schnee abklopfte und sich für ihre Unaufmerksamkeit entschuldigte. Er fuhr mit ihr zu ihrer Hütte, lud sie zum Lunch und dann täglich zum Dinner ein. Peter und Paxton bekamen sie kaum mehr zu Gesicht, nur wenn sie ihnen vom Lift aus zuwinkte oder wenn sie kurz kam, um sich für den Abend mit Matthew umzuziehen. Er war zweiunddreißig, erfolgreich in der Werbebranche tätig, und schien Gabby samt ihren Faxen sehr amüsant zu finden. So sehr, daß er nach ihrer Rückkehr häufig in ihrem Haus in Berkeley auftauchte, und immer, wenn er kam, ließ Gabby sich erst am nächsten Morgen wieder blicken.

»Glaubst du, es ist diesmal etwas Ernstes?« fragte Paxton Peter schließlich, als sie im Januar für die Schlußprüfungen lernten.

»Wer kann das bei den beiden schon sagen? Ich verstehe sowieso nicht, wie er es mit ihr aushält.« Aber Paxton schienen die beiden sehr glücklich zu sein.

Matt hatte Gabby gestanden, daß er geschieden war, aber Kinder hatte er keine. Wenn es darum ging, Gabby zu verwöhnen, zeigte er sich sehr spendabel. Häufig wurden Blumen von ihm gebracht, Lyrikbände, Armreifen und andere Dinge, von denen er wußte, daß sie sie liebte, Puppen und unnützer Kleinkram. Er schien über viel Phantasie und Humor zu verfügen und ein wenig verspielt zu sein. »Und zu alt, um nach Vietnam geschickt zu werden«, vervollständigte Paxton die Liste seiner Tugenden. »Das ist heutzutage ein echter Bonus.«

»Das ist abscheulich«, sagte Peter, doch das war es nicht. Täglich wurden junge Männer nach Vietnam geschickt, um für ihr Land zu sterben. Und am elften Januar waren Studenten, die an Demos teilgenommen hatten, wieder A1-tauglich eingestuft worden, was in Kalifornien zu einem Aufruhr führte. Drei Wochen später ließ Johnson nach einer Weihnachtspause die Bombardements fortsetzen. Sie dauerten genau achtunddreißig Tage, und alles fing wieder von vorne an. Paxton konnte zeitweise an nichts anderes als an den Krieg und an die Gefahr denken, daß er Peter doch noch einholte.

Während der Weihnachtsfeiertage hatte sie mehrmals mit ihrer Familie gesprochen, und ihre Mutter hatte angedeutet, daß George im Frühjahr für sie vielleicht eine Überraschung parat haben würde, eine, die allerdings kaum überraschend war. Viel überraschender wäre es gewesen, wenn er sich mit vierunddreißig nicht verlobt hätte. Und Queenie, die kränkelte, hatte am Telefon gar nicht gut geklungen. Paxton war ihretwegen in großer Sorge, doch ergab sich danach lange keine Möglichkeit mehr, sie anzurufen, und als es ihr endlich glückte, behauptete die alte Frau steif und fest, daß es ihr viel besserginge.

»Du belügst mich doch nicht, oder?«

»Würde ich mein kleines Mädchen denn belügen?« Ja, das würde sie sehr wohl tun, wie beide wußten, aber Paxton schwieg dazu.

Im März 1966 eroberten die Regierungstruppen Da Nang von den Kommunisten zurück, und Peter und Paxton nahmen an dreitägigen Anti-Kriegs-Protesten teil.

Inzwischen hatte Paxton ihren Sommerjob in der Tasche. Peters Vater hatte ihr eine wunderbare Chance als Nachwuchsreporterin geboten. Erst hatte sie gezögert, weil sie aus ihrer Beziehung zu Peter keinen Vorteil ziehen wollte, doch der Job war viel zu verlockend, als daß sie hätte widerstehen können. Peters Vater hatte ihr hoch und heilig versprochen, daß ihr den ganzen Sommer über Berichte über Gartenpartys oder Modenschauen erspart bleiben würden. Jetzt mußte sie nur noch ihrer Mutter beibringen, daß sie den Sommer über nicht nach Savannah kommen würde.

Über Ostern flog sie nach Hause, um es ihnen zu erklären. George hatte sich endlich verlobt, die Hochzeit war irgendwann im Sommer angesetzt. Da Allison sich nicht herabließ, Paxton zu bitten, sie solle als eine ihrer Brautjungfern fungieren, fiel ihr die Ankündigung leichter, daß sie nur auf einen Sprung zur Hochzeit kommen und dann wieder zurück nach San Francisco fliegen würde. Sie hatte schon angedeutet, daß sie einen Job bei einer Zeitung bekommen hätte, und ihre Mutter, der sofort einfiel, was Paxton ihr von Peters Familie erzählt hatte, suchte die Schuld bei ihm.

»Das hat damit nichts zu tun. Man hat mir eine wunderbare Arbeit bei einer wichtigen Zeitung angeboten. Das Angebot war zu gut, als daß ich es zugunsten der hiesigen Zeitung hätte ausschlagen können.«

»Wo liegt deine Loyalität?« fragte ihre Mutter anklagend. »Hier oder dort?«

»Das ist nicht der Punkt. Meine Loyalität sollte mir selbst und meiner Zukunft gelten.«

»An etwas anderes denkst du nicht«, sagte ihre Mutter daraufhin verbittert, und Paxton versuchte, das Gespräch wieder auf George und Allison und die bevorstehende Hochzeit zu bringen. Der Empfang sollte im Oglethorpe-Klub stattfinden, und es hieß, man wolle nur etwa hundert Freunde dazu einladen. Paxton fand es überhaupt lachhaft, für eine zweiunddreißigjährige Braut eine so glanzvolle Hochzeit zu arrangieren.

Paxton besuchte auch noch einige ihrer alten Freundinnen und war erstaunt festzustellen, daß wieder einige mehr verheiratet waren und mehrere verlobt und daß einige derjenigen, die ganz früh geheiratet hatten, bereits ihr zweites Kind erwarteten. Sie kam sich uralt vor, obwohl sie erst eben zwanzig geworden war.

»Glaubst du, daß er dich heiraten wird?« fragte Queenie sie, als sie spätabends beisammensaßen, und Paxton zuckte lächelnd die Schultern. Von einer Ehe war nicht mehr die Rede, zumindest nicht für die unmittelbare Zukunft. Aber Paxton wußte, daß es dazu kommen würde, sobald sie ihre Wanderlust befriedigt hatte und Peter die Wartezeit nicht zu lange wurde. Sie war so gern mit ihm zusammen, daß sie sich ein Leben ohne ihn gar nicht mehr vorstellen konnte.

Der Besuch verlief für sie gut, und das einzige, was ihr Grund zur Besorgnis gab, war Queenies gesundheitliche Verfassung. Trotz ihres enormen Umfangs wirkte sie irgendwie gebrechlich, so daß Paxton ihren Bruder drängte, sie aufmerksam im Auge zu behalten. Niemand wußte genau, wie alt sie war, doch es war nicht zu übersehen, daß ihre Kräfte nachließen.

Beim Abschied herrschte zwischen ihr und ihrer Mutter noch immer Spannung, doch Paxton bemühte sich, sie zu überspielen, und versprach fest, zur Hochzeit im Sommer wiederzukommen. Zurück in Berkeley, wurde sie von Peter schon ungeduldig erwartet. Diesmal war ihm die Trennung besonders lang erschienen, denn in mancherlei Hinsicht war ihre Beziehung einer Ehe sehr ähnlich.

Und als Gabby am nächsten Tag von einem Hawaii-Ausflug mit Matt zurückkam, strahlten ihre Augen, und ihre ganze Art kam Paxton sehr bekannt vor, ohne daß ihr eingefallen wäre, wo sie sie schon erlebt hätte. Erst Ende Mai fiel es ihr wieder ein, denn plötzlich lag Gabby ständig im Bett und schlief. Außer am Abend mit Matt ging sie auch kaum mehr aus dem Haus, weil sie zu müde war. In ihren Augen lag ein Ausdruck, den Paxton sofort wiedererkannte, und eines Tages, als sie allein zu Hause waren und niemand sie hören konnte, sprach sie mit Gabby. Sie war erst um zwei Uhr aufgestanden, zu einer Zeit, als Paxton vom College nach Hause kam. Die Erinnerung an Dawn drängte sich geradezu auf, das Mädchen aus Des Moines, das die ersten drei Studienmonate durchgeschlafen hatte und das zu Weihnachten nach Hause gefahren war, um ihr Baby zu bekommen.

»Du bist schwanger, oder?« Sie wollte nicht um den heißen Brei herumreden. Gabby drehte sich betroffen um.

»Lächerlich. Wie kommst du darauf?« Für einen Moment ließ sie ihre Angst erkennen.

»Weil du es bist. Oder nicht?«

»Ich ... nein ... so etwas Dummes ... ich ...« Aber sie war nicht imstande, weiter zu lügen. Verzweifelt ließ sie sich auf einen Küchenstuhl sinken und brach in Tränen aus. Paxton setzte sich neben sie und legte ihr einen Arm um die Schultern.

»Was wirst du machen?« fragte sie leise.

»Keine Ahnung ... erst dachte ich, ich hätte mich mit der Periode verspätet, aber ... ich weiß nicht, was ich tun soll.«

»Hast du es Matt schon gesagt?« Gabby schüttelte den Kopf. »Wie weit bist du?«

»Ich weiß es nicht. In der sechsten Woche etwa. Letzte Woche habe ich mich wegen der Möglichkeit eines Abbruchs umgehört, aber alle haben Horrorgeschichten über Mexiko und East Oakland auf Lager. So etwas möchte ich nicht. Was ist, wenn ich sterbe?«

»Du könntest nach Tokio oder London gehen.«

»Ja ... und was soll ich meinen Eltern sagen? Daß ich auf Geschäftsreise gehe? Daß ich an einem Projekt meines Kunstgeschichtekurses teilnehme? Mist ... Paxxie, was soll ich nur tun?«

»Was möchtest du? Willst du das Kind bekommen?«

»Ich weiß es nicht.« Und sie wußte es ehrlich nicht, obwohl sie ständig darüber nachdachte. Aber sie konnte sich zu keinem Entschluß durchringen, und sich bei Paxton aussprechen zu können, war eine große Erleichterung.

»Und was ist mit Matt? Möchtest du ihn heiraten?«

»Ich glaube schon. Er ist so gut zu mir und so lieb. Ich glaube, ich liebe ihn.« Das genügte nicht, zumindest hätte es Paxton nicht genügt. Aber Gabby stellte nicht so hohe Ansprüche.

»Du mußt ganz sicher sein, vor allem, wenn du ein Baby bekommst.«

»Wie kann ich sicher sein? Wie weiß man es denn? Du gehst seit fast zwei Jahren mit Peter. Bist du bei ihm sicher?«

»Ja«, sagte Paxton aufrichtig. »Aber meinetwegen bin ich nicht sicher. Ich bin nicht sicher, ob ich vollständig erwachsen bin. Aber ich weiß, daß ich ihn liebe.«

»Dann bist du glücklich dran. Aber du bist anders als ich.«

Sie ging doch erst seit Weihnachten mit Matthew Stanton. Manchmal kam er Paxton zu glatt, zu kalkulierend und zu perfekt vor, so daß man schwer beurteilen konnte, was wirklich unter der Oberfläche steckte. Kein Wunder, daß Gabby ihrer Sache nicht sicher war. Paxton argwöhnte auch, daß es für ihn viel bedeutete, mit Gabby Wilson auszugehen. Er wußte genau, wer ihr Vater war, und schien diese Beziehung, wenn sie auch nur eine indirekte war, sehr zu schätzen.

»Was wirst du tun?« fragte Paxton wieder. »Du mußt dich bald entscheiden, sonst bleibt dir keine Wahl.« Es stimmte. Nach drei Monaten war an einen Abbruch nicht mehr zu denken.

»O Gott, Paxxie, sag das nicht.«

»Warum sagst du es Matt nicht?«

»Und wenn er mich verläßt?«

»Dann weißt du wenigstens, wie du mit ihm dran bist. Das könnte dir die Entscheidung erleichtern.«

»Und wenn nicht?«

»Dann mußt du auch darüber nachdenken. Aber denk lieber daran, was du selbst möchtest. Ein Baby hat man für immer.« Sie hatte zu viele Freundinnen, die mit zwanzig und einundzwanzig bereuten, daß sie sich in eine Ehe gestürzt hatten oder hineingezwungen worden waren und Kinder bekommen hatten.

Sie sprachen noch immer darüber, als Peter kam, bei dessen Eintreten sie jäh verstummten. »Herrjeh, was ist mit euch? Habe ich etwas Unpassendes gesagt?«

»Du spinnst wohl.« Paxton küßte ihn mit Hingabe. »Wie ist es bei der Prüfung gelaufen?« Sein zweites Studienjahr lag fast hinter ihm, und beide wußten, daß es das härteste war.

»Ich glaube, ich habe alles vermasselt. Sicher sitze ich morgen schon in einer Maschine nach Vietnam.«

»Darüber macht man keine Witze.« Paxton warf ihm einen mißbilligenden Blick zu, als sie ihm Kaffee eingoß.

»Sei nicht überempfindlich«, gab er zurück, als er die Tasse absetzte, Paxton küßte und dann seiner Schwester nachsah, die hinausging. Gabby sah aus, als hätte sie geweint. »Was ist mit ihr?« fragte er im Flüsterton. »Hat sie mit dem Kerl Schluß gemacht?« Peter schien sich seinen Namen partout nicht merken zu können, was kein gutes Zeichen war. »Er ist für sie ohnehin zu alt. Und er zeigt zuviel Interesse an meinem Vater.« Ein Eindruck, den Paxton bestätigen konnte, doch unter den gegebenen Umständen hatte sie nicht die Absicht, es zuzugeben.

»Ich glaube, es hat eine kleine Auseinandersetzung gegeben, sicher nichts Ernstes«, sagte sie beiläufig, und Peter wußte sofort, daß sie schwindelte, wollte aber nicht weiter in sie dringen. Sie wußte offenbar mehr, wollte damit aber nicht herausrücken. Als Matthew an jenem Abend kam, um Gabby abzuholen, trug sie ein Minikleid in knalligem Orange und enorme würfelförmige Ohrgehänge. Ihre ernste Miene wollte zu der schrillen Aufmachung nicht so recht passen, und als sie eine knappe Stunde später zurückkam, war sie einem hysterischen Ausbruch nahe. Sie richtete den Blick auf Paxxie, als würde ihr Bruder nicht existieren.

»Er sagt, daß er es sich überlegen muß. Was sagt man dazu?« Sie brach in Tränen aus, rannte in ihr Zimmer und knallte die Tür zu, während Peter ihr verdutzt nachblickte, und plötzlich fiel bei ihm der Groschen. Er sah Paxton erschrocken an.

»Mist. Sie ist doch nicht ... oder doch? Sag bloß nicht ... bitte

… oder ich bringe sie um. Und anschließend ihn.« Der angespannte Zug um sein Kinn verhieß nichts Gutes, aber Paxton packte seinen Arm und schüttelte ihn.

»Gar nichts wirst du tun. Das müssen die beiden miteinander ausmachen.«

»Ach, Paxxie …« In seinen Augen standen Tränen, als er sie fassungslos anstarrte. »Wie konnte sie nur? Der Kerl ist eine Niete, sieht sie das nicht?«

»Vielleicht irrst du dich. Vielleicht ist er in Ordnung. Vielleicht wird er sich für sie entscheiden.« Sie hoffte es sehr. Wenn nicht, dann steckte Gabby in ernsten Schwierigkeiten.

»Ich glaube, sie sollte einen Abbruch vornehmen lassen. Sie ist doch schwanger, oder?« Natürlich hatte er recht, und sie nickte. »Wie hat sie das nur zulassen können?«

»Es war eine Panne.«

»Diese Art von Pannen gibt es nicht. Sie passieren dir ja auch nicht. Nimmt sie nicht die Pille?« Paxton schüttelte bekümmert den Kopf.

»Allmächtiger … was werden meine Eltern dazu sagen?«

»Niemand wird etwas sagen. Sie soll erst mit sich selbst ins reine kommen. Im Moment weiß sie noch nicht einmal, was sie möchte.«

»Sie hatte es mit der Ehe so eilig, und was passiert? Sie läßt sich von einem Ski-Idioten schwängern.«

Paxton lachte. »Hör auf. Er ist kein Ski-Idiot. Sie hat ihn nur beim Skilaufen kennengelernt, und nach allem, was wir wissen, ist er für sie der ideale Ehemann.« Sie hatte es kaum ausgesprochen, als es an der Tür klingelte. Es war Matthew, ernst und abgespannt, der fragte, ob er Gabby sprechen könne.

»Sie ist in ihrem Zimmer«, sagte Paxxie leise und sah dann Peter an, wobei sie ein Stoßgebet zum Himmel schickte, damit er den Vater des Kindes nicht erwürgte. »Warum gehen wir nicht aus auf eine Pizza oder so?«

»Weil ich nicht hungrig bin«, knurrte Peter mit unfreundlichem Blick zu Matthew. Dann aber ließ er sich doch von Paxton aus dem Haus lotsen und fing draußen sofort mit ihr zu streiten an. »Warum kann ich nicht mit ihm reden?«

»Weil er nicht mit dir reden möchte. Er möchte mit Gabby reden. Laß sie, um Himmels willen, allein.«

»Warum? Sieh doch, was passiert ist, als sie allein waren.«

»Das passiert nicht noch einmal. Also kümmere dich um deinen eigenen Kram.«

»Sie ist meine Schwester.«

»Ich glaube, er hat jetzt Vorrang. Außerdem habe ich Hunger.«

»Sag jetzt bloß nicht, daß du auch schwanger bist, oder ich kotze.«

»Ach, so ist das also?« Sie sah ihn interessiert an, als er an seinem Auto stehenblieb, aber er machte ein ernstes Gesicht.

»Also, nur um das klarzustellen – ich würde es nicht tun. Sollte uns das je passieren, Pax, dann möchte ich nicht, daß du eine Dummheit machst. Herrgott, wir sind jetzt schon so gut wie verheiratet. Wir würden die Sache einfach legalisieren, und ich würde mich um das Baby kümmern, während du zum Friedenskorps gehst.«

»Das hört sich ja fast verlockend an.« Sie wußte, daß er sie ärgerte, doch wollte er ihr damit zu verstehen geben, daß er sie auf der Stelle heiraten würde.

Er ging um den Wagen herum zu ihr und legte die Arme um sie. »Ich liebe dich, Baby ... sehr. Eines Tages hätte ich gern, daß du mein Kind bekommst.«

»Ich auch«, flüsterte sie an seinem Hals, aber vorstellen konnte sie es sich noch nicht. Aber sie konnte sich auch Gabby mit einem Baby nicht vorstellen.

Als sie zurückkamen, saßen Gabby und Matt auf den Türstufen. Gabby weinte nicht, in Paxtons Augen ein gutes Zeichen. Matt stand auf und sah Peter nervös an.

»Ich möchte mit dir reden«, sagte er und blickte ihn direkt an.

»Worüber?« Peter hatte nicht die Absicht, es ihm leichtzumachen, aber Gabby war zu nervös, um sich das anzuhören. Sie sprang auf und sah ihren Bruder an.

»Wir werden heiraten.« Erst sah sie ihm ängstlich ins Gesicht, dann Paxton, um dann in Tränen auszubrechen, woraufhin Paxton sie umarmte und ihr versicherte, daß sie sich freue.

»Habt ihr schon mit Mom und Dad gesprochen?« fragte Peter wachsam, wohl wissend, daß sie es nicht getan hatten.

»Matt trifft sich mit Dad morgen zum Lunch.«

Peter sah die beiden an, noch immer sichtlich aufgebracht. »Wird er ihm sagen, daß du schwanger bist?«

»Nein.« Gabby zitterte mit den Lippen. »Wirst du es ihm sagen?«

»Das weiß ich noch nicht«, erwiderte Peter, aber plötzlich mischte Matthew sich ein und legte den Arm um Gabby.

»Das reicht. Es besteht kein Grund, es irgend jemandem zu sagen.« Er sah seinen zukünftigen Schwager an. »Das bleibt unter uns. Es hat keinen Sinn, eure Eltern oder Gabby aufzuregen. Es war für alle ein Schock. Mich hat es fast umgeworfen, als Gabby es mir sagte. Aber wir wollen versuchen, das Beste daraus zu machen. Ich liebe sie, sie liebt mich, und wir werden ein wunderbares Baby bekommen.« Wieder zog er sie ganz eng an sich und gab ihr einen Kuß ins Haar, während sie gegen die Tränen ankämpfte und ihn dankbar ansah. Ebensogut hätte er sagen können, sie solle sich zum Teufel scheren, doch er hatte es nicht getan. Peter wußte, daß eine Ehe mit Gabby Wilson auch viele Vorteile mit sich brachte, denn Matt hatte viel weniger zu verlieren als sie.

Peter sah seine Schwester ernst an. »Bist du sicher, daß du es möchtest?«

Sie nickte, ohne den Blick von ihm zu wenden. »Ja. Zuerst wußte ich nicht, was ich tun sollte.« Sie sah Paxton nervös an. Es war ein großer Schritt. Aus der unbekümmerten Collegestudentin sollte über Nacht eine Ehefrau und Mutter werden.

»Was wirst du Mom und Dad sagen?«

»Daß wir heiraten wollen ... und zwar bald ... in ein paar Wochen oder in einem Monat.«

»Und du glaubst, daß sie dann nicht sofort Bescheid wissen? Mom wird sehr enttäuscht sein, wenn du auf eine große Hochzeit verzichtest.«

»Ich werde sagen, daß Matthew es nicht möchte, weil er geschieden ist.« Sie zuckte die Schultern. »Und dann wird das Baby eben zwei Monate zu früh geboren werden. Das ist bei vielen

Babys der Fall.« Paxton sah, wie sie Matt glücklich anlächelte. Erstaunlich, wie sich binnen weniger Stunden das Leben ihrer Freundin geändert hatte. Plötzlich schien sie nicht mehr ihnen, sondern Matthew zu gehören. Er hatte ihr einen Ring gekauft, und sie redete von nichts anderem mehr als von der Hochzeit. Endlich hatte sie bekommen, was sie sich schon lange gewünscht hatte: einen Ehemann. Aber Paxton war noch immer nicht sicher, ob Matt Stanton der Richtige war.

Ed Wilson empfand ähnlich, doch alle seine Bemühungen, die beiden zum Warten zu bewegen, blieben erfolglos, und schließlich gab er es auf. Gabby war so eigensinnig, daß sie nach Mexiko durchbrennen und Matt heiraten würde, wenn es sein mußte.

Die Hochzeit wurde für Juni angesetzt, und die Brautleute hatten darauf bestanden, nur ein paar Freunde einzuladen und ein kleines Mittagessen zu Hause zu geben. Wie Peter vorausgesagt hatte, war Marjorie Wilson bitter enttäuscht.

Am vierten Juni, dem Hochzeitstag, stand Paxton neben ihr und weinte, weil sie wußte, daß Gabby im Begriff war, etwas zu tun, von dem sie nicht ganz überzeugt war. Im Januar sollte das Baby kommen. Ed Wilson argwöhnte es, und auch Marjorie hatte sich nicht hinters Licht führen lassen. Aber alle taten Gabby zuliebe so, als wüßten sie nichts, und hofften inständig, Matt würde sich als anständiger Ehemann entpuppen.

Nach der Feier fuhren Peter und Paxton sofort zurück nach Berkeley. In der nächsten Woche mußten sie aus dem Haus ausziehen, und es gab noch einiges zu packen. Sie wollten das Haus aufgeben und sich ein kleineres suchen, und außerdem mußte nun kein Schein mehr gewahrt werden. Nur Paxtons Mutter wußte es nicht sicher, und es gab keinen Grund, es ihr zu sagen. Sie war weit genug entfernt, um die Scharade zu glauben, die sie das ganze letzte Jahr aufgeführt hatten. Da nun Gabby ausgezogen war, würde sich alles ein wenig anders gestalten.

»Nun«, sagte Paxton ernst, als sie – zu Hause angekommen – den Hut abnahm und sich die Berge von Kartons besah. Gabby und Matt waren schon auf Hochzeitsreise. Sie waren nach New York geflogen und würden nach zwei Tagen im Pierre nach Europa weiterfliegen. »Was meinst du? Werden sie es schaffen?«

»Pax, ich weiß es nicht.« Das wußte niemand. Man konnte nur für Gabby hoffen.

»Aber er ist wenigstens sehr nett zu ihr.«

»Das möchte ich ihm auch raten«, knurrte Peter, und sie gab ihm einen Kuß.

»Was sollen wir mit dem Zeug machen?«

»Keine Ahnung. Es weggeben?« Das meiste waren Bücher, die zum Großteil Paxton gehörten.

»Ich habe keine Zeit mehr, vor dem Abflug nach Savannah alles einzupacken.«

»Keine Angst, das werde ich erledigen.«

»Du bist ein Engel.« Sie lächelte. Nächste Woche sollte die Hochzeit ihres Bruders stattfinden. Auch diese beiden hatten sich für den Juni entschieden. Paxton hatte das Gefühl, auf ein Karussell geraten zu sein – packen, auspacken, umziehen, auspacken und nach Savannah zur Hochzeit zu fliegen.

Als Paxton zu Hause ankam, fand sie, daß Queenie nicht sehr gut aussah, aber ihre Mutter schien etwas weniger steif als sonst. Sie schien sich mit Allison gut zu vertragen, womit viel Druck von Paxton genommen war.

Zwei Tage nach der Hochzeit kehrte Paxton nach San Francisco zurück, um bei der Zeitung anzufangen. Peter wollte sich den Sommer über in einer Anwaltsfirma in Berkeley betätigen. Nach dem Umzug stellte sich bei ihnen endgültig das Gefühl ein, verheiratet zu sein. Sie hatten ihr eigenes Heim: ein zauberhaftes kleines Haus mit Garten, bestehend aus einem geräumigen Wohnzimmer, einer Küche und dem Eßzimmer. Im ersten Stock gab es ein großes Schlafzimmer und ein Arbeitszimmer, in dem Peter alle seine Fachbücher unterbrachte. Wenn Paxton abends aus der Redaktion kam, kochte sie für ihn, falls sie sich nicht in der Stadt trafen und auswärts aßen. Von der Arbeit bei der Zeitung war Paxton begeistert. Man gab ihr interessante Themen zu bearbeiten, und manchmal, wenn sie dastand und las, was aus dem Fernschreiber kam, hatte sie das Gefühl, den Finger am Puls der Welt zu haben. Nie hatte sie sich glücklicher gefühlt.

Im September, als Peter und Paxton sich wieder ins Studium stürzten, sah man Gabby ihre Schwangerschaft schon an, und sie war heilfroh, daß sie ein Jahr aussetzen konnte. Aber Paxton argwöhnte, daß sie nie wieder weiterstudieren würde. Ihre Eltern wußten inzwischen von dem Baby, und Matt war reizend zu ihr, so daß das junge Glück ungetrübt zu sein schien.

Wohin die Zeit in diesem Jahr verflogen war, ließ sich im nachhinein schwer beurteilen. Es war ihr drittes Jahr in Berkeley. Diesmal flog Paxton über Weihnachten nach Savannah, und sie mußte dort zu ihrem Kummer feststellen, daß Queenie eindeutig krank war. Trotz ihrer dunklen Hautfarbe wirkte sie fahl, und sie wurde arg vom Husten geplagt, bestand aber darauf weiterzuarbeiten, vor allem, da Paxxie gekommen war. Paxton machte sich große Sorgen um sie, aber George behauptete, nichts für sie tun zu können. Außerdem interessierte es ihn nicht. Sein ganzes Denken und Trachten galt Allison, die kommenden August ihr erstes Kind erwartete.

Gabbys Baby kam drei Wochen, nachdem Paxton vom Weihnachtsurlaub zurückgekommen war, zur Welt, ein winziges Mädchen, rothaarig wie die glückliche Mutter. Und als Paxton im Krankenhaus das Baby betrachtete, konnte sie es kaum fassen, daß Gabby nun Mutter war. Aber Matt war außer sich vor Freude und die Wilsons ebenso. Nur Paxxie spürte eine sonderbare Leere im Herzen, als sie mit Peter nach Berkeley fuhr.

»Alles in Ordnung?« Ihm war aufgefallen, wie wortkarg sie auf der Rückfahrt war, doch nun sah sie ihn an und lächelte eigenartig.

»Ja, aber es ist komisch, Gabby mit einem Baby zu sehen, findest du nicht? Wir sind jetzt so lange zusammen, über zwei Jahre, und wir kennen einander so gut. Und die beiden kennen einander erst ein Jahr, und jetzt ist sie glücklich verheiratet und hat ein Baby. Schon eigenartig.«

»Ja, das ist es.« Er grinste. »Aber dies ließe sich einrichten, wenn es das ist, was du möchtest.«

»Das ist es nicht. Jetzt nicht jedenfalls.« Sie lächelte fast traurig, weil sie es irgendwie doch wollte. Sie wollte alles, sie hatte das Studium satt, und ihr fehlte der Job, den sie den Sommer über bei der Zeitung gehabt hatte. Und jetzt kamen wieder Prüfungen, schriftliche und mündliche, und Hausarbeiten auf sie zu.

Inzwischen waren vierhunderttausend junge Amerikaner in Vietnam, und alles wurde zunehmend sinnloser. Da war es einfacher, wenn man sich um nichts kümmerte, und doch kümmerte es sie – viel zuviel, denn in fünf Monaten würde Peter sein Studium hinter sich gebracht haben.

Noch immer traurig, ging sie an jenem Abend zu Bett. Als Peter sie an sich zog und sie aneinandergeschmiegt dalagen, wurde ihr klar, daß sie Gabby um ihr Baby beneidete.

»Woran denkst du?« fragte Peter sie in der Dunkelheit.

»Daran, wie dumm ich bin.« Sie lächelte, und er lachte laut.

»Ein aufheiternder Gedanke.«

»Manchmal bin ich mir selbst voraus.«

»Denkst du wieder an das Baby?« Das Kleine war sehr niedlich, doch was sie eigentlich beeindruckte, war die Tatsache, daß die drei glücklich und zusammen waren. Trotzdem konnte sie sich noch nicht vorstellen, ein Kind zu haben, und doch wußte ein Teil von ihr, daß sie sich eines wünschte.

»Hör mal, wenn du willst, können wir heiraten, sobald ich im Juni mein Diplom bekomme. Bis dahin werde ich sicher schon einen Job haben ... Baby, mir würde das sehr zusagen.« Er lächelte in der Dunkelheit. Angesichts der drohenden Einberufung wäre es auch sicherer.

»Ich bin der Meinung, daß wir es nicht sollten. Sieh dir Gabby an, sie wird ihr Studium nie wieder aufnehmen. Ich möchte beenden, was ich angefangen habe.«

»Und das Friedenskorps?«

Sie grinste. »Ich glaube, darauf könnte ich verzichten. Ich bin nicht mehr sicher, ob ich es mit Küchenschaben und Blutegeln aufnehmen möchte.«

»Also abgemacht«, sagte er lachend. »Juni achtundsechzig, wenn du deine Graduierung hinter dir hast?« Bis dahin waren es noch siebzehn Monate. Nicht schlecht, wie sich das anhörte. »Was sagst du dazu, Baby?«

»Ich sage ja ... und ich liebe dich.«

»Ich dich auch. Heißt das, daß wir verlobt sind?«

»Ja, es hört sich so an.« Beinahe wäre ihr ein Kichern entschlüpft.

»Darf ich dir einen Ring kaufen?«

»Damit sollten wir vielleicht warten.« Es war ein großer Schritt, der bedeutete, daß sie es ihrer Mutter sagen und sich deren Vorhaltungen anhören mußte, weil sie jemanden heiraten wollte, der nicht aus Savannah stammte. »Warum warten wir damit nicht bis Weihnachten? Dann dauert es nicht mehr so lange bis zur Hochzeit?«

»Na, ich fange schon mal zu sparen an«, sagte er und schmiegte sich an sie, ehe sie in ihrem gemütlichen kleinen Haus in Berkeley einschliefen.

8

Im Juni 1967 machte Peter sein Abschlußexamen, und seine Eltern feierten den Anlaß mit einem großartigen Lunch im Bohemian-Klub in San Francisco. Es war eine sehr seriöse Angelegenheit, zu der alle Honoratioren der Stadt geladen waren, darunter auch Peters neuer Chef, dem eine große Anwaltsfirma gehörte. Paxton schien nichts dagegen zu haben, daß die Wilsons sie allen als ihre zukünftige Schwiegertochter vorstellten. Auch Matt und Gabby waren gekommen. Gabby war hübsch und schlank und redete ständig von ihrem Baby.

»Ich bin schon ganz auf das nächste eingestellt«, vertraute sie Paxton an, als sie sich frischmachten. Und Paxton fiel auf, daß Gabby nie besser ausgesehen hatte.

»Und das Studium?«

»Damit ist Schluß. Ich bin nicht wie du. Du möchtest Journalistin werden, du willst einen Beruf, du möchtest etwas beweisen. Ich möchte nur verheiratet sein und Kinder haben.«

Paxton lächelte wehmütig. »So hat meine Mutter sich mich erträumt. Na, wenigstens nimmt Allison jetzt etwas Druck von mir. Sie bekommt ihr Baby im August. Ich schätze, ich werde dann hinfliegen und es mir ansehen müssen.« Obwohl sie plante, über den Sommer wieder für die *Morning Sun* zu arbeiten. Sie hatte nur noch ein Jahr Studium vor sich, dann wollte man sie als Reporterin anstellen. »Also, wann kommt das nächste?« zog

Paxton sie auf. Sie hatten das Baby Marjorie Gabrielle getauft und nannten es Marjie. »Diesmal wird es vermutlich ein Junge.«

»Matt möchte es jedenfalls.« Gabby strahlte. Sie war einundzwanzig, verheiratet und Mutter. Und Paxton lebte seit drei Jahren mit Peter zusammen, er war Anwalt, und sie war noch immer Studentin. Jetzt mußte unbedingt etwas passieren. Sie wollte ihr Studium abschließen, eine Festanstellung bekommen und heiraten. In dieser Reihenfolge.

»Ist er auch lieb zu dir?« fragte Paxton, doch sie wußte, daß sie nicht hätte fragen sollen.

»Ja, das ist er«, sagte Gabby leise mit einem ernsten Blick zu ihrer alten Freundin und Zimmergenossin und zukünftigen Schwägerin. »Ich hatte Glück. Er hätte sich als richtiges Scheusal entpuppen können, es war aber nicht der Fall. Und er ist wunderbar zum Baby.«

»Das freut mich«, sagte Paxton aufrichtig, als sie den Waschraum verließen und zurück an ihren Tisch gingen.

»Was habt ihr beiden da drinnen gemacht? Ich habe dich überall gesucht«, beklagte Peter sich, als er sie endlich fand. »Ich wollte dich der Frau meines Chefs vorstellen. Sie ist Engländerin. Ich glaube, sie wird dir gefallen.« Doch sie konnten sie nirgends entdecken, und nach einem langen glücklichen Tag fuhren beide erschöpft nach Berkeley in ihr Häuschen zurück. Sie hatten sich entschlossen, es für ein zusätzliches Jahr zu mieten, damit Paxton es während ihrer letzten Semester leichter hatte. Und wenn sie erst ihren Abschluß hatte, wenn sie bei der Zeitung arbeitete und wenn sie verheiratet waren ... dann würden sie in die Stadt ziehen.

»Es war ein wunderbarer Tag.« Sie lächelte ihm zu. »Ich bin so stolz auf dich ... Du hast es geschafft!« Auch er schien sich sehr zu freuen, und seine Eltern waren stolz auf ihn. Sie waren glücklich über ihre beiden Kinder, und sie hatten auch Paxton lieb, die ihre Zuneigung innig erwiderte. Den ganzen Abend hatten sie nur von Peters Abschlußexamen gesprochen.

Der Rest des Sommers verflog rasch. Peter war im Anwaltsbüro sehr eingespannt, und Paxton arbeitete Tag und Nacht in der Redaktion. Kurz vor Semesterbeginn flog sie nach Hause, um ihre Mutter und das Baby zu besuchen. George, der Vater eines Sohnes geworden war, platzte fast vor Stolz. Das Baby, das den Namen James Carlton Andrews bekommen hatte, war entzückend, und Allison ging es sehr gut. Sogar Paxtons Mutter wirkte etwas lockerer.

Nur Queenie, die um Jahre gealtert schien, konnte sich mit ihrer Arthritis kaum mehr rühren. »Warum tust du nichts für sie?« fragte Paxton ihren Bruder vorwurfsvoll, der aber tat die Frage ab. Er hatte wahrlich anderes zu tun, als sich über die alte Haushilfe seiner Mutter den Kopf zu zerbrechen. »Zu einem anderen Arzt geht sie nicht, George. Sie vertraut dir.«

»Ich kann nichts machen. Sie muß an die Achtzig sein.«

»Na und? Sie könnte einhundert werden, wenn sich jemand gewissenhaft um sie kümmert.« Er teilte ihre Meinung nicht, verkniff sich aber jede Erwiderung. Es ging Queenie schon seit einigen Jahren schlecht, und sie würde nicht ewig leben, auch wenn Paxton es nicht wahrhaben wollte.

Aber Paxton verbrachte ihren letzten Nachmittag mit Queenie und erinnerte George vor ihrem Abflug noch einmal daran.

»Na, was ist, wirst du ihn endlich heiraten?« fragte Queenie grollend, als Paxton von Peter erzählte.

»Wir haben den kommenden Juni ins Auge gefaßt, wenn ich fertig bin, oder irgendwann im nächsten Sommer.« Erst wollte sie eine Anstellung haben, denn ihre Unabhängigkeit mußte gesichert sein.

»Worauf wartest du, Mädchen? Auf graues Haar oder Vollmond? Du liebst ihn jetzt seit drei Jahren.«

»Ich weiß. Aber ich möchte zuerst mein Studium beenden.«

»Du kannst verheiratet sein und studieren. Du bist klug genug für beides. Also, wo ist das Problem?«

»Ach, vermutlich bin ich albern. Ich glaube immer, ich müßte erst das eine machen und dann das andere.«

»Warte nicht zu lange.« Queenie sah das Mädchen, das sie aufgezogen hatte, eindringlich an und dachte insgeheim, daß Paxton hübscher war als je zuvor. Sie wirkte älter und reifer, was ihre Züge ausdrucksvoller machte, und sie war an den richtigen Stellen etwas voller geworden.

»Was meinst du damit?« Paxton wirkte plötzlich beunruhigt.

»Na, vielleicht findet er eine, die nicht warten möchte, oder ein Mädchen macht Jagd auf ihn und angelt sich ihn ... oder ich weiß nicht, was ... wie das Leben eben so spielt, und manchmal bereut man, daß man zu lange gezögert hat, wenn man etwas hätte tun sollen, als es noch ging, und auf einmal kann man nicht mehr ... Baby, ich glaube, du solltest heiraten.« Aber Paxton glaubte, die alte Frau wolle sie einfach verheiratet sehen, solange sie selbst noch so weit bei Kräften war, um sich daran freuen zu können. Und daß Peter warten würde, wußte sie. Er war nicht der Typ, der mit jemandem durchbrannte. In diesem Punkt war sie ganz sicher. Sie hatten ja schon so lange gewartet. Nun würden sie auch noch das eine Jahr bis zum Sommer durchhalten.

An dem Tag, als Paxton zu ihm nach Hause flog, wurde in Südvietnam Präsident Thieu gewählt. Und einen Monat darauf waren bereits dreizehntausend Amerikaner in Vietnam gefallen und siebenhundertfünfundfünfzig galten als vermißt.

Und Gabby vertraute ihr an, daß sie wieder schwanger war. Das Baby sollte im kommenden Juni zur Welt kommen. Das kam Paxton noch sehr fern vor, fast so fern wie ihre Hochzeit.

Im vierten Studienjahr stellte sich bei ihr das Gefühl ein, das College hätte ihr nichts mehr zu bieten. Die Zeit raste, und sie und Peter sprachen nur noch von ihren Plänen nach ihrer Graduierung.

In diesem Jahr feierten sie alle zusammen Weihnachten bei den Wilsons, und anschließend fuhren Peter und Paxton wie im Jahr zuvor nach Squaw Valley zum Skilaufen. Es wurde ein herrlicher Urlaub, und sie schwelgten gut gelaunt in Erinnerungen daran, wie Gabby und Matthew sich vor zwei Jahren kennengelernt hatten und wieviel in den dreieinhalb Jahren ihres Zusammenlebens passiert war. Die Wartezeit bis zur Hochzeit erschien ihnen nun nicht mehr lang. Der Juni und Paxtons Graduierung waren nicht mehr weit, und dann würde sie sich wegen eines richtigen Jobs entscheiden und Ende des Sommers heiraten. Bis dahin war es nicht einmal mehr ein ganzes Jahr.

Doch als sie nach Hause kamen, erwartete sie ein Brief von der

Einberufungsbehörde. Es hatte Peter erwischt. Paxton spürte, wie ihr Herz auszusetzen drohte, als sie den Brief las.

»O Gott, was machen wir jetzt?« waren ihre ersten Worte.

»Wir müssen beten«, sagte er und rief später am Abend seinen Vater an, der zu seinem Leidwesen eingestehen mußte, daß er keine Beziehungen hatte, die ihm bei der Einberufungsbehörde weitergeholfen hätten, doch fragte er Peter rundheraus, ob Paxton gewillt sei, ihn zu heiraten. »Sicher würde sie das tun«, sagte er leise, und sie ahnte sofort, was sein Vater ihn gefragt hatte. »Aber wir wollten eigentlich bis zum Sommer warten.« Er wußte, daß Paxton großen Wert darauf legte, noch zu warten und alles fein säuberlich der Reihe nach zu tun.

»Ich glaube nicht, daß ihr warten solltet. Falls es dir hilft, dich aus der Affäre zu ziehen, dann tu es.« Und alle wußten, daß der Nutzeffekt zweifelhaft war, aber in diesen Zeiten konnte man ja mit nichts mehr sicher rechnen. Es lag im Ermessen der zuständigen Einberufungsstelle, ob eine Ehe als Grund für eine Zurückstellung bei der Musterung anerkannt wurde oder nicht. Neuerdings wurden Blitzheiraten nicht mehr berücksichtigt. Es war vermutlich zu spät. Und Peter wollte Paxton vor ihrer Graduierung nicht zur Heirat drängen.

»Mal sehen, Dad. Vielleicht ändern die ihre Meinung, wenn ich ärztlich untersucht wurde. Ich werde in sechs Wochen sechsundzwanzig. Es lohnt sich ja kaum. Sie haben es nur auf die Jungen abgesehen.« Doch als er auflegte, glänzten Tränen in Paxtons Augen. Sie fürchtete, daß man ihn einziehen würde.

»Sei nicht albern, Kleines.« Er zog sie an sich. »Ich bin zu alt. Mich nimmt man nicht mehr.«

»Und wenn doch?«

»Sie werden mich nicht nehmen.«

»Laß uns rasch heiraten.« Sie wollte es jetzt, er aber war der Meinung, daß es nicht mehr viel nützte.

»Und außerdem haben wir nicht dreieinhalb Jahre gewartet, um Hals über Kopf eine Mußehe einzugehen.«

»Warum nicht? Peter, ich möchte nicht mehr warten.« Plötzlich fielen ihr Queenies Worte ein ... manchmal bereut man, daß man zu lange gezögert hat ... »Ich möchte heiraten.«

»Hör mit der Panikmache auf.« Er bemühte sich, sie zu beruhigen. Es war das erste Mal, daß er sie so verängstigt erlebte. »Morgen rede ich mit meinem Boß.« Der aber teilte Peters Ansicht. Man würde sicherlich niemanden einziehen, der in einem Monat die obere Altersgrenze erreichte, das hätte keinen Sinn ergeben. Und wenn man ihn doch für tauglich befand, mußte er zusehen, daß er die Sache irgendwie verzögerte. Es handelte sich schließlich nur um lächerliche sechs Wochen.

Doch als er nach Oakland zur Einberufungskommission fuhr und untersucht wurde, befand man ihn für tauglich. Es war passiert, es hatte ihn erwischt. Beide konnten es nicht fassen, und Paxton war in einer Weltuntergangsstimmung. Am liebsten hätte sie ihn versteckt, er aber wollte nicht versteckt werden. Er glaubte nicht an den Krieg. Er hatte seinerzeit sogar seinen Stellungsbefehl verbrannt, wie sie ihm ins Gedächtnis rief. Jetzt aber war er erwachsen und verantwortungsbewußt, der Sohn des Herausgebers der *Morning Sun*. Jetzt mußte er gehen, oder zumindest sah er es so, auch wenn es ihm nicht paßte.

Auch wenn er noch schnell heiratete, war es zu spät. Es hatte ihn erwischt, jede Diskussion erübrigte sich.

Es war wie ein böser Traum. Und in Vietnam, ein Begriff, der bei Paxton mittlerweile zum Alptraum geworden war, rückten anläßlich des Tet-Festes, des chinesischen Neujahrs, die kommunistischen Truppen in einer Stärke von zwanzigtausend Mann zu einem Überraschungsangriff gegen den Süden vor. Und am dreiundzwanzigsten Januar hatte Nordkorea die USS-Pueblo in seine Gewalt bekommen. Es war der Tag, an dem Peter sich zur Grundausbildung in Fort Ord melden mußte. Paxton sollte ihn sechs Wochen lang nicht sehen, und danach würde man ihn Gott weiß wohin verflachten. Das einzige, was ihm Mut machte, war der Umstand, daß er als Jurist hinter irgendeinem Schreibtisch landen und nie an Kampfhandlungen teilnehmen würde. Obwohl er Paxton und seine Eltern immer wieder beruhigte, hatte er selbst große Angst.

»Peter, bitte ... laß uns nach Kanada gehen ... ich werde alles tun«, flehte sie ihn an, ehe er aufbrach, er aber wollte nichts davon hören.

»Mach dich nicht lächerlich. Du sollst deinen College-Abschluß machen.« Er wußte, wieviel es ihr bedeutete und wie erfolgreich sie war. Davonlaufen wollte er nicht. Da stellte er sich lieber der Situation und bemühte sich, das Beste daraus zu machen. Seine beruflichen Pläne wurden zwar aufgeschoben, aber zwei Jahre waren kein Weltuntergang, tröstete er sich. Er hätte die Offiziersausbildung machen können, doch das hätte ihn noch mehr Zeit gekostet. Er zog es vor, seine zwei Jahre als gemeiner Soldat abzudienen und schnell wieder nach Hause zu kommen.

Jetzt gab es nichts mehr, was er dagegen hätte unternehmen können. Aber Paxton bedrängte ihn bis zum Schluß, er solle sich entziehen. Sie fuhr ihn sogar nach Fort Ord und weinte beim Abschied hemmungslos. »Liebling, wir sehen uns in ein paar Wochen. So beruhige dich doch.« Er hatte darauf bestanden, daß sie nach San Francisco ging und bei seinen Eltern wohnte. Aber schon nach wenigen Tagen zog es sie ins Haus nach Berkeley zurück, in dem sie mit ihm soviel Glück erlebt hatte. Sie wollte in der vertrauten Umgebung leben, die sie mit ihm geteilt hatte. Und jeden Abend erwartete sie seinen Anruf. Als er schließlich anrufen konnte, war sie schon halb tot vor Angst. Sechs Wochen lang hatte sie seine Stimme nicht mehr gehört, und in dieser Zeit hatte sie ihr Studium völlig vernachlässigt. Ihre Gedanken kreisten ausschließlich um Peter. Aber kaum hatte er sich telefonisch gemeldet, als er auch schon ankündigte, daß er übers Wochenende kommen würde. Das stimmte auch, aber die Nachrichten, die er brachte, waren nicht gut. Er kam nur, um zu sagen, daß er fünf Tage später nach Saigon fliegen würde.

9

Peters letzte Tage zu Hause wurden für alle zur Qual, besonders aber für Paxton. Alle wollten mit ihm zusammensein, mit ihm sprechen, ihn wissen lassen, wie sehr sie ihn liebten. Sein Vater bemühte sich sogar, ein paar Beziehungen spielen zu lassen, doch es nützte nichts. Der einzige Bekannte, den er bei der Einberufungsbehörde hatte, mußte zu seinem Bedauern erklären, daß er ihm nicht helfen könne. Alle steckten in derselben Situation, es gab zu viele Familien, die verzweifelt versuchten, ihre Söhne zu retten, doch waren sämtliche Bemühungen nutzlos. Wer für tauglich befunden worden war, mußte gehen. Am Bestimmungsort angelangt, mußte er versuchen, am Leben zu bleiben. Dreizehn Monate war die übliche Zeit für einen Einsatz in Vietnam. Dreihundertfünfundneunzig Tage, hatte Peter zu Paxxie gesagt. Anschließend würde man ihn irgendwohin in die Staaten versetzen, und damit war die Sache gelaufen. Es bedeutete eine leichte Verzögerung für ihre Pläne, aber nicht mehr, behauptete er. Aber beide wußten es besser. Es bedeutete, daß sie die nächsten dreizehn Monate mit angehaltenem Atem darum beten würden, er möge am Leben bleiben und wohlbehalten wieder nach Hause kommen. Paxton litt nun zunehmend unter Schuldgefühlen, weil sie Peter nicht schon längst geheiratet hatte.

»Laß uns nach Kanada gehen«, flüsterte sie ihm einmal spät in der Nacht zu, als sie im Gästebett im Haus seiner Eltern lagen. Die Wilsons wollten, daß er seine letzten Tage zu Hause verbrachte, und sie hatten Paxton eingeladen, zu ihnen zu ziehen. Sie erwarteten noch immer, daß sie getrennt schliefen, aber Peter schlich sich heimlich in ihr Zimmer und gegen Morgen dann wieder in sein eigenes. Schlafen konnten sie ohnehin nicht. Paxton war zu aufgewühlt, und er zu angespannt. Ständig mußte er die anderen beruhigen, um sich dann während der Nacht mit den eigenen Ängsten herumzuplagen.

In den zwei Monaten in Fort Ord hatte er abgenommen und Muskeln bekommen, aber aus seinem Blick sprach ein Schmerz, der Paxton das Herz zerriß. Seine Augen sagten: Ich will es nicht, und doch hatte er das Gefühl, es tun zu müssen.

»Pax, wir können nicht nach Kanada«, sagte er ruhig und zündete eine Zigarette an dem Stummel der letzten an. Früher hatte er kaum geraucht, doch seit der Grundausbildung war es ihm zur Gewohnheit geworden. »Was sollte ich dort machen?«

»Du bist Jurist. Du könntest dort auch als Anwalt arbeiten.«

»Und meinem Vater das Herz brechen. Ich könnte nie wieder zurückkommen.«

»Unsinn. Eines Tages werden alle, die getürmt sind, zurückkommen dürfen. Es sind zu viele, man wird es ihnen erlauben müssen.«

»Und wenn nicht? Dann kann ich nicht mehr nach Hause. Baby, das lohnt sich nicht.« Und wenn er überhaupt nicht mehr nach Hause kam? Lohnte sich das? Fassungslosigkeit überfiel sie. Es war unmöglich, daß ihnen das alles passierte. Er war jetzt sechsundzwanzig, Anwalt, verlobt, und man schickte ihn nach Vietnam. Ein Alptraum.

»Peter, bitte ...« In der Dunkelheit streckte sie die Hand nach ihm aus. Und er hielt Paxton fest umschlungen, als sie weinte. Auch er vergoß Tränen, und dennoch wollte er nicht nachgeben und tun, was sie verlangte. Er wollte nicht davonlaufen. Er hatte nie zur Armee gewollt, er glaubte nicht an den Krieg. Es war Jahre her, seitdem er seinen Einberufungsbefehl verbrannt hatte. Doch jetzt wußte er, daß er gehen mußte, und wenn es darauf ankam, war er bereit, seinem Land zu dienen. Während der Grundausbildung hatte man sie richtig gegen »Nam« heißgemacht und ihnen eingeredet, wie sehr sie »Charlie« hassen müßten. Man hatte sie mit Horrorgeschichten gefüttert, von Kindern mit Maschinenpistolen, von im Busch lauernden Vietcong, von Fallen und von Tunnels, in denen der Feind sich versteckte. Von anderen Dingen aber war nicht die Rede gewesen, von Abschied, von Schmerz, von Trauer um einen Freund, vom Entsetzen, wenn man auf eine Mine trat oder wenn man eine Frau mit Kind tötete, nur weil einem die Angst den Verstand raubte.

Dennoch fühlte er sich auf das Kommando vorbereitet, und in den letzten Tagen beruhigte er Paxton immer wieder damit, daß er vorsichtig sein und sich nicht zu Wahnsinnstaten hinreißen lassen würde.

»Schwörst du es mir?« Sie entlockte ihm noch ein Versprechen, ehe er zurück in sein Zimmer ging, und er gab es ihr mit einem Kuß.

»Ich schwöre es.« Und mit trägem Lächeln fügte er hinzu: »Ich schwöre, daß ich zu dir zurückkomme ... unversehrt ... bereit, dich zu heiraten und vierzehn Kinder in die Welt zu setzen. Mach dich darauf gefaßt, Pax. Ich werde dann längst ein alter Mann sein.« Aber bis dahin würde sie zu allem bereit sein, und ihr Streben nach Unabhängigkeit würde sich verflüchtigt haben.

»Aber wir könnten vorher heiraten.« Sie war gewillt, ihn auf der Stelle zu heiraten, und das wußte er. Aber so wollte er nicht heiraten, in rasender Eile, hysterisch, voller Angst. Und er wollte nicht das Risiko eingehen, sie zur Witwe zu machen. Er war gewillt zu warten, und er wußte, daß sie auf ihn warten würde. Davor hatte er keine Angst, und nach all den gemeinsamen Jahren kamen sich beide ohnehin wie Eheleute vor. »Ich liebe dich ...« flüsterte er wieder, und dann küßte er sie und schlich bei Sonnenaufgang in sein Zimmer. Es war Ende März 1968, am nächsten Tag sollte er nach Vietnam geflogen werden. Aber heute würde es für ihn noch viel zu tun geben. Es war Sonntag.

Gabby und Matt und das Baby kamen zum Lunch. Marjie, fünfzehn Monate alt, hatte eben laufen gelernt und schmierte mit ihren Fingerchen überall herum. Gabby war wieder im siebten Monat, und Peter unterhielt sich lange mit ihr, und nach dem Essen machten sie einen Spaziergang im Garten. Beide sahen verweint aus, als sie zurückkamen. Aber an diesem Tag weinten alle, sogar Peters Vater.

Als Gabby und Matt nach Hause gefahren waren, saßen sie zusammen und hörten sich Lyndon Johnson an. Er versprach, die Bombenangriffe einzuschränken, und er versprach Frieden. Und dann überraschte er alle mit der Ankündigung, daß er nicht für die Wiederwahl kandidieren wollte. So gab es wenigstens etwas Gesprächsstoff, und man wurde von der Tatsache abgelenkt, daß Peter am nächsten Tag fort mußte.

An jenem Abend kam er in Paxtons Zimmer, ehe seine Eltern zu Bett gegangen waren. Er wollte keinen Moment länger warten, und die ganze Nacht lag er da und hielt sie in den Armen, und beide weinten. Er wollte nicht sterben, wollte niemanden töten, und er wollte das Mädchen, das er liebte, nicht verlassen, und doch war es für ihn keine Frage, daß er gehen mußte. Paxton gab sich erneut die Schuld, daß sie ihn nicht schon längst geheiratet hatte, und doch war es ihr vernünftig erschienen, bis nach dem College damit zu warten. Aber was war jetzt noch vernünftig? Was ergab einen Sinn? Ein Krieg in einem Land, das eine halbe Welt entfernt war, bei dem es eigentlich niemand kümmerte, wer gewann oder verlor, weil er nicht gewonnen werden konnte, in einem Land, in dem die Amerikaner sich aus Angst vor Vergeltung nicht richtig verteidigen konnten? Den beiden und allen anderen erschien dies alles sinnlos, und Paxton ganz besonders.

Sie standen am Fenster und sahen die Sonne aufgehen, und dann gingen sie wieder zu Bett und liebten sich zum letzten Mal, und als Peter schließlich in sein Zimmer ging, stieß er mit seinem Vater zusammen.

»Morgen, Dad.« Er lächelte ihm traurig zu, und Ed Wilson nickte mit Tränen in den Augen. Er hatte ihn als Baby in den Armen gehalten, und jetzt war Peter ein Mann, und er fürchtete verzweifelt, ihn zu verlieren.

An jenem Tag nahmen sie das Frühstück gemeinsam ein. Alle waren korrekt gekleidet, hellwach, mit aufmerksamen und ernsten Mienen. Sie aßen in völligem Schweigen. Peter war es, der als erster etwas sagte, nachdem er langsam den Stuhl zurückgeschoben hatte.

»Also, meine Lieben, so ein Frühstück werde ich vermutlich lange nicht mehr vorgesetzt bekommen.« Ganz sicher nicht von einem Hausmädchen in schwarzem Kleid und weißer Schürze, in einem eleganten Eßzimmer, auf Limoges-Porzellan, mit Silberbesteck und Porthault-Servietten. Nicht in Gesellschaft von Menschen, die er liebte und die ihn liebten, sauber gekleidet, in sicherer Umgebung. »Ihr werdet mir fehlen.« Die Aufrichtigkeit seiner Worte brach den Damm, alle fingen zu weinen an, Peter, seine Eltern und Paxton, und alle versprachen, tapfer zu sein, und trösteten einander damit, daß er bald wieder nach Hause kommen würde. Und immer wieder bekam er zu hören, wie sehr er allen fehlen würde. Paxton spürte mehr als alle anderen, wie gut die Wilsons dran waren, weil sie ihren Empfindungen Ausdruck verleihen konnten. Wäre ihr Bruder einberufen worden, hätte niemand auszudrücken vermocht, wie sehr man um ihn bangte und wie sehr man ihn liebte.

Eine halbe Stunde später fuhren sie zu viert zur Travis Air Base in Fairfield, Peter in einer nagelneuen Uniform und mit einem riesigen Reisesack. Er mußte sich zu Mittag dort melden und wußte nicht genau, wann er an Bord der Maschine gehen würde, aber sobald er sich von ihnen verabschiedet hatte, spielte es keine Rolle mehr.

Es war ein warmer sonniger Tag, und Mr. Wilsons Fahrer sagte während der Fahrt kein Wort, doch als sie ankamen, stieg er aus und schüttelte Peter respektvoll die Hand.

»Viel Glück, junger Mann. Heizen Sie denen richtig ein.« Da er den Zweiten Weltkrieg mitgemacht hatte, besaß der Begriff Krieg für ihn noch eine andere Bedeutung. Als er zur Armee mußte, hatte er gewußt, wer der Feind war, wer die Guten waren und warum er kämpfte. Peter, der ihm zunickte, war sich all dessen weniger sicher.

»Danke, Tom. Geben Sie gut acht auf sich.« Dieselben Worte wiederholte er zu allen, und seine Mutter umarmte er besonders lange. »Gib schön acht. Mom ... ich habe dich lieb ...« Am liebsten wäre sie in die Knie gesunken und hätte laut geklagt, so schwer fiel es ihr, ihren Sohn in den Krieg schicken zu müssen, doch sie nickte tapfer, küßte ihn wieder unter Tränen und hielt Eds Hand so fest umklammert, daß er schon glaubte, seine Finger würden ihm brechen, während Peter sich von Paxton verabschiedete. »Ich habe dich auch lieb ...« flüsterte er, zu mehr Worten nicht fähig. »Gib acht ...« Dann drehte er sich um und verschwand in dem kasernenartigen Gebäude. Weiter durften sie ihn nicht begleiten, nach Ed Wilsons Dafürhalten sehr vernünftig. Der Abschied war schon schmerzlich genug, und er fürchtete, es würde Marjories Kräfte übersteigen, wenn sie mit ansehen mußte, wie die Maschine startete, die ihren Jungen entführte, der Gefahr entgegen.

Er half ihnen beim Einsteigen in die Limousine. Die zwei Frauen weinten engumschlungen.

»Ich hätte ihn heiraten sollen ...«, schluchzte Paxton ungehemmt, und Marjorie schüttelte nur den Kopf voller Angst und Kummer.

»Du hast ja nicht wissen können, was passiert.« Das hatte niemand wissen können. Niemand hatte etwas von dem Krieg gewußt, in den er nun geschickt wurde, und von dem Preis, den er dort vielleicht bezahlen würde. »Mein Gott, ich hoffe nur, daß er vorsichtig ist«, sagte seine Mutter leise, als sie auf der Rückfahrt nach San Francisco über die Bay Bridge fuhren.

Paxton aß mit ihnen zu Mittag, aber alle waren zu mitgenommen, um viel zu sprechen. Am Nachmittag packte sie ihre Sachen und fuhr zurück nach Berkeley. Sie hätte noch am selben Tag zu einer Prüfung in ihrem letzten Wirtschaftskurs antreten sollen, hatte sich aber bereits entschlossen, nicht mitzuschreiben. Sie hatte ohnehin alles vergessen, bis auf Peter und wohin er flog. Man wußte nur, daß er nach Hawaii und dann nach Guam und weiter nach Saigon unterwegs war. Er hatte versprochen, sie nach Möglichkeit anzurufen. Aber wohin es ihn nach der Ankunft in Saigon verschlagen würde, war noch nicht klar. Paxton hoffte sehr, daß sein Standort Saigon sein würde. Mit etwas Glück würde er hinter einem Schreibtisch landen und dort bleiben. Sie hatte ihn wiederholt gedrängt, geltend zu machen, daß er Jurist war. Aber er war nicht zur Juristen-Einheit versetzt worden. In diesem Fall wäre er in den Staaten geblieben. In Vietnam hatte man keinen Bedarf an Anwälten. Dort brauchte man Soldaten, die kämpften und nach Minen Ausschau hielten und »Charlie« in seinen Höhlen und unterirdischen Gängen jagten.

Peters Eltern hatten sie gedrängt, anzurufen und zum Dinner zu kommen oder bei ihnen zu wohnen, wann immer sie wollte. Aber an jenem ersten Tag tat sie nichts anderes, als auf dem gemeinsamen Bett zu liegen und sein After-Shave zu riechen, das an seinen Sachen hing, die er im Schrank zurückgelassen hatte. Er hatte nicht mehr die Zeit gehabt, alles zu packen, obwohl sie ihr Haus im Juli aufgeben wollten, und Paxton hatte es auch nicht gewollt. Sie wollte mit seinen Sachen und mit ihm hier sein. So hatte sie nicht das Gefühl, ihn verloren zu haben.

An jenem Nachmittag rief Gabby an, und beide weinten. Sie sagte, sogar der Gedanke an das Baby bedrückte sie.

»Ich möchte nur, daß er nach Hause kommt«, jammerte sie. Sie waren immer so eng befreundet gewesen, besonders in den letzten Jahren, als er schon mit Paxton zusammen war.

»Ich auch«, sagte Paxton bekümmert.

»Weißt du, was heute für ein Tag ist?« fragte Gabby, aber Paxton wußte es nicht, und es kümmerte sie auch nicht, obwohl sie wußte, daß sie es nie vergessen würde. »Der erste April.«

Fast hätte Paxton gelächelt. »Bedeutet das, daß man ihn uns heute abend mit einer Entschuldigung zurückschickt?«

»Das sollten sie ... diese Arschlöcher.« Im Hintergrund war Marjies Geschrei zu hören, und Gabby mußte Schluß machen, nicht ohne zu versprechen, später wieder anzurufen.

Der nächste Anrufer war jedoch Peter, der von Guam aus anrief, wo sie Zwischenlandung machten. Es war Mitternacht, aber Paxton schlief nicht. Sie lag im Bett und dachte an ihn, und als sie über dem Knistern in der Leitung seine Stimme hörte, war es für sie wie ein kostbares Geschenk. Er hatte nur ganz knapp Zeit zwischen den Flügen, aber er wollte ihr sagen, daß er sie liebte.

»Ich liebe dich auch ... Gib acht ...«

»Ich liebe dich!« Und dann war er fort, und sie lag wieder im Bett, wach bis in den Morgen.

An jenem Tag ließ sie erneut ihre Kurse ausfallen. Sie wollte sich etwas Zeit lassen, obwohl sie zwei Hausarbeiten abzuliefern hatte, aber seitdem Peter in Fort Ord gewesen war, hatte sie ihr Studium vernachlässigt. Die Anspannung war zu groß für sie, und die letzten Zensuren hatten dies deutlich gezeigt. Von A, der besten Note, war sie in fast allen Fächern auf ein Ungenügend gerutscht. Etwas später raffte sie sich aber doch auf und holte aus der Bibliothek ein paar Bücher ab, die dort seit Anfang März für sie bereitlagen. Im Moment gab es für sie ohnehin nichts zu tun, und allmählich machte sich bei ihr Panik wegen ihrer zwei Hausarbeiten bemerkbar.

Am nächsten Morgen rief Peters Mutter an. Sie wußte, daß Paxton noch nichts von ihm erfahren haben konnte, und daß er sie von Guam angerufen hatte, wußte sie bereits von Gabby. Sie wollte sich nur erkundigen, wie es Paxton ging. Es ging ihr gut, von jenem merkwürdigen Gefühl abgesehen, das sie auch verspürt hatte, als ihr Vater ums Leben kam und John Kennedy erschossen wurde, ein Gefühl, als ob sie sich unter Wasser bewegte. Alles schien im Zeitlupentempo abzulaufen, und die Stimmen, die sie hörte, schienen aus großer Ferne zu kommen. Fast war es, als sei ihr alles gleichgültig, als würden die Dinge ihre Bedeutung verloren haben. Sie war von dem Verlangen erfüllt, sich irgendwo zu verkriechen, bis Peter wiederkäme, wann immer das sein würde. Er hatte versprochen, sich im Urlaub mit ihr auf Hawaii oder sonstwo zu treffen, war aber nicht sicher, wann. Nur eines stand fest: Sobald er irgendwohin durfte, würde er sich mit Paxton treffen.

»Gib acht auf dich«, sagte seine Mutter, und Paxton versprach es, wie Peter es getan hatte. Nachdem sie aufgelegt hatte, erwog Paxton kurz, Queenie in Savannah anzurufen, ließ es dann aber sein, um sie nicht unnötig aufzuregen.

Am nächsten Abend schaltete Paxton die Nachrichten im Fernsehen ein. Sie wußte, daß Peter inzwischen in Saigon eingetroffen sein mußte. Und plötzlich war alles wieder sehr wichtig, jeder Bericht, jedes Wort, jede Szene, in der Soldaten deutlicher gezeigt wurden, weil sich womöglich Peter unter ihnen befand. Aber es waren nicht die Nachrichten aus Vietnam, die ihr an jenem Abend Anlaß zur Aufregung gaben, sondern das, was nachher kam. Es war die Wiederholung einer Meldung, die schon den ganzen Tag über gebracht worden war, Paxton aber entgangen war. Es ging um Dr. Martin Luther King, und dann waren auf dem Bildschirm wirre Bilder zu sehen ... Menschen, die rannten ... ein Hotel ... laute Schreie ... und dann kapierte sie: Auf Martin Luther King war in Memphis ein Attentat verübt worden, ein Mordanschlag. Er war tot, erschossen. Fassungslos starrte sie auf den Bildschirm. Die Welt war aus den Fugen geraten. Peter war in Vietnam, und Martin Luther King war getötet worden ... erschossen ... Jemand hatte ihn und all das, wofür er eintrat, auslöschen wollen. In ihrem Haus in Berkeley ließ Paxton sich langsam in einen Sessel sinken, den Blick starr auf den Bildschirm gerichtet, und hörte die Nachrichten. Alles erschien ihr völlig sinnlos. Und als an jenem Abend die Unruhen einsetzten, hörte sie den Lärm. Überall ging es los, in allen Städten. Es war der gepeinigte Aufschrei einer Generation, die versucht hatte, nach der Ermordung Kennedys vor fünf Jahren in seinem Sinne weiterzumachen. Die Fackel war von Hand zu Hand weitergereicht worden, nun aber waren ihre Herzen und Hände zu müde, um sie noch länger zu tragen.

Paxton saß im dunkler werdenden Wohnzimmer und weinte um den Toten, und als diesmal das Telefon läutete, hob sie nicht ab, weil sie wußte, daß es Peter nicht sein konnte. Es konnten nur Freunde sein, die mit ihr trauern wollten, die fragen wollten, ob sie es schon wußte, die ihre Fassungslosigkeit mit ihr teilen wollten, doch sie wollte das alles nicht hören. Sie wollte mit niemandem sprechen. Sie wollte nicht Teil einer Welt sein, die Menschen wie ihn töteten. Es wurde ihr übel, wenn sie daran dachte, und als sie noch einmal die Nachrichten einschaltete, ertappte sie sich dabei, wie sie um seine Kinder weinte.

»Warum?« fragte sie in das Schweigen im Haus. »Warum ...?« Wieder schüttelte sie den Kopf und trocknete ihre Tränen. Sie würde es nie verstehen können. Und am Freitag morgen, dem nächsten Tag, erwachte sie mit dem Gefühl großer Niedergeschlagenheit, denn alles schien schiefzugehen. Angefangen hatte es damit, als Peter am Montag nach Saigon abgeflogen war. Es wurde ein bedrückendes Wochenende, an dem sie sich auch nicht zum Lernen aufraffen konnte, obwohl sie sich nicht aus dem Haus rührte. In der Nacht zum Sonntag hatte sie einen schrecklichen Traum, von Vögeln, die auf sie niederstießen und versuchten, ihr Gesicht anzugreifen, und als das Telefon am Morgen läutete, erwachte sie erleichtert. Es war ein Geräusch, das sie zunächst nicht erkannte, als sie den Hörer ans Ohr hielt. Es dauerte einen Moment, bis sie merkte, daß niemand dran war. Nicht das Telefon hatte sie geweckt, sondern die Türklingel. Sie konnte sich nicht vorstellen, wer es sein würde, zog rasch Peters Bademantel über ihr Nachthemd und lugte aus dem Küchenfenster. Niemand zu sehen. Noch immer verschlafen, ging sie an die Tür. Als sie sah, daß es Peters Vater war, machte sie große Augen.

»Hi ... ich ... was für eine Überraschung ... wie geht's?« Sie gab ihm einen Kuß auf die Wange, und dabei bemerkte sie, daß seine Augen feucht waren. Erschrocken trat sie einen Schritt zurück, als würde diese Distanz bewirken, daß der Grund seines Kommens, was immer er sein mochte, sie nicht berühren würde. »Ist etwas passiert?« Da stand sie, jung und schön, und sehr, sehr verängstigt, und er konnte sie nur ansehen und den Kopf schütteln, während er seine Tränen unterdrückte. Doch er hatte unbedingt selbst kommen und es ihr sagen wollen, da er wußte, daß es Peters Wunsch gewesen wäre.

»Letzte Nacht kam ein Anruf ...« Als er dann aus dem Haus gegangen war, hatte Marjorie noch im Bett gelegen, von ihrem Arzt mit Beruhigungsmitteln ruhiggestellt. »Paxxie ... es fällt mir nicht leicht, es zu sagen.« Er machte einen Schritt auf sie zu und zog sie an sich und hielt sie fest, und den Bruchteil einer Sekunde verspürte sie das Verlangen, so zu tun, als sei nicht er es, sondern Peter. »Er starb in Da Nang.« Er sagte die Worte so leise, daß sie sie kaum hörte. »Gleich nach der Ankunft wurde er im Norden eingesetzt und mußte auf Nachtpatrouille. So unerfahren er war, man hat ihn sofort zum Zugführer gemacht.« Sie wußte nicht, was das war, und es war ihr einerlei. Sie wollte sich die Ohren zuhalten, damit sie es nicht hören mußte. »Er war der erste ...« Ed Wilson fing zu weinen an. »... er hat keine Stellung erstürmt ... wurde auch nicht vom Feind erschossen ... er hat kein Dorf dem Erdboden gleichgemacht ... er ist nicht mal auf eine Mine getreten ... er wurde das Opfer von sogenanntem ›Freundfeuer‹. Ein Kamerad verlor die Nerven, als er im Busch Vietcong zu hören glaubte. Er hat irrtümlich Peter erschossen ... Ein Irrtum, wurde uns erklärt ... ein Irrtum, Pax ...« Er konnte nicht aufhören zu weinen, obwohl er gekommen war, um ihr beizustehen. »Er ist tot ... unser kleiner Junge ist tot ... er wird am Freitag überführt.« Als er es sagte, glaubte er, ein Fels läge auf seiner Brust, und ihr war zumute, als müsse sie in seinen Armen sterben. Sie wollte auf ihn einschlagen, ihn zwingen, seine Worte zu widerrufen. Sie fing an, gegen seine Brust zu trommeln, während Hände und Haare wild um sie flogen.

»Nein! ... Nein! So ist es nicht gewesen ... Nein! Niemals ... ich möchte es nicht hören!«

»Ich auch nicht ... aber du hast ein Recht, es zu erfahren ...« Er sah sie kläglich an, der Mann, der immer die Meinung vertreten hatte, man müsse Vietnam in Grund und Boden bombardieren, hatte dort seinen Sohn verloren. »Er ist umsonst gestorben.« Er konnte sich in diesem Moment nur daran erinnern, wie er als kleiner Junge ausgesehen hatte, und nicht an ihn vor einer Woche, als er am ersten April abgeflogen war. Er hatte nur eine Woche in Vietnam überlebt, weniger sogar, weil er erst Mittwoch ihrer Zeitrechnung angekommen und bereits am Sonntag gefallen war. Fünf Tage. Fünf Tage hatten genügt, um ihn zu töten. Für nichts, vom »Freundfeuer« getötet. Wie freundschaftlich war aber eine Kugel, die den Mann getötet hatte, den sie liebte, den Mann, der sein kleiner Junge gewesen war?

»Der Gottesdienst findet in einer Woche statt ... aber Marjorie meinte, du würdest vielleicht mit mir nach Hause kommen ... ich ... ich glaube, es würde ihr guttun ...« Wortlos nickte Paxton. Auch sie wollte bei ihnen sein, wollte ihnen nahe sein. Wenn sie bei ihnen blieb, würde er vielleicht zurückkommen und sagen, der Anruf aus Nam sei ein Scherz gewesen, sein Kumpel hätte nur Übungsmunition verschossen, es ginge ihm gut, und sie würden sich wie geplant in Hawaii treffen.

Paxton ging ins Schlafzimmer, das sie geteilt hatten, von einem merkwürdigen Gefühl der Taubheit erfüllt. Sie zog ihre Jeans an und schlüpfte in Laufschuhe. Dann zog sie einen von Peters Pullovern an, der noch immer nach ihm roch, warf ein paar Sachen in eine Tasche und ging mit Mr. Wilson zu seinem Wagen. Er mußte sie erinnern, das Haus abzuschließen, und nahm ihr die Tasche ab, und sie saß im Auto, wie versteinert.

»Es ist meine Schuld, so ist es doch?« fragte sie, als sie über die Brücke fuhren, den Blick geradeaus gerichtet, auf die noch in Nebel gehüllte Stadt. San Francisco sah heute traurig aus, sehr passend, wie sie fand. Zu viele Menschen waren innerhalb einer kurzen Zeitspanne aus dem Leben gerissen worden. Martin Luther King, Peter ... man hatte das Gefühl, als nähme das Sterben kein Ende.

»Paxton, das darfst du nicht sagen. Niemand hat schuld, nur der Junge, der abdrückte. Es war ein Unfall. Eine Fügung des Schicksals. Das mußt du dir vor Augen halten.«

»Hätte ich ihn geheiratet, dann hätte man ihn zurückgestellt.«

»Vielleicht auch nicht. Dann wäre vielleicht etwas anderes gekommen. Er hätte ebensogut nach Kanada gehen oder davonlaufen können, alles mögliche. Im Grunde glaube ich, daß er das

Gefühl hatte, er mußte gehen, weil er gerufen wurde. Ich hätte ihn auch zwingen können, nach Toronto zu gehen, habe es aber nicht getan. Ich könnte mir selbst die Schuld geben. Das können wir nicht ... wenn wir es tun, treibt es uns in den Wahnsinn.«

Sie sah ihn direkt an und wollte die Wahrheit wissen. »Haßt du mich, weil ich ihn nicht geheiratet habe?«

»Ich hasse niemanden.« Wieder füllten sich seine Augen mit Tränen, und er tätschelte ihre Hand und wich ihrem Blick aus. »Ich wünschte nur, er wäre hier bei uns.«

Sie nickte, unfähig, auch nur ein Wort mehr zu sagen, dankbar für die Absolution. Sie saß reglos und aufrecht da, und wünschte, die Tränen würden kommen und ihren Schmerz fortspülen, doch nach dem anfänglichen Schmerz spürte sie nur Haß und Ablehnung.

Als sie im Haus am Broadway ankamen, war Gabby da, und Marjorie war eben aufgestanden, sah aber noch sehr mitgenommen aus. Beide weinten, und die kleine Marjie tappte ziellos und an Plätzchen knabbernd umher. Ed Wilson, der erklärte, er hätte einiges zu erledigen, verschwand in der Bibliothek und ließ Paxton mit den zwei anderen Frauen allein. Nun erst konnte sie ihrem Kummer freien Lauf lassen, mit ihnen zusammen, den anderen, die ihn geliebt hatten. Sie beweinten, was er ihnen bedeutet hatte, was er gesagt und geglaubt und getan hatte, und es schien, daß sie den ganzen Tag nur Geschichten von Peter erzählten, von Peter als Kind, als Mann, als Sohn, als Bruder und als Geliebter. Manchmal lachten sie, dann weinten sie, und dann wiederum saßen sie nur schweigend und in Gedanken versunken da. Es war unglaublich, daß er nicht mehr lebte, daß er nicht anrufen und sagen würde, es ginge ihm gut und es täte ihm leid, daß sie erschrocken seien, doch als zwölf Stunden später die offizielle Benachrichtigung kam, wurde sein Tod bestätigt, und wieder flossen Tränen. Nachdem Gabby und das Baby mit Matt nach Hause gefahren waren, zog Paxton sich völlig erschöpft ins Gästezimmer zurück.

Den Rest der Woche blieb sie bei ihnen, half Mrs. Wilson einige Dinge zu ordnen, hörte ihr zu, wenn ihr nach reden zumute war, und empfand es selbst als Erleichterung, jemanden zu haben, mit dem sie sich aussprechen konnte. Mehr als einmal erwog sie, zu Hause anzurufen, aber in Wahrheit war ihr gar nicht danach zumute. Sie hatte nicht einmal das Bedürfnis, es Queenie zu sagen. Denn wenn sie es ihnen sagte, dann wurde es endgültig Wirklichkeit, und das wollte sie nicht. Es sollte nie zur Realität werden, doch das war unvermeidlich, denn am Sonntag morgen kam ein Anruf, der sie informierte, daß sie seine »sterbliche Hülle« abholen konnten. Mr. Wilson betrat mit ernster Miene die Bibliothek und teilte es ihnen mit, und eine Stunde später fuhren Paxton und die Wilsons zur Dienststelle, die sich der Hinterbliebenen annahm. Dort standen sie mit zwei anderen Elternpaaren, zwei schwarzen Familien, deren Söhne, beide achtzehn, Vettern gewesen waren. Ihr Kummer war ebenso tief, ihr Herzeleid ebenso schmerzlich, und die Jungen, die sie geliebt hatten, waren ihnen ebenso für immer geraubt.

Peter lag in einem schlichten, mit der Fahne geschmückten Fichtensarg, und Mr. Wilson hatte veranlaßt, daß Halsted einen Leichenwagen schickte. Der Wagen wartete bereits, als sie ankamen. Nun wurden die Wilsons zusammen mit Paxton in einen kleinen Raum geleitet. Und da war er ... der Beweis ... der Junge, der er gewesen war und nicht mehr war ... im Sarg. Gegen ihren Willen fing Paxton zu weinen an, und Mrs. Wilson sank wortlos neben dem Sarg auf die Knie, während ihr Mann neben ihr stand und sie zu stützen versuchte.

»Nimm's nicht so schwer, Baby ...« hörte Paxxie Peter sagen. »Schon gut ... ich liebe dich ...« Die Erinnerungen waren so lebhaft, die Stimme so deutlich, daß es ihr unmöglich erschien, daß er nicht mehr leben sollte. Unmöglich und unerträglich. Und doch war er fort, für immer.

So verharrten sie einige Zeit, bis schließlich Peters Vater seiner Frau aufhalf und Paxtons Arm nahm. Sie traten langsam hinaus in die Aprilsonne. Das Leben schien jede Bedeutung verloren zu haben. Es war unwichtig, was man machte, wohin man ging, was man trug, was man sah, was man sagte. Ohne Peter zählte nichts mehr.

Langsam fuhren sie nach Hause zurück, der Leichenwagen brachte Peter zu Halsted, und nachdem er am Abend in einen anderen Sarg umgebettet und in einem stillen Raum aufgebahrt worden war, besuchte Paxton ihn. Sie konnte es nicht glauben, daß er es war, der im Mahagonisarg lag, aber hinzusehen und sich zu überzeugen brachte sie nicht übers Herz. Statt dessen kniete sie daneben nieder und berührte das Holz und die Metallgriffe mit den Fingerspitzen.

»Hi ...« flüsterte sie ihm zu, »... ich bin es ...«

»Ich weiß ...« Fast vermeinte sie, es zu hören. Die Stimme war so vertraut, die Augen so blau, das Haar blond wie ihres ... und die Lippen waren dieselben, die sie vor einer Woche noch geküßt hatten. Im Sarg sah sie dasselbe Gesicht, der Junge war derjenige, den sie geliebt hatte und immer lieben würde, und doch sollte sie nun glauben, daß er sie verlassen hatte. »Alles in Ordnung?« gab ihr Herz ihr seine Frage ein, und sie konnte nur den Kopf schütteln, während ihre Augen sich erneut mit Tränen füllten. Nichts war in Ordnung und würde es je wieder sein. Genauso wie damals, als ihr Vater gestorben war. Wie konnte alles in Ordnung sein, wenn man jemanden verlor, den man so sehr liebte? Woran sollte man danach glauben, wenn nicht an Verlust, Schmerz und Kummer? Ein Teil des eigenen Wesens blieb für den Rest des Lebens verwundbar, und tief im Inneren wußte man es jeden Augenblick.

Lange kniete sie so da, fühlte sich ihm nahe und wollte Frieden empfinden, konnte es aber nicht. Sie spürte nur Schmerz und Verlust, und Wut auf den Jungen, der zufällig abgedrückt hatte. »Freundfeuer«, als ob damit wieder alles gut sei, weil er von einem amerikanischen und nicht von einem feindlichen Soldaten getötet worden war. Welchen Unterschied machte das schon aus, wenn er tot war?

Der Gottesdienst am Montag war herzzerreißend und kurz. Die Nachricht von Peters Tod war auf der Titelseite der *Sun* erschienen und auch in einigen anderen Blättern. Alle seine Mitschüler kamen, dazu Lehrer und Freunde und Angehörige und Kollegen, und die Wilsons stellten Paxton allen vor. Zum Schluß war es so, als ob sie und Peter verheiratet gewesen wären. Jetzt beneidete Paxton Gabby heftig. Hätte sie Peters Baby bekommen, dann hätte sie immer etwas von ihm gehabt. Sie war jetzt zweiundzwanzig ... zweiundzwanzig, und sie hatte Peter geliebt, seit sie achtzehn war, und drei Jahre lang hatten sie zusammengelebt. Sie wußte, daß er für immer in ihrem Herzen bleiben würde.

Sie blieb noch einen Tag bei den Wilsons, um dann mit einem unguten Gefühl nach Berkeley zurückzukehren. Sie war jetzt in allen Fächern so zurückgefallen, daß es fast sinnlos war, zurückzugehen, aber sie wußte, daß sie es tun mußte. Daß sie im Juni ihren Abschluß machen würde, erschien kaum mehr möglich, aber das war ihr einerlei.

Und im Mai, als man ihr eine Verlängerung der Studiendauer über den Sommer gewährt hatte, rief ihr Bruder sie an. Erst erkannte sie ihn gar nicht, weil sie seine Stimme so lange nicht gehört hatte, doch sein Akzent verriet es.

»Hi«, und dann voll böser Vorahnung. »Ist etwas passiert?« Es war das einzige, was ihr jetzt einfallen wollte. Seit Peter vor einem Monat gefallen war, erwartete sie nur schlechte Nachrichten, und es war fast eine Erleichterung, wenn niemand anrief.

»Nein ... ich ...« Er wollte sie nicht belügen, doch war er um Worte verlegen. Obwohl sie einander nie sehr nahegestanden hatten, wußte er, daß es sie schwer treffen würde. »Mama war der Meinung, ich sollte anrufen.«

»Ist sie krank?« Oder ging es um Allison oder das Baby? Paxton konnte es sich nicht vorstellen.

»Nein, es geht ihr gut«, sagte er in seiner gedehnten Sprechweise. Nun gab es kein Zurück, er mußte damit herausrücken. »Paxton ... es ist Queenie.« Ihr Herz drohte auszusetzen, und sie hätte am liebsten aufgelegt, ehe er es ihr sagen konnte.

Statt dessen sagte sie kein Wort und hielt den Hörer fest umklammert. »Sie ist gestern im Schlaf gestorben, ohne leiden zu müssen. Ihr Herz blieb einfach stehen ... das ist alles ... Mutter meinte, du solltest es wissen, deshalb bat sie mich, dich anzurufen.« Sie hätte selbst anrufen und ihr Beileid ausdrücken können, doch das tat sie nicht.

»Ich ... ja ... ich.« Sie war nicht imstande, die Worte über die Lippen zu bringen, da sie das Gefühl hatte, der letzte Mensch, der sie geliebt hatte, sei nun hinweggerafft worden, und nun sei niemand mehr für sie da. »Danke, George.« Ihre Worte kamen wie ein schmerzliches Aufstöhnen, so daß sich bei ihm Mitleid regte. »Weißt du, wann die Beerdigung ist?«

»Eine ihrer Töchter hat sie heute abgeholt, ich glaube, sie sagte, die Beerdigung fände morgen statt. Mutter sagte, sie würde Blumen im Namen von uns allen schicken, aber ich glaube nicht, daß du teilnehmen solltest, falls du das in Erwägung ziehst.« Die Beerdigung würde im schwarzen Stadtteil stattfinden, wo die Liebe zwischen den beiden bei den meisten Anwesenden auf Unverständnis gestoßen wäre. Zweifellos würde sie die einzige Weiße bei der Beerdigung sein.

»Ja, vermutlich.« Es hörte sich vage an. »Danke für den Anruf.« Nachdem Paxton aufgelegt hatte, lief sie im Haus hin und her und fuhr dann am Nachmittag in die Stadt. Sie ging an den Strand, wanderte die Dünen entlang und dachte an Menschen, die sie so sehr geliebt hatte und die nun nicht mehr lebten: Queenie und Peter und seit elf Jahren ihr Vater. Es war, als hätte sie Freunde, die sie »dort draußen« irgendwo erwarteten, Menschen, die sie liebte und von denen sie wußte, daß sie sie wirklich liebten. Es kam ihr grausam vor, daß sie jetzt allein leben mußte. Sie mußte weitermachen, ohne daß jemand ihr beistand, jemand, den sie liebhatte, und sie konnte sich nicht vorstellen, daß sie jemals wieder jemanden lieben würde. Seit Peters Tod hatten einige Studienkollegen sich mit ihr verabreden wollen, doch sie hatte entsetzt abgelehnt. Sie konnte sich nicht vorstellen, mit irgend jemandem auszugehen. Sogar Gabby hatte versucht, sie mit einem Freund von Matt zusammenzubringen, aber Paxton hatte ihr unmißverständlich zu verstehen gegeben, daß sie nicht interessiert sei.

Auf dem Heimweg sah sie bei den Wilsons vorbei, traf sie jedoch nicht an, und wieder einmal fragte sie sich, wie sie es schaffte, ohne ihn weiterzuleben, zu wissen, daß er tot war, daß er umsonst gestorben war. In gewissem Sinn war es sogar Mord gewesen. Es war ein schwerer Schicksalsschlag, und zeitweise hatte Paxton das Verlangen, schlafen zu gehen und nie wieder zu erwachen, damit sie nicht ohne ihn leben mußte.

Die Wilsons riefen sie am nächsten Tag an, als sie gehört hatten, daß sie gekommen war, und ihr fiel auf, daß seine Mutter schon viel besser klang. Sie freute sich auf Gabbys Baby, und sie kam auch auf Peter zu sprechen, doch es klang nicht so, als könne sie ihre Gefühle nicht beherrschen.

Am Nachmittag rief ihre Mutter aus Savannah an, um ihr zu sagen, wie leid es ihr wegen Queenie täte. Der eigentliche Grund ihres Anrufs aber war Paxtons Graduierung, nach der sie sich eingehend erkundigte. Bis dahin war nur noch ein Monat Zeit, und sie plante, mit Allison und George aus diesem Anlaß nach San Francisco zu kommen. Paxton hatte sie schon seit Wochen anrufen wollen, hatte es aber unterlassen.

»Meine Pläne haben sich geändert«, kündigte sie an.

»Was soll das heißen?« Ihre Mutter war richtig erschrocken.

»Ich werde nicht vor September graduieren, und auch nicht mit meinen Nebenfächern. Ich werde einfach meine Arbeit einreichen, und man wird mir das Diplom zuschicken.« Und dann werde ich den Rest meines Lebens damit verbringen, zu grübeln, warum Peter und ich nicht geheiratet haben. »Mom, das ist keine große Sache. Tut mir leid, daß du um die Graduierungsfeier kommst.« Aber im Grunde war es ihr völlig egal. Nichts kümmerte sie mehr, absolut nichts.

»Macht man das dort draußen so? Daß man das Diplom per Post bekommt? Wie enttäuschend.«

»Eigentlich nicht, aber so ist es ganz in Ordnung.« Paxton sagte es fast tonlos.

»Warum machst du nicht im Juni deine Prüfungen?« Die Frage ließ einen leisen Vorwurf heraushören.

»Ach ... in diesem Frühjahr hatte ich viel um die Ohren. Ich war sehr beschäftigt.«

»Was hast du gemacht?« Daß sie sich die Frage sparen konnte, ob sie noch immer mit Peter ging, wußte sie. Sie wären einander unweigerlich in die Haare geraten, und sie argwöhnte schon seit einem Jahr, daß die beiden zusammenlebten. Nun, solange dieser Unfug sich nicht in Savannah abspielte ... Was sie in Kalifornien trieb, war ihre Sache. Paxton war über einundzwanzig, und Beatrice Andrews war klug genug, um zu wissen, daß sie ihre Tochter an nichts mehr hindern konnte. »Warst du auf zu vielen Partys?« Sie fragte es im Konversationston.

»Eigentlich nicht.«

»Also ... wenn du nicht im Juni graduierst, wann kommst du zurück nach Savannah?«

Paxton seufzte. »Ich weiß nicht ... ich weiß gar nichts.«

Sie kämpfte mit den Tränen, als sie das sagte, aber Beatrice Andrews hörte es nicht. »Wenn ich noch studiere, kann ich erst im September mit der Arbeit anfangen.« Sie hatte eigentlich bei der *Morning Sun* arbeiten wollen. Aber ebenso hatte sie in diesem Jahr irgendwann heiraten wollen, und auch das war nun unmöglich. Nichts würde passieren. In ihrem Leben würde sich nie wieder etwas tun. Angesichts dessen erschien ihr Savannah völlig unwichtig. »Mama, ich weiß nicht, wann ich komme.«

»Na, dann sieh zu, daß du dich wenigstens im Sommer für ein paar Tage freimachen kannst. Der kleine James Carl ist einfach entzückend.« Merkwürdig, sie so lebhaft und aufgeregt von ihrem Enkel schwärmen zu hören, Paxton freute sich für sie. Aber auch das spielte für sie keine Rolle mehr. Sie hatte die Hoffnung längst aufgegeben, daß es jemals zwischen ihr und ihrer Mutter auch nur annähernd eine Beziehung geben würde.

»Mal sehen, wie es sich mit dem Studium vereinbaren läßt.« Damit wollte sie ihre Mutter nur beschwichtigen. In Wahrheit wollte sie nicht nach Hause. Sie wollte den College-Abschluß machen, anschließend arbeiten und dann, wenn es sich nicht mehr vermeiden ließ, würde sie vielleicht über Weihnachten nach Savannah fliegen.

Aber die meiste Zeit dachte sie nicht an ihre Familie. Ihre Gedanken kreisten einzig und allein um Peter, während sie sich abmühte, mit ihrem Lernpensum zurechtzukommen. Sie hatte viele schriftliche Arbeiten versäumt und mußte Prüfungen nachholen. Als sie ihre Arbeit der letzten vier, fünf Monate Revue passieren ließ, erschien es ihr als Wunder, daß man sie überhaupt zur Abschlußprüfung zuließ, doch als der Dekan sie zu sich bestellte und wissen wollte, warum ihre Zensuren so abgerutscht waren, sagte sie ihm, daß Peter in Da Nang gefallen sei, und das genügte als Erklärung.

Fast hatte sie im Juni alles im Griff, als sie eines Abends von der Bibliothek nach Hause kam und einen durchdringenden Schrei hörte. Sie blickte um sich. Ein paar Leute in der Nähe fingen zu laufen an. Sie hatte nicht die geringste Ahnung, was passiert war? Ein Unfall? Eine Demonstration? Auch andere hatten es gehört, und die Leute fragten einander besorgt, was passiert sei. Wieder war es wie 1963, die Menschen weinten und fingen zu laufen an, Radios an sich drückend, auf dem Weg ins Haus, um rasch an einen Fernseher zu kommen. Paxton lief es eiskalt über den Rücken. Sie wußte nicht, um was oder um wen es ging, es war nur klar, daß etwas Schreckliches passiert war.

»Was ist denn?« fragte sie jemanden neben sich in einer Gruppe, die sich um ein Mädchen gebildet hatte, das weinend mit dem Radio auf den Stufen saß.

»RFK ... er wurde erschossen ... in LA ...«

»Kennedy?« Jemand nickte. Noch ein Kennedy, noch ein Tod. Erst sein Bruder, dann Martin Luther King und Vietnam ... und Queenie ... und Peter ... und jetzt dies ... es war zuviel, zu oft, zu lange ... und es schmerzte zu stark. Alle jungen Menschen hier hatten sich für vieles engagiert, und jetzt waren die Menschen tot, für die sie sich engagiert hatten. Es war ein harter Weg, die Jugend hinter sich zu lassen, älter zu werden, die Hoffnung aufzugeben und ein »Erwachsener« zu werden. Und wen kümmerte es schon? Wer wollte das, was sie zu geben hatten? Was war denn so geheiligt, daß es alle, die dafür eintraten, tötete? Die Fackel hatte schließlich die Finger aller verbrannt.

»Ist er? ... Pst!« Das Radio wurde lauter aufgedreht, und man hörte, daß dem Sprecher die Stimme fast brach, als er meldete: »Robert Kennedy ist tot.« Er war erschossen worden, als er seine Siegesrede nach den Vorwahlen in Kalifornien hielt. Er hatte gewonnen und verloren, alles in einem Augenblick. Ebenso seine Kinder und seine Frau, und die Menschen, die ihn liebten.

Paxton hörte es, drehte sich um und ging nach Hause. Ihre Bücher blieben auf den Stufen der Bibliothek liegen. Es spielte keine Rolle mehr. Sie wollte sie nicht mehr.

An jenem Abend saß sie allein in ihrer Küche, dachte nach, sah aus dem Fenster. Sie wußte, daß es hier für sie nichts mehr gab, nichts, was sie tun oder lernen oder mitnehmen wollte. Sie hatte alles gelernt, was sie wollte, und hatte für die Lektionen einen hohen Preis bezahlt. Jetzt empfand sie nur noch Trauer. Keinen Kummer, keinen Schmerz, keine Verzweiflung, nur Traurigkeit. Robert Kennedy war nicht mehr, und zu viele andere waren ihm vorausgegangen. Bis zu diesem Moment waren 22951 Mann in Vietnam gefallen.

Paxton packte noch am gleichen Abend ein paar Sachen ein und räumte alles andere, das noch von ihr und Peter da war, ordentlich in den Einbauschrank. Am Morgen fuhr sie in die Stadt und suchte Ed Wilson in der Redaktion auf. Er sah sie an, als sie eintrat, und stellte mit einem Blick fest, daß die Ereignisse der letzten Zeit einen hohen Tribut von ihr gefordert hatten. In der Redaktion waren wegen der Ermordung Kennedys alle wie am Boden zerstört. Noch ein Bruder, noch ein Opfer. Paxton aber wirkte unbeteiligt, kühl und auf traurige Art älter geworden. Sie war ein schönes Mädchen, aber sie war gealtert. Die Erlebnisse lagen in ihren Augen, in ihren Bewegungen, in den Dingen, die sie fühlte, aber unausgesprochen ließ. Sie hatte zu viel verloren, und sie hatte zu viel geglaubt. Sie hatte an das Gute geglaubt, an Glück und Vertrauen, und alles war Lug und Trug gewesen. Ein Happy-End war nicht garantiert. Und Camelot hat nicht ewig Bestand, für niemanden. Man wird alt, man stirbt, und manchmal stirbt man jung. Zu vielen war es in Paxtons kurzem Leben so ergangen, und Ed Wilson mit seinem Reichtum an Jahren und seiner Trauer um den Sohn empfand Mitleid mit ihr.

»Paxton, was kann ich für dich tun?« Er machte ein ernstes Gesicht, lächelte aber, als er sich vorbeugte und ihr einen Kuß gab. »Du bist dünn geworden. Du mußt öfter kommen und mit uns essen.«

»Ich habe Peters Sachen im Haus in Berkeley zurückgelassen.« So wie sie es sagte, klang es merkwürdig, so daß er sie forschend ansah.

»Willst du fort?« Er runzelte die Stirn. In ihren Augen lag so viel Wehmut, daß man den Eindruck hatte, niemandem würde es jemals gelingen, wieder zu ihr durchzudringen.

»Das hängt von Ihnen ab«, sagte sie ruhig. »Ich habe mich entschlossen, mit dem College aufzuhören.«

»Ich dachte, du hättest die Bewilligung, die Abschlußprüfung im September nachzuholen.« Sie hatte es ihm erzählt, und er hatte mit großer Erleichterung reagiert. Da er wußte, wie wichtig ihr der Abschluß war, erstaunte ihn ihre Ankündigung nicht wenig. »Was soll das, Paxton?« Fast hörte er sich an wie ein Vater, und sie lächelte. In den letzten vier Jahren war er mehr als ein Vater für sie gewesen, und sie fragte sich, ob er ihr geben würde, was sie wollte. Wenn nicht, dann würde es ein anderer tun. Das wußte sie genau.

»Ich möchte Arbeit.«

»Die kannst du jederzeit hier bekommen, das weißt du. Aber ist es nicht sinnvoller, den Sommer über in Berkeley zu bleiben und dein Studium abzuschließen? Wozu die Eile?«

»Ich werde mein Studium nicht beenden.« Als sie am Morgen losgefahren war, hatte sie gewußt, daß sie nie wieder dorthin zurückkehren würde. Die einzigen Besitztümer Peters, an denen ihr lag, hatte sie mitgenommen: drei Lyrikbände, die er ihr geschenkt hatte, seine Uhr, die er schon als Junge getragen hatte und die ihr von den Wilsons überlassen worden war, damit sie sie tragen sollte, und seine Erkennungsmarke. »Mr. Wilson, ich möchte für Sie arbeiten.«

»Hier?« In ihrem Blick lag etwas, das ihm verriet, daß mehr dahintersteckte, und er sollte recht behalten. Sie schüttelte den Kopf.

»Nein, nicht hier. Noch nicht, jedenfalls. Ich möchte nach Saigon.« Sie sagte es leise und ruhig, doch er riß erschrocken die Augen auf. Sie wollte aus den falschen Gründen gehen – um Peter zu finden, um zu sterben, womöglich, um ihn zu rächen. Oder vielleicht auch nur, weil sie den Glauben an das eigene Land verloren hatte. Er wußte nur zu gut, daß der Tod des zweiten Kennedy so bald nach der Ermordung Martin Luther Kings die Jugend der Nation bis ins Innerste erschüttern würde, und daß er bei Paxton bereits seine Wirkung getan hatte, war nicht zu übersehen. Aus ihrem Blick sprach Resignation, sie saß stocksteif vor ihm, ein Mädchen, das alles aufgegeben und alles verloren hatte, oder beides. Aber was immer sie in Saigon wollte und aus welchem Grund, er würde ihr nicht helfen.

»Das kommt nicht in Frage.«

»Warum nicht?« Ihre Augen durchbohrten ihn wie Blitze, und er sah ihr an, daß es ihr bitter ernst war, mochte ihr Entschluß auch noch so falsch sein.

»Weil das ein Ort für alte Hasen von Korrespondenten ist. Um Himmels willen, Paxton, das ist Kriegsgebiet. Du weißt selbst am besten, was einem dort passieren kann. Und sogar wenn wir dich nicht direkt in die Gefahrenzone schicken, so kann man in die Luft fliegen, wenn man dort in einer Bar sitzt oder von ›Freundfeuer‹ getroffen wird wie Peter.« Allein die Erwähnung seines Namens schmerzte beide, doch er wußte, daß er es zu ihrem Besten sagen mußte. Und sie konnte vorbringen, was sie wollte, er würde seinen Entschluß nicht ändern, das glaubte er jedenfalls, sie aber zeigte erbitterte Hartnäckigkeit.

»Dort kämpfen und sterben Menschen, die vier Jahre jünger sind als ich.«

»Ist es das, was du möchtest?« Er fragte es mit Tränen in den Augen. »Dort sterben, wo er starb? Ist das dein Geschenk an ihn? Ist das alles, was du mit deinem Leben anfangen kannst, Paxton? Ich weiß, wie dir zumute ist, du und deine ganze Generation glaubt, daß dieses Land zur Hölle fährt, und im Moment kann ich nicht mal widersprechen. Aber sich auf ein Selbstmordkommando in Saigon einzulassen ist nicht die Antwort.«

»Ich möchte den Menschen hier die Wahrheit berichten, wie immer diese aussehen mag. Ich möchte es mit eigenen Augen sehen, möchte wissen, was dort vorgeht, weil mir die aufbereitete Wahrheit der Abendnachrichten nicht genügt. Ich habe es satt, den Rest meines Lebens in der Bibliothek zu hocken, trocken und warm, und davon zu lesen, wie andere sterben.«

»Also möchtest du sterben, so ist es doch?« Er versuchte es ihr abzupressen, doch falls dies dahintersteckte, war sie nicht gewillt, es einzugestehen.

»Nein, ich möchte die Wahrheit. Sie etwa nicht? Möchten Sie nicht wissen, warum er wirklich starb? Was wirklich drüben vorgeht? Ich möchte, daß wir uns schleunigst aus Vietnam zurückziehen, und ich möchte wissen, warum wir nicht schon längst draußen sind. Und wenn ich hingehe, bin ich kein abgeschlaffter alter Korrespondent mit abgestandenen politischen Interessen, mit Rachegelüsten und tausend Ängsten um die eigene Haut. Nein, ich möchte nicht sterben, aber wenn ich sterbe, was soll's, dann sterbe ich vielleicht für eine gute Sache, für die Sache der Wahrheit, und das könnte sich lohnen.«

»Paxton ...« Er schüttelte den Kopf. »Es lohnt sich niemals. Peters Tod hat sich nicht gelohnt. Und es würde sich auch nicht lohnen, wenn du für das Elend dort drüben stirbst. Gut, ich hatte unrecht, und du hast recht und Peter auch. Wir haben dort nichts zu suchen. Ich glaube nicht mehr, daß wir gewinnen können. Auch ich möchte, daß wir abziehen. Nie hätte ich mir träumen lassen, daß ich das sagen würde. Letzte Woche war ich in Washington mit Clark Clifford, dem neuen Chef des Pentagon, zusammen, und er war es, der mich davon überzeugte. Wenn du eine Story möchtest, dann ist er der Mann, mit dem du sprechen sollst. Sicher, ich werde dir einen Job geben. Du hast dann freie Hand, dir in diesem Land deine Themen zu suchen. Bestätige dich als rasender Reporter, als Aufklärungsjournalist, tu, was du willst, aber nach Vietnam schicke ich dich nicht. Wenn dir dort etwas zustieße, würden mich meine Gewissensbisse umbringen. Wir sind es Peters Gedächtnis schuldig, gut auf dich achtzugeben, und auch du bist es ihm schuldig.« Er sah Paxton streng an, doch sie ließ sich nicht überzeugen.

»Ich schulde ihm mehr als das.« Sie kniff die Augen zusammen, als sie den Mann ansah, der beinahe ihr Schwiegervater geworden wäre, es aber nun nie sein würde. »Und Sie auch.« Sie stand mit entschlossenem Blick auf. »Mr. Wilson, ich werde nicht dasitzen wie ein Feigling und warten, daß andere die Antworten finden. Ich gehe hin, und wenn es sein muß, auf eigene Faust. Ich werde dann von dort aus meine Storys verkaufen. Vielleicht findet sich jemand, der sie haben will.« Auch Ed Wilson stand auf, und sie starrten einander über den Schreibtisch hinweg an. Dann streckte er die Arme aus und berührte ihren Arm.

»Paxton, nicht ...«

»Ich muß.« Lange stand er da und sah sie an. Er wußte, daß sie nicht mehr das Mädchen war, das seinen Sohn hatte heiraten wollen. Sie war erwachsen geworden, auf die harte Tour, mit Verlusten und Kummer und bitteren Enttäuschungen.

»Kann ich dich nicht zur Vernunft bringen? Kannst du nicht warten? Überleg es dir noch ein halbes Jahr. Vielleicht ist der Krieg dann vorbei.« Es hörte sich hoffnungsvoll an.

»Es wird noch länger dauern. Wir bekommen nichts als Lügen aufgetischt. Deswegen möchte ich jetzt alles selbst sehen.«

»Paxton, du hast hier nur einen Sommerjob gehabt. Du hast keine Ahnung, was es heißt, Kriegskorrespondent zu sein. Um einer solchen Aufgabe gewachsen zu sein, bedarf es jahrelanger Vorbereitung.«

Sie lächelte wehmütig. »Komisch, um so schneller geht es, die Rekruten ins Feuer zu schicken. Man verfrachtet sie hinüber in den Tod, ob sie bereit sind oder nicht. Nun, ich bin bereit, Mr. Wilson, das weiß ich.« Und insgeheim wußte sie, daß sie die richtige Haltung hatte. Sie war voller Trauer, sie war zäh, sie war klug und unbeugsam ... Peters wegen. Als erfahrener Zeitungsmensch war er überzeugt, doch als Vater seines Sohnes hatte er das Gefühl, daß er sie um jeden Preis daran hindern mußte.

»Was ist, schicken Sie mich hin?« Sie sah ihm in die Augen, und ihm war nach Heulen zumute. Er hätte alles lieber getan, doch er wußte, daß es ihr ernst war. Und wenn er sie nicht schickte, würde ein anderer sie beauftragen, jemand, der sie direkt in die Kampfzone sandte und riskierte, daß sie umkam. Nahm er sie unter Vertrag, würde er sie vielleicht schützen können.

»Ich bin einverstanden, wenn du mir schwörst, daß du nur das tust, was wir verlangen, und Anordnungen buchstabengetreu befolgst.« Ihre Augen blitzten auf wie ein Feuerwerk, und zum ersten Mal seit Monaten sah sie glücklicher aus. »Hast du gehört?« Er sprach zu ihr wie zu einem widerspenstigen Kind, dem der Besuch des Rummelplatzes nur unter bestimmten Bedingungen erlaubt wird.

»Keine Gartenpartys und Modenschauen?« Beide lachten. Diese Themen waren in Saigon nicht gefragt.

»Pax, ist es dein Ernst? Bist du sicher, daß ich dich nicht davon abbringen kann?« Er ließ sich schwer in seinen Schreibtischstuhl fallen. Als sie den Kopf schüttelte, wußte er, daß er sich geschlagen geben mußte. Paxton aber strahlte, sie hatte gewonnen. Die ganze Nacht über hatte sie überlegt, welchen Weg sie einzuschlagen hatte, und zum erstenmal seit langem spürte sie in sich Frieden, wenn auch kein Glück.

»Ich weiß, daß ich gute Arbeit leisten werde. Das schwöre ich.« Es klang begeistert und aufgeregt und lebendig. In gewisser Weise empfand er ihretwegen Erleichterung, zugleich aber auch Angst. Er hätte es vorgezogen, wenn ihre Begeisterung einem jungen Mann gegolten hätte, dem sie in der Bibliothek begegnet war. Das wäre sogar in Berkeley sicherer gewesen.

»Ich mache mir nicht um deine Arbeit Sorgen, sondern um dich«, gestand er offen. »Du tust gut daran, vorsichtig zu sein, sonst komme ich rüber und verpasse dir höchstpersönlich einen Tritt in den Allerwertesten, und das ist mein voller Ernst.« Aufseufzend fuhr er sich mit der Hand durchs Haar, das, obschon weiß, jenem Peters so sehr glich, aber Paxton versuchte, darüber hinwegzusehen. »Marjorie wird mich umbringen. Und Gabby ... O mein Gott ... fast hätte ich es vergessen.« Er sah Paxton erschrocken an. »Gestern hat sie ihr Baby bekommen ... einen kleinen Jungen. Sie werden ihn Peter nennen.« Das war nicht weiter verwunderlich. Nichts war mehr verwunderlich, und Paxie freute sich für sie. Ein Leben für ein anderes. Als Robert Kennedy unter den Händen eines Irren sein Leben ließ, war Gabbys kleiner Junge auf die Welt gekommen. Ihm stand ein Leben voller Hoffnung bevor, und Peter lieh ihm sogar seinen Namen, weil er nicht mehr gebraucht wurde. Die Geister kamen und gingen, nahmen Ortswechsel vor, wechselten die Farbe und die Träume und endeten, wo andere begannen. Sonderbar, wenn man es recht überlegte.

»Ich freue mich für sie. Geht es ihr gut?«

»Wunderbar. Sie hat uns natürlich gleich nach der Geburt angerufen, und Matt sagte, es wäre ganz leicht gegangen. Sicher werden sie sich freuen, dich zu sehen.« Paxton nickte, doch wußte sie, daß es sie sehr merkwürdig berühren würde, das Neugeborene zu sehen, das Peters Namen trug. Sie wußte auch, daß es für sie jetzt kein Baby geben würde und keinen Mann. Sie wollte nur nach Vietnam gehen und die Wahrheit über den Krieg herausfinden. Merkwürdig, wie ihr Leben sich verändert hatte.

Alle Träume von früher waren dahin. Harvard, dann Berkeley und Peter ... und jetzt wollte sie nur sehen, was wirklich los war, und es den Menschen in den Vereinigten Staaten berichten, damit sie wußten, warum ihre Männer und Söhne in Vietnam starben.

»Wie bald darf ich hinüber?« Paxton wollte ihn festnageln, und das wußte er. Er warf einen Blick auf seinen Kalender, machte sich ein paar Notizen und sah sie dann an.

»Diese Dinge gehen nicht von heute auf morgen. Ich muß mit dem Chef unseres dortigen Büros sprechen und sehen, was wir brauchen.«

»Ich denke nicht daran, ein halbes Jahr zu warten.«

»Das weiß ich. Ich dachte an eine Woche, vielleicht zwei, höchstens drei. So lange brauchst du, um alles zu organisieren, dich zu informieren, die nötigen Impfungen zu bekommen. Sagen wir mal, zwei Wochen. Na, hört sich das vernünftig an?« Sie nickte, erstaunt, daß sie gewonnen hatte. Sie hatte es geschafft, sie lächelte.

»Sehr vernünftig. Ich wollte ohnehin für ein paar Tage nach Hause, um mich von meiner Mutter zu verabschieden.«

»Tu das. Ich rufe dich dort an und sage dir, wann wir dich brauchen. Du kannst dich dort auch impfen lassen. Ich weiß, daß du ein paar Spritzen brauchst. Das kann dein Bruder erledigen, wenn er will.« Er fragte sich, ob ihre Familie versuchen würde, sie aufzuhalten, doch er kannte Paxton gut genug, um zu wissen, daß sie entschlossen war, sich durch nichts aufhalten zu lassen. Sie war ein starkes Mädchen und hatte ein gutes Herz, und er wußte besser als alle anderen, daß ein Teil ihres Herzens gebrochen war. Nun stand er auf und ging um den Schreibtisch herum. »Pax, es war für uns alle ein hartes Jahr. Hoffentlich machst du keinen Fehler.« Damit zog er sie an sich und drückte ihr einen Kuß aufs Haar. »Wir möchten dich nicht auch noch verlieren.«

»Das werdet ihr nicht«, flüsterte sie. Und, merkwürdig genug, als sie dastand, hatte sie das Gefühl, ihr könne nichts passieren, weil sie Peters Segen hatte.

10

Paxton traf an einem Freitagnachmittag in Savannah ein, zwei Tage nach der Ermordung Robert Kennedys, und konnte am nächsten Tag vor dem Fernsehschirm miterleben, wie der Zug mit seinem Leichnam das Land durchquerte, wie ihm die Menschen nachwinkten und wieder um eine verlorene Hoffnung weinten. Diesmal wurde Paxton am Flughafen von niemandem erwartet.

Sie hatte ihre Mutter angerufen, um ihr zu sagen, daß sie käme, aber ihre Mutter hatte um diese Zeit eine Teeparty im Bridgeklub. Paxton war es recht, sie wollte die Möglichkeit nutzen, allein nach Hause zu fahren, in der Küche zu sitzen und an Queenie zu denken.

Nach Queenies Tod hatte ihre Mutter ein neues Mädchen eingestellt, auch eine Schwarze, aber viel jünger. Sie kam nur tagsüber ins Haus und war einkaufen gegangen, als Paxton ankam. Es war irgendwie eine Erleichterung, daß sie eine Zeitlang Queenies Küche allein für sich hatte. Paxton entsann sich wehmütig ihrer Worte bei ihrem letzten Besuch ... wenn man zu lange zögert, gibt einem das Leben nicht die Chance, zu tun, was man möchte. Sie hatte recht behalten. Aber das wußte Queenie inzwischen ohnehin. Weil sie, falls es so etwas wie einen Himmel gab, nun dort mit Peter zusammen war.

Türenschlagen riß Paxton aus ihren Gedanken, dann hörte sie schnelle Schritte in der Diele. Es war das neue Mädchen, das einen leisen Schrei ausstieß, als es Paxxie sah.

»Verzeihen Sie. Ich bin Paxton Andrews und eben aus Kalifornien gekommen. Ich wollte Sie nicht erschrecken.« Das Mädchen, das sie zunächst angestarrt hatte, beruhigte sich wieder. Sie war etwa in Paxtons Alter und hatte ein liebes Gesicht, allerdings war sie klein, pummelig und nicht sehr hübsch.

»Sie studieren in Kalifornien?«

»Ja.«

»Sie haben eben graduiert?« Das sagte sie behutsam, als sei es etwas sehr Wichtiges.

Aber Paxton schüttelte den Kopf. »Nein, das habe ich nicht.« Sie sagte ihr nicht, daß sie gekommen war, um von ihrer Mutter Abschied zu nehmen, ehe sie nach Vietnam ging, erst mußte sie mit ihrer Mutter sprechen. Sie plauderte freundlich und half dem Mädchen, den Einkauf in die Küche zu tragen. Eine halbe Stunde später kam ihre Mutter nach Hause.

Irgendwie kam sie Paxton älter vor, ohne daß sie zu sagen gewußt hätte, warum. Sie sah gut aus und hatte sich eine neue Frisur machen lassen, aber ihr Gesicht wirkte müde und ein wenig faltiger, als sie es vom letzten Besuch her in Erinnerung hatte. Am Telefon hatte sie aber behauptet, daß sie sich gut fühle, und jetzt sagte sie zu Paxton, daß sie dünn aussähe, und dann bat sie Emmalee, ihnen Tee und Zimttoast in den vorderen Salon zu bringen.

Nach dem ersten Schluck sah Beatrice Andrews ihre Tochter prüfend an und fragte sie nach dem Grund ihres Kommens. Sie war nicht dumm und hatte gespürt, daß es nicht nur ein Familienbesuch war. Daß Paxton ohne zwingenden Grund nicht gern nach Hause kam, wußte sie inzwischen.

»Gedenkst du zu heiraten?« fragte sie mit einem sonderbaren Blick. Es war ein Blick, aus dem Enttäuschung sprach, da sie wußte, wer der Bräutigam war und daß er nicht aus dem Süden stammte, dazu kam eine gewisse Aufregung, weil ihre einzige Tochter Braut sein würde, aber Paxton schüttelte den Kopf. Es tat ihr leid, ihre Mutter enttäuschen zu müssen.

»Nein, das ist es nicht. Leider kommt das nicht in Frage.« Sie sagte es ruhig, und ihre Mutter sah sie scharf an, da sie spürte, daß etwas dahintersteckte.

»Triffst du dich mit diesem Jungen nicht mehr?« Peter war für sie immer »der Junge« gewesen, und die Worte brachten Paxton zum Lächeln. Er war nun seit zwei Monaten tot, und der erste Schock hatte sich allmählich verflüchtigt. Geblieben war der dumpfe Schmerz der Ungläubigkeit, die stille Trauer, die in einem das Gefühl hervorrief, sie würde nie vergehen. Doch sie konnte damit leben, und niemand wußte, wie weh es tat, mit Ausnahme der Wilsons vielleicht, und der anderen, die ähnliche Verluste erlitten hatten. Da sie nun aber nach Vietnam ging, fühlte sie sich aus einem merkwürdigen Grund besser, obwohl der Schmerz noch immer vorhanden war.

»Ich ... also ...« Sie suchte nach Worten. »Es ist nicht leicht, zu erklären, es ist auch nicht wichtig.« Es ist nicht wichtig, Mom, er ist nur tot, das ist alles. Doch sie konnte sich nicht vorstellen, daß ihre Mutter ihren Schmerz teilen würde, und das war der Grund, warum sie es ihr nie gesagt hatte. Es wäre auch zu schmerzlich gewesen.

»Ist etwas passiert?« Beatrice Andrews wollte die Sache nicht auf sich beruhen lassen, und unter ihrem durchdringenden Blick drehte und wand Paxton sich. Es gab kein Entkommen. »Was ist passiert?«

»Er ...« Sie hörte die Großvateruhr in der Ecke ticken und richtete ihren Blick auf die Gardinen, damit sie das Gesicht ihrer Mutter nicht ansehen mußte. »Er ... ging nach Vietnam ... und er fiel im April in Da Nang.« Nun trat langes Schweigen ein, und Paxton verwünschte sich, als ihr Tränen in die Augen stiegen. Da spürte sie, wie sich ihre Mutter bewegte. Als sie sich erstaunt umdrehte, sah sie die Frau, die ihr ein Leben lang fremd geblieben war, neben sich sitzen und weinen.

»Das tut mir leid ... ich weiß, wie dir zumute sein muß ... wie schrecklich ...« Sie legte die Arme um Paxton, und plötzlich schluchzte Paxton und hielt sich an ihrer Mutter fest. Sie weinte um Peter und um die Kennedys und um Queenie und Martin Luther King ... sogar um ihren Daddy ... warum waren sie alle gestorben? Warum waren sie fort? Warum hatte er seine Maschine in ein Unwetter geflogen? Und warum hatte sie Peter nicht geheiratet, als sie die Möglichkeit dazu gehabt hatte? Sie versuchte, ihrer Mutter zu sagen, was sie fühlte, doch ihre Worte waren ein großes Durcheinander, und ihre Mutter wiegte sie sanft hin und her, wie sie es nie zuvor getan hatte, und Paxton wurde merkwürdig an Queenie erinnert. »Warum hast du es mir nicht gesagt?« Das war eine sanfte Zurechtweisung, aber ihr Blick verriet Paxton, daß es ihr näherging, als zu vermuten gewesen wäre.

»Ich weiß es nicht. Vielleicht hätte es die Sache nur noch verschlimmert. Ich glaube, ich konnte einfach nicht.«

»Wie schrecklich für seine Familie.«

»Seine Schwester Gabby hat vor zwei Tagen ein Baby bekommen und es Peter genannt.« Aber das war für Paxton wieder ein Grund für Tränen, weil sie nun nie seine Kinder bekommen würde. So saßen sie stundenlang da, weinten und tranken Tee, und weinten wieder. Und schließlich legte Paxton die Arme um ihre Mutter und dankte ihr. Es war das erste Mal, daß sie einander nahegekommen waren.

»Ich weiß, wie dir zumute ist«, sagte ihre Mutter sehr zu Paxtons Verwunderung. »Ich weiß noch, was ich empfand, als dein Vater starb ... ich war lange Zeit völlig durcheinander ... und wütend und voller Trauer. Es wird lange dauern, Paxton. Es wird vielleicht immer weh tun. Nicht täglich und nicht jede Minute, aber beim Gedanken an ihn wird es in deinem Herzen immer Trauer geben.« Sie tätschelte die Hand ihrer Tochter. »Eines Tages wird ein anderer kommen, und du wirst Mann und Kinder haben, aber du wirst dennoch immer an ihn denken und ihn immer lieben.« Paxton sagte nicht, daß sie sich einen anderen Mann nicht vorstellen konnte, oder Kinder, die nicht von ihm waren, doch sie wußte, daß ihre Mutter in einem recht hatte: Sie würde ihn immer lieben. Und dann stellte ihre Mutter ihr die Frage, von der Paxton gewünscht hätte, sie würde später kommen. »Wirst du im September nach Hause kommen, meine Liebe? Jetzt hat es wohl nicht viel Sinn, in Kalifornien zu bleiben?« Sie hatte doch den Sieg davongetragen, denn ihre Tochter würde nach Hause kommen. Ihre Liebesaffäre mit »diesem Jungen« war vorbei. Aber Paxton schüttelte langsam den Kopf und suchte nach den richtigen Worten. Plötzlich wollte sie es vermeiden, ihre Mutter zu kränken. Ihre Mutter hatte ihr endlich etwas gegeben, das sie schon längst gebraucht hätte, und sie wollte ihr dafür danken, anstatt ihr Kummer zu bereiten. Aber jetzt blieb ihr nichts anderes übrig.

»Ich bin gestern vom College abgegangen.« ... und aus dem Haus ausgezogen, in dem ich mit Peter so glücklich war ... ich habe alles zurückgelassen ... weil Robert Kennedy getötet wurde und ich den Irrsinn dieses Landes keinen Augenblick länger ertrage. Deshalb wollte sie an einen Ort, der noch irrer war, aber wenigstens lag dort der Irrsinn offen zutage.

»Du hast das Studium aufgegeben?« Ihre Mutter war richtig geschockt, weil sie wußte, daß dies Paxton nicht ähnlich sah.

»Ich konnte nicht mehr. Und wenn ich noch zehn Jahre geblieben wäre, ich hätte keine Arbeit mehr schreiben und keine Prüfung mehr machen können. Es ergibt für mich keinen Sinn mehr. Ich kann mich gar nicht mehr erinnern, warum ich das alles einmal machen wollte.«

»Aber es ist dein letztes Semester.« Sie sah verwirrt drein und fragte sich plötzlich, ob Paxton durchgedreht hatte. »Wenn du jetzt abschließt, kannst du im Herbst dein Diplom bekommen. Du willst doch nicht alles aufgeben, was du gemacht hast ... so knapp vor dem Ziel.«

Paxton nickte kläglich. Es stimmte, ihre Mutter hatte recht. Aber sie konnte nicht mehr. »Ich weiß. Aber seit Peters Tod kann ich nicht mehr richtig denken. Seitdem er im Januar zur Grundausbildung mußte, habe ich nicht eine einzige Klausur geschrieben.«

»Das kann man ja verstehen. Vielleicht könntest du hier fertigmachen und bei der Zeitung Arbeit bekommen. Du weißt, wie gern man dich dort haben möchte.« Sie wollte sie ermutigen, und sie tat Paxton leid, denn sie hatte keine Ahnung, was nun auf sie zukam.

»Mama ...« Sie griff nach ihrer Hand, noch immer dankbar für den Trost, den sie ihr gespendet hatte. »Ich habe gestern einen Job bekommen.« Paxton sagte es ganz leise.

Beatrice Andrews machte ein langes Gesicht. »In San Francisco?«

Nun trat eine längere Pause ein, weil Paxton überlegte, wie sie es formulieren sollte. »Bei der *Morning Sun.* Aber nicht in San Francisco.«

»Wo dann?« Es überstieg ihre Vorstellungskraft.

»Ich gehe als Korrespondentin nach Saigon.« Nun trat wieder endloses Schweigen ein, und plötzlich schlug ihre Mutter die Hände vors Gesicht und fing zu schluchzen an, und diesmal war es an Paxton, sie in die Arme zu nehmen. Dann aber drehte Beatrice Andrews sich um und sah das Kind an, das sie kaum kannte, als sei sie die Wildfremde, die sie immer gewesen war.

»Wie kannst du so etwas tun? Willst du unbedingt umkommen? Selbstmord begehen? Nach dem Tod deines Vaters dachte ich ähnlich«, sagte sie und putzte sich behutsam die Nase mit einem Spitzentaschentuch. »Aber ich mußte an dich und George denken, an eure Zukunft. Ich weiß, daß dir jetzt alles hoffnungslos erscheint, aber das gibt sich mit der Zeit, du mußt nur Geduld haben.«

»Ich weiß, Mama ... ich weiß, wie es aussieht. Aber ich muß es tun. Ich kann nicht einfach hier oder dort sitzen und darauf warten, daß das Leben sich wieder normalisiert. Ich möchte in Vietnam sein. Ich möchte verstehen, was passiert. Und ich möchte verhindern, daß es weiterhin passiert. Ich möchte mithelfen, daß alles früher ein Ende hat. Ich möchte, daß die Menschen endlich aufhorchen. Abend für Abend sitzen wir beim Dinner und sehen zu, wie Menschen getötet werden, und niemanden kümmert es, niemand reagiert auch nur mit einem Achselzucken. Und wenn das, was ich tue, den Krieg auch nur um zehn Minuten verkürzt, dann ist das genug. Denn diese zehn Minuten kosten vielleicht fünf Menschen das Leben ... und vielleicht wird das, was ich tue, sie retten.«

»Und wenn du statt dessen ums Leben kommst, Paxton? Was ist, wenn es dich und nicht jemanden anderen trifft? Hast du daran gedacht ... und was du mir damit antust? Du bist eine Frau ... du mußt nicht in den Krieg. Du bist noch nicht wieder zu Verstand gekommen, nachdem dieser Junge fiel. Du mußt nach Hause kommen und deine Wunden heilen lassen. Bleib hier, geh nicht zurück.« Sie flehte sie an, und es brach Paxton das Herz, aber sie wußte, daß sie gehen mußte. Es war ihr als Schicksal beschieden.

»Ich muß gehen, Mama. Aber ich verspreche dir, daß ich achtgeben werde. Ich bin nicht darauf aus, getötet zu werden.« Sie wußte, daß Ed Wilson dasselbe gedacht hatte, für sie ein Grund zur Verwunderung. Manchmal war sie versucht gewesen, Peter zu folgen ... wenn sie über die Brücke fuhr und überlegte, ob sie anhalten und springen sollte. Aber sie hatte es nicht getan. Und jetzt wußte sie, daß sie etwas tun mußte, das viel wichtiger war, als zu entfliehen.

»Bitte, Paxton, geh nicht ... Paxton, ich flehe dich an ...«

»Mama, laß das.« Und zum zweiten Mal in einem Menschenalter umarmten die zwei Frauen einander. Das Eis war gebrochen, die Bindung hergestellt, aber es war für Paxton zur Umkehr zu spät. Sie war nach Hause gekommen, um Abschied zu nehmen, und am nächsten Tag hatte es auch ihre Mutter begriffen.

Die nächsten zwei Wochen verbrachten sie mit Gesprächen über ihren Vater und was ihre Mutter bei seinem Tod empfunden hatte, und schließlich brachte sie auch die Rede auf die andere Frau. Sie war seine Mitarbeiterin gewesen, und Beatrice hatte von der Affäre gewußt. Sie hatte gewußt, wie einsam er war, doch sie selbst hatte ihm nicht geben können, was er wollte. Sie gestand sogar, daß sie erleichtert war, als sie entdeckte, daß eine andere es konnte. Es schmerzte nur, als er starb und alle sahen, daß es eine andere in seinem Leben gegeben hatte. Für Paxton eine merkwürdige Sichtweise, aber auch jetzt, in ihrem neugefundenen Verständnis, erkannte sie, daß sie und ihre Mutter sehr verschieden waren. Die eine kühl, distanziert, entrückt, so voller Angst, sich gehenzulassen oder die Beherrschung zu verlieren. Die andere war warmherzig, offen, leidenschaftlich, voller Anteilnahme auch in ihrem Kummer nach Peters Tod. In mancherlei Hinsicht war Paxton ihrem Vater sehr ähnlich.

Auch George versuchte ihr Vietnam auszureden, doch sollte auch er bald merken, daß es zwecklos zwar. Paxtons Entschluß stand fest. Er verpaßte ihr die nötigen Impfungen, und als Ed Wilson sie anrief und sie aufforderte zu kommen und sich ihre Instruktionen zu holen, brachten George und Allison und ihre Mutter sie zum Flughafen, und diesmal weinte sogar Paxton beim Abschied. Sie hatte das Gefühl, ihre Heimat für immer zu verlassen. Sie wußte, sie würde nicht dieselbe sein, wenn sie zurückkäme. Sie war als Kind fortgegangen, und sie würde verändert wiederkehren, vom Kampf geprägt, klüger oder auch verbitterter. Aber sie würde nie wieder Kind sein. Das Kind, das Paxton Andrews gewesen war, war mit den anderen gestorben.

11

In San Francisco war das Abschiednehmen nicht leichter als in Savannah, es fiel ihr hier eher schwerer, Lebewohl zu sagen, obwohl Peters Tod sie ihrer Mutter sehr nahegebracht hatte. Gabby weinte ununterbrochen, und Peters Mutter hatte es noch immer nicht verwunden, daß ihr Mann Paxton den Job in Saigon verschafft hatte. Sie erklärte ihm rundheraus, daß sie ihn für ebenso verrückt hielt wie Paxxie.

Am Abend ihres Abflugs kamen alle mit zum Flughafen. Man hatte ihr einen Platz in einem von der Travis Air Base aus startenden Militärtransporter gegeben. Sie hatte ihre Impfzeugnisse dabei, Paß, Visa und ihre Papiere von der *Morning Sun* mit sämtlichen Instruktionen. Im Hotel Caravelle an der Tu Do war für sie ein Zimmer reserviert, und die Redaktion hatte ihr sogar ein Buch mit den wichtigsten Sätzen auf vietnamesisch mitgegeben, und nun kam das Schwierigste. Der Abschied von den Wilsons war deshalb so schrecklich, weil der Luftstützpunkt Travis an den Abschied von Peter erinnerte. Sogar Peters Vater weinte, als er Paxton in die Arme nahm und sie auf die Wange küßte und zum x-ten Mal ermahnte, sie solle vorsichtig sein.

»Und wenn du nach der Ankunft deine Meinung ändern solltest, dann sei um Himmels willen nicht dumm … dann mache sofort kehrt und komm zurück. Ich bin der Meinung, daß du einen großen Fehler begehst, also sei nicht zu stolz, ihn einzugestehen und zurückzukommen.«

»Mach' ich«, versprach sie mit Tränen in den Augen. »Ich habe euch lieb.« Sie hatte gelernt, es zu sagen, solange es möglich war. Man wußte ja nie, was passieren würde. »Und gebt acht auf euch.« Sie küßte noch einmal alle, als ihr Flug aufgerufen wurde. »Ich muß gehen. Versprecht, daß ihr mir schreibt.«

»Gib acht auf dich«, ermahnte Marjorie sie, bemüht, nicht an ihren Sohn zu denken. »Und gib beim Essen acht!« Alle lachten, und Gabby und Paxton umarmten einander. Mit ihnen beiden hatte alles begonnen. Die zwei Mädchen liebten einander seit nunmehr vier Jahren wie Schwestern.

»Ich habe dich lieb, du verrücktes Ding. Gib acht, Paxxie ... wenn dir etwas passiert, sterbe ich ...« Paxton schüttelte nur den Kopf und zerwühlte Gabbys hellrotes Haar.

»Und du sieh zu, daß du nicht wieder schwanger wirst, ehe ich zurückkomme.« Das Kleine war erst drei Wochen alt, und Gabby mußte unter Tränen lachen.

»Pax, gib selber acht. Du wirst uns fehlen.« Matt umarmte sie sanft, dann trat sie zurück und sah alle an.

»Ich werde rechtzeitig zurück sein, um den Baum zu schmükken.« Das hatte sie mit Ed Wilson ausgehandelt: sechs Monate in Saigon. Weihnachten sollte sie wieder zu Hause sein.

Alle winkten, als sie ihre große Tasche über die Schulter hängte und ihr einziges kleines Köfferchen hochhob. Sie trug feste Schuhe, die wie Militärstiefel aussahen, dazu Jeans und ein T-Shirt. Über der Schulter hing eine neue Nikon. Am Gate drehte sie sich um und winkte ein letztes Mal. Der Gedanke an Peter ließ sie gegen ihre Tränen ankämpfen, dann drehte sie sich um und lief zur Maschine, und als sie die Treppe zur C-141 hinauflief, stieß sie mit jemandem zusammen, der aussah wie jedermanns kleiner Bruder mit seinem weizenblonden Haar und dem runden Babygesicht. Er wirkte nicht älter als fünfzehn, als er mit seinem Duffelsack hinter ihr die Stufen hinauflief. Und dann fiel ihr ein, wer er war. Einer von vielen Jungen, die den Krieg in Vietnam auskämpfen sollten, und als sie sich setzte, lief er nach hinten zu den vielen anderen, die waren wie er ... achtzehn ... neunzehn ... zwanzig Jahre alt. Neben ihnen kam sie sich wie eine alte Frau vor, und als sie starteten und der Pazifik näher kam, blickte sie hinunter und betete darum, daß die Jungen, die mit ihr nach Saigon flogen, Weihnachten noch erleben würden.

Ein halbes Jahr hatte man ihr zugebilligt. Sechs Monate, um sich zu finden, um den Krieg kennenzulernen und mit dem klarzukommen, was in Da Nang geschehen war, und um alles selbst zu sehen ... sechs Monate, um sich das Herz aus dem Leib zu reißen und es ihnen zu geben, um ihre Sünden abzubüßen und der Welt zu sagen, was sich dort wirklich abspielte. Sechs Monate in

Vietnam. Vielleicht war sie verrückt, aber sie hatte das Gefühl, es Peter schuldig zu sein. Und als sie die Augen schloß und ihren Kopf zurücklehnte, blieben die Lichter von Kalifornien hinter ihr zurück.

ZWEITER TEIL

VIETNAM

Juni 1968 – April 1975

12

Paxton war auf der Strecke von der Travis Air Force Base nach Hawaii hellwach geblieben, obwohl es bei der Ankunft für sie fast Mitternacht war, und sie war auch den größten Teil des Fluges nach Guam wach und unterhielt sich in der Reihe vor den Toiletten mit einigen der Männer. Die meisten waren wie der Junge, mit dem sie beim Einsteigen zusammengestoßen war. Sie sahen aus wie kaum achtzehn, sie waren jung und verängstigt, aber als sie sich ein wenig entspannt hatten, regte sich bei ihnen gleich wieder Ausgelassenheit. Einige baten sie um Verabredungen, andere zeigten ihr Fotos von Freundinnen, von Müttern und Frauen, und die meiste Zeit führten sie sich auf wie blutjunge Rekruten, wie Prototypen des Ausdrucks, mit dem man sie nach der Ankunft Tag und Nacht belegen würde: Grünschnäbel.

Einige der älteren waren schon in Nam gewesen und kehrten aus freien Stücken zu einer zusätzlichen Pflichtrunde zurück. Das waren diejenigen, die Paxton interessierten, und zwei davon teilten mit ihr auf dem Nachtflug nach Guam auf halber Strecke zwischen San Francisco und Saigon den Whisky aus ihren Flaschen.

Sie wollte wissen, wie es drüben war, warum sie zurückkamen, warum sie das Land liebten oder haßten und was es ihnen bedeutete, doch als sie ihnen zuhörte, war sie nicht sicher, ob sie sie verstand. Sie sprachen davon, was für ein gräßlicher Ort es war, was für Schweinehunde die Vietcong, wie »Charlie« ihre Freunde getötet hatte, und im gleichen Atemzug sprachen sie von der Schönheit des Landes, von den Bergen, den Flüssen, dem Grün der Hügel, dem Gestank, den Gerüchen, den Düften, den Frauen, den Huren, den Freunden, die sie liebten, den Kameraden, die sie verloren hatten, der Gefahr. Wenn man noch nicht dort gewesen war, war es schwer, sich eine Meinung zu bilden.

Und alle schienen dem Gegner eine sonderbare Achtung entgegenzubringen, seiner unerschütterlichen Loyalität und Härte, mit der er für seine Sache kämpfte, seiner Unbeugsamkeit bis in den Tod. Diese Achtung vor dem Gegner berührte sie merkwürdig. Die Jungen sprachen viel von Charlie und auch darüber, was für Nieten ihre eigenen Vorgesetzten waren, die keine Ahnung hatten, was wirklich los war und daß Amerika den Krieg in Vietnam unmöglich gewinnen konnte.

»Warum geht ihr dann zurück?« fragte sie leise, und beide Männer sahen einander an und blickten dann weg. Sie mußte sehr lange auf eine Antwort warten. Und als sie kam, verstand Paxton sie beinahe.

»Man hat das Gefühl, es sei nicht richtig, wenn man in den Staaten ist«, erklärte der eine. »Niemanden kümmert dort der Krieg. Die jungen Leute hassen einen, so daß man sich wie ein Verräter fühlt, wenn man nach Hause kommt. Aber in Nam verrecken die Kameraden im Dreck, treten auf Minen ...« Der Mann sagte es zähneknirschend. »Ich mußte mit ansehen, wie meinem besten Freund das Gesicht weggerissen wurde ... meine anderen zwei Freunde sind vermißt ... ich kann nicht ... ich kann nicht nach Hause gehen und dort seelenruhig auf meinem Hintern hocken ... ich muß zurück und ihnen helfen, zumindest so lange, bis jemand soviel Verstand hat, uns dort herauszuholen.«

»Ja.« Der andere nickte. Er wußte, was gemeint war. »Zu Hause ist kein Platz mehr für uns. Die Arschlöcher sind jetzt wir und nicht Charlie. Nicht der Präsident. Wir sind die Schurken ... wir, die Jungs, die den Kopf für die anderen hinhalten. Die Wahrheit ist, daß es allen scheißegal ist. Wir stecken hier im Dreck, und die militärische Führung läßt nicht zu, daß wir richtig loslegen, weil alle Angst haben, daß es den Russen oder Chinesen in die falsche Kehle gerät. Deshalb lassen sie zu, daß man uns in Vietnam abknallt. Du willst wissen, warum ich zurückgehe? Damit ich meinen Kameraden helfen kann, bis wir alle gemeinsam nach Hause können.«

Er hatte weder Frau noch Kinder, seine Kameraden bei der Armee waren sein ein und alles.

Aber sie waren auch neugierig auf Paxton. Und schließlich fragten sie: »Und was ist mit dir? Was willst du drüben?«

»Ich möchte sehen, was da wirklich vor sich geht.«

»Warum? Was macht das schon aus?«

Sie überlegte lange, und sie gedachte nicht, alles zu erzählen, aber es war zu spät, und sie wußte, daß sie diese jungen Männer nie wiedersehen würde. Da griff sie zu deren großer Verwunderung in ihre Bluse und zog Peters Dienstmarke hervor, die sie mitgenommen hatte. Diese hielt sie ihnen entgegen, und beide nickten. Sie wußten, was dies bedeutete. »Er ist bei Da Nang gefallen. Mal sehen, was da los ist.«

Wieder nickten sie. »Ein irrer Ort.« Und dann sagte der Ältere der beiden lächelnd: »Wie alt bist du?«

Sie zögerte, ehe sie sein Lächeln erwiderte: »Zweiundzwanzig. Warum?«

»Ich bin zwei Jahre älter, und das ist meine dritte Tour. Drüben habe ich Sachen gesehen, von denen ich nicht möchte, daß meine kleine Schwester sie sieht. Bist du sicher, daß du weißt, warum du nach Saigon gehst? Es ist verdammt weit weg von zu Hause.«

»Das dachte ich mir.« Tatsächlich rechnete sie damit, konnte es sich aber noch immer nicht vorstellen. Und schließlich wünschte sie ihnen eine gute Nacht, ging zu ihrem Sitz zurück und verschlief den Rest des Fluges nach Guam.

Als es für sie neun Uhr morgens war und zwei Uhr mittags Ortszeit am nächsten Tag, landeten sie auf Guam. Der Zwischenstopp zum Auftanken dauerte eine Stunde, dann flogen sie weiter nach Saigon, wo sie um fünf Uhr Ortszeit ankommen sollten. Merkwürdig, während des Fluges dachte sie dauernd daran, daß Peter diese Strecke vor wenig mehr als zwei Monaten auch geflogen war.

Sie landeten kurz nach fünf pünktlich auf dem Tan-Son-Nhut Airport, dem militärischen Hauptstützpunkt. Zu Paxtons Enttäuschung sah man nichts von der Gegend, die angeblich so schön grün sein sollte. Als sie landeten, sah sie nur Feuerwerkskörper, und fragte sich, was das zu bedeuten hatte. Aber der neben ihr sitzende Soldat lachte, als sie ihn fragte, ob heute ein nationaler Feiertag sei.

»Ja, so könnte man auch sagen. Man nennt ihn Krieg. Das ist Artilleriefeuer ... das sind Lenkfeuerwaffen ... irgendwo nahe Bien Hoa, schätze ich ... Lady, es wird Ihnen gefallen. Hier gibt es immer ein Feuerwerk, wenn unsere Vögel ihre Eier auf Victor Charlie abwerfen.« Seine Haltung ärgerte sie, er war ziemlich herablassend und schien sich zu amüsieren. Dazu kam, daß es ihr sehr peinlich war, daß sie sich so blamiert hatte.

Beim Aussteigen trug sie ihr Gepäck selbst, und die jungen Männer, mit denen sie sich unterhalten hatte, schienen ihre Existenz vergessen zu haben. Sie hatten jetzt anderes im Kopf, denn sofort nach der Ankunft wurden sie auf Laster verladen.

Sie kam sich sehr tapfer vor, als sie sich mit ihrem Gepäck selbst ein Taxi suchte, da niemand sie abholte. Sie sprach kein Wort Vietnamesisch, und plötzlich hatte sie das Gefühl, mutterseelenallein auf der Welt zu sein. Vor dem Terminal stand eine Reihe verbeulter Klapperkisten, überall wimmelte es von US-Soldaten. Es war der militärische Hauptstützpunkt für Saigon, und für einige letzte Augenblicke fühlte sie sich hier sicher.

»Hi, Doughnut Dollie, willkommen in Saigon!« hörte sie eine Stimme rufen, und sie drehte sich um, weil sie sehen wollte, wer gemeint war. Peinlich berührt stellte sie fest, daß der Schwarze mit dem Südstaatenakzent sie meinte.

»Vielen Dank!« rief sie zurück und betonte mit Absicht ihren eigenen Savannah-Akzent.

»Louisiana?« rief er zurück, und diesmal lachte sie.

»Georgia!«

»Verflixt!« Er lächelte und lief weiter. Trotz der Dunkelheit waren viele Leute auf den Beinen und sehr in Eile. Sie winkte einen der Fahrer der wartenden Taxis herbei. Es war ein blaugelber Renault, der Fahrer trug Sandalen und Shorts und hatte ein flaches, schmales Gesicht und zottiges schwarzes Haar.

»Du Wac?« fragte er viel zu laut, da er den Lärm übertönen mußte. Schon zu so früher Stunde hörte man von weitem laute Stimmen und Gehupe. In der Luft lag ein beißender Geruch, eine Duftmischung aus Blumen, Gewürzen und Öl. Überall roch es nach Flugbenzin, und als sie sich umblickte, schien genau über ihnen eine Dunstwolke zu schweben.

»Nein, nicht Wac«, erklärte sie. Was ging es ihn an?

»Wave?«

»Nein.« Sie wollte endlich ihr Gepäck im Taxi verstauen. Schließlich war sie seit über zwanzig Stunden unterwegs. »Bringen Sie mich zum Caravelle Hotel.«

»Du Prostituierte?« fragte er sichtlich beeindruckt, und sie wußte nicht, ob sie lachen oder weinen oder es einfach zugeben sollte.

»Nein«, sagte sie mit Nachdruck und legte ihre Taschen in seinen Wagen. »Journalistin.« Aus ihrem Phrasenbuch wußte sie, daß sie eine *bao chi* war – der vietnamesische Ausdruck für Korrespondentin. Doch sie scheute sich, das fremde Wort auszusprechen. Er schüttelte nur ratlos den Kopf, als er sich ans Steuer setzte, sie anblickte und sich fragte, was sie nun *wirklich* war.

»Du Militär?« Mist. So würde sie nie nach Saigon kommen.

»Zeitung«, versuchte sie es noch einmal. Endlich ging ihm ein Licht auf.

»Ach, sehr gut.« Das schrie er ihr fast entgegen, und als sie den Stützpunkt hinter sich ließen, drückte seine Hand fast ununterbrochen auf die Hupe. Der Lärm war ohrenbetäubend, das Hupkonzert um sie herum trotz der frühen Morgenstunde eine wahre Kakophonie. »Du von mir Drogen kaufen?« zeigte er sich gesprächig, als sie Richtung Saigon fuhren. Wie einfach hier alles war. Du Prostituierte? Du von mir Drogen kaufen? Auf all die jungen Männer, die noch nie von zu Hause weggekommen waren, mußte dies überwältigend wirken.

»Keine Drogen, Hotel Caravelle.« Sie wiederholte es, nur um sicherzugehen, daß sie verstanden wurde. »An der Tu Do.« Es war angeblich die Hauptstraße, das hatte der für Auslandskorrespondenten zuständige Mann bei der *Sun* gesagt. Ed Wilson hatte darauf bestanden, daß sie dort abstieg, weil es eines der besten Hotels der Stadt war und das sauberste, in dem auch das Büro von CBS untergebracht war. Er glaubte auch, daß sie dort sicherer sein würde als in einem der anderen Hotels.

»Zigarette?« bot er ihr an, während sie darum betete, er würde ihr auf der Viermeilenfahrt in die Stadt nichts anderes anbieten. »Ruby Queen«, nannte er ihr die beliebteste Sorte Vietnams.

»Nein, danke, ich rauche nicht«, erklärte sie, während etliche Motorroller und ein uralter Citroën an ihnen vorüberflitzten. Er reagierte, indem er wie alle anderen mit beiden Händen auf die Hupe drückte. Und als sie sich aufatmend zurücklehnte, erstickte sie fast am Gestank der Auspuffgase.

Da sie aufmerksam aus dem Fenster sah, fiel ihr auf, daß die Gebäude immer ansehnlicher wurden und man einen Hauch von Paris zu spüren vermeinte, je mehr sie sich dem Zentrum Saigons näherten. Trotz der frühen Morgenstunde und der herrschenden Ausgangssperre waren die Straßen bevölkert, es wimmelte von Fußgängern, außerdem waren viele Menschen auf Fahrrädern und Fahrradrikschas unterwegs. Und das alles begleitet von lautem Stimmengewirr und Gehupe.

Verwaschene Pastelltöne und düsteres Steingrau wechselten einander als Fassadenfarben ab. Im Zentrum von Saigon angekommen, fuhren sie am Präsidentenpalast vorüber, an einer Basilika, dann den von schönen Bäumen gesäumten Nguyen Hue Boulevard entlang, bis sie das Rathaus passierten. Am Salem Building vorbei gelangten sie auf den Platz, und sie erkannte plötzlich die berühmte Marines-Statue. Kaum hatte Paxton diese erblickt, als sie wußte, wo sie sich befand. Auf diesem Platz würde sie im Eden Building die Büros von AP und NBC finden. Und als sie wenig später in die Tu Do einbogen, sah sie das Continental Palace. Von ihrem Gewährsmann bei der *Sun* wußte sie, daß es dort eine »Terrasse« genannte, vielbesuchte Bar und das Büro des *Time*-Magazins gab. Als sie das Gebäude der Nationalversammlung passierten, fuhr der Fahrer langsamer und wandte sich ihr mit einem halb zahnlosen Lächeln zu. Unmöglich festzustellen, wie alt er war. Irgendwo zwischen fündundzwanzig und sechzig.

»Du wollen abends Pink Nightclub im Hotel Catinat sehen? Ich dich zum Dinner holen.«

»Nein, danke.« Sie hatte das Gefühl, daß ein bestimmterer Ton angebracht war. »Caravelle Hotel. Jetzt gleich bitte. Heute abend muß ich für meine Zeitung arbeiten.« Das hatte nachdrücklich und abweisend klingen sollen.

»Nicht Prostituierte?« fragte er sie hoffnungsvoll, während sie darum betete, er würde sie endlich vor dem Hotel absetzen und sich nie wieder blicken lassen.

Und dann waren sie plötzlich vor dem Caravelle, und sie wollte nichts wie raus aus dem Auto und davonlaufen, auf ihr Zimmer und zu Bett gehen. Sie war erschöpft, aber aufgeregt, weil sie am Ziel war. Der Taxifahrer nannte ihr den Preis, und sie wußte, daß er überhöht war, doch war sie zu müde, um zu protestieren. Als sie die Lobby des Caravelle mit ihrem Gepäck betrat, erwachte das Hotel gerade langsam zum Leben. Ein paar junge Vietnamesinnen waren schon dabei, in der großen Halle sauberzumachen. Es war noch immer sehr früh, doch bald würde die Sonne aufgehen, und im Hotel würde emsiges Leben und Treiben herrschen. In der Lobby würden sich die Menschen drängen, hochrangige Militärs, Besucher aus dem Ausland, meist aus Europa, und die hübschen Vietnamesinnen, die sich hier mit ihnen trafen.

»Andrews«, nannte sie der aparten Vietnamesin an der Rezeption ihren Namen. Das Mädchen trug einen weißen *ao dai,* das traditionelle vietnamesische Kostüm, bestehend aus Hose und schmaler langer Tunika. Meist waren diese Abzüge weiß, man sah aber auch bunt bedruckte oder grellfarbene Varianten.

»Andrews?« Einen Moment sah sie Paxton verständnislos an.

»Paxton Andrews. Von der *Morning Sun* in San Francisco.« Paxton war zu müde, um Geduld oder Charme zu zeigen. Sie wollte jetzt nur duschen und ins Bett. Bereits frühmorgens war die Luft zum Ersticken. Auf diese Hitze, gegen die die Deckenventilatoren so gut wie nichts ausrichteten, war sie nicht gefaßt. Das Mädchen sah in ihren Unterlagen nach und schüttelte den Kopf.

»Mr. Andrews ist noch nicht da. Sie seine Frau? Seine Lady?«

Mist, murmelte Paxton insgeheim. »Nein«, erklärte sie. »Ich *bin* Paxton Andrews.« Sie bemerkte, daß zwei vietnamesische Jungen ihr lächelnd zuhörten, während zwei Männer sich in der Lobby trafen und begrüßten. Den einen erkannte sie, weil er mit ihr zusammen angekommen war. Sie hatten sich zeitig verabredet, und beide bedachten Paxton mit einem verstohlenen Blick, aus dem Bewunderung sprach. Der eine war markant, dunkelhaarig, etwa Mitte Dreißig, der andere beträchtlich älter, mit einem zerfurchten und sorgenvollen Gesicht. Sie fielen ihr auf, doch war sie weder an einem Gespräch interessiert noch daran, wer sie waren. Außer ihrem Zimmer, ihrer Dusche und ihrem Bett wollte sie gar nichts. Aber das Mädchen an der Rezeption schien noch immer nicht zu verstehen. »Ich bin Paxton Andrews.«

»Sie Mr. Andrews?« Das Mädchen kicherte, und sogar Paxton mußte lachen. In den zwei Stunden seit ihrer Ankunft in Vietnam war sie für einen Mann gehalten worden, für eine Doughnut Dollie, wie die amerikanischen Truppenbetreuerinnen genannt wurden, und für eine Prostituierte. Ganz entschieden ein interessanter Anfang.

»Ja«, erklärte sie wieder. »Ich bin Paxton Andrews. Haben Sie das Zimmer für mich?« Schließlich ließ sich das Mädchen zu einem zustimmenden Lächeln herab. Unter den verstohlenen Blicken der zwei Männer, die Desinteresse heuchelten, winkte das Mädchen einen Jungen heran, der nicht älter als acht Jahre sein konnte. Ihm übergab sie den Schlüssel für ein Zimmer im dritten Stock unter der bekannten Bar im Penthouse.

Paxton folgte ihm die Treppe hinauf, und er plagte sich mit ihrer Reisetasche ab, während sie ihre große Allzwecktasche trug. Vor dem Zimmer angekommen, bekam er von ihr fünfundzwanzig Piaster, woraufhin er sich grinsend verbeugte und hinunterlief. Ein reizender Junge. Kaum zu glauben, daß dies die Kinder sein sollten, vor denen man sie gewarnt hatte. Man hatte ihr eingetrichtert, die Kinder in Vietnam wären entweder Diebe, Bettler oder Vietcong oder alles zugleich. Aber dieser Junge wirkte völlig harmlos, als er sich beeilte, wieder in die Lobby hinunterzukommen. Beim Betreten ihres Zimmers sah sie einen Schwarm Kakerlaken über den Teppich huschen. Sie stieß einen leisen Schrei aus und zwang sich, einzutreten, so viele zu töten, wie sie konnte, und einen Blick ins Bad zu werfen. Sauber und mit alten weißen Kacheln gefliest, wirkte es wie eine Reminiszenz an die französische Kolonialzeit. Seit dem Abzug der Franzosen schien sich hier nicht viel verändert zu haben, und schon gar nicht die Hitze, der Krieg und die Kakerlaken. Die einzige Veränderung waren die etwas mitgenommenen, surrenden Klimaanlagen, die jetzt in allen Zimmern eingeschaltet waren. Das war eine Andeutung von Heimat, für die sie dankbar war. Es war so schwül, daß ihr nach der Fahrt vom Flughafen zum Hotel alles am Leib klebte und sie aussah und sich fühlte wie ein Küchenlappen.

Sie wusch ihr Gesicht, ließ die Wanne vollaufen und ging um acht Uhr Ortszeit zu Bett, nachdem sie die Fenster geöffnet hatte, durch die prompt Auspuffgase und die Geräusche der zum Leben erwachenden Stadt drangen. Benzingeruch schien in Saigon die beherrschende Duftnote zu sein. Und als sie so dalag, fragte sie sich, wie es für Peter bei der Ankunft gewesen sein mochte, aber wahrscheinlich hatte er nicht viel gesehen. Er hatte zu den Rekruten gehört, die sofort auf Laster verladen worden waren, um an Orte wie Long Binh, Nha Trang, Pleiku, Da Nang, Vinh Long, Chu Lai gebracht zu werden, Orte, die aufzusuchen sie gekommen war und von denen sie bislang nur träumen konnte.

Sie schloß die Augen und verfiel in einen unruhigen Schlaf. Es ging ihr zu viel im Kopf herum, es gab viel zu bedenken, zu sehen und zu entdecken. Und als die Sonne hoch am Himmel über Saigon stand, rührte sie sich, öffnete die Augen und streckte sich. Ein Blick zum Fenster, und sie lächelte. Auf dem Fensterbrett saß laut zwitschernd ein Vogel.

»Willkommen in Vietnam.« Lässig rollte sie sich auf die andere Seite, und als sie die Worte aussprach, hörte sie ein Geräusch und spürte jemanden im Raum. Kerzengerade auffahrend, zog sie die Decke bis ans Kinn, als ein großer, gutaussehender blonder junger Mann ihr Zimmer betrat. Er war in Uniform, aber ohne Namensschild, und auf seinem Anzug stand nicht »US Army«. »Was machen Sie hier?« Sie wollte schreien, war aber nicht sicher, ob sie sollte oder nicht, während sie sich rücklings aus dem Bett hocharbeitete, noch immer in die Decke gewickelt.

»Sie haben den Schlüssel von außen steckenlassen. An Ihrer Stelle würde ich das lieber nicht tun.« Er sah, wie schön sie war, doch er ließ es sich nicht anmerken, daß es ihm aufgefallen war. Einer der Hotelpagen hatte ihm verraten, daß das Zimmer frisch belegt sei. Mit einem sehr hübschen Mädchen, hatte der Junge durchblicken lassen, woraufhin Nigel ihm zwanzig Piaster in die

Hand drückte. Auch zwei seiner Kollegen hatten sie in aller Herrgottsfrüh in der Lobby gesichtet und es ihm erzählt. Nun griff er übers Bett und reichte ihr mit ernstem Ausdruck den Schlüssel. »Ich wollte ihn auf dem Nachttisch neben Ihnen zurücklassen.« Ihr fiel sein Akzent auf, sie war sich aber nicht sicher, ob er britisch oder australisch war.

»Ich ... also ...« Sie errötete heftig, von der Frage bewegt, ob er durch die Decke hindurchsehen konnte. »Ich ... danke ...«

Er lächelte, leicht amüsiert über ihre Verlegenheit. »Kein Problem. Ach, übrigens, ich bin Nigel Aucliffe. United Press. Aus Australien.« Sein Augenzwinkern verriet ihr, daß er nichts weniger als harmlos und freundlich war.

»Paxton Andrews, von der *Morning Sun* in San Francisco.« Sie vermied es, ihm die Hand zu reichen, aus Angst, sie würde ihre Decke verlieren.

»Sicher werde ich noch mehr von Ihnen zu sehen bekommen.« Diese Zweideutigkeit erhöhte ihre Verlegenheit, doch er verließ den Raum mit einer knappen Verbeugung so rasch, wie er gekommen war. Sie ließ sich, noch immer in die Decke gehüllt, auf dem Bett nieder. Die Begegnung hatte ihr Herzklopfen verursacht. Das war kein gewöhnliches Erlebnis. Und wie hatte sie so dumm sein und in einem Kriegsgebiet den Schlüssel in der Tür steckenlassen können?

»Herrje«, murmelte sie vor sich hin, »von wegen dumm.« Jetzt versperrte sie die Tür von innen und sah aus dem Fenster auf die Tu Do hinunter. Wenn man die Augen zusammenkniff, konnte man sich fast einbilden, in Paris zu sein.

Nachmittags um zwei mußte sie sich im AP-Büro im Eden Building melden. Sie nahm ein Bad und zog ein leichtes hellblaues Baumwollkleid an, das ihr für dieses Wetter passender erschien als Jeans. Dann ging sie zum Lunch ins Restaurant hinunter. Als sie eintraf, saßen dort einige Leute an den Tischen, meist Männer, einige in Uniform oder ähnlichen Outfits, andere in leichten Hemden, und zwei Vietnamesinnen in wunderschönen *ao dais,* dem traditionellen, weißen Gewand, das über Ballonhosen getragen sehr luftig aussah und doch die Figur anmutig betonte. Im Moment schien Paxton die einzige westliche Frau im Raum zu sein. In einer entfernten Ecke entdeckte sie Nigel Aucliffe mit einem Fremden und den zwei Männern, die sie am Morgen gesehen hatte. Sie lachten, und ihr drängte sich unwillkürlich die Frage auf, ob über sie gelacht wurde. Sie kam sich sehr unsicher vor, als sie Consommé und ein Omelette bestellte. Der französische Einfluß war hier noch in der Einrichtung, in der Küche und auch auf der Speisekarte deutlich spürbar.

Nachdem sie gegessen hatte und sich bei einer Tasse Kaffee Notizen machte, blieb Nigel Aucliffe mit seiner Gruppe an ihrem Tisch stehen.

»Nochmals guten Morgen.« Sein Blick war unverhüllt auffordernd und abschätzend, und auch die anderen nahmen sie, von der zweideutigen Begrüßung neugierig gemacht, genau unter die Lupe. Nigel hatte ihnen bereits von ihr erzählt und gesagt, sie sei grün hinter den Ohren und müsse die eigensinnige Tochter eines bedeutenden Jemand sein. Seiner Meinung nach konnte es jedoch nicht lange dauern, bis Vietnam ihr einige Lektionen erteilt haben würde, eine Vorstellung, die ihn zu belustigen schien. »Sie sitzen beim Brunch, wie ich sehe.« Sein Blick schien sie zu liebkosen, und sie ärgerte sich über sein Verhalten.

»Guten Morgen«, erwiderte sie kühl. Irgendwie hatte er es geschafft, daß seine Begrüßung sich anhörte, als hätte er die Nacht mit ihr verbracht, und ihr eisiger Ton sollte nun klarstellen, daß es nicht stimmte. Ihr Blick streifte die anderen drei, und als er sie nicht vorstellte, streckte sie ihnen die Hand entgegen und machte sich selbst bekannt. Der jüngere dunkelhaarige Mann, den sie schon bei der Ankunft gesehen hatte, war Ralph Johnson aus New York von AP; der ältere war Tom Hardgood von der *Washington Post* und der dritte Jean-Pierre Biarnet von *Le Figaro* in Paris. Seit sieben Uhr morgens waren sie unterwegs, hatten an einer wichtigen Pressekonferenz teilgenommen und sich einen ausgedehnten, genüßlichen Lunch gegönnt. Und Nigel und Jean-Pierre hatten schon erwogen, den Rest des Tages blauzumachen, als Nigel sie sah und ihnen verriet, welch hübschen Anblick sie in ihre Decke gehüllt geboten hatte, als er sie weckte. Bei allen schien die Neugierde groß, obwohl sie dem Alter nach fast ihre Tochter hätte sein können, eine Vorstellung, die sie entrüstet zurückgewiesen hätten, wäre sie von jemandem geäußert worden. Als sie aufstand und gehen wollte, sah Paxton jung und hübsch und wohlgeformt neben ihnen aus, so daß sich momentanes Verlangen bei allen regte. Verlegenes Schweigen machte sich breit, als sie die Männer in dem Bewußtsein ansah, daß diese ihren Anfängerstatus durchschauten.

»Was machen Sie hier?« fragte Johnson sie direkt. Er war ebenso neugierig auf sie und ihre Absichten in Saigon wie seine Kollegen, die aber zu stolz waren, um sie zu fragen.

»Dasselbe wie alle anderen, schätze ich. Ich bin hinter einer guten Story her. Ich berichte über den Krieg. Ich werde hier ein halbes Jahr für die *Morning Sun* in San Francisco tätig sein.«

Johnson war sprachlos. Das war ein gutes Blatt. Er hatte den Korrespondenten dieser Zeitung gekannt, der im Vorjahr hier gearbeitet hatte. Um so erstaunter war er, daß man jetzt diese junge Frau geschickt hatte, aber das hatte vielleicht besondere Gründe.

»Haben Sie etwas in dieser Richtung schon mal gemacht?« Sie schüttelte den Kopf und konnte nicht verhindern, daß ihre aufgesetzte Tapferkeit momentan eine Spur Ängstlichkeit erkennen ließ. Sie hatte keine Ahnung, wie sie hier überhaupt anfangen sollte. Man hatte ihr aufgetragen, sich sofort im AP-Büro zu melden und die Aufträge zu übernehmen, die man ihr dort geben würde. Ed Wilson hatte ausdrücklich Weisung gegeben, sie nirgends allein hingehen zu lassen und sie vom Kampfgebiet fernzuhalten. »Wie alt sind Sie?« fragte Johnson wieder direkt, und sekundenlang erwog sie, ihn anzulügen, verwarf die Idee aber wieder.

»Zweiundzwanzig. Ich komme von Berkeley.« Daß sie ihre College-Ausbildung abgebrochen hatte, sagte sie lieber nicht. Sie unterschrieb den Scheck, und alle gingen langsam hinaus in die Lobby.

»Dort habe ich vor sechzehn Jahren graduiert.« Johnson lächelte ihr belustigt zu. »Als ich anfing, war ich ebenso grün wie Sie. Ich habe mir fast in die Hosen gemacht. Ich war 4-F, und die *New York Times* schickte mich nach Korea. Aber dort lernte ich Dinge, die ich nie gelernt hätte, wenn ich in New York auf meinem Hintern hocken geblieben wäre, das kann ich Ihnen sagen.« Zur Verwunderung aller streckte er ihr seine Hand entgegen und wechselte einen Händedruck mit ihr. »Na, dann viel Glück, Kindchen. Wie war doch gleich Ihr Name?«

»Paxton Andrews.« Anschließend schüttelten ihr alle die Hand, und die Gruppe löste sich auf. Nigel und Jean-Pierre, die sich entschlossen hatten, den Nachmittag doch nicht zu verbummeln, wollten nach Xuan Loc fahren, um Manöver zu beobachten. Tom Hardgood wollte ins MacVee-Hauptquartier nach Tan Son Nhut, wo Paxton am Abend zuvor angekommen war. Ihm stand ein Privatinterview mit General Abrams bevor.

»Gehen Sie ins AP-Büro?« fragte Johnson Paxton, als fiele es ihm erst jetzt ein, als sie auf die Straße traten. Sie nickte. »Ich zeige Ihnen, wo es ist.« Wieder lächelte er, und die anderen gingen ihrer Wege, nachdem sie versprochen hatten, sich am Abend mit ihm zu treffen.

Das AP-Büro befand sich in dem Gebäude, das sie schon vom Taxi aus gesehen hatte, im Eden Building, gegenüber dem Denkmal der Marines, das für ganz Saigon einen Bezugspunkt darstellte. Das AP-Büro lag an der Ecke. Dort erwarteten Paxton ihre Instruktionen. Sie sollte sich »in Saigon orientieren« und um fünf an der Pressekonferenz des US-Informations-Service teilnehmen, einer Veranstaltung, die ihrer Nutzlosigkeit wegen die »Fünfuhrfollies« genannt wurde, wie sie von Ralph Johnson erfuhr.

»Hm, wie ich sehe, läßt man Sie sachte anfangen oder setzt Sie auf Schonkost. An meinem ersten Tag in Seoul hat man mich sofort an die Front katapultiert, wo es mich prompt fast erwischt hätte. Auch eine Art, Bekanntschaft mit dem Krieg zu machen. Aber bei Ihnen läßt sich alles angenehmer an.« Paxton fühlte sich ein wenig herablassend behandelt und fragte sich, was er mit »Schonkost« meinte.

»Was sind die ›Fünfuhrfollies‹ eigentlich?«

»Ein Haufen Propaganda. Man tischt uns dort das auf, von dem man möchte, daß wir es hören, und man macht uns weis, wie großartig der Krieg läuft. Wir erleiden Geländeverluste, die wir angeblich gar nicht haben. Ein paar unserer Leute sind gefallen, aber die feindlichen Verluste sind größer. Charlie hat von uns Ausrüstung erbeutet, doch die war ohnehin uralt, also was soll's. Zahlenkosmetik, die alles beschönigen soll, der übliche Mist, den wir den Leuten zu Hause präsentieren sollen, um sie vom Sieg zu überzeugen.«

»Und werden wir gewinnen?« fragte sie direkt.

»Was meinen Sie?« stellte er kalt die Gegenfrage. Sein Blick sprach Bände.

»Deswegen bin ich hier. Ich möchte die Wahrheit erfahren.«

»Die Wahrheit?« Er sah sie zynisch an. »Die Wahrheit ist – es ist hoffnungslos.« Es war das, was sie ohnehin vermutet und was auch Peter gedacht hatte, ehe das Land ihn getötet hatte.

»Und wann wird man es Ihrer Meinung nach zugeben und unsere Leute nach Hause schicken?« fragte sie mit einem Blick, der Unschuld und Inbrunst verriet. Er schüttelte verzweifelt den Kopf.

»Das, meine Liebe, ist die Preisfrage. Wir haben hier jetzt eine halbe Million Mann stationiert, die Aktion läuft unter der Bezeichnung DMZ, was heißen soll, tritt Onkel Ho nicht auf die Zehen, und die Jungs werden zu Tausenden in Leichensäcken nach Hause geschafft.« Als er sie zusammenzucken sah, regte sich bei ihm Ärger. »Wenn es Sie unangenehm berührt, dann gewöhnen Sie sich lieber rasch daran oder fahren wieder nach Hause. Hier ist für Empfindlichkeit nicht der richtige Platz.« Er fragte sich, ob man höheren Orts wußte, was man tat, als man ihr riet, sich in Saigon zu orientieren. Möglich, daß sie die Tochter eines hohen Tiers war, die sich hier als Touristin aufspielte. Aber etwas an ihr verriet ihm, daß mehr mit ihr los war. Aber sicher war er seiner Sache nicht. »Ich treffe mich mit ein paar Burschen.« Er sah sie fragend an. »Möchten Sie das echte Nam kennenlernen, oder sind Sie nur hier, um sich hier eine Zeitlang herumzutreiben und den Leuten zu Hause dann zu erzählen, wie Sie es fanden?« Es war eine ehrliche Frage, und sie wußte die Chance zu schätzen, sich zu beweisen, als sie ihm in die Augen sah und zu verstehen gab, daß es ihr ernst war.

»Ich möchte die Wahrheit erfahren.«

Er nickte. Irgendwie hatte er das geahnt. Trotz ihrer unbestreitbaren Attraktivität und ihres blonden Haares sah sie nicht aus wie die typische Doughnut Dollie. »Morgen fahre ich mit einem Team zur Gefechtsstellung unweit Nha Trang. Kommen Sie mit?« Trotz der Härte, die aus seinem Blick sprach, wollte er ihr eine Chance geben. Auch er war einmal jung gewesen, sie hatten dasselbe College besucht, und aus einem unerfindlichen Grund war er der Meinung, daß sie es verdiente.

»Sehr gern.« Offen setzte sie hinzu: »Danke.«

»Haben Sie feste Stiefel dabei?«

»Mehr oder weniger.« Sie hatte sich die solideste Sorte der Marke Eddie Bauer gekauft.

»Ich meine richtige. Man braucht Stahleinlagen in den Sohlen, für den Fall, daß man auf Bambusspitzen tritt.« Sie sah ihn verständnislos an, aber er wußte, wovon er redete. Er war seit 1965 in Saigon. »Welche Größe haben Sie?«

»Sieben.« Sie empfand größte Hochachtung vor ihm. Wenn es ihr glückte, hier etwas aus sich zu machen, dann würde es ihm zu verdanken sein, und dafür war sie ihm aufrichtig dankbar.

»Ich verschaffe Ihnen ein Paar.«

»Danke.« Kaum hatte sie das Wort ausgesprochen, als er auch schon verschwunden war. Er hatte eine Verabredung mit dem stellvertretenden Chef des Büros, der stirnrunzelnd aufsah, als Ralph eintrat.

»Was ist denn mit dir los? Du siehst ja richtig beglückt aus«, zog Ralph ihn auf.

»Das würdest du an meiner Stelle auch. In dieser Woche hat man uns aus San Francisco mit mindestens zehn Fernschreiben bombardiert. Es geht um irgendeinen Grünschnabel, der wohl Neffe irgendeiner großen Nummer sein muß. Man will nicht, daß er in den Norden geschickt wird. Man will nicht, daß er außerhalb von Saigon recherchiert. Man will nicht, daß ihm etwas passiert. Man will ihn nirgends, außer beim Tee im Palace. Ich habe schon genug Kopfschmerzen ohne lästige Besuche von Feuerwehrleuten, blasierten Filmstars oder von Neffen irgendwelcher verdammter Bonzen.«

»Immer mit der Ruhe. Womöglich kreuzt er gar nicht auf. Erst reden diese Milchbärte großartig, daß sie kommen wollen, und dann fehlt ihnen der Mut. Übrigens befindet sich eine neue Doughnut Dollie in unserer Mitte.«

»Großartig. Die hat uns noch gefehlt. Laß ja deine Hosen oben, Ralph. Ich brauche dich noch einen Monat lebendig, wenn du es schaffst.« Die beiden Männer tauschten ein Lächeln. Seit Jahren befreundet, hegten sie große Achtung füreinander. »Wer ist das Mädchen?«

»Schon vergessen. Westküste. Ging auf mein College. Sieht nett aus, ist aber ziemlich eingeschüchtert und grün. Ich habe ihr angeboten, sie morgen nach Nha Trang mitzunehmen.«

»Für wen arbeitet sie?«

»Hab' ich auch verschwitzt. Sie ist in Ordnung. Und wenn nicht, macht sie sich vor Angst ins Hemd und fliegt sofort wieder nach Hause.«

»Gib bloß acht. Dort oben ist es im Moment brandheiß. Aber erst sollst du das hier durchsehen.« Es handelte sich um ein »ausgeborgtes« Dokument, das ihm jemand zugespielt hatte und aus dem hervorging, daß der Bedarf an Truppennachschub enorm war.

»O Gott, werden die denn nie gescheiter und schicken die Jungen endlich nach Hause?« Ralph Johnson machte ein enttäuschtes Gesicht, als er es las.

»Da kommt einen das große Wundern an, findest du nicht?«

»Eher das große Heulen.« Dann besprachen sie andere Dinge. Einen Bericht über erhöhte Aktivitäten im A-Shau-Tal, ein paar verrückte Berichte über Agent Orange. Anschließend kam der für den nächsten Tag angesetzte Ausflug nach Nha Trang zur Sprache, und das neue Mädchen war so gut wie vergessen.

Ralph Johnson machte aus persönlichen Gründen einen Abstecher zum Tee in den Vorort Gia Dinh. Um fünf war er wieder in der Stadt, holte sich sein Material im Büro ab und kam mit zehnminütiger Verspätung im Information Service an, um sich bei den »Fünfuhrfollies« zu informieren. Es waren die üblichen Meldungen. Wer wo getötet worden war, phantastische Verlustzahlen des Vietcong, Statistiken, die schon lange niemand mehr glaubte, und ein Dokument des Feindes, das jeder studieren durfte. Tom Hardgood war auch da, ebenso Jean-Pierre, aber

Nigel glänzte durch Abwesenheit. Jean-Pierre winkte Paxton zu, als er sie sah, und kam nach der Pressestunde zu ihr. Sie kam ihm erhitzt und müde und von den ersten Eindrücken noch wie betäubt vor. Er erklärte ihr, daß Nigel nach Xuan Loc gefahren wäre, er selbst sich aber entschlossen hätte, in Saigon zu bleiben.

»Na, Mademoiselle, wie gefällt es Ihnen?« fragte er lächelnd. Sie erwiderte matt sein Lächeln. Die letzten zwei Stunden hatte sie damit zugebracht, die Stadt zu erkunden. Den ganzen Nachmittag war es quälend heiß gewesen, und sie war völlig überwältigt von den Eindrücken und den Gerüchen, dem Lärm, den Flugzeuggeräuschen, dem Treibstoffgeruch und dem Rauch, der ihr im Chinesenviertel in den Augen gebrannt hatte. Etliche Male hatte sie sich verlaufen, hatte zwei Fahrradrikschas gemietet, war von mindestens einem Dutzend GIs aufgelesen worden und kannte sich in ihrem vietnamesischen Phrasenbuch hinten und vorne nicht aus. »Ich bin mir nicht sicher«, sagte sie aufrichtig, wobei sie sich fragte, welchen Sinn diese Nachrichtenausgabe um fünf Uhr haben mochte. Sie kam ihr so perfekt abgestimmt vor, so künstlich. Aber wenn man wollte, konnte man dasitzen und auf Grund dessen, was einem hier vorgesetzt wurde, Berichte über den Krieg schreiben. Daß es nicht das war, weswegen sie gekommen war, stand für sie fest.

»Diese Informationen sind lächerlich, das kann ich Ihnen versichern.« Jean-Pierre trug noch immer Armeekluft und sah erhitzt und verschwitzt aus. Er war Fotograf und seit vier Uhr früh auf den Beinen. Nach seinem gemeinsamen Lunch mit den anderen hatte er Fotos für einen aufsehenerregenden Artikel geschossen.

Eine Gruppe von Kindern war von einer Terroristenbombe getötet worden, und die Bilder, die er gemacht hatte, waren grauenhaft. Als er versuchte, es ihr zu erklären, tat er es in ausdruckslosem Ton. Gefühle konnte er sich nicht mehr erlauben, alles war viel zu grauenhaft.

»Mir ist eine perfekte Aufnahme geglückt. Zwei kleine tote Mädchen, die sich an den Händen halten«, sagte er gleichmütig. »Mein Blatt wird sehr zufrieden sein.« Allein, daß man hier war, hatte etwas Gespenstisches an sich, und das wußten sie alle. Es nagte an einem und zerstörte etwas in einem. Aber sie wußten ebensogut, daß sie hier sein mußten, aus welchem Grund auch immer.

»Warum sind Sie hier?« fragte sie leise, ernüchtert von seinen Worten. Diese Frage hätte sie gern allen Anwesenden gestellt, die sich nun zum Gehen wandten.

»Weil ich wissen wollte, was sich geändert hat. Ich wollte wissen, warum die Amerikaner glauben, sie könnten gewinnen, und ob es ihnen glückt, was wir nicht schafften.«

»Nun, werden sie es schaffen?« Es war eine Frage, die sie jedem stellte, weil sie wissen wollte, was die Leute glaubten, die Leute, die Bescheid wußten, die Leute, die es miterlebt hatten.

»Nein, es ist unmöglich.« Als er es sagte, wirkte er sehr französisch. »Und ich glaube, man weiß es inzwischen, ist aber ratlos, wie man es der Öffentlichkeit beibringen soll. Man fürchtet die Schande, zugeben zu müssen, daß ein Sieg ausgeschlossen ist und daß man sich zurückziehen mußte. Es ist nicht amerikanisch ... es ist würdelos ... und feige ... wir haben zu diesem Schritt auch lange gebraucht«, setzte er als Erklärung hinzu, und Paxton pflichtete ihm bei. Die Amerikaner blieben in Vietnam, um ihr Gesicht zu wahren, das sie bereits verloren hatten, und sie mußten täglich hohe Verluste hinnehmen – wegen der Vietcong, der Fallen, der Minen, der Heckenschützen und wegen »Freundfeuers«, wie in Peters Fall. Es war merkwürdig, daß sie nicht mehr so stark unter dem Verlust litt, seit sie hier war. Sie hatte den ganzen Tag kaum an ihn gedacht, so sehr war sie davon in Anspruch genommen, sich einen Eindruck zu verschaffen, alles zu sehen und Saigon zu entdecken. In gewisser Weise war es eine Erleichterung. Vielleicht würde der Schmerz nun nachlassen, weil sie vor Ort war. Vielleicht würde sie ihn eines Tages ganz begraben können. Vielleicht hatte sie gut daran getan, nach Vietnam zu kommen.

Und während ihr das alles durch den Kopf ging, sah sie, daß Jean-Pierre sie beobachtete. Er lächelte, da er nicht wußte, woran sie dachte. »Das hier ist ein ernster Ort. Sie waren sehr tapfer, weil Sie hierhergekommen sind. Warum haben Sie es getan?«

»Das ist eine lange Geschichte«, erklärte sie vage und blickte sich um. Inzwischen war Ralph gegangen und auch Tom Hardgood, und Jean-Pierre fragte, ob sie mit ihm auf der Terrasse des Continental Palace Hotels einen Drink nehmen wolle.

»Es ist ein erstaunlicher Ort. Echt Saigon. Sie müssen das Continental kennenlernen.«

»Danke«, sagte sie scheu und gerührt. Obwohl sie spürte, daß Nigel sie mit einer gewissen Herablassung behandelte, schien wenigstens Ralph gewillt, ihr eine Chance zu geben und ihr zu helfen, und auch Jean-Pierre kam ihr sehr freundlich vor. Ihr war sein Ehering nicht entgangen, und seine Einladung schien harmlos zu sein. Sie sollte sich nicht täuschen. Auf der Terrasse angekommen, erzählte er ihr alles über seine Frau, ein in Paris sehr erfolgreiches Model.

»Ich habe sie vor zehn Jahren kennengelernt, als ich als Modefotograf arbeitete, aber dann ließ ich mich vom Fotojournalismus gefangennehmen. Sie hält mich für verrückt. Einmal monatlich treffen wir uns in Hongkong, und das hält mich bei Verstand. Ich glaube nicht, daß ich es sonst hier aushielte. Wie lange wollen Sie bleiben?« fragte er sie mit beiläufigem Interesse.

»Ein halbes Jahr«, sagte sie tapfer, und es klang sehr jung. Er lächelte.

»Haben Sie hier einen Freund? In der Armee?« Sie schüttelte den Kopf. Es gab Frauen, die aus diesem Grund hier waren. Er kannte viele Krankenschwestern, die gekommen waren, weil man ihre Freunde nach Saigon versetzt hatte. Aber früher oder später bereuten es alle. Es war ein Ort, der einem das Herz brach. Die Freunde wurden verwundet oder fielen, oder sie wurden zurück in die Staaten versetzt, und die Mädchen blieben und widmeten sich der Pflege verstümmelter Kinder, was ihnen abermals das Herz brach. Manche hatten das Gefühl, sie könnten hier nicht weg, andere gingen schließlich fort, aber niemand war so wie vorher. »Wenn man hier gewesen ist«, sagte er wissend, »vergißt man es nicht.« Paxton nickte. Dieses Risiko wollte sie auf sich nehmen. Und was sie zu sehen bekam, als sie sich an einen Tisch auf der Terrasse des Continental Palace Hotels gesetzt hatte, sollte für sie ein unauslöschlicher Eindruck werden. Bettler ohne Gliedmaßen krochen wie Insekten zwischen den Tischen herum. Erst wußte sie gar nicht, was los war, und dachte, sie suchten etwas, aber dann blickte plötzlich einer zu ihr auf. Eine Gesichtshälfte war weggeschossen, ein Auge und beide Arme fehlten. Als er sie stöhnend ansah, war sie einer Ohnmacht nahe. Jean-Pierre verscheuchte den Ärmsten, und Paxton erlebte wie versteinert mit, daß Schuhputzjungen und Prostituierte und Händler, die Drogen und andere Dinge anboten, sie belästigten, und über allem schwebte der Geruch von Blumen und Benzin, ein Gewirr von Stimmen, Hupen, Rufen, Fahrrädern, Menschen. Es war wie im Zirkus.

»Verzeihung«, entschuldigte sie sich für ihre Schwäche angesichts des gesichtslosen Bettlers.

»Daran müssen Sie sich gewöhnen. Davon gibt es hier Unmengen. In Saigon kann man zeitweise so tun, als passiere nichts, und dann explodiert eines Tages eine Bombe, eine Bar fliegt in die Luft, ein Freund wird verletzt, oder man sieht auf der Straße blutende Kinder, die nach der Mutter rufen, die direkt vor einem liegt, durch eine Vietcong-Bombe getötet. Man kann sich nicht immer davor verstecken. Aber im Norden ist es ärger, viel ärger. Dort erlebt man den Krieg hautnah.« Er sah sie über sein Glas hinweg aufmerksam und neugierig an. Sie war gerade so jung, daß sie seine Tochter hätte sein können. »Sind Sie sicher, daß Sie hier sein wollen?«

»Ja«, sagte sie leise, ihrer selbst nun ganz sicher, da sie hier war, auch wenn ihr beim Anblick der Bettler und der verstümmelten Kinder zum Heulen war. Aber sie war ja erst wenige Stunden hier, genau vierzehn.

»Warum?« fragte er.

Sie entschied sich, so aufrichtig zu sein wie zu dem Jungen im Flugzeug. »Jemand, den ich liebte, ist hier ums Leben gekommen. Ich wollte es sehen. Ich wollte begreifen, warum er starb. Ich wollte kommen und in meiner Zeitung die Wahrheit über den Krieg schreiben.«

Er lächelte betrübt. »Sie sind sehr jung und idealistisch. Was Sie zu sagen haben, wird niemanden interessieren, und wenn Sie in der Dunkelheit weinen, wird niemand Sie hören. Sie wollen von hier aus eine Botschaft verkünden … aber wem denn? Für Ihren Freund ist es zu spät. Und für die anderen? Es werden noch etliche kommen müssen, einige werden überleben, andere werden sterben. Nichts, was Sie tun, kann daran etwas ändern.« Das klang so hoffnungslos, aber Paxton glaubte ihm nicht.

»Jean-Pierre, warum Sie dann hier?« Sie sah ihm in die Augen, und er fragte sich, ob sie mit ihm schlafen würde. Er wußte, daß Nigel sie wollte. Ralph hatte France und ihren Jungen … und er hatte natürlich seine Frau in Paris. Aber das war weit weg, und dieses Mädchen war so frisch und rein, so voller Ideale, so sauber und zugleich so stark und sicher. Er lächelte nachdenklich, und Paxton fragte, warum, und er gab lachend Antwort.

»Ich glaube, Sie erinnern mich an … die heilige Johanna. Sie hat an dieselben Dinge geglaubt. An Wahrheit, an die Macht des Schwertes im Namen Gottes und an Freiheit.«

»Das hört sich vernünftig an.« Paxton lächelte. »Aber Sie haben meine Frage nicht beantwortet.« Immerhin war sie Journalistin und stand im Begriff, den Schauplatz und die Menschen zu analysieren.

»Warum ich hier bin? Ich weiß es nicht.« Als er die Schultern zuckte, sah er sehr gallisch aus, und er hörte sich auch so an, als er fortfuhr: »Ich wollte es sehen, deshalb bin ich für *Le Figaro* hierhergekommen. Und dann bin ich geblieben, weil es mich reizte. Ich wollte ›den Durchblick‹ kriegen … und es gefällt mir hier. Es ist ein Sündenpfuhl«, sagte er lächelnd, »wenn man es so haben will. Ich mag meine Freunde. Und vielleicht …« Er zog die Schultern hoch. »Vielleicht liebe ich wie alle Männer die Gefahr. Paxton, lassen Sie sich von Männern nichts vormachen. Wir alle spielen gern mit Waffen, tun so, als hätten wir Feinde, als müßten wir einem Freund eine Stellung wegnehmen, oder ein Haus, einen Berg … oder ein Land. Das lieben wir … für uns ist es sinnvoll … bis es uns tötet.« An dem, was er sagte, war etwas Wahres dran, das wußte sie instinktiv.

»Ist es den Tod wert?«

»Ich weiß es nicht.« Wieder zuckte er lächelnd die Schultern. »Fragen Sie die Männer, die gefallen sind … was werden die Ihnen wohl sagen?«

»Ich glaube, die würden sagen, daß es sich nicht lohnte«, antwortete sie philosophisch, doch er widersprach.

»Das denken Sie, weil Sie eine Frau sind. Vielleicht hat es sich für sie gelohnt.« Er liebte die Diskussion, den Disput, Philosophie, und er gefiel ihr. »Aber für eine Frau lohnt es sich nie. Die Männer, die ums Leben kommen, sind ihre Söhne, ihre Geliebten, ihre Ehemänner. Eine Frau kann im Krieg nur verlieren, nie gewinnen, ihr bietet es keine Erregung. Die Gesichter der Frauen, die ich fotografiere, sind voller Schmerz, wenn sie ihre toten Babys in den Armen halten, ihre toten Männer und toten Kinder. Ob sie selbst sterben, kümmert sie nicht. Ich glaube, sie sind viel tapferer als Männer. Aber sie können es nicht ertragen, ihre Liebe zu verlieren.« Seine Stimme wurde sanft. »Und Sie? Der Mann, den Sie verloren haben? War er Geliebter oder Freund?« Er wollte es unbedingt wissen.

»Beides«, sagte Paxton, die sich ruhig fühlte wie seit langem nicht mehr. »Wir wollten heiraten. Wir waren ... vier Jahre zusammen ... und ich hätte mich schon längst entschließen sollen, ihn zu heiraten.« Sie wich seinem Blick aus, von Schuldgefühlen geplagt. »Ich hätte es tun sollen ... und habe es nicht getan.« Sie sagte es ganz leise, und er griff nach ihrer Hand.

»Wenn Sie es nicht getan haben, dann nur, weil es nicht hat sein sollen. Meine erste Frau kam bei einem Flugzeugabsturz ums Leben. In einer Maschine, die auch ich nehmen wollte. Ich habe sie versäumt. Sie flog ohne mich ab. Es passierte in Spanien, und ich werde immer an Schuldgefühlen leiden. Sie wollte Kinder, aber ich nicht, und später dachte ich, wenn ich ihr ein Baby gegönnt hätte, dann hätte ich noch immer einen Teil von ihr. Aber es hat nicht sein sollen«, schloß er achselzuckend.

»Haben Sie jetzt Kinder?« fragte Paxton leise.

»Wir sind erst seit zwei Jahren verheiratet, und meine Frau ist achtundzwanzig. Bevor wir uns Kinder zulegen, möchte sie ihre Karriere als Model beenden.« Und wenn etwas passiert, dachte Paxton, würden sie es bereuen? Hatte Gabby recht mit ihrem einfachen Leben als Ehefrau und als Mutter ihrer reizenden Kinder? War sie selbst verrückt, weil sie hier war? Hatte Jean-Pierre recht, daß ihre Heirat mit Peter ihr einfach nicht bestimmt war?

»Wie alt sind Sie, Paxton?« fragte er. Mit jedem Schluck Pernod fand er sie begehrenswerter. Schließlich ging er zu Scotch über und Paxton zu Wasser.

»Zweiundzwanzig.«

Er lächelte. »Ich bin genau doppelt so alt.« Doch das schien ihn nicht zu stören. »Ich glaube, ich kann mit absoluter Sicherheit sagen, daß Sie hier in Saigon die jüngste Journalistin sind. Und ganz gewiß«, er trank ihr zu, »die schönste.«

»Sie haben mich noch nicht am Morgen gesehen«, sagte sie im Konversationston, als eine Stimme hinter ihr sie überraschte.

»Nein, aber ich.« Sie fuhr herum. Es war Nigel. »Ich würde sagen, Sie sehen am Morgen ganz nett aus. Handelt es sich um eine ernste Frage?«

»Eigentlich nicht.« Paxton lächelte, erleichtert, daß er zu ihnen gestoßen war. Jean-Pierre hatte inzwischen ein wenig zuviel getrunken, und sie hatte das Gefühl, daß er beim nächsten Scotch zärtlich werden würde. Nigels Auftauchen vereinfachte alles. »Ich dachte, Sie wollten nach Xuan Loc.« Sie lächelte ihm zu.

»Ich habe mich entschieden, morgen hinzufahren.« In Wahrheit war ihm eine attraktive Hure über den Weg gelaufen, und er hatte seine Fahrt auf den nächsten Tag verschoben. »Habt ihr beiden schon gegessen? Hoffentlich nicht, ich bin nämlich am Verhungern und möchte nicht allein essen.«

»Nein, wir haben noch nicht gegessen«, antwortete Jean-Pierre, doch es war neun Uhr, und Paxton litt noch immer an den Folgen der Zeitverschiebung. »Wohin möchtest du?«

»Keine Ahnung. Wie wär's irgendwo mit einem Happen auf die Schnelle? Anschließend könnten wir in den Pink Nightclub tanzen gehen.« Auch Nigel hatte ein Auge auf Paxton geworfen, und die Hure hatte ihm nur vorübergehend Erleichterung verschafft. Aber Paxton sah auf ihre Uhr. Sie mußte am nächsten Morgen um vier Uhr aufstehen.

»Ich glaube, ich muß das auf ein andermal verschieben. Ralph Johnson holt mich morgen um fünf ab.«

»Was hat er vor?« Nigel schien verärgert, während Jean-Pierre so rasch betrunken wurde, daß es ihm egal war. Bis zu dem Treffen mit seiner Frau in Hongkong war es nur eine Woche, und um Paxton zu verführen, würde sich noch oft eine Gelegenheit bieten.

»Wir fahren mit einem Filmteam nach Nha Trang«, erklärte Paxton.

»Dort oben ist es verdammt heiß«, sagte Nigel stirnrunzelnd, dann fiel ihm ein, wie unbedarft sie war, »und damit meine ich nicht das Klima. Dort wimmelt es von Victor Charlie. Geben Sie auf Ihr hübsches Hinterteil acht. Denn wie ich Johnson kenne, eignet er sich nicht als Aufpasser. Er will eine Story, und wenn es ihn den Kopf kostet. Zweimal wurde er schon verwundet. Vermutlich hat er es auf den Pulitzerpreis abgesehen, auch wenn er es nicht zugibt.« Paxton entlockte die offenkundige Rivalität der beiden ein Lächeln.

»Ich werde aufpassen.«

»Kommen Sie morgen abend zurück?« Nigel war anzusehen, wie scharf er auf sie war, sie war auch ein verdammt hübsches Mädchen. Aber sie hatte kein Interesse, für keinen. Deswegen war sie nicht nach Saigon gekommen. Sie war gekommen, um sich zu informieren und um gute Artikel für ihre Zeitung zu schreiben. Aber es gab hier Unmengen von Männern, falls sie einen wollte.

»Ich weiß nicht, wann wir zurückkommen«, beantwortete sie Nigels Frage. »Das hat Ralph nicht gesagt. Hätte er es nicht erwähnt, wenn die Rückkehr nicht für morgen geplant wäre?«

Nigel lachte. »Nicht unbedingt.« Als sie aufstanden, steuerten in einem Gewirr von Bewegungen die Bettler auf sie zu. Nigel und Jean-Pierre verscheuchten sie energisch, obwohl der Anblick eines der Kinder Paxton ins Herz traf. Ein kleines Mädchen, dem beide Beine fehlten, wurde von seinem um wenig älteren Bruder in einem Wägelchen gezogen. Paxton sah weg, weil ihr Anblick unerträglich war. Man konnte die Situation für diese Ärmsten der Armen nicht ändern, konnte nicht bewirken, daß der Krieg beendet wurde, konnte ihnen auch ihre Gliedmaßen nicht wiedergeben.

»Sie sollten eine Story über die Quäker schreiben«, schlug Jean-Pierre beim Gehen vor. »Die betreiben hier eine höchst bemerkenswerte Einrichtung, in der alle diese Kinder mit Prothesen ausgestattet werden. Die Aufnahmen, die ich dort machen konnte, sind einmalig. Unglaublich, was man dort alles schafft.«

»Ich werde der Sache nachgehen. Danke.« Sie lächelte beiden zu, bedankte sich bei Jean-Pierre für den Drink, und ehe die zwei Männer zu einer anderen Bar weiterzogen, wo sie härteres Zeug tranken, setzten sie Paxton vor deren Hotel ab. Sie waren übereingekommen, mit dem Abendessen noch zu warten und noch eine Weile weiterzutrinken. Als Paxton das Hotel betrat, sah sie einige gutangezogene Paare ins Penthouse-Restaurant zum Dinner fahren. Aber sie war zu müde, um an Essen auch nur zu denken. Sie ging auf ihr Zimmer, legte sich aufs Bett und schlief ein, nachdem sie den Wecker gestellt hatte und noch ehe sie sich auszog.

Und es kam ihr vor, als seien nur ein paar Augenblicke vergangen, als sie den Wecker hörte. Es war ein merkwürdig summendes Geräusch, und sie träumte, sie würde von Insekten verfolgt, dann von Bienen, denen sie per Fahrradrikscha zu entkommen versuchte, doch der Fahrer verstand nicht, wohin sie wollte. Und das monotone Geräusch hörte nicht auf, bis sie schließlich ein Auge aufmachte und sich im Hotelzimmer umsah. Es war noch dunkel, als sie duschte, ihr Haar wusch und den Jumpsuit in dunklem Khakigrün anzog, den sie für Gelegenheiten wie diese mitgebracht hatte, und dann zog sie ihre neuen Stiefel an, für den Fall, daß Ralph keine Zeit gehabt hatte, ihr welche zu besorgen.

Um Punkt fünf war sie unten in der Lobby, die noch menschenleer war, doch die Straßen erwachten bereits zum Leben, denn man sah Händler und Radfahrer und Autos und Menschen, die nach Hause oder zur Arbeit oder sonstwohin eilten, und Paxton sah Frauen mit ihren spitzen *non-la*-Hüten und den anmutigen *ao dais*. Sie trat vor die Tür und sog die Luft ein ... Noch immer konnte man den starken Duft von Früchten und Blumen spüren, noch immer den Gestank von Treibstoff und von der Dunstglocke, die ständig über der Stadt hing, und plötzlich hörte sie hinter sich Schritte und drehte sich um und sah Ralph die Stufen des Hotels heraufkommen, im Armeedreß, mit einem Buschhut und Armeestiefeln, die genauso aussahen wie die, die er in der

Hand trug. Dazu trug er eine schwere Weste und hatte noch eine dabei, die er ihr samt den versprochenen Stiefeln überreichte.

»Sie haben die Stiefel! Vielen Dank.« Paxton staunte nicht schlecht.

»Kein Problem.« Das stimmte. Er hatte sie auf dem Schwarzmarkt erstanden, wo man praktisch alles bekam, was aus den PX-Läden gestohlen wurde, von Tampons über Nylons bis hin zu Sachen aus Armeebeständen. »Ich habe Ihnen auch eine kugelsichere Weste besorgt. An sich keine schlechte Idee, bloß müssen Sie sie aushalten können.« Und dazu hatte er noch einen Helm, den er ihr gab, ehe er sie in den Laster hob, der sie auf dem Highway One an ihr Ziel bringen sollte. Der Fahrer war Soldat, und Ralphs Filmteam bestand aus vier Männern, zwei Kameraleuten, einem Tontechniker und einem Assistenten, mit denen er sie bekannt machte. Alle sahen aus wie GIs. Alle steckten in Armeekluft in Tarnfarben und trugen Stiefel und Helme, und der Tontechniker lachte nervös, als er um sich blickte, während der Assistent eine riesige Thermosflasche mit dampfendem Kaffee aufschraubte.

»Mist, wenn der Vietcong uns unterwegs erwischt, wird er glauben, er hätte einen Laster voller regulärer Armeeleute geschnappt.« Er sah Paxton an, die ähnlich ausstaffiert war. »Haben Sie hochhackige Schuhe in Ihrem Täschchen dabei?«

»Für die bin ich zu groß. Ich trage nie welche.«

»Ich wollte sie für mich.« Alles lachte, und sie beobachteten den Sonnenaufgang, als sie stadtauswärts fuhren. Es war ein schöner Sommermorgen Ende Juni, und Paxton begriff plötzlich, was mit der landschaftlichen Schönheit dieser Gegend gemeint war. Kaum hatten sie die Stadt hinter sich gelassen, fuhren sie über sattgrünes Land. Alles schien von der zarten Schlichtheit alter, seidener Wandschirme. Da und dort freilich sah man Bombenkrater oder Kinder, die mit Krücken am Straßenrand standen.

Die Gruppe schwieg während der Fahrt, und Paxton war wie gebannt von soviel Schönheit, von der roten Erde und dem leuchtenden Grün. Während der Fahrt nach Norden sah sie ständig hinaus. Schließlich beugte Ralph Johnson sich zu ihr und bot ihr einen Hefekringel an.

»Schön, nicht wahr?«

»Allmählich verstehe ich, was man behauptet; Saigon ist wirklich völlig anders.« Früher einmal, während der französischen Zeit, war es eine schöne Stadt gewesen, nun aber war es schmutzig und laut und korrupt, voller Prostituierter und Straßenkinder. Das hier aber war von natürlicher Schönheit, wie Paxton sie nie zuvor gesehen hatte, und es berührte sie zutiefst. Aber auch hier hatte der Krieg seine Spuren hinterlassen, sogar weit draußen auf dem Land.

»Ich war dabei, als vor eineinhalb Jahren Ben Suc brannte ... das war eine schöne Stadt. Ein Verbrechen, daß man sie niederbrennen ließ.«

»Und warum hat man es gemacht?«

»Um die Vietcong zu vertreiben, ihnen den Nachschub abzuschneiden und ihre Verstecke zu zerstören. Da die Guten von den Bösen meist nicht zu unterscheiden sind, hat man alles niedergebrannt und den Ort in einen Parkplatz verwandelt. Man hätte alle umgesiedelt, wird behauptet, aber das ist ausgeschlossen, einen solchen Ort kann man nicht ersetzen. Es war eine schöne alte Stadt, deren Bewohner in Quonset-Hütten umgesiedelt wurden.« Auf diese Weise hatte er France kennengelernt, aber davon erzählte er nichts, denn so gut kannte er Paxton noch nicht. »Na, wie ist es gestern gelaufen?« fragte er.

»Okay. Ich habe mich in Saigon ein wenig herumgetrieben und habe mich ständig verirrt.« Sie lächelte. Und dann entschied sie sich zur Offenheit. »Diese ›Fünfuhrfollies‹ sind doch Mumpitz, oder? Was soll das eigentlich?«

»Das nennt man PR. Ein anderes Wort dafür ist Propaganda für unsere Seite.«

»Und der Zweck?« Sie schien verärgert. Sie war gekommen, um die Wahrheit zu erfahren, und nicht, um belogen zu werden. Während sie miteinander sprachen, nahm sie ihren Helm ab und steckte ihren Pferdeschwanz zu einem Knoten auf. Es war zu heiß, um überhaupt Haare zu haben, geschweige denn, sie unter dem Helm hervor über den Rücken hängen zu lassen.

Aber Ralph lachte nur. »Damit wir etwas haben, worüber wir schreiben können, wenn uns der Stoff ausgeht, was nicht allzuoft der Fall ist.« Dann lächelte er. »Meine Kumpels im AP-Büro haben gestern rotgesehen, weil der Neffe irgendeines hohen Tieres erwartet wurde und Anweisungen vorlagen, man solle ihn aus allen Gefahrenzonen fernhalten.«

»Was macht er denn hier?« Auch Paxton schien dies komisch zu finden.

»Keine Ahnung. Vermutlich kommt er auf Besuch. Sehr hell kann er nicht sein. Vietnam ist ein Land, das man lieber meidet.«

Sie sah ihm ruhig in die Augen, während die anderen plauderten und sich an ihren Kringeln delektierten. »Heißt das, daß Sie mich auch für bescheuert halten?«

»Vielleicht.« Er war aufrichtig und würde es immer sein. »Aber ich glaube, daß Sie vielleicht anders sind. Was ich von Ihnen halte, kann ich Ihnen erst sagen, wenn wir die Sache hinter uns haben, aber ich glaube, Sie gehören zu diesen Verrückten, die sich mit Haut und Haaren dem Journalismus verschreiben und um jeden Preis der Wahrheit nachjagen, und wenn sie es den Kopf kostet.«

»Danke.« Mehr sagte sie nicht. Sie setzte den Helm wieder auf und trank ihren Kaffee aus.

In Ham Tan machten sie kurz halt, dann rasten sie weiter nach Phan Rang und Cam Ranh, und dann dauerte es nicht lange, und sie hörten von weitem Geschützdonner. Es war wie Donnergrollen von den Bergen her. Der Fahrer stand über Funk in ständigem Kontakt mit seiner Basis in Nha Trang, und er warnte sie vor der Weiterfahrt, weil es dann querfeldein gehen würde. Geplant war der Besuch einer unter schwerem Beschuß liegenden Stellung, der sie sich von rückwärts nähern würden. Man hielt diese Vorgehensweise für ziemlich sicher, da die Stellung gut gedeckt und bewaffnet war, doch hatte sie die ganze Woche über unter schwerem Beschuß gelegen, und das war genau die Story, die Ralph wollte. Eine Woche lang hatte er um die Bewilligung gekämpft, hierherkommen zu dürfen.

»Ich habe über Funk mitgekriegt, daß es dort ziemlich heiß ist«, erklärte der Fahrer. Inzwischen wußte Paxton, daß »heiß« sich immer auf den Vietcong und nie auf das Wetter bezog. Die Hitze war nämlich unerträglich, so daß sie sich schon fragte, ob sie nach der Ankunft noch würde atmen können. Als sie sich der Basis näherten, wurden sie angewiesen, sich auf ihren Sitzen klein zu machen, ihre kugelsicheren Westen anzuziehen und die Helme aufzusetzen. Es war sieben Uhr, und sie wurden zwei Meilen vor der einsamen Artilleriestellung, die ihr Ziel war, aufgehalten.

»Ich habe hinten Journalisten«, erklärte der Fahrer, als ihn schwerbewaffnete Posten aufhielten. Ihre M-16 waren die Standardwaffe, wie Paxton von Ralph erfahren hatte, Waffen, die den sowjetischen AK-47 der Vietcong unterlegen waren, weil sie im Gegensatz zu jenen des Gegners zu Ladehemmungen neigten.

Die Posten warfen einen Blick hinein, während von weitem das Geknatter einer M-60-Maschinenpistole und einer 150-mm-Haubitze zu hören war. Paxton hatte versucht, sich über alles zu informieren, aber in Aktion war alles anders und ziemlich furchteinflößend. Sie spürte, wie ihr Herz heftig schlug, vor allem, als man sie ansah und den Fahrer weiter ausfragte.

»Was ist mit der Delta-Delta?«

Der Fahrer lächelte. »Dasselbe. Auch von der Presse. Stimmt's?« Er drehte sich um und lächelte Paxton offen an.

»Jawohl. Ich bin von der *Morning Sun* in San Francisco.« Sie fing an, nach ihren Papieren zu suchen, doch sie wurden ohne eine weitere Frage durchgewinkt, während der Fahrer und Ralph ein Lächeln tauschten und sie sich fragte, was wortlos zwischen ihnen ablief. »Worum ging es? Dieses Delta-Delta, meine ich.«

»Das werden Sie hier sehr oft zu hören bekommen.« Ralph grinste.

»Hat man Sie anfangs auch so genannt?‹ fragte sie unschuldig. Er lachte auf.

»Wohl kaum, Schätzchen. Also, ich sage Ihnen lieber, was es bedeutet. Delta Delta ist das Funkzeichen für D-D. Für Doughnut Dollie.« Alle lachten, und Paxton hätte vor Wut am liebsten mit den Füßen getrampelt.

»Mist! Ich bin doch nicht den ganzen langen Weg gekommen, um hier gottverdammte Doughnuts zu verteilen.«

»Das müssen Sie den anderen sagen, Lady!« Der Fahrer fand das urkomisch, und sogar Paxton mußte lachen, obwohl es einen erbittern konnte, wie eine Schönheitskönigin behandelt zu werden, die nur gekommen war, um festzustellen, ob ihr noch jemand hinterherpfeift.

»Delta Delta, am Arsch!« Alle wußten, daß »Doughnut Dollies« sehr nette Frauen waren, die viel für die Stimmung innerhalb der Truppe taten, aber Paxton faßte es dennoch nicht als Kompliment auf.

»Sie werden sich daran gewöhnen«, meinte Ralph lachend, und sie drohte ihm im Spaß. Aber gleich darauf wurden sie angewiesen, sich zu ducken, als das Artilleriefeuer über ihren Köpfen dahinpfiff. Alle stiegen vorsichtig aus, als man sie dazu aufforderte, die Kameraleute und der Tontechniker suchten ihre Ausrüstung zusammen. Ralph erläuterte ihnen, was er von ihnen wollte, und nachdem er mit den Soldaten verhandelt hatte, erklärte der Fahrer Ralph, welche Eingänge in die Basis die sichersten waren. Aber so wie es sich anhörte, war es nirgendwo sicher, und ein junger schwarzer Gefreiter, der auf sie zugelaufen kam, sagte ihnen, was sie schon wußten, nämlich, daß es hier »heiß heiß heiß« zuging, und während er es sagte, starrte er Paxton begehrlich an.

»He, woher kommst du?« flüsterte er, als sie sich neben dem Laster duckten, und Ralph bestätigte, daß man von weitem Haubitzen hörte. Die südvietnamesische Armee, die ARVN, unterstützte zwar die amerikanischen Truppen, aber die Amerikaner verließen sich lieber auf sich selbst.

Ihrer Meinung nach waren die eigenen Leute immer besser, und sie kämpften gegen die NVA, die reguläre Armee Nordvietnams, die etwas anderes war als der Vietcong, der sich nur aus Bauern zusammensetzte, sehr tapferen allerdings.

»Ich bin aus Savannah«, sagte sie, um einen gelassenen Ton bemüht, als sie mit dem jungen Schwarzen sprach.

»Was! Ich auch.« Er nannte ihr eine Adresse, die ihr nichts sagte, und sie lächelte plötzlich in Gedanken an Queenie.

»Wie lange bist du schon hier?« fragte sie interessiert.

»In Nam?« Er grinste. »Mensch, Baby, ich habe nur mehr läppische zwei Wochen. Ich stehe praktisch Auge in Auge mit meinem ED. Wenn ich es schaffe, in den nächsten vierzehn Tagen meinen Hintern aus dem Schlamassel herauszuhalten, dann nehme ich den Freiheitsvogel nach Georgia.« Sein ED war sein Entlassungsdatum. Und in zwei Wochen hieß, daß er dreihundertachtzig Tage hiergewesen war, dreihundertfünfundsiebzig Tage länger als Peter nach seiner Ankunft gelebt hatte. »Und wie heißt du?« Sie war schön, und er wollte nur mit ihr plaudern und sie anfassen. Zu Hause hatte er eine Freundin, was ihn nicht davon abhielt, sich mit Paxton unterhalten zu wollen.

»Paxton.«

»Ach was?« Er schien belustigt, und Ralph warf ihnen einen Blick über die Schulter zu.

»Runter mit Ihnen«, ermahnte er Paxton streng.

Danach wurden sie in die Stellung eingeschleust, von der aus sich ein unglaublicher Blick in ein malerisches kleines Tal, tiefgrün und schön, bot, über dem Geschützrauch schwebte. Flugzeuge flogen sehr tief, andere warfen in der Ferne Bomben ab. Die Männer nannten sie »eierlegende Vögel«. Der Kommandeur der Feuerbasis empfing Ralph und sein Team, und Ralph stellte ihm Paxton vor.

»Aus San Francisco, hm?« sagte er, an seiner Zigarre kauend. »Großartige Stadt. Meine Frau und ich lieben diese Stadt.« Jeder liebte einen Ort – San Francisco, Savannah, Norden, Süden, New Jersey, ganz egal, woher man kam. Sie war am Leben, und sie war neu, und alle sehnten sich so verzweifelt danach, nach Hause zu kommen und am Leben zu bleiben, und es bedeutete für diese Männer schon viel, wenn sie jemanden von irgendwoher berühren konnten. »Hier ging es heiß her«, erklärte er. »Die NVA ist zum Durchbruch entschlossen, und wir lassen es nicht zu. Wir haben dieses Gebiet letztes Jahr gehalten, und dann mußten wir es aufgeben. Jetzt haben wir es wieder und lassen es uns nicht mehr nehmen.« Aber Paxton konnte nicht umhin, sich zu fragen, wie viele Menschenleben es gekostet hatte. Eine Anhöhe zu nehmen, ein Tal, ein Dorf – das alles bedeutete Verluste an Menschenleben. So viele tote junge Männer, so viele Verwundete. Er erklärte erneut, daß sie sich sehr gut hielten. Bislang hatten sie nur fünf Mann verloren, und einige Dutzend waren verwundet worden. War das okay? fragte sie sich. »Nur« fünf Gefallene, das hieß, daß sie sich gut hielten ... aber welche fünf?

Wie wurde die Auswahl getroffen? Wie ging Gott dabei vor? Und warum war seine Wahl auf Peter gefallen? »Möchten Sie etwas näher kommen? Wir kriegen viele Granaten ab, bleiben Sie in den Bereichen, die meine Jungs Ihnen zeigen.«

Ralph war hocherfreut, denn er benötigte einen besseren Standort und mehr Bewegungsfreiheit für die Kamera. Sie blieben den ganzen Nachmittag dort und machten nur um drei eine Pause, um sich an einer C-Ration zu laben, ehe sie sich wieder in die Hitze des Gefechts begaben. Bislang war niemand verletzt worden. Alles in allem ein ziemlich zahmer Tag. Sie hielten zäh ihre Position, und hin und wieder wurde behauptet, man hätte Charlie gesichtet. In Wahrheit konnte man ihn nicht sehen. Man konnte überhaupt nichts sehen, nur Qualm und Geschützfeuer und den Busch.

»Na, Kindchen, wie fühlt man sich? Jetzt sind Sie mittendrin im Kampfgeschehen.« Ralph setzte sich auf eine Zigarettenlänge und eine Tasse Kaffee neben sie.

»Wie haben Sie sich gefühlt, als die *Times* Sie nach Korea schickte?«

»Ich hatte die Hosen gestrichen voll«, gestand er grinsend.

»Das kommt so ungefähr hin.« Sie lächelte nervös. Seit dem frühen Morgen hatte sie ein komisches Gefühl in der Magengrube.

»Haben Sie etwas gegessen?« Sie schüttelte den Kopf. »Das sollten Sie aber, das hilft. Essen und schlafen muß man, egal, was um einen herum hier passiert, sonst läßt die Vorsicht nach, und man macht eine Dummheit. Man muß seinen Verstand wachhalten. Das ist der beste Rat für den Kampf, den ich Ihnen geben kann.«

Sie war ihm dankbar. Er war ein netter Kerl und ein großartiger Reporter. Sie verstand nun, warum die anderen eifersüchtig auf ihn waren. Er war gut, sehr gut, und ständig auf der Lauer nach Neuigkeiten. »Danke für die Stiefel«, sagte sie, und er klopfte ihr auf die Schulter.

»Immer Helm auf und Kopf runter, dann kann nichts passieren.« Damit war er auch schon wieder fort und kletterte rasch hinter ein paar Soldaten her, während sie sich fragte, ob sie ihn bewunderte oder für verrückt hielt. Sie hatte den Gedanken noch nicht zu Ende gedacht, als es eine große Explosion gab. Die Kameraleute rannten dorthin, wo Ralph eben gewesen war, und der Tontechniker hinterher. Da rannte auch sie los, ohne Überlegung, und als sie hinkam, lagen überall Männer, und Ralph hielt einen von ihnen in den Armen, einen Jungen, dessen Brustkorb vorne offenstand.

»Wir brauchen Sanitäter«, sagte er ruhig, aber bestimmt, und jemand rannte los, um sie zu holen, und plötzlich war jemand zur Stelle, der per Funktelefon einen »Abstauber« anforderte. »Ich habe hier sechs Mann«, sagte er in den Hörer, und als er es sagte, spürte Paxton, wie einer der Männer sie berührte. Sein Arm war weggerissen, er war blutüberströmt. Mit dem Gesicht eines Kindes sah er zu ihr auf. »Ich habe Durst«, sagte er. Mehr nicht.

Sie hatte eine Feldflasche bei sich, war aber nicht sicher, ob sie ihm etwas geben sollte. Was, wenn er nichts trinken durfte? Wenn sie ihm etwas gab und es ihn tötete ... Zwei Sanitäter trafen ein und mit ihnen ein Geistlicher, der zu dieser Einheit abkommandiert worden war, und sie machten die Runde bei den Verwundeten. Aber der Junge, den Ralph in den Armen gehalten hatte, war schon tot. Jetzt half er ihnen bei einem anderen.

»Ich habe Durst.« Zu ihrem Jungen war noch niemand gekommen. »Wie heißt du?« fragte er sie mit gequältem Gesicht.

»Paxxie.« Sie strich ihm übers Gesicht und legte seinen Kopf in ihren Schoß, während Blut über ihre Beine floß und sie sich bemühte, so zu tun, als spüre sie es nicht. »Ich heiße Paxxie«, sagte sie leise und strich ihm sanft das Haar aus der Stirn. Dabei kämpfte sie gegen das Verlangen an, sich über ihn zu beugen und seine Wangen wie die eines Kindes zu küssen, während sie um ihn weinte. Sie versuchte unter Tränen zu lächeln, er aber sah es nicht. »Wie heißt du?« fragte sie, um ihn am Reden zu halten.

»Joe.« Blutverlust und Schock bewirkten, daß es undeutlich klang. Ihm fielen die Augen zu.

»Los, Joe, aufwachen ... jetzt kannst du nicht schlafen ... so ist es recht ... Augen auf.« Sie lächelte ihm gelassen zu, während um sie herum Hektik herrschte. Man bemühte sich, die Verwundeten auf eine Lichtung zu schaffen. Der Geistliche half dabei, und auch Ralph und der Kameramann, und einer der Sanitäter klopfte jemandem auf die Brust, und eine Minute später hörte sie das Geräusch eines Helikopters, der jedoch vom Busch aus unter Feuer genommen wurde und abdrehen mußte, als der Sanitäter, der dem Verwundeten auf die Brust geklopft hatte, verzweifelt ausrief: »Scheiße!« Er hatte ihn verloren.

»Woher kommst du, Joe?«

»Miami.« Es war nur ein Flüstern.

»Miami. Das ist großartig.« In ihren Augen standen Tränen, sie spürte ein Würgen in der Kehle und fühlte sich elend. Ihre Beine waren blutüberströmt, und der Funker, der neben ihr im Gras saß, riet dem Helikopter, lieber zu verschwinden. Es war zu heiß hier.

»Den Teufel werde ich ...« ertönte die Stimme. »Wie viele habt ihr unten?« Die Stimme klang fest und unbeirrbar. Ohne die Verwundeten würde er nicht fortfliegen.

»Ich habe noch vier, die dich dringend brauchen.« Er hatte es kaum ausgesprochen, als es wieder eine große Explosion gab.

»Scheiße!« hörte man jemanden fluchen, und die Sanitäter stoben davon. Es dauerte nicht lange, und die Zahl der Verwundeten konnte an den Helikopter durchgegeben werden.

»Insgesamt neun. Ich habe noch fünf für dich, Niner Zulu. Kannst du noch einen Vogel herbeordern? Wir haben ein paar Jungs, die nicht mehr lange warten können.« Paxton, die es mit geschlossenen Augen hörte, wußte, daß der Junge auf ihrem Schoß dazugehörte. Sie versuchte, den Blick des Funkers zu erhaschen, aber er war zu beschäftigt, und Ralph war mit seinen Kameraleuten längst anderswo.

»Alles klar?« fragte eine ersterbende Stimme, und sie hörte sich zu ihrer großen Verwunderung antworten.

»Alles klar. Recht so, Joe? Recht ...« Er versank wieder in Bewußtlosigkeit, und sie berührte seine Wange, um ihn zu wecken, und versuchte dabei, den nicht vorhandenen Arm zu übersehen, der als blutiger Stumpf auf dem Boden neben ihr lag. Sie erwog, eine Aderpresse anzulegen, hatte aber Angst, alles zu verschlimmern, und im nächsten Moment war der Sanitäter an seiner Seite.

»Du machst dich prächtig, Sohn, ganz prächtig.« Er sah lächelnd zu Paxton auf. »Und Sie auch.« Da sah sie, daß der Mann, der diese beruhigenden Worte von sich gab, der Junge aus Savannah war, und ihr war zumute, als wären sie schon alte Freunde.

»Das ist Joe.« Sie sagte es leichthin, besorgt auf den Arm starrend, während der Helikopter über ihnen schwebte und sie die Stimme des Piloten aus dem Funkgerät neben sich hörte.

»Hier Niner Zulu. Wir kommen. Ganz rasch und nicht ganz runter. Werft sie schnell rein, wir hauen gleich wieder ab.«

»Scheiße«, hörte sie jemand sagen. Es war das Wort des Nachmittags, das ihr nach allem, was sie um sich herum gesehen hatte, äußerst passend erschien. »Wie, zum Teufel, sollen wir sie reinwerfen?« fragte der Funker jeden, der es hören wollte.

»Keine Bange«, antwortete einer der Männer niedergeschlagen. »Wenn er noch länger wartet, brauchen wir niemanden mehr zu werfen.« Von den zweiten fünf waren zwei bereits tot. Blieben nur sieben Verwundete zum Abtransport, insgesamt gab es vier Tote. Nach einem guten Anfang hatte der Tag sich saumäßig entwickelt.

Doch der Helikopter kam herunter und blieb lange genug über ihnen in der Schwebe, damit sie vier Männer an Bord schaffen konnten, und dann kam der zweite Helikopter und holte die anderen. Es waren Huey Medevacs. Für Paxton hätte es keinen schöneren Anblick geben können, als sie einschwebten. Sie sah zu, wie zwei Männer Joe verluden, und ertappte sich dabei, daß sie laut darum betete, er möge es überleben. Und als sie sich umdrehte, sah sie plötzlich zwei der anderen auf dem Boden, mit offenen, blicklosen Augen, und neben ihnen die Burschen von der ARVN. Da taumelte sie davon und übergab sich im Gebüsch. Ralph fand sie dort wenig später, bleich und mitgenommen aussehend, mit blutigem Anzug. Sogar ihr Haar war blutverschmiert, wo sie es berührt hatte.

»Sie dürfen sich das nicht so zu Herzen nehmen, Kindchen. In Korea wurde mir ein halbes Jahr lang übel.« Seufzend setzte er sich kurz neben sie. Es war ein wenig ruhiger geworden, doch noch immer war der Griff des Todes überall spürbar. Wenigstens der Beschuß hatte nachgelassen. Ralph erwog, noch am Abend nach Saigon zurückzukehren. »Wir haben heute viel gutes Material zusammenbekommen«, sagte er, was ihm einen entsetzten Blick Paxtons eintrug.

»So nennen Sie das, ›gutes Material‹?« Plötzlich mußte sie an Jean-Pierre denken und an seine perfekte Aufnahme von »zwei toten kleinen Mädchen, händchenhaltend«. Es brach einem das Herz, wenn man es mit eigenen Augen sah.

Ralph reagierte unwillig. »Ich habe diesen Krieg nicht angefangen. Ich berichte nur über ihn. Und wenn ich es schaffe, bei den Menschen ausreichend Abscheu zu erregen, dann wird hier Schluß gemacht. Aber falls Sie gekommen sind, um über Cocktailpartys im Offiziersklub zu berichten, dann sind Sie hier fehl am Platz, weil dieser Krieg nicht hübsch ist. Und wenn Sie auf Heiteres aus sind, dann sollten Sie warten, bis zu Weihnachten Bob Hope hier aufkreuzt.«

»Ach was, scheren Sie sich zum Teufel.« Sie war wütend und müde und niedergeschlagen. Ihr war übel von allem, was sie miterlebt hatte. »Ich bin aus demselben Grund hier wie Sie.«

»Ach? Das ist gut, weil dieser Krieg mehr Leute wie Sie und mich braucht. Leute, die gewillt sind, die Wahrheit zu berichten und womöglich dafür zu sterben. Sind Sie deswegen hier?« Sie funkelte ihn an. Er setzte sie unter Druck, doch ihm gefiel ihre Reaktion. Sie war zäh und stark, und es ging ihr nahe, und sie hatte Mut. Ihm gefiel sehr viel an ihr. Sie war »Eins A«, wie die Männer alles nannten, was ihnen gefiel.

»Ja. Deshalb bin ich da.« Sie sah ihn wütend an. »Ich bin hier, um die Wahrheit über diesen beschissenen, häßlichen Krieg zu berichten. So wie Sie, Mister.«

»Ist das der einzige Grund?« fragte er, als beide sich ein wenig beruhigt hatten, und sie entschied sich, ihm zu sagen, was sie auch Jean-Pierre über Peter erzählt hatte.

»Mein Verlobter ist hier vor fast zwei Monaten umgekommen.«

Er überlegte lange, dann sah er sie an und sagte etwas, das sie schockierte. »Vergessen Sie ihn.«

»Wie können Sie so etwas sagen?« Sie war entsetzt und verletzt.

»Was immer der Grund ist, der Sie hierherführte, Sie müssen ihn jetzt vergessen, wenn Sie hier anständige Arbeit leisten wollen. Er ist tot. Sie können ihm nicht mehr helfen, aber Sie können anderen wie ihm helfen. Sie können einem ganzen Land helfen, indem Sie ehrlich und objektiv berichten. Wenn Sie ihn nur rächen wollen oder einer Erinnerung nachjagen, dann tun Sie niemandem mehr etwas Gutes, weder ihm noch sich oder den Leuten, für die Sie schreiben.« Sie wußte, daß er recht hatte, doch es schmerzte, es zu hören. Er erwartete, daß sie an einem einzigen Tag erwachsen wurde und die Erinnerung an den Jungen aufgab, den sie während ihrer gesamten Collegezeit geliebt hatte. Aber er hatte recht. Als Journalistin mußte sie der Welt berichten, was sie sah und erlebte. Sie durfte nicht Peters Geschichte erzählen. Was Ralph sagte, war schrecklich, doch beide wußten, daß viel Wahres dran war.

Als sie am Nachmittag nach Hai Ninh fuhren, das auf halbem Weg nach Saigon lag, gerieten sie dort in ein Gefecht, und Ralphs Interesse war sofort wieder wach. Und als sie wieder fahrbereit waren, eröffnete ihnen der Kommandeur, daß es zu gefährlich sei, in der Nacht zurückzufahren. Sie mußten bis zum nächsten Morgen warten. Sie schliefen im Graben mit den Soldaten, und Paxton lag da, blickte zu den Sternen hoch und dachte an Peter. War es für ihn ähnlich gewesen? Hatte er an sie gedacht? Und spielte es überhaupt eine Rolle? Vielleicht hatte Ralph recht. Vielleicht zählte das alles nicht, und es kam nur auf die Wahrheit an und auf die Menschen, die sie kannten.

»Alles in Ordnung?« Näher an sie heranrückend, bot er ihr eine Zigarette an, doch sie lehnte ab. Paxton war so müde, und ihr war so elend, daß sie nichts zu Abend gegessen hatte. Die C-Rationen, die man ihnen mitgegeben hatte, waren ohnehin nicht sehr verlockend. Reis und *pho,* eine weiße Nudelsuppe, der Proviant der ARVN, sahen viel verlockender aus.

»Mir geht es gut.«

»So sehen Sie aber nicht aus.«

Sie lächelte. »Sie sehen auch nicht so toll aus.« Aber sie mußte zugeben, daß er besser aussah als sie.

»Tut mir leid, wenn ich heute mit Ihnen hart umsprang. Aber

es ist eine harte Gegend, und man darf seine Ideale nicht aufgeben oder vergessen, warum man hier ist. Wenn man den persönlichen Faktor ins Spiel bringt, ist es aus. Selbst wenn Sie unter diesem Aspekt hierhergekommen sind, ist es nicht zu spät, die Sichtweise zu ändern und sich ein hübsches sauberes, objektives Ziel vor Augen zu halten. Denken Sie immer daran, für wen Sie schreiben und was Sie sagen wollen, denn das bewirkt, daß Sie menschlich bleiben. Für einen persönlichen Rachefeldzug ist hier kein Platz. Aber manche der Jungs unternehmen genau das, sie sehen ihre Kameraden sterben und spielen verrückt, stürmen auf der Jagd nach Victor Charlie in den Busch und leben noch genau vierzehn Sekunden, ehe sie auf eine Mine treten, ihnen der Kopf abgerissen wird und sie im großen Himmels-PX landen, wie es so schön heißt. Was immer man hier tut, man muß klaren Kopf bewahren und seinen Verstand einsetzen. Die Jungs, die hier überleben, vergessen das keine Sekunde.« Ein guter Rat, wie sie wußte.

»Ich muß ständig an den Jungen von heute denken ... an Joe aus Miami ... ich weiß nicht mal seinen Familiennamen ... möchte wissen ... ob er überlebt hat.«

»Wahrscheinlich«, beruhigte Ralph sie. »Er hatte Glück. In Nha Trang waren wir in der Nähe des medizinischen Stützpunktes der 254er. Vermutlich ist er eine Viertelstunde, nachdem man ihn aufgelesen hat, auf dem Operationstisch gelandet. Und vermutlich waren Sie es, die für ihn den großen Unterschied ausgemacht haben.« Er tätschelte ihren Arm und versuchte sie mit seinen Worten aufzubauen, auch wenn gar nicht stimmte, was er sagte. Sie hatte ihr Bestes getan, und es war gut möglich, daß der Junge ihretwegen tatsächlich überlebt hatte. Es waren ihrer so viele, und er hatte so viele sterben sehen, hatte miterlebt, wie sie verwundet wurden. Nach einer gewissen Zeit stumpft man ab und wird müde und verbittert. Diese vielen jungen Leute, die als blutige Fleischklumpen endeten ... es macht einen krank, und man fragt sich, warum ein Mädchen wie sie hier sein wollte. Sie alle mußten ein wenig verdreht sein. Und wenn schon nicht bei der Ankunft, dann um so sicherer, wenn sie wieder gingen. Er lächelte ihr zu. »Wissen Sie, ich kann mir Ihren Namen nie richtig merken. Ihr Familienname ist Andrews. Aber der Vorname ist irgendwie wie Pattie oder Patton, nicht wahr?«

»Paxton.« Sie grinste spitzbübisch. »Lassen Sie sich bloß nie wieder einfallen, mich Delta Delta zu nennen.«

»Wenn mir Paxton nicht einfällt, wird mir nichts anderes übrigbleiben.« Er überlegte kurz und fing plötzlich zu lachen an, als sie Seite an Seite im Schützengraben lagen. Irritiert starrte sie ihn an.

»Was ist denn? Finden Sie meinen Namen zum Lachen?«

»Nein, Ihr Name gefällt mir ... aber mir ist eben etwas Komisches eingefallen. Sie sind doch von der *Morning Sun* in San Francisco?« Sie nickte. »Haben Sie dort einen Onkel?«

»Eigentlich nicht.« Daß sie errötete, konnte er nicht sehen. »Eher einen Mentor, einen Gönner. Mein Beinahe-Schwiegervater ist ... bei der Zeitung ganz weit oben.« Daß ihm die Zeitung gehörte, wollte sie nicht sagen.

»Und der Chef der Pressestelle hier sagte, es träfen dringende Fernschreiben von allen möglichen Instanzen bei der *Sun* ein ... Der Neffe irgendeines Bosses würde rüberkommen und müßte um jeden Preis aus gefährlichen Situationen herausgehalten werden. Vor allem dürfte er nicht ins Kampfgebiet.« Er sah ihr grinsend in die Augen. »Miß Paxton, ich glaube, damit sind Sie gemeint, und kein Mensch ahnte, daß es sich um ein Mädchen handelt. Scheiße ... und was mache ich? Ich fahre mit Ihnen an die zwei heißesten Orte, die wir an einem Tag abklappern können.« Er fing zu lachen an, und Paxton stimmte in sein Gelächter ein.

»Ich bin froh, daß Sie nicht wußten, wer ich bin.«

»Ich auch.« Er sah sie lächelnd an, als sie dalagen und hin und wieder die Schüsse der Heckenschützen hörten. »Ich weiß ja nicht, wie Sie schreiben. Aber mit Ihnen läßt sich was anfangen, und Sie haben Mut. Alles andere wird sich schon finden.«

»Danke.« Sie erwiderte sein Lächeln.

»Keine Ursache. Sie können mich auf meinen Expeditionen begleiten, wann immer Sie wollen. Vorausgesetzt, Sie sagen es nicht Ihrem Onkel.«

Wieder lächelte sie, und als sie dalag und endlich einschlief, war sie mit ihren Gedanken bei Ed Wilson. Nach nur zwei Tagen in Vietnam hatte sie das Gefühl, als wären Jahre vergangen, seitdem sie ihn gesehen hatte ... ihn oder Gabby oder San Francisco ... oder Peter.

13

Am nächsten Tag fuhren Ralph und Paxton mit dem Team nach Saigon zurück. Es wurde eine stille Fahrt, denn man konnte nicht Tod und Schmerz und den Verlust von Menschen miterleben und davon unberührt bleiben.

»Es geht einem an die Nieren, stimmt's?« Ralph saß ruhig neben ihr. Seinen Platz neben dem Fahrer hatte er dem Tontechniker überlassen.

»Ja.« Sie nickte, in Gedanken noch immer bei dem Jungen aus Miami. Wie würde sein Leben mit nur einem Arm aussehen? Oder, schlimmer noch, er hatte es vielleicht gar nicht geschafft. Wofür wurde hier gekämpft? Kein Mensch konnte das noch mit Sicherheit sagen, alles schien reiner Wahnsinn.

»Sie werden hier Ihre Lektion lernen«, sagte Ralph. »Wer länger hierbleibt, ist nicht mehr so wie früher.«

»Warum?« Sie war noch immer auf der Suche nach den Antworten.

»Ich weiß es nicht ... sie sehen soviel ... es geht ihnen zu nahe, während sie hier sind ... sie werden verbittert und zornig und desillusioniert. Und dann kehren sie in die Staaten zurück und ernten nur Haß und werden wie Mörder behandelt, kein Mensch bringt Verständnis auf. In den Staaten hören die Menschen Radio, hängen in Bars rum, kaufen Autos und jagen hinter Weibern her. Was hier vorgeht, kümmert sie einen Dreck. Es war ihnen immer schon egal. Sie wollen nichts mehr davon hören. Vietnam? Wo ist das? Was geht mich das an? Ein Haufen Schlitzaugen, die gegeneinander kämpfen ... und uns dabei töten. Aber das vergißt jeder gern. Diese Jungen hier lassen sich für nichts totschießen.«

»Glauben Sie das wirklich?« Es schmerzte, das zu hören, zumal wenn sie an Peter dachte. Da war es noch leichter, sich damit zu trösten, daß er den Heldentod gestorben war. Aber in Wahrheit glaubte das nicht einmal sie.

»Ja. Und das traurige ist, alle anderen sind auch dieser Ansicht. Niemanden interessiert, was hier vorgeht. Ich glaube, es wird nicht einmal verstanden, und ich bin nicht mal sicher, ob ich es verstehe. Wir versuchen, den Süden vor dem Norden zu schützen wie seinerzeit in Korea. Aber das hier ist nicht dasselbe. Die Menschen im Süden kämpfen auch gegen uns. Man kann nicht mal unterscheiden, wer Vietcong ist und wer nicht. Die meiste Zeit über glaube ich, alle sind es. Herrgott, sehen Sie sich die Kinder an, die würden Ihnen das Gesicht mit einer Granate zerfetzen, einfach so. Und dieses Wissen macht einen rasend. Niemand weiß, wem man glauben kann, wen man respektieren kann, gegen wen man kämpft. Die Hälfte unserer Truppen hat mehr Respekt vor Charlie als vor den eigenen Vorgesetzten, weil der Vietcong härter kämpft als die anderen. Und die ARVN, die Armee des Südens, ist ein Scherz. Verstehen Sie, was ich meine? Alles ist Irrsinn, und wenn man lange genug bleibt, wird man selbst irre. Denken Sie daran, wenn Sie erwägen, länger zu bleiben. Der Tag, an dem man sich nicht mehr zehnmal wünscht, die nächste Maschine nach Hause nehmen zu können, ist der Auftakt für ganz großen Ärger.« Ein wenig wollte er sie aufziehen, gleichzeitig aber auch ein paar wichtige Wahrheiten vermitteln, wie ihr bewußt war. Vietnam strahlte eine sonderbare Anziehungskraft aus, etwas, das bewirkte, daß man bleiben wollte. Das machte die Luft, die Düfte und Geräusche und Menschen, der seltsame Gegensatz von Saigon und dem landschaftlich so schönen Umland, die Unschuld der Gesichter und die Leiden der Menschen. Man wollte glauben, daß sie unschuldig waren, daß sie litten und daß man ihnen helfen konnte. Aber das war eben die Frage. Konnte man ihnen helfen und sich selbst retten? Oder war alles hoffnungslos? Als sie gegen Mittag Saigon erreichten, hatte Paxton noch immer keine Antwort gefunden.

Ralph setzte sie vor dem Hotel ab und fuhr weiter zum AP-Büro im Eden Building. Und als sie durch die Lobby ging, konnte sie es nicht fassen, wie verdreckt sie war. Ihr Anzug starrte noch immer vor vertrocknetem Blut, vor Schmutz und Schweiß. Sie sah gräßlich aus. Als Nigel ihr über den Weg lief, sah er sie mit hochgezogenen Brauen an.

»Du meine Güte, das sieht mir nach einem bewegten Tag aus, oder haben Sie sich beim Rasieren geschnitten?« Seine Kaltschnäuzigkeit erbitterte sie.

»Wir kommen von Nha Trang«, fuhr sie ihn an und nahm ihren Helm ab. »Es gab viele Verwundete.« Ihr kam es zumindest vor, als seien es viele gewesen, und sie spürte, wie ihr die Tränen in den Augen brannten.

»Soll ich jetzt erstaunt sein? Ich glaube, deswegen sind wir doch alle da.« Nigel war ein überheblicher Idiot, dessen ganze Einstellung ihr zuwider war. »Was haben Sie heute zum Dinner vor?«

»Keine Ahnung. Ich möchte meine Story schreiben.« Ihre Vereinbarung mit der *Sun* sah vor, daß sie ohne Termine arbeitete und Material nach San Francisco schickte, wenn sie etwas hatte. Doch sie wollte sehr rasch etwas vorzuweisen haben, um zu zeigen, daß sie gekommen war, um zu arbeiten, und daß sie die Arbeit ernst nahm.

»Na, vielleicht erwischen wir Sie später noch. Ist Ralph nach Hause oder ins Büro?«

»Ich bin ziemlich sicher, daß er im Büro ist«, sagte sie erschöpft.

»Sie sollten sich ausschlafen. Sie sehen ziemlich mitgenommen aus.«

»Bin ich auch ... also, bis später ...« Trotz ihrer festen Absicht, das Geschehene sofort schriftlich festzuhalten, schlief sie ein, nachdem sie ein Bad genommen und sich kurz hingelegt hatte. Und als sie erwachte, war es finster, und sie war halb verhungert.

Als sie hinunter in den Speisesaal ging, sah sie niemanden, den sie kannte. Und als sie zu essen versuchte, stellte sie fest, daß sie es nicht konnte. Sogar das Ananasdessert, das ihr anfangs geschmeckt hatte, kam ihr gräßlich vor. Ständig stand ihr der Zwischenfall von Nha Trang vor Augen. Nach einer Tasse Bouillon und etwas *chao tom,* kleinen Krabbenspießchen, ging sie wieder auf ihr Zimmer, um sich hinzusetzen und ihre Story zu schreiben. Sie schrieb bis zwei Uhr morgens, und sie weinte, als sie versuchte, von dem Jungen aus Miami zu berichten und von dem Schwarzen aus Savannah, dessen Namen sie nicht einmal wußte; aber das war unwichtig. Und als sie fertig war, lehnte sie sich zurück, ausgelaugt, aber erleichtert. Das Schreiben wirkte fast wie eine Läuterung.

Sie bemühte sich, die landschaftlichen Reize zu beschreiben, die Gegensätze, die ihr sogar nach so kurzer Zeit ins Auge gesprungen waren, die gräßlichen Verkrüppelten, die Armseligkeit der Huren, den Straßenlärm, die unglaubliche Schönheit der Fahrt in den Norden, das satte Grün, die fruchtbare rote Erde, und doch war das ganze Land verwüstet und blutete aus vielen Wunden, und die Soldaten bluteten mit, verbluteten für das Land. Ein starker Artikel, wie sie befriedigt feststellte, und sie war gespannt, was man in San Francisco davon halten würde.

Um drei Uhr ging sie zu Bett und war am nächsten Morgen um neun im AP-Büro, wo sie mit Ralph zusammenstieß, der in seinem sauberen weißen Hemd und Khakis einen frischen und adretten Eindruck machte.

»Na, was haben Sie vor, Delta Delta?« Unwillkürlich mußte sie lächeln, denn er schien froh zu sein, sie zu sehen.

»Lassen Sie das. Also, ich möchte meinen Artikel rüberfaxen.«

»Nha Trang?« fragte er, und sie nickte. »Ich habe übrigens nachgefragt. Alle Jungs, die gestern aufgelesen wurden, haben es geschafft, bis auf einen« – ihr Herz drohte auszusetzen –, »ein Schwarzer aus Mississippi. Also muß es Ihrem Jungen gutgehen. Ich dachte mir, daß es Sie glücklich machen würde.« Aus ihrem Lächeln sprach große Erleichterung. Er sah es mit Rührung. Sie war eine prima Frau. Sie mußte zwar noch viel lernen, aber sie war klug, und sie gefiel ihm. »Aber so geht es nicht immer aus. Vielleicht haben Sie ihm Glück gebracht. Er wird jetzt nach Hause verfrachtet.« Auch eine Methode, mit einem Arm. Aber andererseits wurde er auch nicht in einem Leichensack in die Heimat geschafft. Ihm blieb der »Himmels-PX« erspart. »Was haben Sie heute vor?« fragte Ralph.

»Ich suche mir Schwierigkeiten«, gab sie keck zurück, und er lachte.

»Geben Sie bloß acht. In dieser Stadt stolpert man darüber.«

»Ist mir schon aufgefallen.« Und wenn man schon sonst über nichts stolperte, dann zumindest über Nigel Aucliffe oder den unverbindlich verheirateten Jean-Pierre, der sich an diesem Wochenende mit seiner Frau in Hongkong traf.

»Das *Time*-Magazin gibt heute in seinem Büro im Continental Palace eine Party. Haben Sie Lust?«

»Aber sicher.« Nicht sicher war sie allerdings, ob es sich um eine freundschaftliche Einladung oder um ein Rendezvous handelte, aber im Grunde war es ihr einerlei. Auf eine Romanze war sie nicht aus, und jeder Kontakt, den sie knüpfte, würde ihr weiterhelfen.

»Also, wir treffen uns dort.« Er sah sichtlich in Eile auf die Uhr. »Um sechs?«

»Sehr gut.« Den Rest des Nachmittags verbrachte sie wieder damit, sich in Saigon umzusehen. Und diesmal waren es die Kinder, die sie am tiefsten anrührten. Sie waren so verletzlich und so jung und sahen so kaputt aus. Saß man aber in einem Café, versuchten sie, einem alles anzudrehen, von Heroin über Zigaretten bis hin zu gestohlenen Soft-Drinks. Später einmal wollte sie einen Artikel über sie schreiben. Es war eine fremde Welt, weit entfernt von der Welt, die sie kannte, doch wenn sie um sich blickte, war sie froh, daß sie hierhergekommen war.

Um fünf schlenderte sie zurück in ihr Hotel, um sich umzuziehen. In einem geblümten Seidenkleid und neuen Sandalen ging sie die Tu Do entlang zum Continental Palace. Man konnte sich gut vorstellen, daß Saigon in der französischen Zeit eine schöne Stadt gewesen sein mußte. In mancherlei Hinsicht war es jetzt auch noch schön, doch knapp unter der Oberfläche waren große Spannungen zu ahnen. Auch im Café waren die Menschen sich der Allgegenwart des Feindes und der Tatsache ständig bewußt, daß jeden Moment eine Bombe in ihrer Mitte explodieren konnte.

Im Hotel ging sie an der Terrassenbar vorüber, wo sie wie üblich Nigel erspähte. Er vergnügte sich mit zwei Armeekrankenschwestern, von denen eine auf seinem Schoß saß, während ihm die andere lachend mit der Hand durchs Haar fuhr. Paxton lief wortlos zu den Räumlichkeiten der *Time* weiter ...

Es hatte sich schon eine stattliche Anzahl von Gästen eingefunden, und Ralph wartete bereits, mit dem Chef des Büros in ein angeregtes Gespräch über den bevorstehenden Parteikonvent der Demokraten in Chicago vertieft. In diesem Jahr hatte es seit der Ermordung Martin Luther Kings und dem erst kurz zurückliegenden Attentat auf Robert Kennedy überall Aufruhr und Demonstrationen gegeben. Ralph erging sich in düsteren Voraussagen.

»Ich glaube, in Chicago bahnt sich eine Katastrophe an.« Während er dies sagte, bemerkte er Paxton. Er begrüßte sie mit einem warmen Lächeln und stellte sie allen wie seine kleine Schwester vor, um sie schließlich mit geübter Hand durch den Raum zu steuern. Sie fand ihn rührend, und das sagte sie ihm auch bei einem Glas Scotch, nachdem sie alle kennengelernt hatte, die er für wichtig hielt.

»Ralph, ich meine es wirklich. Wären Sie nicht gewesen, ich würde jetzt noch einsam in meinem Hotelzimmer hocken.«

»Da wären Sie vielleicht besser dran.« Er nahm einen großen Schluck von seinem Bourbon. »Gestern nach unserer Rückkehr machte ich mir schon schwere Vorwürfe. Nha Trang war als kleiner Vorgeschmack dessen, was hier vor sich geht, vielleicht ein bißchen zu schwer verdaulich.«

»Das glaube ich nicht«, sagte sie leise und sah ihm in die Augen. »Genau deswegen bin ich da.«

Da grinste er. »Ich hatte übrigens recht. Gestern habe ich vorsichtig ›ermittelt‹, nachdem wir zurückkamen. Sie sind tatsächlich diejenige, die dem Schutz aller hier empfohlen wird und die man zu Partys in der Botschaft und ins Goldene Ghetto mitnehmen soll.« Womit er einen einstmals eleganten Wohnblock an der Gia Long Street meinte.

»Hoffentlich kommt niemand dahinter.« Sie lächelte breit.

»Bestimmt nicht.« Er erwiderte ihr Lächeln. »Hier hat kein Mensch zum Kinderhüten Zeit. Apropos«, er sah sie fragend an. »Wären Sie wieder an einem Ausflug interessiert? Ich fahre nach Cu Chi, um Material für einen Artikel über die Tunnels zu bekommen. Ich dachte mir, das wäre was für Sie.«

»Ja, sehr gern. Wieder um fünf?«

Er lachte. Sie war so ernsthaft und eifrig. »Ich hole Sie um acht ab. Ziehen Sie wieder Ihre Kampfkluft an.«

Paxton zog eine Braue in die Höhe. »Keine Teepartys im Offiziersklub? Meine Freunde in San Francisco werden enttäuscht sein.«

Er blinzelte ihr zu. »Keine Sorge, Delta Delta, schicken Sie Ihnen einfach Doughnuts rüber.« Sie tat, als wollte sie ihn schlagen, und er duckte sich und ließ sie wenig später allein.

Danach unterhielt sie sich noch mit einigen anderen Journalisten, ehe sie sich empfahl und es unten auf der Terrasse vermied, an Nigel vorüberzugehen. Er war inzwischen schon ziemlich angeheitert und flirtete sehr intensiv mit einer der Schwestern. Paxton ging in ihr Hotel, ließ sich das Abendessen aufs Zimmer bringen, und um zehn Uhr schlief sie bereits. Am nächsten Morgen um Punkt acht stand sie in der Lobby und wartete auf Ralph Johnson.

Diesmal hatte er ein anderes Team dabei, nur einen Fotografen und einen anderen Fahrer. Er hatte einen Armee-Jeep und einen jungen Marine als Fahrer, einen großen freundlichen Jungen mit rotem Bürstenhaarschnitt und blauen Augen. Seine Brust zierte ein eintätowierter Cowboy. Er käme aus Montana, erzählte er. Und Paxton verkniff sich ein Lächeln, als er sagte, sein Name sei Cowboy. Er war neunzehn und seit letztem Weihnachten in Vietnam. Bis zur Rückkehr in die Heimat müßte er sich noch ein halbes Jahr gedulden, doch fühlte er sich hier einigermaßen wohl. Er war vorübergehend an die Propagandaabteilung abgestellt worden und mußte Reporter und auf Besuch weilende Würdenträger durch das ganze Land kutschieren. »Solange wir nicht auf Minen auffahren oder von den Schlitzaugen beschossen werden, gefällt es mir.« Er grinste sie an. In Paxtons Augen war er ein Glückspilz. Ebensogut hätte er oben im Norden an der Front sein können.

Die Fahrt nach Cu Chi dauerte eine Dreiviertelstunde, und die meiste Zeit unterhielten sie sich über Pferde und Reiten und das Erwachsenwerden, und schließlich sprachen Ralph und Paxton von der Story, die sie machen wollten. Der Fotograf, den sie mitgenommen hatten, ein Franzose mit Namen Yves, war ein

Freund Jean-Pierres. Da seine Englischkenntnisse begrenzt waren, zeigte er sich sehr zurückhaltend, so daß man ihn zu Unrecht für schüchtern hielt. Ralph, der schon mit ihm gearbeitet hatte und ihn mochte, war froh, daß er ihn für diesen Auftrag mitgenommen hatte. Ähnlich wie Paxton erledigte der Franzose seine Arbeit ruhig und gewissenhaft.

»Der Stützpunkt Cu Chi ist sehr interessant«, erklärte Ralph Paxton auf der Fahrt. »Es ist das Hauptquartier der fünfundzwanzigsten ›Tropenblitz‹-Infanteriedivision aus Hawaii. Als die Burschen vor über zwei Jahren den Stützpunkt über dem Tunnelsystem der Vietcong anlegten, glaubten sie, sämtliche Gänge versiegelt zu haben. Ein Irrtum, wie sich herausstellte. Der Vietcong scheint direkt zu ihren Füßen seine Operation weiterhin durchzuführen, so daß man, seit der Stützpunkt besteht, mit Cu Chi nur Kopfschmerzen hat. Es ist eine riesige Basis, am Saigon-Fluß gelegen, dem Eisernen Dreieck direkt gegenüber, wo es die schlimmsten Kämpfe des ganzen Krieges gegeben hat.«

»Und was machen wir dort?« Sie war dankbar für das kleinste Informationshäppchen.

»Man hat ein neues Tunnelsystem entdeckt. Ich dachte, das würde eine gute Story abgeben. Die Jungs, die mit diesem Mist befaßt sind, heißen Tunnelratten. Zäh wie Leder, stählerne Nerven. Mich könnte man um nichts auf der Welt in einen dieser Gänge bringen. Der Vietcong hat dort eine unterirdische Welt geschaffen. Als letztes Jahr das Eiserne Dreieck gesäubert wurde, hat man vergeblich versucht, das Tunnelsystem zu säubern. Vergangenes Jahr wurde im Waldgebiet von Thank Dien sogar ein ganzer Krankenhauskomplex unter der Erde entdeckt. Wirklich erstaunliche Menschen, diese Vietcong.« An den »Schlitzaugen« und »Gelbgesichtern«, wie sie von den GIs genannt wurden, war mehr dran, als man auf den ersten Blick glaubte, wie Ralph längst wußte. Es waren kluge, listenreiche, zähe und unglaublich mutige Menschen, die gegen die ARVN, die Armee des Südens, und gegen die Amerikaner, die den Südvietnamesen halfen, bis zum letzten Atemzug kämpfen würden.

»Glauben Sie, daß ich hinunter in die Gänge könnte?« fragte Paxton fasziniert, und Ralph schüttelte entsetzt den Kopf.

»Pax, machen Sie das ja nicht. Es wäre zu gefährlich, und ich bekomme allein bei dem Gedanken schon Platzangst.« Fast überlief ihn ein Schaudern, aber Paxton widersprach.

»Ich glaube, es wäre faszinierend.«

»Und ich glaube, daß Sie verrückt sind.« Den Rest der Strecke legten sie schweigend zurück. Am Ziel angekommen, war sie von den Dimensionen der Cu-Chi-Basis gebührend beeindruckt, aber auch von der guten Organisation, die zu spüren war. Es war ganz anders als bei ihrer Fahrt zur Gefechtsstellung bei Nha Trang vor zwei Tagen, als man sie in einen Bereich weit hinter der Basis führte, der noch immer von Vegetation überwuchert war. Der Busch dampfte vor Hitze, überall sah man Armeeangehörige, die mit Bulldozern Bäume und Strauchwerk rodeten.

»Ziehen Sie Ihre kugelsichere Weste an«, riet Ralph ihr zerstreut, während er mit Yves etwas besprach und jemandem von weitem zuwinkte.

»Warum?« Die Hitze war mörderisch, und niemand trug eine Weste. Die meisten Männer arbeiteten mit nacktem Oberkörper nur in Hose und Stiefeln. Einige hatten sogar ihre Helme abgenommen. »Kein Mensch trägt sie.«

»Tun Sie, was ich Ihnen sage«, herrschte er sie an. »Die anderen sollten sie auch tragen. Cu Chi ist für Scharfschützen berüchtigt.« Sie schnitt eine Grimasse, zog aber die schwere Weste über. Doch als sie den Helm abnehmen wollte, hinderte Ralphs Blick sie daran. Wie die Soldaten hatte sie es sich angewöhnt, ihre Sonnencreme und das Insektenschutzmittel in ihren Helmriemen zu tragen. Die meisten brachten darin auch ihre Zigaretten unter, ihre Spielkarten und andere wichtige Dinge. Ihr fiel auf, daß alle ihre M-16 in Griffweite stehen hatten, und die meisten Soldaten trugen ihre 45er im Gürtel oder im Holster. Bei ihrer Ankunft hatte man sie ermahnt, keine Waffen zu tragen, doch in der Zwischenzeit hatte sie mitbekommen, daß Bewaffnung allgemein üblich war. Auf dem Schwarzmarkt konnte man bekommen, was man wollte. Aber sie hatte keinen Bedarf.

Als Paxton ihren Helm zurechtrückte, kam ein schmaler, großer Mann auf sie zu, derjenige, dem Ralph zugewinkt hatte. Sein Haar war sandfarben, die Augen hell und sein Lächeln locker, doch lag Anspannung in seinem Blick, und sein wachsames Verhalten strafte seine Lockerheit Lügen.

»Hallo, Quinn. Sieht aus, als hielten Sie Ihre Jungs ständig auf Trab.«

Captain William Quinn von der fünfundzwanzigsten Infanteriedivision wechselte mit Ralph und Yves einen Händedruck, dann streckte er Paxton seine Hand entgegen. »Nett, daß Sie alle gekommen sind.« Zu Ralph gewandt fuhr er fort: »Diese Woche sind wir auf ein echtes Prachtexemplar gestoßen, kurz nachdem ich Sie gesprochen hatte. Herrgott, diese Urmutter unterirdischer Gänge muß bis nach Kansas reichen.« Er sah Paxton an, und als er auf einen eben gerodeten Geländestreifen deutete, fiel ihr sein Ehering auf. Ein gutaussehender Mann, zweiunddreißig, West-Point-Absolvent, Berufssoldat.

Er sah Paxton mit schüchternem Lächeln an. »Arbeiten Sie auch für Associated Press?« Seine Augen schienen sich tief in ihre zu versenken, so daß sie momentan vergaß, was er sie gefragt hatte. Er war ein sehr gutaussehender Mann, von einer Aura stiller Macht umgeben, einer Ausstrahlung totaler Selbstbeherrschung, und doch war etwas an ihm, etwas, das an Wildheit oder Tollkühnheit denken ließ.

»Ich ... nein, ich bin von der *Morning Sun* in San Francisco.«

»Hübsche Stadt. Ich war eine Zeitlang im Presidio stationiert, ehe ich hierherkam.« Dort hatte er seine Frau zurückgelassen, aber das sagte er nicht.

»Sie ist mein neuer Schützling«, erklärte Ralph lächelnd. »Irgendwie erinnert sie mich an meine Anfänge in Korea. Obwohl ich damals viel weniger Mut hatte als sie«, fuhr er fort, ein Kompliment, für das sie sich bedankte.

»Keine Ursache, Delta Delta«, zog er sie auf, während sie Captain Quinn auf die Lichtung folgten. Überall sah man Männer, Werkzeuge und Ausrüstungsgegenstände, und wenn Paxton zu Boden blickte, konnte sie da und dort kleine Öffnungen erkennen, kaum groß genug für Kinder.

»Das sollen die Gänge sein?« Ralph hätte nicht erstaunter sein können, als er sich niederließ und in eines der Erdlöcher hineinspähte. Normalerweise waren sie so gut getarnt, daß man den

Eingang nicht erkennen konnte, aber Quinn und seine Leute hatten alle Öffnungen freigelegt, die sie hatten finden können, so daß man den Verlauf der Tunnels erkennen konnte. Man konnte sogar die Bambusrohre sehen, die als Belüftungssystem dienten. »Ich nehme an, daß sie nach einer gewissen Strecke größer werden.«

Aber Bill Quinn schüttelte den Kopf. »Nicht immer. Es sind erstaunlich kleine Menschen, die sie benutzen.« Er sagte es mit einem Anflug von Respekt und Humor. »Sechs Tage haben wir gebraucht, um die kleinen Wichte hier rauszupusten. Ein zähes Pack.«

»Ja.« Ralph nickte. »Immer schon gewesen.«

Bill Quinn führte sie herum, und Paxton fragte, ob sie nicht wenigstens ein Stück in einen Gang eindringen dürfe, um sich einen Eindruck zu verschaffen. Die meisten Amerikaner konnten wegen ihrer Größe und Schulterbreite nicht hinein, sie aber war zierlich und geschmeidig und wollte unbedingt sehen, was unter der Erde war. Nachdem sie sich von Yves die Kamera und einen Scheinwerfer geborgt hatte, folgte sie einer der kleinen drahtigen Tunnelratten, einem von Quinns Leuten, und geriet schon nach wenigen Minuten in Atemnot. Bleich und über und über mit Schmutz bedeckt, kam sie wieder heraus. Sie atmete schwer, und man konnte ihr ansehen, daß sie Angst bekommen hatte. Unten war noch immer der Geruch des Todes zu spüren, und ihr Begleiter hatte ihr erklärt, daß man »noch immer nicht alle herausgeholt« hatte. Eine gräßliche Vorstellung, daß irgendwo dort unten noch immer tote Vietcong lagen. Aber damit mußte man hier leben. Nha Trang war auf seine Weise ebenso furchteinflößend gewesen. Das hier war subtiler, aber irgendwie bedrohlicher, obwohl der Lieutenant ihnen versicherte, daß sämtliche Gänge gesäubert und die einzigen unten noch vorhandenen Vietcongs tot waren.

»Werden hier auch Hunde eingesetzt?« fragte sie, noch immer von ihrem Besuch im Tunnel beeindruckt. Der Captain hingegen fand wiederum sie beeindruckend. Sie war die erste Amerikanerin, die den Wunsch geäußert hatte, hinunterzusteigen. Sogar Yves, Ralphs Fotograf, hatte sich alles andere als begeistert gezeigt. Aber sie war jung und gescheit und interessiert, und darauf kam es an. Sie war auch sehr hübsch, wie dem Captain aufgefallen war, als sie ihre blonde Haarflut vom Helm befreite, ausnehmend hübsch. Und er hatte das Gefühl, als sei er schon eine Ewigkeit hier in Cu Chi.

»Ja, wir setzen Hunde ein«, erklärte er. »Aber wir haben schon so viele verloren, daß wir jetzt lieber auf sie verzichten und unsere Männer einsetzen. Die können nämlich in die Gänge hineinfeuern, die Hunde aber nicht. Unsere Männer haben wenigstens eine Chance.« Keine große, zugegeben. Ein erschreckender Gedanke, und sie spürte, wie ihr ein Frösteln über den Rücken lief, als sie weitergingen und auf eine Öffnung stießen, die von Bambusrohr umgeben war. »Dieser Tunnel hier war sehr ergiebig«, fuhr Quinn fort. »Sieben Männer und eine Frau steckten drin. Wir vermuten, daß sie das ganze Jahr über da waren, vielleicht sogar länger.« Direkt vor ihrer Nase. Im Schutz der Dunkelheit wagten sie sich heraus, erklärte er, und richteten Schaden an, indem sie unter Einsatz von Plastiksprengstoff, Handgranaten und Scharfschützen Sabotageakte gegen den amerikanischen Stützpunkt verübten. »Die haben uns verdammt viel Probleme bereitet.«

Das war eine Untertreibung, und zum erstenmal machte sich Paxton Notizen, als ein Sergeant auf Quinn zukam und meldete, ein Scharfschütze mache sich ein Stück weiter vorne bemerkbar. Der Sergeant sah Paxton an und dann wieder Quinn.

»Sollen sie zurück zur Basis?« Er schien verärgert, daß überhaupt Presse anwesend war, und der Blick, den er ihnen zuwarf, war nicht freundlich. Bill Quinn zeigte sich davon unberührt. Nach einem Blick auf die Uhr sagte er etwas zum Funker, um festzustellen, ob dieser Kontakt mit der Abteilung hatte, die das noch nicht gerodete Gelände absuchte.

»Nein, hier sind sie sicher«, sagte Bill Quinn zum Sergeanten auf dessen Frage, und sprach dann wieder mit dem Funker, ehe er Ralph erklärte, daß von einem, höchstens zwei Scharfschützen die Rede war. Man hätte Grund zu der Annahme, daß vor ihnen noch ein Tunnel verliefe. »Sie haben vielleicht sogar die Chance, eine Säuberungsaktion mitzuerleben«, sagte er lächelnd zu Paxton. Paxton wußte noch nicht, daß er in ganz Vietnam berühmt war. Er und seine Leute hatten im Verlauf des Kriegs mehr unterirdische Gänge aufgespürt und gesäubert als jede andere Abteilung, und unzählige Male war er selbst hinuntergestiegen. Viermal verwundet, war er zweimal ausgezeichnet worden und stand bei seinen Leuten in höchstem Ansehen. »Als Tunnelratte muß man eine Spur verdreht sein«, sagte er immer, und das war eine Eigenschaft, die er bei seinen Männern als erstes suchte. Mut und Tollkühnheit und dazu genug Beherrschung, um Befehle ausführen zu können. Man mußte willens sein, in einem kleinen Loch, in das man kaum einzudringen vermochte, sein Leben zu lassen. Und Paxtons Bereitschaft, sich selbst einen Eindruck zu verschaffen, hatte ihm imponiert. Sein Sergeant war allerdings weniger begeistert von ihr, und als er die Bestätigung bekam, daß sie es mit zwei feindlichen Scharfschützen zu tun hatten, war es um seine Laune vollends geschehen.

»Soll ich die Besucher zur Basis bringen, Sir?«

»Ich glaube nicht, Sergeant«, sagte Quinn fest. »Sie sind nicht die weite Strecke gefahren, um den Lunch mit uns einzunehmen. Ich glaube eher, sie sind genau deswegen gekommen.« Wie Cowboy, ihr Fahrer, stammte er aus dem Nordwesten und verfügte über eine gemächliche, scheinbar langsame Wesensart, doch seine Leute wußten, daß dieses Verhalten in einer einzigen Sekunde zur Schnelligkeit einer angriffsbereiten Klapperschlange umschlagen konnte. »Möchten Sie etwas trinken?« fragte er, als er sich zu Paxton umdrehte. Halb verdurstet, war sie dankbar für die eiskalte Coke, die wie durch ein Wunder aus einer Kühlbox gezaubert wurde. Auch für Ralph und Yves fand sich eine Dose, und wenig später gingen sie zu einem Zelt auf einer kleinen Lichtung, das er sein »Büro« nannte. Er beantwortete alle ihre Fragen, ohne dabei den Kontakt mit seinem Funker abreißen zu lassen, und nach zwei weiteren Anrufen sagte er stirnrunzelnd, er müsse wieder hinaus. Was er von den Scharfschützen gehört hatte, gefiel ihm nicht.

Seine Miene verriet Sorge, und diesmal riet er Paxton und Ralph, sie sollten sich im Hintergrund halten. Yves, der tiefgebückt im Busch kauerte, schoß mit dem Teleobjektiv Aufnahmen von etwas, das sein Interesse geweckt hatte. Und dann, einen Moment, nachdem sie sich wieder in Bewegung gesetzt hatten, gab es Bewegung im Dickicht, und knapp vor ihnen knatterte Artilleriefeuer, und alle, auch Paxton, gingen zu Boden.

Bill Quinn kroch unbeirrt weiter, und der Funker versuchte verzweifelt, mit jemandem Kontakt aufzunehmen. »Kommen, Lone Ranger, hier Tonto ... Lone Ranger, hörst du mich? Was ist dort los?«

Die Stimme, die sich meldete, kam im Stakkato. Und der Funker erstattete dem Sergeanten raschest Meldung. Man hatte es mit zwei Scharfschützen zu tun und mit sechs Vietcong, die offenbar aus dem Nichts aufgetaucht waren. Quinn hatte recht behalten, sie waren auf einen neuen Tunnel gestoßen.

Auf dem Boden kauernd, warf Ralph Paxton einen Blick zu, und plötzlich war sie froh, daß sie Weste und Helm trug. »Da haben wir uns einen feinen Tag ausgesucht«, sagte er.

»Na, wenigstens kommt keine Langeweile auf.« Ihr Lächeln sollte signalisieren, daß sie keine Angst hatte.

»Sie sind schon zu lange da«, übertönte er den Lärm. »Sie haben sich schon eine dicke Haut zugelegt.« Kaum hatte er es ausgesprochen, als der Sergeant wieder an ihrer Seite war und Paxton wütend anfunkelte.

»Der Captain möchte, daß Sie zurückbleiben«, sagte er im Ton eines Fahrstuhlführers. Sein Benehmen ärgerte Ralph und Paxton.

»Aus welchem Grund wird die Presse ausgeschlossen?« fragte Ralph schroff, sich nach Yves umblickend, der sichtlich befriedigt noch immer am Fotografieren war.

»Ja, ich würde sagen, es gibt einen guten Grund, Mister«, stieß der junge Sergeant hervor. »Sie haben eine Frau bei sich, und uns wäre lieber, wenn keiner von Ihnen angeschossen wird, falls Sie nichts dagegen haben.« Sein Akzent wies ihn als New Yorker aus, seine Manieren ebenso. »Hört sich das vernünftig an?«

»Nein, eigentlich nicht.« Paxton sah, daß zwischen den beiden ein Blick getauscht wurde. »Ich glaube nicht, daß es bei der Presse auf das Geschlecht ankommt. Wenn sie das Risiko auf sich nimmt, dann laß sie doch, Kumpel.« Paxton gefiel es, daß er sie freundlich und respektvoll behandelte. Er wußte, daß sie in Vietnam war, um ihrem Beruf nachzugehen, und daß niemand sie davon abhalten konnte. Sie hatte allen Grund, ihm dankbar zu sein.

»Und Sie übernehmen die Verantwortung, wenn sie erschossen wird?« knurrte der Sergeant aus New York ihn an. Auf seinem Namensschild stand Campobello.

»Nein, ich übernehme sie nicht«, sagte Ralph fairerweise. »Sie hat sie selbst übernommen, als sie sich auf diesen Job einließ, ebenso wie ich ... und Sie auch, Sergeant.«

»Na denn, wie Sie wollen.« Damit drehte er sich um und bahnte sich den Weg durchs Dickicht, gefolgt von Ralph, dem wiederum Paxton auf den Fersen blieb, um näher an den Schauplatz des Feuergefechts heranzukommen. Die Aktion hatte sich ein Stück weiter verlagert, über Funk waren Helikopter angefordert worden, die sich einen Überblick verschaffen sollten, und nun nahm der VC die Helikopter unter Beschuß.

»Lone Ranger ...« Wieder nahm er Kontakt auf. »Was gibt es?«

Am anderen Ende ertönte ein Freudenschrei. »Hallo, Tonto, zwei Indianer erlegt, einer verwundet ... sehr schön ... danke für die Unterstützung, wir erwarten weitere Briefe und Karten.« Und dann urplötzlich ein heftiges Geräusch: die M-60-Maschinenpistole trat in Aktion ... zwei Handgranaten ... und ehe sie wußte, wie ihr geschah, hatte jemand sie gepackt. Ein kraftvoller Arm hatte sich um ihre Schultern gelegt, sie wurde nach rückwärts gezogen. Es war eine Kraft, so gewaltig, daß sie nicht wußte, was sie getroffen hatte. Und als sie auf dem Boden auftraf, spürte sie das Beben einer gewaltigen Explosion. Der Vietcong warf jetzt Handgranaten, und eine hatte sie eben knapp verfehlt. Der Funker hatte seinen Posten verlassen, und Ralph landete im Gebüsch und beinahe in den Armen des Sergeanten. Und sie wäre getroffen worden, wenn Bill Quinn sie nicht unter Einsatz seines Lebens gepackt hätte und mit ihr losgerannt wäre. Und während sie, das Gesicht nach unten, im Dreck lag, von seinem Körper zu Boden gedrückt, brauchte sie einen Moment, bis sie begriff, was geschehen war.

»Habe ich Ihnen weh getan?« Er schien besorgt, aber sie schüttelte den Kopf und bewegte sich ein wenig steif, doch er riet ihr, den Kopf unten zu halten, obwohl die Bodentruppen nur den Vietcong im Visier hatten und der Gefechtslärm sich ein wenig entfernte.

»Nein, nichts passiert.« Doch er hatte ihr den Atem geraubt, und jetzt wischte er ihr Gesicht ab und lächelte.

»Sie sehen aus wie ein Kind, das eben im Dreck gelandet ist.«

»Ich fühle mich wie ein Kind, dem man eben das Leben gerettet hat.« Sie sah ihn ernst an. »Vielen Dank.«

Er schien unbeeindruckt und ungerührt, aber darauf gründete sich sein Ruf und seine Beliebtheit. Er hätte für seine Männer alles getan, ohne Rücksicht auf sich selbst, und er verlangte nichts, was er nicht selbst getan hätte, und deshalb brachte man ihm Liebe und Vertrauen entgegen.

»Ich schätze, Tony hat recht ... ich hätte ein paar Tage warten sollen, ehe ich Sie alle kommen ließ. Ich wußte ja nicht, daß Ralph eine Freundin mitbringen würde.« Er sah sie an und half ihr langsam auf die Beine.

»Ich bin froh, daß wir hier sind. Die Tunnels sind bemerkenswert.« Seine Antwort war ein Lächeln. Ihr Mut machte Eindruck auf ihn, und daß sie die Tunnels faszinierend fand, freute ihn. Das Aufstöbern dieser Systeme war für ihn zu einem echten Anliegen geworden, eine Aufgabe, die er ausführen würde, solange er hier sein mußte. Es war eine Herausforderung, geheimnisumwittert und gefahrvoll, die erforderte, daß man sich die Denkweise des Gegners zu eigen machte. »Mir gefällt meine Arbeit.« Er lächelte versonnen. In Paxton regte sich der Wunsch, einen Artikel über ihn zu schreiben, sie scheute sich aber, ihn um Erlaubnis zu bitten. Das hier war Ralphs Terrain, nicht ihres, und sie wollte keinesfalls Quinns Unwillen erregen oder irgend jemandem auf die Zehen treten, indem sie sich aufdringlich benahm. Der Sergeant hatte sie sehr deutlich spüren lassen, daß sie Eindringlinge waren, und sie wollte ihn in dieser schwierigen Situation nicht noch mehr gegen sich aufbringen. »Sie werden noch einmal kommen müssen, nachdem wir diesen Gang gesäubert haben. Sie können sich nicht vorstellen, was man dort unten alles findet.« Sie dachte an den Gestank in dem anderen Tunnel. »Ich meine damit vor allem Waffen. Die Waffen, die der VC benutzt, hat er meist geklaut oder unseren GIs abgenommen«, erklärte er. »Daneben findet man Artillerie, sowjetische Waren, chinesisches Werkzeug, Medikamente, Bücher ... da kann man was lernen.« Kriegsführung in Tunnels schien für ihn der Gipfel der Herausforderung. Aber Paxtons Interesse galt eher ihm als seinen Aufgaben. Was für ein Mensch war das, der eine unterirdische Welt bekämpfte, der einen Feind aufspürte, der sich unsichtbar machte, von dem man aber wußte, daß er vorhanden war? Was für ein Mensch konnte einen Kampf wie diesen gewinnen oder war gewillt, sein Leben bei dem Versuch aufs Spiel zu setzen?

»Wie lange werden Sie in Vietnam bleiben?« fragte er leise, als sie sich auf die Suche nach Ralph und Yves machten. Die Aktivitäten spielten sich jetzt in größerer Entfernung von ihnen ab, und der Sergeant und die Helikopter behielten die Situation im Auge. »Ein paar Wochen?«

»Sechs Monate.« Sie lächelte, von dem Gefühl erfüllt, als wäre sie schon so lange da, obwohl seit ihrer Ankunft erst eine Woche vergangen war.

»Sie sind ganz schön jung, um so weit fortzugehen und um über einen Krieg wie diesen zu berichten.« Ihr Mut gefiel ihm. Eigentlich gefiel ihm alles an ihr: ihr Aussehen, ihre Courage, die Art, wie sie ohne Wimpernzucken in den Tunnel hinuntergestiegen war. Einer Frau wie ihr war er noch nie begegnet. »Bereuen Sie schon, daß Sie gekommen sind?«

»Nein.« Sie sah ihn direkt an. »Ich bin froh darüber.« Froh und traurig und voller Angst, und manchmal auch glücklich. Sie wußte, daß sie zur richtigen Zeit am richtigen Ort war, und das war sehr viel für sie.

Eben wollte er ihr sagen, wie sehr er sie bewunderte, als plötzlich Sergeant Campobello wieder auftauchte und ihm meldete, daß er gebraucht würde. Beide Scharfschützen waren verwundet und gefangengenommen worden, zwei Vietcong waren tot, vier waren entkommen und hatten sich vermutlich in ihren Tunnel zurückgezogen. Konnte man die Scharfschützen zum Reden bringen, würde man vielleicht den genauen Verlauf des Tunnels erfahren.

»Ich mache mich lieber wieder an die Arbeit«, sagte er mit verhaltenem Lächeln. »Wir sehen uns noch, ehe Sie abfahren.« Und dann war er mit Sergeant Campobello verschwunden, und sie machte sich auf die Suche nach Ralph und Yves. Über und über mit Schmutz bedeckt, sah sie jetzt fast wie einer der Kampftruppe aus.

»Das war aber knapp.« Ralph blickte sie mißbilligend an. »Wenn Sie nicht verdammt aufpassen, wird man Ihnen noch den Kopf wegpusten.« Ebenso mißfallen hatte ihm, daß sie sich in den Tunnel gewagt hatte. »Seien Sie vorsichtig, Delta Delta. Hier draußen wird scharf geschossen.«

»Ich bin sehr vorsichtig«, antwortete sie gereizt. »Eine verdammte Handgranate hat mich fast erwischt ... und den Funker. Was erwarten Sie denn ... soll ich auf dem Parkplatz warten, während Sie Storys nachjagen?« Das sagte sie so aufgebracht, daß er plötzlich lachen mußte. Sie war so, wie er es in diesem Alter gewesen war, konnte es kaum erwarten, vor Ort zu sein und die Nase in alles reinzustecken, nur um die größte und beste und aufregendste Story zu kriegen.

»Okay, Kindchen, holen Sie sich die Story. Aber weinen Sie sich ja nicht bei mir aus, wenn es Sie erwischt.«

»Bestimmt nicht«, erwiderte sie wütend, während sie sich den Schmutz abklopfte. Er lachte noch immer.

»Sie sehen saumäßig aus, wissen Sie das?« Jetzt mußte auch sie lachen. Es war ein interessanter Tag gewesen, und Bill Quinn gefiel ihr, sogar ein wenig mehr als nötig.

Nach einer Weile, als sie bereits abfahrbereit waren, kam er wieder und bedankte sich bei ihnen dafür, daß sie nach Cu Chi gekommen waren. Für den nächsten Besuch lud er Paxton zu einer Besichtigung der Basis ein. Dann aber mußte er rasch wieder fort, denn die Verhöre der Gefangenen waren im Gange.

»Ralph, wir sehen uns in Saigon. Vielleicht können wir nächste Woche zusammen essen.« Ralph nickte, und Quinn winkte ihnen nach, als sie losfuhren. Den Sergeanten sahen sie nicht, was aber nicht weiter bedauerlich war. Offenbar waren sie ihm nicht sympathisch gewesen, und seine Neigung, mit ihnen zusammenzuarbeiten, gering; aber das war unwichtig. Sie und Ralph hatten, was sie wollten, nämlich Material für gute Storys, und Yves waren ein paar gute Aufnahmen geglückt, von denen er die beste in dem Moment gemacht hatte, als einer der Scharfschützen tödlich getroffen wurde. Es war abscheulich, was hier als großartig galt. Zwei Tote und ein verwundetes Mädchen ergaben hier eine gute Story, eine großartige Aufnahme, die sogar für einen Preis für überragende journalistische Leistungen gut waren. Merkwürdig, daß man einen Preis erhalten konnte, indem man das Sterben anderer dokumentierte.

Doch auf der Fahrt nach Saigon dachte sie einzig und allein an Bill Quinn und wie sein Körper auf ihrem gelegen hatte, als die Granate explodierte, an seine Kraft, als er sie schützte, und an seinen Blick, als sie sich herumdrehte. Sofort regte sich ihr schlechtes Gewissen. Er war ein verheirateter Mann, und Peter war nur wenig mehr als zwei Monate tot, und dennoch war ihr aufgefallen, daß seine ungezügelte Energie spürbar war und daß sie magnetisch von ihm angezogen wurde, ein Gefühl, das sie neu und aufregend fand.

14

In den nächsten Wochen beschränkte sich Paxton auf die Umgebung von Saigon. Sie schrieb den Artikel über den Zwischenfall in Cu Chi und widmete den Tunnels eine eigene Story. Die *Sun* brachte ihren Artikel unter dem Titel »Nachrichten aus Nam von Paxton Andrews«. Bis jetzt waren alle ihre Artikel erschienen und wurden sogar von anderen Blättern übernommen. Es bestand die Möglichkeit, daß sie auch in Savannah abgedruckt wurden. Sie wußte, daß dies auf ihre Mutter und ihren Bruder Eindruck machen würde. Aber es war Ed Wilson, der sie höchstpersönlich anrief und ihren Scharfblick und Mut lobte.

»Du bist doch hoffentlich nicht selbst in einen Tunnel gekrochen?« Seine Frage entlockte ihr ein Lächeln, zugleich aber kamen ihr die Tränen. Er war jetzt so weit weg.

»Mir geht es gut.« Mehr sagte sie nicht als Antwort auf seine Frage. Dann bat sie ihn, ihrer Mutter auszurichten, daß es ihr gutginge. Sie hatte noch keine Zeit gehabt, ihr zu schreiben, eine fast unverzeihliche Unterlassungssünde. Und sie bat ihn, Grüße an Gabby und Matt und Mrs. Wilson auszurichten. Nach diesem Gespräch litt sie einen ganzen Tag lang an Heimweh, aber zum Glück hatte sie schon die nächste Story geplant. Sie mietete sich ein Auto und fuhr damit auf eigene Faust nach Bien Hoa, wobei sie sich unglaublich tapfer vorkam. Mit nur zweiundzwanzig Jahren war sie durch die halbe Welt von zu Hause getrennt und entdeckte Dinge, die sie sich nie hätte träumen lassen.

Da sie den Schwarzmarkt faszinierend fand, fuhr sie eines Nachmittags zur Tan-Son-Nhut-Basis, wo sie bei ihrer Ankunft gelandet war, um ein paar Leute über die Massendiebstähle aus den PX-Laden und über jene Dinge zu befragen, die auf direktem Weg auf den schwarzen Markt gelangten, Uniformen und Waffen inklusive. Und als sie bei Sonnenuntergang gemächlich auf der Tan-Son-Nhut-Basis umherschlenderte, fiel ihr Blick auf einen hochgewachsenen Mann in Armeekluft, der in einiger Entfernung vor ihr herging. Sein wiegender Gang kam ihr irgendwie bekannt vor. Da die Sonne ihr direkt in die Augen schien, konnte sie nicht erkennen, wer es war. Sie kannte in Saigon so wenige Menschen, daß sie sich nicht vorstellen konnte, es könnte sich um einen Bekannten handeln. Im nächsten Moment blieb er stehen und drehte sich um, um mit jemandem zu sprechen. Dabei sah er zu ihr her und kam dann langsam auf sie zu: Es war Captain William Quinn aus Cu Chi. Sie spürte, wie ihr Herz unwillkürlich schneller schlug.

»Ach, hallo«, sagte er und blickte auf sie hinunter, als hätte er hier auf sie gewartet. Er schien ruhig und locker zu sein, und doch spürte man tief in seinem Inneren eine elektrisierende Spannung. »Was führt Sie hierher?« Es folgte ein Grinsen. »Sie sehen ja sehr viel sauberer aus als bei unserer letzten Begegnung.« Ihr Gesicht war schmutzverschmiert gewesen, nachdem sie durch ihn gedeckt zu Boden gegangen war, um der Handgranate zu entgehen. Und jetzt trug sie ein weißes Leinenkleid, Blumen im Haar und hellrote Sandalen an den Füßen.

»Danke. Ich arbeite an einem Artikel über die aus PX-Läden gestohlenen Waren, die auf geheimnisvolle Weise wieder auf dem Schwarzmarkt auftauchen.«

»Ach, darüber.« Sein Interesse erwachte sofort. »Wenn Sie hinter dieses Rätsel kommen, dann gebührt Ihnen eine Medaille für besondere Verdienste. Leider gibt es hier viele Leute, die dafür sorgen werden, daß es nicht dazu kommt. Es geht dabei um das ganz große Geld.«

»Kann ich mir denken. Haben Sie länger Urlaub von Cu Chi?«

Er zuckte lässig die Schultern. »Nur für ein kurzes Treffen mit dem General. Ich wollte heute abend zurückfahren.« Er sprach nicht weiter, und sie wußte nicht, warum, aber sie hielt den Atem an und wartete. Sie wollte nicht, daß es sie berührte, und doch war es so. Sie fühlte sich von ihm so stark angezogen, daß sie in seiner Gegenwart kaum klar denken konnte. Er erweckte in ihr das Gefühl, schrecklich jung zu sein, und unter anderen Umständen wäre sie sich fast albern vorgekommen. »Ich weiß, es ist sehr kurzfristig«, sagte er leise, »aber ließe es sich einrichten, daß wir vor meiner Rückfahrt rasch irgendwo einen Bissen essen? Ich habe es nicht eilig.« Er sah ihr tief in die Augen, und die unverhüllte Kraft, die aus seinem Blick sprach, ließ sie fast erbeben. Dieser merkwürdigen Mischung aus Kraft und Sicherheit konnte man nur schwer widerstehen.

Ihr Herz drohte auszusetzen. »Ja, sehr gern.«

Das schien ihn zu freuen, und er überlegte kurz. »Käme es Ihnen sehr banal vor, wenn wir uns hier im Offiziersklub einen Hamburger genehmigen? Darauf habe ich schon die ganze Woche Lust«, gestand er wie ein kleiner Junge, und sie lachte.

Unter angeregtem Geplauder durchquerten sie den Stützpunkt, sprachen von Saigon, vom Hotel, in dem sie wohnte, und davon, wo sie studiert hatte. Er hatte Football in West Point gespielt, sagte er. Das war die Erklärung für seine Behendigkeit, mit der er sie am Vortag vor der Handgranate gerettet hatte. Als sie den Klub betraten, ertönte aus der Musikbox eine Nummer der Beatles, zu der viele Leute tanzten. Es herrschte eine ungezwungene, heimatlich anmutende Stimmung, und zum zweiten Mal nach ihrer Ankunft wurde sie von Heimweh übermannt.

Sie bestellten Hamburger und Fritten und für Paxton eine Coke, während er sich ein Bier gönnte. Sie sahen den Leuten beim Tanzen zu und hörten Musik. Es folgte der Song »I can't get No Satisfaction«, die allgemeine Lieblingsnummer, und »Proud Mary«, ein Stück, das Paxton in Berkeley sehr gefallen hatte.

»Wann haben Sie Ihren Abschluß gemacht?« fragte er beiläufig, während sie Musik hörten und plauderten. Hier wirkte er irgendwie jünger und freier, als sei aller Druck von ihm genommen, und von seiner Anspannung war nichts mehr zu spüren. Auf seine Frage hin lachte sie verlegen auf.

»Gar nicht. Ich hätte im Juni graduieren sollen, aber ich bin früher vom College abgegangen.«

»Perfekt«, sagte er lächelnd. »Perfekt in Übereinstimmung mit Ihrer ganzen Generation.« Er wollte sie nur aufziehen und schien nichts dabei zu finden, daß sie ihr Studium abgebrochen hatte. Ihr selbst kam es jetzt völlig bedeutungslos vor, ob sie ihren Abschluß hatte oder nicht.

»Letztes Frühjahr wuchs mir alles über den Kopf, und ich wurde ... ich weiß nicht ... desillusioniert ...«

»Und jetzt?« Er sah ihr direkt in die Augen. Ihr Werdegang war ihm nicht so wichtig, er interessierte sich für sie als erwachsenen Menschen. Das hier war eine Welt der Erwachsenen, die Wirklichkeit mit ihren Zwängen, mit Menschen, die plötzlich aus dem Leben gerissen wurden, ob sie nun ein College absolviert hatten oder nicht.

»Es kommt mir nicht mehr wichtig vor.«

»Das bewirkt Vietnam«, sagte er hintergründig und trank einen Schluck Bier. Paxton bemühte sich zu übersehen, wie gut er aussah. Schließlich war er verheiratet. »Die Dinge, die einem früher am Herzen lagen, zählen nicht mehr, Haus, Auto, der dumme Kleinkram, der einem so wichtig vorkam. Und die Dinge, die einem selbstverständlich waren, werden wichtig ... die Menschen sind es, die hier zählen ... für die man am Leben bleibt.« Sein Blick ließ sie nicht los. »Zuweilen kommt einem das eigene Land sehr fern vor, und doch kämpfen wir angeblich dafür.«

»Kämpfen Sie für unser Land?« fragte sie leise.

»Da bin ich nicht mehr sicher. Ich bin nicht mehr sicher, wofür wir hier kämpfen, wenn Sie die Wahrheit wissen wollen. Das hier ist mein vierter Turnus, und ich schwöre, daß ich nicht weiß, warum. Wir wurden geschickt, um Herzen und Verstand der Vietnamesen zu gewinnen, aber das ist blanker Unsinn, Paxton. Wir werden hier keinen Blumentopf gewinnen. Die Menschen hier sehen nur, daß wir ihre Landsleute töten und ihr Land verwüsten. Und sie haben recht, genau das tun wir.«

»Warum bleiben Sie dann?« fragte sie bekümmert. Noch immer war ihr ein Rätsel, warum einige Leute freiwillig hierblieben. Keiner wußte wirklich, warum er hierhergekommen war, ausgenommen die Jungen, die eingezogen worden waren. Die anderen schienen es nicht zu wissen, und wenn sie es einmal gewußt hatten, so hatten sie es längst vergessen.

»Ich bleibe, weil hier Amerikaner getötet werden, denn wenn ich bleibe, kann ich sie vielleicht schützen. Und da ich schon so lange hier bin, weiß ich vielleicht ein wenig besser, wie das zu bewerkstelligen ist. Vielleicht auch nicht«, sagte er aufseufzend und trank sein Bier aus, »vielleicht macht es auch nicht viel aus.« Ein entmutigender Gedanke, einer, den jeder einmal äußerte. Das Gefühl, daß alles vergeblich war, blieb niemandem erspart. »Sie sind eine tapfere Frau«, sagte er dann, eingedenk ihrer Bereitwilligkeit, in den Tunnel hinunterzusteigen. »Das hat noch kein Besucher des Stützpunktes getan, und eine Frau schon gar nicht. Aber auch die meisten Männer stehen Todesangst aus, selbst wenn sie es nie zugeben würden.« Aus seinen Augen strahlte Bewunderung.

»Danke. Aber vielleicht bin ich nur dumm.«

»Das sind wir womöglich alle«, sagte er leise. Am Tag nach ihrem Besuch hatte er wieder zwei Mann verloren, darunter den jungen Feldfunker, der Tonto gerufen wurde. Aber das erzählte er ihr nicht. Dafür war nicht die Zeit und der Ort, und es war auch nicht so wichtig.

Nach dem Essen traten sie hinaus in die warme Nachtluft und schlenderten ein wenig umher. Auf dem Stützpunkt war man zumindest relativ sicher, allerdings gab es auch hier hin und wieder Bomben oder Scharfschützen.

»Bei Gelegenheit möchte ich Ihnen etwas von diesem Land zeigen. Es ist wunderschön, auch jetzt.« Zuweilen empfand er Liebe für dieses Land.

»Das wäre nett. Letzte Woche war ich in Bien Hoa. Ich möchte mehr davon sehen, bin aber nicht sicher, wohin ich fahren kann.«

»Ich könnte es Ihnen zeigen«, sagte er leise und drehte sich zu ihr um. »Und ich bin nicht sicher, was ich Ihretwegen tun soll«, sagte er mit verwirrtem Blick. »Ich ... ich bin noch nie jemandem wie Ihnen begegnet.« Sie war geschmeichelt, sie fühlte sich zu ihm hingezogen und war um Worte verlegen.

»Was ist mit Ihrer Frau?« Sie entschloß sich zur Offenheit, und sie wollte, daß auch er aufrichtig zu ihr war. Und es sah so aus, als wäre er ehrlich.

»Wir sind seit zehn Jahren verheiratet, seitdem ich West Point hinter mir habe. Wir haben drei Kinder, drei Mädchen.« Er lächelte. »Komisch ... irgendwie dachte ich immer, ich würde Söhne bekommen. Meine Frau hat die Armee satt. Da sie wie ich ein Armeekind war, dachte ich, sie wüßte, worauf sie sich einläßt, aber das war nicht der Fall. Oder sie wußte es, hat aber nicht damit gerechnet, daß es ihr so zum Hals heraushängen würde. Sie möchte, daß ich nach Hause komme, aber dazu bin ich noch nicht bereit.«

»Lieben Sie sie?« Paxton sah ihm in die Augen. Sie wollte wissen, worauf dieser Mann aus war, und er wollte es ihr sagen.

»Ich habe sie geliebt. Mehr weiß ich nicht. Ich treffe mich mehrmals im Jahr in Tokio oder Hongkong mit ihr, und dann streiten wir uns über die Zukunft. Sie will, daß ich mir einen Job suche, und ich bezweifle, ob ich es noch könnte. Ich bin zweiunddreißig, und was habe ich vorzuweisen? Die Tatsache, daß ich vier Jahre lang in Vietnam in Tunnels herumgekrochen bin? Daß ich auf keine Landmine getreten bin und mich gut um meine Leute gekümmert habe? Was fange ich damit an? Ist das die Qualifikation für den Leiter eines Pfadfinderlagers? Ich weiß es nicht. Ich wurde für diese Arbeit hier ausgebildet. Und damit hat sich's«, schloß er nachdenklich. »Ich bin ein ausgebildeter Killer.«

»Wie viele Männer haben Sie gerettet, seit Sie hier sind?« fragte Paxton. »Ist dies nicht in Wirklichkeit das, was Sie am besten können: Ihre Leute davor bewahren, von anderen getötet zu werden?«

»Gut möglich.« Ihr Scharfblick gefiel ihm. Ihm gefiel auch, daß sie klug und aufrichtig und mutig und hübsch war. Sie war alles, was Debbie nicht war. Seine Frau jammerte pausenlos und klagte über die Kinder, das Haus, über ihre und seine Eltern, über Vietnam, die Bezahlung, die PX-Läden. Es war nicht auszuhalten. Er wollte mehr als das, wußte aber noch nicht, was. Oder er hatte es bis letzte Woche nicht gewußt, als er Paxton gesehen hatte. »Sie sollen eines wissen.« Er wollte ehrlich sein. »Ich bin schon mit einigen Frauen ausgegangen. Nichts von Bedeutung. Mit ein paar Krankenpflegerinnen ... mit einer Wac in Long Binh ... einmal mit einem Mädchen in San Francisco, aber es war immer harmlos. Sie wußten, daß ich verheiratet bin, und es war immer nur eine rasche, ehrliche Sache. Aber ... ich weiß ja gar nicht, ob ich Ihnen gefalle ... aber diesmal ist es anders ... ich bin noch nie einer Frau wie Ihnen begegnet ...« Und das sollte sie wissen.

Sie lächelte und streckte ohne Überlegung die Hand aus und berührte seine Wange. »Danke.« Es war eine Geste, die ihm die Tränen in die Augen trieb. So hatte ihn lange niemand berührt. Er hatte vergessen, wie es sich anfühlte.

»Ich glaube, ich bin in dich verliebt. Ist es möglich, daß ein erwachsener Mann sich an einem Ort wie diesem in ein Mädchen verliebt und daß etwas Gutes dabei herauskommt?« Er konnte es sich nicht vorstellen, und doch war ihre momentane Situation von dem Gefühl erfüllt, daß das Leben nur dem Moment gilt.

»Ich weiß es nicht.« Sie machte ein trauriges Gesicht, da sie an Peter dachte. Das hier war so anders, es war nur für den Augenblick, ohne Verheißung, ohne Morgen und sehr wahrscheinlich ohne Zukunft.

»Ich habe nie daran gedacht, meine Frau zu verlassen«, sagte er offen, als sie weitergingen. »Und ich bin nicht sicher, ob ich es tun würde. Wir sind schon lange verheiratet, und ich liebe meine Kinder.«

»Wie oft siehst du sie?« fragte Paxton.

»Nicht sehr oft. Letztes Mal kamen sie mit nach Honolulu, aber es war schwierig, da wir einander praktisch fremd geworden sind. Die Situation ist für meine Familie nicht einfach. Na, wenigstens bin ich hier nicht in unmittelbarer Gefahr.«

»So hat es aber gestern nicht ausgesehen.«

Er tat ihren Einwand mit einem Achselzucken ab. Für ihn war das gar nichts. »Du weißt, was ich meine. Die Jungs in den Flugzeugen werden abgeschossen und geraten in Gefangenschaft, während ich meist hinter den Linien sitze.« Nur wußten beide, daß es hier keine klar definierten Linien gab.

Da wandte sie sich ihm zu, weil sie ihm etwas sagen mußte. »Ich möchte nichts. Du brauchst mir nichts zu versprechen, nichts sagen. Ich erwarte nicht, daß du mir versprichst, du würdest dich scheiden lassen, damit ich mit dir gehe. Wir kennen einander ja kaum. Warum warten wir nicht ab, was sich ergibt?«

»Ist das dein Ernst? Kein Versprechen? Kein Abkommen? Kein ›Ich werde dich bis an den Tag meines Todes lieben‹?« sagte er, als er sanft einen Arm um ihre Schultern legte. Sie aber blieb stehen und blickte zu ihm auf.

»Du sollst nur am Leben bleiben. Mehr verlange ich nicht. Ist das ein Abkommen?« Noch immer blickte sie zu Bill auf, der groß und breitschultrig vor ihr stand.

»Ich verspreche es.«

»Gut. Das wäre dann abgemacht.« Sie gingen weiter, lachend und plaudernd, begegneten anderen Paaren, die dasselbe taten, und sie fragte sich, ob es ihn störte, daß andere sie sahen, doch es schien nicht der Fall zu sein, nach einer Weile blieb er stehen und sah sie lachend an.

»Wohin gehen wir eigentlich? Wir haben heute die halbe Strecke zum DMZ zurückgelegt. Ich schwöre, daß wir diesen Stützpunkt von einem Ende zum anderen abgeschritten sind.«

Auch sie mußte lachen. Sie genoß das Zusammensein mit ihm sehr, obwohl ihr alles ein wenig verrückt vorkam. »Ich glaube, ich sollte zurück in mein Hotel.«

»Ich fahre mit«, sagte er. Allein wollte er sie nicht zurückfahren lassen. »Wo wohnst du?«

»Im Caravelle.«

»Wie wär's mit einem Drink im Penthouse?« Beide hatten das Gefühl, daß es einen Grund zum Feiern gab, aber sie war noch nicht sicher, welchen.

Sie lächelte, da ihr der Vorschlag zusagte, und sie fragte sich, ob sie dort anderen Journalisten über den Weg laufen würde. Eigentlich war es ihr einerlei, sie hatte nichts zu verbergen.

Er fuhr ihrem Mietwagen nach, einem uralten Renault, der es kaum noch schaffte, parkte vor dem Hotel und folgte ihr hinein, einen Arm um ihre Schulter gelegt. So gingen sie hinauf ins Penthouse. Es war für beide ein erstaunlicher Abend gewesen, und Paxton fühlte sich, als hätte sie in kurzer Zeit einen langen Weg zurückgelegt. Mehr als nur von San Francisco nach Saigon. Sie hatte das Gefühl, von einem anderen Leben in dieses geschleudert worden zu sein, und sie war noch nicht ganz sicher, was sie empfand. Sie fühlte sich zu Bill Quinn hingezogen und hätte sich jetzt nicht losreißen können, so drängend war ihr Gefühl, und in einem merkwürdig guten Winkel ihres Herzens spürte sie auch Traurigkeit. Es gab andere Menschen in ihrer beider Leben. Er hatte seine Frau, und sie kämpfte noch mit der Erinnerung an Peter. Und doch waren sie jetzt hier, und plötzlich wußte sie, daß sie einander brauchten, und das war vielleicht wichtiger.

»Paxton?« Er sprach ihren Namen vorsichtig aus, und sie wandte sich ihm mit scheuem Lächeln zu.

»Ja?«

»Du hast eben ein sehr ernstes Gesicht gemacht. Ist alles in Ordnung?«

Sie nickte. »Ja. Ich war nur in Gedanken.«

»Laß das lieber.« Er lächelte und strich mit den Lippen über ihr Haar, als sie das Penthouse erreichten. Tom Hardgood war da, und Jean-Pierre war eben aus Hongkong eingetroffen, aber in Gesellschaft eines Mädchens, und dann bemerkte Paxton Ralph in einer Ecke, mit einer schönen Eurasierin in ein Gespräch vertieft. Sie war erstaunt, ihn hier zu sehen. Da sie ihm die ganze Woche über nicht begegnet war, hatte sie am Morgen im AP-Büro eine Nachricht für ihn hinterlassen.

Auch Bill Quinn hatte ihn erspäht und führte Paxton an Ralphs Tisch und machte sie mit seiner Begleiterin bekannt.

»France Tran ... Paxton Andrews.« France, die in Paxtons Alter sein mochte, war bildschön, und Paxton fiel auf, daß sie mit französischem Akzent sprach. Sie trug einen weißen *ao dai* und schien sich im Penthouse sehr wohl zu fühlen.

»Hi, France«, sagte Bill. »Was macht An?«

»Dem geht es gut.« Sie lächelte und sah Ralph voller Wärme an. »Er ist ein kleines Ungeheuer.«

»Das stimmt«, gab Ralph ihr recht. »Letzte Woche hat er einen Frosch in einen meiner Stiefel gesteckt. Zum Glück habe ich nachgesehen, ehe ich mich anzog.« Ralph lachte, und Paxton war überrascht, eine Seite an ihm zu erleben, die sie nie vermutet hätte. Sie war nicht ganz sicher, von wem die Rede war, doch nahm sie an, daß es um ein Kind ging, offensichtlich um den Sohn dieser Frau. Und plötzlich fragte sie sich, ob France und Ralph verheiratet waren.

Sie plauderten noch eine Weile, ehe sie und Bill sich an einen eigenen Tisch setzten. Sie versuchte, sich ihre Verwirrung nicht zu sehr anmerken zu lassen, doch konnte sie nicht widerstehen, ihm zuzuflüstern: »Wer war das?«

»France?« Er war erstaunt, daß sie sie nicht kannte. Paxton und Ralph hatten einen so vertrauten Eindruck gemacht. »Sie lebt mit Ralph zusammen. Sie hat einen Jungen von der fünfundvierzigsten Kavallerie geheiratet, und An ist das Baby aus dieser Verbindung.« Er schien zu zögern, aber Paxton, die den Rest der Geschichte erfahren wollte, hielt ihn mit ihrem Blick fest. »Er fiel vor der Geburt des Kindes. Der Kleine muß jetzt etwa zwei sein. Sie und Ralph sind ungefähr ein Jahr zusammen. Sie leben zusammen, glaube ich, aber er hält die Sache sehr geheim. In Gia Dinh.« Sie wußte, daß dies ein Vorort von Saigon war.

»Sind sie verheiratet?«

»Nein. Ihre Mutter war Französin, der Vater Vietnamese. Ich habe erst einige Male mit ihr gesprochen, aber mir scheint, sie hat sehr strenge Ansichten über Mischehen. Die Armee hat es ihr sehr schwer gemacht, als Haggerty fiel. Ich glaube nicht, daß sie jetzt eine Witwenpension bekommt. Man hat sogar versucht, sie als Hure hinzustellen, und behauptet, An sei nicht Haggertys Kind.«

»Und seine Familie?«

»Er hat seinen Leuten die Heirat verschwiegen, kein Wunder also, daß diese sich sehr abweisend zeigen. Seine Leute leben in irgendeinem Kaff in Indiana und haben France oder das Kind nie anerkannt.«

Paxton war entsetzt. »Und was ist mit Ralph? Wird er sie nicht heiraten und das Kind adoptieren?«

Ihre Naivität entlockte Bill ein Lächeln. Sie wollte alles feinsäuberlich verpackt und abgelegt, aber hier war das nicht immer möglich. »Vielleicht solltest du ihn fragen.«

»Sie ist sehr schön.« Ihre Vornehmheit und gute Erziehung hatten Paxton beeindruckt.

»Ja«, sagte er. »Und sehr klug. Aber wenn er versuchen würde, sie nach Hause mitzunehmen, würde man sie Schlitzauge nennen wie die Huren, die im Pink Nightclub herumhängen. Zu Hause kennt man den Unterschied nicht.«

»Bill, man braucht sie doch nur anzusehen.« Das klang sehr aufgebracht. Er wußte, daß ihre Naivität sie so reagieren ließ.

»Pax, das mag für dich zutreffen. Andere Menschen sehen es nicht so. Für sie ist ein Schlitzauge ein Schlitzauge, ein Gelbgesicht, eine Flachnase, dieselbe, die ihren Sohn, ihren Bruder oder Freund umgebracht hat. Dieses Mädchen mit nach Hause zu nehmen wird Probleme schaffen.«

»Aber sie ist anders.« Paxton wußte gar nicht, warum sie sich für France so einsetzte.

»Nicht für die Leute.« Sie wollte, daß es nicht stimmte, vermutete aber, daß es die Wahrheit war, und wurde traurig wegen dieser Frau, die sie kaum kannte. Aber sie wußte, daß er recht hatte. In den Staaten wäre diese schöne Eurasierin eine »Gelbe« gewesen wie alle anderen.

An jenem Abend führten sie noch lange Gespräche, erst über den Krieg, dann über andere Dinge. Frau und Kinder erwähnte er nicht mehr. Er war nun schon so lange in Vietnam, daß er sich allen entfremdet fühlte. Aber was sie ihm von Berkeley zu erzählen hatte, faszinierte ihn.

Als die Bar schloß, begleitete er sie zu ihrem Zimmer und verabschiedete sich an der Tür, ohne sie zu drängen.

»In ein paar Tagen dürfte ich wieder in Saigon sein«, sagte er halblaut. »Ich rufe an, bevor ich komme.« Ohne ein weiteres Wort beugte er sich vor und küßte sie sacht auf die Lippen. Und dann war er fort, ehe sie ihn noch einmal bitten konnte, er solle unbedingt am Leben bleiben. An die Gefahren, die in den unterirdischen Gängen von Cu Chi lauerten, dachte sie lieber nicht.

15

Drei Tage später kam Bill Quinn wieder nach Saigon. Er rief Paxton vorher an, und als er eintraf, sah er in seiner gestärkten Ausgehuniform umwerfend attraktiv aus. Sie erwartete ihn schon in der Lobby. Es handle sich um eine »offizielle Verabredung« hatte er angekündigt, und sie empfing ihn mit einem Lächeln, als sie ihn hereinkommen sah.

»Donnerwetter!« entfuhr es ihm, als er sie sah. Ihr Haar war offen, und sie trug ein rosafarbenes Seidenkleid, das sie von zu Hause mitgebracht hatte. Es war kurz und ließ ihre Beine sehen, und sie verdrängte den Gedanken daran, daß es Peter gut gefallen hatte.

Bill hatte einen Tisch in einem Restaurant unweit der Botschaft reservieren lassen, und sie kam sich sehr erwachsen vor, als er sie hineingeleitete und sie an einen Ecktisch geführt wurden. Der französisch wirkende Raum war dezent beleuchtet, und auf allen Tischen standen duftende Blumensträuße. Hier war endlich vom Benzingeruch nichts mehr zu spüren. Und um sie herum saßen an fast allen Tischen Amerikaner.

Sie erzählte ihm von ihrem letzten Ausflug mit Ralph in die Nähe von Long Binh, und er hörte ihr mit gerunzelter Stirn zu.

»Das klingt aber gefährlich.« Sichtlich besorgt erwog er, ob er mit Ralph ein Wörtchen reden sollte.

»Das ganze Leben ist hier gefährlich. Sei nicht albern, Bill. Ich bin sicherer, als du es in Cu Chi bist.«

»Den Teufel bist du«, sagte er leise. Das Verlangen, sie zu

schützen, kam ihm selbst merkwürdig vor. An das, was Debbie in den Staaten machte, verschwendete er keine Gedanken. Aber Debbie lebte in San Francisco, und Paxton war zehn Jahre jünger und lief in Saigon herum und forderte täglich das Schicksal heraus.

»Das Aufspüren von Vietcong in Tunnels kann man nicht als ungefährlich bezeichnen.« Tatsächlich hatte sie den Gedanken dran die ganze Woche über verdrängt. Und als sie mit Ralph nach Long Binh gefahren war, hatte er ihr eine geharnischte Strafpredigt gehalten, die in der Ermahnung gipfelte, sie solle »nicht mit den Truppen fraternisieren«. Erst hatte sie mit Belustigung reagiert, dann aber hatte sie begriffen, daß er es ernst meinte, und sie hatte ihn erstaunt angesehen.

»Wie können ausgerechnet Sie mir damit kommen?« Er wußte, daß es auf France gemünzt war, aber er ließ sich davon nicht beirren.

»Pax, bei mir ist es etwas anderes, ich bin ein Mann. Bill Quinn ist verheiratet.«

»Na und? Was macht das schon aus? Seine Frau ist durch eine halbe Welt von ihm getrennt und wir von ihr. Was ist, wenn wir alle nächste Woche tot sind? Welche Rolle spielt es dann noch?« In wenigen Wochen hatte sie die Denkweise aller in Saigon angenommen.

»Und wenn er zu ihr zurückkehrt?« sagte Ralph leise. »Wie werden Sie sich dann vorkommen? Ihnen ist das Herz schon einmal gebrochen worden, reicht das nicht?«

»Ich kann nicht anders.« Verärgert hatte sie ihm den Rücken zugekehrt. Sie hatte keine Lust, Ralph gegenüber ihr Liebesleben zu rechtfertigen. Er war ihr Freund, doch hatte er kein Recht, ihr vorzuschreiben, mit wem sie ausgehen durfte und mit wem nicht.

»Es ist noch nicht zu spät, Schluß zu machen. Aber Vietnam ist ein merkwürdiges Land. Hier werden die Dinge sehr rasch ernst, oder zuweilen werden sie nicht ernst, wenn sie es sollten, weil wir die halbe Zeit Todesängste ausstehen, den nächsten Tag nicht zu erleben. Andererseits aber haben wir so viele Menschen sterben sehen, daß uns alles gleichgültig ist. Paxton, lassen Sie sich hier nicht mit einem Soldaten ein ... auch nicht mit einem Korrespondenten. Der Kummer ist vorprogrammiert. Wir alle sind ein wenig verdreht.« Seine Warnung war gut und ernst gemeint.

»Und was bin ich? Ich bin auch Korrespondentin«, verteidigte sie sich, und er lächelte. Aber sie war noch so jung und unberührt von den Schrecken, die sie alle als gegeben hinnahmen.

»Pax, Sie sind noch immer eine Anfängerin. Für Sie ist es noch nicht zu spät. Eines sage ich Ihnen ... lassen Sie sich nicht mit Bill ein. Er ist ein großartiger Bursche, und ich mag ihn sehr, aber was immer geschehen wird, es wird Sie sehr schmerzlich treffen. Warum tun Sie sich das an?«

»Und France?« versetzte sie, weil sie es ihm heimzahlen wollte, doch seine Miene verriet, daß sie sich auf verbotenes Terrain vorgewagt hatte.

»Sie hat damit nichts zu tun«, antwortete er und war mit einem Sanitätsteam für drei Stunden in einem Helikopter auf und davon geflogen. Und als er zurückkam, brachte keiner von ihnen das Thema wieder zur Sprache, und sie erzählte an jenem Abend Bill kein Wort davon. Außerdem war es ohnehin zu spät: Als sie dasaßen und plauderten, hielt er ihre Hand, und sie sprachen über Dinge, über die gesprochen wird, wenn alles neu ist und die Liebe heraufzieht.

Sie hatten ihr Dessert, eine Schoko-*mousse,* fast verspeist, als eine hübsche Vietnamesin in landesüblicher Kleidung das Restaurant betrat und einen großen Blumenstrauß hinlegte. Paxton sah es und dachte, wie hübsch diese Mädchen doch sind, und im gleichen Moment drehte Bill sich um und sah die Vietnamesin. Er sah sie einen Sekundenbruchteil an, und dann sah er sie gehen, und ohne einen Moment zu überlegen, packte er Paxton, riß sie vom Stuhl und zog sie unter den Tisch. Dort warf er sich über sie und drückte sie gegen den erhöhten Boden der Nische, und genau in diesem Moment gab es eine gewaltige Explosion. Die Fenster an der Straßenseite des Restaurants zersprangen, Körper wurden durch die Luft geschleudert. Einen Augenblick danach herrschte Stille, und Paxton sah auf der rechten Seite eine Flammenwand hochschnellen, als Bill sie packte und über den Boden zerrte. Er zog sie auf die Straße in Sicherheit, als die Sirenen zu heulen begannen und um sie herum alles schrie. Es ertönten noch immer Schmerzensschreie, als er sie auf der Straße zurückließ und wieder hineinlief, um zu helfen, sie aber war ihm dicht auf den Fersen. Ihr Arm blutete, wo eine Glasscherbe ihr Kleid durchschnitten hatte, ansonsten war sie unversehrt. Ihre Beine wiesen Kratzspuren auf, ihr Körper war aufgeschürft, trotzdem lief sie hinein und half mit, eine Frau ins Freie zu tragen, die schrie und nichts sehen konnte. Gesicht und Arme waren voller Blut, und Paxton konnte nichts mehr tun als sie trösten, während sie auf den Krankenwagen warteten. Sie sah, daß Bill einem andern Mann half, zwei Männer hinauszutragen. Beide waren tot. Und dann übernahmen endlich Polizei und Ärzte das Kommando. Es war ein häßlicher Anblick ... überall Blut und Glasscherben. Paxton zitterte am ganzen Körper, als sie zum Wagen gingen. Da blieb Bill stehen und nahm sie in seine Arme, blutverschmiert wie sie beide waren, und sie fing zu weinen an, als er sie küßte.

Eine schreckliche Art, sich zu verlieben, ein schrecklicher Ort, ein schrecklicher Krieg, der sie zusammengeführt hatte.

»Was machen wir hier?« fragte er zutiefst erschüttert. Nicht so sehr des Anblicks wegen, sondern weil sie unter den Toten hätte sein können, wenn es anders gelaufen wäre, und plötzlich wünschte er sich mehr als alles andere, sie nicht zu verlieren. »Warum sind wir nicht an einem banalen Ort wie New York oder Maryland oder Texas?«

»Weil du dann wahrscheinlich nicht wissen würdest, daß ich am Leben bin«, sagte sie unter Tränen lächelnd, »und weil du bei deiner Frau wärst.« Sie lachte und wischte sich die Augen trocken, bestrebt, zu vergessen, was sie gesehen und mitgemacht hatte. »Oder so ähnlich.«

Auch er lächelte. »Miß Paxton Andrews, Sie verstehen sich auf den Umgang mit Worten.«

»Ich sage die Wahrheit. Das ist einer meiner größten Fehler.«

»Und Tugenden. Ich glaube, ich würde dich nicht so lieben, wenn du nicht so aufrichtig wärst. Eines bringt der Aufenthalt an diesem Ort jedenfalls mit sich: Man entwickelt einen absoluten Haß gegen Phrasen. Und genau das begegnet einem, wenn man zurück in die Staaten kommt«, erklärte er, als sie in sein Auto stiegen. »Ich kann die Lügen nicht mehr hören, die Stellungnahmen, die Kommentare, die niemand mehr glaubt und doch jeder sagt. In gewisser Hinsicht ist es leichter, hier zu sein.« Da fiel ihm ein, was eben geschehen war. »Zumindest war ich immer dieser Meinung.«

»Das passiert hier sehr oft, nicht wahr?« fragte sie. Sie meinte das Bombenattentat, und er nickte. Und dann lächelte sie traurig. »Wie kommt es, daß ich bei jedem Zusammensein mit dir aussehe, als wäre ich irgendwo durch einen Schützengraben geschleift worden?«

»Weil du verrückt bist, überhaupt hier zu sein.« Dann küßte er sie, fordernd und auf eine Art, die ihr zu verstehen gab, daß er froh war, daß sie beide am Leben waren und nichts passiert war.

Dann brachte er sie zurück ins Hotel, und ohne ein weiteres Wort gingen sie wie selbstverständlich hinauf. Er war an der Bar stehengeblieben, um sich eine Flasche Scotch geben zu lassen, und als sie ihre Tür aufsperrte, stellte er die Flasche auf den Tisch, drehte sich um und sah sie mit traurigen Augen an, die sagten, daß er sie liebte. »Pax, möchtest du, daß ich gehe?« Er hatte ein Zimmer im Rex bestellt, doch er wollte hier bei ihr bleiben, aber nur, wenn sie es auch wollte. »Wenn du willst, werde ich gehen.«

Sie schüttelte den Kopf, lächelte und ging langsam auf ihn zu. Sie war nicht sicher, was sie tun sollte. Peter war seit vier Monaten tot, und sie hatte geglaubt, sie würde sich immer an ihn gebunden fühlen. Und doch schien er nun für sie plötzlich Teil eines anderen Lebensabschnitts zu sein, einer anderen Welt, eines Ortes, an dem er nie wieder sein würde, und Bill Quinn war alles, was zählte.

»Ich möchte nicht, daß du gehst«, sagte sie leise.

Da beugte er sich vor und nahm sie in die Arme, und sie umfing ihn mit einer aus Verlust, Angst und Kummer geborenen Leidenschaft, während er sie mit der Kraft eines Mannes berührte, der tagtäglich sein Leben aufs Spiel setzte. Fast wären sie an diesem Abend ums Leben gekommen, ein Schicksal, das sie vielleicht am nächsten Tag ereilen würde, aber in diesem Moment waren sie am Leben und gehörten nur einander.

Er legte sich mit ihr aufs Bett und zog sie sanft aus. Ihr Kleid hing ihr nach der Explosion in Fetzen vom Leib, und seine Uniform war blutbefleckt. Und sie wollten nichts anderes, als die Vergangenheit ablegen, den Schmerz und die Einsamkeit, die sie zusammengebracht hatte. Er spürte ihre weiche Haut, als er neben ihr lag, und stöhnte leise auf.

»O Gott, Pax, du bist so schön ...« Er konnte nicht aufhören, sie zu berühren und zu halten und zu küssen, und dann griff sie nach ihm, und als er in sie eindrang, traten Tränen in ihre Augen, nicht wegen der Vergangenheit und was sie verloren hatten, sondern wegen dem, was sie gemeinsam gefunden hatten.

16

Drei Wochen später glückte Paxton mit Ralph wieder ein Ausflug nach Cu Chi. Unterdessen war der Parteikonvent der Demokraten in Chicago zu einer wahren Orgie blanken Irrsinns eskaliert, und Harriman führte noch immer den Vorsitz bei den Friedensgesprächen in Paris. Es war eine Ironie des Schicksals, die Paxton wie ein schlechter Scherz erschien, als sie es am Fernschreiber im AP-Büro las. Sie wollte sich hier mit Ralph vor den »Fünfuhrfollies« treffen. Nichts schien mehr einen Sinn zu ergeben, ausgenommen das, was hier geschah, und das Leben, das sie nun mit Bill teilte. Es zählte nur noch, daß er in Sicherheit war und daß ihnen beiden nichts zustieß. Immer wenn er zu ihr ins Hotel kam und die Nacht bei ihr verbrachte, was ihm ziemlich oft glückte, war es für sie wie ein Wunder.

Ralph hielt sich mit Bemerkungen auf der Fahrt nach Cu Chi zurück. Erst kurz vor der Ankunft stellte er ihr eine Frage.

»Mit euch beiden ist es ernst?« Sie nickte, weil sie vor dem Fahrer nicht mehr sagen wollte. Ralph hatte keine Namen genannt, aber der Klatsch kursierte rasch zwischen Saigon und den einzelnen Stützpunkten. Wer mit wem schlief und warum, war immer ein beliebtes Gesprächsthema. Und es zirkulierte manches andere mit, Geschlechtskrankheiten etwa und ein ganzer Schwarm von Tropenkrankheiten.

»Ja«, sagte sie ernst, »möglich wäre es. Es ist noch zu neu für uns, und wir haben uns noch keine Klarheit verschafft. Es gibt da ein paar Dinge, die man klären müßte, wenn ... wenn ...« Wenn es sich zeigte, daß es von Dauer war. Ralph wußte, was sie meinte, und schüttelte mißbilligend den Kopf, den Blick aus dem Fenster gerichtet.

»Ihr beide seid ganz schön dumm. Aber das weißt du sicher.« Sie duzten einander schon seit einiger Zeit.

»Warum?« Sie war noch immer so naiv, so voller Hoffnung. Er drehte sich um und sah sie an.

»Weil du leiden wirst, Pax. Hier leidet jeder, denn anders geht es hier nicht. Ich brauche nicht deutlicher zu werden. Du bist ein großes Mädchen, du kennst die Optionen, und die meisten sind nicht sehr schön.« Damit meinte er, daß Bill zu seiner Frau zurückkehren würde, wenn man ihn endgültig nach Hause verschiffte, oder aber, daß er fallen konnte. Natürlich konnte er auch überleben, und es bestand sogar die Möglichkeit, daß er Debbie verließ. Aber das hielt Ralph für wenig wahrscheinlich.

»Du bist schon zu lange hier. Du bist zu zynisch.«

»Mag ja sein«, sagte er und zündete sich eine Zigarette an. Das schlimmste war, daß er an Ruby Queens, der landesüblichen Sorte, tatsächlich Gefallen gefunden hatte. »Ich kenne den Film.«

»Dann hast du dir vielleicht nicht das richtige Ende angesehen, oder du bist nicht bis zum Schluß gekommen. Du kannst nicht alles wissen.«

»Sieh mal«, versuchte er es von neuem, weil er sie gern hatte, »du bist klug, klüger als die meisten. Du leistest hervorragende Arbeit, du schreibst großartige Artikel. Du könntest eines Tages sogar den Pulitzerpreis gewinnen.«

»Ganz bestimmt.« Sie lachte.

»Na schön, dann eben nicht den Pulitzer. Aber du bist gut, und das weißt du. Warum brockst du dir diese Kopfschmerzen ein? Du bist nur für ein halbes Jahr hier. Spar sie dir auf, bis du irgendwo hinter einem Schreibtisch in einer netten, harmlosen Stadt wie Milwaukee deinem Märchenprinzen begegnest.«

Mit einem entschlossenen Ruck wandte sie sich zu ihm um. »Sieh mal, ich kann für das, was geschah, nichts dafür. Es ist passiert. Ich kann nicht so tun, als wäre nichts. Und warum auch? Das ist es, wo wir jetzt sind. Das ist real. Alles andere ist ein Dreck.«

»Und was, wenn alles andere real ist, und das hier Dreck?«

»Dann war es ein Irrtum. Hat du dich nie geirrt, Ralph?« Sie wollte nicht wieder France ins Gespräch bringen, doch hatte Ralph sich mit der Eurasierin aus denselben Gründen eingelassen. Weil sie hier waren, weil es hart war, weil alle Angst hatten und weil ringsum Menschen starben. Es gab kein besseres Gegenmittel, als sich in jemanden zu verlieben, ob man es wollte oder nicht. Wieso zeigte ausgerechnet er sich so verständnislos? »Hör zu.« Sie drehte sich um, als er die Zigarette ausdrückte. »Laß mich in Frieden. Ich weiß, du meinst es gut. Aber du verstehst es nicht.«

»Mag sein«, sagte er traurig. Und als er die beiden später zusammen sah, fragte er sich, ob sie nicht doch recht hatte und er sich irrte. Zwischen ihnen bestand unbestreitbar etwas sehr Starkes und Zartes und Schönes. Sie versuchten, es vor allen anderen geheimzuhalten, was nicht leicht war. Ihre Gefühle waren so zwingend und in gewisser Weise so körperlich und zugleich so rein, so ehrlich, so sehr auf gegenseitiger Bewunderung, Zärtlichkeit und Liebe basierend, daß es sehr schwierig war, sie zu verbergen.

Auch Bills Sergeant, Tony Campobello, entging nicht, wie es zwischen ihnen stand, und sein Mißfallen war so enorm, daß es Paxton auffiel, da sein Benehmen ihr gegenüber an Schroffheit nicht zu überbieten war, und der Ton, den er gegenüber seinem vorgesetzten Offizier anschlug, war eisig. Bills Reaktion beschränkte sich auf ein amüsiertes Hochziehen der Brauen. Doch als sie eines Nachmittags in Tan Son Nhut mit ihm im PX zusammenstießen, konnte Paxton es sich nicht verkneifen, mit ihm ein Wörtchen zu reden, während Bill an der Kasse bezahlte.

»Es tut mir leid ...« setzte sie an, doch Tony schnitt ihr das Wort ab.

»Was denn?«

»Das, was Sie empfinden«, sagte sie aufrichtig, da er kein Hehl daraus machte.

»Was ich empfinde, hat nichts mit Ihnen zu tun«, sagte er kalt.

»Was macht Sie dann so wütend?« Sie sah ihm direkt in die Augen, was bei ihm einfacher war als bei Bill, weil Tony und sie etwa gleich groß waren. »Oder ist es nur, weil Sie mich nicht mögen?«

»Sie sind mir schnurzegal.« Er wurde ausfallend und wußte es, aber es scherte ihn nicht. Aus seinem Haß machte er kein Geheimnis. »Mir geht es einzig und allein um ihn. Sie ahnen nicht, wie oft er mir das Leben gerettet hat. Und er hat mehr Männer in diesem gottverlassenen Land gerettet, als man zählen kann, und Sie setzen sein Leben aufs Spiel und wissen es nicht mal.« Seine Worte waren ein Schock für sie, obwohl sie nicht verstand, was er meinte.

»Wie können Sie das sagen?« Sie hatte nichts getan, um Bills Leben zu gefährden, im Gegenteil, sie wollte, daß er überlebte, selbst wenn dies bedeutete, daß er zu Debbie zurückging. Dieser Bursche war nicht bei Trost.

»Lady, wissen Sie, was es bedeutet, hier draußen zu leben? Man kriecht täglich auf dem Bauch und denkt nur an eines, nämlich an sich. Denkt man an einen anderen, achtet man auf ihn und nicht auf sich, und sofort ist man ein toter Mann. In einer einzigen Sekunde ist alles aus. Und wissen Sie, was er jetzt denkt? Nicht an uns, nicht an sich, nicht an das, was er tut, nicht daran, wer im Tunnel steckt oder ob uns ein Kerl im Busch auflauert ... er denkt an Sie und hockt mit einem Lächeln im Gesicht da. Wissen Sie auch, welche Wirkung das hat? Das bedeutet, daß ihm eine Landmine den Arsch aufreißen wird oder daß ihm ein Scharfschütze das Hirn wegballert. Und wissen Sie auch, wessen Schuld das ist, Lady? Ihre. Denken Sie daran, wenn er Sie das nächste Mal anfaßt.« Kaum hatte Tony das gesagt, als auch schon Bill mit seinem Einkauf lächelnd auf sie zukam.

»Hi, Tony ... du kennst Paxton doch?« Bill kam Paxtons Gesichtsausdruck sonderbar vor, als der Sergeant sagte: »Ja, sicher«, salutierte und ging. Von dem, was er eben gesagt hatte, verriet Paxton Bill kein Wort, doch hatte sie die ganze Nacht Angst, als sie neben Bill lag und an die Warnung des Sergeanten dachte. Hatten sie alle recht? War es falsch, ihn zu lieben?

Würde es der Untergang für sie beide sein? Gab es hier keinen Raum für die Liebe? Es war schwer zu glauben, denn jeder hatte jemanden, und wenn auch nur für kurze Zeit. Und Ralph redete ihr ein, sie hätte kein Recht, Bill zu lieben, und er selbst lebte in Gia Dinh mit France zusammen ... ging abends zu ihr nach Hause, oder etwa nicht? Aber warum kam es, daß niemand wollte, daß sie mit Bill zusammen war? Besonders der zornige junge Sergeant nicht.

»Gestern warst du so still«, sagte Bill am nächsten Tag. Er hatte drei Tage Urlaub, und ihre gedrückte Stimmung war ihm aufgefallen, aber sie wollte ihm noch immer nicht sagen, was Tony behauptet hatte, und gab deshalb vor, wegen einer Story in Sorge zu sein.

Übers Wochenende fuhren sie nach Vung Tau, in ein bezauberndes Küstenstädtchen, das noch immer ein schöner Ferienort mit herrlichen Stränden war. Paxton hatte das Gefühl, nie im Leben glücklicher gewesen zu sein. Manchmal sprachen sie von der Zukunft, aber nur ganz selten. Es gab jetzt nichts zu besprechen, es gab nur die gemeinsame Zeit. Und wenn er zurück in die Staaten ging, würde er wegen seiner Ehe eine Entscheidung treffen. Beide würden sie fast gleichzeitig zurückkehren. Sie hatte versprochen, zu Weihnachten zurück zu sein, und sein Rückkehrdatum war einen Monat später. Er wurde Ende Januar in San Francisco erwartet, und er und Paxton waren sich einig, daß er lange genug in Vietnam gewesen war. Vier Runden reichten. Er wollte nach Hause, um sich über sein Leben Klarheit zu verschaffen.

»Könntest du dir wirklich vorstellen, ein Leben als Armeebraut zu führen?« fragte er sie in Vung Tau eines Nachts im Bett, und das Beängstigende daran war, daß er es ernst meinte.

»Ich denke schon.« Sie lächelte. »Ich könnte ja für *Stars and Stripes* schreiben.«

»Dazu bist du zu gut«, erwiderte er, obwohl die Armeezeitung ein sehr informatives und vielgelesenes Blatt war.

»Unsinn.« Sie drehte sich herum, und er küßte sie. Sie verbrachten eine herrliche Zeit in Vung Tau und machten dort im Oktober noch einmal Urlaub. Und kurz danach fuhr er für ein

Wochenende zu Debbie nach Hongkong. Er hatte es mit Paxton lange besprochen und wollte seiner Frau eigentlich absagen, aber Paxton war der Meinung, daß er fliegen sollte, auch wenn es für sie selbst sehr hart war. Sie hatte das Gefühl, daß er es Debbie schuldig war. Das war nicht der Zeitpunkt für eine Konfrontation. Doch als er zurückkam, war er tagelang schlechter Laune. Debbie hatte ihn unter Druck gesetzt, seiner Einstellung wegen und wegen des Krieges. Sie engagierte sich neuerdings in einer Anti-Kriegsgruppe und hielt ihm vor, daß er ein Killer war. Sie hatte auch ihren Wunsch auf ein neues Auto angemeldet und erneut ihrer Meinung Ausdruck verliehen, daß sie die Armee zum Kotzen fände.

Inzwischen war Nixon zum Präsidenten gewählt worden, und Paxton bekam von zu Hause gute Nachrichten. Ihrer Mutter, die es kaum erwarten konnte, sie zu Weihnachten zu sehen, ging es gut. Und Gabby schrieb, daß sie wieder ein Baby erwartete. Ihr Leben schien seinen Gang zu nehmen, aber Paxton konnte sich ein Zusammensein mit ihnen allen nicht mehr vorstellen. Nach fünf Monaten in Vietnam hatte sie das Gefühl, auf einem anderen Planeten zu leben.

Und das sagte sie eines Abends zu Bill, als sie zusammen beim Abendessen saßen. »Weißt du, ich fühle mich schuldig, wenn ich es nur ausspreche. Aber ich möchte über Weihnachten nicht nach Hause.« Sie wollte mit ihm in Vietnam bleiben. Das bedeutete ihr mehr als das Wiedersehen mit ihrer Familie in Savannah. Seit Jahren schon war sie diesem Anlaß ausgewichen, und diesmal würde es nur noch schlimmer sein. Sie war im Laufe der letzten Monate viel zu erwachsen geworden, es hatte sich zu vieles verändert. Außerdem war ein Weihnachtsfest zu Hause ohne Queenie noch schrecklicher, und der Aufenthalt in den Staaten würde eine Flut schmerzlicher Erinnerungen an Peter wecken. Obwohl sie jetzt weniger an ihn dachte, spürte sie, daß ein Teil von ihr ihn immer lieben würde. Jetzt waren die Dinge einfach anders, und das verstand sogar Bill.

»Warum bleibst du dann nicht hier?« Er wußte, er hätte ihr zureden sollen heimzufliegen, aber er war selbstsüchtig und wollte, daß sie blieb. Es war ihr letztes friedliches Beisammensein, ehe er im Monat darauf in die Staaten zurückkehren und versuchen würde, sich wegen seiner Ehe zu entscheiden.

»Ist das dein Ernst?« Paxton sah ihn spitzbübisch an.

»Sicher.«

»Abgemacht.« Sie beugte sich zu ihm und küßte ihn, und dann gingen sie ins Hotel und liebten sich den ganzen Abend. Und am Morgen schickte sie an die *Sun* ein Telefax. »Kann nicht wie geplant im Dezember kommen. Große Themen zu erwarten. Heimkehr fünfzehnter Januar. Erbitte Nachricht an Familie in Savannah. Paxton Andrews.« Sie wußte, daß dies für Unruhe sorgen würde, aber das kümmerte sie wenig. Sie wollte mit Bill zusammensein, denn es war ihr erstes und zugleich vielleicht ihr letztes gemeinsames Weihnachtsfest. Sollte er sich entscheiden, die Affäre mit ihr zu beenden, dann hatten sie wenigstens dies noch erlebt. Sie nahm die Sache sehr philosophisch. Aber das mußte man, wenn man in ständiger Gefahr lebte.

Am Heiligen Abend gingen sie gemeinsam in die Kirche, und am nächsten Morgen erwachten sie eng umschlungen. Er hatte ihr eine Jacke im PX gekauft und aus Hongkong einen schönen goldenen Armreif mit einem winzigen Diamanten mitgebracht. Er streifte ihr den Reif über und küßte sie. Sie hatte ihm im PX eine hübsche Uhr gekauft, ein paar Bücher, von denen sie wußte, daß er sie wollte, hatte sie in den Staaten bestellt, und dazu Jux-Unterwäsche, die sie auf dem Schwarzmarkt gefunden hatte – lauter Albernheiten, aber das Beste, was sie unter diesen Umständen tun konnten. Nur das Armband war etwas Besonderes, denn auf der Innenseite waren ihrer beider Initialen und »X-mas 68« eingraviert.

»Das erste Weihnachtsfest von vielen«, sagte er geheimnisvoll, als er sie küßte.

Am Nachmittag besuchten sie Martha Rayes Weihnachtsshow, und alle waren begeistert. Bob Hope war an diesem Tag in Da Nang und erntete Applaus von zehntausend Armeeangehörigen, männlichen wie weiblichen. Ann-Margret war der Hit der Show, aber Paxton hatte das Gefühl, daß die Zurschaustellung von Sexsymbolen die Männer nur reizte. Aber es gefiel ihnen, und am Ende der Show heftete General Abrams einen Orden für besondere Verdienste an Hopes Hemd, und das Publikum bereitete dem Star stehende Ovationen.

Paxton und Bill liefen bei der Martha-Raye-Show, über die Ralph für AP berichtete, Tony Campobello über den Weg. Ralph hatte sogar France und ihr Söhnchen mitgenommen, das entzückend war und ihr sehr ähnlich sah. Bill und Paxton plauderten eine Weile mit Ralph und France und gingen dann ihres Weges. Später sahen sie die beiden nicht mehr, denn es waren zu viele Menschen da, und auch Tony und einen anderen von Bills Leuten sahen sie nicht mehr. Tony war betont distanziert gewesen, als er mit seinem Vorgesetzten und Paxton zusammengetroffen war. Seine Abneigung gegen sie hatte er noch immer nicht überwunden und gab sich nicht die geringste Mühe, liebenswürdiger zu sein. Aber das war bedeutungslos. Sie und Bill würden in einem Monat nach Hause zurückkehren. Immer öfter sprachen sie darüber, wie sonderbar es sein würde, in derselben Stadt zu leben und doch nicht zusammenzusein.

»Lange wird es nicht dauern«, sagte er immer wieder, aber Paxton bezweifelte, ob er noch so denken würde, wenn er seine Kinder wiedersah und wieder zu Hause lebte. Sie wurde das merkwürdige Gefühl nicht los, daß er nicht bereit sein würde, seine Familie zu verlassen, was immer er in der Hitze der Leidenschaft auch versprechen mochte.

Den Silvesterabend verbrachten sie im Offiziersklub und beendeten ihn mit einem Drink im Penthouse. Und dann liebten sie sich in ihrem Zimmer und empfingen das neue Jahr mit Zärtlichkeit und Leidenschaft. Noch am nächsten Morgen lagen sie umschlungen da, küßten einander und flüsterten Zärtlichkeiten. Den Großteil des Nachmittags verschliefen sie, und am Abend mußte Bill in Cu Chi seinen Dienst antreten. In zwei Tagen wollte er wiederkommen, und sie mußte inzwischen einen Artikel für die *Sun* schreiben. Ihre Kolumne »Nachrichten aus Nam« hatte richtig eingeschlagen. Das bewiesen die zahlreichen Leserbriefe, die ihr nachgeschickt wurden. Die Leser wußten offenbar ihre ungeschminkte und ehrliche Berichterstattung über die Ereignisse in diesem Land zu schätzen. Aus jeder Zeile ihrer Artikel sprachen Aufrichtigkeit und Integrität. Ed Wilson, der sich sehr darüber freute, konnte sich zugute halten, daß er es gewesen war, der sie nach Vietnam geschickt hatte. Fast hatte er das Gefühl, daß das, was sie in ihren Artikeln zum Ausdruck brachte, seinen Sohn gerächt hatte und daß Peter nicht umsonst gestorben war. Sie war nach Vietnam gegangen, um seine und die Geschichte einer halben Million junger Männer zu erzählen. Und sie war gerührt von den Briefen, die sie als Reaktion auf ihre Kolumne erreichten. Dann und wann machte sie sich daran, einige zu beantworten, die meiste Zeit aber war sie zu beschäftigt.

Der Bericht, den sie am nächsten Tag zu schreiben hatte, handelte von den Straßenbettlern in Saigon, anschließend beendete sie einen Artikel über Hue. Und dann mußte sie über Martha Raye und Bob Hope schreiben. Vor ihr lagen arbeitsreiche Tage, und um acht Uhr, als Bill kommen sollte, saß sie noch immer an ihrer Schreibmaschine. Er war diesmal spät dran, aber sie wußte, daß er manchmal schwer wegfahren konnte. Und wenn Tony Campobello merkte, daß er sich mit ihr traf, tat er alles, damit Bill nicht pünktlich kommen konnte. Es war ein Spiel, das er gern spielte und das Bill geduldig mitmachte, aber Paxton ärgerte Tonys ständige Feindseligkeit. Um zehn sah sie wieder auf ihre Uhr. Langsam fing sie an, sich Sorgen zu machen, aber sie wußte, daß er als diensthabender Offizier oft aufgehalten wurde, besonders in letzter Zeit. Es gab so viel zu tun, was er vor seiner endgültigen Abreise erledigen mußte, und er bemühte sich, seinen Nachfolger, der aus den Staaten eingetroffen war, einzuarbeiten. Paxxie wußte, daß dies nicht einfach war.

Um elf Uhr sah sie wieder auf die Uhr und fing an, im Zimmer auf und ab zu laufen, und um Mitternacht stand sie tausend Ängste aus. Sie entschied, hinunter in die Lobby zu gehen, und gab in der Telefonzentrale Bescheid, wo sie zu erreichen war, für den Fall, daß Bill anriefe. Vielleicht war er unterwegs von einem Bekannten aufgehalten worden, und sie würde ihn an der Bar treffen, was schon ein-, zweimal vorgekommen war. Aber heute sah sie keinen Bekannten, nicht einmal Nigel. Und sie wußte, daß Ralph mit France und An übers Neujahrswochenende zu ihren Verwandten nach Hau Bon gefahren war.

Lange lief sie ziellos in der Lobby auf und ab, doch er kam nicht, und ihr waren die Hände gebunden. Es war zu spät, um beim Stützpunkt anzurufen. Sie ging zurück auf ihr Zimmer und saß die halbe Nacht da, von der Frage geplagt, ob irgendein Problem seine Abfahrt verhindert haben mochte, was wenig wahrscheinlich war.

Um vier Uhr schlief sie schließlich ein, um bei Morgengrauen zu erwachen. Noch immer kein Lebenszeichen von ihm. Irgendwie hatte sie gehofft, er würde in der Nacht, während sie schlief, kommen und lautlos neben sie ins Bett schlüpfen, da er einen Schlüssel hatte und sie schon öfter so überrascht hatte.

Aber diese Nacht gab es keine Überraschung. Beim Erwachen war der Platz neben ihr leer, und um halb acht ging sie ins Büro der AP. Sie las die Fernschreiben, um zu sehen, ob in der Nacht etwas passiert war, aber bis auf eine Plastikbombe in einer Bar und einem Straßenkampf in Cholon war es ruhig geblieben.

Da sie wußte, daß Ralph schon am späten Abend zurückgekommen sein mußte, rief sie ihn eine Stunde später vom AP- Büro aus zu Hause an.

»Ich weiß, daß es verrückt ist ...« Sie kam sich albern vor, weil sie ihn anrief, doch sie wußte nicht, an wen sie sich sonst hätte wenden können. »Aber Bill ist gestern nicht gekommen. Ich bin sicher, daß nichts passiert ist, aber ich dachte ...«

»O Gott, Pax«, sagte er und drehte sich ächzend im Bett um. »Du möchtest, daß ich jetzt draußen anrufe?«

»Hm ... ja.«

»Warum rufst du nicht selbst an? Du hast dieselbe Presseakkreditierung wie ich.«

»Unsinn. Alle Welt weiß, wie ich zu Bill stehe.« Trotz ihrer anfänglichen Vorsicht war ihre Beziehung eines der offensten Geheimnisse Saigons.

»Na und?«

»Ich möchte nicht die Rolle der mißtrauischen Freundin spielen. Ich möchte nur wissen, ob alles in Ordnung ist und ob er wohlbehalten wieder zu mir kommt.« Auf den Gedanken, daß er mit jemandem anderen ausgegangen sein könnte, kam sie nicht. Ihre Beziehung war anders, und sie waren so verliebt, daß die

Frage einer anderen Frau zwischen ihnen nie zur Sprache gekommen war.

»Na schön. Was möchtest du wissen?«

»Ob der Stützpunkt Cu Chi noch steht, ob es in der Nacht einen Angriff gegeben hat und ob Bill okay ist.«

»Hör zu, Kindchen«, sagte er, während er sich im Bett aufsetzte und France zulächelte. Ihretwegen war er sowohl glücklich als auch in Sorge. Am Abend zuvor hatte sie ihm eröffnet, daß sie schwanger war und sein Kind bekommen wollte. »Falls Cu Chi in die Luft gejagt wurde, stecken wir knietief im Schlamassel. Die Basis ist größer als New York.«

»Lassen Sie die klugen Witze, Johnson, und rufen Sie an.«

»Schon gut, schon gut, ich rufe an.« Er legte auf und beugte sich über die neben ihm liegende France, um sie zu küssen.

»Geht es ihr gut?« fragte France, der Paxton sympathisch war. Sie kannte sie zwar nicht sehr gut, fühlte sich ihr aber irgendwie wesensverwandt.

»Ihr geht es gut. Aber ihre Nerven liegen blank, weil ihre Zeit hier sich dem Ende zuneigt. Das ist bei allen so, und deswegen gehen mir alle auf die Nerven.«

»Und du?« fragte sie und sah ihn nach ihrer Eröffnung vom Vorabend fast traurig an. »Wann wirst du nach Hause gehen, mein Liebster?«

»Niemals. Es sei denn, du kommst mit.« Aber sie sagte, daß sie nie mit ihm gehen würde, und es war ihr voller Ernst. Sie war zu stolz, um sich in den Staaten wie eine Hure behandeln zu lassen. Sie wollte in Saigon bleiben, und sie würde ihn immer lieben.

Auf der Bettkante sitzend, rief er Cu Chi an. Er hatte dort ein, zwei Kontaktpersonen, aber die wichtigste war Bill, deshalb verlangte er als erstes dessen Einheit. Er bekam einen jungen Burschen an den Apparat, den er nicht kannte und der keine Auskunft geben wollte, als er nach Bill fragte, und dann ließ er sich mit den anderen verbinden, erreichte aber ebensowenig. Und plötzlich kam ihm der Gedanke, daß Paxtons Instinkt sie vielleicht doch nicht getrogen hatte und daß etwas passiert war. Einer plötzlichen Eingebung folgend, verlangte er Sergeant Campobello zu sprechen. Nun trat eine lange Pause ein, man sagte ihm, er solle dranbleiben, und da saß er nun, mit dem Hörer in der Hand. Es vergingen fast zehn Minuten, bis Tony an den Apparat kam. Ralph war so schlau gewesen, nicht aufzulegen. Unterdessen war er überzeugt, daß Paxton richtig vermutet hatte und daß es ein Problem gab.

»Tony?« Ralph sagte es, als ob sie alte Freunde wären, was nicht der Fall war. Tony mochte ihn nicht, weil er Bill mit Paxton bekannt gemacht hatte, und das konnte er ihm nicht verzeihen. »Ralph Johnson, AP in Saigon.«

»Mensch, ich weiß, wer Sie sind.« Es hörte sich rüde und kalt an. Tony war an dem Anruf nicht interessiert. »Was wollen Sie?«

»Ich ... wir ... ganz inoffiziell haben wir uns gefragt, ob gestern bei euch was los war ... ich meine ...« Verdammter Mist, wenn es sich um jemanden anderen gehandelt hätte, dann hätte er rundheraus fragen können, ob Bill etwas zugestoßen war. Aber Campobello sollte nicht mitbekommen, daß er für Paxton anrief. Er kam sich vor wie ein Kind, das Ausflüchte sucht. »Sehen Sie, uns kamen Gerüchte zu Ohren, daß es draußen Ärger gegeben haben könnte. Ist bei euch alles in Ordnung?«

Eine endlose Pause. »Tja, so könnte man es wohl nennen. Wir hatten übers Wochenende nur einen Toten. Nur einen einzigen. Ganz gut, wie?« Es klang spröde und verbittert.

»Großartig.« Ralph wußte nicht recht, wie er weitermachen sollte, aber Tony löste das Problem für ihn.

»Das einzige Problem ist, daß es ...« er schnappte fast über, als er die Worte hervorstieß, »... unser Kommandant war. Wissen Sie noch? Ein Hüne von Mann. Sehr gutaussehend. Bill Quinn.« O Gott ... Ralph erstarrte das Blut in den Adern. Was zum Teufel sollte er Paxton sagen?

»Ich ... o Gott ... wie ist es passiert?« Ralph brachte die Worte kaum heraus, und Tony hörte sich an, als weinte er.

»Wie es passiert ist? Ganz einfach. Er hat sich vor einiger Zeit in dieses gottverfluchte Luder verliebt, und damit ließ seine Wachsamkeit nach. Er verliebte sich in die ganze gottverfluchte Welt und wollte den Märchenprinzen spielen ... den edlen Ritter. Sie wollen wissen, wie es passierte, Mister? Gestern hatten unsere Jungs die Hosen gestrichen voll und wollten nicht hinunter ins Loch. Wissen Sie, wer runterging? Ganz recht, der Captain. Er glaubte, er könnte den Burschen am anderen Ende erledigen, weil es ihm bisher immer geglückt ist. Und wissen Sie was, Mister? Nach vier Runden hier in Vietnam hat er sich dieses Mal getäuscht, er war zu groß für das Loch, zu langsam, zu alt, und sein Kopf war voller Scheiße, weil er in ein paar Tagen mit ihr nach Hause wollte, um vermutlich seiner Frau und den Kindern zu sagen, sie sollten sich verpissen. So kam es, daß der kleine dämliche Charlie am anderen Ende ihm den Kopf wegblasen konnte.« Ralph wurde übel, als er es hörte, übel vor Wut und Kummer und Bitterkeit. Was für eine Ironie des Schicksals ... knappe zwei Wochen bis zur Heimfahrt, und er war gefallen. Das passierte Tausenden, aber doch nicht ihm. Bill Quinn war so ein netter Kerl, und er war so sehr in Paxton verliebt. »Na, haben Sie jetzt Ihre Story, Mr. Johnson?« fragte Tony verbittert, ohne sich seiner Tränen zu schämen. »Haben Sie sich alles notiert, oder möchten Sie kommen und sich den Toten ansehen? Man wird ihn erst morgen am Nachmittag nach Hause verfrachten. Und jetzt wird er wohl kaum mit seiner Freundin fliegen.« Er war nicht der erste, der sich hier verliebt hatte, auch nicht der erste, der seine Frau betrog, aber alles zusammen hatte den Sergeanten furchtbar erbittert, und er hatte dies alles schon lange vorausgesagt. Immer wieder hatte er gesehen, wie Soldaten sich mit Frauen einließen und so vernarrt in sie waren, daß sie darüber unvorsichtig wurden. Er war überzeugt, daß Bill aus diesem Grund gefallen war, und nichts würde ihn von dieser Meinung abbringen. Für ihn stand fest, daß Paxton Andrews Bill Quinn auf dem Gewissen hatte, und das war das Ende der Geschichte.

»Es wird sie umbringen«, sagte Ralph mehr zu sich selbst als zu Campobello. Und Tony fuhr sich mit dem Ärmel über die Augen.

»Gut. Ich will hoffen. Sie verdient es.«

»Das glauben Sie doch nicht wirklich, oder?«

»Doch«, erwiderte er starrsinnig. »Sie hat meinen Captain umgebracht, verdammt noch mal.«

»Er war ein erwachsener Mann.« Ralph fühlte sich verpflichtet, sie gegen diesen Mann zu verteidigen, und allmählich regte sich Zorn in ihm. Sie hatte niemandem etwas getan. Im Gegenteil, sie hatte sich selbst Schmerz zugefügt. Sie war mit ihm ein Risiko eingegangen, und sie hatte verloren. So wie schon einmal. Aber so war das nun mal in einem Krieg. Wenn man jemanden hatte, den man mochte, sei es Hund, Soldat oder Kind, dann ging man das Risiko des Verlustes ein. »Campobello, Bill hat seine Wahl getroffen wie sie auch. Und er wußte, was er tat. Und wenn es ihn gestern erwischt hat, muß der Bursche am anderen Ende aber verdammt geschickt gewesen sein. Ich glaube nicht, daß Bill Quinn sich je zu Unvorsichtigkeiten hätte hinreißen lassen.« Er war zu behende, zu klug, und er kannte sein Geschäft zu gut. Daran war viel Wahres, aber Tony Campobello wollte es nicht hören.

»Unsinn. Er hätte nie in das Loch hinuntersteigen dürfen.«

»Warum ist er dann runter?« wollte Ralph wissen.

»Vielleicht, um etwas zu beweisen ... vielleicht, weil er an sie dachte ...«

»So nachlässig oder dumm war er nicht, nicht mal so tapfer.« Obwohl die Generäle behaupteten und Bill selbst gesagt hatte, daß man als Tunnelratte ein wenig verdreht sein mußte.

»Er hat vor Liebe den Verstand verloren.«

»Ja, das stimmt«, gab Ralph ihm aus Achtung vor beiden recht, »aber das war seine Sache, und ich glaube nicht, daß er sich davon beeinflussen ließ. Ich glaube es einfach nicht. Und falls Sie anderer Meinung sind, Campobello, schlage ich vor, daß Sie diese Meinung sofort vergessen. Falls Ihnen an ihm etwas lag, dann behalten Sie Ihre gottverdammte Meinung gefälligst für sich. Das Mädchen wird völlig am Boden zerstört sein und hat es nicht nötig, sich Ihre Anschuldigungen anzuhören, falls eure Wege sich jemals kreuzen sollten, was ich aber nicht hoffen will.«

»Ich auch nicht.«

»Tun Sie mir Bill zuliebe einen Gefallen, falls Sie ihr begegnen. Seien Sie ein Gentleman, und halten Sie die Klappe.«

»Und Sie können mich mal, Mister«, spieh Tony Campobello in den Hörer, während ihm erneut die Tränen in die Augen stiegen. »Dieses Luder hat meinen Captain getötet.« Er war wie ein Kind, das neben seiner toten Mutter steht und jedem an den Kragen möchte, der sich ihr nähert. Und als er Augenblicke später den Hörer hinknallte, blieb Ralph eine Weile sitzen und starrte unglücklich aus dem Fenster. Wie, zum Teufel, sollte er es ihr beibringen?

France hatte die ganze Zeit zugehört, und als er aufstand und sich anzog, kam sie zu ihm und legte ihm sanft die Hand auf die Schulter. »Das mit deinem Freund tut mir leid.« Sie hatte einen wundervollen französischen Akzent, und ihre Berührung war sanft und ihr Herz weise. Er drehte sich um und hielt sie fest. »Beide tun mir sehr leid«, sagte sie.

»Mir auch. Ich habe sie zu warnen versucht.«

»Warum?« fragte sie leise.

»Weil ich der Meinung war, daß sie einen Fehler begingen. Wenn man hier verliert, ist der Preis sehr hoch. Das versuchte ich ihnen beizubringen. Aber sie haben nicht gehört.«

»Vielleicht konnten sie nicht.« Sie war weiser als er und sah ihm wortlos zu, als er sich anzog. Und eine Stunde später war er im Caravelle und klopfte mit grimmigem Blick an die Tür von Paxtons Zimmer. Als sie öffnete, trug sie Jeans, eines von Bills Hemden und ihre Armeestiefel, und sie sah so hübsch aus, daß es schmerzte.

»Hast du etwas erfahren?« fragte sie nervös und ließ ihn eintreten. Sie hatte das Bett selbst gemacht, und obwohl sie am Abend zuvor auf das Essen verzichtet hatte, hatte sie das Frühstück ausfallen lassen.

»Ja«, antwortete er nichtssagend, als er eintrat und sich umblickte. Er wünschte sich verzweifelt, diesen Augenblick nicht erleben zu müssen.

»Nun?« fragte sie, und er ließ sich schwer auf einen Stuhl fallen. Es war derselbe, auf dem Bill so oft gesessen hatte. »Und was hat man dir gesagt?«

Was sagte man in einem solchen Fall. Wie brachte man es ihr bei? Er hatte es schon unzählige Male zuvor getan, und plötzlich schaffte er es dieses eine Mal nicht, er konnte es nicht, weil er das Gefühl hatte, es würde ihn umbringen. Mit seinen neununddreißig Jahren hatte er mehr Tod gesehen und gehört und gerochen und darüber geschrieben, als er sich in hundert Leben zu sehen gewünscht hätte. Er begrub das Gesicht in den Händen und sah sie dann an. Es blieb ihm nichts übrig, als es ihr zu sagen. »Pax, er wurde gestern getötet.« Seine Stimme dröhnte wie ein Trommelschlag im Raum, und für einen Moment glaubte sie, sie würde die Besinnung verlieren. Sie sah Ed Wilsons Gesicht vor sich, als er gekommen war, um ihr Peters Tod mitzuteilen, und hörte das Geräusch, als ihr Herz zu Boden fiel und zerschellte. Diesmal sank sie langsam aufs Bett und starrte ihn an, nicht gewillt, es zu glauben.

»Das ist nicht wahr.«

»Doch.« Ralph nickte. »Er kroch in einen der Tunnels, und Charlie hat ihn erwischt. Es ging sehr schnell, gelitten hat er nicht. Alles andere ist Nebensache.« Ob es stimmte, wußte er nicht, doch er hatte das Gefühl, es ihr schuldig zu sein. Er streckte die Hand nach ihr aus, doch sie saß nur da, starrte ihn an und ließ seine Hand unbeachtet.

»Kann ich ihn sehen?«

Er zögerte, eingedenk dessen, was Tony gesagt hatte ... daß ihm der Schädel abgerissen worden war. »Ich glaube nicht, daß das möglich ist. Man schickt ihn morgen nach Hause.«

»Zwei Wochen zu früh«, entfuhr es ihr unwillkürlich. Sie saß da, starrte ins Leere, totenbleich, in seinem Hemd, von dem Gefühl erfüllt, ihr sei nun auf der Welt nichts mehr geblieben. Sie war fast dreiundzwanzig und hatte die zwei einzigen Menschen, die sie je geliebt hatte, an diesen elenden Krieg verloren, und jetzt war ihr zumute, als sei ihr Leben zu Ende.

»Ich habe dir gesagt, daß man damit rechnen muß, Pax. Du hast es gewußt. Es ist das Risiko, das wir eingehen, wenn wir hier sind. Es hätte genausogut heute mich treffen können oder dich ... aber er war dran. Es hätte jeden treffen können.«

»Aber es hat nicht jeden getroffen.« Und dann liefen ihr die Tränen über die Wangen, und Ralph setzte sich neben sie aufs Bett und hielt sie in den Armen, während sie weinte, stundenlang, wie es schien, und ihre Trauer unerbittlich wie ein Unwetter über ihr hing.

»Es tut mir leid ... es tut mir leid ...« Aber sie war jenseits aller Worte, jenseits aller Gedanken und jenseits aller Tröstung. Ihr war nichts geblieben, sie hatte nichts mehr, sie hatte ihn verloren, wie eine Erinnerung. Geblieben war ihr einzig der Armreif, den er ihr zu Weihnachten geschenkt hatte. Ausdruckslos starrte sie ihn an, und da fiel ihr ein, daß die Armee seine persönlichen Habseligkeiten an Debbie in San Francisco schicken würde. Die Bücher mit ihren Widmungen, die Andenken, die Fotos, die sie in Vung Tau voneinander geknipst hatten, die Briefe.

»O mein Gott ... das können sie nicht ...« Ralph glaubte, sie meine seinen Tod, aber sie erklärte, was sie meinte: »Wir müssen sie daran hindern.«

»Pax, das ist anderen auch zugestoßen. Sie muß begreifen, daß er sich in einem Kriegsgebiet aufhielt. Er war sehr lange hier. Da verändern sich die Menschen.«

»Aber es ist nicht fair. Warum soll sie damit leben müssen?« Sie dachte an ihre Mutter und daran, daß ihr Vater zusammen mit einer anderen den Tod gefunden hatte. »Und die Kinder. Können wir nichts dagegen unternehmen?«

»Ich weiß nicht.« Er überlegte. Eigentlich bewunderte er sie für ihre Einstellung, aber er war nicht sicher, wie man die Sache anpacken konnte. Die Armee war sehr umsichtig, wenn es darum ging, die persönlichen Habseligkeiten eines Gefallenen nach Hause zu schicken. Man schickte alles, bis hin zur Unterwäsche und Postkarten, ein Grund mehr, daß sie sich Sorgen machen mußte.

»An wen könnten wir uns wenden?«

Beiden fiel sofort derselbe ein, und Ralph entlockte der Gedanke fast ein Stöhnen, aber Paxton sprach den Namen als erste aus. »Campobello.«

»Herrgott ... ich weiß nicht, ob der für mich auch nur einen Finger rührt.«

»Dann werde ich ihn anrufen ... nein ... ich fahre zu ihm. Es muß ihn auch hart getroffen haben.« Das war eine gewaltige Untertreibung, und Ralph wollte ihr nicht noch sagen, daß der Kerl sie bis aufs Blut haßte und ihr die Schuld an Bills Tod in die Schuhe schob.

»Ach was, überlaß die ganze Sache mir«, sagte er.

Sie putzte sich die Nase und erwiderte mit bebender Stimme: »Ich bin es Bill schuldig, daß ich es selbst erledige. Ich werde hinfahren.«

»Scheiße. Ich komme mit.« Sie hatte keine Ahnung, worauf sie sich einließ, aber alle seine Überredungskünste bewirkten nichts. Und die Aufgabe, Debbie vor der Wahrheit zu bewahren, hatte ihr Kraft verliehen und half mit, ihren Kummer zu beherrschen, als sie zum Stützpunkt Cu Chi fuhren. Nichts aber hatte sie beide darauf vorbereitet, daß sie unmittelbar nach der Ankunft Campobello über den Weg liefen und er Paxton fast angriff, so daß Ralph ihn an den Schultern packte und schüttelte.

»Um Himmels willen, Mann, lassen Sie das! Sehen Sie nicht, in welchem Zustand sie ist?«

»Geschieht ihr verdammt recht«, rief der Sergeant unter Tränen und am ganzen Leib zitternd. Er war zutiefst aufgewühlt. Was er eben geäußert hatte, war dasselbe, was er schon am Telefon zu Ralph gesagt hatte, aber nun lag sehr viel mehr Haß in seinen Worten. »Möchten Sie sehen, wie er aussieht?«

»Bitte ...« Schluchzend sank Paxton in die Knie, kurz davor, sich zu übergeben. Campobello, der sie beobachtete, erbleichte.

»Bitte, lassen Sie das ... ich habe ihn geliebt ...« stieß sie hervor. Und ganz plötzlich trat auf dem Platz Stille ein, Rekruten standen in einiger Entfernung und sahen zu, nur ungefähr im Bilde, um was es ging. Campobello stand zitternd und bleich da, noch immer von Ralph festgehalten, und Paxton starrte mit unverhülltem Zorn zu ihm hoch. »Ich habe ihn geliebt. Verstehen Sie das nicht?« fragte sie leise und fing nun auch zu schluchzen an.

»Ich auch. Ich hätte mein Leben für ihn gegeben. Er hat mir in einem dieser Löcher das Leben gerettet ... und ich konnte ihm nicht helfen.«

»Mann, das konnte niemand«, sagte nun Ralph, der ihn losließ. »Hier kann man niemandem helfen. Es passiert, oder es passiert nicht. Sehen Sie sich die Jungs an, die so verdammt vorsichtig sind, daß sie vor Angst quieken, und dann erwischt es sie kurz vor der Entlassung, und andere, die die ganze Zeit über unachtsam und betrunken sind, kriegen keine Schramme ab. Es ist Schicksal, Bestimmung. Nennen Sie es, wie Sie wollen. Jemanden dafür zu hassen ändert gar nichts.« Auch Campobello wußte das, aber genau das war es, was ihn schier wahnsinnig machte. Er wollte jemandem die Schuld geben, wollte, daß jemand dafür büßte ... Zu viele seiner Leute waren gefallen und jetzt auch der Captain, den er liebte, der Mensch, der ihm das Leben gerettet hatte, der sein Freund gewesen war, mit ihm gelacht und getrunken hatte, der sein Kamerad gewesen war, und jetzt war er tot, und jemand mußte schuld daran sein. Und er wünschte sich verzweifelt, Paxton die Schuld geben zu können.

Ralph erklärte ihm nun in aller Ruhe den Grund ihres Kommens, und Campobello schien zu erschrecken. »Mann, können Sie uns helfen?« fragte Ralph. »Sie hat recht. Das Zeug darf nicht an seine Frau geschickt werden.« Da starrte der Sergeant Paxton wütend an, da sein Haß sich wieder regte, aber sie hatte sich schon erhoben und wirkte trotz ihrer Erschütterung sehr entschlossen.

»Haben Sie Angst, daß man Sie erwischt? Ist es das?« fragte er.

»Nein.« Sie schüttelte den Kopf. »Ich habe Angst, seine Frau und die Kinder zu kränken. Er hat Debbie liebgehabt, und auch die Kinder. Es besteht kein Grund, ihnen Kummer zu bereiten. Wir haben von Heirat gesprochen, aber das braucht jetzt niemand zu wissen.« Und dann erzählte sie Campobello von ihrem Vater, obwohl sie eine Rechtfertigung nicht nötig hatte. »Er verunglückte in seiner Maschine mit einer anderen Frau, und meine Mutter muß damit bis an ihr Ende leben, und eines Tages hat mein Bruder es mir gesagt, und ich habe mich immer gefragt, warum. Wir alle stellten uns diese Frage. Im Falle meiner Eltern hatte ich zwar eine Ahnung, aber richtig war es trotzdem nicht. Es genügt, wenn sie sich mit seinem Tod abfinden müssen ... ich möchte meine Sachen zurückhaben.«

»Was?« Er sah sie argwöhnisch an. Ihm war anzusehen, daß er von seinem Haß nicht ablassen wollte.

»Drei Gedichtbände mit persönlicher Widmung, ein paar Fotos und Briefe. Alles andere ist unwichtig.« Sie schien verlegen.

»Ich habe ihm zu Weihnachten Jux-Unterwäsche gekauft, und irgendwo muß er eine Locke von mir haben. Ich glaube, das sind noch die einzigen Dinge, die vielleicht wichtig wären.«

»Warum machen Sie das?« fragte er, auf sie zutretend, nicht imstande, zu glauben, daß sie kein anderes Motiv hatte.

»Ich sagte schon, warum. Was passiert ist, ist für uns schon genug schmerzlich, und es ist nicht nötig, daß seine Frau auch noch von dieser Sache erfährt.« Und einen Moment, aber nur einen Moment, glaubte er, daß sie ein guter Mensch war, und das schmerzte noch mehr. Aber noch viel mehr schmerzte es, sich vorzustellen, daß Bill Quinn sie wirklich geliebt hatte, daß er vielleicht für sie gefallen war, und wenn nicht, daß es doch der Fall gewesen sein könnte. Alle waren sie müde und durcheinander und völlig fertig, und alle waren schon zu lange hier, Quinn und Campobello und Ralph und sogar Paxton.

»Wollen Sie anschließend nach Hause?« fragte er. Ralphs Anwesenheit hatte er fast vergessen.

»Ich weiß es nicht«, sagte sie mit feuchten Augen und einem leeren Achselzucken. »Ich denke schon.«

Er nickte. »Ich will bei seinen Sachen nachsehen. Warten Sie.«

Er blieb für eine halbe Stunde verschwunden, während sie in Tränen aufgelöst dastand und Ralph Ruby Queens rauchte. Schließlich kam der Sergeant mit einem kleinen Päckchen zurück.

»Die Bücher und die Fotos und Briefe habe ich und auch die Unterwäsche. Aber die Locke konnte ich nicht finden, sie ist einfach nicht da, also ist die Sache erledigt.« Sie fragte sich, ob Bill ihre Locke bei sich gehabt hatte, als er getroffen worden war, aber das sagte sie nicht, aus Angst, Campobello wieder aufzuregen.

»Danke«, sagte sie leise, um Beherrschung bemüht, und nahm das Päckchen entgegen. Es sah so mitleiderregend aus, so wenig war von der großen Liebe, die sie für Bill empfunden hatte, übriggeblieben, so wenig von ihren Hoffnungen und Träumen. Alles lag in Schutt und Asche, wie die Dörfer, die die Armee niederbrennen mußte, um den Vietcong auszuräuchern.

Campobello stand da und sah ihr nach, als sie zu Ralphs Jeep gingen, und dann rief er ihr nach: »He ...« Ihren Namen wollte er nicht aussprechen, und sie blieb stehen und sah ihn an, den Mann, der sie so haßte und der glaubte, sie hätte Bill getötet.

»Es tut mir leid«, sagte er mit zuckenden Lippen. Sie war nicht sicher, ob es ihm leid tat, daß er so hart mit ihr umgesprungen war oder daß Bill tot war, aber wie auch immer, ihr tat es auch leid.

»Mir auch«, sagte sie, schon im Einsteigen, und er sah ihnen noch immer nach, als sie losfuhren, zurück nach Saigon.

17

»Kindchen, du mußt nach Hause.« Ralph stand in ihrem Zimmer im Caravelle, und sie saß wieder auf dem Bett, diesmal mit angriffslustiger Miene und verschränkten Armen. In der Woche zuvor hatte Nixon seinen Amtseid abgelegt, Bill war seit einem Monat tot, und sie hatte sich mit der Heimkehr um einen Monat verspätet. »Hier hast du nichts mehr verloren. Dein halbes Jahr ist um. Deine Zeitung braucht dich zu Hause. Bill kommt nicht wieder zurück, und die Fernschreiber in meinem Büro treiben mich in den Wahnsinn. Man möchte dich drüben haben. Du bist jetzt sieben Monate hier, Pax, es wird Zeit.«

»Warum? Du bist schon jahrelang hier.«

»Das ist etwas anderes. Ich bin als ständiger Korrespondent hier und habe niemanden, zu dem ich heimkehren könnte. Niemanden, dem ich fehle. Meine Eltern sind tot, meine Schwester habe ich seit zehn Jahren nicht gesehen, und ich lebe hier mit der Frau zusammen, die ich liebe und die mein Baby bekommt. Ich habe Gründe, um zu bleiben, du aber nicht, und du verlierst hier langsam den Verstand. Du bist ähnlich wie die Burschen, die zu lange unten in den Tunnels bleiben. Geh nach Hause, frische Luft schnappen und Urlaub machen, und wenn es dir hier wirklich so gut gefällt, dann laß dich von deiner Zeitung wieder herschicken oder suche dir ein Blatt, das es tut. Aber jetzt mußt du raus, sonst drehst du noch durch.« Sie hatte mit Nigel und Jean-Pierre noch zwei Fahrten ins Kriegsgebiet unternommen, und aus ihren Artikeln ersah Ralph, daß sie zu überdreht war, um sich oder anderen damit zu nützen. »Sieh zu, daß du fortkommst, ehe ich drüben anrufe und fordere, daß man dich abholt.« Er wußte auch, daß sie längst nicht mehr darauf achtete, was sie aß, und daß sie an starker Dysenterie samt leichtem Fieber gelitten hatte. Seit Bills Tod hatte sich ihr Aussehen schrecklich verändert. Sie trauerte, war aber bemüht, es sich nicht anmerken zu lassen. Es war, als wäre sie tot und wollte es nicht zugeben.

»Bist du gewillt, Vernunft anzunehmen? Kann ich dich nach Hause schicken? Oder muß ich dich holen lassen? Und man wird dich holen. Dein Boß in San Francisco spielt ziemlich verrückt. Er möchte, daß wir den Botschafter kontaktieren und dich ausweisen lassen, wenn du dich nicht freiwillig nach Hause bequemst.«

»Schon gut, schon gut, ich fliege ab. Du hast gewonnen.«

»Gott sei Dank.« Sein Aufatmen war unüberhörbar. Er war in großer Sorge um sie gewesen. Aber auch Campobello, dem er einmal im PX über den Weg gelaufen war, hatte elend ausgesehen. Alle hatten einen hohen Tribut bezahlt. »Also ... wann? Wäre dir morgen recht?«

»Warum so bald?« Sie brauchte mehr Zeit, denn sie wollte nicht fort, vielleicht weil Bill hier umgekommen war. Blieb sie in Saigon, dann war es, als bliebe sie bei ihm, in dem Zimmer, das sie geteilt hatten, in der Nähe der Restaurants, die sie besucht hatten.

»Warum nicht?« gab Ralph zurück. »Ich besorge dir ein Ticket für morgen früh. Irgendwann vormittags startet hier ein Freiheitsvogel. Und ich möchte, daß du mitfliegst.«

»Du willst mich ja nur loswerden.« Sie lächelte unter Tränen. Sie verließ ihn und alle anderen, die sie hier kennengelernt hatte, nur ungern, sogar der Lärm, der Gestank und der ganze Irrsinn von Saigon würden ihr fehlen. Auf merkwürdige Weise hatte sie dies alles liebengelernt.

»Ich neide dir deine Artikel«, zog er sie auf. »Wenn du noch länger bleibst, kriege ich nie meinen Pulitzer.«

»Wirst du mich in San Francisco besuchen?« fragte sie traurig.

»Wirst du dort bleiben?« Er war erleichtert, weil sie einverstanden war, am nächsten Tag abzufliegen.

»Ich glaube schon. Ich weiß es nicht. Falls man bei der Zeitung einen Job für mich hat.«

Er lächelte voller Bewunderung. In den letzten sieben Monaten war sie ihm wie eine jüngere Schwester ans Herz gewachsen, so daß sie ihm fehlen würde. »Sie wären schön dumm, wenn sie es nicht täten. Du bist eine erstklassige Reporterin.«

»Aus deinem Mund ein großes Kompliment«, sagte sie voller Hochachtung und Liebe. »Du wirst mir sehr fehlen. Gehen wir zusammen essen?«

»Sicher.«

Er kam ohne Begleitung und ließ France wie so oft mit An allein zu Hause, weil er nicht wollte, daß sie mit den anderen Presseleuten zusammenkäme. Und heute wollte er einfach mit Paxton allein sein. »Na, ist bei dir alles in Ordnung?« fragte er sie ernst nach ihrem zweiten Scotch.

»Ich denke schon«, sagte sie und blickte ins Glas, als enthielte es sämtliche Antworten. »Ich weiß nicht.« Sie schaute zu ihm auf. »Ist jemals jemand als derselbe von hier fortgegangen?«

»Nein«, sagte er aufrichtig. »Niemand. Einige können es nur besser verbergen. Aber du bist vielleicht nicht lange genug hiergewesen, so daß du dich nicht wirklich verändert hast.«

»Doch, ich glaube schon.« Auch er befürchtete es, ihretwegen.

»Vielleicht glaubst du das nur Bills wegen«, sagte er hoffnungsvoll. Er hatte mit angesehen, wie Menschen von Vietnam ruiniert worden waren. Drogen, Geschlechtskrankheiten, Gefahren, Krankheiten, Verwundungen und die merkwürdige Wirkung, die das Land auf die Seele ausübte. Es war ein schönes Land, und die Anwesenheit der Amerikaner war ein Unrecht. Für die meisten war es entsetzlich verwirrend. Aber er hoffte, daß Paxton zu kurz in Vietnam gewesen war, um vergiftet zu sein oder sich auf ewig in das Land zu verlieben. »Die Heimkehr wird dir guttun. Es gibt auch ein Leben danach.« Er lächelte, sie aber blieb ernst.

»Die Heimkehr würde allen guttun. Eines Tages auch dir«, sagte sie leise. »O Gott, wie gern würde ich dich drüben treffen. Die Rückkehr wird mir schwerfallen. Wie bringt man nur den Menschen bei, was man hier gesehen hat?«

»Weiß deine Familie von Bill?« Sie schüttelte den Kopf. Sie hatte niemandem etwas gesagt, denn sie hatte warten wollen, welche Entscheidung er hinsichtlich seiner Frau treffen würde. Vielleicht hätte er seine Familie nie verlassen – diese Möglichkeit hatte immer zwischen ihnen gestanden.

»Ich glaube nicht, daß ich es jetzt noch erzähle. Es ist sinnlos.«

Er nickte. Es gab vieles, was man von Saigon niemandem erzählen konnte.

Sie blieben und tranken bis vier Uhr morgens, und später holte er sie ab, um sie zum Flughafen zu bringen. Sie hatte die kleine Tasche, die sie auch bei der Ankunft gehabt hatte, den kleinen Koffer, denselben Schmerz im Herzen, nur war er jetzt beträchtlich größer. Sie hatte zwei Männer in Vietnam verloren, und doch hatte sie – trotz allem – dieses Land irgendwie liebengelernt.

»Pax, tu dir selbst einen Gefallen«, sagte er mit traurigem Lächeln beim Abschied. »Vergiß dieses Land ganz schnell, denn wenn du es nicht schaffst, tötet es dich.« Ein Teil ihres Wesens argwöhnte, daß er recht hatte, ein anderer Teil riet ihr, die Erinnerungen nicht aufzugeben, weil sie nicht wollte.

»Ralph, paß auf dich auf.« Sie umarmte ihn fest. »Du weißt, wie sehr ich dich liebhabe.« Und als er sich von ihr löste, standen Tränen in seinen Augen, und als sie an Bord der Maschine ging, sagte er noch: »Ich habe dich auch lieb, Delta Delta.«

18

Nach siebzehnstündigem Flug landete sie in einer von World Airways gecharterten Maschine auf dem Oakland Airport. Während des Fluges hatte sie versucht, mit einigen Heimkehrern ein Gespräch anzuknüpfen, aber alle waren so erschöpft und ausgebrannt und hatten so große Angst vor der Heimkehr, daß sie mit niemandem sprechen wollten, nicht einmal mit einer hübschen Blondine wie Paxxie. Alle hatten sie diesen Tag so lange herbeigesehnt und von ihm geträumt, daß die Heimkehr ihnen nun Angst einflößte. Und was sollten sie zu Hause erzählen? Wie erklärte man jemandem, wie es war, wenn man einen Menschen tötet? Wie brachte man jemandem bei, wie man sich fühlt, wenn man einen Mann im Nahkampf erledigt, ihm ein Bajonett durch den Leib rammt oder einem Heckenschützen ins Gesicht schießt, der sich dann als Frau entpuppt? Wie erklärte man, daß man dem Neunjährigen, der eine Handgranate geworfen und deinen Freund getötet hat, in den Busch gefolgt war und ihn tötete? Wie erklärte man, wie es gewesen war? Die Sonnenuntergänge über den Bergen, das Grün des Landes, die Geräusche und Gerüche, die Menschen, das Mädchen, das nicht einmal deinen Namen aussprechen konnte, und trotzdem hatte man gewußt, daß sie einen liebte. Es gab nichts, was man hätte erzählen können. So kam es, daß die meisten den Flug schweigend hinter sich brachten.

Und als Paxton in Rock und Bluse von Bord ging, das Haar zu einem Knoten zusammengefaßt, in den roten Sandalen, die schon ziemlich mitgenommen waren, konnte sie es kaum fassen, daß sie zu Hause war, denn sie hatte nicht mehr das Gefühl, hier zu Hause zu sein. Zuhause war für sie jetzt Saigon und ein Zimmer im Caravelle. Oder war ihr Zuhause hier in dem Haus, das sie einst in Berkeley mit Peter geteilt hatte? Oder das Haus der Wilsons? Oder etwa ihr Elternhaus in Savannah? Erst als sie ausstieg, wurde ihr klar, daß sie kein Heim mehr hatte, und ein junger Mann, der neben ihr stand, sah sie kopfschüttelnd an und flüsterte: »Mensch, ganz schön merkwürdig, aus Nam wieder zurückzukehren.« Sie wußte, was er meinte, weil auch sie drüben gewesen war.

Ed Wilson hatte für sie eine Limousine geschickt, in deren Fond sie zur Redaktion fuhr, nachdenklich, ernst und gänzlich unvorbereitet auf den Empfang, den man ihr dort bereitete. Sie kam sich vor wie eine Heldin in einem fremden Land, als Redakteure und Menschen, die sie nie gesehen hatte, ihr die Hand schüttelten und versicherten, sie hätte in Saigon ausgezeichnete Arbeit geleistet. Da sie nicht wußte, was sie meinten, war sie völlig irritiert und dankte ihnen mit Tränen in den Augen. Und dann war sie endlich allein mit Ed Wilson, und er sah sie lange und prüfend an und wußte sofort, daß Vietnam von ihr einen schrecklichen Tribut gefordert hatte. Paxton hatte sich verändert. Sie war schmal und abgezehrt, mehr noch, in ihren Augen lag etwas, das ihm angst machte, etwas Trauriges und Altes und Weises. Sie hatte Menschen sterben sehen. Sie hatte den Krieg erlebt.

»Du hast eine harte Zeit hinter dir«, sagte er, ohne ihr eine Frage zu stellen, und sie rang sich ein Lächeln ab, als sie nickte.

»Ich bin froh, daß ich drüben war.« Es war ehrlich gemeint. Bills wegen und Ralphs wegen, und auch ihrer selbst wegen, und weil sie merkwürdigerweise das Gefühl hatte, daß sie es Peter und ihrem Land schuldig war.

»Ich möchte, daß du eine Zeitlang nach Hause fährst und dann zurückkommst und schreibst, was du möchtest. Du hast dich wacker gehalten, deshalb möchten wir, daß du weiterhin Kolumnen für uns schreibst.« Sie war gerührt und erfreut, weil sie sich genau dies gewünscht hatte, aber wenn sie an die Kolumne dachte, die sie in Saigon geschrieben hatte, spürte sie einen kleinen Stich im Herzen.

»Und ›Nachrichten aus Nam‹? Wird das jemand übernehmen?«

Er schüttelte den Kopf und lachte. Alle Journalisten waren gleich: Ihre Kolumnen waren ihre Babys. »Nixon hat eine Deeskalation des Krieges versprochen. Im Moment kommen wir mit den Berichten aus, die uns das AP-Büro in Saigon schickt.«

»Die haben dort einige sehr erstklassige Leute«, sagte Paxton, die dabei an Ralph dachte.

»Und du hast zu ihnen gehört, Paxton«, sagte er ehrlich und mit stolzem Lächeln. »Ich muß gestehen, daß ich nicht schlecht gestaunt habe. Nie hätte ich dir das zugetraut. Ich dachte, du würdest nach einem Monat hier wieder vor der Tür stehen, entsetzt über das Erlebte.«

»Ja, erst war ich entsetzt, aber ich hatte wenigstens das Gefühl, etwas Nützliches zu tun.«

»Das hast du. Und die letzten paar Wochen dachte ich, wir würden dich nie wieder nach San Francisco rüberkriegen.« Er runzelte die Stirn. »Wieso die Verzögerung?« Momentan wußte sie nicht, was sie sagen sollte. Der Mann, in den ich mich verliebte, ist gefallen ... wieder einer ...

»Ich ... man nimmt dort drüben intensiv Anteil. Da ist es nicht so einfach, alles liegen- und stehenzulassen.«

»Kann ich mir denken. Also, jetzt ruhe dich aus und komm in ein paar Wochen wieder hierher, wann immer du dich bereit dazu fühlst.« Sie fragte sich, wann das wohl sein würde, und sah auf ihre Uhr, weil ihr eingefallen war, daß sie sich ein Hotelzimmer besorgen mußte. Aber sein Büro hatte dafür bereits gesorgt. »Wir haben für dich eine Suite im Fairmont gebucht. Marjorie wollte dich bei uns zu Hause haben, aber ich dachte, du würdest Ruhe brauchen, und außerdem mußt du inzwischen ganz schön selbständig geworden sein.« Zudem hatte er Marjorie zu bedenken gegeben, daß Paxton sich in Vietnam womöglich mit irgendwelchen Krankheiten angesteckt hatte. So etwas wollten sie nicht in ihrem Gästezimmer.

Man stellte ihr auch Wagen und Chauffeur zur Verfügung, die sie zum Dinner bei den Wilsons abholen sollten. Aber zur Dinnerzeit war es für sie fünfzehn Stunden später, so daß Paxton bei Tisch kaum die Augen offenhalten konnte. Es war für alle ein sehr emotional belastetes Treffen, und fast hatte sie das Gefühl, alle erwarteten von ihr, sie würde ihnen berichten, warum Peter ums Leben gekommen war, doch sie hatte für sie keine neuen Antworten, nur neue Fragen.

Gabby plapperte während des Essens andauernd davon, wie reizend Marjie sei, wie lebendig der kleine Peter und wie wunderbar das Haus. Sie schwelgte in der Schilderung der teuren Tapeten und der blauen Vorhänge im Schlafzimmer. Der total erschöpften Paxton passierte es zweimal, daß sie Gabby in ihrer Verwirrung Debbie nannte. Sie schaffte das alles nicht mehr, es war zuviel. Und das Leben, das diese Menschen in den letzten sieben Monaten geführt hatten, war so anders als ihres. Mehr als einmal mußte sie gegen die Tränen ankämpfen und gegen das Verlangen, ihnen zu sagen, daß sie es nicht mehr aushielt. Sie vermißte die Geräusche, die Gerüche, ihr Zimmer im Caravelle. Peter ... Bill ... als sie endlich ging, drehte sich alles in ihrem Kopf. Im Hotel angekommen, lag sie stundenlang wach und fühlte sich verletzlich und müde und konfus. Schließlich schlief sie bei Tagesanbruch ein, und zwei Stunden später wurde sie geweckt. Sie mußte aufstehen, duschen, sich anziehen, um ihre Maschine nach Savannah zu erreichen.

Und dort wurde es noch schlimmer. Sie hatte die falschen Kleider mitgebracht, und sie hatte niemandem etwas zu sagen. Die Junior League oder der Bridgeklub waren ihr unerträglich, ebenso das Essen, das die »Töchter des Bürgerkriegs« für sie gaben. Alle sagten, sie wollten etwas über Vietnam erfahren, obwohl es nicht stimmte. Sie wollten nichts vom Geruch des Todes wissen oder von dem Jungen aus Miami, dem der Arm weggerissen worden war, oder von den Bettlern, die ohne Gliedmaßen auf der Terrasse des Continental Palace umherkrochen, wenn es dunkelte. Sie wollten nichts von Geschlechtskrankheiten wissen, nichts von Drogen oder von den Jungen, die der Vietcong umbrachte, oder davon, wie Alte und Kinder totgeschossen wurden. Sie wollten nicht wissen, wie es einem das Herz brach und wie in einem trotz allem die Liebe zu diesem Land erwachte.

So kam es, daß sie immer wieder nur sagte, wie leid es ihr täte, daß sie so müde sei, so dünn, so außerstande, etwas zu erzählen. Alle wollten einen netten, sauberen Kriegsfilm mit Popcorn, ohne Gebeine, ohne Blut, ohne Schrapnelle, ohne herumfliegende Fleischfetzen, die einen trafen, ohne Vermißte, ohne ein Land in Agonie.

Nie hatte Paxton sich einsamer gefühlt als in Savannah, und nie hatte sie elender ausgesehen, und nie hatte ihr Queenie mehr gefehlt. Aber sie wußte, daß sie auch Queenie von alldem nichts hätte erzählen können. Sie war erwachsen, und sie war allein und eine Fremde. Es war unmöglich, jemandem etwas mitzuteilen, es sei denn, dieser Jemand war selbst drüben gewesen. Bei einem Treffen mit Freunden, das sie schon bereute, gingen sie in eine Bar, und sie kam dort mit einem jungen Mann ins Gespräch, und plötzlich war da jemand, mit dem sie reden konnte – von Ben Suc und Cu Chi und Nha Trang, Bien Hoa, Long Binh, Hue und Vung Tau, wo sie und Bill ihr erstes gemeinsames Wochenende verbracht hatten. Es war wie eine Geheimsprache unter alten Freunden, und es war der einzige schöne Abend während ihrer zwei Wochen in Savannah. Sie wechselten einen festen Händedruck, und als sie nach Hause ging, fühlte sie sich etwas weniger einsam.

Es fiel ihr auch schwer, mit ihrer Mutter zu sprechen, die der

Meinung war, Paxton trauere noch um Peter. Aber es gab so viel mehr zu beklagen: Sie trauerte um ihre verlorene Jugend und um ein Land, das sie nie wiedersehen würde, um zwei Männer, die sie geliebt hatte, und um einen Teil ihrer selbst, den diese mit sich genommen hatten.

Ihr Bruder schrieb dies alles ihrer Erschöpfung zu. Und schließlich flog sie Mitte Februar zurück nach San Francisco, mit ein paar neuen Kleidern, die passender waren als ihre Armeestiefel, die sie trotzdem mitnahm.

Und dann begann ihre Arbeit bei der *Sun.* Man brachte sie für ein paar Wochen, bis sie eine kleine Wohnung gefunden hatte, im Hotel unter. Und allabendlich nahm sie sich vor, Gabby anzurufen, und stellte fest, daß sie es nicht konnte. Sie hatte nichts zu sagen, sie wollte ihr neues Haus und die neuen Vorhänge nicht sehen, irgendwie kam ihr Matt so steif und gestelzt vor und alle anderen so unnatürlich, und ganz und gar unwichtig. Die Zeiten, da ihr alle nahegestanden hatten, waren vorbei. Und die Menschen, die sie seither liebgewonnen hatte, waren tot, es gab niemanden mehr. Und sogar das, was sie für die Zeitung schrieb, war ihr zuwider.

Aufgrund ihrer Vietnam-Erfahrung beauftragte man sie mit politischer Berichterstattung, ein Gebiet, das sie unglaublich langweilig fand. Mr. Wilson drängte sie, wenn möglich in Abendkursen ihren Abschluß in Berkeley nachzuholen. Sie konnte es sich nicht vorstellen, da ihr alles so öde und unglaublich sinnlos vorkam. Die ganze Zeit über war sie erschöpft, und es widerstrebte ihr, abends nach Hause zu gehen. Mit dreiundzwanzig hatte sie das Gefühl, ihr Leben sei gelaufen, und die einzigen Menschen, mit denen sie eine Gesprächsbasis fand, waren jene, die auch drüben gewesen waren.

Immer wieder traf sie jemanden, der auch in Vietnam gewesen war, und plötzlich platzten sie ins Leben des anderen und redeten stundenlang, dann gingen sie auseinander, und alles war wieder Schweigen, und die ganze Zeit über wußte sie, daß in Vietnam Menschen kämpften, siegten, verloren und starben, während sie glaubte, alles zu versäumen, weil sie nicht dabei war. Sie wollte in Saigon und sonst nirgendwo sein, bis zum Schluß. Eines Tages versuchte sie dies dem Chefredakteur zu erklären, der nur lächelte und ihr versicherte, daß sie in ihrem gegenwärtigen Ressort großartige Arbeit leiste.

Paxton hielt sich über die Ereignisse in Vietnam ständig auf dem laufenden und fragte sich immer wieder, was Ralph und die anderen trieben. Warum waren sie noch dort? Warum hatte sie nach Hause kommen müssen? Was hatte sie verbrochen, um dies zu verdienen?

Und ganz im Gegensatz zu den Versprechungen, die sie und die gesamte amerikanische Öffentlichkeit zu hören bekommen hatten, schienen die Kämpfe an Heftigkeit zuzunehmen.

Im Mai, nach vier Monaten in der Heimat, hielt sie es nicht mehr aus. Peter war nun über ein Jahr tot, und sie hatte an der Gedächtniszeremonie an seinem Grabstein teilgenommen. Am schlimmsten war, daß sie sich so tot fühlte. Er und Bill hatten wenigstens gelebt und waren gestorben, waren gekommen und gegangen, sie aber vegetierte dahin, schrieb über Themen, für die sie kein Interesse aufbringen konnte, von dem Gefühl erfüllt, ihr Leben sei vergeudet.

Und schließlich traf sie am ersten Juni ihre Entscheidung, kurz bevor Nixon sich mit Thieu und Midway traf, um einem Truppenabzug von fünfundzwanzigtausend Mann zuzustimmen. Als sie das Büro Ed Wilsons betrat, fühlte sie sich besser als seit Monaten, denn endlich war sie ihrer selbst wieder sicher. Sie bat ihn, ihr die Kolumne zurückzugeben, und brachte ihm schonend bei, daß sie einen anderen Herausgeber finden werde, der sie nach Saigon schicken würde, wenn er es nicht täte.

Er war so entsetzt, daß er sich fragte, ob die Zeit drüben nicht zuviel gewesen sei und ob ihr Verstand gelitten hätte.

»Um Himmels willen, warum willst du dorthin zurück? Meine Güte, Paxton, unsere Jungs würden alles tun, nur um nicht nach Vietnam zu müssen.« Das war allerdings Welten entfernt von seinem früheren Standpunkt, bis dieser ihn seinen Sohn gekostet hatte. »Warum möchtest du hinüber?«

»Weil ich dort sein muß«, sagte sie, verzweifelt bemüht, es ihm zu erklären, »weil ich hier nutzlos bin. Weil niemand richtig begreift, was dort vorgeht, wenn er nicht dort gewesen war.«

»Und du begreifst alles besser?« Er sagte es sehr skeptisch.

»Nein, aber ich kenne es aus eigener Anschauung. Ich weiß, wie es ist. Mir braucht niemand etwas zu erklären. Ich kann nicht hierbleiben und über die Autos der Leute reden, über Babys und Grillfeste, während ich weiß, was drüben los ist. Mr. Wilson, ich muß wieder hin.« Für ihn hörte es sich verrückt an, aber sie war alt genug, um ihre Entscheidungen selbst zu treffen, und daß ihre Kolumne der Zeitung gutgetan hatte, war Tatsache. Als sie nicht mehr erschien, hatte es Beschwerden gehagelt, doch von den anderen Redaktionsmitgliedern war niemand bereit gewesen, nach Saigon zu gehen.

»Was hält deine Familie davon?«

»Der habe ich es noch nicht gesagt.«

»Und wenn es dich das Leben kostet?« fragte er rundheraus.

»Dann war es Schicksal«, sagte sie leise. »Wie bei Peter.«

Er nickte. Er hatte sich so wie sie damit abgefunden, obwohl er wußte, daß Marjorie es nicht geschafft hatte. Sie haderte noch immer mit dem Schicksal wegen dieser Ungerechtigkeit. Auch er wußte, daß es nicht fair war ... aber es war eben passiert.

»Wie lange möchtest du diesmal in Saigon bleiben, Paxton?«

»Ich weiß nicht ...« Sie überlegte. »Ein Jahr vielleicht, so in etwa. Unbefristet wäre es mir ehrlich gesagt am liebsten.« Sie lächelte ihn an, zum erstenmal seit vier Monaten ausgeglichen und ruhig. »Wenn ich es nicht mehr aushalte, melde ich mich, oder wenn der Krieg vorüber ist.«

»Paxton.« Er sah sie lange und eindringlich an. »Bist du sicher, daß du es willst?« Auf ihr Nicken hin entschied er sich, seine Neugierde zu befriedigen, da er sich beim besten Willen nicht vorstellen konnte, was sie nach Vietnam zog. »Hast du dort jemanden?« Sie wußte, was er meinte, und schüttelte den Kopf.

»Nur Freunde, Verrückte wie ich«, sagte sie, in Gedanken bei Ralph und den anderen, »die es bis zum bitteren Ende miterleben wollen.«

»Ich hoffe sehr, daß es bald ein Ende gibt«, sagte er traurig. Und dann nannte er ein Gehalt, dessen Höhe ihr die Rede verschlug. »Du kannst im gleichen Hotel bleiben oder ein besseres nehmen, falls es eines gibt. Tu, was dir beliebt, solange du dort bist, du hast freie Hand.« Dann stand er auf, verabschiedete sich mit einem Kuß, sie bedankte sich, und als sie das Büro verließ, strahlte sie.

»Na, da hat aber jemand eine Gehaltserhöhung gekriegt«, bemerkte eine der Kolleginnen, als sie vorüberging.

»Worauf du dich verlassen kannst.« Paxton drehte sich lächelnd um. »Ich habe meine Kolumne wieder und bin schon so gut wie in Saigon.«

»Mist«, sagte das Mädchen kopfschüttelnd. Die anderen hatten kein Verständnis dafür.

Wieder an ihrem Schreibtisch, setzte Paxton ein Telegramm an Ralph Johnson im AP-Büro im Eden Building in Saigon auf: »Komme nach Hause, sobald ich Flug bekomme. Halte dich bereit. Alles Liebe, Delta Delta.« Sie schickte das Telegramm ab und ging nach Hause, um zu packen und um ihre Mutter und Gabby anzurufen. Ihre Mutter war entsetzt, insgeheim aber nicht weiter verwundert. Und Gabby war in Tränen aufgelöst, weil ihr drittes Baby jeden Moment kommen konnte. Aber Paxton führte jetzt ein eigenes Leben. Und zwei Tage später saß sie in der Maschine nach Saigon.

19

Diesmal war Paxtons Ankunft in Tan Son Nhut wie eine Heimkehr, und als sie sich auf dem vertrauten Stützpunkt umblickte, tat sie es mit mehr Freude als bei ihrer Heimkehr nach Savannah. Sie wußte, daß sie richtig gehandelt hatte, als das Taxi die Tu Do entlangfuhr, zum Caravelle, in dem sie im Jahr zuvor gewohnt hatte. Merkwürdig, wenn man bedachte, daß sie nach einer Abwesenheit von fünf Monaten endlich das Gefühl hatte, zu Hause angekommen zu sein. Bei ihrem Abflug war sie wie benommen gewesen, nun aber fühlte sie sich wieder lebendig und munter.

Sie lieferte ihr Gepäck im Hotel ab und ließ sich vom Taxifahrer sofort zum Eden Building bringen. Als sie am Denkmal der Marines vorüberfuhren, lächelte sie. Sie konnte es kaum erwarten, Ralph wiederzusehen. Und als sie in sein Büro kam, war er da, gestreßt und erschöpft, da er eben erst von einem Ausflug an die Front zurückgekehrt war. Er stand mit dem Rücken zu ihr und schimpfte über den Fahrer. Auf Zehenspitzen schlich sie sich an ihn heran und tippte ihm auf die Schulter. Als er sich umdrehte und sie erkannte, verzog sich sein Gesicht zu einem breiten Grinsen, und er schlang seine Arme um sie.

»Delta Delta ... nicht zu fassen ... du verrücktes Huhn! Was treibt dich zu uns, wenn du in San Francisco ein herrliches Leben führen könntest?«

»Ach, wer sagt das? Ich habe über jedes doofe, langweilige Ereignis berichtet, das es gegeben hat, und wenn ich jemals wieder über ein politisches Treffen oder Sit-in schreiben muß, kotze ich.«

»Willkommen«, sagte er leise und aufrichtig erfreut.

»Danke.« Ihre Blicke trafen aufeinander. Sie hatten einiges zusammen durchgemacht, und sie verdankte ihm alles, was sie über Vietnam wußte.

»Zu müde für einen Drink? Wann bist du übrigens gelandet?«

»Vor zwei Stunden. Nein, ich bin nicht zu müde. Ich weiß zwar nicht, welche Zeit es jetzt für mich ist, aber das soll mir egal sein.« Sie war außer sich vor Freude über das Wiedersehen.

»Auf der Terrasse im Continental Palace?« fragte er lachend. Er wußte noch, wie entsetzt sie anfangs gewesen war, als Jean-Pierre sie dorthin begleitet hatte, und sie fragte Ralph nach ihm, als sie in Richtung Tu Do fuhren.

»Wie geht es übrigens Jean-Pierre?«

»Wie gewöhnlich trinkt er zuviel. Seine Frau hat ihn schließlich doch verlassen. Sie hatte es satt, darauf zu warten, daß er aus dem Krieg zurückkäme. Aber ich glaube, irgendwie hat er es erwartet.« Beim Fahren warf er ihr hin und wieder einen Blick zu, so glücklich war er, sie wiederzusehen. Inzwischen war sie für ihn wie ein Familienmitglied, und sie empfand ähnlich.

»Wie geht es France?«

»Gut.« Das klang irgendwie sonderbar. »Das Baby ist im September fällig.« Sie sah ihn lange und prüfend an, weil sie ausloten wollte, wie er dazu stand. Anfangs war er außer sich gewesen.

Angesichts der unsicheren Umstände, in denen sie lebten, war er der Meinung, daß sie kein uneheliches Kind bekommen sollten. »Ich habe versucht, es ihr dem Kind zuliebe auszureden, aber sie wünscht es sich verzweifelt, also ... *voilà.*« Es folgte ein Achselzucken, das von einem widerstrebenden Lächeln begleitet wurde. »Ich werde Vater.« Geheiratet hatten sie noch immer nicht, doch erwog er es jetzt ernsthaft, da das Kind bald kommen würde, aber erst mußte er France noch überzeugen. »Wie war es in den Staaten?« Er war schon so lange nicht mehr zu Hause gewesen, daß es ihm allmählich wie ein fremdes Land vorkam.

»Fremd.« Sie war ehrlich. »Anfangs war es richtig unheimlich. Ich fand mich kaum zurecht. Alle Leute waren so anders, zumindest kamen sie mir so vor, alle sind nur mit sich selbst beschäftigt, keinen interessiert, was hier vorgeht. Es ist so, als existiere dieser Krieg nur für die Menschen, die hier waren. Die anderen wollten nicht, daß es ihn gibt, also gibt es ihn nicht.«

»Genau das hatte ich mich auch schon gefragt.« Inzwischen waren sie vor dem Continental Palace angelangt, und Paxton merkte, daß sie die unerträgliche Hitze in Saigon schon vergessen hatte – ein gewaltiger Gegensatz zum kühlen San Francisco. Aber auch das war ihr einerlei, sie war so froh, wieder hier zu sein, inmitten der Geräusche und der vertrauten Gerüche.

Langsam stiegen sie die Treppe hinauf, und Paxton fragte sich, ob sie hier Nigel begegnen würde. Als sie Ralph nach ihm fragte, merkte sie, daß seine Miene sich jäh verschloß und ein merkwürdiger Ausdruck in seine Augen trat.

»Er ist vor zwei Monaten in Bien Hoa ums Leben gekommen. Reine Dummheit. Ein Wagen flog in die Luft ... ein kleiner Sprengsatz des Vietcong ... eine richtige Dummheit, aber er mußte dran glauben.« Viele starben wegen dummer Sachen so wie Peter und zahllose andere. Aber auch wenn jemand im Kampf sein Leben ließ, erschien es einem im nachhinein dumm und sinnlos ... wie in Bills Fall. Aber daran versuchte sie jetzt nicht zu denken. Sie wollte sich lieber über ihr Zusammensein mit Ralph freuen.

»Schlimm, die Sache mit Nigel.« Es tat ihr leid, obschon sie ihn nie wirklich gemocht hatte. »Hast du viel zu tun?«

»Zu viel.« Er lächelte glücklich. »Aber so habe ich es am liebsten. Es wird Spaß machen, wieder zusammen zu arbeiten. Wie bald möchtest du anfangen? Ich habe mir einen Ausflug nach Da Nang aufgespart, bis ich jemanden finde, der mitfährt.«

»Sehr gern.« In Da Nang war sie noch nie gewesen, und sie hatte Peters wegen immer gezögert, weil sie nicht wußte, wie ihr zumute sein würde, wenn sie den Ort sah, wo er getötet worden war. Aber diesmal war sie bereit dafür.

»Gut. Dann arrangiere ich alles. Wie wär's, wenn ich dich übermorgen verschleppe?«

»Ich werde zur Stelle sein.« Sie lächelte ihm zu, und er sah auf die Uhr. Er mußte zurück zu France, die er jetzt nur ungern allein ließ. Sie fühlte sich in letzter Zeit nicht wohl und wurde von An tüchtig auf Trab gehalten.

»Soll ich dich zurück ins Caravelle bringen?« fragte er, als er aufstand, aber sie schüttelte lächelnd den Kopf.

»Wenn ich lange genug wach bleibe, dann laufe ich. Und wenn ich zu faul bin, kann ich mir eine Fahrradrikscha nehmen. Kein Problem.«

Er beugte sich über sie und gab ihr einen Kuß auf die Wange. »Nochmals herzlich willkommen. Es freut mich, daß du es geschafft hast.«

»Mich auch.« Sie umarmte ihn voller Wärme. »Bestelle France liebe Grüße von mir. Wir sehen uns morgen bei den ›Fünfuhrfollies‹. Gibt es sie überhaupt noch?« Sie lachte in der Erinnerung an diese Farce einer Pressekonferenz und an die Korrespondenten, denen sie wieder begegnen würde. Das war nun für sie ihr wirkliches Zuhause, und es sagte auch etwas über sie aus, etwas, das ein wenig beängstigend war. Sie war jetzt eine von ihnen, kein Grünschnabel mehr. Sie war nun eine vom harten Kern, eine von denjenigen, die bis zum Ende des Krieges blieben.

Sie winkte Ralph nach, als er ging, und schloß die Augen, als sie auf der Terrasse sitzend ihr Glas an die Lippen hob. Am Nebentisch saß ein Green Beret mit einer Vietnamesin. Er trug den Tigerstreifen-Tarnanzug der Elite und das rot-weiß-blaue Halstuch, auf das alle so stolz waren. Nur die Green Berets trugen den Tarnanzug mit Braun gemischt, die »Tiger-Streifen«.

Paxton hatte sich ein *thom xay* bestellt, ein Ananasgetränk, nach dem sie schon bei ihrem ersten Aufenthalt geradezu süchtig geworden war. Alkohol konnte sie nicht trinken, da sie wußte, daß sie dann auf der Stelle umfallen würde, und als sie das Glas absetzte und aufblickte, erschrak sie beinahe: Es war wie ein Traum, sie war zurückgekommen, plötzlich waren wieder die vertrauten Gesichter um sie, und dies ging ihr besonders nahe.

Zuerst wußte sie nicht, was sie sagen sollte, deshalb sagte sie gar nichts, doch er war stehengeblieben und starrte sie an, verlegen und nervös: Es war Bill Quinns Sergeant Tony Campobello.

»Ich dachte, Sie wären fort«, sagte er in sonderbarem Ton, als sei auch er verwirrt.

»Ich war fort«, sagte sie zögernd, unsicher, ob er sie wieder verbal angreifen würde. Diesmal war kein Ralph zur Stelle, um sie zu beschützen. »Ich bin eben erst zurückgekommen. Besser gesagt, heute.«

»Ach.« Er nickte. »Und ... wie ist es daheim?« Noch immer verlegen, stand er da, in Uniform, und sprach mit ihr, und sie wußte nicht, was sie davon halten sollte, aber das Wiedersehen mit ihm erinnerte sie an Bill, und das war schmerzlich für sie und auch für ihn. Irgendwie waren sie drei noch immer verbunden, obwohl Bill nun schon ein halbes Jahr tot war.

»Es war sehr merkwürdig, nach Hause zu kommen«, sagte sie aufrichtig. »Dort bringt niemand so richtig Verständnis auf.«

»Das sagen alle. Hier gehen wir als Helden fort, und zu Hause angekommen, wird man wie ein Verbrecher behandelt.«

»Es sind sonderbare Zeiten«, sagte sie leise und fragte sich, ob sie ihn bitten sollte, Platz zu nehmen und ihr Gesellschaft zu leisten. Er wirkte nervös und drahtig. Groß war er nicht, doch die Kraft und Stärke, die von ihm ausgingen, hatten sie immer beeindruckt, und sie wußte, daß Bill Campobello, trotz seiner ablehnenden Haltung ihr gegenüber, geschätzt und respektiert hatte. »Sind Sie noch immer in Cu Chi?«

»Ich habe mich wieder gemeldet«, beantwortete er ihre Frage mit halb stolzer, halb dämlicher Miene, »für meinen vierten Turnus. Bill sagte immer, man muß verrückt sein, wenn man Tunnelratte spielt, und er dürfte recht gehabt haben.«

»Oder man muß sehr tapfer oder beides sein«, sagte sie leise, in Gedanken wieder bei Bill, und ihr Blick begegnete dem Tonys, der wußte, was sie dachte, ohne daß es eines Wortes bedurft hätte.

»Er war schon was«, sagte er voller Bewunderung, um dann mit verlegenem Blick hinzuzusetzen: »Ich muß mich bei Ihnen entschuldigen.«

»Nicht nötig.« Sie wollte nicht, daß alles wieder aufgerührt wurde. Sie wollte an jene schreckliche Zeit nicht mehr denken ... als Bill umgekommen war und Ralph ihr die Nachricht überbracht hatte ... sie wußte, daß sie das nicht noch einmal durchmachen konnte. Mit traurigem Blick schaute sie zu Tony auf. »Ich verstehe. Es ging uns beiden sehr nahe.«

»Ja ... aber Sie haben etwas ganz Besonderes getan. Ich habe lange darüber nachgedacht und wollte Ihnen immer schon sagen, was ich glaubte. Mir wurde klar, warum er Sie geliebt haben muß, denn er hat Sie geliebt.« Die Erinnerung ließ sie betrübt lächeln. Sie fragte sich, was ihn so beeindruckt haben mochte.

»Ich habe ihn auch geliebt, und Sie ihn auch. Deshalb spielten wir beide ein wenig verrückt, als ...«

»Ja. Aber als Sie dann kamen, um Ihre Geschenke zu holen, damit sie seiner Frau nicht in die Hände fielen, da war ich beeindruckt. Die meisten Frauen hätten das nicht getan. Sie hätten sich gedacht, zum Teufel damit, soll sie es doch rauskriegen, ist doch ohnehin einerlei. Viele von unseren Jungs haben hier andere Frauen, aber keine Frau, die ich kenne, ist je gekommen und hat die Beweise abgeholt, damit seine Frau sie nicht bekommt. Das hätte ihm gefallen. Die Kinder waren sein ein und alles.« In seinen Augen standen Tränen, und sie kämpfte selbst gegen ihre an. »Und das, was Sie mir damals von Ihrem Vater sagten ... Sie hätten es nicht sagen müssen.« Er trat einen Schritt näher, als sie ihr leeres Glas abstellte. »Ich wollte Ihnen nur sagen, wie leid es mir tut. Einmal erkundigte ich mich bei dem Burschen von AP nach Ihnen, aber er sagte, Sie wären zurück nach San Francisco.« Er streckte ihr die Hand entgegen. »Nach allem, was ich Ihnen an den Kopf geworfen habe, wundert es mich, daß Sie überhaupt mit mir sprechen.«

»Wir standen alle unter großem Druck. Aber trotzdem vielen Dank, Tony.« Sie drückte ihm die Hand, die kühl und fest und kraftvoll war, und der Blick seiner dunklen Augen schien sie zu durchbohren. »Danke.« Allmählich begriff sie, was Bill an ihm geschätzt hatte. Er war geradeheraus und redlich, auch wenn ihm häufig das Temperament durchging. »Möchten Sie sich nicht setzen?« Sie deutete auf den Stuhl, auf dem Ralph gesessen hatte, aber Tony schüttelte den Kopf. In ihrer Gegenwart war ihm noch immer nicht ganz wohl zumute.

»Nein, danke. Ich bin verabredet.« Sein Blick schien sie in sich aufzunehmen und ihr unzählige Fragen zu stellen. »Was hat Sie bewogen, wieder nach Saigon zu kommen?«

Sie lächelte. »Ich habe mich zurückgemeldet. Zum zweiten Turnus.« Da lachte er.

»Sie haben Mut. Die meisten können es kaum erwarten, hier wegzukommen.«

»So ging es mir in San Francisco.«

»Sie kommen von dort?« fragte er sichtlich neugierig. Bill Quinn hatte ihm sehr wenig von ihr erzählt.

»Dort ist die Zeitung, für die ich arbeite, und dort habe ich vier Jahre studiert, in Berkeley. Aber eigentlich stamme ich aus Savannah.«

»Verdammt«, sagte er beeindruckt. »Vor Jahren war ich übers Wochenende dort, nach meiner Grundausbildung in Georgia. Ich fand die Menschen furchtbar steif. Ich dachte schon, man würde mich aus der Stadt prügeln, nur weil ich tanzen gehen wollte. Ich bin nämlich aus New York. Dort oben ist man etwas lockerer.« Seine Schilderung Savannahs brachte sie zum Lachen.

»Sie haben den Nagel auf den Kopf getroffen. Deshalb lebe ich nicht in Savannah ... mehr oder weniger ... Meiner Mutter kann ich es nur schwer begreiflich machen.«

»Na, dann muß sie ja begeistert sein, daß Sie in Saigon sind«, sagte er und sah für sein Alter richtig weise aus, während sie sich auszurechnen versuchte, wie alt er sein mochte. Tatsächlich war Tony dreißig.

»Nicht so ganz«, gestand Paxton. »Aber es blieb meiner Mutter nichts anderes übrig, als sich damit abzufinden. Ich hielt es einfach in San Francisco nicht mehr aus. Ich mußte weg und zurück nach Vietnam.«

»Warum?« Irgendwie konnte er es nicht ganz verstehen. Sie war ein hübsches Mädchen, jung, gescheit, mit einem guten Job. Sie hätte überallhin gehen können. Warum also war sie hier?

»Ich weiß es noch nicht«, sagte sie. »Ich bin noch nicht dahintergekommen. Unerledigte Geschäfte, denke ich, und ich wußte einfach, daß ich hierhergehöre. Zu Hause habe ich die Trivialitäten einfach nicht mehr ausgehalten. Die neuen Autos, die alten Jobs, die neuen Vorhänge, von denen ständig die Rede ist, während Menschen von den Vietcong getötet werden«, wie beide nur allzugut wußten. »Ich konnte es nicht mehr aushalten.«

Er berührte seine Stirn mit einer Geste, die aussah, als salutiere er. »Wo ich herkomme, nennt man das *pazza*. Verrückt ... Plemplem.« Er machte ein für New York sehr typisches Gesicht, sie lachte, und dann stand sie auf. Ihre Müdigkeit machte ihr immer mehr zu schaffen. Für sie betrug der Zeitunterschied neun Stunden, und sie konnte kaum mehr aus den Augen schauen. »Sie sehen fix und fertig aus«, sagte er, als sie beim Aufstehen leicht schwankte.

»Das bin ich auch. Ich bin fertig.«

Er beobachtete sie, als versuche er ihretwegen eine Entscheidung zu treffen, und sie bemühte sich, sich nicht von ihm nervös machen zu lassen. Sie dachte daran, wie er sie vor einem halben Jahr angebrüllt hatte, wie sehr er sie damals gehaßt hatte, als sie mit Bill ausgegangen war, aber das alles war jetzt vorbei, und es hatte keinen Sinn, noch daran zu denken. Es sah so aus, als wolle er Frieden mit ihr schließen. Eine Vendetta war sinnlos. Und sie wußte, daß es Bill gefreut hätte, sie als Freunde zu sehen. Und wenn der Sergeant auch ein wenig merkwürdig war, so war sie doch gewillt, es zu übersehen. Nicht so sehr merkwürdig als vielmehr intensiv und zuweilen übernervös, aber wer war das in Saigon nicht?

»Kann ich Sie zum Hotel bringen? Ich habe draußen einen gestohlenen Jeep. Am Flughafen organisiert«, sagte er kühl, worauf sie lachte.

»Sehr beruhigend. Eigentlich wollte ich zu Fuß gehen.« Aber

nun erschöpfte sie bereits der Gedanke daran. »Macht es Ihnen keine Umstände?« Er schüttelte den Kopf. »Ich wohne im Caravelle. Ein Stück die Straße entlang.«

»Ein nettes Hotel«, sagte er im Konversationston. »Einmal habe ich im Penthouse zu Abend gegessen. Das Essen ist sehr frisch.« Und er lachte, als sie ihn auf seine Bemerkung hin fragend ansah. »Ich weiß, es hört sich lächerlich an. Meine Familie arbeitet im Gemüsegroßhandel. Mein Leben lang habe ich nur zu hören bekommen, ob Gemüse frisch ist oder nicht, in jedem Lokal, in dem wir waren. Als Kind konnte ich es nicht mehr hören, verdammtes Gemüse, dachte ich immer. Und als Erwachsener entdeckte ich, daß ein Familienfluch einem zur Marotte werden kann.« Jetzt lachte sie mit ihm, dabei war sie so müde, daß sie sich mit ihm am liebsten angefreundet hätte. Es war so merkwürdig, zurückzukommen, ihm wieder über den Weg zu laufen und mit ihm zu plaudern, nach all der Feindseligkeit und Wut, die er an ihr ausgelassen hatte, als sie mit Bill zusammengewesen war. Vielleicht war er auch nur eifersüchtig gewesen. Sie hatte gehört, daß manche Unteroffiziere mit der Zeit Besitzansprüche gegenüber ihren Vorgesetzten entwickelten.

»Ich werde daran denken, an das Gemüse, wenn ich dort esse.« Ihr Lächeln fiel müde aus.

»Tun Sie das.»Sie waren inzwischen vor dem Caravelle vorgefahren, und er half ihr beim Aussteigen. »Herrjeh, Sie schlafen ja schon fast.« Paxton konnte ihre Augen kaum noch offenhalten. »Alles in Ordnung?«

»Solange ich es bis in mein Bett schaffe, ja. Danke für den Transport, Sergeant.«

»Keine Ursache, Miß Andrews.« Er salutierte forsch, und sie wunderte sich, daß er nach so langer Zeit ihren Namen noch wußte. Dann holte sie ihr Gepäck an der Rezeption, ging in ihr Zimmer und brach auf dem Bett angezogen zusammen, um erst nach zwanzig Stunden zu erwachen, als die Nachmittagssonne durch die Fenster fiel. Sie konnte sich erinnern, sich am Abend zuvor mit dem Sergeanten auf der Terrasse unterhalten zu haben. Und während sie dalag, glaubte sie sekundenlang, daß sie geträumt haben mußte.

20

Paxton blieb zwei Stunden wach, packte ihre Sachen aus, badete, ging hinunter zum Essen, und dann ging sie wieder zu Bett und schlief bis zum nächsten Morgen. Ralph hatte für sie an der Rezeption eine Nachricht hinterlassen. Er wollte sie am nächsten Morgen um sieben Uhr abholen. Und am nächsten Tag beobachtete Paxton um sechs Uhr lächelnd den Sonnenaufgang. Es war schön und höllisch heiß, als sie ihren Armeeanzug und ein Khaki-Unterhemd anzog und ihre Stiefel zuschnürte, dieselben, die Ralph ihr vor einem Jahr gegeben hatte, als sie in Saigon angekommen war. Diesmal hatte sie keine Angst, denn irgendwie hatte sie jetzt das Gefühl, daß alles richtig war. Und als sie hinunterging, sah sie aus, als würde sie sich in ihrer Haut sehr wohl fühlen, voller Selbstvertrauen, da sie genau wußte, was sie tat.

Ralph war wie immer pünktlich. Als Fotografen hatte er Bertie, einen alten Briten, dabei, einen großartigen Burschen, mit dem Paxton bereits gearbeitet hatte und den sie sehr mochte. Auf der Fahrt aus der Stadt riß er anrüchige Witze, und Paxton sah Ralph lächelnd an, während sie sich Kaffee aus der Thermosflasche eingoß. Die Sonne stand schon hoch, die Straßen dampften beinahe, und die Luft war schwer von durchdringendem Geruch nach Treibstoff und Blumen und Früchten. Wieder hing die Dunstglocke tief über ihnen, und das Grün der Hügel war saftig wie immer, als sie die Stadt hinter sich ließen, auch die rote Erde, die den Wunsch in einem weckte, danach zu greifen und sie durch die Finger rieseln zu lassen ... die Bettler, die Waisen, die Verwundeten und Krüppel ... alles war wie im Jahr zuvor. Es war dasselbe Land, das sie so sehr lieben gelernt hatte, daß sie nicht mehr davon lassen konnte. Ralph hatte in seiner Nachricht geschrieben, daß diesmal aus Da Nang nichts würde, daß er sie aber am nächsten Morgen zur gleichen Zeit abholen und mit einem anderen Ziel mit ihr losfahren wollte.

»Ist dir klar, daß ich nicht mal weiß, wohin die Fahrt heute geht?« sagte Paxton. »Das nennt man Vertrauen. Also, wohin geht die Fahrt?« fragte sie Ralph, während der Fotograf mit dem Fahrer schwatzte.

Ralph hatte seine Zweifel, ob es klug war, sie mitzunehmen, und er hatte schon absagen wollen, aber es war zu spät gewesen, um sie anzurufen. Er hatte ihr vor der Abfahrt die Wahl lassen wollen, doch vor lauter Vorfreude, wieder mit ihr auf die Jagd nach einer Story zu gehen, hatte er es vergessen.

»Heute fahren wir nach Cu Chi.« Er sah nervös auf seine Uhr. »Aber hör mal ... es hat keine Eile, wenn du willst, können wir umkehren. Du mußt nicht mitkommen. Das Dumme ist, ich war sechs Monate nicht mehr dort. Und gestern sind die mir urplötzlich mit einer heißen Story gekommen.« Der letzte Besuch war ihm sehr unangenehm in Erinnerung. Und wenn dieser Irre sich dort noch herumtrieb ... »Pax, ich habe kein gutes Gefühl«, erklärte er. »Ich hätte dir absagen sollen, als der Auftrag von Da Nang auf Cu Chi geändert wurde.«

»Nein, auf keinen Fall. Vielleicht ist es gut, daß ich mich der Situation stelle.«

»Pax, möchtest du zurück in die Stadt?« fragte er leise.

Wortlos schüttelte sie den Kopf und starrte aus dem Fenster. Bill war ein halbes Jahr tot, Peter seit fünfzehn Monaten. So war es nun mal. Man konnte nicht ewig die Orte meiden, wo es sie erwischt hatte oder wo sie sich aufgehalten hatten. Es gab zu viele schmerzliche Erinnerungen. Peter war in Da Nang getötet worden, Bill in Cu Chi. Sie konnte sich nicht ewig davor verstecken. Sie mußte weitergehen, weiterleben.

»Schon gut«, sagte sie leise. Ihre letzte Fahrt nach Cu Chi stand ihr noch deutlich vor Augen: Sie waren hinausgefahren, um ihre Briefe zu holen, an dem Tag, bevor man seine sterblichen Überreste an Debbie in San Francisco schickte. Das erinnerte sie daran, daß sie auf der Terrasse Tony Campobello begegnet war. Nach einem tiefen Atemzug und einem Schluck Kaffee sah sie Ralph wieder an. »Rate mal, wen ich gestern auf der Terrasse des Continental traf, nachdem du gegangen warst.«

»Ho Tschi Minh«, sagte er leichthin. Er war so glücklich, daß sie wieder da war und mit ihm auf Story-Jagd ging. Sosehr er sie gedrängt hatte, sie solle Saigon verlassen, so sehr freute er sich nun über ihre Rückkehr. Er konnte ihr ansehen, daß die Zeit in den Staaten ihr gutgetan hatte und daß sie bereit war, hier wieder mit ihrem Job anzufangen, mit der Arbeit, die sie alle so liebten und von der sie nicht lassen konnten.

»Ich habe Tony Campobello getroffen«, verriet sie ihm. »Du weißt schon, Bills Sergeanten.« Sie konnte wieder von Bill sprechen, denn fünf Monate lang war es ihr in den Staaten unmöglich gewesen, weil niemand ihn kannte.

»Dieser Irre? Was hat er gemacht? Hat er dir sein Glas ins Gesicht geworfen?« Er dachte an ihre letzte Begegnung in Cu Chi, als Campobello sie angebrüllt und Paxton in tiefer Trauer um Bill verzweifelt das kleine Bündel Briefe an sich gedrückt hatte.

»Man würde es nicht glauben«, sagte sie mit einem Blick, aus dem noch immer Verwunderung sprach, »er war fast nett. Ein bißchen steif und nervös, aber er ...« Sie zögerte in Erinnerung an die Begegnung vor sechs Monaten. »... er entschuldigte sich für die Szene von damals.«

Ralph sah sie lange und eindringlich an, ehe er antwortete. »Das nenne ich eine Veränderung. Ich dachte, dieser Mistkerl würde dich umbringen. Wenn er richtig gewalttätig geworden wäre, hätte er es mit mir zu tun bekommen. In diesem Moment dachte ich wirklich, der Kerl hätte total durchgedreht.«

Sie starrte aus dem Fenster, in Erinnerungen versunken. »Ich glaube, das ging uns allen so.« Sie war nicht durchgedreht, ihr hatte Bills Tod das Herz gebrochen. Campobello war es, der aus den Fugen geraten war. Aber so waren sie alle, diese Tunnelratten, bemerkte Ralph, ihr Leben war eine Gratwanderung unter zu großem Streß und unter zu großer Gefahr. Und mit der Zeit passierte es allen – sie schnappten über. Wer konnte es ihnen verargen?

Auf der Basis angekommen, fuhren sie durch das Haupttor, und als Ralph erklärte, daß er den neuen Kommandeur der Fünfundzwanziger treffen wollte, begleitete ihn Paxton. Der Neue war ein netter Mann, der ihnen erklärte, man wäre vor kurzem auf ein neues Tunnelsystem gestoßen samt komplettem Bombenarsenal, Quartieren und »Büros«. Die Männer von Cu Chi hatten völlig ahnungslos über einem unterirdischen Dorf gelebt. Er zeigte ihnen Fotos und Diagramme, und dann ließ er einen Adjutanten kommen, der sie herumführen sollte, und lud sie ein, wiederzukommen und ihn aufzusuchen, falls sie noch Fragen auf dem Herzen haben sollten. Als er es sagte, ruhte sein Blick voller Bewunderung auf Paxton. Er wußte nicht, wer sie war, aber sie war ein verdammt hübsches Mädchen, Armeekluft oder nicht. Insgeheim hielt er Ralph für einen Glückspilz.

Anschließend fuhren sie hinaus in das hinter der Basis liegende Gelände, und Paxton spürte, wie ihr Herz schmerzte, als sie sich umblickte und an Bill dachte, der hier gelebt und seine Pflicht erfüllt hatte. Es war ein schmerzlicher Ausflug, und als sie die Stelle erreichten, zu der auch Bill sie geführt hatte, bedauerte es Ralph plötzlich, daß er sie mitgenommen hatte.

»Tut mir leid, Pax. Das hätte ich dir nicht antun sollen. Ich hatte es nicht bedacht.«

»Schon gut.« Sie tätschelte seinen Arm und rückte ihren Rucksack zurecht. Sie hatte neben ihrem Schreibblock noch ein paar Sachen dabei, unter anderem ihre Wasserflasche und ein Erste-Hilfe-Päckchen. Wie die Soldaten trug sie ihre Sonnencreme und das Anti-Insektenmittel in ihrem Helm. »Es geht schon«, sagte sie, aber das war gelogen. Als sie wieder in den Jeep kletterte, traurig und in Gedanken, stieß sie plötzlich mit jemandem zusammen, der sie geschickt auffing, damit sie nicht auf dem Boden landete.

»Scheiße ...« hörte sie die Stimme im Augenblick ihres Stolperns fluchen, und als sie sich umdrehte, sah sie, daß es Tony Campobello war.

»Hallo«, sagte sie schüchtern, um ihre Fassung ringend. Ralph sprach mit jemandem, und der Fotograf legte einen neuen Film ein.

»Ich wollte Sie nicht über den Haufen rennen ... tut mir leid ...« Und dann sagte er mit einem Lächeln, das seine dunklen Augen wie Kohlen glühen ließ: »Sieht aus, als würde ich das in letzter Zeit oft sagen. Sind Sie unlängst gut nach Hause gekommen? Sie sahen so müde aus, daß ich schon fürchtete, Sie würden es nicht schaffen.« Sein New Yorker Akzent war ihr mittlerweile vertraut, und allmählich wurde ihr klar, warum Bill ihn so geschätzt hatte. Er war nervös und überdreht, aber er war auch flink und behende und klug und zeigte viel Anteilnahme für die Menschen, mit denen er es zu tun hatte.

»Ich habe zwanzig Stunden geschlafen, nachdem wir uns trennten«, erklärte sie. »Nicht mal ausgezogen habe ich mich.«

»So haben Sie ausgesehen.« Wieder lächelte er, doch der Schmerz in ihrem Blick entging ihm nicht. Der Besuch auf der Basis war hart für sie. Und für ihn war es hart, hier Dienst zu tun, wo er auf Schritt und Tritt an die Kameraden erinnert wurde, die er geliebt und verloren hatte. Überall glaubte er Gespenster zu spüren, ein Schicksal, das er mit allen teilte, die schon lange genug in Vietnam waren. Es gab auch gute Erinnerungen, aber die traurigen überwogen.

»Und wie ist hier das Gemüse heute?« Sie erwiderte sein Lächeln und erhellte damit den Augenblick. Zwischen ihnen wurde ein Blick gewechselt, der besagte, daß ihnen beiden Bill sehr fehlte, und einen irren Moment lang spürte sie das Verlangen, die Hand auszustrecken und ihn zu berühren.

»Ziemlich frisch«, sagte er lachend, verblüfft, daß sie sich an diese Einzelheit ihres Gesprächs erinnerte. Dann wurde er wieder ernst. »Aber das sind die Scharfschützen auch. Wir müssen in östlicher Richtung besonders vorsichtig sein. Es geht hier ziemlich heiß her. Einer meiner Leute wurde vor ein paar Stunden in den Arm getroffen. Gottlob keine große Sache, er hat Glück gehabt. Seither halten wir uns bedeckt. Wenn Sie sich draußen die Tunnels ansehen wollen, halten Sie sich schön im Hintergrund.« Er wußte, weshalb sie gekommen waren, da sein Vorgesetzter ihm aufgetragen hatte, ihnen behilflich zu sein.

»Ich werde achtgeben, danke.« In diesem Moment drehte Ralph sich unwillig zu ihr um. Die Hitze machte ihm sehr zu schaffen, und daß der Vietcong heute so nahe war, gefiel ihm nicht, denn er hatte Paxton keiner Gefahr aussetzen wollen. Seine Absicht war es gewesen, ihr zu ein paar neuen Informationen zu verhelfen.

»Delta Delta, kommst du mit oder willst du den ganzen Tag verplaudern?«

»Keine Aufregung, ich komme ja schon.«

»Immer schön in Deckung bleiben. Hier draußen wartet Charlie.«

»Das habe ich eben gehört.« Nach einem Blick, der Tony galt, ging sie mit Ralph los. Als sie dem Lieutenant vorgestellt wurde, der Bills Stelle einnahm, spürte sie wieder einen Stich, doch versuchte sie, sich auf das vor ihnen Liegende zu konzentrieren. Ralph sagte, welche Aufnahme er wollte, und erklärte Paxton, wie er die Story aufzubauen gedachte, und das alles, während um sie herum Aktivität herrschte, Leute kamen und gingen und im Busch verschwanden, um sich mit den Vietcong anzulegen, die dort lauerten.

»Herrgott, als man das Eiserne Dreieck am anderen Ufer zu einem Parkplatz machte, hätte man gedacht, daß damit der Fall erledigt wäre«, raunte Ralph einem der Männer zu, doch der zuckte nur die Achseln. Er wußte, daß es keine Möglichkeit gab, den Gegner aufzuhalten.

»Gegen diese Burschen ist einfach kein Kraut gewachsen. Man kann sie ausräuchern, sie ausbuddeln, die kleinen Wichte töten, aber Charlie kommt immer wieder. Die haben jetzt Bokoo-Boys, die sie uns auf Besuch schicken.«

»Ja.« Ralph nickte, und Paxton folgte ihm geduckt ins hohe Gras jenseits der Lichtung. Er wollte ein paar Aufnahmen vom Schußwechsel mit dem Heckenschützen machen, ehe er sich den Tunnel ansah, und aus irgendeinem Grund folgte Paxton ihm. Sie spürte, daß sie einer heißen Story auf der Spur war. Ralph schien indessen anderweitig beschäftigt. Sie beobachtete etwa ein halbes Dutzend Trupps um sich herum im Einsatz, während ein Kundschafter versuchte, etwas auszumachen. Und während Paxton im Busch kniete, kam ein Funker hinter ihr hergekrochen.

»Lady, alles klar?«

»Ja.«

»Sind Sie sicher, daß Sie ausgerechnet hier sein sollten?«

»Ich wußte nicht, daß es hier eigene Pressesitze gibt.« Sie hatte es kaum ausgesprochen, als eine Feuersalve an ihr vorüberfegte. Wortlos ließen sie und der Funker sich flach auf den Boden fallen. Seine Arme bedeckten die ihren, und ihre Helme berührten sich, als sie den Staub im Mund spürten, in dem sie lagen. »Wenn ich es recht bedenke«, sagte sie leise, während sie warteten, daß es ruhiger wurde, »sollte es vielleicht doch eigene Pressesitze geben. So knapp wie das war ...«

Es erinnerte sie an damals, als Bill sie an fast derselben Stelle vor der Granate gerettet hatte, doch es hatte näher eingeschlagen, als sie ahnten. Als sie wieder auf die Knie kamen, sah der Funker, daß Bertie direkt ins Herz getroffen worden war und neben ihnen lag. »Verflucht ...« Er suchte den nicht mehr vorhandenen Puls, als wieder geschossen wurde und ein Dutzend GIs mit M-16 an ihnen vorbeiliefen und das Feuer auf zwei weitere Heckenschützen eröffneten. »Nichts wie weg«, rief der Funker Paxton zu. »Zurück!« Doch als sie sich in Bewegung setzte, wurde das Feuer auf sie beide aus einer anderen Richtung eröffnet. Auf ihr liegend, sandte er mit einem Sprechfunkgerät verzweifelte Hilferufe aus. Hier draußen lauerten mehr als nur zwei Heckenschützen. »Mutter Gans ... Mutter Gans ... hier Peter Pan ... kommen ... wir sind auf der Lichtung, und sie ballern wie wild auf uns. Ein Besucher ist tot, eine Delta Delta habe ich neben mir ... gebt uns Deckung, und ich bringe sie rein ...«

»Verstanden, Peter Pan ... hier Mutter Gans ...« Es war der Funker auf dem Stützpunkt. Man würde versuchen, den Trupp zu instruieren, er solle die Heckenschützen ablenken. Keine einfache Sache.

»Wir haben zwei Möglichkeiten«, erklärte der Funker, der Paxton fast erstickte. »Wir können wie der Teufel zurückrasen, den Weg, den wir gekommen sind, oder aber wir können uns in die Büsche schlagen, was kürzer wäre.« Aber im Busch lagen auch die Gegner, also war es die viel gefährlichere Variante, dazu kam, daß er keine Ahnung hatte, was er mit Paxton machen sollte. Er war etwa in ihrem Alter und kam aus Maine. Daß sie ums Leben kam und man ihm die Schuld gab, weil er in der Hitze des Gefechtes eine falsche Entscheidung getroffen hatte, war das allerletzte, was er wollte.

»Ich stimme für die Bäume«, sagte sie, als die nächste Salve unweit ihrer Knie einschlug. »Jetzt aber rasch.« Kaum hatte sie die Worte ausgesprochen, als sie sich ihm entzog, wegrollte und einen Satz vorwärts machte. Er tat es ihr nach, und während sie rannten, schlug genau dort, wo sie gelegen hatten, eine Granate ein. Paxton lief blindlings weiter. Am Waldrand angekommen, stürzte sie sich ins Dickicht und landete flach auf dem Boden, als der Funker neben sie glitt. Da eröffnete die M-60 das Feuer. Es folgte eine gewaltige Explosion.

»Das Schwein hat's erwischt«, erklärte der Funker und nahm wieder Kontakt mit dem Stützpunkt auf.

»Hier Mutter Gans«, meldete sich die Basis. »Peter Pan, wo steckt Delta Delta?«

»Ich hab' sie.« Er lächelte Paxton zu, die am liebsten laut aufgelacht hätte. Totaler Wahnsinn. Der Vietcong wollte sie erledigen, und bei den eigenen Leuten war sie über den Status einer Doughnut Dollie nicht hinausgekommen.

»Verwundungen?« Die Stimme am anderen Ende klang besorgt.

»Sie sieht fabelhaft aus.« Der Funker warf ihr einen Blick zu, um sich zu überzeugen. »Könnt ihr uns hier herausholen?«

»Wir versuchen es. Es sind mehr, als wir dachten.« Das war immer so, und in Cu Chi war die Infiltration immer besonders groß. Sie kannten das alte Tunnelsystem zu gut, und die kürzliche Entdeckung des neuen Systems bewies, daß der Gegner übermächtig wurde. Man konnte machen, was man wollte, irgendwie war Charlie immer um eine Nasenlänge voraus und immer auf der Siegerstraße. »Wir holen euch in ein paar Minuten heraus, Peter Pan. Rührt euch nicht weg.« Wieder eine Feuersalve, und Mutter Gans meldete, daß einer der Schützen verwundet und gefangengenommen worden war. Der Funker wies Paxton nun an, sich nicht von der Stelle zu rühren, während er nach vorne wollte, um zu sehen, ob er helfen könne.

»Bin gleich wieder da.« Kaum aber war er fort, als sie hinter sich Schüsse hörte. Nun war sie ratlos, in welche Richtung sie laufen sollte. Ihr blieb nichts anderes übrig, als dem Funker zu folgen, und ehe sie wußte, was ihr geschah, steckte sie mitten im Kugelhagel, und neben ihr auf dem Boden lag ein junger Mann. Sein ganzer Rücken war aufgerissen, sein Kopf zurückgeworfen, und als Paxton genauer hinsah, erkannte sie, daß es der Junge aus Maine war. Neben ihm lag sein Funkgerät. Zuerst hielt sie ihn für tot, doch als sie sich neben ihn hinlegte, merkte sie, daß er noch atmete. Er war nicht bei Bewußtsein, ebenso wie die zwei Jungen neben ihm. Und wieder entfernte sich der Gefechtslärm. Aber noch immer konnte man Granaten, zahlreiche M-16 und die eine M-60 hören. Ohne zu überlegen, entwand sie den Händen des Jungen das Sprechfunkgerät und tat, was sie ihn tun gesehen hatte, um den Stützpunkt zu erreichen.

»Kommen, Mutter Gans.« Vorsichtig sprach sie ins Mikro.

»Verstanden ... hier Mutter Gans ... wer ist dort?«

Sie zögerte nur einen Wimpernschlag. »Hier Delta Delta. Der Funker ist schwer verwundet. Außerdem gibt es noch zwei Verwundete.«

»Wo sind Sie?« Mutter Gans bekam es hörbar mit der Angst zu tun.

»Weiß ich nicht. Wir sind im Busch, nicht allzuweit vom Gefecht. Dort draußen müssen mehr als nur ein paar Heckenschützen stecken. Können Sie uns holen?« Ihre Stimme war fest, doch sie spürte, wie ihre Hände mit dem Gerät zitterten. Als einer der Verwundeten sich aufstöhnend bewegte, mußte sie sich sehr zusammennehmen, um nicht die Nerven zu verlieren.

»Wir wollen versuchen, Sie rauszuholen, Delta Delta ... haben Sie eine Leuchtrakete?«

Sie wollte schon verneinen, als ihr einfiel, daß sie eine in ihrem Rucksack hatte. »Ja.«

»Ich muß Ihren genauen Standort wissen, Delta Delta. Warten Sie eine Minute. Unternehmen Sie nichts, bis ich es Ihnen sage.« Vom Apparat zurücktretend, rief er in den Raum: »Jemand soll den Lieutenant holen. Draußen ist eine Frau mit drei Verwundeten, und wir wissen nicht genau, wo, irgendwo im Busch.« Binnen Sekunden war der Lieutenant zur Stelle, und dann holte jemand Ralph herbei, der mit den anderen nervös den Wortwechsel verfolgte. Man war noch immer bemüht, das feindliche Feuer abzulenken, weiter hinaus in den Busch, aber inzwischen waren weitere Vietcong gesichtet worden, und nun war auch klar, daß man es zusätzlich mit einer NVA-Einheit von irgendwo aus dem Norden zu tun hatte.

»Großartig«, ächzte der Lieutenant. »Mehr brauche ich nicht.

Reguläre Truppen aus Hanoi und eine Journalistin aus San Francisco.« Als er mit geschlossenen Augen überlegte, sah es aus, als würde er beten.

»Mack, können Sie sie rausholen?« Ralph stand Todesangst um sie aus.

»Um Himmels willen, das versuche ich ja. Ich habe keine Ahnung, mit wem wir es da draußen zu tun haben, und ich weiß auch nicht, wie sie da hineingeriet. Aber es hört sich an, als hätten wir die ganze gottverdammte nordvietnamesische Armee gegen uns.«

»Am Rand eines Stützpunktes dieser Größenordnung?« Unglaublich, aber wahr. Das passierte überall. Die Burschen schlichen auf Zehenspitzen heran, während die Amerikaner schliefen. Und dann schnitten sie einem die Kehle durch, stahlen die Waffen oder auch nicht. Aber ihre Anwesenheit war heute kein Geheimnis, und Paxton konnte von ihrem Standort aus alles mit ansehen. Jetzt wurden Granaten geworfen, und die M-60, das Maschinengewehr, trat voll in Aktion.

»Hier Mutter Gans«, meldete sich der Funker von der Basis wieder. »Delta Delta, hören Sie mich?«

»Ich höre Sie gut, Mutter Gans. Könnten Sie ein Taxi schikken?«

Ralph schüttelte den Kopf. Er hätte sie nie nach Cu Chi mitnehmen dürfen.

»Das Taxi kommt jeden Moment.« Kaum waren die Worte ausgesprochen, als das Gefecht sich zu entfernen schien, tiefer in den Busch, fort von der Basis. Endlich klappte es: »Wie sieht es mit den Verwundeten aus?«

Sie hatte eben erst nach jedem gesehen. Einer war jetzt bei Bewußtsein, die anderen zwei atmeten noch. »Wir sind okay«, gab sie durch, »aber sehr knapp. Wird es rasch gehen?«

»Zwei Minuten, und ein Abstauber ist unterwegs. Sie haben die Signalrakete?«

»Die habe ich.«

»Wir sagen Ihnen wann, Delta Delta.« Und in den nächsten Minuten entfernte sich das Gefecht noch weiter, und fast im gleichen Moment hörte sie das Rotorengeräusch eines Hubschraubers und sah auch schon von weitem den Abstauber. »Sehen Sie das Taxi, Delta Delta?« Die Stimme war ruhig, und in ihren Augen brannten Tränen, als sie sah, daß Rettung kam. Es war rasch gegangen, aber sie hatte große Angst ausgestanden, und dies brachte ihr zu Bewußtsein, daß sie wieder in Vietnam war. Das hier war nicht San Francisco oder Savannah, hier starben Menschen, oder sie überlebten ohne Arme oder Beine, oder blind oder taub oder ohne Gesichter. Und minutenlang hatte sie schon geglaubt, es hätte sie erwischt. Aber jetzt war keine Zeit, einen Gedanken daran zu verschwenden, jetzt galt es, die Verwundeten in den Hubschrauber zu verfrachten.

»Ich sehe das Taxi, Mutter Gans«, bestätigte sie.

»Und jetzt die Rakete, Delta Delta.« Ralph hörte mit schweißüberströmtem Gesicht im Kontrollraum alles mit. Lieber Gott, gib, daß diese Arschlöcher sie nicht töten ...

Zwischen den Wortwechseln mit ihr hatte der Funker auf der Basis abwechselnd mit den Leuten im Busch und mit der Sanitätseinheit Kontakt.

»Wir sehen Ihren Standort, Delta Delta. Jetzt fliegt man auf Sie zu und holt Sie ab.« Danach schwiegen die Männer im Kontrollraum und warteten, während Paxton liegenblieb, wo sie war, und der Helikopter herunterging, genau dort, wo Bertie getötet worden war. Sie sah, wie man seinen Leichnam einlud, und dann rannten zwei Männer mit Tragbahren auf die Bäume zu, unter denen sie mit den drei Verwundeten lag.

»Alles klar?« Sie sahen sie an, und sie nickte. Blitzschnell wurde der erste Verwundete auf die Bahre gelegt, ebenso rasch wurden die zwei anderen geholt. Dann winkten sie ihr zu: »Los jetzt ... rasch.« Paxton lief durch die riesige Staubwolke, die sie aufgewirbelt hatten, und durch den Wind der Rotorblätter. Ohne ein weiteres Wort wurde sie an Bord gehievt, und es ging wieder los, das kurze Stück zur Sanitätseinheit zurück, wo bereits eine Gruppe von Schwestern und Sanitätern wartete.

»Hier Mutter Gans ... Zwei Eins Alpha Bravo, kommen ... habt ihr sie?«

»Wir haben sie«, sagte der Pilot ruhig. »Ihr fehlt nichts. Wie sieht es unten aus?«

»Bislang gut. Ihr habt alle Verwundeten.«

»Ende, Mutter Gans. Wir kommen runter.«

Paxton hielt das Funkgerät noch immer an sich gedrückt, als sie landeten. Sie zitterte am ganzen Körper. Auf dem Gerät klebte das Blut des Funkers, der sich aber unter der Obhut der Sanitäter etwas erholte. Paxton wartete, bis man die Verwundeten von Bord geschafft hatte, dann bedankte sie sich noch einmal bei dem Piloten und kletterte vorsichtig hinunter. Kaum hatte sie den Boden berührt, als sie gepackt und so energisch herumgedreht wurde, daß ihr der Helm vom Kopf rollte und ihr goldfarbenes Haar locker herunterfiel.

»Was, zum Teufel, haben Sie dort draußen getrieben?« Erst begriff sie gar nicht, wer es war. Sie wurde wie ein Kind geschüttelt und glaubte schon, es würde Schläge geben. »Wissen Sie denn nicht, daß es Sie dort draußen das Leben hätte kosten können? Warum sind Sie raus? Das ganze verdammte Gelände ist Sperrgebiet.«

»Ich ...« Und dann sah sie ihn, seine schwarzen Augen, die sie voller Angst anfunkelten. Tony Campobello.

»Gelten für Sie keine Regeln? Oder sind Sie darüber erhaben? Sie hätten ums Leben kommen können und alle anderen mit Ihnen!« Plötzlich hielt sie es nicht mehr aus. Sie konnte sich das von ihm nicht gefallen lassen, und sie würde nicht zulassen, daß er wieder Schuldgefühle in ihr weckte. Diesmal war es nicht ihre Schuld, und es war auch nicht ihre Schuld, daß Bill gefallen war.

»Verschonen Sie mich mit diesem Blödsinn!« brüllte sie zurück. Ihre grünen Augen schossen Blitze wie die M-16. »Ich habe nichts getan! Und niemand wurde meinetwegen verwundet! Dort draußen liegt die ganze verdammte NVA, Mister. Und wenn Ihre Leute es nicht schaffen, sie von der eigenen gottverdammten Basis fernzuhalten, dann brüllen Sie gefälligst nicht mich an! Ich habe mich nur ein, zwei Meter von der Stelle entfernt, an der ich sein sollte, und wurde beschossen!«

»Was, zum Teufel, erwarten Sie hier draußen? Eine Teeparty? Wir befinden uns im Kampfgebiet.« Die zwei standen da und brüllten einander an. Die Verwundeten waren längst fortgeschafft worden, der Hubschrauber hatte wieder abgehoben, und noch immer brüllten sie, und die Männer um sie herum, die es für eine persönliche Fehde hielten, mischten sich nicht ein. Ein reinigendes Gewitter war längst überfällig.

Doch als sie ihn anschrie, füllten sich ihre Augen plötzlich mit Tränen. Es waren Tränen des Zorns und der Enttäuschung. »Brüllen Sie mich nicht an!« schleuderte sie ihm entgegen, als Ralph und der Lieutenant in einem Jeep angefahren kamen und zusahen, wie die beiden einander fäusteschüttelnd gegenüberstanden. Ralph ließ ein ärgerliches Stöhnen hören.

Tony wich zurück, als er seinen Lieutenant kommen sah, und Ralph schaute ihn mit unverhüllter Wut an.

»Sie können es wohl nicht lassen?« fragte er zornig.

Aber Tony nahm es auch mit Ralph auf. »Man hätte ihr den Hintern wegschießen können«, sagte er als Erklärung.

»Gottlob kam es nicht dazu«, gab daraufhin der Lieutenant von sich. Er war älter als Bill, und die Ereignisse des Morgens schienen ihm ziemlich zugesetzt zu haben. »Vielleicht war es ein wenig vorzeitig, daß ich die Presse zur Besichtigung des Tunnels einlud.« Ihr Fotograf war tot, Paxton hätte ebenso tot sein können, und Ralph war grau im Gesicht, als er begriff, was alles hätte passieren können.

Ralph sah sie an, als er sagte: »Vielleicht sollten wir alle etwas vorsichtiger sein. Was, um alles auf der Welt, hat dich bewogen, so weit rauszugehen?«

»Ich weiß es nicht. Bertie sagte, er wolle ein paar schnelle Aufnahmen schießen, und ich wollte sehen, was er macht. Ich glaube, ich bin ihm einfach nachgelaufen, und als nächstes weiß ich nur, daß ich beschossen wurde.«

»Wenn Sie das Funkgerät nicht an sich genommen hätten, junge Dame, dann wären Sie noch draußen«, mischte sich der Lieutenant voller Hochachtung ein. »Sie haben den Kopf nicht verloren und den drei Jungen das Leben gerettet.« Sie warf Tony einen wütenden Blick zu, als der Lieutenant das sagte.

»Der Sergeant hier ist der Meinung, ich hätte versucht, sie zu töten.«

Der Lieutenant hörte es lächelnd. Campobello gehörte zu seinen besten Leuten, obwohl er ein Hitzkopf war.

»Das sagte ich nicht«, knurrte Campobello. »Ich sagte, Sie wären beinahe selbst umgekommen.« ... und er hatte sie beschuldigt, Bill getötet zu haben ... aber das gehörte jetzt nicht hierher.

»Das kommt der Wahrheit schon näher«, bemerkte Ralph, und als Tony und Paxton, die einander immer noch wütend anstarrten, mit ihnen in den Jeep stiegen, besprach Ralph mit dem Lieutenant, wie Berties Leichnam nach Saigon geschafft werden sollte. Alle hatten gern mit ihm gearbeitet, sein Tod war ein großer Verlust. Wieder einer weniger, wieder einer tot. Damit ließ es sich schwer leben.

»Ich möchte mich beim Funkoffizier auf der Basis bedanken«, sagte Paxton leise, ehe sie sich verabschiedeten. Der Lieutenant zögerte nicht, sie mit dem Mann bekannt zu machen.

»Ich möchte mich bei Ihnen bedanken«, sagte sie mit feuchten Augen, etwas anderes fiel ihr nicht ein. Er hatte ihr mit seinem Eingreifen und dadurch, daß er kühlen Kopf behalten hatte, das Leben gerettet.

»Gern geschehen, Delta Delta«, sagte er gedehnt. Er stammte auch aus dem Süden, doch sie fragte ihn nicht, woher. »Tut mir leid, daß Sie mitten ins Kampfgeschehen gerieten.«

»Sie haben mich herausgeholt. Das ist wichtiger.« Inzwischen wußten sie, daß die Verwundeten außer Lebensgefahr waren. Nur ihren Freund Bertie hatte es erwischt. Ralph war deshalb auf der Rückfahrt sehr aufgewühlt.

Tony hatten sie beim Abschied nicht mehr zu Gesicht bekommen, aber Ralph war noch immer wütend auf ihn und ließ dies Paxton spüren. Es war für sie alle ein harter Tag gewesen, ein häßlicher Tag in einem häßlichen Krieg, und nicht mal die Story, deretwegen sie gekommen waren, hatten sie gekriegt. Ralph sagte, er wollte ein andermal wiederkommen, doch er mußte zurück nach Saigon, sich bei AP zurückmelden und einige Anordnungen treffen.

»Was ist mit euch beiden los? Immer wenn ich euch zusammen sehe, schreit ihr einander an wie die Irren.« Er ärgerte sich über sie, oder tat so. In Wahrheit hatte er tausend Ängste ausgestanden. Seine Erleichterung darüber, daß sie unversehrt war, machte sich in Wut Luft.

»Er hat behauptet, meine Unvorsichtigkeit hätte diese drei Burschen das Leben kosten können.«

»Du warst unvorsichtig mit dir selbst, was viel schlimmer ist. Du bist hier, um über diesen Krieg zu berichten, und nicht, um getötet zu werden, nur damit etwas bewiesen wird. Und was sein Problem ist, weiß ich nicht, aber ich halte ihn für einen Spinner.«

»Das ist er.« Sie bestätigte es mit einem wütenden Blick. Wieder war sie verdreckt und blutverkrustet, diesmal mit dem Blut des Funkers. Es erinnerte sie an die anderen Missionen, die sie ausgeführt hatte, und daran, weshalb sie nach Saigon zurückgekommen war. Es war nicht so, daß sie scharf darauf war, aber sie wußte, daß sie die Verpflichtung hatte, hier zu sein. Aber wem war sie verpflichtet? Sich selbst? Ihrem Land? Der Zeitung? Oder Ralph? Peter? Bill? Eine interessante Frage. Auf der Rückfahrt wurde kein Wort gesprochen. Es war für beide ein höllischer Tag gewesen. Sogar für Tony, der einen langen Spaziergang unternahm, noch immer vor Wut schäumend, während er sich darüber klarzuwerden versuchte, was er für Paxton empfand.

21

Als sie am nächsten Tag ins Büro kam, war Ralph ihr immer noch böse, doch sie führte ihn zum Essen aus, und nach ein paar Drinks ließ er wieder mit sich reden.

»Du Irre, ich dachte, das wär's, als du draußen im Busch mit den anderen gelegen hast. Ich dachte, du wärst die nächste auf der Abschußliste. Ich sah die Story direkt vor mir.«

»Ich auch«, gestand sie bei einer Tasse *café sua*. Es war starker Kaffee, mit Kondensmilch gesüßt, und noch vor einem Jahr hatte es sie davor geekelt, und jetzt liebte sie ihn.

»Hattest du Angst?« fragte er sie halblaut, und sie lächelte.

»Erst hinterher. Während ich mittendrin war ... ich weiß nicht ... ganz kurz packte mich die Panik, als ich mich fragte, was passieren würde, wenn sie mich zu fassen kriegten und mich nicht töteten. Das hat mir am meisten angst gemacht.« Es war schon öfter passiert, daß Journalisten in Gefangenschaft geraten waren, aber meist ließ man sie wieder frei. Die Nordvietnamesen lieferten ihnen ein wenig Propaganda als Material, über das sie schreiben konnten, aber man durfte nicht damit rechnen, daß sie immer so nachsichtig waren. Und die Geschichten von Folterungen und Schlägen durch den Vietcong waren Legende. »Eigentlich dachte ich nur daran, wie man die Verwundeten fortschaffen könnte, ehe sie starben.«

Ralph nickte nachdenklich. »Armer Bertie.«

»War er verheiratet?« Paxton hatte ihn nie sehr gut gekannt, hatte ihn aber immer sehr nett gefunden.

»Nein. Er hat hier eine Freundin. Ein Mädchen aus Cholon, glaube ich. Außer ihr hatte er niemanden. Keine Frau, keine Kinder. Ich habe seinetwegen die Botschaft verständigt. Morgen schickt man ihn nach London zurück.« Sie nickte und dachte daran, wie man Bill an Debbie geschickt hatte. Dann sah Ralph sie an, und in diesem Moment wirkte er sehr müde. »Hast du das alles nicht schon satt? Das Sterben, meine ich. Zuweilen frage ich mich, wie es sein mag, an einem Ort zu leben, wo die Menschen nur an Krebs sterben oder wenn sie aus dem Skilift fallen.« Sie lächelte, weil sie wußte, was er meinte, obwohl sie sich eine Zeitlang Abstand verschafft hatte. Aber hart war es noch immer, und es schmerzte auch noch immer, und doch war keiner imstande, einfach seine Sachen zu packen, denn man hätte einfach heimfahren und alles unerledigt zurücklassen können.

»Ja. Ich habe es satt. Alle haben es satt.«

»Das macht mir manchmal Sorgen ...« sagte er aufrichtig. Der dritte Drink machte sich bei ihm bemerkbar, was eine Seltenheit war. Paxton hatte ihn nicht oft betrunken gesehen. »Ich meine, daß France das Baby hier bekommt. Es ist ein höllischer Ort, um ein Kind großzuziehen.«

»Du könntest ja mit ihnen in die Staaten gehen«, sagte Paxton leise, obwohl sie insgeheim bezweifelte, ob das klug wäre. Er war womöglich schon zu lange hier, um sich jemals wieder anderswo einzuleben. Viele Journalisten, die lange in der Türkei, in Algerien und Vietnam gelebt hatten, konnten nicht wieder nach New York, Chicago oder London zurück. Manchmal fragte sie sich, ob Ralph oder sie zu ihnen gehörten.

»Sie will nicht mit mir gehen. Sie will hierbleiben. Sie weiß, wie es war, als sie mit Ans Vater, diesem GI, verheiratet war. Die Armee hat ihn wie den letzten Dreck behandelt, seine Familie hat sie gehaßt. Sie glaubt, die Leute würden sie steinigen, wenn sie mit mir in die Staaten ginge, und weißt du, was, Pax? Ich bin nicht sicher, ob man es nicht wirklich tun wird. Ich bin mir nicht sicher, ob ich das Recht habe, sie mitzunehmen, obwohl hier ein denkbar ungeeigneter Ort ist, um ein Kind großzuziehen. In den Staaten könnte ich viel für An tun, während ich hier froh sein muß, wenn ich ihm Sicherheit, anständiges Essen und ein Leben ohne Schwierigkeiten bieten kann.« Der kleine An war dem Babyalter kaum entwachsen, aber Paxton wußte, daß es Fünfjährige gab, die auf der Straße Heroin verkauften. France kümmerte sich rührend um ihn. Er besuchte einen ehemals französischen, katholischen Kindergarten, der früher sehr exklusiv gewesen war, und seine Mutter war jeder Zoll eine Dame. Doch sie lebten in einem dem Untergang geweihten Land, in dem sie ihr Kind zur Welt bringen wollte.

»Wie fühlt sie sich denn?« fragte Paxton.

»Sie ist kugelrund«, lachte er. »Ganz entzückend.« Er war richtig aufgeregt wegen des Babys. Mit neununddreißig Vater zu werden war für ihn eine völlig neue Situation. Trotz der kühlen Gelassenheit, die er seinen Freunden vorspielte, war er außer sich vor Freude.

Etwas später kehrte er in sein Büro zurück, und Paxton ging ins Hotel Catinat an der Nguyen Hue, um dort ein Paar Runden zu schwimmen. Anschließend ging sie ins Caravelle zurück, da sie endlich ihren Artikel schreiben wollte. Nach allem, was am Vortag in Cu Chi passiert war, hatte sie noch keine Ordnung in ihre Gedanken bringen können, deswegen war sie völlig in Gedanken versunken, als sie durch die Lobby ging. Da berührte jemand ihren Arm, und sie zuckte zusammen. Erstaunt blickte sie auf und sah Tony vor sich stehen.

»Ich ...« Sie wußte nicht, was sie sagen sollte, und befürchtete einen Moment lang, er würde sie wieder anbrüllen. Es schien seine bevorzugte Art der Konversation zu sein. »Was führt Sie hierher?«

Er lief feuerrot an, als er sie ansah. Es war einfacher, mit ihr umzugehen, wenn sie in Armeekluft und Stiefeln vor einem stand und das herrliche blonde Haar unter einem Helm versteckt war. Plötzlich sah sie sehr schön und weiblich aus, und er kam sich sehr dämlich vor, als er sie so ansah, und er bedauerte schon, daß er gekommen war, aber andererseits hatte er das Gefühl, daß er es tun mußte.

»Ich schulde Ihnen schon wieder eine Entschuldigung.« Seine dunkelbraunen Augen blickten in ihre grünen, und einen Moment lang sah er fast jungenhaft aus. »Gestern hätte ich Sie nicht so anbrüllen sollen. Ich ... ich hatte Angst um Sie und war dann erleichtert, daß nichts passiert war, und dazu kam ... nun, es war hart, Sie dort wiederzusehen. Viele Erinnerungen wurden wach.« Tonys Augen wurden feucht. Er hatte den Verlust Bill Quinns noch nicht verwunden, da dessen Tod ihn mehr getroffen hatte als der vieler anderer, aber das traf für Paxton genauso zu, wie er zu wissen glaubte. Und er war kein Mensch, der seine Gefühle verbergen konnte. »Es muß auch für Sie hart gewesen sein.«

Sie nickte, angerührt von der Offenheit seiner Worte. Das erleichterte es ihr, etwas zu sagen: »Ich wußte gar nicht, wohin wir fuhren. Ich fuhr einfach mit, weil ich eine Story wollte, und dann waren wir plötzlich am Ziel, und ich dachte nur ...« Tränen stiegen ihr in die Augen, und sie schüttelte den Kopf und wandte den Blick ab. Erst nach einer Weile sah sie ihn wieder an. »Vielleicht hatten Sie seinerzeit recht ... wenn man ständig an jemanden denkt, dann erwischt es einen selbst oder die anderen ...«

»Das hätte ich nie sagen dürfen. Bill ist nicht deswegen ums Leben gekommen, auch wenn ich Ihnen die Schuld anlasten wollte. Ich wollte es, weil ich es satt hatte, die Schuld Charlie zu geben. Charlie hat so viele gute Leute, die ich kannte, auf dem Gewissen, und wieder hat er zugeschlagen. Aber es war auch Bills Schuld«, sagte er seufzend. »Er hätte nicht in den Tunnel hinuntersteigen dürfen, und das wußte er auch. Aber er gehörte zu den Typen, die sich um Verantwortung reißen. Immer mußte er es sein, anstatt ein anderer, und die anderen Male hatte er einfach Glück gehabt. Und Sie sind gestern einfach hineingetappt. Eine ganze Einheit Vietcong hockt in unserem Hinterhof, und Sie tappen glatt rein, obwohl irgend jemand auf jeden Fall hineingeraten wäre, und wir haben uns – alles in allem – gut gehalten. Aber eine Weile glaubte ich schon, es wäre um Sie geschehen, und der Gedanke machte mich wahnsinnig.«

»Danke für Ihre Anteilnahme«, sagte sie, während ein zögerndes Lächeln ihre Züge erhellte. Es wäre nur zu verständlich gewesen, wenn er abgestumpft gewesen wäre. Wenn man soviel Sterben miterlebt hatte, dann fühlte man mit der Zeit nichts mehr dabei. Wäre es anders gewesen, würde es einen umbringen. »Auf der Heimfahrt ließ ich alles noch einmal Revue passieren und bekam es noch im nachhinein mit der Angst zu tun. Aber als ich mit den Jungs draußen unter den Bäumen lag, blieb mir nicht viel Zeit zum Überlegen, ehe man uns herausholte.«

»Ja, es war ziemlich knapp«, gestand er. Er und der Lieutenant hatten die Sache nachher durchgesprochen. Die Geschichte hätte ein sehr häßliches Ende nehmen können. »Es hätte so oder so ausgehen können.« Er durfte gar nicht daran denken.

»Ich hatte Glück. Ehrlich gesagt, wollte ich gerade auf mein Zimmer und die Geschichte in die Maschine tippen.«

»Ach.« Er machte ein enttäuschtes Gesicht. »Ich mußte ein paar Unterlagen im MacVee abholen und dachte, vielleicht ... das heißt ... ich weiß nicht ... möchten Sie mit mir vielleicht irgendwo eine Tasse Kaffee trinken?« Sie zögerte kurz, unsicher, was er von ihr wollte, aber sie beide waren von den Geschehnissen ziemlich erschüttert, es konnte also nicht schaden, bei einer Tasse Kaffee mit ihm endgültig Frieden zu schließen. Sie vermutete, daß er trotz seiner schroffen Art sympathisch war.

»Aber gern, die Story kann ich später schreiben.« Sie folgte ihm hinaus, und sie gingen ein kleines Stück zu einem Straßencafé an der Tu Do. Von ihren Plätzen konnten sie das Durcheinander und den Verkehr und das Leben auf der Straße, das ihnen mittlerweile vertraut war, aus unmittelbarer Nähe beobachten.

»Ralph sagte, wir würden einander immer nur anschreien«, erzählte sie mit einem Lächeln und nippte an ihrem *thom xay*, und er lachte, als sie das sagte.

»Ja, das stimmt doch, oder nicht?« Verlegen setzte er hinzu: »Ich schätze, das war meine Schuld.«

»Das kann man wohl sagen.« Als sie es mit einem Lachen quittierte, entspannte er sich merklich.

»Ich kann nichts für mein italienisches Temperament.«

»Ach, das ist es also.« Sie lachte noch immer. »Ralph sagte, wir beide seien verrückt, und das sei eigentlich schuld.«

»Wäre ja auch möglich.« Er grinste sie an, und sie bemerkte, daß er ein hübsches Lächeln hatte, wenn er ein wenig aus sich herausging. »Hier wird man mit der Zeit so.«

»Soll das Diagnose oder Warnung sein?«

»Vielleicht beides.«

Komisch, das Zusammensein mit ihm war unkompliziert, trotz allem, was hinter ihnen lag, und trotz des Kummers, den er ihr bereitet hatte.

»Sind Sie verheiratet?« fragte sie im Plauderton. Alt genug war er. Im hellen Sonnenschein schätzte sie sein Alter. Er war sieben Jahre älter als sie, also dreißig.

»Nein.« Er schüttelte den Kopf. »Ich war es einmal. Aber es kam zur Scheidung, ehe ich in Vietnam eingesetzt wurde. Tatsächlich ...« Er seufzte und entschloß sich zur Offenheit. Paxton verdiente es nicht anders. »Eigentlich ist das der Grund, weshalb ich hierherkam. Wir haben mit achtzehn geheiratet. Schon auf der Schule sind wir miteinander gegangen. Und dann kam fast sofort unsere Tochter. Na ja, ein Jahr später. Sie war nicht der Grund für unsere Heirat«, erklärte er. »Das Kind starb an Leukämie, und das hat uns fast umgebracht. Wir konnten einfach nicht begreifen ... wie hatte sie nur so früh sterben können ... mit zwei Jahren? Wie konnte Gott uns das antun? Sie wissen schon, so etwa.« Er starrte vor sich hin, von seinen Erinnerungen überwältigt. »Und dann bekamen wir einen kleinen Jungen.« Als er sie ansah, strahlten seine Augen. »Ein großartiger Bursche. Joey. Wir nannten ihn nach meinem Vater. Und das Komische ist, daß er genauso aussieht.« Als er von seinem Sohn sprach, wirkte er, als wäre er meilenweit entfernt. Paxton beobachtete ihn gerührt. »Er ist einmalig. Also«, seine Miene verfinsterte sich, »als Joey zwei Jahre alt war, eröffnete mir Barbara, daß sie die Scheidung möchte. Das war's. Nach sieben Jahre Ehe und den vorangegangenen fünf Jahren, die wir zusammen gingen, nach einem toten Kind und einem zweijährigen Sohn wollte sie weg von mir. Wieder war ich fast am Ende.« Er sah Paxton offen an. »Ich wußte nicht, ob ich sie oder mich umbringen sollte.«

»Was war geschehen? Warum? Hat sie sich gelangweilt?«

»Nein.« Aus seinem Blick sprach Bitterkeit. »Oder vielleicht sollte die Antwort ja lauten, weil sie sich mit mir langweilte. Wie auch immer: Sie hatte sich in meinen Bruder verliebt. Er ist zwei Jahre älter als ich und war immer der Star der Familie. Tommy, der Wunderknabe, Tommy, der Phantastische. Tommy, der Musterschüler. Während ich mich bei meinem Vater abrackerte und ihm sein Geschäft rettete. Tommy wurde Buchhalter und arbeitete in der City, und dann studierte er Jura. Jetzt ist er Anwalt. Na ja, sie verließ mich also und heiratete ihn, und ich dachte mir, zum Teufel damit. Joey hielt ganz große Stücke auf ihn, und wie soll man einem Kind erklären, daß der Onkel nun sein Vater ist und die Mutter eine verdammte Ehebrecherin. Meine Eltern rieten mir, das alles nicht zu sehr aufzubauschen, weil es die Familie zerstören würde.« Es folgte eine hilflose, typisch italienische Geste. »Also bin ich abgehauen und nach Vietnam gegangen. Seither war ich nie wieder daheim. Das ist die ganze Story.« Er blickte hinaus auf den Verkehr, während Paxton erst alles verarbeiten mußte.

»Und Sie haben seither Joey nicht mehr gesehen?« Es kam ihr unglaublich vor.

Tony schüttelte den Kopf und sah sie an. »Nein. Was soll ich denn zu ihm sagen? Daß ich seine Mutter hasse?«

»Tun Sie es denn?« fragte sie unumwunden.

»Früher schon. Was ich jetzt empfinde, weiß ich eigentlich nicht. Es gab Zeiten, da lag ich im Bett und hatte eine solche Wut im Bauch, daß mich Mordgelüste plagten. Statt dessen ging ich raus und ließ meine Wut an Charlie aus. Aber die Wahrheit ist ... ich weiß nicht mal mehr, ob ich auf sie wütend bin. Vielleicht hat sie recht getan. Sie haben noch drei Kinder bekommen, und sie ist glücklich. Tommy liebt sie, Joey sieht auf den Bildern gut aus und himmelt Tommy an. Wer könnte also sagen, daß es falsch war? Und ehrlich gesagt, weiß ich manchmal gar nicht mehr, wie sie aussieht.«

»Mit dem Haß ist es eben eine komische Sache«, sagte Paxton leise. »Aber so ist es eben. Der Haß nimmt einen so in Anspruch, daß man zuweilen seine Ursache vergißt.« Es war in Vietnam geschehen, an einem anderen Ort, in einem anderen Leben.

»Sie sind eine interessante Frau«, sagte er leise. »Das war es, was mich so beeindruckt hat, als Sie gingen. Barbara hätte das nie getan, was Sie für Bill taten, als Sie die Briefe und alles andere abholten, damit seine Frau nicht dahinterkommt. Sie hat mir die Tatsache, daß sie mit meinem Bruder schlief, einfach so hingeknallt. Aber Sie sind zurückgekommen, haben die Mühe auf sich genommen, Ihre Briefe zu holen, damit sie nie etwas erfährt und sich kränkt. Und dabei haben Sie sie nicht mal gekannt.«

»Ich habe es seinetwegen getan.« Aber auch für die Kinder.

»Sie haben ihn wohl sehr geliebt, nicht?« Tony mußte ihr diese Frage stellen.

Sie nickte. »Ja, das habe ich.« Und dann mußte sie ihm eine Frage stellen. »Warum haben Sie mich damals so gehaßt? Ich meine, am Anfang.« Tony atmete tief durch, ehe er den Versuch machte, es zu erklären, sich selbst ebenso wie ihr. »Ich weiß es nicht ... vielleicht hatte ich Angst vor Ihnen, daß Sie ihn ablenken würden, daß er unaufmerksam würde. Denn ich habe miterlebt, wie das mit anderen geschah und wie es sie erwischte, weil sie verträumt irgendwo ein Foto anstarrten, während sie auf eine Mine traten und ihnen der Kopf abgerissen wurde. Aber ehrlich gesagt, so war Bill nicht. Ich weiß nicht, vielleicht habe ich mich nur geärgert ... wer weiß?« Wieder wirkte er typisch italienisch. »Vielleicht war ich eifersüchtig. Manchmal ist hier das Leben ohne Frauen viel einfacher.« Das traf zu, denn auch für Frauen war es mitunter einfacher, ohne Männer zu leben. Aber andererseits war es manchmal mit Männern besser.

»Er hat Sie sehr geliebt«, erwiderte Tony leise. »Ich konnte es ihm ansehen, wenn er von Ihnen sprach. Glauben Sie, daß er seine Frau verlassen hätte?« Er konnte nicht umhin, diese Frage zu stellen, die ihm nach Bills Tod oft im Kopf herumgegangen war, und Paxton ebenso.

»Wahrscheinlich nicht«, sagte sie aufrichtig und rührte in ihrem Drink. »Ich glaube nicht, daß er die Kinder wirklich verlassen hätte. Es ist so einfach, hier jemanden zu lieben und sich der Leidenschaft des Augenblicks hinzugeben. Hier ist es für uns alle leichter, denn man weiß nicht, ob man die nächste Woche noch erleben wird. Man braucht sich keine Gedanken darüber zu machen, ob die Ehe funktionieren wird, ob man seinen Job mag, ob er meine Familie mag, wo man leben möchte. Man muß nur so lange leben, daß man ein Wochenende in Vung Tau zusammen verbringen kann. In gewisser Hinsicht ist es sehr einfach.« Er wußte, daß sie recht hatte.

»Wie lange werden Sie diesmal bleiben?« fragte er. Seine Neugierde war noch lange nicht gestillt, und je mehr er von ihr erfuhr, desto besser gefiel sie ihm, auch wenn sie ihn zuweilen rasend machte. Sie machte ihn verrückt mit ihrer Unabhängigkeit, ihrem Mut, ihrer Weigerung, sich Ratschlägen zu fügen, und doch rührte sie zugleich mit ihrer Anständigkeit, ihrer Wärme, ihrer Aufrichtigkeit und ihrer Güte an sein Herz.

»Solange ich es aushalte«, sagte sie lächelnd, »und solange meine Artikel gedruckt werden.«

»Wie ich höre, sind sie gut.«

»Ich weiß nicht.« Sie zuckte die Schultern. »Ich schreibe sehr gern.«

Er lachte. »Ich schreibe nicht mal gern Briefe. Aber ich schreibe an Joey, wann immer es sich einrichten läßt, obwohl es mir schwerfällt. Es ist so lange her, seitdem ich ihn gesehen habe.«

»Sollten Sie nicht zurückgehen und sich mal mit ihm treffen?«

»Vielleicht.« In Wahrheit fürchtete er eine Begegnung. »Vielleicht sollte ich ihn in Ruhe lassen. Was habe ich ihm denn zu geben? Tommy macht sich prächtig. Und da Joey denselben Namen trägt, glauben ohnehin alle, er sei Tommys Sohn. Wozu braucht er mich?«

»Sie sind trotzdem sein Vater. Wie nennt er Sie, wenn er Ihnen schreibt?«

Tony erstickte fast an seiner Antwort. »Dad.« Und nach einer langen Pause setzte er hinzu: »Vielleicht mache ich nach dieser Runde Urlaub und besuche ihn.«

Sie nickte beifällig. »Und was ist aus dem Familiengeschäft geworden? Aus dem Grünzeugladen?« Er erwiderte ihr Lächeln.

»Nachdem mein Vater letztes Jahr starb, hat meine Mutter, um die sich jetzt Tommy kümmert, die Firma gut verkauft. Sie hat das Geld zwischen mir und Tommy aufgeteilt. Nach meiner Entlassung kann ich damit etwas anfangen, aber darüber habe ich noch nicht nachgedacht. Ich wollte immer nach Kalifornien gehen und eine Farm kaufen ... oder einen Weinberg im Napa Valley. Etwas in dieser Richtung. Ich möchte mit Erde zu tun haben ... mit Land ...«, seine Augen leuchteten auf, »... es ist das einzige, was mir an Vietnam wirklich gefällt ... die fruchtbare rote Erde ... und das unglaublich satte Grün.« Als er Paxton zulächelte, kam er sich ein wenig töricht vor. »Ich glaube, insgeheim bin ich noch immer Bauer. Vielleicht würde Joey mich gern besuchen, wenn ich so was kaufe.«

»Ganz sicher.« Etwas war an ihm, das ihr verriet, daß er es schaffen konnte. In seinem Herzen war er ein einfacher Mensch, mit einfachen Idealen und einfachen Wertvorstellungen, und er war intelligent. Er hätte den Vietcong in den Tunnels nicht austricksen können, wenn er nicht Verstand gehabt hätte. Sie war neugierig, was er mit seinem Leben nach dem Krieg anfangen würde. Leicht würde es für ihn nicht sein. Und die Geschichte mit Joey war rührend.

»Paxton, waren Sie mal verheiratet?« Er war neugierig, außerdem hatte er soeben seine ganze Lebensgeschichte erzählt.

»Nein.«

»Wie alt sind Sie?«

»Dreiundzwanzig. Ich bin gleich nach dem College hierhergekommen.«

»Warum?« Da erzählte sie ihm von Peter und von Gabby, von ihrer Mutter und George. Und wie sehr sie sich allen entfremdet fühlte, als sie nach Bills Tod zurückgekommen war.

»Ich wüßte gar nicht, was ich in den Staaten anfangen würde. Ich weiß nur eines sicher: daß ich nicht mehr zurückgehen kann.«

»Geben Sie bloß acht«, warnte er sie. Er lehnte sich zurück und atmete die Gerüche Saigons tief ein. »Dieser Ort kann süchtig machen. Süchtig, wie die vielen GIs sind, die Unsinn faseln und

Hasch rauchen.« Von dieser Sorte gab es sehr viele. »Das sind Leute wie wir, die ebenso süchtig sind wie wir und ebensowenig von der Sucht wegkommen.« Sie wußte genau, was er meinte, aber eine Lösung hatte sie nicht zur Hand.

»Ich glaube, wir müssen bleiben, bis wir darüber hinweg sind«, sagte sie, wobei sie auch an Ralph dachte.

»Ja.« Tony nickte. »Oder es bringt uns um. Auch das kommt vor. Gestern waren Sie knapp dran.« Und das gefiel ihm nicht.

»Und Sie nicht? Sie müssen schon unzählige Male in so einer Situation gewesen sein. Langsam glaube ich, daß Glück das einzige ist, was einen rettet«, und beide wußten, daß es stimmte. Wie viele erwischte es am Tag vor der Rückkehr in die Heimat ... Sehr viele, es passierte einfach.

»Vielleicht hatte ich nur Glück.« Er zuckte die Schultern. »Bislang jedenfalls. Ehe ich herkam, dachte ich anders.« Er spielte wieder auf seine Frau an, und dann zog er ein Foto aus seiner Brieftasche und zeigte Paxton Joeys Bild. »Damals war er sechs, jetzt ist er sieben.«

Paxton lächelte. »Er sieht aus wie Sie.«

»Der Arme.« Tony lachte. Er hatte auch ein Foto von Barbara dabei, aber das zog er nur selten heraus. Seither hatte es andere Frauen gegeben, Krankenschwestern, weibliche Armeeangehörige, ein paar einheimische Mädchen aus der Gegend um Cu Chi, vor zwei Jahren ein schönes Mädchen bei der Säuberung von Ben Suc. Sie alle hatten ihm nichts bedeutet. Nicht seit Barbara. Und er konnte sich kaum mehr besinnen, was für ein Gefühl das war. Er wußte nur, daß der innere Friede, der Bill Quinns Augen zum Strahlen gebracht hatte, ihm seit Jahren fremd war.

Langsam gingen sie zu ihrem Hotel an der Tu Do, hörten die Rufe, die Hupen, die vorbeifahrenden Rikschas, die klingelnden Fahrräder, das vielfältige Geschrei und Gequietsche und Geächze, das Saigon ausmachte, und an den Stufen des Caravelle angekommen, drehte er sich mit ernstem Blick zu ihr um.

»Danke, daß Sie heute den Nachmittag mit mir verbracht haben, Paxton. Ein Wunder, daß Sie es getan haben. Ich habe mich Ihnen gegenüber immer ekelhaft benommen.« Seine Ehrlichkeit brachte sie zum Lachen.

»Seien Sie nicht albern«, sagte sie kopfschüttelnd.

Er wollte ihr noch sagen, wie schön sie war, nur für den Fall, daß er sie nie wiedersehen würde, doch er tat es nicht. Statt dessen wollte er ihr noch etwas anderes sagen, und als er ihr die Frage stellte, war er sonderbar nervös. »Sie würden nicht bei Gelegenheit mal mit mir zu Abend essen, oder?«

Momentan war sie verblüfft, und dann nickte sie. Sie wurde nicht recht klug aus ihm, aber vielleicht brauchte er nur einen guten Freund, und sie war gewillt, diese Rolle zu spielen. »Aber sicher ... sehr gern ...«

»Ich rufe Sie mal an.«

»Danke, Tony.« Sie reichte ihm die Hand, und dann ging sie hinauf, um über den gefährlichen Zwischenfall einen Artikel zu schreiben. Nachdem sie damit fertig war, saß sie lange da und starrte ins Leere, in Gedanken bei dem kleinen Jungen, dessen Vater ihn vor fünf Jahren verlassen hatte, um nach Vietnam zu gehen. Sie hätte den Grund nicht zu nennen vermögen, aber mit ihrem Herzen war sie bei Joey, den sie gar nicht kannte.

22

Tony rief sie in der darauffolgenden Woche an, als er wieder nach Saigon kam. Sie war zwar mit Ralph und ein paar anderen unterwegs, doch als sie zurückkam, rief sie ihn unter der Nummer zurück, die er hinterlassen hatte. Er wohnte mit Freunden auf dem Tan-Son-Nhut-Stützpunkt und wollte wissen, ob sie mit ihm zum Essen gehen und sich anschließend einen Film ansehen wollte. Und Paxton hatte Lust. Es war Ewigkeiten her, daß sie einen Film gesehen hatte.

Er holte sie um sieben Uhr ab, so daß ihr nur wenig Zeit geblieben war, um zu duschen, ihr Haar zu waschen und sich anzuziehen, bevor er anklopfte und sie zum Essen ins Ramuntcho im Erdgeschoß des Eden Building ausführte.

Es war ein gutes französisches Restaurant, das von vielen GIs frequentiert wurde, so daß sie niemandem auffielen, als sie sich unterhielten, lachten und scherzten. Da sie einander nun schon besser kannten, verlief das Essen in entspannter und lockerer Stimmung. Er hatte Humor, und seine Ansichten über das Armeeleben lösten bei ihr Lachanfälle aus.

»Warum bleiben Sie eigentlich in der Armee?« fragte sie.

»Ich wüßte nicht, was ich sonst tun sollte. Ich habe zwei Jahre Abendcollege hinter mir. Ich spreche fließend Spanisch, und ich war leidlich gut im Windelwechseln.« Er hatte sich bei der Pflege eines todkranken Kindes hervorragend bewährt. »Angeblich verfüge ich über ausgezeichnete Führungsqualitäten, und seit viereinhalb Jahren bin ich Tunnelratte. Was also habe ich zu erwarten? Einen Job in den Kanälen von New York? Was könnte ich sonst anfangen?«

»Was ist mit Ihrer Farm oder mit dem Weinberg im Napa Valley?«

»Das hat noch viel Zeit. Außerdem lasse ich nur ungern etwas unfertig im Stich«, gestand er. Und doch hatte er seinen Sohn verlassen. Aber damals war er fünfundzwanzig und völlig überfordert gewesen. »Und was ist mit Ihnen?« fragte er. »Was soll aus Ihnen werden, wenn Sie groß sind?«

»Dorothy im *Zauberer von Oz*«, sagte sie wie aus der Pistole geschossen. »Ich habe eine Schwäche für rote Schuhe.«

»Jetzt weiß ich, warum Sie mir gefallen.« Er grinste. »Sie sind verrückt.« Er wurde wieder ernst. »Möchten Sie auch später noch als Journalistin arbeiten?«

»Ich glaube schon. Ich habe es mir immer gewünscht, und es macht mir Freude.«

»Da haben Sie Glück. Außerdem ist es eine schöne Art, sich seinen Lebensunterhalt zu verdienen.« Da fiel ihnen ein, was ihr in Cu Chi beinahe zugestoßen wäre, und sie lachten. »Nein, das muß ich wohl zurücknehmen. Was haben Sie übrigens diese Woche gemacht?« Und als sie es ihm erzählte, war er beeindruckt von den Themen, die sie bearbeitet hatte. Sie hatte keine Angst vor Dreck, vor einer Schießerei oder davor, die häßliche Seite des Krieges zu sehen. Trotz seiner Angst, die er um sie hatte, wuchs seine Hochachtung vor ihr.

Schließlich beschlossen sie, den Film sausen zu lassen. Statt dessen gingen sie an die Hotelbar und sprachen stundenlang von sich, Vietnam, Bill, Tonys und ihrer Familie und sogar von Queenie.

»Ich habe das Gefühl, als würde ich Sie mein Leben lang kennen«, sagte er bewundernd, als er sich an jenem Abend von ihr verabschiedete. Sie war so warmherzig und nahm so innig Anteil, daß es ein leichtes war, sich zu öffnen und einander näher kennenzulernen.

»Ich auch«, gestand sie. »Eigentlich erzähle ich nie so viel.« Aber es hatte beiden gutgetan. Paxton hatte sogar von der merkwürdigen Beziehung zu ihrer Mutter gesprochen. Nach ihrer Rückkehr aus Vietnam war der Kontakt wieder abgerissen – sie waren einfach zu verschieden.

»Seit meiner Kindheit hatte ich keine Freundin wie Sie«, sagte Tony mit glücklichem Auflachen. »Sie wissen schon, einen Kumpel, dem man alles erzählen kann. Mit Barbara war es so gewesen. Aber seither lange nicht mehr.«

»Wann kommen Sie wieder nach Saigon?« fragte sie, als sie in der Lobby standen. Es war zwei Uhr vorbei, und lange nach Beginn der Ausgangssperre.

»Ich weiß es noch nicht. Ich werde anrufen.« Er schien zu zögern, und dann streckte er die Hand aus und berührte ihre Schulter.

Der Anruf kam zwei Tage später. Er hatte mit jemandem den Dienst tauschen können und lud sie wieder ins Kino ein, und diesmal schafften sie es fast bis Tan Son Nhut, aber auf der Strecke war ein Auto explodiert, es gab einen Riesenstau, und schließlich machten sie kehrt und fuhren zurück nach Saigon.

»Was möchten Sie statt dessen machen? In die Radio City Music Hall? Ein Theaterstück am Broadway? Ein Hamburger und ein Shake bei Schrafft?«

»Bloß nicht«, stöhnte sie. »Ich bekomme Heimweh.«

»Wollen wir im Pink Nightclub tanzen?«

»Fahren wir lieber zu Ihnen ... zu Fernsehen und Popcorn«, zog sie ihn auf, und jetzt war es an ihm, aufzustöhnen.

»Lassen wir das. Fahren wir zurück ins Hotel und plaudern.« Und das taten sie dann auch, und als er sich diesmal in der Lobby von ihr verabschiedete, zog er sie in eine dunkle Ecke und berührte die seidenzarte, sahneweiße Haut ihrer Schultern. Fast hätte er aufgeseufzt, so sehr schmerzte allein der Gedanke an sie. »Dies dürfte sehr schwierig werden«, sagte er im Tonfall der Mömpfe aus dem *Zauberer von Oz,* rückte seine Hose zurecht und brachte sie damit zum Lachen.

»Du bist unmöglich«, sagte sie und küßte ihn.

»Ich verspreche, daß ich sogar sehr möglich bin. Willst du mich versuchen?« raunte er an ihrem Hals, und sie kicherte.

»Du sollst mich um diese Zeit nicht so zum Lachen bringen«, flüsterte sie ihm zu, und er küßte sie fest auf die Lippen.

»Entschuldige ...« Und dann völlig unvermittelt: »... gehen wir hinauf, Paxxie.«

»Ich habe Angst ...«, flüsterte sie zurück.

»Nicht nötig.« Und doch hatte sie Angst. Alle, die sie geliebt hatte, waren tot, und was, wenn nun ihm etwas passierte? Sie wollte ihm das nicht antun und sich auch nicht. Das versuchte sie ihm zu erklären, als sie dastanden und er liebevoll auf sie herunterblickte und ihr das seidige blonde Haar von den Schultern strich.

»Pax, wir haben nicht alles unter Kontrolle. Es liegt alles in den Sternen, in Gottes Hand. Was geschehen muß, geschieht ... es ist nicht deine Schuld, was Bill zustieß ... oder Peter ... egal, was ich damals sagte. Und was mir passiert, hängt auch nicht von dir ab. Wir müssen uns nehmen, was geht, solange wir können. Und einander lieben und füreinander dasein, solange wir können, und wenn etwas passiert, dann haben wir unser Bestes getan. Paxton, du kannst dich nicht für den Rest deines Lebens verkriechen, weil du davor Angst hast, daß jemandem etwas passieren könnte.«

»Aber ich komme mir vor, als hätte ich sie getötet«, sagte sie kummervoll und mit Tränen in den Augen. Und er hätte sich ohrfeigen können für das, was er ihr an den Kopf geworfen hatte, als er sie noch nicht richtig kannte.

»Du hast niemanden getötet, und du weißt das ... du hast nur Angst.« Er legte die Arme um sie und hielt sie fest. »Aber du sollst keine Angst haben, bitte, Baby. Ich habe nie jemanden so wie dich geliebt. Lauf nicht fort von mir ... bitte ...« Und dann sah er sie an, wie er noch nie eine Frau angesehen hatte, und sagte etwas, was er noch nie gesagt hatte, doch es war die Wahrheit, und er wagte, sie auszusprechen. »Baby, ich brauche dich.« Sie brauchten einander, jeder brauchte jemanden. Der Brutalität, der man hier ständig ausgesetzt war, konnte man nur begegnen, wenn man jemanden hatte, der einem darüber hinweghalf.

Er begleitete sie hinauf zu ihrem Zimmer und dachte an das, was sie gesagt hatten, und hielt sie fest. Als sie die Tür erreichten, zog er sie an sich und küßte sie lange, sehr lange, und als er sich wieder losmachte, sah er ihr mit sanftem Lächeln in die Augen.

»Was immer uns widerfährt, Paxton ... wie immer du dich entscheidest ... ich werde dich immer lieben.« Und dann ging er rasch die Treppe hinunter, ohne sich umzublicken, während sie ihm nachsah.

23

In der folgenden Woche erhielt sie aus San Francisco von den Wilsons ein Telegramm. Gabby hatte ihr zweites Töchterchen zur Welt gebracht, Mutter und Kind waren wohlauf. Die Kleine hatte den Namen Matilda bekommen. Paxton freute sich für sie, doch kam ihr alles so fern vor, dem Leben, das sie nun führte, so entrückt. Und den Rest der Woche überschlugen sich die Fernschreiben mit Berichten über ein unglaubliches Massenereignis, als Jugendliche an einem Ort namens Woodstock zu einem Konzert zusammenströmten.

Sie war wieder mit Tony ausgegangen, und diesmal hatten sie es ins Kino geschafft und sich *Frühling für Hitler* angesehen, einen Film, der beide begeisterte, fast so wie einige Wochen zuvor die phantastischen Dokumentaraufnahmen der ersten Menschen auf dem Mond, die Tony mit Tränen in den Augen angesehen hatte. Nach dem Film hatten sie auf dem Militärstützpunkt Milchshakes und Hamburger konsumiert und von ihrer Kindheit gesprochen. Ihre in Savannah und seine in New York unterschieden sich wie Tag und Nacht, und als sie ihm zu erklären versuchte, was die »Töchter des Bürgerkriegs« waren, wollte er ihr einfach nicht glauben.

»Paxton, bitte … du willst mir einreden, daß die Leute sich noch für den Bürgerkrieg interessieren? Nicht zu fassen.«

Und sie hatte ihm auch von allen anderen Dingen erzählt, von ihrem Vater und was sie mit ihm unternommen hatte, von ihren geliebten Sonntagmorgen in seinem Büro. Und er wiederum hatte ihr beschrieben, wie er jeden Sommer in der Bronx für seinen Vater gearbeitet hatte, wie seine Familie sich allmählich hochgekämpft und es schließlich zu etwas Vermögen gebracht hatte, wie schwer er gearbeitet hatte und sich als Kind wie als Mann gefühlt hatte, etwas, das er ungemein genoß. Und was es für ein Gefühl gewesen war, als sein kleines Baby geboren worden war, ihr kleines Mädchen, und wie es war, als sie erkrankte und starb. Damals hatte er geglaubt, er würde es nicht überleben. Und dann war wie ein kleines Wunder Joey gekommen, gesund und kräftig und so anders.

»Du weißt nicht, wie das war.« Die Erinnerung an den Tag von Joeys Geburt ließ seine Augen leuchten, sehr oft gönnte er sich diese Erinnerung nicht. »Es ist das großartigste Gefühl der Welt … Kinder zu haben.« Als sei es ihm nachträglich eingefallen, fragte er sie: »Du möchtest doch einmal Kinder, Pax?« Es gab noch einiges, was er nicht von ihr wußte, aber nicht viel. Wenn man an einem Ort wie diesem zusammen war, dann erfuhr man voneinander Dinge, die man in den meisten Fällen in einem ganzen Leben nicht erfahren hätte.

»Ich denke schon. Aber viel habe ich darüber nicht nachgedacht.« Und dann, ganz langsam, fiel es ihr ein: »Nein, das stimmt nicht.« Sie wollte immer aufrichtig zu ihm sein, das war ihr Wesen. »Ich glaube, bei Peter dachte ich immer, daß ich mir mit der Zeit Kinder wünschen würde … bei Bill war es anders, weil ich mir nie den Gedanken gestattete, daß er mich wirklich heiraten würde, damit die Enttäuschung nicht zu groß wäre, wenn er es nicht täte. Aber das Komische ist, daß ich mit den Kindern anderer Leute nicht warm werden kann.«

»Mit eigenen ist es anders«, versicherte er ihr. »Ganz anders. Es ist ein Wunder, und es ist schwer zu erklären. Man spürt eine unglaubliche Bindung, wenn man weiß, daß das Kind auf ewig Teil von einem selbst ist.«

Sie sah ihn liebevoll über ihr Milchglas hinweg an. »Empfindest du das jetzt auch noch für Joey?«

Er nickte, überlegte und sah sie an. »Ja.« Trotz allem, was geschehen war, stand es für ihn zweifelsfrei fest.

»Dann solltest du aber nach Hause fliegen und ihn einmal besuchen.«

»Ja, das sollte ich«, sagte er heiser. Und dann gingen sie tanzen, und schließlich kehrten sie in ihr Hotel zurück, und er hatte den Arm um sie gelegt, als er mit ihr hinaufging. Er erwartete nicht, daß sie ihn zu bleiben bat, und wollte schon gehen, nachdem er ihr einen Gutenachtkuß gegeben hatte, sie aber zupfte ihn sanft am Ärmel, und als er sich umdrehte und sie anblickte, bemerkte er, daß die Tür zu ihrem Zimmer offenstand. Was dies bedeuten sollte, wagte er nicht zu fragen. Er folgte ihr hinein, schloß die Tür und zog sie in die Arme, um sie zu küssen, wie er, wenn überhaupt, seit Jahren niemand mehr geküßt hatte. Und sie erwiderte seine Küsse, wie sie es noch nie bei jemandem getan hatte. Mit Tony war alles anders: Was sie dachte, was sie tat und was sie fühlte. Er bewirkte, daß sie sich wieder jung fühlte, und alt und unglaublich weiblich, und völlig eins mit sich. Es war, als sei sie für ihn geboren worden und hätte ihr Leben lang nur auf ihn gewartet. Er empfand ganz ähnlich, und als sie später Seite an Seite im Bett lagen, sprach er es aus.

»Pax, ich habe noch nie jemanden so geliebt wie dich. Am liebsten möchte ich meine Koffer noch heute packen und davonrennen, mit dir an meiner Seite, bis wir zu Hause und für immer in Sicherheit sind.« Aber beide wußten, daß dies eine gefährliche Einstellung war.

Diese Nacht und etliche darauffolgende verbrachte er mit ihr. Und am Ende des Sommers war es fast so, als wären sie verheiratet. Wenn er frei hatte, unternahmen sie alles gemeinsam, und sie suchte seinen Rat in Fragen, über die sie mit niemandem zuvor gesprochen hatte, sogar über die Reportage-Ausflüge, die sie mit Ralph unternahm.

Und auch Tony erzählte ihr alles, ausgenommen von seinen Einsätzen, wenn er der Meinung war, sie wären zu gefährlich und könnten sie in Angst versetzen.

Sogar Ralph änderte seine Meinung über Tony, und Anfang September gingen sie zu viert zum Dinner aus. Die arme France war schon sehr umfangreich und mußte es sich gefallen lassen, daß Ralph sie deshalb aufzog, aber später sagte Tony, sie hätte schön ausgesehen, und Paxton war gerührt. Sie konnte sich selbst in diesem Zustand mit einem Baby in sich nicht vorstellen. Einmal glaubte sie, erspäht zu haben, wie das Baby um sich trat, und es faszinierte sie, daß es France nicht zu stören schien.

»Tut das nicht weh?« fragte sie Tony später. »Alles sieht so gewaltig und gedehnt aus. Es muß schrecklich sein.«

»Es ist nicht schrecklich, es ist wundervoll, das verspreche ich dir.« Er küßte sie sanft. »Vertraue mir.« Zwischen ihnen war noch nicht von Ehe oder Kindern die Rede gewesen. Sie wußten nur, daß beides geplant war, falls sie aus Vietnam lebendig herauskämen, aber das war auch etwas, über das nicht gesprochen wurde. Statt dessen besprachen sie einen Urlaub in Bangkok oder die Weihnachtsgeschenke für Joey. Und schließlich bekam er Mitte September fünf Tage Urlaub und flog mit ihr nach Hongkong, wo er ihr einen Ring kaufte und kommentarlos an den Finger steckte. Es war ein rubinbesetzter Ring mit einem Rubin-Diamant-Herz in der Mitte, und Paxton war hell begeistert. Sie verbrachten herrliche Tage in Hongkong, wo sie wie alle anderen GIs und deren Frauen oder Freundinnen im Ambassador Hotel wohnten.

Bei ihrer Rückkehr entdeckte Paxton, daß Ralph sich in Da Nang aufhielt, ihrer Meinung nach eine Dummheit. Das Baby konnte jeden Tag kommen, und sie hatte ihm schon einmal geraten, er solle bei France bleiben, er aber hatte darauf geantwortet, er könne nicht einfach dasitzen und darauf warten, daß sie das Baby bekäme. France befand sich in der Obhut einer Hebamme, und für den Fall von Komplikationen würde auch ein Arzt zur Stelle sein. Ralph hatte ihr zur Sicherheit Paxtons Telefonnummer gegeben, zudem war er sicher, er würde mindestens eine Woche vor dem errechneten Geburtstermin wieder aus Da Nang zurück sein.

Tony und Paxton lagen eines Nachts im Caravelle im Bett und schliefen, als das Telefon läutete und Paxton abnahm.

»Hmmm ... ja?« Sie konnte sich nicht vorstellen, wer um diese Zeit anrufen sollte. Sie warf trotz der Dunkelheit einen Blick auf die Uhr und konnte erkennen, daß es vier Uhr morgens war.

»Paxton?« Für einen Moment erkannte Paxton die Anruferin nicht. Sie hörte nur den französischen Akzent. »Hier France.« Allmächtiger! Sie fuhr auf. Wo steckte Ralph?

»Geht es dir gut?«

»Ja, sehr gut ...« Fast konnte Paxton sehen, wie sie in der Finsternis höflich lächelte. France war ein Mensch, der sich nie beklagte, nie Schwierigkeiten machte, nie lästig sein wollte. Und doch rief sie Paxton, die sie kaum kannte, um vier Uhr morgens an. »Es tut mir schrecklich leid«, setzte sie höflich an, woraufhin abruptes Schweigen eintrat, während Paxton sich fragte, was los war. Nie wäre sie auf den Gedanken gekommen, daß France Wehen hatte. »Ralph ist nicht da«, fuhr France nun fort, »und ich konnte die Hebamme nicht erreichen ... und auch den Arzt nicht, den ich anrufen sollte, für den Fall, daß ...« Wieder stockte sie jäh, und Paxton wurde von Panik erfaßt.

»France? ... France ... bist du noch da?« Sie drückte die Taste am Apparat, weil sie glaubte, der Kontakt sei unterbrochen. Inzwischen war Tony aufgewacht.

»Was ist denn?« Er hob den Kopf, und Paxton setzte zu Erklärungen an, als France wieder zu sprechen anfing, diesmal etwas schroffer.

»Ich kann meinen Arzt nicht erreichen, und die Hebamme auch nicht ... und ich habe An bei mir ... es tut mir sehr leid, dich zu stören, aber vielleicht ... wenn du mich ins Krankenhaus bringst und An bei dir behältst, bis Ralph nach Hause kommt ...« Wieder brach sie jäh ab, und diesmal erriet Paxton, was los war, während Tony sie beobachtete.

»Natürlich. Ich bin gleich da. Bist du sicher, daß alles in Ordnung ist? Soll ich einen Krankenwagen rufen?«

»Aber nein, auf keinen Fall«, lautete die höfliche Antwort. »Aber wirst du auch rasch kommen?«

»Sofort. Noch etwas France ... kommt das Baby schon?«

»Hoffentlich erst, wenn wir im Krankenhaus sind. Danke«, sagte sie und legte abrupt auf. Paxton ahnte nicht, daß sie unerträgliche Schmerzen litt und kaum mehr gehen konnte, als sie das Telefon hinstellte. Sie hatte zu lange gewartet, und die Wehen hatten rasch eingesetzt. In ihrem Hotelzimmer im Caravelle schlüpfte Paxton eilig in ihre Sachen, und auch Tony war aus dem Bett gesprungen.

»Ich fahre dich nach Gia Dinh. Um diese Zeit gibt es nicht viel Verkehr«, bot Tony an, der sich auch anzog.

»Wo ist dort das nächste Krankenhaus?« Trotz ihrer Angst versuchte sie, ruhig zu überlegen. Diese Situation war für sie furchterregender als ein Feuergefecht.

»Ich glaube, es ... ich weiß nicht. Ich will unten an der Rezeption nachfragen. Wie hat sie geklungen?« Er hatte bereits seine Uniform angezogen, und Paxton war schon in Rock, Bluse und Sandalen und bürstete ihr Haar, als er ihr die Frage stellte.

»Merkwürdig, ehrlich gesagt. Immer wieder machte sie lange Pausen, so daß ich schon dachte, wir wären unterbrochen worden, aber es war nicht der Fall.«

»Wenn mein Gedächtnis mich nicht täuscht, dann ist es soweit.«

Paxton griff lächelnd nach ihrer Zahnbürste. »Ich glaube nicht, daß sie angerufen hätte, wenn es das nicht wäre.«

Die Fahrt nach Gia Dinh dauerte zwanzig Minuten, und als sie das Haus erreichten, in dem Ralph und France wohnten, drückte Paxton auf die Klingel mit dem Namensschild. Lange Zeit rührte sich nichts, und Paxton vermutete, France sei womöglich allein ins Krankenhaus gefahren, aber Tony wandte ein, daß oben Licht brannte, deshalb warteten sie eine Weile, und schließlich summte es, und die Tür ging auf. Sie liefen hinauf und trafen France zusammengekauert an der Wohnungstür an, hinter sich eine Wasserspur. Sie war entsetzt, als sie sah, daß Paxton nicht allein gekommen war, aber Tony benahm sich, als sei alles völlig normal und stützte France, die unter ihrem Schlafrock ein rosa Nachthemd trug, als er ihr zurück ins Schlafzimmer half. Im Zimmer daneben hatte Paxton den friedlich schlafenden An erspäht. Sie schloß leise die Tür und fragte France, ob sie noch einmal versucht hätte, den Arzt zu erreichen, aber diese schüttelte den Kopf und klammerte sich an Tony. Es schien sie nicht zu kümmern, wer sie festhielt, und Paxton schien für sie kaum zu existieren.

»France, du mußt dich anziehen«, versuchte Paxton ruhig zu sagen, kaum aber hatte sie die Worte ausgesprochen, als France unwillkürlich einen leisen Schrei ausstieß und sich an Tony klammerte. Er hielt sie liebevoll fest und legte sie sanft aufs Bett, bis die Wehe vorüber war.

»France, wir müssen hier weg«, sagte er ruhig. »Ich werde Sie tragen.« Sie aber fing zu weinen an und klammerte sich mit einem Stöhnen wieder an ihn. Die Schmerzen, die knapp vor Mitternacht eingesetzt hatten, brachten sie fast um den Verstand. Mittlerweile war es fast fünf Uhr, und plötzlich sah Paxton Blut im Bett und bekam es mit der Angst zu tun. Als sie versuchte, Tony darauf aufmerksam zu machen, zeigte er sich nicht überrascht, da er viel besser als Paxton über die Vorgänge bei der Geburt Bescheid wußte. Er sah sie beruhigend an. »Wir gehen nirgendwohin«, sagte er leise. »Such so viele Handtücher zusammen, wie du finden kannst, und Zeitungen, jede Menge Zeitungen.« Er hatte es noch nicht ausgesprochen, als er anfing, sich die Schuhe aufzubinden. Paxton fragte sich unwillkürlich, ob er den Verstand verloren hatte.

Er versuchte France nur einen Moment allein zu lassen, sie aber wollte ihn nicht loslassen und stieß zwischen zusammengepreßten Zähnen hervor: »Es tut mir so leid ... so leid ...« Und dann wurde sie wieder von einer Wehe gepackt. Paxton beobachtete es mit Entsetzen. Sie konnte sich nicht vorstellen, was Tony daran schön fand. Es wirkte schrecklich und beängstigend und schien unerträglich schmerzhaft zu sein.

Paxton kam mit allen Handtüchern zurück, die sie hatte finden können, mit zwei frischen Laken und einem Stapel Zeitungen, den sie in der Küche entdeckt hatte. Tony wies sie an, alles hinzulegen und neben ihm hinzuknien. Er trat hinter France und hielt sie fest, und als die nächste Wehe kam, faßte sie blindlings nach Paxtons Händen, und diese hielt sie fest. Die zwei Frauen hielten einander an den Händen, als France ihr Baby herauszupressen begann.

»O nein ... nein!« schrie sie. »Das Kind kommt!«

»Ich weiß«, erwiderte Tony sanft und sagte ihr, was zu tun war, während er sich zwischen zwei Wehen ein Laken wie eine Schürze umband. France hielt noch immer Paxtons Hände umklammert, und während sie preßte, weinte Paxton mit ihr. Und dann wies Tony sie an, France' Beine zu halten, während er deren Schultern hielt. France fuhr fort zu pressen, und Paxton wäre am liebsten laut schreiend auf und davon gelaufen. Sie konnte es kaum ertragen, France so leiden zu sehen. Und dann, nach einer letzten, gewaltigen Anstrengung, ertönte ein leises Wimmern, und alle drei sahen voller Staunen das kleine rote Gesicht an, das aus France' Schoß herausgekommen war.

»Weiter so«, drängte Tony, »jetzt wieder pressen ... los.« Mit der nächsten Wehe kamen die Schultern, und Tony leistete sanft Nachhilfe, indem er behutsam anfaßte, als der Rest von France' und Ralphs Baby zur Welt kam. Es war ein kleines Mädchen, und als Paxton dieses Wunder sah, weinte sie, und den Bruchteil einer Sekunde beugte Tony sich über sie und küßte sie. Auf France' Gesicht lag ein mattes Lächeln. Und Paxton sah erstaunt zu, wie Tony die Nabelschnur mit seinen Schnürsenkeln abband. »Ruf einen Krankenwagen«, sagte er, während sie France mit banger Scheu anblickte und den Mann, den sie liebte, mit rückhaltloser Bewunderung. Sie wollte ihm sagen, wie wundervoll sie ihn fand, aber dafür war später auch noch Zeit.

Statt dessen telefonierte sie nach einem Krankenwagen, und ehe dieser kam, weckte sie An. Zu dritt standen sie bei France, und der kleine Junge bestaunte sein Schwesterchen.

»Ist sie gekommen, während Mama schlief?« fragte er, und die anderen lächelten. »Hat sie dich geweckt?« wollte er von seiner Mutter wissen, und er war bitter enttäuscht, daß die beiden im Krankenwagen fortfahren mußten, ließ sich aber leicht trösten, weil er mit Tony ins Hotel durfte, während Paxton mit France und dem Baby ins Krankenhaus fuhr, noch immer überwältigt von dem, was sie in dieser Nacht miterlebt hatte.

»Es tut mir so leid, daß ich euch so viel Mühe machte«, entschuldigte sich France im Krankenwagen. Paxton hielt ihre Hand, noch immer voller Ehrfurcht, das alles erschien ihr so unwirklich. Wirklich war nur der Krieg, und der Tod war zur

Normalität geworden. Aber dieses Wunder der Geburt, dieser Teil der Weiblichkeit, überraschte und erstaunte sie über die Maßen.

»Du warst so tapfer, France«, sagte Paxton. »Es tut mir leid, daß ich nicht besser helfen konnte ... Ich hatte keine Ahnung, was ich tun sollte ...« Sie dankte Gott für Tony.

»Du warst wundervoll«, sagte France schläfrig und schloß die Augen, noch immer Paxtons Hand festhaltend. Und Paxton blieb bis in den späten Morgen bei ihr im Krankenhaus. Und als sie zurück ins Hotel ging, traf sie Tony an, wie er mit An spielte, und beide sahen sehr glücklich aus. Zum Glück hatte Tony zwei Tage Urlaub, so daß er bleiben und auf Paxton warten konnte.

»Wie geht es ihr?« fragte Tony besorgt. »Alles in Ordnung?«

»Alles ist großartig.« Paxton lächelte fast schüchtern. »Das Baby ist reizend, und sie hat es gestillt, als ich ging.« Sie konnte noch immer nicht glauben, was sie erlebt hatte, aber irgendwie fühlte sie sich ihm sehr viel näher.

Er sah sie lange und wortlos an. Auch er spürte es, und dann legte er, ohne Ans Hand loszulassen, seinen Arm um Paxton und küßte sie. »Du warst letzte Nacht sehr tapfer.« Es war eine Nacht, die ihnen immer im Gedächtnis bleiben würde.

»Noch nie im Leben habe ich so große Angst ausgestanden ... mein Gott, Tony, wie kann ein Mensch das nur aushalten?«

»Es lohnt sich«, sagte er, ohne zu zögern, und sie wußte nun, daß es stimmte. Jener Augenblick, als das Köpfchen sich zeigte und das Baby den ersten Schrei tat, machte alles wett. Paxton würde es nie vergessen.

»Es ist wirklich ein Wunder, findest du nicht?« Da nickte er und bückte sich nach An, um ihn auf die Schultern zu heben.

Ralph kam um fünf Uhr zu ihnen. Er war nach Hause gekommen und hatte ihre Nachricht vorgefunden. Dann war er ins Krankenhaus gerast, um France und das Baby zu besuchen. Irgendwie tat es Paxton leid für ihn, weil sie gesehen hatte, wie sein Kind zur Welt gekommen war, und er nicht. Als er ins Hotel kam, war er außer sich vor Freude und bestand darauf, Champagner zu bestellen, und dann ging er wieder ins Krankenhaus, mit An in den Armen, nachdem er sich überschwenglich bei ihnen bedankt hatte und ihnen noch eröffnete, daß sie das Baby mehr oder weniger nach Paxton nennen würden. Die Kleine sollte Pax Tran Johnson heißen. Pax war als Name sehr passend, da es das lateinische Wort für »Frieden« war.

Als Paxton an jenem Abend zu Bett ging, war sie noch immer zutiefst bewegt und in Gedanken bei den Ereignissen.

»Tony, ich weiß nicht«, sagte sie leise, als sie im Dunkeln beisammen lagen. »Ich weiß nicht, ob ich dafür bereit bin.« Die Geburt, deren Zeugin sie geworden war, hatte bei ihr Spuren hinterlassen. Sie fragte sich, wie France dies alles aushalten konnte.

Aber Tony lachte nur leise, als er sich zu ihr umdrehte und sie küßte. »Ich glaube nicht, daß du dir darüber in absehbarer Zeit Sorgen machen müßtest. Erst mußt du dich um ein paar andere Dinge kümmern.« Um das Überleben in Vietnam beispielsweise, das mußten beide.

»Du weißt, was ich meine. O Gott, es sah zeitweise so schrecklich aus.«

»Ich weiß, daß es schlimm sein muß«, gab er zu. »Aber ich weiß nicht ... die Frauen vergessen es rasch ... das müssen sie wohl ... oder es würde keine Kinder mehr geben.« Das Erlebnis dieser Geburt hatte ihn nachdenklich gemacht. Er grübelte über die Dinge nach, die wirklich zählten, und was einem blieb, wenn man Vietnam hinter sich hatte – und plötzlich sehnte er sich nach einem anderen Leben. »Ich würde sehr gern wieder Kinder haben«, gestand er ihr in jener Nacht.

»Du verstehst dich darauf«, sagte sie wehmütig und in Erinnerung daran, wie er mit An umgegangen war. Aber wer konnte wissen, ob sie beide je diese Chance bekommen würden. Wer konnte wissen, ob sie überleben und Kinder bekommen würden ... aber dieses Erlebnis war ein Bindeglied zwischen ihnen, ein ganz besonderer Augenblick, den sie geteilt hatten und nun festhielten.

»Ich liebe dich, Pax«, flüsterte er in der Dunkelheit.

»Ich liebe dich auch«, flüsterte sie und schlief in seinen Armen ein, von France' Baby träumend.

24

Im Oktober erlebten die Vereinigten Staaten ein allgemeines Umdenken, das das ganze Land einschloß und in einer gewaltigen Demonstration gipfelte, in der die Beendigung des Krieges gefordert wurde. Am dritten November versprach Präsident Nixon, den Krieg zu beenden, und die Menschen, die es hörten und ihm glaubten, schöpften Hoffnung.

Am sechzehnten November wurde die Nation von den Enthüllungen über das Massaker von My Lai erschüttert, das im Jahr zuvor stattgefunden hatte, und plötzlich kam es zu einem gewaltigen Aufschrei in Vietnam. In den Staaten wurde Lieutenant Calley inhaftiert, in Vietnam ordnete die militärische Führung Untersuchungen an; alle Verantwortlichen waren außer sich. Auf beiden Seiten hatte es Grausamkeiten gegeben, aber dieses eine Massaker brachte das Faß zum Überlaufen. Fotos von erschossenen Babys und Kindern wurden veröffentlicht. Das AP-Büro sowie *Time* und CBS, ABC und NBC wurden mit Forderungen nach aufklärenden Berichten bombardiert. Eine Zeitlang hielt der Fall alle auf Trab und war Quelle einiger erstaunlicher Geschichten. Ralph und Paxton hatten so viel zu tun, daß sie kaum Atem holen konnten, und Paxton mußte um jede freie Minute kämpfen, die sie mit Tony verbringen wollte.

Tony machte sich ein paar Beziehungen zunutze und schacherte um Urlaubszeit, so daß sie es schließlich schafften, über Thanksgiving in Bangkok Urlaub zu machen, wo sie im Montien Hotel wohnten. Es waren die glücklichsten Tage in Paxtons Leben. Sie fühlte sich Tony näher als je zuvor einem Mann. Sie waren ebenso Freunde wie Liebende, und es gab nichts, was sie nicht miteinander besprechen konnten. Auf dem Rückflug nach Vietnam sprachen sie über My Lai und Lieutenant Calley.

»Bist du ihm je begegnet?« Sie hätte gern mehr über diesen Mann gewußt, und er war froh, sagen zu können, daß er ihn nicht kannte.

»Nein, aber ich habe ähnliche Geschichten oft zu hören bekommen. Inoffiziell, natürlich. Es gibt jede Menge GIs, die in ihrer Angst und in ihrem Haß auf die Schlitzaugen total durchdrehen. Hier sind alle Regeln außer Kraft, wie du weißt, und damit können manche nicht umgehen. Sie müssen mit ansehen, wie ihre Kameraden fallen, sie selbst befinden sich in einer ausweglosen Lage, oder ihr bester Freund tritt auf eine Mine, und da brennt bei ihnen eine Sicherung durch, sie spielen verrückt und lassen alles an Charlie aus.« So war es auch zu den Greueln von My Lai gekommen, die deswegen nicht weniger abstoßend wurden. Der Krieg dauerte schon zu lange und war zu grauenvoll.

In diesem Jahr ging sie zu Weihnachten mit Tony zur Bob-Hope-Show. Wie sonderbar, daß sie ein Jahr zuvor mit Bill die Martha-Raye-Show gesehen hatte ... aber ein Jahr in diesem Land war etwas anderes als irgendwo sonst auf der Welt. Ein Jahr in Vietnam war ein ganzes Leben. Anschließend verbrachten sie einen ruhigen Abend in ihrem Hotel, und am nächsten Morgen rief sie ihre Familie in Savannah an. Am Tag darauf besuchten sie France und Ralph und brachten Geschenke für An und das Baby mit. Die kleine Pax gedieh prächtig unter der liebevollen Obhut ihrer Mutter, und Ralph war ganz verrückt nach seinem Kind, das sowohl ihm als auch France glich. Noch immer bemühte er sich, France zu einer Ehe zu überreden, bislang vergebens.

Und Paxton versuchte er zu überreden, mit ihm am Neujahrstag eine Fahrt ins Mekongdelta zu unternehmen. Da sie mit ihrer Arbeit im Rückstand war und Tony an diesem Tag Dienst hatte, wollte sie lieber im Hotel bleiben und schreiben. Sie und Tony verbrachten zwei Tage an der China Beach in Da Nang. Nach ihrer Rückkehr führte ihr erster Weg sie ins AP-Büro zu Ralph, da sie feststellen wollte, ob er davon gehört hatte, daß zu Neujahr eine Gefechtsbasis unweit An Loc überrannt worden war.

Niemand schien zu wissen, wo er war, so ging sie am nächsten Tag wieder hin, und inzwischen wußte man Bescheid. Als Paxton eintrat, herrschte Totenstille. Erst merkte sie es nicht, da sie stehenblieb und die Fernschreiben durchsah, und dann schaute sie nach, ob Ralph in seinem Büro war. Er war es nicht, sein Zimmer war leer. An der sauberen Kaffeetasse merkte sie, daß er gar nicht gekommen war. Nun überlegte sie, ob sie warten sollte oder nicht, und als sie auf die Uhr sah, bemerkte sie die anderen, die sie beobachteten. Sie alle wußten es und hatten Angst, es ihr zu sagen. Sie kannten sie gut und wußten, wie nahe sie Ralph gestanden hatte. Schließlich ging der stellvertretende Agenturchef langsam auf sie zu und bedeutete ihr wortlos, ihm zu folgen. Erstaunt folgte sie ihm in sein Büro.

»Was ist los? Wo ist Ralph?« Es hörte sich jung und frisch an, und wie immer ein wenig eilig. Sie wollte an diesem Tag noch ein paar Daten für ihre Artikel recherchieren und hoffte, Ralph würde bald auftauchen. Da sagte er es ihr. Ralph war auf dem Rückweg von My Tho ums Leben gekommen, eine dumme Sache, sein Jeep war auf eine Landmine gefahren. Eine dumme Sache ... eine dumme Sache ... warum war es immer eine dumme Sache? Gab es hier überhaupt eine intelligente Todesart? Durch Freundfeuer oder eine Plastikbombe in einem Restaurant oder eine Haubitze oder eine Landmine? Was war intelligent daran? Als Paxton die Worte hörte, saß sie da und starrte ihn an, nicht imstande, zu glauben, was sich ereignet hatte. Es konnte nicht sein, es durfte nicht Ralph passiert sein. Er war seit Jahren im Land, viel zu gewitzt, um zu sterben, zu gerissen, zu gut, zu liebevoll, zu vorsichtig, und er war mit neununddreißig Jahren zum ersten Mal Vater geworden. Wußte das denn niemand? Hatte das niemand dem Kerl gesagt, der die Mine gelegt hatte? Nicht er ... er hat ein Kind ... nicht sie ... jemand liebt sie in der Heimat ... hörte einer auf diese Dinge? Interessierte es keinen? Sie konnte nicht verstehen, was schiefgegangen war. Wortlos stand sie auf, ging aus dem Büro und zurück in ihr Hotel. Dort nahm sie sich einen Leihwagen und fuhr hinaus nach Cu Chi, ohne auch nur einen Gedanken an die Gefahr zu verschwenden. Sie wollte Tony finden und es ihm sagen. Und als er sie über das Stützpunktgelände kommen sah, glaubte er eine Vision zu haben. Sie trug nicht einmal ihre Armeekluft, sondern einen rosafarbenen Rock mit Bluse und weiße Sandalen. Und es war reiner Zufall, daß er sie überhaupt sah, da er eben im Begriff gewesen war, mit Rekruten zu Geländeübungen zu fahren. Er sprang aus dem Jeep und wies seinen Obergefreiten an, er solle kurz warten. Dann lief er über den Platz und hielt sie auf.

»Was machst du hier?« Sie hatte ihm einen Riesenschrecken eingejagt. Er glaubte, es sei etwas passiert, aber als er ihre Kleidung registrierte, entschied er, daß es nicht der Fall sein konnte. »Wer hat dich gefahren?«

»Ich«, stieß sie verzweifelt hervor und blickte nervös umher, als suche sie jemanden.

»Was ist, Pax? Was ist passiert?« Womöglich war doch etwas geschehen. Aber sie wollte ihn nicht ansehen und wirkte völlig durcheinander und geistesabwesend. Er hatte Männer nach dem Tod von Kameraden in diesem Zustand gesehen, halb im Schockzustand, kurz vor dem völligen Durchdrehen. Und plötzlich wußte er es, und Entsetzen packte ihn. Sie vorsichtig festhaltend, zwang er sie, ihn anzusehen. »Baby, was ist?« Er war froh, daß sie zu ihm gekommen war, war aber außer sich über ihre Tollkühnheit, allein nach Cu Chi zu fahren. Aber im Moment war sie wie wahnsinnig, sie sah ihn an und schnappte nach Luft. In ihrer Kehle steckten Schreie, an denen sie fast erstickte, sie konnte kaum atmen, während er sie festhielt. »Schon gut ... tief einatmen ... komm schon, so ist es recht ...« Tony scherte sich nicht darum, daß ein Rekrut sie neugierig beobachtete. Er dachte einzig und allein an Paxton, die in seinen Armen halb erstickt um Atem rang. »Sag mir, was passiert ist ...«

»Ralph ...« Minutenlang war es das einzige, was sie hervorbrachte, und er spürte, wie sich in ihm alles verkrampfte.

»Schon gut ... immer mit der Ruhe ... gleichmäßig atmen ...« Er ließ sie langsam auf den Boden sinken und setzte sich neben sie. »Pax, es geht dir schon besser ...« Er hatte das alles schon mitgemacht, kannte es gut, hatte es oft mit angesehen ... und dann war sie endlich imstande, es ihm zu sagen.

»Er ist vor zwei Tagen auf der Rückkehr vom Delta auf eine Landmine gefahren. Niemand hat mir etwas gesagt.« Ihr Gesichtsausdruck war leer, und dann fing sie plötzlich schluchzend und in Schmerz und blinder Wut an, gegen seine Brust zu trommeln. »Nein ... verdammt ... nein! Diese Schweine haben ihn erwischt! Nach so langer Zeit ... sie haben ihn erwischt ...« Ihm wurde übel, als er es hörte, aber es war für ihn eine uralte Geschichte.

»Weiß es France schon?«

»Keine Ahnung. Ich habe sie nicht angerufen.«

Verdammter Mist. Eine Frau mit einem GI-Sprößling und einem neuen Baby dazu. Was würde sie in Saigon mit zwei Kindern von amerikanischen Vätern anfangen? Verhungern? Ihre Eltern konnten ihr nicht mehr helfen, ihnen war nichts geblieben, und sonst hatte sie niemanden.

Tony zog Paxton in seine Arme und küßte sie sanft. »Hör mal, ich muß weg, wenn auch sehr ungern. Ein Trupp wartet, daß wir zu Übungen ausrücken. Sobald wir fertig sind, beeile ich mich und komme ins Hotel. Wir fahren dann gemeinsam zu ihr. Und jetzt soll dich jemand begleiten.« Sie nickte wie ein gehorsames Kind, ohne ihn richtig zu sehen, und er lief los, um jemanden zu finden, der Zeit hatte und sie nach Saigon zurückfahren konnte.

»Sei vorsichtig!« rief sie ihm nach, als sie losfuhren, und er winkte und war auch schon mit den anderen verschwunden. Auf der Rückfahrt saß sie steif neben dem Jungen, der als Chauffeur fungierte. Sie sagte kein Wort, fragte ihn nicht nach seinem Namen und gab auch keine Antworten auf seine Fragen. Sie saß nur da und starrte hinaus, in Gedanken bei Ralph und France und An und dem Baby Pax.

Im Hotel ging sie auf ihr Zimmer und legte sich hin, und als das Telefon läutete, hob sie nicht ab. Tony, der um acht Uhr abends kam, war außer sich vor Angst, weil er glaubte, es sei ihr etwas zugestoßen, da der junge Mann, der das Auto gesteuert hatte, noch nicht zurück war. Die Anspannung hinterließ bei allen ihre Spuren. Und als Tony ihr Zimmer betrat, fand er sie so, wie sie den ganzen Nachmittag verbracht hatte: auf dem Bett liegend und zur Decke starrend.

»Baby, komm zur Vernunft.« Er legte sich neben sie und redete leise auf sie ein. »Sieh mal ... er kannte das Risiko. Er wußte, was passieren konnte. Das wissen wir alle. Wir lassen uns darauf ein. Er war gewillt, es zu tun.«

»Er war der beste Reporter, den ich kannte ... der beste Freund, den ich je hatte ...« sagte sie, und sie hörte sich an wie ein Kind, das mit der Schuhspitze Steine ins Flußbett befördert. Und dann sah sie Tony an. »Bis ich dich traf ... aber er war etwas Besonderes.« Ralph war für sie der Bruder, der George nie gewesen war.

»Das weiß ich. Ich habe ihn auch gemocht. Ich habe hier sehr viele Jungs gemocht. Einige hatten Glück und überstanden alles heil, andere nicht. Hätte Ralph Angst gehabt, wäre er schon längst auf und davon.« Sie wußte, daß es stimmte, aber damit war ihr nicht geholfen. O Gott, wie sehr würde er ihr fehlen.

»Was ist mit France? Was soll nun aus ihr werden?«

»Das ist eine ganz andere Geschichte«, sagte er nachdenklich. Ihre Zukunft würde nicht leicht werden.

Er duschte und zog sich um, und sie entschieden sich, France nicht anzurufen, sondern gleich zu ihr zu fahren, da sie aus höflicher Rücksicht sicherlich behaupten würde, alles sei in Ordnung, auch wenn es nicht stimmte. Sie fuhren in Tonys Jeep hin.

Und wie in der Nacht, als das Baby geboren wurde, reagierte sehr lange niemand auf ihr Läuten, doch sie sahen, daß Licht brannte. Schließlich drückten sie eine andere Klingel, wurden auch prompt von einem Fenster aus angebrüllt, aber die Tür ging auf. Vor der Wohnungstür mußten sie wieder warten. Sie klingelten sehr lange. Von drinnen war Musik zu hören. Das Radio war eingeschaltet, das Licht brannte, ansonsten war aber kein Geräusch zu hören. Tony sah Paxton besorgt an.

»Ich spreche es nur ungern aus, aber ich habe das Gefühl, daß da drinnen etwas nicht stimmt. Vielleicht ist sie aber nur zu aufgewühlt, um Besucher zu ertragen.« Aber auch die Kinder verhielten sich ruhig. »Vielleicht irre ich mich, und sie ist nicht zu Hause? Sollen wir es später noch einmal versuchen?« Aber Paxton schüttelte den Kopf. Auch sie wurde ein ungutes Gefühl nicht los.

»Können wir irgendwie hinein?« flüsterte sie.

»Du meinst, die Tür aufbrechen?« Er schien nervös. »Das könnte uns hinter Gitter bringen.«

»Gibt es hier keine Hausverwaltung?«

»Ja, möglich, aber mein Vietnamesisch reicht nicht aus für ›Entschuldigung, könnten Sie mich wohl in diese Wohnung einlassen?‹ Wie es damit bei dir steht, weiß ich nicht. Warte, ich versuche es mal damit«, sagte er und zog ein Messer aus der Tasche. Er spielte damit eine Weile am Schloß herum und wollte schon aufgeben, als das Schloß plötzlich nachgab und die Tür langsam nach innen aufging. Beide überfiel erneut ein eigenartiges Gefühl. Sie hatten in die Wohnung gelangen wollen, nun aber, da die Tür offenstand, waren sie unsicher, ob sie eintreten sollten. Sie kamen sich vor wie Eindringlinge.

Tony wagte es als erster, und Paxton war ihm dicht auf den Fersen. Keiner der beiden war sicher, was sie eigentlich suchten, und beide kamen sich dumm vor, als sie sich in der sauberen und penibel aufgeräumten Wohnung umsahen. Alles war offensichtlich in tadelloser Ordnung. Leise Musik war zu hören. Das Licht in Ans Zimmer brannte, und Paxton warf dort zuerst einen Blick hinein, doch der Kleine war nicht da. Tony sah ins große Schlafzimmer, erstarrte und streckte instinktiv die Arme aus, um Paxton abzuwehren.

»Nicht!« Er sagte es hastig, aber sie war schneller. Aber es schien alles in Ordnung: Sie schliefen. France in ihrem *ao dai* mit einem sanften Lächeln, das Baby in ihren Armen in einem hübschen Kleidchen, das jemand eigens für das Kleine genäht haben mußte, und der kleine An, der wie ein Engel neben ihnen lag, ordentlich gekämmt, in seinem besten Anzug.

Paxton begriff es nicht. Sie wollte zu Tony sagen, er solle leise sein, um sie nicht zu wecken, aber diese drei Menschen würden durch nichts mehr geweckt werden. Er wußte es, als er näher herantrat und sich über sie beugte, um die Gesichter zu berühren. Sie waren schon eine ganze Weile tot. France hatte sich und die Kinder vergiftet, als sie die Nachricht von Ralphs Tod erreicht hatte. Sie hatte einen Abschiedsbrief in vietnamesisch hinterlassen, und daneben lag ein Brief an Paxton. Und als Tony niederkniete und sie ansah, füllten sich seine Augen mit Tränen, und er fing zu schluchzen an. Paxton kam und blieb neben ihm stehen. Auch sie weinte und kniete nieder und berührte die drei in einem wortlosen Segen.

»O Gott ... warum nur ...« flüsterte sie. »Warum ...?« Und An und das Baby. Das Baby, dem sie erst vor dreieinhalb Monaten auf die Welt geholfen hatte, war tot ... Pax ... Friede ... France wollte bei ihm sein, stand in der auf vietnamesisch abgefaßten Nachricht. Sie wollte, daß alle wieder zusammen wären, und sie wußte, wie schrecklich ihr Leben sich in Saigon gestalten würde. »Sie hätte in die Staaten gehen können ... sie hätte ...«, fing Paxton an, aber Tony schüttelte den Kopf. Er wußte es besser, denn ohne Ralphs Schutz konnte sie sich in Saigon nirgends blicken lassen. Deshalb hatte sie Schluß gemacht, um bei ihm zu sein, und sie hatte ihre Kinder mitgenommen. Und alle waren sie so schön und friedlich ... so sanft.

Paxton und Tony standen lange da und betrachteten sie, und dann ging er ans Telefon, um die Polizei anzurufen. Als die Beamten eintrafen, erklärte er, was sich seiner Meinung nach zugetragen hatte, und ihr Brief bestätigte es. In dem an Paxton gerichteten Brief stand dasselbe, außerdem bedankte sie sich bei ihr und Tony noch einmal für alles, was sie für sie getan hatten. Dann sagte sie Lebewohl und wünschte ihnen alles Gute und ein glückliches Leben. Paxton legte den Brief zur Seite und weinte in Tonys Armen. Etwas so Schreckliches hatte sie noch nie gesehen oder empfunden. Sie schauten zu, als die drei fortgeschafft wurden. An in ein eigenes weißes Tuch gehüllt, das Baby zusammen mit der Mutter, für Paxton ein unerträglicher Anblick. Ihre Tränen flossen noch immer, als Tony sie fortführte und ins Hotel brachte und für sie beide einen Brandy bestellte.

»O Gott, warum? Warum hat sie es getan, Tony?«

»Sie glaubte, sie müßte es tun.«

Paxton empfand den Verlust so schwer wie keinen zuvor. Es war ein Verlust, in den sich Verzweiflung und Kummer mischten und auch Einsamkeit. Sie fragte sich, ob sie jemals wieder dieselbe sein würde. Tony wußte, daß sie es nie wieder sein würde, auch wenn es eines Tages den Anschein haben mochte. Für alle war es so, Teile ihres Herzens waren schon lange abgestorben wie die Gliedmaßen eines Leprakranken.

Es dauerte sehr lange, bis sie sich auch nur einigermaßen wieder menschlich fühlte. Der Januar verging wie im Flug, der Februar ebenso. Und als schließlich mit dem März der Monsun begann, fing sie allmählich an, sich wieder wie ein Mensch zu fühlen. Alles in allem war sie inzwischen etwa zwei Jahre in Vietnam, und sie und Tony waren acht Monate zusammen, was ihr wie ein ganzes Leben erschien. Es fiel ihr noch immer schwer, von Ralph, France oder den Kindern zu sprechen. Doch über andere, die sie verloren hatte, konnte sie sprechen, ohne zutiefst deprimiert zu sein. Aber Tony hatte recht – bei diesen vier Menschen war es anders.

Sie gingen seltener aus als vorher, und wegen des schlechten Wetters fuhren sie übers Wochenende selten fort, selbst wenn Tony jemanden fand, der seinen Dienst übernahm. Statt dessen verkrochen sie sich in ihr Hotelzimmer, plauderten, tranken, liebten einander und versuchten einen Sinn in dem zu finden, was um sie herum vorging. Paxtons Artikel hatten an Kraft gewonnen. Von ihrer Zeitung hatte sie die Nachricht bekommen, daß sie für einen Preis vorgeschlagen worden sei, doch das kümmerte sie wenig. Diese Dinge spielten keine Rolle. Wichtig war nur, daß man am Leben blieb, sowie das Kriegsende und die Heimkehr, die man vielleicht eines Tages antreten würde. Sie sprachen auch sehr häufig von Joey, und Paxton drängte Tony, dem Jungen öfter zu schreiben.

Tonys Zeit lief im Juni ab, und er wußte, daß er nicht um Verlängerung ersuchen würde. Andererseits hatte er keine Ahnung, was er zu Hause anfangen sollte. Noch ein Turnus in Vietnam kam nicht in Frage, ob er jedoch zur Heimkehr bereit war, wußte er nicht. Auch Paxton wußte nicht, was sie machen sollte. Letzten Juni hatte sie ihrer Redaktion mitgeteilt, daß sie noch ein Jahr bleiben wollte, aber das war nicht unumstößlich. Sie konnte immer nach Hause, früher oder später. Über die Zukunft sprachen sie und Tony nie. Das erschien ihnen zu gewagt, denn beide waren abergläubisch geworden.

Aber sie waren glücklicher als je zuvor, standen einander näher und waren auch stärker geworden. Der Tod von Ralph und France und den Kindern hatte Paxton zutiefst erschüttert und bewirkt, daß sie sich noch enger an Tony anschloß, und ihm ging es genauso. Der Gedanke an die Heimkehr machte ihm angst, obwohl er sehr selten davon sprach. Im Moment stand nur fest, daß sie im Mai noch einmal nach Hongkong fahren wollten, und anschließend wollten sie endgültig entscheiden, was sie tun würden. Paxton trug noch immer den Rubinring, den er ihr bei ihrem letzten Aufenthalt in Hongkong gekauft hatte. Ein Rubinreif und ein Herz, und es rührte ihn, daß sie den Ring immer trug. Wie sie hielt er sich mit Versprechungen zurück, doch sein Herz gehörte ihr.

Drei Wochen vor dem geplanten Urlaub in Hongkong, als die Monsunzeit ihren Höhepunkt erreichte, wurde er auf eine Mission in ein Gebiet geschickt, in dem es vor Vietcong nur so wimmeln sollte, seit Wochen schon. Der Monsun war für den Gegner die günstigste Zeit, die von Amerikanern gehaltenen Gebiete zu infiltrieren, und für die Soldaten war es besonders schwierig, im Regen Vietcong zu jagen. Die ständige Nässe war ihnen verhaßt, nicht zuletzt, weil ihre Füße sehr darunter litten.

Überall war es heiß und stickig und feucht und scheußlich, aber der Vietcong mußte gejagt werden. An einem Dienstagmorgen brachen sie auf und gerieten in einen Hinterhalt. Fünfzehn Mann fielen sofort, neun wurden verwundet. Die Helikopter verharrten über ihnen, konnten aber nichts erkennen, und die Aufklärer konnten bei diesem Wetter nicht starten. Eine zweite Einheit wurde zu Hilfe ausgeschickt, es gab weitere Tote. Den Lieutenant selbst traf ein Schrapnell. Es endete als totales Desaster, und es dauerte zwei Tage, bis die Überlebenden sich herauskämpfen und sich mit den Toten und Verwundeten nach Cu Chi durchschlagen konnten. Durchnäßt, krank und verstört wegen dem, was sie durchgemacht hatten, erreichten sie ihr Ziel. Ohne Tony – er wurde als vermißt gemeldet.

25

Der Lieutenant kam persönlich zu Paxton ins Hotel, um ihr die Nachricht zu überbringen. Aber lange, ehe er kam und anklopfte, wußte Paxton, daß etwas passiert war. Seit zwei Tagen schon hatte sie es geahnt und hatte kaum essen oder schlafen können. Sie wußte, daß etwas nicht stimmte, war aber nicht sicher, was es war. Und merkwürdigerweise hatte sie das sichere Gefühl, daß er noch am Leben war, wenn auch möglicherweise verwundet. Und dann stand der Lieutenant an ihrer Tür, und sie wich erschrocken in den Raum zurück.

»Nein ...« Sie hob abwehrend die Hand, wollte, daß er wieder ging. Es konnte ihr nicht noch einmal passieren. Sie würde es nicht zulassen.

»Miß Andrews«, fing er voller Unbehagen an der Tür an. »Ich wollte selbst kommen und es Ihnen sagen.«

»Wo ist Tony?«

Eine endlose Pause trat ein, als ihre Blicke aufeinandertrafen, einander festhielten und er unglücklich den Kopf schüttelte. »Leider wird er als vermißt gemeldet, mehr kann ich nicht sagen. Niemand hat gesehen, wie er getroffen wurde oder zu Boden ging ... aber da draußen war die Hölle los. Monsun, Vietcong, der Hinterhalt. Die Informationen, die wir bekamen, waren spärlich, und ständig wurden wir angegriffen. Unsere Verluste waren sehr hoch. Leider wurde Sergeant Campobello nicht gefunden. Ehe wir abzogen, kämmten wir das Gelände durch, konnten seinen Leichnam aber nicht finden, was nicht bedeutet, daß er nicht tot ist. Im Moment kann ich Ihnen nicht mehr sagen, als daß er als vermißt gilt.«

»Könnte er in Gefangenschaft geraten sein?« Der Gedanke daran drehte ihr den Magen um. Sie kannte zu viele Schauergeschichten der Vietcong, die sich damit brüsteten, wie sie ihre Gefangenen behandelten, und vor einigen Monaten hatte sie mit einem GI gesprochen, der entkommen war. Aber dann wäre er wenigstens nicht tot, dann gäbe es wenigstens Hoffnung.

»Möglich ist es.« Der Lieutenant wollte keine falschen Hoffnungen wecken. »Aber nicht sehr wahrscheinlich. Ich glaube nicht, daß der Feind Gefangene machen wollte. Er wollte uns möglichst schwer treffen. Und das hat er«, sagte er bekümmert, noch immer an der Tür, und sie forderte ihn nicht auf einzutreten. Er stand da wie ein Todesengel, und sie wollte ihn keinen Moment länger in ihrem Leben dulden.

»Wo passierte es?«

»Wir sind durch die Hobo-Wälder nach Trang Bang und dann hinauf nach Tay Ninh, bis knapp an die kambodschanische Grenze. Und dort haben wir ihn verloren.«

Sie ließ sich auf einen Stuhl sinken und begrub das Gesicht in den Händen. Sie wollte glauben, daß er tot war, aber irgendwie schaffte sie es nicht. Sie konnte es nicht noch einmal durchstehen. Nicht bei ihm. Bei den beiden anderen war es schon schlimm genug gewesen, aber mit Tony hatte sie etwas verbunden, was sie mit keinem anderen Mann verbunden hatte, ein besonderes Vertrauensverhältnis, eine sonderbare Übereinstimmung, eine Art unausgesprochenen Einverständnisses. Immer schien der eine zu wissen, was der andere dachte. Und jetzt glaubte sie nicht, daß er tot war, und sie wußte nicht, warum, und sie wußte auch nicht, was sie zu diesem Mann sagen sollte, der an ihrer Tür stand. Schließlich dankte sie ihm, daß er gekommen war und es ihr gesagt hatte, denn es wäre schlimmer gewesen, es aus dem Mund eines anderen zu erfahren. Aber merkwürdig war es doch. Bei den anderen hatte sie gewußt, daß sie tot waren. Sie hatte trauern und sich ihrem Kummer hingeben können. Und hätte sie den Mut aufgebracht, dann hätte sie sie auch noch einmal sehen können. Aber daß es passiert war, hatte für sie fraglos festgestanden. Nun aber konnte man ihr nur sagen, daß Tony verschwunden war, in einem Unwetter oder dergleichen. Vielleicht würde er am Morgen wieder auftauchen! Nachdem der Lieutenant gegangen war, lag sie auf dem Bett, das sie seit zehn Monaten mit Tony geteilt hatte, von dem Gefühl erfüllt, daß jemand kommen und ihr eröffnen würde, alles sei nur ein Irrtum, und es ginge ihm gut.

Dieses Gefühl ließ Paxton nicht los. Nicht einmal weinen konnte sie, weil sie nicht glauben wollte, daß er tot war. Sie durchlebte diese Zeit wie in Trance. Sie schrieb ihre Kolumne, sie las Fernschreiben, sie ging ins AP-Büro, sie schrieb einen Artikel über Saigon. Sie unternahm sogar eine kurze Erkundungsfahrt. Und wenn sie in Saigon war, ging sie zu den »Fünfuhrfollies«. Nach zwei Jahren Saigon kannten sie inzwischen alle Kollegen. Sie war mit Sicherheit die hübscheste Korrespondentin vor Ort, dazu eine der jüngsten, und offenbar eine der besten, wie der Preis bewies, den ihr der Bundesstaat Kalifornien verlieh. Aber das kümmerte sie wenig. Sie tat die Ehrung ab wie alles andere auch, und wer sie kannte, der wußte, warum. Tony war vermißt, sie aber war gestorben – im April. Und während sie sich wie üblich betätigte, schaffte sie es gerade noch zu funktionieren. Was ihr lieb und teuer gewesen war, gab es nicht mehr. Die Menschen, die sie geliebt hatte, waren fort oder gestorben und hatten die Vergangenheit mit sich genommen, und ohne Tony hatte sie keine Gegenwart und keine Zukunft. Am zweiten Mai rief ihr Bruder an und eröffnete ihr, daß ihre Mutter unerwartet an den Folgen einer Gallenblasenoperation, von der Paxton keine Ahnung gehabt hatte, gestorben war. Sie solle kommen und Allison bei den Vorbereitungen helfen. Sie würde zurückrufen, sagte sie, und an jenem Abend fuhr sie nach Cu Chi und suchte Tonys Lieutenant auf, um herauszufinden, ob man schon etwas Neues wußte. Aber dies war nicht der Fall, man wußte nicht mehr als im April. Tonys Familie war offiziell benachrichtigt worden. Sergeant Anthony Edward Campobello wurde als vermißt gemeldet.

»Was, zum Teufel, heißt das?« fuhr sie ihn an, ohne Rücksicht auf seinen Rang und seine guten Absichten. »Soll ich hier auf ihn warten? Soll ich ihn etwa selbst suchen? Soll ich Ihnen helfen oder nach Hause gehen und warten?« fragte sie, während zum ersten Mal ihre Augen überflossen. Sie konnte sich vor der Wahrheit nicht mehr verstecken. Er würde nicht zurückkommen, vielleicht nie mehr, und allmählich begriff sie es. »Was ist, wenn er irgendwo draußen ist ... verwundet womöglich?« fragte sie mit brechender Stimme.

»Das glaube ich nicht«, sagte der Lieutenant verständnisvoll. »Paxton, ich glaube, daß er tot ist. Wir konnten ihn einfach nicht finden. Es tut mir leid.« Er berührte ihren Arm, und sie trat zurück, damit er ihren Schmerz mit seiner Güte nicht noch vertiefte. »Wissen Sie, was ich glaube? Sie sollten nach Hause gehen. Uns allen sind hier Grenzen gesetzt, allen. Die Klügeren gehen nach Hause, wenn sie diese Grenzen erreicht haben, die anderen warten zu lange. Sie haben quasi zwei Turnusse hinter sich, meinen Sie nicht, daß das genügt? Tony wollte im Juni nach Hause, und er war der Meinung, Sie würden mit ihm gehen. Warum lassen Sie hier nicht alles liegen und stehen und gehen? Falls wir etwas finden, dann werden Sie es erfahren, das schwöre ich.« Sie nickte und sah ihn lange an, dann ging sie, und sie wußte, daß er recht hatte. Es war Zeit, daß sie nach Hause zurückkehrte. Diesmal vielleicht für immer, und ohne Tony. In Vietnam war sie erwachsen geworden. Sie war als Mädchen gekommen, mit gebrochenem Herzen, weil sie ihre große Liebe verloren hatte und nach Antworten suchte. Sie hatte diese Antworten nicht gefunden, sondern war nur auf weitere Fragen gestoßen. Jetzt war sie vierundzwanzig Jahre alt und hatte drei Männer in diesem Krieg verloren, vier, wenn man Ralph dazuzählte, und Freunde, Kollegen, und sogar Menschen, an denen ihr nicht viel lag wie Nigel. Und ein Stück von sich selbst, von dem sie wußte, daß sie es nie wieder finden würde. Aber sie hatte auch etwas gefunden. Sie hatte eine Wahrheit gefunden und ein Land, das dem Tod geweiht war, ein einstmals schönes Land, das langsam auf seinen Untergang zusteuerte. Sie hatte Tony geliebt, und wo immer er war, tot oder lebendig, für sie galt er nicht als vermißt. Sie wußte, daß sie ihn immer lieben würde ... wie Vietnam.

26

Ihr letzter Tag in Saigon zog wie ein Traum an ihren Augen vorüber, und es war merkwürdig, wie wenig es wirklich zu tun gab, sobald ihr Entschluß einmal feststand. Am Nachmittag verabschiedete sie sich im AP-Büro und konnte kaum ein Wort herausbringen, weil sie an Ralph und France und die zwei Kinder denken mußte. Zum letzten Mal ging sie zu den »Fünfuhrfollies«, und dann suchte sie die Terrasse des Continental Palace auf. Die Bettler, die sich dort herumtrieben, jagten ihr keine Angst mehr ein, sie fand sie nur sehr bedrückend. Und als ihr dort Jean-Pierre über den Weg lief, verabschiedete sie sich auch von ihm. Aber ansonsten gab es niemanden, an dem ihr gelegen gewesen wäre. Die Menschen, die sie geliebt hatte, waren tot.

Sie setzte sich und gönnte sich mit Jean-Pierre einen Drink, aber er war schon ziemlich angeheitert, und aus irgendeinem Grund redete er ständig von Nigel. Dieser war schon lange tot, und sie fragte sich, ob auch sie so enden würde wie Jean-Pierre – trunksüchtig, verwirrt, ziellos und verbittert, wenn sie bleiben würde. Wer blieb, dem widerfuhr das häufig, und auch wer ging, der war nie wieder so wie früher. Vielleicht war dies die Schlußfolgerung: daß niemand gewonnen hatte und auch nie gewinnen würde.

»Werden Sie zurückkommen?« Er sah sie an, fast nüchtern zwischen zwei Drinks, und sie schüttelte den Kopf. Diesmal wußte sie, daß es ernst war. Egal, wie schwierig es zu Hause werden würde, die Antworten lagen für sie nicht mehr hier, auch nicht die Fragen. Sie mußte nach Hause und sich dort ein Leben aufbauen. Und insgeheim wußte sie, daß sie den Militärbehörden Tonys wegen keine Ruhe lassen würde. Von zu Hause aus ließ sich in dieser Hinsicht vielleicht mehr erreichen. Es gab in den Staaten viele andere, denen das Schicksal ihrer Lieben, ob vermißt oder in Gefangenschaft, keine Ruhe ließ. »Ich sollte auch bald nach Hause«, fügte Jean-Pierre hinzu, als fiele es ihm erst jetzt ein. Aber wie sie hatte er nichts, zu dem er heimkehren konnte. Die Menschen, die sie geliebt hatten, waren hier gestorben, und jetzt war auch Tony für sie verloren, vielleicht für immer. Und nun war auch ihre Mutter tot. Es gab nichts, was sie noch in Savannah hielt.

Sie verabschiedete sich und ging die Tu Do entlang zu ihrem Hotel. Die Geräusche und Gerüche machten ihr das Herz schwer, doch als sie sah, wie ein GI auf dem Platz einer Horde Straßenkinder das Softballspielen beizubringen versuchte, mußte sie lachen. In Tan Nhut fanden oft Softballspiele statt, und sie war einige Male mit Bill hingegangen, aber Tony wollte nicht. Er war zu nervös, er wollte reden und denken und argumentieren und philosophieren, er wollte nicht herumsitzen und anderen beim Ballspielen zusehen. Er hatte sie soviel gelehrt: über das Leben, die Menschen und den Krieg und daß man das, was man tun mußte, möglichst gut tun sollte, aber das lag auch in ihrem Wesen. Sie dachte an die Dinge, die er zu ihr gesagt hatte … Ideen, die sie geteilt hatten … und an die Nacht, als sie gemeinsam France' Baby auf die Welt geholfen hatten. Dies alles erschien ihr jetzt wie ein Traum.

Sie durchschritt die Hotellobby und dachte an damals, als er sie hier zum erstenmal besucht hatte, wie verlegen sie nach ihren ersten schwierigen Annäherungsversuchen gewesen waren, und wie glücklich am Ende … und wie wundervoll die Zeit in Hongkong gewesen war. Sie trug noch immer den Rubinring mit dem Herzen und würde ihn immer tragen. So wie sie noch immer Bills Armband trug ... und Peters Erkennungsmarke bei ihren Dokumenten aufbewahrte. So wie andere Haarlocken bei sich trugen oder ein Stückchen Uniform oder Armee-Armbänder mit den Namen der Soldaten darauf. Dies alles waren Relikte einer Zeit, die ihnen viel Schmerz zugefügt und doch Liebe gebracht hatte, eine Zeit, die viel gekostet hatte und noch nicht vorüber war.

Sie fühlte sich überall von Gespenstern umgeben, als sie ihre Sachen packte und ihre Bücher verstaute, die sie Freunden überlassen wollte. Sie wollte nur wenig mitnehmen, nur die Erinnerungen, die ihr niemand rauben konnte. Am nächsten Morgen nahm sie ein Taxi zur Tan-Son-Nhut-Basis und wartete mit den anderen auf den Rückflug. Da standen Vietnamesinnen, die um ihre GIs weinten, große, stramme, gutaussehende Jungen, die es kaum erwarten konnten, an Bord zu gehen, und eine Handvoll Verwundeter, leichte Fälle – eine verbundene Hand, ein fehlender Arm, nagelneue Krücken. Die anderen Wunden, die ohne äußere Verletzungen, waren komplizierter. Die Wunden waren vorhanden wie jene Paxtons, nur konnte man sie nicht sehen.

Als sie eine große Schleife über Saigon flogen, blickte sie mit angehaltenem Atem hinunter. »*Chao ong*«, flüsterte sie, als sie auf Heimatkurs gingen. Adieu ... Lebewohl, Vietnam ... Lebewohl ... ich habe dich liebgewonnen ... und fast glaubte sie, wenn sie die Augen schloß, Tony neben sich zu spüren. Sie kam sich wie eine Verräterin vor, weil sie ihn hier zurückließ, aber man beharrte darauf, daß er tot war, und sie mußte sich zwingen, es zu glauben.

Außerdem blieb ihr nichts anderes übrig, da sie zur Beerdigung ihrer Mutter mußte. Es war sonderbar, sie empfand nichts, für niemanden. Sie spürte absolut nichts, nur einen Stein im Herzen, wo einst die Stelle gewesen war, die Tony liebte. Sie wußte, daß sie ihn noch immer liebte, immer lieben würde, doch hatte er wie die anderen ein Stück von ihr mit sich genommen.

Von Saigon aus nahmen sie Kurs auf Midway, und von da aus flogen sie weiter nach San Francisco. Dort vermied sie es aber, die Redaktion oder die Wilsons anzurufen, die wußten, daß sie sich auf dem Heimflug befand. Ihr Zwischenstopp vor dem Weiterflug nach Savannah war zu kurz. Nach ein paar Tagen würde sie wieder nach San Francisco zurückkommen und sich entscheiden, wie es mit ihrem Job bei der Zeitung weitergehen sollte. Mit ihrer Kolumne »Nachrichten aus Nam« war es allerdings vorbei.

Um vier Uhr nachmittags landete sie auf Travis Field in Savannah, holte ihr Gepäck, nahm ein Taxi und nannte dem Fahrer die Adresse ihres Elternhauses, dessen Schlüssel sie noch immer besaß. Als sie ankam, war niemand da. Seit dem Tod ihrer Mutter kam das neue Mädchen nicht mehr, und es gab keinen Grund, warum sie jetzt hier sein sollte. Kaum hatte Paxton das Haus betreten, als sie George anrief und sich dann mit erschöpftem Seufzen in die vertraute Küche setzte. Im Kühlschrank war nichts, und in den Schränken erstaunlich wenig. Aber das war ihr egal, alles war ihr egal. Die Heimkehr war schmerzlicher als erwartet, es war eine Erinnerung an das, was gewesen war und nicht mehr war, und an manche Dinge, die nie gewesen waren.

Sie duschte, zog sich um und ging dann ins Bestattungsinstitut, wo sie sich mit George treffen wollte, und als sie dastand und auf ihre Mutter hinuntersah, empfand sie außer Mitleid nichts. Mitleid mit dieser unglücklichen Frau, die den größten Teil ihres Lebens unfähig gewesen war, Liebe zu geben oder zu empfangen. Wenigstens hatte ihr Vater gelebt und sie innig geliebt. Und Queenie hatte ihr alles gegeben, was sie zu geben hatte ... und Ralph hatte ein erfülltes Leben gelebt und sogar France ... und Peter und Bill ... und Tony ... aber diese Frau hatte nichts anderes gehabt als ihre Klubs, und jetzt war auch für sie alles vorüber.

»Du siehst müde aus«, flüsterte George ihr zu. Er trug einen dunklen Anzug, und Paxton fiel der Anflug von Grau in seinem Haar auf, was ihn sehr distinguiert aussehen ließ.

»Ich habe sechsundzwanzig Stunden Flug hinter mir.« Sie sah ihn wehmütig an. Wie sehr er doch ihrer Mutter ähnelte. Er hatte ihr kaum einen Kuß zur Begrüßung gegeben, sie nur andeutungsweise umarmt, sich nicht nach ihrem Befinden erkundigt, und nach allem, was sie durchgemacht hatte, wunderte er sich, daß sie müde aussah.

»Du bist dünner geworden.«

Sie lächelte. »Ja, das mag schon sein. In Vietnam kann es manchmal ganz schön anstrengend sein.« Landminen, Heckenschützen, Selbstmorde, Vermißte, man kennt das ja, so wie im Zentrum von Savannah, dachte sie bei sich. Sie unterhielten sich leise am Sarg ihrer Mutter. »Wie geht es Allison und den Kindern?« Mittlerweile hatten sie ein zweites Baby bekommen, und Paxton fühlte sich all dem völlig entfremdet.

»Sehr gut. Sie wäre heute mitgekommen, aber die Kinder sind krank.« Es spielte keine Rolle, denn ihre Mutter würde es nicht merken.

Die Menschen kamen, um ihnen ihr Beileid auszudrücken, meist Mitglieder der »Töchter des Bürgerkriegs«. Und am nächsten Tag fand mit Pomp und Förmlichkeit die Trauerfeier in der St. John's Episcopal Church statt. Sargträger waren die Ehemänner ihrer Freundinnen, alles war sehr vornehm und würdig und genauso, wie ihre Mutter es sich gewünscht hätte. Anschließend wollte Paxton nur noch fort, das leere Haus bedrückte sie. Sie bat ihren Bruder, mit dem Haus nach Belieben zu verfahren, sie hatte kein Interesse daran und konnte sich nicht vorstellen, jemals nach Savannah zu ziehen.

»Es sei denn, du möchtest mit Allison einziehen.«

»Für uns ist es nicht groß genug«, sagte er höflich. »Möchtest du etwas von ihren Sachen?« Ihre Mutter hatte Perlen besessen, eine diamantbesetzte Uhr, ein Geschenk ihres Vaters, einige Ohrgehänge, Dinge, die meist nur Erinnerungswert besaßen, aber Paxton hätte es nicht ertragen, jetzt im Schmuck ihrer Mutter zu kramen.

»Schick mir die Sachen und behalte etwas für Allison.«

»Ehrlich gesagt«, er räusperte sich, »würde sie gern Mamas Kleider haben und ihre Pelzjacke.« Das gute Stück war zehn Jahre alt und völlig aus der Mode. Paxton sah ihn mitleidig an. Am liebsten hätte sie ihm geraten, seiner Frau eine neue Pelzjacke zu kaufen, unterließ es aber.

»Mir soll es recht sein.« Sie war viel größer als ihre Mutter, und die Vorstellung, deren Kleider zu tragen, war ihr zuwider. Das alles war für sie unwichtig.

»Was hast du als nächstes vor?« fragte er seine Schwester, die er nie richtig gekannt hatte. George verstand noch immer nicht, warum sie die letzten zwei Jahre in Vietnam verbracht hatte, wiewohl er überrascht festgestellt hatte, wie gut sie sich aufs Schreiben verstand und wie hervorragend ihre Kolumne war, die auch in Georgia von den Zeitungen übernommen wurde.

»Ich weiß es noch nicht.« Seufzend sah sie ihn an. Was Tony wohl von ihm halten würde? Instinktiv war ihr klar, daß die beiden sich hassen würden. Tony war offen und direkt und zu ehrlich, um sich den Unsinn lange anzuhören, den George von sich gab. »Morgen fliege ich nach San Francisco und werde den Leuten bei der Zeitung auf den Zahn fühlen, was man dort mit mir vorhat. Ich glaube, daß ich wie die meisten Vietnamheimkehrer zumindest eine Zeitlang nicht sehr anpassungsfähig sein werde. Letztes Jahr war es jedenfalls so.«

»Und du gehst jetzt nicht mehr zurück?« Als er sie ansah, fragte er sich, wer sie war und ob er sie je gekannt hatte. Und Paxton hätte ihm sagen können, daß dies nicht der Fall gewesen war.

»Ich glaube nicht. Ich glaube, mein Platz ist jetzt hier.«

»Ich habe nie verstanden, weshalb du rüber bist ... bis auf ... nun, dieser Junge, der umkam ... aber das war doch kein Grund, nach Saigon zu gehen.«

»Vielleicht nicht.« Aber irgendwie hatte es sie zwei Jahre dort festgehalten: ihr Kummer über den Krieg, ihr Verlangen, zu berichten, wie es war, ihr Bedürfnis, dort zu sein.

»Na, ich werde dich wissen lassen, was ich mache.« Dann wünschte sie ihm gute Nacht, und er küßte sie flüchtig zum Abschied. Und als sie am Morgen das Haus verließ, versperrte sie die Tür und ließ den Schlüssel in den Briefkasten gleiten. Sie würde ihn nicht mehr brauchen. Zu George hatte sie gesagt, er solle ihr die Sachen schicken, sobald sie in San Francisco eine Adresse hatte.

Als sie fortging, kam sie sich vor wie eine Zigeunerin: Sie war ein Mensch ohne Zuhause, ohne Wurzeln und mit unklaren Zielen. Und wenn ihr Bruder daran gedacht hätte, wäre es ihm merkwürdig erschienen, daß jemand, der sein Leben lang mit ihm unter einem Dach gelebt hatte, sich plötzlich entwurzelt fühlte. Auch anderen Vietnamheimkehrern erging es so. Sie kamen zurück, wollten aber nicht mehr nach Hause. Sie wußten nicht, wohin sie sollten, wußten nicht, was sie machen sollten oder was passieren würde, wenn sie ankamen.

So war ihr zumute, als sie nach San Francisco flog und ein Zimmer in einem kleinen Hotel nahm. Diesmal gab es für sie keine Suite im Fairmont, und die Wilsons luden sie auch nicht zum Dinner ein. Und nachdem sie es einige Tage lang erwogen hatte, entschied sie sich, Gabby nicht anzurufen. Sie wäre um Gesprächsstoff verlegen gewesen. Was konnte man erzählen ... über France ... über Ralph ... über Bill ... über Tony. Wie konnte man das alles jemandem nahebringen, der zu Hause gesessen hatte, zu Dinnerpartys gegangen war, zu Footballspielen und ins Kino? Es war unvorstellbar.

Sie besuchte Ed Wilson in der Redaktion und sprach mit ihm über ihren zukünftigen Themenbereich, aber mehr als eine Kolumne, in der lokale Ereignisse kommentiert wurden, konnte er ihr nicht bieten. In gewisser Hinsicht war es eine kleine Stadt und eine kleine Zeitung.

»Neuerdings werden in diesem Land leisere Töne angeschlagen. Kein Mensch will vom Krieg noch etwas wissen. Man hat ihn satt, man hat auch den Lärm und die Demonstrationen und die allgemeine Jammerei satt. Ich glaube, alles wird sich beruhigen.« Ed Wilson sollte sich irren. Er rechnete nicht mit der Wirkung, die von der Anti-Kriegs-Demonstration an der Kent State University in Ohio ausging, in deren Verlauf von der Nationalgarde vier Studenten getötet und acht verletzt wurden. Damit fand Paxtons Meinung eine Bestätigung, daß es Menschen gab, denen nicht alles gleichgültig war und daß das Land noch immer an der offenen Wunde Vietnam litt, die es sich selbst zugefügt hatte und von der niemand wußte, wie sie heilen sollte.

Die *New York Times* erleichterte Paxton die Entscheidung. Die *Morning Sun* war anständig zu ihr gewesen, und Ed Wilson hatte ihr in Saigon eine Chance gegeben, als sie noch so grün wie das Umland der Stadt war. Aber jetzt war sie dem allen entwachsen. Völlig unerwartet erhielt sie das Angebot der *Times,* nach Paris zu gehen und über die Friedensgespräche zu berichten. Sie sollte vorher nach New York kommen, um alles zu besprechen, aber Paxton fand das Gehalt und das Angebot an sich schon schmeichelhaft. Sie bekam eine Menge Lob für ihre Kolumne in der *Sun* zu hören, so daß sie das Gefühl hatte, man sähe sie als Expertin für Themen dieser Art an, eigentlich unglaublich, und als sie den Hörer auflegte, hätte sie fast laut gekichert wie ein kleines Mädchen. Sie wünschte, sie hätte Tony davon erzählen können, und sie dachte die ganze Nacht an ihn und tauschte wortlos Gedanken mit ihm aus, wo immer er sich befinden mochte. Und als sie einschlief, träumte sie von ihm, sah ihn durch Busch und Dschungel kriechen und sich in Tunnels verbergen. Doch als sie erwachte, wußte sie, daß es nur ein Traum gewesen war. Und doch wurde sie auch jetzt das Gefühl nicht los, daß er noch am Leben war, ein Gefühl, das sie von Anfang an begleitet hatte. Zuweilen fragte sie sich, ob sie dieses Gefühl nur hatte, weil sie einen weiteren Todesfall nicht ertragen konnte. Aber wie immer es sich verhalten mochte, das Gefühl war echt.

Ed Wilson freute sich für sie, als sie ihm vom Angebot der *Times* berichtete, und er war auch erleichtert, da er spürte, daß sie zu einem Problem geworden wäre, wenn sie sich zum Bleiben entschlossen hätte. Wie so viele der Heimkehrer schien sie mit sich nichts anfangen zu können, schien nicht zu wissen, was sie wirklich wollte. Es war, als hätte Vietnam ihre Kräfte verzehrt, ihre Zielstrebigkeit und ihre Orientierung. Oder vielleicht waren die Drogen daran schuld, dachte er. Möglich, daß dies der Grund war. Aber was immer es war, er war froh, daß sie ging. Sie war nicht mehr das Mädchen von früher, und das wußte er. Sie war verbittert, sie war stark genug, sie war traurig bis ins Innerste ihres Herzens, und er wußte auch, daß sie im geheimsten Winkel ihrer Seele immer noch zornig war. Er wünschte ihr Glück, und sie bat ihn, Mrs. Wilson und Gabby ihre Grüße zu bestellen. Sie besuchte keine der beiden, für sie eine große Erleichterung, weil sie nicht so tun mußte, als hätten sie noch annähernd gemeinsame Interessen. In Wahrheit hatten sie nichts mehr gemeinsam.

In New York, wo sie in der Redaktion der *Times* einige Besprechungen hatte, wohnte sie im Hotel Algonquin, in einem

Haus, das weniger von Geschäftsleuten als vielmehr von Journalisten und Literaten frequentiert wurde, die eine interessante Mischung bildeten, die Paxton gerne beobachtete, wenn sie auch kaum mit jemandem sprach. Und als man ihr bei der *Times* erklärte, was man von ihr erwartete, war sie hoch erfreut. Man wollte die Wahrheit und Berichte über alles, was sich in Paris tat, vor allem Berichte über die Friedensgespräche. Vor ihrem Abflug aber wollte man ein Interview mit Lieutenant Calley und einen Bericht über ihre Eindrücke von Vietnam, wobei man ihr völlig freie Hand ließ. Man erwartete von ihr starke Worte und jene Art von aussagekräftigen Fakten, die sie von ihren mit Ralph unternommenen Fahrten zu den Kriegsschauplätzen mitgebracht hatte: von An Loc und Da Nang, Long Binh und Chu Lai oder von anderen Orten, die für sie in den letzten zwei Jahren so enorme Bedeutung gewonnen hatten. Man wollte alles. Die Vergangenheit, die Gegenwart und die Zukunft, bis der Krieg endlich zu Ende sein würde. Sie sollte sich als Ressortleiterin für das Thema Vietnam betrachten, und Paxton wußte, daß ihr nichts Besseres passieren konnte.

»Wann kann ich anfangen?« fragte sie aufgeregt.

»Morgen«, antwortete der Chefredakteur mit befriedigtem Lächeln. Man hatte befürchtet, sie würde den Job ablehnen, denn viele Leute hatten das Thema satt bis obenhin. »Aber im Ernst, wie wär's, wenn Sie das Thema Calley gleich nächste Woche angehen? Wir werden Ihnen die Wege ebnen. Und wenn Sie fertig sind, fliegen Sie nach Paris. Wie hört sich das an?«

»Großartig.« Falls man ein Interview mit einem angeblichen Kriegsverbrecher großartig nennen konnte. Aber sie war froh, daß man ihr ein wenig Zeit ließ. Vor dem Interview mit Calley hatte sie in New York nämlich noch etwas zu erledigen.

Einen Tag brachte sie damit zu, die Stadt zu entdecken, ähnlich wie nach ihrer Ankunft in Saigon. Sie ließ die neue Umgebung samt Gerüchen und Geräuschen auf sich einwirken, beobachtete die Menschen, die Betriebsamkeit, den Verkehr der Stadt. Dann ging sie daran, ihre Garderobe zu ergänzen, eine Notwendigkeit, da sie nun als »Autorität« der *New York Times* für Vietnam auftreten sollte. Und dann ging sie schließlich in ihr Hotel zurück und griff zum Telefon. Sie setzte sich aufs Bett, schloß die Augen und sprach mit angehaltenem Atem ein Stoßgebet, in der Hoffnung, Tony würde nichts einzuwenden haben. Aber sie glaubte, er würde es billigen, und außerdem hatte sie das Gefühl, es tun zu müssen. Sie rief die Auskunft für Queens an, buchstabierte den Namen dreimal, und schließlich fand man ihn in Great Neck, Long Island: Thomas Campobello. Sie betete darum, es möge der richtige sein.

Sie wählte die Nummer, es läutete, und minutenlang wurde nicht abgehoben, schließlich meldete sich eine Frauenstimme.

»Mrs. Campobello, bitte.« Sonderbar, wenn man bedachte, daß dies unter anderen Umständen ihr eigener Name hätte sein können, doch sie gestattete sich jetzt keinen Gedanken daran.

»Am Apparat.« Eine typische New Yorker Stimme, jung und recht angenehm. Wenn es nicht Tonys Mutter war, mußte es Barbara sein.

»Mrs. Campobello? Barbara Campobello?«

»Ja.« Das klang schon nervöser. »Wer spricht, bitte?« Womöglich handelte es sich um eine jener angeblichen Telefonumfragen, die mit Obszönitäten endeten.

»Ich ... ich weiß, es ist ein merkwürdiger Anruf, aber ich ...« Bitte, legen Sie nicht auf, bitte ... »Ich kannte Ihren Exmann in Vietnam.« Eine schier endlose Pause am anderen Ende. Beide Frauen saßen zitternd am jeweiligen Ende der Leitung. »Ich ... wir waren sehr gute Freunde und ... für den Fall, daß ihm etwas zustößt, wollte er, daß ich Sie und Joey anrufe.« Es war eine Lüge, aber nicht ganz. Einmal, spätnachts im Bett, hatte er sie gebeten, sie solle nach seinem Sohn sehen, falls je etwas passieren sollte. Von der Mutter des Jungen war allerdings nicht die Rede gewesen. Aber Paxton glaubte, ihre Chancen zu verbessern, wenn sie Mrs. Campobello in Tonys Bitte einschloß. »Mir ist es unangenehm, Sie um diese Zeit zu stören, aber ich bin zufällig in New York und ...«

»Wie gut haben Sie ihn gekannt?« Das kam fast im Flüsterton, als sei es ihr verboten, seinen Namen auszusprechen.

»Wir waren ...« sie wußte nicht weiter, »... sehr eng befreundet ... und ... er hat Joey sehr liebgehabt, wie Sie sicher wissen.«

»Er hat ihn fünf Jahre lang nicht besucht«, sagte Barbara Campobello verbittert, aber Paxton wußte mehr, als die andere erwartet hatte.

»Er war nicht in den Staaten, Mrs. Campobello. Nach allem, was passiert war ... er konnte einfach nicht ...« Ein bißchen Schuldbewußtsein würde sie schon nicht umbringen. Inzwischen waren sechs Jahre vergangen, und Barbara hatte drei Kinder von Tonys Bruder bekommen. Wie schuldig konnte sie sich fühlen, und was machte es schon aus, wenn es Paxton zum Kontakt mit Joey verhalf? »Er glaubte, Joey sei mit Ihnen und Ihrem Mann sehr glücklich.«

»Das ist er«, sagte sie abwehrend, und Paxton spürte, daß sie am verlieren war.

»Weiß er, was seinem Vater in Vietnam zustieß?«

»Er weiß nur, daß er als vermißt gilt. Er schrieb Joey von Zeit zu Zeit, und das haben wir dem Jungen auch nicht verheimlicht. Ich habe ihm die Briefe jedesmal gegeben«, sagte sie, als versuche sie, sich zu rechtfertigen. »Als wir ihm dann sagten, sein Vater sei tot, hatte ich den Eindruck, daß es ihn sehr traf, wie es jedes Kind getroffen hätte. Aber er ist eher still und in sich gekehrt und redet nicht viel.« Kein Wunder, wenn die Mutter den Onkel heiratet und man den Vater nie wieder zu sehen bekommt, dachte Paxton. Aber sie fand es bemerkenswert, daß Mrs. Campobello Tonys Vermißtenstatus praktisch als Beweis seines Todes ansah.

»Könnte ich wohl mit ihm sprechen?« Mehr gab es nicht zu sagen. »Hätten Sie etwas dagegen?«

»Was möchten Sie ihm sagen?«

»Daß sein Daddy ihn liebhatte. Er war einer der tapfersten Männer in ganz Vietnam. Er diente bei einer Einheit, die man offiziell Tunnelratten nannte, weil sie in die unglaublichen Tunnelsysteme eindrangen, mit deren Hilfe der Vietcong unsere Truppen und die südvietnamesische Armee umgingen. Vielleicht imponiert ihm das, und er ist stolz auf seinen Vater«, sagte Paxton ruhig.

»Ja«, meinte Barbara Campobello daraufhin, »schon möglich.« Und dann: »Ich muß meinen Mann fragen. Wie war doch gleich Ihr Name?«

»Paxton Andrews.«

»Und Sie kennen ihn von Vietnam her? Sind Sie Krankenschwester oder so was Ähnliches?«

»Nein, ich war Korrespondentin für eine Zeitung in San Francisco. Jetzt arbeite ich für die *New York Times*. In ein paar Tagen muß ich nach Washington, Georgia und Paris.« Das alles sagte sie, um die andere zu beeindrucken, was ihr auch glückte. Wer weiß, vielleicht würde einmal ein Artikel über Tony, seine Exfrau und seinen Jungen erscheinen ... Paxton hatte ins Schwarze getroffen, doch fragte sie sich, was Tony mit dieser Frau angefangen hatte. Allein der Umstand, daß sie sich mit dreizehn ineinander verliebt und mit achtzehn geheiratet hatten, machte die Sache ein wenig verständlicher. »Soll ich zurückrufen?« drängte Paxton.

»Wir rufen Sie an. Wie ist Ihre Nummer?«

»Ich wohne im Hotel Algonquin in Manhattan.«

»Sie hören heute abend von mir.«

»Danke«, und dann leiser: »Ich verspreche, daß ich ihn nicht aufregen werde ... Ich möchte ihn nur sehen ... Tony zuliebe, weil ich es versprochen habe.» Das stimmte irgendwie, aber sie selbst wollte ihn auch sehen, weil er ein Teil von Tony war. Die Mutter des Jungen, die etwas aus ihren Worten heraushörte, zögerte lange.

»Waren Sie in ihn verliebt?«

Die Pause, die nun eintrat, war noch länger. »Ja.« Paxton war stolz darauf, war aber der Meinung, es ginge diese Frau nichts an. Aber sonderbar genug, ihre Antwort bildete eine Brücke zwischen ihnen.

»Ich auch ... vor langer Zeit. Er war ein guter Mann ... und ein guter Vater. Wir hatten ein Töchterchen ... es starb ... vielleicht hat Tony Ihnen davon erzählt ...«

»Ja.« Paxton sagte es ganz leise.

»Ich glaube, das hat unserer Ehe den Rest gegeben. Es war niemandes Schuld, was dem Kind zustieß, meine ich, es war nur, daß ich jedesmal daran denken mußte, wenn ich ihn ansah. Er war am Ende, und ich kam nicht darüber hinweg. Und Tommy ... nun ja, da fühlte ich mich besser.« Ja, kann ich mir denken, dachte Paxton bei sich, sie argwöhnte aber auch, daß ein Körnchen Wahrheit in den Worten Barbaras lag. Tony selbst hatte zugegeben, daß der Kummer ihn fast umgebracht hatte und daß er dann in Joey dermaßen aufging, daß die Ehe darunter litt. Barbara hatte also nicht ganz unrecht. Bei der Wahl ihres zweiten Ehemannes hatte sie jedoch wenig Geschmack bewiesen, und ihr Mangel an Takt hatte Tony nach Vietnam getrieben und Joey seines Vaters beraubt. Aber ausgerechnet ihr stand ein Urteil darüber schlecht an. Hätte Barbara Campobello nicht ihren Schwager geheiratet, Paxton wäre in Saigon niemals Tony begegnet.

»Es tut mir leid«, wiederholte Paxton.

»Ja ... ich rufe Sie an.« Damit war das Gespräch beendet, und Paxton verbrachte den Rest des Nachmittags im Metropolitan Museum. Saigon schien ihr Welten entfernt. Und als sie zurück ins Hotel kam, fand sie eine Nachricht von Joeys Mutter vor. Paxton rief sofort zurück und erfuhr, daß sie gleich am nächsten Vormittag kommen sollte. Es war Samstag, und Joey hatte schulfrei. Auch Tonys Mutter würde dasein, da sie Paxton kennenlernen wollte. Daß ihr Mann außer sich war, verschwieg sie Paxton. Beruhigt hatte sie ihn damit, daß man es Tony und Joey schuldig sei, und Paxton sei eine einflußreiche Korrespondentin der *New York Times,* und es würde vielleicht großen Ärger geben, wenn sie den Jungen nicht sehen durfte, wo es doch Tonys letzter Wunsch war. Ihr Mann hatte sich schließlich einverstanden erklärt, war aber immer noch aufgebracht. Aber das war Barbara jetzt einerlei. Sie wollte es und gab Paxton nun genaue Anweisungen, wie sie fahren mußte. Am nächsten Morgen nahm Paxton einen Leihwagen und fuhr nach Great Neck.

Als sie ankam, wurde sie von allen erwartet. Auch von Mrs. Campobello, der Mutter, ganz in Schwarz, und von drei kleinen Mädchen in entzückenden rosafarbenen Kleidchen, die aussahen wie vom Zuckerbäcker. Bei ihrem Anblick hätte Paxton fast laut aufgelacht. Sie waren reizend, aber sie waren ihr so fremd, daß sie nicht wußte, was sie sagen sollte. Alles war ein wenig eigenartig.

Barbara, ihre Schwiegermutter und die Mädchen hielten sich im Garten auf, als Paxton eintraf. In einiger Entfernung konnte sie einen hochgewachsenen, stattlichen Mann sehen, der aber nicht näher kam. Ob er Tony ähnlich war, konnte sie von weitem nicht beurteilen. Außerdem schien er nicht darauf aus, ihre Bekanntschaft zu machen. Doch als Barbara sie ihrer Schwiegermutter vorstellte und Paxton die alte Dame anschaute, sah sie, daß Tony ihr sehr ähnlich gesehen hatte. Sie brach in Tränen aus, kaum daß Paxton ihre Hand ergriffen hatte.

»Sie kannten meinen Jungen in Vietnam?« fragte sie mit schwerem italienischen Akzent. Ihre Stimme war brüchig, woran nicht ihr Alter, sondern ihre seelische Verfassung schuld war.

»Ja.« Paxton mußte gegen die Tränen ankämpfen, während Barbara sich mit ihren Töchtern zurückzog. »Er war ein feiner Mensch. Sie können sehr stolz auf ihn sein«, sagte sie mit einer Stimme, die ihr kaum gehorchte. »In ganz Vietnam wurde sein Mut gerühmt.« Das bedeutete zwar, die Wahrheit ein wenig überzustrapazieren, aber nicht sehr, und sie wußte, daß es für Tonys Mutter wichtig war. Die Tränen brannten ihr in den Augen, und sie konnte nicht anders, als die alte Frau in die Arme zu nehmen.

»Es ist meine Schuld, daß er fortging ... Ich hätte verhindern können, was geschah, aber ich habe es nicht getan.«

»Das hätten Sie nicht gekonnt«, tröstete Paxton sie, wohl wissend, was sie meinte. Sie alle trugen so viel Schuld, alle. Jahrelang hatte sie sich eingeredet, daß sie schuld an Peters Tod sei und an Bills ... und jetzt auch an Tonys? Hatte sie sie alle um ihr Leben gebracht? Oder war es Charlie gewesen? »Er trug niemandem etwas nach«, beruhigte Paxton sie. »Er war glücklich.« Mrs. Campobello putzte sich die Nase, nickte und sah dann Paxton plötzlich voller Interesse an.

»Sie waren seine Freundin?«

Paxton nickte lächelnd. »Er war wunderbar. Ich habe ihn sehr geliebt.« Sie fragte sich, warum sie in der Vergangenheitsform sprach. Um nicht den Verstand zu verlieren, taten alle so, als hielte man ihn für tot, ohne es in Wahrheit zu glauben.

»Sie sind ein hübsches Mädchen«, sagte seine Mutter. »Was haben Sie drüben gemacht?« Sie schwankte zwischen Neugierde und Mißbilligung.

»Ich war im Auftrag einer Zeitung drüben. So habe ich ihn

kennengelernt.« Und dann lächelte sie. »Anfangs haben wir viel gestritten.« Seine Mutter lachte unter Tränen auf.

»Mit mir hat er sich auch immer gestritten. Als Kind machte er mich wahnsinnig.« Er war nicht wie Tommy, wollte sie sagen und überlegte es sich dann. Gott hatte sie dafür bereits gestraft, weil Tommy noch lebte und Tony nicht.

Da kam Barbara Campobello zurück und warf Paxton einen vielsagenden Blick zu. »Joey ist drinnen, wenn Sie mit ihm sprechen wollen.«

»Das wäre nett«, sagte Paxton, und Barbara führte sie zur Haustür. Sie mußte früher eine gute Figur gehabt haben, und ihr Gesicht war noch immer hübsch, doch sie wirkte verhärtet und abgestumpft und irgendwie enttäuscht. Paxton folgte ihr ins Haus, und da saß er, auf der Couch, in Jeans und einem sauberen Hemd, auf dem Kopf eine Baseballmütze. Er sah sie mit demselben Ausdruck an, den sie an seinem Vater so liebengelernt hatte. »Hi«, sagte sie leise. Zu ihrer großen Verwunderung zog sich Barbara diskret wieder nach draußen zu den anderen zurück. »Ich heiße Paxton.« Er blickte zu ihr auf. Langsam ließ sie sich auf einem Sessel neben ihm nieder. »Ich habe in Vietnam deinen Dad kennengelernt. Und er hat mich gebeten, dich zu besuchen. Da ich zufällig in New York bin, dachte ich, ich könnte kommen und bei dir vorbeischauen.«

Als er interessiert nickte, sah er seinem Vater geradezu beängstigend ähnlich. »Schreiben Sie über meinen Vater einen Artikel? Das sagte meine Mom.«

Paxton schüttelte den Kopf. »Nein, Joey.« Sie wollte aufrichtig sein, so aufrichtig wie mit Tony. »Ich bin hier, weil ich ihn liebgehabt habe. Und er hat dich sehr, sehr liebgehabt ... wirklich«, sagte sie, unter Tränen lächelnd. »Ich liebe ihn immer noch. Ich bin erst vor zwei Wochen aus Vietnam zurückgekommen und wollte dich unbedingt besuchen.«

»Was ist passiert?« Joey sah sie fast anklagend an. »Wie ist er umgekommen?«

»Man weiß nicht mal sicher, ob er tot ist. Man weiß nur, daß er vermißt ist. Das heißt, daß es ein Gefecht gab und er verlorenging und nie zurückkam. Er kann am Leben sein, ebensogut aber kann er tot sein oder verwundet oder irgendwo allein draußen. Er könnte auch in Gefangenschaft geraten sein, aber das weiß niemand.«

»Wumm!« er setzte sich sichtlich erregt aufrecht hin. »Das hat mir keiner gesagt!« Er war acht Jahre alt, und da sie der Meinung war, daß er ein Recht hatte, es zu wissen, hatte sie es ihm erklärt.

»Niemand weiß etwas Bestimmtes. Man hält ihn für tot, und die Wahrscheinlichkeit ist groß, daß er nicht mehr am Leben ist. Aber mit Sicherheit kann man das nicht sagen.«

Da sah er sie direkt an und stellte ihr die schwierigste Frage. »Was glauben Sie?«

»Was ich glaube?« wiederholte sie. Sollte sie es sagen? Sie entschied sich dafür. »Ich kann nicht sagen, warum, und ich könnte mich irren, aber ich glaube, daß er noch lebt. Ich fühle es im Herzen ... Aber vielleicht habe ich ihn so sehr geliebt, daß ich an seinen Tod nicht glauben möchte. Vielleicht ist das der Grund für mein Gefühl. Aber so ist es eben.« Er nickte, während er verarbeitete, was sie gesagt hatte. Dabei rückte er ein wenig näher.

»Haben Sie Fotos von ihm?« Sie hätte sich ohrfeigen mögen, weil sie keine Bilder mitgebracht hatte, aber sie hatte nicht daran gedacht.

»Ja, im Hotel. Ich werde dir Abzüge schicken, wenn ich in Paris bin.« Wieder nickte er, diesmal befriedigt.

»Werden Sie wieder nach Vietnam gehen?«

»Ich glaube nicht.«

»Es muß dort drüben wohl ziemlich schlimm gewesen sein?« Wieder rückte er näher, sichtlich fasziniert, weil sie hübsch war und seinen Vater gekannt hatte. Es gab sonst niemanden, mit dem er über ihn sprechen konnte. Seine Mutter tat immer, als sei es verboten, und wenn er ihn erwähnte, weinte seine Großmuter, und sein Dad brüllte ihn an. Aber Paxton war eine Abgesandte seines Vaters, mit ihr konnte Joey endlich reden, wie er wollte.

»Ja, es war ziemlich schlimm.« Paxton lächelte ihm zu. »Aber nicht immer. Wir hatten auch viel Spaß miteinander. Und er hat viel von dir gesprochen«, sagte sie, und als sein Gesicht freudig aufleuchtete, hätte sie ihn am liebsten an ihr Herz gedrückt.

»Ja, hat er das?«

»Ja. Die ganze Zeit über, und er hat mir Fotos von dir gezeigt. Er wollte kommen und dich besuchen.« Aber die Chance hatte er nicht mehr bekommen. Mit einunddreißig vermißt. Es gab vieles, was er unerledigt hatte zurücklassen müssen.

»Werden Sie wiederkommen und mich besuchen?« fragte Joey sie hoffnungsvoll, rückte wieder näher und streckte plötzlich die Hand aus, um ihr Haar zu berühren, das so glatt und goldfarben war, so ganz anders als das Haar seiner Mutter.

»Sehr gern, wenn deine Mutter und dein Stiefvater nichts dagegen haben.«

Joey flüsterte ihr mit einer Grimasse zu: »Er ist nicht wirklich mein Stiefvater, er ist mein Onkel.«

Und sie flüsterte zurück: »Ich weiß! Dein Dad hat es mir gesagt.«

»Er hat Ihnen wohl alles gesagt?« Und dann lachte er, seine neue Freundin gefiel ihm. Sie strich ihm übers Haar und berührte sein Gesicht, und als seine Mutter zurückkam, hatte sie den Arm um ihn gelegt.

»Das war ein schöner Besuch«, sagte Paxton, die dankbar war, daß sie hatte kommen dürfen. »Und ich werde Joey aus Paris Fotos von seinem Vater schicken.«

»Ja«, sagte er bestätigend. Langsam schlenderten sie hinaus, Hand in Hand. Es war, als könnten sie sich nun wortlos verständigen. Und ehe sie ging, nahm sie ihn in die Arme.

»Denk daran, wie lieb er dich hatte.« Joey nickte mit Tränen in den Augen, und Paxton umarmte ihn wieder. Sie wußte noch, wie traurig sie nach dem Tod ihres Vaters gewesen war. Aber davon hatte sie Joey nichts erzählt. »Ich rufe dich wieder an.«

»Okay.«

Da sah sie seinen Stiefvater, der sie aus der Nähe wachsam beobachtete, groß, dunkel, seinem Bruder völlig unähnlich. Er unterließ es, näher zu kommen, um ihr die Hand zu geben und sie kennenzulernen. Statt dessen verschwand er wieder in die Garage, um mit seiner Arbeit weiterzumachen. Sie bedankte sich noch einmal bei Barbara Campobello, gab Tonys Mutter zum Abschied einen Kuß, und alle wünschten ihr viel Glück in Paris, fast so, als wären sie alte Bekannte.

»Ich schicke dir die Fotos«, versprach sie dem Jungen noch einmal, und er stand noch da und winkte, als sie langsam um die Ecke fuhr, in Gedanken bei ihm, traurig, daß er seinen Vater nicht wiedersehen würde.

27

An einem schönen Frühlingstag traf sie in Paris ein, eine Woche nachdem sie in Washington im Pentagon vorgesprochen und anschließend in Fort Benning, Georgia, Lieutenant Calley interviewt hatte. Es war ein kurzes Interview gewesen, ein in mancherlei Hinsicht sehr schmerzliches. Calley war schon fast zu einem Symbol für den Krieg geworden, für den Verlust an Beherrschung, für Brutalität und Greuel, die von den amerikanischen Truppen verübt wurden, und als Paxton später darüber nachdachte, empfand sie eigentlich Mitleid mit ihm, und mit allem, was geschehen war.

Paris heilte einige ihrer Wunden, und sie mietete ein bezauberndes Studio unweit der Seine als Wohnung. Während langer Abendspaziergänge hatte sie Zeit, darüber nachzudenken, wie sehr sich ihr Leben hier von jenem in Saigon unterschied.

Hier war ihr Leben einsam und karg und ernst. Täglich nahm sie als Zaungast an den Friedensgesprächen teil und führte am Rande der Verhandlungen Interviews mit Leuten wie Kissinger und Le Duc Tho. War ihr Leben in Saigon zuweilen sehr hart gewesen, so war es doch glücklicher und leichter als das jetzige, in dem sie von den Erinnerungen an einen Ort zehrte, den sie nie wiedersehen würde, an Menschen, die sie dort geliebt hatte.

Sie schickte Joey Abzüge der versprochenen Fotos, und er bedankte sich in einem Brief mit sehr ordentlicher Handschrift. Und ab und zu schickte sie ihm eine Postkarte aus Paris.

Da ihr sämtliche Nachrichten aus Vietnam zugänglich waren, wußte sie, daß die Verluste der Amerikaner im Oktober die geringsten während des gesamten Krieges waren. Viel erfreulicher allerdings wäre die Nachricht vom endgültigen Kriegsende gewesen.

Sie hielt auch engen Kontakt mit allen Verbindungsleuten, um etwas über Vermißte zu erfahren, aber von Tony gab es nach wie vor keine Nachricht. Inzwischen hatte sie jede Hoffnung aufgegeben, obwohl jenes merkwürdige Gefühl sie nicht verlassen hatte. Sie deutete es als Zeichen dafür, daß er für sie immer lebendig bleiben würde. Ende des Jahres aber hatte man sie fast schon überzeugt, daß es aussichtslos war.

Im November flog sie im Auftrag ihrer Redaktion wieder nach Fort Benning, da der Prozeß gegen Calley begonnen hatte. Es wurde eine bedrückende Angelegenheit mit grauenhaften Fotos und erschreckenden Zeugenaussagen, die schließlich zu seiner Verurteilung führten.

Nach Prozeßende besuchte sie ihren Bruder, und wie immer hatte sie ihm fast nichts zu sagen, und bei Allison einen Versuch zu machen, hatte sie bereits aufgegeben.

Anschließend flog sie nach Washington zu einem Interview mit Kissinger. Danach hatte sie eine Besprechung mit ihrem Chefredakteur in New York und nutzte die Gelegenheit, Joey anzurufen und sich mit ihm zu treffen. Diesmal führte sie ihn zum Lunch aus. Er war neun Jahre alt geworden und sah Tony noch ähnlicher als beim ersten Mal. Sie lud ihn in die Radio City Music Hall ein, und vorher hatten sie ganz erwachsen zu Mittag gespeist, im »21«, wo er sich von den neben der Bar hängenden Flugzeugen gebührend beeindruckt zeigte. Und der Ober hatte als eifriger Zeitungsleser ihren Namen erkannt, so daß man ihr jeden Wunsch von den Augen ablas und Joey sogar einen Rucksack mit der Aufschrift »21« bekam.

»Hier ist es toll«, sagte er voller Bewunderung für ihren Geschmack, und sie lächelte ihm zu. »Meinst du, daß es Dad hier gefallen hätte?« Das war für ihn der Maßstab für alles.

»Ich glaube, es hätte ihm sehr gefallen. Manchmal sprachen wir davon, nach New York zu kommen, oder nach San Francisco. Dort habe ich gelebt, als ich aufs College ging.« Er war sehr beeindruckt und wollte alles darüber hören, und als sie mit dem Nachtisch fertig waren, sah er sie mit schmerzlichem Ernst an.

»Mein Dad ... mein anderer Dad, meine ich ... du weißt

schon, mein Onkel ...« Paxton hätte beinahe laut aufgelacht, so eindringlich war er, irgendwie war alles so grotesk und verwirrend, und sie wußte, daß Tony es auch lachhaft gefunden hätte. Vielleicht hätte es ihm sogar gefallen. »Er sagt, daß es nicht stimmt, was du sagst ... daß mein richtiger Dad womöglich noch lebt, weil er vermißt wird. Er sagt, er wäre wahrscheinlich tot, und du würdest spinnen.«

»Er könnte recht haben. Wahrscheinlich hat er sogar in beiden Punkten recht.« Paxton versuchte ein Lächeln. »Aber in Wahrheit weiß es kein Mensch mit Sicherheit. Das bedeutet das Wort ›vermißt‹. Einige der Vermißten sind in Gefangenschaft geraten, aber von ihm weiß man leider gar nichts. Ich lasse ihnen keine Ruhe und rufe im Pentagon an, wann immer ich kann. Und seine sterblichen Überreste hat man auch nicht gefunden. Mehr weiß man nicht.« Das war hart für ihn, wie es für jeden hart war. Nicht zu wissen, was passiert war, ging einem an den Lebensnerv.

»Das heißt also, daß er noch am Leben sein könnte?« Er schöpfte wieder Hoffnung, doch nach längerer Überlegung machte sich bei ihm Resignation breit.

»Aber mein Dad ... mein Onkel sagt, daß er tot ist. Paxton, glaubst du, daß er tot ist?«

»Nein«, sagte sie mit einem Kopfschütteln und sah ihn fest an. »Joey, ich glaube es nicht.« Und damit nahm sie seine Hand und hielt sie fest, und dabei fiel ihr einmal mehr auf, wie sehr er Tony ähnelte.

28

1971 war für Paxton ein sehr arbeitsreiches Jahr, das sie überwiegend in Paris verbrachte, noch immer auf einen Erfolg der Friedensgespräche hoffend, ein Gefühl, dem sie in ihren Zeitungsartikeln Ausdruck verlieh. Aber der Krieg dauerte an, während es unter den in Vietnam stationierten Truppen bereits rumorte. Die Soldaten hatten den Krieg satt, und Gehorsams-Verweigerung war an der Tagesordnung, anders als zu der Zeit, als sie im Land gewesen war. Häufig kam es auch vor, daß Offiziere von den GIs »irrtümlich« durch Granatsplitter verletzt wurden. Auch die Rassenfrage spitzte sich zu. Im Februar begann die ARVN mit ihren Operationen in Laos, um Teile des Ho-Tschi-Minh-Pfades zu zerstören. Und noch immer gab es keine Nachricht von Tony, wann und wo sie auch Nachforschungen anstellte.

Im März flog Paxton in die Staaten, um über den Ausgang des Calley-Verfahrens zu berichten, und erlebte seine Verurteilung mit. Und sie war in Washington, als es die große Veteranendemonstration gegen den Krieg gab, in deren Verlauf mehrere Teilnehmer ihre Kriegsauszeichnungen auf die Stufen des Kapitols warfen. Sie schrieb darüber für die *Times,* ehe sie wieder nach Paris zurückflog.

Sie war noch in Paris, als Daniel Elsberg im Juni die *Pentagon Papers* der Öffentlichkeit zugänglich machte, ebenso im Juli, als Nixon Kissingers Besuch in China ankündigte. Und als im Oktober 1971 Thieu zum Präsidenten von Südvietnam wiedergewählt wurde, schrieb sie noch immer Berichte über die Friedensgespräche. Im Dezember gab es endlich zu vermelden, daß die amerikanischen Truppen in Vietnam auf hundertvierzigtausend Mann reduziert worden waren, auf weniger als ein Drittel der Truppenstärke der Zeit vor neunzehn Monaten. Und in diesen neunzehn Monaten hatte es auch nicht das kleinste Stückchen Information über Tony Campobello gegeben. Alles sprach dafür, daß er tot war. Wäre er in Gefangenschaft geraten oder hätte er sich irgendwo als Verwundeter versteckt, dann hätte es sich nicht geheimhalten lassen. Sie konnte Joey jetzt nicht mehr viel Hoffnung machen, und doch antwortete sie ihm bei den Telefongesprächen, die sie alle paar Monate mit ihm führte, auf seine Fragen, daß sie das Gefühl hätte, sein Dad sei irgendwo draußen noch immer am Leben. Inzwischen war er zehn Jahre alt und konnte es schon besser verstehen. Da sie ihm von ihrem eigenen Vater erzählte, festigte sich die Beziehung zwischen ihnen noch mehr, denn beide hatten ohne Vater aufwachsen müssen.

Für sie war das Leben Ende 1972 interessant, aber sehr eigenartig. Sie war fünfundzwanzig, sehr attraktiv und genoß in Paris viel Bewunderung. Doch es war, als existierte ein Teil ihres Lebens gar nicht und hätte nie existiert. Sie war wie versiegelt. Sie lebte für ihre Arbeit und für den kleinen Jungen in Great Neck, den sie liebgewonnen hatte. Er war die einzige Liebe in ihrem Leben. Alles andere beschränkte sich auf Erinnerungen und Fotos, die auf einem Tisch in ihrem Wohnzimmer standen. Peter ... Bill ... Ralph ... France ... Pax ... An ... und natürlich Tony. Eine merkwürdige Galerie der Menschen, die sie geliebt und in einem Land verloren hatte, in das sie nie zurückkehren würde und das ihr doch noch immer fehlte. Ihr fehlte, was es bedeutet hatte, was diese Menschen gewesen waren, was sie selbst war, als sie alle dort lebten. Trotzdem war sie beruflich sehr erfolgreich und erwarb sich viel Respekt. Und auf merkwürdige Art war sie zufrieden, nicht glücklich, aber immerhin zufrieden, doch Tony fehlte ihr immer noch, und nach wie vor trug sie seinen Rubinring.

1972 war es schmerzlich für sie, mitzuerleben, in welcher verzweifelten Lage sich Vietnam befand. Die Friedensgespräche hatten zu keinem Ergebnis geführt. Und im März überschritten die Nordvietnamesen mit Panzern die entmilitarisierte Zone und bewegten sich auf dem Highway One in einem wahren Zug des Schreckens nach Süden. Im Mai war diese wichtige Route von Flüchtlingen und Truppen total verstopft. Die ARVN stellte für die Truppen des Nordens keinen ernstzunehmenden Gegner mehr dar, so daß sich die Zivilbevölkerung den Übergriffen der nordvietnamesischen Armee hilflos ausgesetzt sah. Viele Unschuldige, darunter Frauen und Kinder, kamen ums Leben. Die Fotos, die sie und die ganze Welt speziell im *Time* –Magazin zu sehen bekamen, waren grauenhaft.

Eine zweite Angriffswelle verwüstete das zentrale Hochland. Die Resultate waren ähnlich, die Menschen hatten kein Dach über dem Kopf und waren dem Verhungern nahe. Die Amerikaner versuchten, sich loszueisen und den Krieg wieder auf die ARVN, die südvietnamesische Armee, abzuwälzen, die jedoch eine Niederlage nach der anderen hinnehmen mußte.

Als Paxton im April den AP-Bericht über einen dritten Angriff unweit der kambodschanischen Grenze nördlich von Saigon las, hatte sie Tränen in den Augen. Vietnamesische Truppen in Stärke von dreitausend Mann stürmten An Loc und eroberten die gesamte Provinz. Allmählich wurde klar, daß die »Vietnamisierung« Vietnams ein Scherz war, allerdings ein sehr kostspieliger, über den in Vietnam kein Mensch lachte.

Mitte April ordnete Nixon die Bombardierung von Gebieten um Haiphong und Hanoi an, und zum ersten Mal seit zwei Jahren war Paxton froh, daß sie nicht in Vietnam geblieben war. Es schien allmählich fraglich, ob dort überhaupt jemand überleben würde. Dieses Gemetzel im großen Stil war völlig wahnsinnig. Hier in Paris konnte sie mehr erreichen. Aber was ihr zusätzlich große Sorgen bereitete, war die Frage, was aus Tony würde, falls er in Gefangenschaft geraten war oder sich irgendwo auf dem Land versteckt hielt. Durch die ständigen Angriffe der NVA wurden amerikanische Gefangene überall in Vietnam sehr gefährdet. Aber sie gab sich noch immer der Hoffnung hin, daß er sich irgendwo draußen unter ihnen befände.

Nach dem Fall von Quang Tri im Mai bot die im Juni erfolgte Verhaftung von fünf Männern, die in Washington einen Einbruch im Pentagon verübt hatten, die einzige Ablenkung. Der Watergate-Skandal war in den Staaten das Tagesgespräch, und obwohl sie sich zu der Zeit in Paris aufhielt, verfaßte Paxton darüber einen witzigen Leitartikel für ihre Zeitung, für den sie viel Zustimmung erntete. Langsam stieg sie zu einem Star ihrer Branche auf, ein Aspekt ihres Lebens, der sie jedoch nur wenig berührte. Sie liebte ihre Arbeit, machte sich aber nichts aus dem Beifall, den sie ihr einbrachte. Ihre Aufgabe war die Information der Leser, und nötigenfalls war sie bereit, gegen jedes Lügengewebe mit dem Schwert der Wahrheit anzutreten, eine Einstellung, deretwegen sie von ihren Berufskollegen geneckt wurde, die sie eine blinde Eiferin nannten. Aber an Ruhm und Ehrungen war ihr wenig gelegen. Die Tatsache, daß Kissinger, Nixon und bedeutende Journalisten auf der ganzen Welt sie sehr schätzten, freute sie zwar, war aber nicht von überragender Bedeutung für sie. Für sie zahlte nur, daß ihre Arbeit »etwas bewirkte«.

Von der Öffentlichkeit unbeachtet, geschah als Resultat von Gesprächen zwischen Kissinger und Le Duc Tho im Oktober 1972 in Paris endlich der Durchbruch. Und am einundzwanzigsten Oktober stimmte Nordvietnam dem vorgelegten Friedensplan zu. Noch vor Ablauf von fünf Tagen versprach Kissinger vom Weißen Haus aus, daß »der Friede in Reichweite« sei. Aber Präsident Thieu von Südvietnam weigerte sich, das Abkommen zu unterzeichnen, da er aus Angst vor Ausschreitungen den Truppen des Nordens nicht zubilligen wollte, ihre Stellungen in Südvietnam beizubehalten.

Knapp zwei Wochen später wurde Nixon mit überwältigender Mehrheit wiedergewählt. Und wieder zwei Wochen später forderte Präsident Thieu neunundsechzig Zusatzartikel zu dem Übereinkommen, das Vietnam den Frieden bringen sollte, und Paxton und andere bekannte Journalisten waren der Verzweiflung nahe. Wieder einmal schien die Situation hoffnungslos.

Den ganzen Dezember über zogen sich die Gespräche mit zahlreichen Unterbrechungen dahin. Die Amerikaner griffen aus der Luft militärische Einrichtungen an und versprachen, Zivilisten zu schonen. Hanoi deutete Gesprächsbereitschaft an, falls die Bombardements aufhörten. Dies war an einem einzigen Tag, nämlich zu Weihnachten, der Fall. Hanoi legte erneut Protest ein. Und am dreißigsten Dezember, als wieder eine Feuerpause in Kraft trat, kam es zu einer Wiederaufnahme der Gespräche. Und während das alles vor sich ging, war Bob Hope mit seiner Show ein letztes Mal nach Vietnam gekommen. Aber in diesem Jahr dachte Paxton nicht an ihn. Die Friedensgespräche in Paris nahmen sie völlig in Anspruch. Und noch immer versuchte sie, Informationen über Tony zu bekommen, wobei sie sich nicht scheute, an höchster Stelle in Washington anzufragen. Der Höhepunkt des Abends war ein Anruf Joeys von Great Neck aus. Es ging ihm gut, und es wärmte ihr Herz, als er ihr halblaut anvertraute, daß sie ihm fehlte. Sie war nun seine Verbündete, seine spezielle Vertraute, der Schutzengel, vom Vater, den er kaum kannte, geschickt, damit sie ihn liebe und behüte.

Und schließlich nahmen am achten Januar 1973 Kissinger und Le Duc Tho in Paris erneut Friedensgespräche auf. Und genau eine Woche später soll Botschafter Ellsworth Bunker in Saigon Präsident Thieu gedroht haben, die amerikanische Unterstützung würde eingestellt, wenn er nicht auf der Stelle das Friedensabkommen unterzeichne.

Knappe zwei Wochen später trat am siebenundzwanzigsten Januar der Waffenstillstand in Kraft, fünf Tage nach Lyndon B. Johnsons Tod. Nixon forderte die sofortige Entlassung sämtlicher Kriegsgefangener und versprach, alle amerikanischen Truppen innerhalb von sechzig Tagen, also bis zum März, aus Vietnam abzuziehen. Paxton, die diese Nachricht in Paris ungläubig vernahm, sandte ein Stoßgebet zum Himmel, es möge unter den Kriegsgefangenen jemanden geben, der etwas von Tony wußte, damit endlich Ruhe einkehrte. Die Ungewißheit war schrecklicher als alles andere. Nach fast drei Jahren hielt sie es kaum mehr aus, aber auch für Joey mußte das Schwanken zwischen Zweifel und Hoffnung sehr hart sein. Er hatte sich immer nach einem Vater gesehnt, der nicht da war und sehr wahrscheinlich nie dasein würde. Paxton vermutete, daß Tommy den Jungen ablehnte, weil er sich selbst schuldig fühlte, außerdem war zu vermuten, daß er inzwischen gemerkt hatte, was er sich mit der ersten Mrs. Campobello eingehandelt hatte.

Am fünften Februar 1973 wurde bekanntgegeben, daß es in Vietnam 57 597 Gefallene gegeben hatte. Der Gedanke daran zerriß ihr das Herz und erinnerte sie an Peter, Bill und Tony. Und als sie hörte, daß am zwölften Februar die ersten Kriegsgefangenen entlassen werden sollten, lag sie weinend auf dem Bett und stellte sich vor, was dies für die Männer und deren Frauen bedeuten mußte. Endlich frei zu sein, frei von Agonie, Angst, Terror.

Zu diesem Zeitpunkt war sie in Paris und mit Schreiben beschäftigt, nicht nur mit Artikeln für ihre Zeitung, sondern mit einem Buch über Vietnam, das ihr schon seit drei Jahren als Projekt vorschwebte. Da rief ihr Chefredakteur aus New York an und bat sie, nach Manila zu fliegen und dort einen Kriegsgefangenentransport abzupassen.

»Aber warum?« Warum ich? wollte sie fragen. Drei Jahre hatte es gedauert, bis der Schmerz nachgelassen hatte, drei Jahre, bis sie im Traum nicht mehr die verkrüppelten Kinder sah, die die Straßen von Saigon bevölkerten. Und nun kamen die Kriegsgefangenen nach Hause und brachten ihre schrecklichen Erlebnisse mit. Mußte sie wirklich dorthin? Sie wollte nicht mehr. Ihre Sehnsucht nach dem satten Grün und dem Rauchgeruch in der Morgendämmerung hatte sich verflüchtigt. Und jetzt wollte man, daß sie die entlassenen Kriegsgefangenen interviewte. Damit würde die Erinnerung wieder aufleben, wenn sie in die Gesichter der Männer blickte, die dort gewesen waren.

Die Kriegsgefangenen wurden nach Clark Field auf den Philippinen gebracht. Ihr blieben zwei Tage, um dort hinzukommen.

»Ist das eine Anordnung oder eine Bitte?« fragte sie um Mitternacht, Pariser Zeit, mit müder Stimme. Immer rief man sie kurz vor Redaktionsschluß an.

»Ein wenig von beidem«, sagte der Chefredakteur leise, und Paxton seufzte. Es fing von neuem an: Hoffnung, Gebete, der Wunsch, daß jemand ihn gesehen hatte.

»Na schön«, sagte sie nach einer kurzen Pause. »Ich fliege hin.«

»Danke. Wir wissen es zu schätzen.« Er hatte ohnehin gewußt, daß sie gehen würde. Sie konnte es nicht zurückhalten, keiner von ihnen konnte es. Vietnam hatte sie alle bis ins Innerste getroffen, ihre Seele angerührt. Es war ein ständiger Schmerz, auch wenn er taub wurde ... ein Kummer ... eine Freude ... eine Sucht.

29

Von Paris aus flog Paxton nach Wiesbaden. Dort erwischte sie eine Militärmaschine, die sie nach Manila brachte, wo sie acht Stunden vor den Kriegsgefangenen eintraf. Und während sie inmitten der wartenden Frauen und Kinder saß, nachdachte und sich Notizen machte, betrachtete sie die Gesichter um sich herum, die Kinder, die sich kaum an ihre Väter erinnern konnten, und wußte, wie schrecklich es für sie alle gewesen war. Sie wußte es nur zu gut, während sie beobachtete und lauschte.

Schon seit einiger Zeit hatte sie sich mit dem Verlust Tonys abgefunden. Egal, was sie fühlen mochte, es war unmöglich, daß er noch am Leben war, wenn auch ihr Herz nichts davon wissen wollte. Das hatte sie Joey nicht verschwiegen.

Und diese Frauen hier sprachen davon, wie sie von einem Jahr zum anderen überlebt hatten, mit Fotos, mit Nachrichtenfetzen, mit Berichten von zwei Mitgefangenen, die früher entlassen worden waren, von anderen, die vor zwei Jahren hatten fliehen können. Sie wußten, daß ihre Männer am Leben waren, bekamen wenigstens von Zeit zu Zeit eine Bestätigung, und wie ihre Männer hatte sie es überlebt, aber wie diese alles überstanden hatten, das war natürlich eine andere Frage.

Paxton spürte, wie ihr Magen revoltierte, während sie wartete. Sie wollte den Schmerz und die Nervosität der Frauen nicht noch verschlimmern oder sie verärgern, deshalb sprach sie keine direkt an, saß nur da und hörte zu. Später würde sie dann um Interviews bitten und mit den Männern sprechen. Nun aber wollte sie nur hiersein und zuhören. Sie sagte sich, daß sie leidenschaftslos zu sein hätte, daß sie als Journalistin da war, daß sie kein Recht hatte, sich einzumischen, doch als dann nachmittags die Männer von Bord gingen, schluchzte sie bei ihrem Anblick beinahe so laut wie ihre Frauen. Sie waren dünn, verschreckt, eingeschüchtert, zum Teil krank oder verwundet – rotgeränderte Augen, Kopfkrätze, nach Schlägen angeschwollene Gelenke, unsichere Beine. Oberflächlich gesehen schienen ihre Blessuren nicht so schlimm, wenn man aber tiefer blickte, war es um so schrecklicher. Einander gegenseitig stützend, standen sie da, blickten stolz um sich und brachen in Jubelrufe aus. Es war ein Sieg der Freiheit, der Liebe und des Überlebens, und wer es miterlebte, den rührte es bis ins Herz.

Es wurde ein emotionsgeladener Nachmittag, und Paxton weinte fast soviel wie die anderen. Für sie aber gab es keine Erleichterung, keine Erlösung, keine unglaubliche Umarmung, auf die man sieben Jahre gewartet hatte. Wie überlebte man Zeiten wie diese? Wie klammerte man sich an eine Hoffnung? Und was sagte man zueinander, wenn alles vorbei war? Was, wenn sie auf einer der mit Ralph unternommenen Ausflüge selbst in Gefangenschaft geraten wäre? Manchmal waren sie nur sehr knapp davongekommen. Was, wenn sie dem Vietcong in die Hände gefallen wäre? Sie bezweifelte, ob sie überlebt hätte, und bewunderte die Männer, daß sie es geschafft hatten.

Am nächsten Tag fing sie in Begleitung eines Fotografen mit den Interviews an und sprach mit den Männern, nachdem man sie entlassen hatte, sprach auch mit den Frauen, in einigen Fällen auch mit den Kindern. Erst als sie fast schon fertig war, spürte sie, wie sehr es sie mitnahm. Und dann merkte sie bei einem Interview, daß sie eine der Tunnelratten von Cu Chi vor sich hatte, der in Gefangenschaft geraten war, kurz ehe Tony als vermißt gemeldet wurde. Ihre Hand zitterte so heftig, daß sie kaum ihren Stift halten und notieren konnte, was der Mann sagte. Er hatte drei Jahre in Gefangenschaft verbracht, was ihm und auch ihr sehr lange vorkam, aber Tony war ebensolange vermißt, und sie wußte noch immer nicht, ob er tot oder noch am Leben war.

»Ich ...« ihre Stimme war so unsicher wie ihre Hände, »ich möchte Sie gern inoffiziell was fragen.« Er machte ein erschrockenes Gesicht, als würde sie etwas Schreckliches fragen, das ihn und seine Familie auf ewig entehren könnte.

»Sind Sie während Ihrer Zeit in Cu Chi jemals Sergeant Tony Campobello begegnet?« Da sah er sie merkwürdig an und nickte, unsicher, ob es ein Trick war. Vielleicht war Campobello ein feindlicher Agent gewesen.

»Warum?«

»... weil ich ihn liebte ... ich war damals in Saigon«, sagte sie ebenso leise und gebrochen wie er, doch hatte er ihr die Vergangenheit zurückgebracht, und das war sehr schmerzlich. »Er wurde als vermißt gemeldet, kurz nachdem Sie in Gefangenschaft gerieten ... und drei Jahre lang hat man seinen Fall nicht abgeschlossen ... und ich dachte ... ich fragte mich ... » Sie fing zu weinen an und haßte sich deswegen. Diese Männer hatten genug durchgemacht. Sie durfte ihnen nicht noch ihren eigenen Schmerz aufbürden. Er aber streckte die Hand aus und berührte ihre Hand mit seinen knotigen, gebrochenen Fingern. Sie war jetzt seine Schwester ... seine Freundin ... sein Kind ... und sie sah ihn unter Tränen an, als er antwortete.

»Ich kann nur sagen, daß er vor zwei Jahren noch lebte. Er wurde in eines der Lager gebracht, in dem ich war. Ich weiß nicht mal mehr, wie es hieß, da ich sehr krank war, als ich hinkam«, fuhr er leise fort, und niemand um sie herum hörte es.

»Wissen Sie denn, wo es lag?« fragte sie ihn.

»Nein ... aber er war da. Ich kannte ihn von Cu Chi her ...

ich war nicht lange dort, ehe mich die Vietcong schnappten ... er war zäh ... und er war noch am Leben, als er ihnen in die Hände fiel. Mehr weiß ich nicht. Sie sollten Jordan fragen. Der war auch dort, und ich glaube, daß er ihn kannte.«

Doch als sie drei Tage später endlich mit Jordan sprechen konnte, hatte er nur schlechte Nachrichten für sie. Tony gehörte zu einem Trio, das einen Ausbruch wagte, und Jordan war sicher, daß alle drei bei dem Unternehmen ums Leben gekommen waren. Gerüchtweise hatte es zwar geheißen, man hätte nur zwei Tote zurückgebracht, aber sicher war er seiner Sache nicht. Um so sicherer war er, daß eine Flucht praktisch unmöglich war, da der Vietcong Hunde, Waffen und Fallen aller Art einsetzte. Er mußte tot sein. In den vergangenen zwei Jahren hatten sich ihre Wege nie wieder gekreuzt, und er hatte auch seinen Namen nicht mehr gehört. Tony mußte tot sein, versicherte er ihr. Etwas anderes war ausgeschlossen. Er weinte, als er es sagte, und Paxton weinte mit.

Es war für sie eine schreckliche Woche, eine brutale Zeit, in der sie mit Schmerz, Tod, Hoffnung und Kummer konfrontiert wurde und dazu noch mit den Grausamkeiten, denen die Gefangenen ausgesetzt gewesen waren. Es wollte kein Ende nehmen, und die Tapferkeit ihrer Frauen war bewundernswert. Als alles vorüber war und sie wieder nach Frankreich flog, hatte sie das Gefühl, mit ihnen zusammen interniert gewesen zu sein. Es war ein emotionaler Konflikt, den sie hinter sich gebracht hatte, und sie schwor sich, daß sie so etwas nie wieder machen würde. Doch der Artikel, den sie daraufhin verfaßte, war absolut brillant und brachte ihr viel Lob ihrer Vorgesetzten ein. Branchenkenner wußten, daß Paxton eines Tages den Pulitzerpreis gewinnen würde. Ralph hatte sie immer damit aufgezogen, und Tony war fest davon überzeugt gewesen, doch das lag nun Jahre zurück, in einer Zeit, als sie jung und voller Hoffnung gewesen war. Ihre Frage nach Tonys Schicksal war auf schmerzliche Weise beantwortet worden, und davor konnte sie sich nicht verstecken. Am ersten März flog sie nach New York, um seinen Sohn zu besuchen und ihm zu erzählen, was sie von den Kriegsgefangenen erfahren hatte, von dem ersten, der ihn vor zwei Jahren kurz gesehen hatte, und dem zweiten, der wußte, daß er geflüchtet und bei dem Versuch von den Vietcong getötet worden war. Nach allem, was sie auf der Clark Air Base gehört hatte, schien das nun sicher.

Sie brachte es Joey möglichst schonend bei. Sie unternahmen einen ausgedehnten Spaziergang im Central Park, und schließlich setzte sie sich mit ihm auf eine Bank und sagte es ihm. Er war jetzt elf Jahre alt, so alt wie sie gewesen war, als ihr Vater verunglückte, ein aufgeweckter Junge, von dem sie wußte, daß er es ertragen konnte.

»Es tut mir leid, Joey.« Sie hatte feuchte Augen. »Irgendwie dachte ich immer, wenn er bei jenem Angriff nicht ums Leben gekommen war, dann hätte er es geschafft. Er war so zäh und stark und klug ... so gut ...« Aber jetzt war er tot, und sie mußten sich mit dieser Wahrheit abfinden.

»Glaubst du es jetzt?« fragte er sie bekümmert, und diesmal nickte sie. Ihm sowie sich selbst zuliebe. Sie war siebenundzwanzig und hatte Tony so lange geliebt, daß es ihr schwerfiel, die Hoffnung aufzugeben, doch sie wußte, daß sie es tun mußte.

»Ja, jetzt glaube ich es auch. Wir müssen es glauben. Er ist tot.« Es war, als hätte sie ihn erneut verloren.

»Was jetzt?« fragte der Junge leise, ihren Arm umklammernd.

»Ich weiß nicht ...« Sie fühlte sich fast so verloren wie vor drei Jahren. Die anderen Frauen hatten ihre Männer wiederbekommen, und sie nicht. »Wir wollen ihn in Erinnerung behalten ... an ihn denken und lächeln, an das Gute denken, an das alberne Zeug ... wir haben ihn lieb.«

»Und was wird aus dir?« Er hatte sich immer über sie gewundert, und jetzt hatte er das Gefühl, alt genug zu sein, um Fragen stellen zu dürfen. Er wußte, daß sie auf seinen Dad gewartet hatte, aber was würde sie jetzt machen? Dasselbe, was sie immer gemacht hatte. Für Paxton war alles vorüber. »Wirst du jemanden anderen heiraten?« fragte er besorgt. Womöglich jemanden, dem es nicht recht sein würde, daß sie sich mit ihm traf.

Paxton, die seine Gedanken ahnte, zog ihn an sich. »Nein, das nicht. Es sei denn, du wirst ganz rasch erwachsen. Dann warte ich auf dich.«

»Und was wirst du jetzt machen? Gehst du wieder nach Paris?« Wenn sie dort war, fehlte sie ihm sehr, denn zwischen ihnen hatte sich eine ganz besondere Beziehung entwickelt. Ein wenig war es so wie das, was sie mit seinem Dad geteilt hatte, da sie aber keine eigenen Kinder hatte, war es mehr und auch weniger und anders. Als Antwort auf seine Frage hatte sie eine gute Nachricht.

»Es sieht so aus, als würde ich sehr bald nach New York kommen, um hier für die *Times* zu arbeiten. Wahrscheinlich Ende März, nach dem endgültigen Truppenabzug. Das dauert nicht mehr lange.« Er freute sich. Wenn er schon seinen Vater nicht haben konnte, dann hatte er wenigstens sie.

»Vielleicht läßt deine Mom dich mal für ein Wochenende verreisen, wenn ich zurück bin. Glaubst du, sie täte es?«

»Sicher.« Er würde dafür sorgen, daß man es ihm erlaubte, koste es, was es wolle. Und als sie beide essen gingen, waren sie schon viel ruhiger. Ruhig, aber traurig. Endlich fingen sie an, sich von Tony zu lösen.

30

Am 29. März 1973 verließen die letzten amerikanischen Truppen Vietnam, und drei Tage später, am ersten April, wurden die letzten amerikanischen Kriegsgefangenen in Hanoi freigelassen. Am Tag davor flog Paxton nach New York, nachdem sie ihre Wohnung in Paris aufgegeben hatte. Sie wollte im Algonquin wohnen, bis sie in New York etwas gefunden hatte. Und als sie am nächsten Tag in die Redaktion kam, erwartete sie eine große Überraschung. Sie bekam den Auftrag, nach San Francisco zu fliegen, um die Kriegsgefangenen im Presidio zu interviewen, doch sie sagte, daß sie es nicht fertigbrächte. Man solle jemanden anderen schicken, sie sei eben erst zurückgekommen, sei erschöpft und müsse eine Wohnung suchen. Das alles waren keine triftigen Gründe, wie sie und ihre Chefin wußten. Und als man sie schließlich unter Druck setzte, ließ sie sich auf eine Debatte ein und sagte, daß es ihr einerlei sei, was mit ihr geschähe, sie würde nicht fliegen, es sei einfach zu schmerzlich.

Man ließ sie daraufhin den ganzen Tag in Ruhe, und um sechs Uhr abends rief sie der Chefredakteur zu sich und bat sie, den Auftrag zu übernehmen. Müde, noch unter der Zeitverschiebung leidend, erschöpft und ziemlich wütend, gab sie schließlich nach. Sie flog am nächsten Tag und kam eben noch zum Empfang der Maschine mit den Kriegsgefangenen zurecht, die auf der Travis Air Force Base landete. Und als sie dastand und sich vor ihr dieselbe Szene abspielte wie vor sechs Wochen in Manila, wußte sie, wie kräfteraubend und schmerzlich dies alles verlaufen würde. Aber diesmal war sie wenigstens vorbereitet und wappnete sich gegen alles, was sie von den Frauen, den Männern und sogar den Kindern hören würde. Die nächsten Tage verliefen genauso schlimm, wie sie es sich ausgemalt hatte, und noch schlimmer. Doch das Schlimmste sollte noch kommen, als einer der Männer auf drei Kameraden zu sprechen kam, die einen Fluchtversuch unternommen hatten. Die Geschichte hörte sich irgendwie bekannt an. Teils wollte Paxton es nicht wissen, teils mußte sie es unbedingt erfahren. Sie stellte ihm dieselben Fragen wie den Männern auf Clark, aber diesmal fielen die Antworten anders aus. Ja, er war sicher, daß drei geflohen waren, und zwei anderen war schon zuvor die Flucht geglückt. Aber alle anderen, die es wagten, wurden getötet, einmal eine Gruppe von sieben, dann vier, dann zwei. Aber einige schafften es, und von den drei Entflohenen, die er zuerst erwähnt hatte, schaffte es einer. Zwei wurden getötet, aber einer kam nie zurück.

»Wer war das?« fragte sie erstickt, von dem Wunsch erfüllt, sie wäre nie hierhergekommen, weil sie nicht wollte, daß sich bei ihr von neuem Hoffnung regte. Sie war gewillt, Tony endgültig zu begraben, warum ließ man es nicht zu? »Wissen Sie, wer es war?«

»Ich bin mir nicht sicher.« Er zermarterte sein Gedächtnis, das stark gelitten hatte unter Elektroschocks und Folter, er hatte zwei Daumen verloren und durch den Wundbrand fast ein Bein. Woher sollte er wissen, wer entkommen war und überlebt hatte? Wie konnte er ihr das nur antun, und doch war es so, und sie wartete mit angehaltenem Atem. »Ich weiß, daß er von Cu Chi war ... eine Tunnelratte, aber den Namen weiß ich nicht mehr. Wenn ich ihn höre, fällt er mir vielleicht wieder ein«, versuchte er sich zu rechtfertigen, und sie wiederum kam sich schlecht vor, weil sie ihm so zusetzte, aber sie mußte es tun.

»Tony Campobello?« hauchte sie im Flüsterton.

»Genau.« Er starrte sie an. »Das war er!« Er war verblüfft, daß sie es wußte. »Er entkam ... na, ich weiß nicht ... vor eineinhalb Jahren etwa ... vielleicht sind es auch zwei Jahre her ... ich weiß es nicht mehr. Ich weiß nur, daß er es geschafft hat.« Als sie es hörte, spürte Paxton, wie Schwäche sie zu überwältigen drohte.

»Woher wollen Sie das wissen?«

»Man hat seinen Leichnam nicht zurückgebracht und ...« er schien verlegen, »einer der Wachtposten erzählte es mir.«

»Könnte er Sie nicht belogen haben?« Fast wünschte sie sich, daß er tot sei, da sie sich nicht wieder mit der Hoffnung quälen wollte, aber was dieser Mann sagte, war nicht zu bestreiten. Sie konnte es nicht ignorieren.

»Glaube ich nicht. Sie gaben nur ungern zu, wenn jemandem die Flucht glückte, deshalb dürfte es gestimmt haben, wenn es gesagt wurde. Und einen der anderen hat man gefoltert, um allen übrigen eine Lektion zu erteilen.«

»Wissen Sie, wohin er verschwunden sein könnte?«

»Tut mir leid, das weiß ich nicht. Nach Süden, nehme ich an ... falls es ihm glückte ... oder aber er versteckt sich noch irgendwo im Landesinneren. Als Tunnelratte war er sicher mit allen Wassern gewaschen. Er könnte noch immer am Leben sein.« Könnte ... und was jetzt? Was sollte sie nun zu Joey sagen? Daß sein Vater irgendwo im Landesinneren noch leben »könnte«? Oder daß er tot in einem Tunnel oder Schützengraben oder in einem Loch oder unter einem Baumstamm liegen könnte? Sie bedankte sich bei dem Mann, beendete wie betäubt ihre Interviews und nahm die Nachtmaschine nach New York.

Anschließend sperrte sie sich für drei Tage in ihre Wohnung ein und war für niemanden zu sprechen. Es gab nichts, was sie hätte sagen oder tun können. Sie mußte sich durch den Kopf gehen lassen, was sie von den Männern gehört hatte. Immer wieder zog sie ihre Notizen zu Rate, doch es gab nichts, was sie hätte tun können. Und am Montag stand ihr Entschluß fest.

Sie wandte sich an ihre unmittelbare Vorgesetzte, die ihr als erstes entgegenhielt, daß sie verrückt sei, doch nach einer Weile schaffte Paxton es, sie zu überzeugen. Sie war zweimal dort gewesen und kannte das Land. Nach dem Truppenabzug würden auch andere in Vietnam bleiben. Journalisten, medizinisches Personal, ein paar ausländische Geschäftsleute, Narren, Opportunisten. Jemand mußte dort sein. Und für sie stand es jetzt zweifelsfrei fest, daß sie wieder zurückmußte und daß sie bleiben würde, bis sie die Antworten gefunden hatte, ohne Rücksicht auf die Dauer und die Gefahren.

Schließlich zeigte sich die Redaktion einverstanden. Es blieb ihr auch nichts anderes übrig. Man stand vor der Wahl, Paxton zu verlieren oder ihr den Segen zu geben, deshalb ließ man ihr den Willen.

Und an diesem Wochenende unternahm sie einen besonders langen Spaziergang mit Joey. Sie eröffnete ihm, daß sie nach Vietnam wollte, um seinen Vater zu finden, seine sterblichen Überreste oder jemanden, der ihr mit Sicherheit sagen konnte, was geschehen war. Sie erzählte ihm von dem Kriegsgefangenen im Presidio und was er gesagt hatte. Sie mußte es ihm mitteilen, Joey hatte ein Recht darauf.

»Weißt du, Mom und Dad halten dich noch immer für verrückt.« Er lächelte ihr zu. Manchmal zweifelte er selbst an ihr, aber zugleich wußte er auch, daß er sie liebte.

»Glaubst du das auch?« Sie lächelte ihm zu.

»Manchmal schon. Aber eigentlich ist es mir egal, Pax. Es ist schon okay.«

»Danke. Ehrlich gesagt, halte ich mich selbst für verrückt, weil ich zurückgehe. Aber ich glaube nicht, daß ich mich zufriedengebe, solange ich keine Antwort bekommen habe. Eine Zeitlang dachte ich, ich wüßte es«, nach allem, was sie von Jordan auf Clark gehört hatte, »aber es stimmte nicht. Dieser Bursche im Presidio war so sicher, daß Tony es geschafft hatte.«

»Glaubst du wirklich, er könnte noch am Leben sein? Er wird seit drei Jahren vermißt.« Nun schien auch Joey skeptisch.

»Joey, ich weiß es nicht.«

Er nickte. »Wie lange wirst du wegbleiben?« fragte er besorgt.

»Ich weiß es nicht. Ich möchte dir nichts versprechen. Ich werde dir schreiben und dich wenn möglich anrufen. Wie es jetzt mit den Telefonverbindungen steht, weiß ich nicht, weil ja alle GIs abgezogen wurden. Wahrscheinlich lausig, aber ich werde tun, was ich kann. Und wenn ich die Antworten habe, komme ich nach Hause, nicht eher.«

Da faßte er nach ihrem Arm und hielt sie fest. »Pax, sieh zu, daß dir nichts passiert ... Es soll dir nichts zustoßen wie Dad.«

»Mir passiert schon nichts«, versprach sie ihm, als sie sich vorbeugte und ihm einen Kuß aufs Haar drückte, ehe sie ihm darüberstrich. »Ich bin nicht so tapfer wie er.«

31

Die Maschine landete auf dem Tan-Son-Nhut-Flughafen, der von der Luft aus unverändert aussah, doch als sie tiefergingen, sah sie, daß es viel mehr Krater gab als drei Jahre zuvor. Auch in Saigon hatte sich vieles verändert. Auf den Straßen sah man mehr Kinder, mehr Waisen, mehr bettelnde Vietnamesen amerikanischer Abstammung, verlassene Kinder, deren Väter mit den Truppen abgezogen waren und sie Müttern überlassen hatten, die sie nicht wollten. Auch gab es mehr Drogenhandel, mehr Prostituierte, mehr halbverfallene Gebäude und ein größeres Chaos. Sogar das Hotel Caravelle schien an Qualität eingebüßt zu haben, obwohl man sich an sie erinnern konnte und ihr sehr freundlich begegnete. Diesmal bekam sie ein anderes Zimmer, was in ihrem Sinn war. Es wäre ihr unerträglich gewesen, den Raum zu bewohnen, den sie einmal mit Tony geteilt hatte.

Das AP-Büro war dasselbe, und sie begegnete noch einigen bekannten Gesichtern, und in gewisser Hinsicht wirkte es so, als hätte sich nichts geändert, und doch hatte sich alles geändert. Die amerikanischen Soldaten waren fort, und das hatte auf subtile Weise auch einiges andere verändert.

Paxton machte sich daran, die alten Kontakte wiederaufleben zu lassen, und fühlte sich hier erstaunlich heimisch. Und doch spürte sie die Last der Erinnerungen, und dazu kam, daß sie inzwischen lange im Westen gelebt hatte. In der Nacht lag sie oft wach und dachte an Joey. Vielleicht war es jetzt auch anders, weil sie älter war. Mit siebenundzwanzig setzte man sein Leben nicht mehr so unbedacht aufs Spiel wie mit fünfundzwanzig. Auch in dieser Hinsicht hatte sich etwas geändert. Und der Gedanke daran war unweigerlich mit der Erinnerung an Ralph verknüpft und an die gemeinsam unternommenen Ausflüge. Wenn sie jetzt hinaus aufs Land fuhr, war sie allein, in einem Mietwagen oder mit einem Chauffeur oder in Gesellschaft eines Fotografen von AP. Und überall, wo sie hinkam, in jedem Dorf, auch auf dem flachen Land, in jeder Ruine fragte sie nach Tony. Niemand hatte ihn gesehen. Aber sie hatte das Gefühl, jemand würde ihn kennen, wenn sie nur lange genug nach ihm fragte und wenn er noch am Leben war. Vielleicht hatte er Angst, sich hervorzuwagen, vielleicht war er verkrüppelt oder schwer verwundet. Wenn dem so war, würde sie ihn nach Hause nehmen und seine Wunden versorgen ... falls er noch lebte, was immer noch unsicher war. Der Anblick der von den Truppen des Nordens und den Bombenangriffen der Amerikaner angerichteten Verwüstungen machten ihr klar, wie schwierig es sein mußte, unter diesen Umständen zu überleben und unbemerkt zu entkommen. Sogar die Gewißheit seines Todes wäre eine Erleichterung gewesen, das kleinste Etwas, ein Fetzen Kleidung, ein Knochen, ein Haar ...

Im April traf Graham Martin in Saigon ein, um Ellsworth Bunker als Botschafter abzulösen. Und im Juni platzte in den Staaten der Watergate-Skandal und nahm viel von Paxtons Aufmerksamkeit in Anspruch. Neuerdings wurde die Politik überall komplizierter, und sie las mit Wonne die Fernschreiben, die in Saigon eintrafen, während sie weiterhin Artikel schrieb und ihre Suche nach Tony fortsetzte. Im Juli gab es im Senat Anhörungen über die Bombenangriffe auf Kambodscha, die im August beendet wurden. Acht Tage danach ernannte Nixon Kissinger zum Außenminister, der damit Rogers ablöste. In jenem Sommer war es in Vietnam ruhig. Es regnete ständig, und Paxton setzte ihre Fahrten aufs Land fort, zeigte den Leuten Fotos von Tony und fragte, ob sie ihn gesehen hatten, aber es hatte ihn niemand gesehen. Es endete damit, daß sie sich eine Lungenentzündung holte.

Im September, als es ihr wieder besserging, setzte sie die Suche fort. Und Woche für Woche erstattete sie Joey brieflich Bericht. Allmählich kam ihr selbst alles mehr als nur ein wenig verrückt vor, aber so war es in Vietnam immer gewesen. Auf den Straßen liefen ihr Kinder über den Weg, die ihrer halbamerikanischen Herkunft wegen verlassen worden waren. Sie gab ihnen immer Geld und etwas Eßbares, aber für diese Kleinen war die Situation hoffnungslos. Es war das Schicksal, das France gefürchtet hatte, als sie sich und die Kinder nach Ralphs Tod vergiftete. Es war kaum zu glauben, daß sie recht behalten hatte, aber wer konnte unter diesen Umständen noch etwas mit Sicherheit wissen? Paxton jedenfalls nicht.

Im Oktober trat Agnew als Vizepräsident zurück, und im November setzte sich der Kongreß über Nixons Veto gegen das Gesetz hinweg, das das Recht des Präsidenten auf Kriegsführung eingeschränkt hatte. Man wollte eine solche Situation in Zukunft ein für allemal vermeiden. Der Krieg in Vietnam war verloren, und man wollte es sich zweimal überlegen, ehe man zuließ, daß das Land jemals wieder in eine solche Situation schlitterte. Der Kongreß wollte sich die Kontrolle über den Präsidenten nicht mehr nehmen lassen.

Paxton verbrachte Weihnachten in Saigon, acht Monate nachdem sie ins Land gekommen war. Sie beschloß, daß sie nach Hause wollte, sobald sie etwas Konkretes herausgefunden hätte, oder ein Jahr nach ihrer Ankunft, falls sie bis dahin noch keine Antwort hätte. Doch auf den Tag genau ein Jahr nach ihrer Ankunft erkannte jemand Tony auf dem Foto, und das gab ihr neuen Mut. Es war eine alte Bauersfrau aus dem Norden, die sagte, sie hätte ihn im Wald gefunden und ihm Essen gebracht, und dann sei er von Soldaten fortgebracht worden. Also war er von neuem in Gefangenschaft geraten, aber wo und durch wen und wann? Diesen Punkt ersparte sie Joey. Es war zwar sinnlos, aber sie setzte die Suche fort.

Ein Vierteljahr später, im August 1974, trat Nixon zurück und Ford nahm seine Stelle ein. Die *Times* bat sie, nach Hause zu kommen, und sie weigerte sich. Sie lieferte hervorragende Artikel über Vietnam und schien an anderen Themen nicht interessiert.

Auch in diesem Jahr verbrachte sie das Weihnachtsfest in Saigon, ein zweites Mal, seit sie zurückgekommen war. Ihr Bruder hatte sie inzwischen völlig abgeschrieben, aber Ed Wilsons Interesse wurde immer wieder wach, wenn er ihren Namen las. Ihre Artikel waren hervorragend, doch schien sie besessen von dem Land, in das sie als junges Mädchen gekommen war und das sie und so viele andere so tief verletzt hatte. Inzwischen regten sich auch bei Joey Zweifel. Vielleicht gefiel es ihr drüben, oder aber sie konnte sich nicht mit der Tatsache abfinden, daß sein Vater tot war, oder sie war nicht ganz richtig im Kopf, wie seine Eltern immer wieder andeuteten. Er hatte sie seit fast zwei Jahren nicht mehr gesehen, doch das Komische daran war, daß sie ihm noch immer fehlte, wie er seiner Großmutter heimlich anvertraute. Er fragte sich, ob sie jemals zurückkommen würde, war aber nicht mehr sicher. Er war jetzt fast dreizehn Jahre alt, sein Vater war nun seit fast fünf Jahren vermißt, und seit zehn Jahren hatte er ihn nicht mehr gesehen. Eine verdammt lange Zeit, um für jemanden noch etwas zu empfinden. Aber Paxton schien nicht aufgeben zu wollen, koste es, was es wolle, und wenn es sie umbringen würde.

Immer wieder kam es vor, daß jemand Tony auf dem Foto erkannte, das sie überall herumzeigte. Aber nie konnte sie sicher sein, ob es Wahrheit oder Lüge war, ob jemand nur ein Trinkgeld, eine Belohnung wollte oder ob man es ihr nur zu Gefallen sagte. Sie konnte es nicht beurteilen. Aber eines konnte sie beurteilen, und darüber schrieb sie in der *Times*, daß nämlich Südvietnam in großen Schwierigkeiten steckte. Und sie schrieb darüber, daß die Amerikaner sich in einem Geheimabkommen verpflichtet hatten, eine Million Menschen herauszuschaffen, ehe das Land in die Hände der Kommunisten fiel, was sehr bald der Fall sein würde. Und wenn es soweit war, würde sie gehen und Tony seinem Schicksal überlassen müssen. Das war dann der Zeitpunkt, wo sie endgültig aufgeben mußte. In der Zwischenzeit machte sie weiter.

Im Februar 1975 wurde es schwierig und im März noch schwieriger. Flüchtlinge aus dem Norden überschwemmten Saigon, und weiter im Norden war eine Million Menschen vor den

Kommunisten auf der Flucht und kam nach Da Nang, als Hue fiel und nordvietnamesische Raketen den Himmel zerrissen und auf Zivilisten fielen. Menschen schrien und fielen und bluteten. Kinder gingen verloren und wurden von den Menschenmassen niedergetrampelt. Und die noch in Vietnam verbliebenen Amerikaner wurden angewiesen, das Land zu verlassen, Paxton mit ihnen. Die Fernschreiben, die im AP-Büro eintrafen, spielten verrückt. Alle müßten raus, hieß es, sobald Hue gefallen sei. Und drei Tage später drängten sich die Menschen auf den Flughäfen, an den Docks und Stränden, weil sie mit allen nur möglichen Mitteln das Land verlassen wollten. In diesen letzten Tagen vergaß Paxton ihre vergebliche Suche und wurde wieder zur Korrespondentin.

Am Ostersonntag fiel Da Nang an die Kommunisten, und im April fingen die Amerikaner zu packen an. Es wurde Zeit, zu gehen. Es war nur eine Frage von Tagen, bis alles vorbei sein würde. Das Land, das einst so schön gewesen war und ihnen so viele Opfer abverlangt hatte, stand vor der Kapitulation.

Die noch in Saigon verbliebenen Amerikaner bekamen es mit der Angst zu tun, ob sie es noch vor dem Eintreffen der Kommunisten schaffen würden, und jene unter den Vietnamesen, die sich zu sehr mit den Amerikanern eingelassen hatten, gerieten in Panik, weil sie mit Vergeltungsmaßnahmen rechnen mußten. Im April gelang es fünfzigtausend Amerikanern und Vietnamesen, das Land zu verlassen. Aber man hatte über einer Million Vietnamesen versprochen, sie in die Staaten zu holen, und gegen Ende April wurde klar, daß dies unmöglich war und daß es nur ganz wenigen gelingen würde.

Wieder wurde Paxton von der *Times* ermahnt, endlich das Land zu verlassen, doch nachdem sie den Botschafter kontaktiert hatte, versprach er ihr einen Platz in der allerletzten Maschine. Sie packte für alle Fälle eine Tasche und setzte ihre Berichte über den Niedergang Saigons fort, den sie mit ihrer eigenen Kamera festhielt. Inzwischen hatte sie die Suche nach Tony völlig aufgegeben und hatte sich mit seinem Tod endlich abgefunden. Die Leute auf dem Land, die behauptet hatten, sie hätten ihn gesehen, waren Lügner. Sie hatten es nur gesagt, weil sie glaubten, sie wollte es hören. Und als die letzten Tage von Saigon gekommen waren, wußte sie, daß er tot sein mußte. Inzwischen war sie so erschöpft, daß sie nicht mehr an ihn denken konnte. Sie wollte zurück in die Staaten, in ein sauberes Bett, an einen sicheren Ort, zu einem Wiedersehen mit Joey.

Am fünfundzwanzigsten April setzte Präsident Thieu sich nach Taiwan ab, und am achtundzwanzigsten April standen sich die Truppen der Kommunisten und die südvietnamesische Armee an der Newport Bridge vor den Toren Saigons gegenüber. Paxton hielt sich zu diesem Zeitpunkt in Erwartung der letzten Bulletins in der Botschaft auf. Wenn sie gehen mußte, wollte sie eine der letzten sein, die Saigon verließen.

Bei leichtem Nieselregen kündigte der Botschaftsadjutant am neunundzwanzigsten ernst an, daß Option IV nun anlaufen würde. Es handelte sich um die größte Evakuierungsaktion, die je per Hubschrauber durchgeführt worden war. Die Million Vietnamesen, denen man Asyl versprochen hatte, blieb zurück, und nur einige wenige, die man mit Hubschraubern hinausschaffen konnte, würden entkommen. Den ganzen Tag über beobachtete Paxton das Anlaufen der Aktion, als Hubschrauber Flüchtlinge und Amerikaner zu den vor der Küste ankernden Flugzeugträgern brachten, während der Flughafen in Saigon unausgesetzt von den Kommunisten bombardiert wurde.

Paxton sollte später berichten, daß am neunundzwanzigsten April siebzig US-Hubschrauber Menschen von der Botschaft zu den wartenden Schiffen brachten. Eintausend Amerikaner und sechstausend Vietnamesen schafften es. Von der versprochenen Million konnte keine Rede mehr sein.

Aus der Umgebung Saigons karrten Busse die Menschen auf das Botschaftsgelände, doch das Durcheinander war so groß, daß die Busse steckenblieben und ihr Ziel nicht erreichten und die Menschen hysterisch schreiend durch die Straßen liefen. Überall gab es verlassene und verlorene Kinder. Zu Mittag versuchte Paxton hinauszugelangen, um einigen Menschen auf der Straße zu helfen, es gab aber kein Weiterkommen, man blieb in der verzweifelten Menge stecken. Die Tore zum Botschaftsgelände waren schon vor Stunden aufgebrochen worden,

Menschenmassen ergossen sich auf das Gelände und versuchten, sich gewaltsam den Weg zu den Hubschraubern zu bahnen. Es waren Menschen aus der Stadt, vom Land, aus dem Gebirge, einige Amerikaner, meist aber Vietnamesen, die verzweifelt zu entkommen versuchten, ehe die Kommunisten die Macht übernahmen. Paxton wußte, daß sie sehr bald fortmußte, und als sie zurück über das Botschaftsgelände lief, zog plötzlich eine Hand an ihr. Sie gehörte einem Mann, einem greisen Vietnamesen, der sie mit sich zerrte, während er sich seinen Weg durch die Menge bahnte, und als sie sich von ihm loszumachen versuchte, sah sie, daß er wie von Sinnen war. Er roch gräßlich und sah noch gräßlicher aus, da er über und über mit Schlamm verkrustet war. Als sie sich von ihm befreite, warf er sich ihr wieder in die Arme. Und dann sah sie es ... es war unmöglich ... konnte nicht sein ... ein grausamer Scherz ... der Fall von Saigon hatte ihr den Verstand geraubt.

»Nein ...« Er war es nicht. Sie wollte nur, daß er es wäre.

Der Mann sagte zu ihr etwas auf vietnamesisch, als er sich wieder aufrichtete. Sie packte ihn instinktiv, und er brach in ihren Armen zusammen. Nun aber hatte sie keinen Zweifel mehr: Es war Tony.

»O mein Gott ...« Die Menschen, die zu den Hubschraubern wollten, drängten weiter, und die meisten würden es nicht schaffen. »Wie bist du hierhergekommen?« fragte sie noch immer verwirrt und wie betäubt, während sie ihn anstarrte, unsicher, ob sie nicht alles nur geträumt hatte.

Wieder sagte er etwas auf vietnamesisch, doch als er hörte, was sie sagte, wußte er es. Er wußte zwar nicht, wer sie war, wußte nur, daß sie Amerikanerin war, und das bedeutete für ihn Sicherheit. Unter Aufbietung ihrer ganzen Kraft schleppte sie ihn nun zu einem der Gebäude.

»Sergeant Anthony Campobello, Cu Chi Basis, Vietnam«, leierte sie herunter, als sie ihn zu der Stelle zerrte, wo man die Helikopter belud. Sie konnte nicht länger warten, und sie hatte ihre Story. Sie würde mit ihm hier nicht eine Minute länger bleiben. Sie mußte ihn hinausschaffen, ehe sie jemand daran hinderte.

Er hatte eine schlimme Armverletzung, und er sah sie merkwürdig an. Tränen liefen ihm über die Wangen, als sie ihn zu den Hubschraubern halb schleppte, halb trug.

»Komm«, rief sie ihm über den Lärm hinweg zu, als jemand ihr ein Baby in die Arme zu drücken versuchte, aber sie wollte nur ihn mitnehmen. Sie hatte zu lange und zu hart darum gekämpft. Fünf Jahre lang hatte sie ihn gesucht, und sein Sohn hatte ebensolange auf ihn gewartet. »Tony, los, komm schon!« Er war am Zusammenbrechen, ehe sie den rettenden Hubschrauber erreicht hatten, und sie hatten noch eine schmale Treppe zu erklimmen, von der sie nicht sicher war, ob er sie schaffen würde, hinaufzerren konnte sie ihn nicht, und es war niemand da, der geholfen hätte. »Verdammt ... heb die Beine ... komm schon ...« Sie schrie ihn unter Tränen an, und er weinte vor Erleichterung. Zwei Monate hatte er gebraucht, um nach Saigon zu kommen, von seinem Versteck in den Tunnels, die er entdeckt und benutzt hatte. Und jetzt hatte er es gerade noch geschafft. Und sie war da, und er begriff nicht, wie oder warum er sie gefunden hatte, aber das spielte keine Rolle. Paxton war da, und sie waren zusammen, auch wenn er jetzt sterben mußte.

»Dieser Mann ist Kriegsgefangener!« rief sie jemandem zu, der es nicht beachtete, und dann zerrte ihn ein starkes Paar Arme hinauf, befreite ihn vom Druck der Menge und schob ihn an Bord, und plötzlich war sie mit einem gewaltigen Schubs hinter ihm, und sie wurden ins Innere gezogen, während sie Kurs aufs offene Meer nahmen, und plötzlich mußte sie an die Abstauber denken, die die Verwundeten gerettet hatten. Sie selbst waren in Freiheit, während Vietnam hinter ihnen langsam kleiner wurde. Als sie abhoben, hatten die Zurückbleibenden geschrien und gefleht, man solle sie mitnehmen, da sie um ihr Leben fürchteten. Aber sie konnte ihnen nicht mehr helfen. Sie hatte über sie berichtet, sie hatte mit Unterbrechungen sieben Jahre hier gelebt. Sie hatte alles für sie getan, was in ihrer Macht gestanden hatte. Es war zu lange gewesen und hatte zu viel gekostet, und zu viele waren ums Leben gekommen. Aber Tony lebte. Sie sah ihn ungläubig an, wie er fast bis zur Unkenntlichkeit vernarbt und zerschrammt in ihren Armen lag. Doch er war es, und er lächelte ihr zu, als sie auf dem Deck des Flugzeugträgers landeten.

»Wo, zum Teufel, hast du gesteckt?« fragte er sie, und sein schmutzbedecktes Gesicht verzog sich zu einem Grinsen. Er hatte die letzten zwei Jahre in Tunnels gelebt, in gefundenen und selbst angelegten, in denen er durch Listen überlebte, die ihre Vorstellungskraft überstiegen. Und jetzt hatte er sie gefunden, wie durch ein Wunder, durch einen Zufall oder durch göttliche Fügung.

»Ich habe dich gesucht«, sagte sie leise und versuchte vorsichtig, ihm den Schmutz aus dem Gesicht zu wischen. Er hatte sich auf einem mit Erde und Unrat beladenen Wagen auf dem Weg in die Stadt versteckt. »Ich habe Sie sehr, sehr lange gesucht, Mister ...« Und Joey ebenso.

»Willkommen daheim«, sagte eine Stimme, als ihnen jemand beim Aussteigen half. »Willkommen daheim!« sagten die Stimmen, als man sie bei der Sicherheitskontrolle begrüßte, und Tony stand da und weinte in ihren Armen, während über ihren Köpfen die Flagge wehte und er ihr im allgemeinen Getöse zuflüsterte: »Ich liebe dich, Delta Delta.«

Am nächsten Tag, dem dreißigsten April 1975, um elf Uhr fiel Saigon, und die Südvietnamesen ergaben sich dem Norden. Der Kampf, den die Amerikaner so lange für sie und mit ihnen ausgefochten hatten, war vorbei.

Auf der USS *Blue Ridge* dampften Paxton und Tony der Heimat, ihrem Sohn und der Welt entgegen, die sie zu lange verloren hatten, ja, die sie beinahe schon vergessen hatten. Aber Nam war jetzt Vergangenheit, eine ferne Erinnerung ... ein Alptraum ... ein Traum. Für sie und alle anderen war es endlich vorüber.

Inhalt

Danielle Steel

im Goldmann-Taschenbuch

Abschied von St. Petersburg
Roman · Taschenbuch Nr. 41351

Alle Liebe dieser Erde
Roman · Taschenbuch Nr. 06671

Das Haus hinter dem Wind
Roman · Taschenbuch Nr. 09412

Das Haus von San Gregorio
Roman · Taschenbuch Nr. 06802

Der Preis des Glücks
Roman · Taschenbuch Nr. 09921

Der Ring aus Stein
Roman · Taschenbuch Nr. 06402

Die Liebe eines Sommers
Roman · Taschenbuch Nr. 06700

Doch die Liebe bleibt
Roman · Taschenbuch Nr. 06412

Es zählt nur die Liebe
Roman · Taschenbuch Nr. 08826

Danielle Steel
im Goldmann-Taschenbuch

Sag niemals adieu
Roman · Taschenbuch Nr. 08917

Schiff über dunklem Grund
Roman · Taschenbuch Nr. 08449

Sternenfeuer
Roman · Taschenbuch Nr. 42391

Töchter der Sehnsucht
Roman · Taschenbuch Nr. 41049

Träume des Lebens
Roman · Taschenbuch Nr. 06860

Unter dem Regenbogen
Roman · Taschenbuch Nr. 08634

Väter
Roman · Taschenbuch Nr. 42199

Verlorene Spuren
Roman · Taschenbuch Nr. 43211

Vertrauter Fremder
Roman · Taschenbuch Nr. 06763